LORI FOSTER

Tödlich ist die Erinnerung

Love Undercover

Über dieses Buch:

Rowdy Yates hat in seinem Leben schon ziemlich viel Mist gebaut, vor allem was Frauen angeht. Dabei hat er nie einen Hehl daraus gemacht, dass eine feste Beziehung für ihn nicht infrage kommt und Sex für ihn nur ein Mittel ist, um die Dämonen seiner Vergangenheit wenigstens für einen kurzen Moment zu vertreiben. Doch dann lernt er Avery Mullins kennen, die ihm bei der Renovierung seiner Bar hilft. Je mehr Zeit die beiden miteinander verbringen und je besser sie sich kennenlernen, desto mehr merkt Rowdy, dass er für Avery ganz anderes empfindet als für all die Frauen zuvor. Dumm nur, dass Avery von Rowdys Annäherungsversuchen nichts wissen will. Sie lässt ihn, ohne mit der Wimper zu zucken, abblitzen – und das mehr als einmal! Obwohl Rowdy allmählich mit seinem Latein am Ende ist, weigert er sich aufzugeben. Er spürt, dass Avery ähnlich für ihn empfindet! Doch die junge Kellnerin hat Gründe, warum sie Rowdy auf Abstand hält, und die reichen tief in ihre Vergangenheit zurück. Rowdy versucht alles, um herauszufinden, wovor Avery Angst hat – ohne zu ahnen, dass er sie beide dadurch in große Gefahr bringt …

Die Autorin:

Lori Foster schreibt seit 1996 Liebesromane in unterschiedlichen Genres für ein begeistertes Publikum. Sie gelangt mit ihren Büchern regelmäßig auf die New-York-Times-Bestsellerliste. Weitere Informationen unter: lorifoster.com

Die Romane von Lori Foster bei LYX:

1. Love Undercover – Wettlauf mit dem Tod
2. Love Undercover – Vertraue nicht dem Feind
3. Love Undercover – Tödlich ist die Erinnerung

Lori Foster

TÖDLICH IST DIE ERINNERUNG

LOVE UNDERCOVER

Roman

Ins Deutsche übertragen von Kerstin Fricke

LYX

EGMONT

Die Originalausgabe erschien 2013 unter dem Titel
Getting Rowdy bei Harleqin Enterprises, Ontario, Kanada.

Deutschsprachige Erstausgabe Februar 2015 bei LYX
verlegt durch EGMONT Verlagsgesellschaften mbH,
Gertrudenstraße 30–36, 50667 Köln

1. Auflage
Umschlaggestaltung und Artwork:
© Birgit Gitschier, Augsburg, unter Verwendung mehrerer
Motive von Shutterstock (Artem Furman)
Redaktion: Susanne Schindler
Satz: Greiner & Reichel, Köln
Printed in Germany (670421)
ISBN 978-3-8025-9583-7

www.egmont-lyx.de

MIX
Papier
FSC FSC® C083411

Liebe Leser,

ich bin so froh, dass Sie jetzt *Tödlich ist die Erinnerung*, Rowdys Geschichte lesen können. Schon in dem Augenblick, in dem er auf den Seiten von *Wettlauf mit dem Tod*, dem ersten Buch meiner *Love Undercover*-Reihe, aufgetaucht ist, war er einer meiner Lieblingscharaktere. Rowdy ist durch und durch loyal, ein harter Kerl, gefährlich, dunkel und kantig – aber dennoch sexy und süß und außerdem von einer geheimnisvollen Aura umgeben.

Mir gefiel es, dass er seine Schwester in *Wettlauf mit dem Tod* um jeden Preis beschützen wollte. Ich fand es auch schön, wie er sich in *Vertraue nicht dem Feind* mit Alice, der Heldin des Buches, angefreundet hat. Aber vor allem mochte ich, wie Avery, die freche Kellnerin in der Bar, deren Besitzer Rowdy jetzt ist, ihn weitaus mehr als nur auf sexuelle Weise angezogen hat – selbst wenn er versucht, sich dagegen zu wehren.

Diese »angeschlagenen« Alpha-Männer haben durchaus etwas für sich.

Bitte berichten Sie mir doch, was Sie von Rowdy und Avery halten. Ich hoffe sehr, dass Ihnen ihre Liebesgeschichte ebenso gut gefällt wie mir!

Viel Spaß beim Lesen!
Lori Foster

1

Avery Mullins stand zögernd vor dem Eingang der frisch renovierten Bar. So früh am Tag war hinter der verschlossenen Doppeltür aus Glas und Eiche – einer neuen Tür, die erst vor zwei Wochen eingebaut worden war – nur das schwach beleuchtete Innere der Bar zu erkennen.

Sie hatte geholfen, diese Türen auszusuchen.

Frisch gemalte Schilder hingen über den großen Vorderfenstern und priesen die Speisen, zwei Pooltische, Tanzmöglichkeiten und Drinks an. Darüber stand in Neonbuchstaben der Name der Bar: *Getting Rowdy*. Sie musste immer grinsen, wenn sie das sah, weil sie den Namen vorgeschlagen hatte und er begeistert darauf eingegangen war.

In so kurzer Zeit hatte sich unglaublich viel geändert. Die Bar war von einer gescheiterten, heruntergekommenen Absteige, die vor allem für ihre billigen Drinks und die Möglichkeit, an illegale Drogen ranzukommen, zu einer vielversprechenden, neuen Ausgehmöglichkeit geworden, die immer mehr Publikum anzog. Noch bemerkenswerter war jedoch ihr Aufstieg von der sich abrackernden Kellnerin zur obersten Barkeeperin.

Aus diesem Grund hatte sie in letzter Zeit meist ein zufriedenes Grinsen auf den Lippen. Dank des Trinkgelds, das sie zusätzlich zu ihrem erhöhten Gehalt bekam, musste sie sich nicht länger mit zwei Jobs abmühen, um über die Runden zu kommen.

Sie hatte ihre Wohnung behalten, die man wohlwollend

noch als bescheiden bezeichnen konnte. Um anonym zu bleiben, fuhr sie auch weiterhin mit dem Bus zur Arbeit und wieder nach Hause anstatt mit dem Auto. Aber …

Sie hatte sich verändert.

Bevor sie Rowdy Yates kennengelernt hatte – den Besitzer der Bar, der jetzt auch ihr Boss und außerdem ein unglaublich heißer Kerl war – und von seinem Enthusiasmus mitgerissen worden war, mit dem er aus dieser Kaschemme unbedingt etwas machen wollte, hatte sie … überlebt. Nicht mehr und nicht weniger. Sie war eigentlich nicht unglücklich gewesen. Okay, sie hatte auch nicht wirklich Zeit gehabt, um über so etwas wie Glück oder Unglück überhaupt nachzudenken.

Aber sie hatte ihr Leben auch nicht genossen. Nicht so wie jetzt.

Es gefiel ihr, dass Rowdy sie oft an seinen Entscheidungen in Bezug auf die Bar teilhaben ließ und sie dabei fast wie eine gleichberechtigte Partnerin und nicht nur wie eine Angestellte behandelte. Er hatte natürlich immer das letzte Wort, fragte sie aber immer nach ihrer Meinung. Er war stolz, aber nicht zu dickköpfig, um nicht auf andere zu hören. Stark, aber kein Tyrann. Bei ihm fühlte sie sich wieder wichtig.

Natürlich bemerkte jede Frau, die ihn ansah, seinen Sex-Appeal, und das galt auch für sie.

Sie kamen gut miteinander aus und arbeiteten zusammen, damit die Bar möglichst erfolgreich wurde. Dabei waren sie gewissermaßen Partner, und ihr gefiel der Gedanke, dass sie auch Freunde waren.

Rowdy wollte mehr. Er hatte sein Interesse überdeutlich kundgetan.

Auch wenn er es nicht wusste, erwiderte sie seine Gefühle. Aber … konnte sie sich wirklich auf eine Beziehung mit einem Herzensbrecher wie Rowdy einlassen? Er war ehrlich zu ihr, und sie musste sich nicht den Kopf darüber zerbrechen, was er wollte, weil er es ihr einfach sagte. Seine Ehrlichkeit konnte manchmal so brutal sein, dass es ihr den Atem raubte.

Er wollte Sex.

Am liebsten mit ihr, aber immer, wenn sie sich weigerte – und bisher hatte sie sich noch jedes Mal geweigert –, dann fand er problemlos irgendwo anders »Gesellschaft«. Wenn sie mit ansah, wie die weiblichen Gäste auf ihn flogen, bezweifelte sie, dass er überhaupt mal eine Nacht allein schlief.

Trotzdem fragte er immer zuerst sie, bevor er zu seiner zweiten Wahl überging – und das waren seine Worte, nicht ihre.

Wer tat denn so was?

Und warum tat er das?

Wenn sie ihm wirklich etwas bedeutete, würde er dann nicht warten, bis sie endlich zugestimmt hatte?

Aber wenn sie ehrlich zu sich selbst war, musste sich Avery eingestehen, dass sie sich die Frage umgekehrt auch stellen konnte. Wenn er ihr wirklich etwas bedeutete, wieso ließ sie ihn dann warten? Nach dem Jahr, das sie hinter sich hatte, stand es ihr durchaus zu, sich auch mal zu amüsieren.

Und mit dem bösen Jungen Rowdy Yates mit seinem umwerfenden Körper, seiner dreisten Art und seiner überaktiven Libido konnte man sich bestimmt ganz hervorragend amüsieren.

Der kühle Oktoberwind fuhr durch Averys Jacke und ließ sie erschaudern, sodass sie abrupt in die Gegenwart zurückgerissen wurde. Tagträume, in denen Rowdy die Hauptrolle spielte, waren bei ihr in letzter Zeit an der Tagesordnung. Es verging nur selten eine Minute, in der sie nicht an ihn dachte.

Vielleicht würde sie ihm an diesem Abend sagen, was sie für ihn empfand, bevor er erneut mit einer anderen abzog.

Nachdem sie diese Entscheidung getroffen hatte, schloss

Avery die Tür auf. Nur sie und Rowdy hatten einen Schlüssel für die Bar. Es erstaunte und freute sie noch immer sehr, dass er ihr so vertraute. Nie im Leben würde sie etwas tun, um ihn das bereuen zu lassen.

Ohne das Licht einzuschalten ging sie durch die dämmrige Bar. Der frühmorgendliche Sonnenschein konnte kaum die Schatten durchdringen. Normalerweise kam sie gegen vierzehn Uhr her, etwa eine Stunde, bevor ihre Schicht begann, um sich fertigzumachen. Heute war sie sowieso in der Stadt unterwegs und musste einen wichtigen Telefonanruf erledigen, und sie hatte ihr Handy neben der Kasse liegen lassen. Aus diesem Grund war sie so früh hergekommen.

Nachdem sie ihr Handy hinter der Bar entdeckt hatte, wo es noch genau an der Stelle lag, an der sie es liegen lassen hatte, wollte sie schon wieder gehen. Doch nach wenigen Schritten hörte sie auf einmal ein Geräusch.

Erschrocken und alarmiert erstarrte Avery und lauschte.

Da! Sie hörte es wieder. Ein leises Rascheln, ein tiefes … Stöhnen?

Sie schluckte schwer. Hatte jemand die Hintertür aufgebrochen? Ein Betrunkener vielleicht oder ein Obdachloser?

Ein Räuber?

Oder Schlimmeres?

Nein. Sie schüttelte den Kopf und verwarf diesen Gedanken. Kein Mensch aus ihrer Vergangenheit würde hier nach ihr suchen. Manchmal konnte sie es noch immer nicht glauben, was für Veränderungen in ihrem Leben vorgegangen waren – Veränderungen, die sie vor allem nicht mehr bereute, seitdem sie Rowdy kannte.

Außerdem hatte Rowdy bei der Renovierung der Bar als Erstes alle Sicherheitsmaßnahmen verbessert und an der Vorder- und Hintertür sowie allen Fenstern, die sich öffnen ließen, robuste Schlösser einbauen lassen. Hier konnte niemand so einfach einbrechen.

Vor ihrer Verwandlung war sie ein richtiger Hasenfuß gewesen. Gut, man hätte es auch als vorsichtig bezeichnen können, aber sie kannte die Wahrheit. Sie hatte sich viel zu lange auf andere verlassen … und das in jeder Hinsicht.

Wenn sie vor einem Jahr ein unbekanntes Geräusch gehört hätte, wäre sie zur Eingangstür zurückgeschlichen und hätte die Polizei gerufen, damit die der Sache nachgehen konnte. Falls es sich als Fehlalarm herausgestellt hätte, tja, dann wäre es ihr ziemlich egal gewesen, dass sie andere damit belästigt hatte.

Aber in dem Jahr, das sie jetzt schon abgetaucht war, hatte sie gelernt, mehr auf sich selbst zu vertrauen und ihre Probleme eigenständig anzugehen. Die Unabhängigkeit hatte ihr ein Gefühl der Freiheit gegeben, daher wollte sie jetzt keinen Rückzieher machen.

So leise wie möglich schlich Avery nun in die Richtung, aus der das Geräusch gekommen war, und lauschte weiter. Wieder hörte sie ein Stöhnen, das aus Rowdys Büro zu kommen schien. Vielleicht war das Radio an? Oder der Wind bewegte draußen irgendetwas?

Die Bürotür war nur angelehnt, obwohl er sie sonst immer geschlossen hatte. Zwar war sie mutig genug gewesen, sich so weit zu nähern, aber jetzt bekam ihr gesunder Menschenverstand die Oberhand. Für den Fall, dass doch jemand eingebrochen war, wählte Avery vorsichtshalber die Nummer der Polizei und hielt ihren Daumen über der »Wählen«-Taste. Sie schlich sich an der Wand entlang näher und hielt den Atem an, bis sie direkt neben der Tür stand.

»Ja, das ist gut.«

Als Avery Rowdys raue, flüsternde Stimme erkannte, entspannte sie sich. Sie vermutete, dass er telefonierte, möglicherweise mit einer seiner Freundinnen, verdrehte die Augen und trat in den Türrahmen.

Sofort rutschte ihr das Herz in die Hose.

Rowdy saß auf dem großen, gepolsterten Stuhl hinter dem Schreibtisch, umklammerte die Armlehnen, den Kopf in den Nacken gelehnt, und stöhnte wieder, dieses Mal jedoch tiefer und rauer. Avery sah sein Profil, während der große Schreibtisch den Großteil seines Körpers verdeckte – aber nicht den Kopf der Frau, der sich vor ihm auf Höhe seines Schoßes bewegte.

Großer Gott, sie wusste, was sie da machten, selbst ein Idiot würde das begreifen. Eifersucht, Schmerz und Abscheu schnürten ihr die Kehle zu. Avery wäre am liebsten weggegangen, aber stattdessen blieb sie wie angewurzelt stehen.

Sie wollte den Blick abwenden, aber auch das gelang ihr nicht.

Rowdys Körper spannte sich an, und seine Lust zeichnete sich auf seinem Gesicht ab. Dann stieß er ein letztes Stöhnen aus und schien auf einmal zu erschlaffen. Nachdem er tief ausgeatmet hatte, streichelte er über den Kopf der Frau und sagte: »Entspann dich, Süße. Ich bin fertig.«

Großer Gott!

Avery versuchte zu schlucken, aber ihr Mund war wie ausgetrocknet. Sie wollte die Augen schließen, konnte aber nicht einmal blinzeln.

Die Rothaarige, die vor ihm kniete, stieß ein zufriedenes Geräusch aus und stand langsam auf. »Jetzt bin ich dran.«

Oh nein! Das wollte Avery auf keinen Fall mit ansehen. Voller Panik wollte sie sich wegschleichen – doch da knarrte eine Bodendiele.

Rowdys Kopf zuckte herum, und er sah sie im Türrahmen stehen. In seinen hellbraunen Augen, die eben noch zufrieden und ermattet gewirkt hatten, zeigte sich auf einmal ein rasiermesserscharfer Blick. Er richtete sich jedoch weder auf noch nahm er seine große Hand vom Kopf der Frau.

Möglicherweise atmete er auch nicht mehr.

Sie starrten sich zwei schreckliche Sekunden lang an, doch dann riss sich Avery zusammen und stürzte zum Ausgang. Dabei schoss ihr die Röte ins Gesicht, und ihr Herz klopfte wie wild. *Bitte mach, dass er mir nicht folgt. Bitte nicht.*

Sie hörte Rowdy hinter sich leise fluchen und die Frau schrill auflachen.

Nein, nein, *nein*. Die Scham ließ Avery bis zum Eingang rennen. Dort blieb sie atemlos und von ihren Emotionen durchgerüttelt stehen und sah über die Schulter zurück.

Niemand folgte ihr. Stattdessen konnte sie hören, wie sich Rowdy und die Frau leise unterhielten.

Auf einmal wallte die Wut in ihr auf, und die Tränen stiegen ihr in die Augen. *Scheiß auf dich, Rowdy Yates!*

Sie reckte das Kinn in die Luft, ging nach draußen und weg von dem ersten Mann, für den sie sich seit über einem Jahr interessiert hatte.

Rowdy unterdrückte den Drang, Avery zurückzurufen oder ihr nachzulaufen und mit ihr zu sprechen … Was hätte er ihr auch sagen sollen? Tut mir leid, dass du reingeplatzt bist, als mir gerade einer geblasen wurde? Wohl kaum. Wenn er das auch nur versuchte, würde sie ihn lynchen.

Er konnte ihr die Wahrheit sagen. *Mir wäre es lieber gewesen, wenn du die Frau gewesen wärst.* Doch bei diesem idiotischen Gedanken schnaubte er laut.

Avery wusste, dass er sie begehrte. Himmel, er war immer so offen und aufrichtig zu ihr gewesen, dass man beinahe glauben könnte, er wäre von ihr besessen, so dämlich das auch klingen mochte.

Seine zunehmende Unruhe vertrieb die angenehme Entspannung nach seinem Orgasmus. Verdammt, er war Avery keinerlei Rechenschaft schuldig. Sie war seine Angestellte. Punkt.

Das wollte sie doch auch.

Aber was war, wenn sie nicht zurückkam?

Nein, daran wollte er jetzt nicht denken. In der kurzen Zeit, die er sie jetzt kannte, hatte sich Avery als knallharte Frau erwiesen, die unglaublich stolz war und anscheinend einen noch größeren Knacks weghatte als er.

Sie würde zurückkommen, und wenn auch nur, um ihm mit ihrer Missbilligung die Hölle heiß zu machen.

Außerdem liebte sie ihren Job und war sehr gut darin. Er sah auf die Uhr. Was hatte sie so früh überhaupt schon hier zu suchen?

Aber eigentlich war es auch egal, warum sie hergekommen war. Sie hatte ihn gesehen, und das hatte alle Fortschritte, die er bei ihr gemacht hatte, wieder in Luft aufgelöst. Eine Zeit lang schien sie empfänglicher für seine Annäherungsversuche. Zumindest ein wenig.

Vielleicht auch nicht.

Das war bei Avery Mullins schwer zu sagen.

Seit dem ersten Moment, in dem er sie in der Bar gesehen hatte, begehrte er sie. Sie hatte unglaublich schöne rote Haare, eine umwerfende Einstellung und faszinierend viel Energie in ihrem kleinen, verlockenden Körper. Sie war clever, intelligent und aufmerksam.

Und teuflisch sexy, auch wenn sie diese Tatsache leugnete, ebenso wie die, dass sie ihn ebenfalls begehrte.

Der Gegensatz zwischen ihrem persönlichen Stolz und ihrer Arbeitseinstellung, vor allem die Tatsache, dass sie sich entschieden hatte, mit ihm zusammenzuarbeiten, faszinierte Rowdy. Er hatte Avery kennengelernt, bevor er die Bar gekauft hatte, als diese noch eine miese Absteige voller Gauner und Verbrecher gewesen war. Bisher war er sich noch nicht sicher, ob sie nicht entscheidend zu seinem Wunsch beigetragen hatte, diese Bar zu besitzen.

Letzten Endes würde er sie schon für sich gewinnen. Er weigerte sich, ein anderes Resultat zu akzeptieren. Aber selbst für ihn sah die aktuelle Situation nicht gerade gut aus.

Die lange, einsame Nacht war zu Ende, daher gab es keinen Grund mehr, mit … Verdammt! Wie hieß sie doch gleich?

Da er Averys Tadel förmlich spüren konnte, auch wenn sie nicht einmal lange genug geblieben war, um ihn auszusprechen, nahm Rowdy die Arme der Frau und zog sie hoch. »Na los, Süße. Der Spaß ist vorbei.«

»Für dich«, beschwerte sie sich und versuchte, auf seinen Schoß zu krabbeln.

»Wenn ich mich nicht irre, warst du bereits zweimal dran.«

»Wenn nicht öfter.« Sie lächelte ihn lasziv und zufrieden an und rieb sich an ihm.

Ihr Haar, das zwar rot war, aber nicht die schöne, natürliche Färbung von Averys hatte, fiel über seinen Arm. Auch sie war zierlich, besaß jedoch nicht die stolze Körperhaltung, die Avery immer an den Tag legte.

Und wenn es um ihre Einstellung ging, dann trennten die beiden Frauen Welten.

Hatte er sich wirklich eingebildet, eine Ähnlichkeit zu erkennen? Wie dumm. Vielleicht war er ja verzweifelt, aber da dieser Gedanke ihm nicht gefiel, verbannte er ihn schnell wieder.

Rowdy hielt die Frau auf Abstand, erhob sich und wandte sich von ihr ab, damit er seine Jeans wieder zumachen konnte. »Es ist schon später, als ich dachte. Zeit, dass du gehst.«

»Wegen ihr?«

Volltreffer. »Nein.«

Sie drückte sich an seinen Rücken und rieb ihre Brüste an ihm. »Mir hat es großen Spaß gemacht.«

Nachdem er Avery gesehen hatte, ließen ihn ihr schmeichelnder Tonfall und ihre Berührungen kalt. »Freut mich zu hören.« Auch wenn er sich wie ein Arschloch fühlte, ging er um seinen Schreibtisch herum zur Tür und wartete dort auf sie, ohne seine Ungeduld zu überspielen.

Sie schmollte, akzeptierte dann jedoch das Unausweichliche. Sich langsam über die Lippen leckend, schlenderte sie auf ihn zu und versuchte, ihn zu küssen, aber als er ihr auswich, ging sie durch den Flur in Richtung Bar.

Rowdy hielt sie am Arm fest und zog sie in die andere Richtung. »Die Hintertür ist näher.« Schließlich bestand durchaus die Gefahr, dass Avery noch vorn wartete, daher wollte er lieber kein Risiko eingehen.

»Hattest du Spaß?«

»Ja, sicher.« Am Vorabend hatte er wie üblich versucht, Avery für sich zu gewinnen, aber wie immer hatte sie ihn in ihrer direkten Art abgewiesen.

Auch wenn er es eigentlich gar nicht gewollt hatte, hatte er mit einer Alternative vorliebgenommen.

»Ich brauche Geld fürs Taxi.«

»Kein Problem.« Die Lady kam nicht aus der Stadt, sondern besuchte hier nur ihre Familie, weshalb sie auch nicht hatten zu ihr gehen können. Rowdy hatte sie aber auch nicht in seiner neuen Wohnung haben wollen … daher war er mit ihr in sein Büro gegangen.

Wie dumm. Warum hatte er sich nicht einfach ein Zimmer mit ihr genommen? Beim nächsten Mal würde er das tun.

Denn da seine Albträume nie lange ausblieben, wusste er, dass es ein nächstes und auch ein übernächstes Mal geben würde.

Er war jetzt neunundzwanzig und hatte den Großteil seines Lebens allein gelebt. Manchmal kehrten jedoch die schrecklichen Bilder von damals wieder und drohten, ihn mit jener Verzweiflung zu ersticken, die er als Junge gefühlt hatte.

Verdammt, wie er seine eigene Schwäche hasste.

Angewidert zog Rowdy das Portemonnaie aus der Tasche und nahm zwei Zwanzigdollarscheine heraus. Da der neue Tag vor ihm lag, wollte er noch ein paar Stunden schlafen. »Reicht das?«

»Danke.« Sie legte ihre manikürten Fingernägel auf das Geld und sagte suggestiv: »Ich bin alle paar Wochen in der Stadt.«

Rowdy schloss die Hintertür auf. »Tut mir leid, Süße, aber ich sagte ja bereits, dass das eine einmalige Sache sein wird.«

»Das muss es aber nicht.«

»Doch.« Seine Gedanken drehten sich bereits um die Dinge, die noch erledigt werden mussten, bevor die Bar aufmachte, und er hielt ihr die Tür auf. »Das muss es.«

»Falls du deine Meinung ändern solltest …«

Er schob sie sanft ins Freie. »Das werde ich nicht.« Sie war eine nette Ablenkung gewesen, mehr aber nicht. Im Moment wollte er sich nur auf die Bar konzentrieren … und auf Avery.

Widerstrebend ging die Frau – aber wenigstens protestierte sie nicht länger.

So lief es bei allen.

Und genau so wollte er es auch haben. Normalerweise. Ungewöhnlicherweise genoss er jedoch Averys Gesellschaft, auch wenn es ihm bisher noch nicht gelungen war, sie ins Bett zu kriegen.

Verdammt, er mochte sie so sehr, dass er sie zur Barkeeperin befördert hatte, sobald der Kaufvertrag für die Bar unterschrieben worden war. Wenn er wollte, dass sie blieb – und es gab nichts, was er mehr wollte –, dann musste er in Zukunft auf Sex im Büro verzichten.

Es sei denn, er schlief mit Avery.

Das war eine verdammt reizvolle Vorstellung.

Im vergangenen Jahr hatte Avery sehr viel über sich gelernt. Sie war stärker, als es ihr je bewusst gewesen war. Entschlossener. Widerstandsfähiger.

Aber sie musste ihren ganzen Mut zusammennehmen, um vor ihrer Schicht die Bar zu betreten. Sie konnte das dunkle, sinnliche Bild von Rowdy bei diesem unglaublich intimen Akt einfach nicht aus dem Kopf bekommen. Wie er ausgesehen hatte, was für Geräusche er von sich gegeben hatte. Das war so heiß!

Wenn sie ehrlich zu sich selbst war, dann musste sie sich eingestehen, dass sie ebenso eifersüchtig wie neugierig war. Da sie keine Vereinbarung getroffen hatten, hatte er sie auch nicht betrogen. Aber sie fühlte dennoch … eine Menge.

Rowdy lebte nach seinen eigenen Regeln. Das musste unglaublich befreiend sein.

Er kümmerte sich um sein Geschäft und akzeptierte seine Verantwortung, aber wenn es um persönliche Beziehungen ging, dann mied er Verpflichtungen und legte stattdessen einen gesunden sexuellen Appetit an den Tag. Sie war nicht mehr so erbärmlich naiv wie noch vor einem Jahr, aber sie wusste, dass ein Kerl wie Rowdy ihren Erfahrungshorizont derart weit überstieg, dass ihr allein bei der Vorstellung schwindlig wurde.

Sie konnte nicht mit ihm spielen, ohne sich die Finger zu verbrennen. Wenn sie sich mit ihm einließ, riskierte sie nur ein gebrochenes Herz.

Daher gab es dummerweise nichts, das sie mit ihm tun konnte – von ihrer Zusammenarbeit einmal abgesehen –, sodass sie den Gedanken an irgendwelche Intimitäten am besten gleich wieder aus ihrem Kopf verbannen sollte.

Jetzt allerdings, wo sie ihn bei seinem Orgasmus beobachtet hatte …

Nein, rief sich Avery zurecht, *hör auf, daran zu denken!*

Rowdy war nicht einmal da, als sie in die Bar zurückkehrte und alles vorbereitete. Eine Zeit lang hatte sie genug zu tun, um sogar ihre Wut zu vergessen.

Um fünfzehn Uhr, gerade mal eine halbe Stunde, bevor er die Türen aufschließen musste, kam Rowdy hereingeschlendert. Er trug eine ausgeblichene Jeans und ein schwarzes T-Shirt, war frisch geduscht und sah mit seinen noch feuchten Haaren zum Anbeißen aus.

Sie wappnete sich für die unausweichliche betretene Stimmung und das, was Rowdy und sie sich gegenseitig an den Kopf werfen würden.

Doch das geschah nicht.

Rowdy machte sich einfach sofort an die Arbeit. Jones, der neue Koch, und Ella, eine der drei Kellnerinnen, waren ebenfalls schon da, und sie waren alle viel zu beschäftigt, um zu plaudern.

Avery wandte den Blick ab, als Rowdy die Kasse mit kleinen Scheinen und Münzgeld auffüllte. Sie beschäftigte sich woanders, während er die Tagesangebote an die Tafel schrieb. Als er einen letzten Rundgang durch die Bar machte, plauderte sie mit Ella.

Doch sie war sich seiner Nähe die ganze Zeit überdeutlich bewusst.

Der verdammte Rowdy hingegen tat so, als wäre überhaupt nichts passiert.

Vielleicht war es ja gar keine so große Sache für ihn gewesen.

Möglicherweise ging er einfach darüber hinweg, dass sie mitten beim Sex reingeplatzt war.

Er sah mehrmals in ihre Richtung. Avery wusste das, weil sie seine Blicke förmlich spürte. Der Mann hatte eine Art, sie anzusehen, dass es sich fast wie eine heiße Berührung anfühlte.

Im Laufe des Abends kamen immer mehr Gäste, und Averys Anspannung wuchs. Sie hatte erwartet, dass Rowdy sie ansprechen würde, dass er sie zumindest fragen würde, warum sie schon so früh in die Bar gekommen war.

Aber das tat er nicht.

Ging er ihr etwa aus dem Weg? Tja, irgendwann musste er mit ihr reden, doch sie wollte diesen Augenblick so lange wie möglich hinauszögern, da sie noch immer nicht wusste, was sie dann sagen sollte.

Am besten würde sie es einfach so machen wie er und die Sache abtun, als hätte sie nicht die geringste Bedeutung.

Zur Abendessenzeit, als die meisten Gäste hauptsächlich von der speziellen Speisekarte bestellten, nutzte Avery die Gelegenheit, um ihren Arbeitsbereich aufzuräumen. Sie hatte keinen Assistenten, und daher gehörte es zu ihren Pflichten, dafür zu sorgen, dass hinter der Bar jederzeit alles vorrätig war. Aus diesem Grund sorgte sie so oft es ging für Ordnung.

Sie eilte den langen Tresen entlang, hob Strohhalmverpackungen und Servietten auf und wischte Pfützen von verschütteten Getränken weg. Als sie sich wieder zum Spülbecken umdrehte, stieß sie beinahe gegen Rowdy. Erschrocken machte sie zwei Schritte nach hinten und warf ihm einen finsteren Blick zu. »Was ist?«

Er schien ihren genervten Tonfall zu überhören. »Willst du mich den ganzen Abend ignorieren?«

Sie holte tief Luft, doch das half auch nichts. »Du hast mich doch ignoriert«, stieß sie hervor, ohne nachzudenken.

»Nein.« Er stellte sich vor sie, sodass er ihr den Blick auf die Gäste versperrte. »Aber immer, wenn ich dich ansehe, wird dein Gesicht knallrot, und ich mache mir Sorgen, dass du gleich in Ohnmacht fällst.«

Ja, klar, und jetzt, wo er es erwähnte, stieg ihr gleich wieder das Blut in die Wangen. In der Hoffnung, so Desinteresse auszustrahlen, versuchte sie, ihn mit dem Ellbogen zur Seite zu schieben. Er stand jedoch unverrückbar wie ein Felsblock, daher machte sie hastig einen Schritt um ihn herum. »Ich weiß nicht, was du meinst.«

»Blödsinn.« Er verschränkte die Arme und lehnte sich mit dem Rücken an die Bar. »Wir müssen darüber reden.«

Sie war kurz davor zu explodieren, und wollte gerade einen Wortschwall loslassen, als ihr Blick von seinem angespannten Bizeps abgelenkt wurde, von dem weichen Baumwoll-T-Shirt, das sich über seiner muskulösen Brust spannte, dem ausgebleichten Jeansstoff über seinem … Schritt.

Mit einem unterdrückten Stöhnen legte sie neue Servietten hin und stellte saubere Gläser bereit, nur um etwas zu tun zu haben – und nicht die Hände nach ihm auszustrecken. »Worüber?«

»Avery«, schalt er sie. »Du weißt genau, was ich meine.«

Ein kleiner Wutausbruch ließ ihre Verlegenheit in den Hintergrund treten. Sie sah sich schnell um, aber es stand niemand in der Nähe, der ihr Gespräch mithören konnte. »Redest du von deinem unangemessenen Verhalten in deinem Büro?«

»Ja.« Er zog einen Mundwinkel zu einem Grinsen hoch. »Genau davon.«

Tja, wenn er so blasiert sein konnte, dann würde sie es ihm nachtun. »Entschuldige, dass ich reingeplatzt bin. Ich hoffe, du hast nicht …«, sie erstickte beinahe an den Worten, »… wegen mir aufgehört.«

»Ich war sowieso fertig … Aber das weißt du ganz genau, nicht wahr?«

Ihre Kehle war wie zugeschnürt.

Er senkte die Stimme, sodass sie nur noch ein heiseres Knurren war. »Schließlich hast du uns ja beobachtet.«

Avery stellte sich empört auf die Zehenspitzen. »Ich war schockiert!«, fauchte sie. »Und eigentlich bin ich davon ausgegangen, dass ihr beide noch stundenlang weitergemacht habt, nachdem ich weg war.«

»Nein.« Sein Humor schien zu verfliegen, und er sah auf einmal sehr ernst aus. »Es tut mir sehr leid, dass du das mitbekommen hast.«

Bevor sie überhaupt wusste, was sie da tat, hörte sie sich sagen: »Aber es tut dir nicht leid, dass du es getan hast, oder?«

Rowdy musterte sie abschätzend, gab ihr jedoch keine Antwort.

Großer Gott. Hastig zog Avery die Tüten mit den Erdnüssen und Salzbrezeln heraus und füllte die Schälchen wieder auf. »Vergiss, was ich gesagt habe. Das geht mich überhaupt nichts an.«

»Ich habe dich gefragt …«

»Ich weiß, dass du das getan hast«, unterbrach sie ihn etwas zu laut und zu schnell. Ihr gespieltes Lachen klang ganz und gar nicht überzeugend. »Und wenn du nicht mich kriegen kannst, dann nimmst du eben eine andere, was?« Irgendeine andere.

So kam sie sich natürlich wie etwas Besonderes vor.

»Avery …«

Sie stellte die Schale so heftig auf die Bar, dass einige Erdnüsse heraussprangen. »Ich hab's schon verstanden, Rowdy, das kannst du mir glauben.«

»Das bezweifle ich.«

Aus irgendeinem Grund ärgerte sie das noch mehr. Sie stemmte die Hände in die Hüften und starrte ihn mit zornesroten Wangen an. »Du willst Sex. Ständig.«

Er sah sich um, nahm dann ihren Arm und zog sie ein wenig zur Seite. »Könntest du vielleicht etwas leiser reden?«

Da sie schon in Fahrt war, machte sie einfach weiter. »Mit jeder willigen Frau. Wenn ich nicht bereit bin, dann suchst du dir …«

»So ist es doch gar nicht.«

»Ach nein?« *Halt einfach die Klappe, Avery.* Aber natürlich tat sie das nicht. In Rowdys Gegenwart verlor sie ständig die Selbstbeherrschung. »Wie ist es denn dann?«

Er tat die Frage mit einem Kopfschütteln und einer Gegenfrage ab. »Was meinst du damit, dass du nicht bereit bist?«

Oh, Scheiße.

Er trat etwas näher an sie heran und schien sie mit seinen Blicken förmlich zu durchbohren. »Du hast mich nicht gebeten zu warten, Avery. Nicht ein Mal. Ich habe von dir nichts anderes als ein klares Nein zu hören bekommen.«

Sie sah zu ihm auf – und hätte am liebsten gesagt: *Warte.*

Als könnte er ihre Gedanken lesen, flüsterte er: »Avery …«, doch dann klingelte auf einmal das Festnetztelefon der Bar und unterbrach Rowdy bei dem, was er gerade sagen wollte.

Sie griff nach dem Hörer, aber er war schneller.

Ohne sie aus den Augen zu lassen, meldete er sich mit: »Rowdys Bar und Grill.« Er hatte den von ihr vorgeschlagenen Namen für die Bar zwar übernommen, sprach ihn jedoch nur selten aus. »Was kann ich für Sie tun?« Dann kniff er die Augen zusammen. »Ja, sie ist hier. Augenblick.« Er reichte ihr den Telefonhörer.

Avery zog die Augenbrauen hoch. »Für mich?«

»Du bist doch Avery Mullins, oder nicht?«

Sie machte so schnell einen Schritt nach hinten, dass sie gegen die Bar stieß. *Jemand hatte namentlich nach ihr gefragt?* Eine unsichtbare Faust schien ihre Lunge zu zerquetschen. »Wer ist denn dran?«

In Rowdys Augen zeichneten sich Sorge und Misstrauen ab. »Das hat er nicht gesagt.«

Er. Während in ihrem Kopf alles drunter und drüber ging und sie immer besorgter wurde, überlegte Avery, was sie jetzt tun und wie sie reagieren sollte.

Rowdy legte eine Hand auf den Telefonhörer. »Wo ist das Problem?«

Sie kaute auf ihrer Unterlippe herum. Vermutlich war es nur ein Kunde, der eine Frage zur Bar hatte. Der Anrufer konnte ja nicht wissen, dass der Besitzer persönlich ans Telefon gegangen war und ihm auch Auskunft hätte geben können …

Rowdy kam ihr so nahe, dass sie sich beinahe berührten. »Soll ich den Anruf für dich entgegennehmen?«

Er war so groß und so umwerfend männlich, dass er ihren Größenunterschied unabsichtlich nur noch mehr betonte und sie sich noch viel kleiner und verletzlicher fühlte.

Dabei hatte sie diese Gefühle eigentlich tief in ihrem Inneren vergraben wollen.

»Nein.« Sie war eine unabhängige erwachsene Frau, und es war Zeit, dass sie sich auch so verhielt. Sie nahm ihm den Telefonhörer aus der Hand und sagte mit nur einem Hauch von Vorsicht in der Stimme: »Hallo?«

Die eiskalte Stille war lauter als ein Schrei.

Ihr Herz klopfte wie wild. Die Art, wie Rowdy sie musterte, machte die Sache auch nicht besser. Noch einmal sagte sie: »Hallo?«, dieses Mal etwas lauter.

Dann hörte sie ein leises Lachen, und die Leitung war tot.

Aus ihrer Sorge wurde ausgemachte Panik.

»Avery?«

Von jetzt an musste sie noch viel vorsichtiger sein. Sie konnte nicht mehr allein zum Bus gehen und musste auf das Schlimmste vorbereitet sein, wenn sie ihre Wohnung betrat.

»Okay, das reicht jetzt.« Rowdy packte ihre Schultern. »Sag mir sofort, was los ist.«

Es gab keinen Grund, Rowdy in ihre absurde Vergangenheit einzuweihen. »Es ist alles in Ordnung.« Er konnte ohnehin nichts daran ändern, und selbst wenn, hätte sie es nicht zugelassen.

Sie war auch sehr gut allein klargekommen, bevor sie Rowdy begegnet war.

Da er sich nun mal nicht binden wollte, würde sie auch weiterhin hervorragend ohne ihn ihr Leben bestreiten.

»Ach ja? Strangulierst du aus diesem Grund noch immer den Telefonhörer?« Er nahm ihn ihr ab und hielt ihn sich ans Ohr.

»Er hat aufgelegt.« Avery drehte sich um, da sie noch mehr Erdnüsse und Brezeln auffüllen musste. Als sie fertig war, stand Rowdy immer noch da. Er wartete. Vielleicht hatte sie ihn ja falsch verstanden. »Er hat wirklich nach mir gefragt, und nicht nur darum gebeten, die Barkeeperin zu sprechen?«

»Nein, er hat gefragt, ob Avery Mullins zu sprechen wäre.«

Tja … Das war übel. Daran gab es nicht viel zu deuteln, sondern sie musste vom Schlimmsten ausgehen.

Jemand hatte sie gefunden.

Rowdy nahm ihren Arm und drehte sie sanft zu sich herum. »Du arbeitest für mich.«

»Im Ernst? Das wusste ich ja noch gar nicht.«

Er kniff die Augen zusammen und sah sie wütend an. »Jetzt spiel hier nicht den Klugscheißer.«

»Okay. Ja, ich arbeite für dich.« Sie liebte ihren Job, daher sollte sie sich jetzt lieber um die Gäste kümmern, anstatt zu schmollen. »Wenn du mir jetzt aus dem Weg gehen würdest, könnte ich meine Arbeit auch tatsächlich erledigen.«

Er musterte ihr Gesicht, begriff, dass sie sich nicht umstimmen ließ, und stöhnte verzweifelt auf. »Bleib nach Feierabend noch etwas länger. Ich würde gern mit dir reden.«

Sie machte den Mund auf und wollte sich schon weigern, doch er kam ihr zuvor, bevor sie etwas sagen konnte.

»Es hat mit der Arbeit zu tun.« Er sah sie noch immer schlecht gelaunt an. »Ella wird auch da sein.«

Oh. Na dann … »Ich kann nur bis zwei Uhr dreißig bleiben.« Danach fuhr kein Bus mehr, und sie wollte sich keine teure Taxifahrt leisten.

Er nickte. »Es wird nicht lange dauern.«

»Okay.«

Er hielt noch immer ihren Arm fest und strich mit dem Daumen über ihre Haut. »Ist wirklich alles in Ordnung?«

Aaaah. Rowdy hatte seine Fehler, aber er war auch so mitfühlend und besaß einen starken Beschützerinstinkt.

Außerdem besaß er eine stärkere maskuline Ausstrahlung, als es erlaubt sein sollte.

»Auf jeden Fall.« Sie bemühte sich, ihr Leben auf die Reihe zu bekommen, und hatte nicht vor, jetzt einen Rückschlag hinzunehmen.

Eine Stimme sagte auf viel zu vertraute Weise: »Rowdy!« Sie drehten sich beide um, um zu sehen, wer das gesagt hatte.

Zwei Blondinen und eine Brünette winkten ihm zu, aber weit und breit war keine Rothaarige zu sehen. Sie verschränkte die Arme und schob die Unterlippe vor. »Falls du wieder dein Büro benutzen willst, solltest du dieses Mal lieber die Tür abschließen.«

Rowdy berührte ihr Kinn und drückte es nach oben. »Wir unterhalten uns nach der Arbeit.«

»Über die Arbeit«, fügte sie hinzu, aber er war schon losmarschiert, ging um die Bar herum und begrüßte die drei Frauen.

Der Mond und eine flackernde Straßenlaterne erhellten die Umgebung. Der kalte Wind drang durch seinen Mantel. Er schlug den Kragen hoch und entfernte sich vom Münztelefon, wobei seine Schritte auf dem Kies knirschten. Die Zufriedenheit, die er spürte, hätte ihn beinahe laut auflachen lassen.

Jetzt hatte er sie.

Avery Mullins hatte vielleicht geglaubt, sie wäre untergetaucht, aber wenn man ihm genug bezahlte, konnte er jeden aufspüren – oder das dunkelste Geheimnis aufdecken. Es hatte ein Jahr gedauert, aber schon bald würde alles vorbei sein.

Er konnte es kaum abwarten, sie wiederzusehen. Alle wären froh, wenn sie an ihren angestammten Platz zurückkehrte. Er würde nie wieder so unvorsichtig sein. Sie hatten sich beide gewaltig verrechnet: Er hatte ihren Einfallsreichtum unterschätzt und sie seine Entschlossenheit.

Demnächst würde er sein Bankkonto an ihre Cleverness anpassen.

Schon bald hätte er alle Fehler beseitigt. Avery würde ihn nie wieder zum Narren halten.

2

Avery biss die Zähne aufeinander und versuchte, die drei zu ignorieren. Doch das war unmöglich. Die Frauen, die Rowdy umschwärmten, waren hübsch, sexy und willig. Wenn Rowdy mit ihnen in sein Büro ging, dann würde sie … was? Kündigen? Wohl kaum.

Sie könnte sie ja einfach mit kaltem Wasser bespritzen. Bei diesem Gedanken beäugte sie das Sodawasser unter der Bar. Das war durchaus eine Option.

Doch während sie auf Kunden wartete, löste sich Rowdy von den Frauen und musste danach andere abwehren, die sich ihm an den Hals warfen. Dabei war er höflich zu allen, mehr jedoch nicht.

Nicht, dass es von Bedeutung war, rief sie sich ins Gedächtnis. Zumindest nicht für sie.

Er hob den Kopf und bemerkte, dass sie ihm missmutig hinterherblickte. Daraufhin zwinkerte er ihr zu, grinste kurz und kümmerte sich dann weiter um die Gäste.

Da sie erst vor ein paar Wochen eröffnet hatten, war sich Rowdy für keinen Job zu schade, er behielt den Überblick über alle Bereiche und mischte sich jeden Abend unter die Gäste. Die Männer genossen das lässige Ambiente in der Bar, aber Avery vermutete, dass die Frauen vor allem wegen Rowdy und nicht nur wegen der anderen Angebote der Bar herkamen.

Es hatte eine Weile gedauert, die Bar neu einzurichten. Der Großteil der Möbel musste repariert werden, und manches tauschte Rowdy gleich ganz gegen Secondhandmöbel aus. Um Geld zu sparen, hatte er viele Arbeiten selbst übernommen, die Wände gestrichen, die Böden und Fenster geschrubbt und dafür gesorgt, dass alles glänzte und so sauber wie nur möglich war.

Avery war vorbeigekommen, wann immer es ihr möglich war, um an seiner Seite zu arbeiten … und sich nur noch mehr in ihn zu verlieben.

Sie wusste nicht genau, was genau sie an Rowdy so anziehend fand, aber vom ersten Tag an war sie seinem recht rauen Charme verfallen. Dazu kamen sein attraktives Gesicht und sein kräftiger, muskulöser Körper, die ihn zu einem wahren Augenschmaus machten.

Aber es war sehr viel mehr als nur seine körperliche Erscheinung. Rowdy lächelte, als würde er alle ihre Geheimnisse kennen, und sah sie an, als wären sie bereits intim miteinander gewesen. Er strotzte nur so vor Selbstsicherheit und ging jeden Tag mit Furchtlosigkeit und Wagemut an.

Sie wusste, dass er sich Mühe gab, es zu verbergen, aber in der Art, wie er das Leben anging, war auch etwas äußerst Feinfühliges und Aufmerksames – sowohl sich selbst als auch anderen Menschen gegenüber.

Als Rowdys Schwester Detective Logan Riske geheiratet hatte, war Rowdy der Schwager eines Polizisten geworden. Avery musste grinsen, als sie an seine Reaktion darauf dachte. Im Grunde genommen traute er der Polizei kein bisschen. Aber nach allem, was sie gesehen hatte, kam er sowohl mit Logan als auch mit Detective Reese Bareden, Logans Partner, gut aus.

Über Rowdys Vergangenheit wusste sie so gut wie nichts, aber man musste kein Hellseher sein, um zu wissen, dass er ein hartes Leben geführt hatte, sich auf der Straße auskannte und wusste, wie man überlebt. Die Wahrscheinlichkeit war groß, dass er einige Zeit auf der falschen Seite des Gesetzes gestanden hatte, und dafür sprach auch sein Misstrauen gegenüber der Polizei.

Da sie gerade Gläser spülte, bekam Avery nicht mit, dass Rowdy zu ihr hinter die Bar kam, und so prallte sie gegen ihn, als sie sich umdrehte.

Dieser Kerl! »Was schleichst du dich immer so an mich heran?«

»Ich hab mich nicht angeschlichen.« Mit vielsagendem Blick schlüpfte er an ihr vorbei. »Ich fülle Getränke nach.«

»Oh. Danke.« Avery versuchte, sich durch Small Talk abzulenken, um nicht an die kompromittierende Situation denken zu müssen, in der sie ihn am Morgen erwischt hatte. »Ganz schön was los heute.«

»So langsam läuft der Laden.« Er musterte sie kurz von oben bis unten. »Wie hältst du dich?«

Avery erstarrte. »Wie meinst du das?«

»Du hast selbst gesagt, dass viel los ist. Brauchst du Hilfe?«

Oh. *Reiß dich zusammen, Avery.* Rowdy war es völlig egal, dass sie ihn in dieser intimen Situation gesehen hatte, und das sagte viel über ihn aus. »Ich werde schon damit fertig. Alles kein Problem.«

»Sag mir Bescheid, wenn es dir zu viel wird.« Er nahm das Tablett und ging zurück zu den Tischen. »Ich löse dich gleich mal ab, damit du Pause machen kannst.«

»Okay.« Als sie sah, wie sich seine Muskeln anspannten, während er das Tablett trug, krümmten sich ihr lustvoll die Zehen. Das passierte ihr öfter, wenn sie ihn anschaute.

Doch die vielen Gäste verhinderten, dass sie sich ihren Tagträumen hingeben konnte. Sie mochte es, wenn so viel Betrieb war, da sie dann alles um sich herum vergaß. Sie fand einen Rhythmus und verlor sich in ihrer Arbeit. Das war gewissermaßen ihr Zen.

Als es wieder etwas ruhiger wurde, entdeckte sie Rowdy im hinteren Teil der Bar, wo er sich in eine Auseinandersetzung zwischen zwei Männern und einer Frau einmischte. Ein Stuhl wurde umgeworfen. Die Stimmen wurden lauter.

Bevor die Sache aus dem Ruder laufen konnte, hatte Rowdy wieder alles unter Kontrolle. Die Männer beruhigten sich. Rowdys Ausstrahlung gab allen zu verstehen, dass man sich lieber nicht mit ihm anlegen sollte. Die Frau stürmte wütend aus der Bar, und keiner der beiden Männer machte Anstalten, sie aufzuhalten.

Mit einem schiefen Grinsen sah Avery zu, wie Rowdy den Stuhl wieder hinstellte, wobei sie daran denken musste, wie er nach Feierabend aussah, wenn sie in der Bar aufräumten. Wie sich sein Bizeps anspannte, wenn er etwas Schweres hob. Wie sich seine Oberschenkel bewegten, wenn er sich vorbeugte. Wie seine Bauchmuskeln aussahen, wenn er sich den Schweiß von der Stirn wischte und sein T-Shirt dabei hochrutschte.

Die unverhohlene Freude auf seinem Gesicht, wenn er eine Aufgabe beendet hatte.

Zwar war es Rowdy unangenehm gewesen, doch er hatte sich auch von seiner neuen Familie und seinen Freunden helfen lassen. Sie zusammen zu sehen war anfangs sehr ungewohnt gewesen.

Mit seinen ein Meter dreiundneunzig fand sie ihn fast schon übergroß. Sein Schwager Logan war nur wenige Zentimeter kleiner, ihr gemeinsamer Freund Reese noch etwas größer und Logans Bruder Dash etwa genauso groß wie Rowdy. Abgesehen von ihrer körperlichen Erscheinung waren die Männer allerdings völlig unterschiedlich.

Als Polizisten waren Logan und Reese von Natur aus wachsam und ernst. Rowdy übertraf sie jedoch noch, er hatte eine noch aufmerksamere, vielleicht sogar erwartungsvolle Art an sich. Die Detectives entspannten sich auch mal, Rowdy hingegen gab seine Wachsamkeit nie auf.

Logans Bruder Dash besaß eine Baufirma. Soweit Avery wusste, war er sehr stolz auf seine Arbeit, aber nach Feierabend interessierte er sich nur noch fürs Vergnügen. Und er konnte Frauen problemlos um den Finger wickeln.

Aber auch in der Hinsicht war ihm Rowdy überlegen. Ihn schien ständig ein Hauch von Gefahr zu umwehen, der sich in seiner Erscheinung, seinem Aussehen, seiner Haltung und seinen Fähigkeiten niederschlug.

Auch in seinem Erfolg bei Frauen.

Sie hatte den Eindruck, dass Rowdy entweder arbeitete oder die Gesellschaft einer Frau genoss. Insgesamt wirkte er unermüdlich und schien entschlossen zu sein, die Bar erfolgreich zu führen. Wenn sie nach Hause ging, blieb er noch und war meist schon da, wenn sie zur Arbeit kam.

Heute … Okay, er war da gewesen. Wirklich früh sogar. Blieb er häufiger über Nacht in der Bar? Hatte er schon andere Frauen in seinem Büro beglückt?

Ella kam mit einer Getränkebestellung zu ihr. »Krise abgewehrt«, meinte sie und bezog sich darauf, wie Rowdy den Streit geschlichtet hatte. »Er ist schon ein Teufelskerl, was?«

»Er macht gute Arbeit«, stimmte ihr Avery zu.

Mit ihren vierunddreißig Jahren war Ella acht Jahre älter als Avery. Im Gegensatz zu ihr trug die Kellnerin immer hochhackige Schuhe und ein tief ausgeschnittenes Oberteil, und sie hörte nie auf zu lächeln. Sie flirtete ständig, nannte die Gäste »Süßer« oder »Schätzchen« und fasste sie auch gern an. Nicht zu intim natürlich, zumindest nicht während der Arbeit. Aber sie kam ihnen gern nahe.

Bei einigen Frauen wäre diese Art sehr klischeehaft rübergekommen, nicht jedoch bei Ella, die dafür viel zu ernst und zu mitfühlend war und ihre Aufmerksamkeiten wirklich ehrlich meinte.

Während sie eine Locke ihres langen, dunkelbraunen Haars um einen Finger wickelte, beugte sich Ella über die Bar, um Avery beim Einschenken des Whiskeys zuzusehen. »Was glaubst du, worum es bei der Besprechung nachher geht?«

Avery zuckte mit den Achseln. »Rowdy hat nichts weiter gesagt, also wer weiß?«

»Jones hofft darauf, dass er endlich Hilfe in der Küche bekommt. Der arme Schnuckel arbeitet sich jeden Abend halb tot.«

Avery hätte den schlanken, durchtrainierten Mittsechziger nie im Leben »Schnuckel« genannt, aber sie musste Ella recht geben, dass er alle Hände voll zu tun hatte. Jones war ebenso wie Ella ein fröhlicher Typ. Er trug sein langes, immer grauer werdendes Haar als Pferdeschwanz, hatte mehr Tattoos, als Avery zählen konnte, und fluchte beim Kochen wie ein Kesselflicker, vor allem an den Abenden, an denen richtig viel los war.

Die Kellnerinnen gingen ihm zur Hand, wann immer sie Zeit dafür fanden, aber das kam nicht besonders häufig vor. Rowdy hatte gehofft, drei Kellnerinnen Vollzeit weiterbeschäftigen zu können, aber nur Ella hatte das Angebot angenommen. Die anderen beiden, die beim Poledance jede Menge Trinkgeld bekommen hatten, waren nicht begeistert von Rowdys Entscheidung gewesen, die Stange abzubauen, arbeiteten jetzt nur noch halbtags und verdienten die restliche Zeit in einem Klub ihr Geld.

»Ich bezweifle, dass es was mit der Küche zu tun hat, wenn er erst nach Feierabend mit uns sprechen will.« Da die Renovierungen immer noch nicht abgeschlossen waren, hielt Rowdy häufiger Besprechungen ab. Wenn es um den Koch gegangen wäre, hätte er sie vor der Arbeit zusammengetrommelt, da die Küche um dreiundzwanzig Uhr schloss.

»Ist ja auch egal. Er bezahlt uns gut, wenn wir länger bleiben müssen, daher macht es mir nichts aus.« Ella schnappte sich ihr Tablett. »Rowdy ist echt ein Teufelskerl.«

Ja, da hatte sie recht. Und er war ein Riesenmacho.

Und sexbesessen.

Ella marschierte mit wackelnden Hüften davon.

Selbst ohne Stange bekam Ella sehr viel Trinkgeld. Aber es war auch viel los, daher konnte sich selbst Avery nicht beklagen.

Um ein Uhr verkündete Rowdy, dass sie bald schließen würden, und Avery war bereits hundemüde. Rowdy hatte sie zweimal abgelöst, damit sie eine Pause machen konnte, aber sich selbst keine Ruhe gegönnt.

Endlich war der letzte Gast aus der Tür und Rowdy schloss hinter sich ab. Alle versammelten sich im Pausenraum. Sobald Avery und Ella am Tisch saßen, sagte Rowdy: »Es tut mir sehr leid, Ella, aber wir werden Uniformen einführen.«

»Warum tut es dir leid, Schätzchen?« Ella verschränkte ihre langen Beine. »Ich habe schon früher eine Uniform bei der Arbeit getragen. Einige waren sogar recht niedlich.«

»So was meine ich nicht.« Rowdy legte die schwarzen Unisex-T-Shirts auf den Tisch, auf die in Neongelb der Name der Bar gedruckt war. »Nichts Heißes, Ella. Ich möchte, dass alle das T-Shirt und Jeans tragen.« Er nahm eine Schürze aus einer Tüte. »Und so eine.«

Avery beäugte die schwarze, zweckmäßige Schürze, auf der dasselbe Logo prangte wie auf dem T-Shirt. »Mir gefällt es.«

Ella verzog erschrocken das Gesicht.

»Ihr bekommt jeweils drei davon. Wenn ich könnte, würde ich euch für jeden Wochentag ein Set geben, aber vorerst müsst ihr damit auskommen.«

»Du wirst toll darin aussehen, Ella«, versicherte Avery ihrer Kollegin. »Das wird noch viel verlockender sein, da sich alle Männer fragen werden, was du darunter verbirgst.«

»Das ist nicht dasselbe.« Sie entdeckte ihre Größe, zögerte, legte die Shirts dann zurück und nahm die nächstkleinere Größe. »Ich kann nur hoffen, dass ich dadurch nicht weniger Trinkgeld kriege.«

»Das bezweifle ich«, erwiderte Rowdy, »da die Kunden dich lieben. Aber ich werde dir trotzdem eine Gehaltserhöhung geben. Du bekommst einen Dollar mehr die Stunde.«

Daraufhin lächelte sie sofort wieder. »Wirklich?«

»Der Laden läuft besser, als ich erwartet habe, und du hast wirklich hundert Prozent Einsatz gezeigt.«

»Ach, du bist wirklich der Beste!« Ella ließ die Shirts fallen, sprang auf und umarmte Rowdy enthusiastisch.

Er war offensichtlich froh über ihre Reaktion und erwiderte ihre Umarmung, wobei er sie hochhob und ihr einen Kuss auf den Kopf drückte.

Als sie seine erleichterte Miene sah, begriff Avery, dass er vermutlich mit einem Streit gerechnet hatte.

Über Ellas Kopf hinweg trafen sich ihre Blicke, und er schob die Kellnerin langsam ein wenig von sich weg.

Glaubte er etwa, sie wäre eifersüchtig auf Ella? Nein. Sie wusste, dass Rowdy Ella als Angestellte zu schätzen wusste und sonst keine Hintergedanken hatte.

Ella sah ihn strahlend an. »Gibt es sonst noch was, Schätzchen?«

»Nein. Das war alles.« Er steckte ihre Shirts und Schürzen in eine Tüte. »Bitte sehr.«

»Danke.« Ella gab ihm lautstark einen Kuss auf die Wange, streichelte ihm einmal über die Brust und ging mit ihrer neuen Arbeitskleidung in Richtung Hintertür.

Avery konnte von ihrem Stuhl aus durch den Pausenraum und die Küche bis zur Hintertür sehen. Sie bemerkte, dass Rowdy wartete, bis Ella draußen war, und sich dann zu ihr umdrehte. »Eine hätten wir«, murmelte er.

»Hast du dir wegen ihr Sorgen gemacht?«, fragte Avery grinsend.

»Ein wenig.« Er ließ seine Schultern kreisen und rieb sich den Nacken. »Ich mag Ella. Sie arbeitet hart und hat eine gute Einstellung. Sie beschwert sich nie und lächelt die Kunden immer an. Aber mal ehrlich, sie muss wirklich nicht so offenherzig rumlaufen.«

»Und ich dachte, das würde dir gefallen.«

»Woanders vielleicht. Aber wir versuchen, nicht so eine Bar zu sein.«

Da begriff sie endlich. »Die Uniformshirts sind also deine Art, Ellas Freizügigkeit einzuschränken, ohne ihre Gefühle zu verletzen?«

Er zuckte mit den Achseln. »Es schien mir klüger zu sein, als ihr zu sagen, dass ihr Ausschnitt zu tief ist.«

Avery lachte. »Gerissen.« Sie nahm ein T-Shirt in die Hand und sah sich das Logo genauer an. »Das gefällt mir. Lässig und klassisch gleichzeitig.«

»Und es passt gut zu deinen Jeans.«

Da sie zur Arbeit immer Jeans trug, war sie dankbar, dass er daran gedacht hatte. »Danke. Und nur, damit du es weißt: Wenn du irgendeine alberne Uniform ausgepackt hättest, in der man entweder lächerlich aussieht oder als würde man Fetischmode tragen, hätte ich mich geweigert, sie anzuziehen.«

»Das dachte ich mir.« Rowdy beobachtete sie, wie sie sich drei Shirts und Schürzen aussuchte. »Anscheinend machst du das genaue Gegenteil von Ella.«

»Wie meinst du das?«

»Du nimmst eine größere Größe, während sie eine kleinere genommen hat. Du versteckst deine Figur, Ella bringt ihre zur Geltung. Aber damit haben wir dann vermutlich ein Gleichgewicht.«

»Ich verstecke doch gar nichts.« Doch in der Tat hatte sie schon vor einer ganzen Weile aufgehört, sich auffällig zu kleiden. »Hinter der Bar wird es manchmal stressig, da muss ich mich frei bewegen können. Bequemlichkeit ist mir da wichtiger als alles andere.«

»Avery?«

Sie faltete die Shirts zusammen. »Hmm?«

Da er weder aufgestanden war noch den Tonfall geändert hatte, war sie überrascht, als er fragte: »Warum warst du heute so früh hier?«

Sie hielt inne und wurde von den Erinnerungen überwältigt.

Rowdys tiefes, raues Stöhnen.

Sein angespannter Gesichtsausdruck, als er kam.

Peinlich berührt wich sie seinem Blick aus und fummelte an den Kleidungsstücken herum. »Ich hatte gestern mein Handy liegen lassen.«

Rowdy beugte sich langsam vor und verschränkte die Arme auf der Tischplatte. »Du hättest es auch einstecken können, als deine Schicht anfing.«

Stattdessen war sie eher hergekommen und hatte ihn bei seinen Spielchen im Büro erwischt. »Ich musste vor der Arbeit noch jemanden anrufen.«

»Ach ja? Wen denn?«

Sie hatte beim besten Willen nicht vor, ihm zu verraten, dass sie einen Termin beim Frauenarzt hatte machen wollen, um sich die Pille verschreiben zu lassen … weil sie wollte, dass er mit ihr seine Spielchen trieb.

Allerdings auf keinen Fall im Büro. »Das ist unwichtig.«

Er machte schon wieder eine finstere Miene. »Deinen Freund?«

Avery stutzte. »Wie in aller Welt kommst du denn auf die Idee?«

»Dich hat vorhin ein Mann angerufen. Triffst du dich mit ihm?«

»Ich … Nein. Der hatte sich vermutlich verwählt oder so was.« Hoffte sie zumindest. Sie tat die Frage mit einer Handbewegung ab, gab jedoch zu: »Ich habe keinen Freund.«

Erst nach einer langen Pause hakte Rowdy leise nach: »Wirklich nicht?«

Da sie es nicht noch einmal wiederholen wollte, sah sie auf die Uhr, die an der Wand hing. »Ich muss jetzt los, sonst verpasse ich meinen Bus.«

Er musterte sie noch einmal und stand dann gleichzeitig mit ihr auf. »Deinen Bus?«

»Hast du etwa gedacht, ich gehe zu Fuß?«

»Nein, aber ich bin davon ausgegangen …« Er schüttelte den Kopf. »Ich fahre dich nach Hause.«

»Nein, das wirst du nicht tun.« Es fiel ihr schon schwer genug, nur mit ihm zusammen im Pausenraum zu sein, aber in einem engen Wagen wäre die Versuchung einfach zu groß. »Danke für das Angebot.«

»Verdammt, Avery, das ist auch für mich eine schwierige Situation«, sagte er gereizt.

Für *ihn*? »Das soll doch wohl ein Witz sein, oder?«

Er biss die Zähne aufeinander. »Ich wünschte, du hättest das heute nicht gesehen.«

»Dann sind wir ja schon zwei.«

»Aber es ist nun mal passiert«, erklärte er, »und ich denke, wir sollten darüber reden.«

Oh nein, sie würde nicht zulassen, dass dieser intime Tonfall und seine entschlossene Miene sie umstimmten. »Ich bin nicht deine Mutter, Rowdy. Und glaube mir, selbst ohne die Peepshow heute wusste ich über deinen … überaktiven Geschlechtstrieb Bescheid. Ich hatte nur nicht erwartet, bei der Arbeit damit konfrontiert zu werden.«

»Das war vor der Arbeit und eine Ausnahme.«

Der hatte ja Nerven! »Willst du mir etwa erzählen, dass so was noch nie passiert ist?«

»Doch, natürlich schon.«

Ihr Magen zog sich zusammen … bis er weitersprach.

»Aber nicht *hier*.«

»Aber ich rede doch davon, dass es *hier* passiert ist!«, fauchte Avery.

»Ach ja?«

Inzwischen war sie so verwirrt, dass ihr beinahe die Worte fehlten. »Ich wollte damit nicht andeuten, dass du *nie* … dass du *noch nicht* …« Nein, sie konnte es nicht aussprechen, damit er sich daran ergötzte. Sie richtete sich auf. »Ich bin noch nie einem schamloseren Menschen begegnet.«

Er verzog voller männlicher Arroganz den Mund. »Dann war es nur der Ort, worüber du dich so aufgeregt hast?«

»Ich rege mich nicht auf!«

Als sie lauter wurde, zog er eine Augenbraue hoch.

Avery holte tief Luft, um sich ein wenig zu beruhigen, und sagte leiser: »Was du in deiner Freizeit machst, geht mich nichts an.«

»Das war meine Freizeit – Zeit, die ich gern mit dir verbracht hätte, aber du hattest ja keine Lust dazu.«

Daraufhin ließ Avery die Shirts fallen und stemmte die Hände in die Hüften. »Das ist also deine Entschuldigung?«

Er trat näher an sie heran. »Entschuldige, Süße, aber ich brauche keine Entschuldigung.« Zärtlich strich er ihr eine Locke, die ihr aus dem Pferdeschwanz gerutscht war, hinter das Ohr. »Ich bin ein erwachsener Mann, das ist meine Bar, und ich hatte nicht damit gerechnet, dass so früh jemand auftaucht, am wenigsten du.«

»Na, großartig!« Sie riss die Shirts wieder an sich und wollte nur noch weg. »Dann hätten wir das ja geklärt.«

Rowdy hielt sie am Arm fest. »Warte.« Sie wollte sich schon losreißen, bis er sagte: »Komm schon, Avery, gib mir die Chance, es dir zu erklären.«

Das war keine kluge Entscheidung, da ihre Entschlossenheit mit jeder Sekunde weiter sank, aber sie hielt dennoch inne.

»Okay, dann raus damit.« Hoffentlich hatte er eine gute Erklärung.

Andererseits wäre ihr das Gegenteil vielleicht sogar lieber.

Um einen Augenblick zum Nachdenken zu haben, nahm Rowdy Avery die Kleidungsstücke ab und warf sie wieder auf den Tisch. Da sie jetzt so störrisch – und so unglaublich süß – aussah, hätte er sie lieber gegen die Wand gedrängt und wäre seinen Instinkten gefolgt, anstatt nur mit ihr zu reden.

Aber er konnte sich sehr gut vorstellen, wie sie darauf reagieren würde.

Er strich sich mit einer Hand über den Nacken und überlegte, was er ihr sagen und welche Worte er wählen sollte.

Avery verschränkte trotzig die Arme vor der Brust. »Ich wäre dann so weit.«

»Lass mir einen Augenblick Zeit, ja?« Er lehnte sich mit der Hüfte an die Tischplatte und musterte Avery. »Es ist dir vermutlich nicht klar, aber ich habe mich noch nie einer Frau offenbart. Außer meiner Schwester zumindest. Aber selbst Pepper habe ich nur einen groben Überblick gegeben, ohne ins Detail zu gehen, wann, wo und mit wem ich Sex hatte.«

Avery ging schon wieder an die Decke. »Das musst du mir auch nicht erzählen.«

»Ich denke schon, aber die Tatsache, dass du hier arbeitest, macht es nicht einfacher.«

Als er schwieg, reckte sie trotzig das Kinn. »Wieso das?«

Rowdy hatte noch nie ein Problem damit gehabt, einfach auszusprechen, was ihm auf der Seele lag, und auch jetzt sah er keinen Grund dafür, die Sache komplizierter zu machen, als sie war. »Ich bin verdammt heiß auf dich, Avery, und das weißt du.«

Ihr stand der Mund offen. »Großer Gott. Du bist so …«

»Aber als dein Arbeitgeber«, unterbrach er sie, »könnte ich möglicherweise zu weit gehen, wenn ich nicht aufpasse.«

Sie lachte auf. »Ist das dein Ernst, Rowdy? Das nennst du *aufpassen*?«

Zum Teufel damit. Er strich mit den Fingerknöcheln über ihre Wange und ihren Hals entlang. »Ich will dich. Und zwar ständig.« *Selbst wenn ich mit anderen Frauen zusammen bin.* Er legte ihr die Hand auf die Schulter und zog sie ein Stückchen an sich heran. »Und das wird sich so schnell auch nicht ändern.«

Sie wurde ein kleines bisschen sanfter. »Das sah mir heute Morgen aber ganz und gar nicht danach aus«, konterte sie.

Als er bemerkte, dass er sie dadurch verletzt hatte und sie nun versuchte, das mit Sarkasmus zu übertünchen, schüttelte er den Kopf. »Nein, Süße, da liegst du falsch.«

Sie presste die Lippen aufeinander. »Dann war deine Geliebte also …«

»Du bringst da was durcheinander. Ich habe keine Geliebten. Das, was du da gesehen hast, war Sex, nichts weiter.«

»Großer Gott.« Sie drückte die Hände gegen seine Brust, schien ihn aber nicht wegstoßen zu wollen. »Ich will das nicht hören.«

»Sie wusste Bescheid.« Rowdy hielt sie weiter fest. »Ich rede nicht um den heißen Brei herum, und sie war völlig damit einverstanden.«

Ihre blauen Augen wurden vor Wut dunkler, und ihre Stimme klang auf einmal heiser. »Ich habe nicht die leiseste Ahnung, warum du mir das erzählst.«

Weil mir wichtig ist, was du von mir denkst. Rowdy legte eine Hand in ihren Nacken, damit sie bei ihm blieb. »Ich habe das Gefühl, dass du mich mit ihr gesehen und das persönlich genommen hast.«

»Da spricht wohl dein Ego.«

Rowdy wusste, dass er einen Nerv getroffen hatte, senkte den Kopf und strich mit der Nase über ihr Haar. »Du denkst, ich hätte dich zurückweisen wollen oder so etwas.« Er atmete ihren Duft ein und verspannte sich am ganzen Körper. Himmel, wie sie ihn erregte …

»Ehrlich gesagt weiß ich nicht, was ich denken soll«, flüsterte Avery.

»Denk doch mal drüber nach, statt Nein lieber Ja zu sagen.«

Sie schlug ihm mit ihrer kleinen Faust in die Rippen.

Grinsend zog Rowdy sie an sich. Nach dem langen Arbeitstag fühlte es sich gut an, sie im Arm zu halten. »Darf ich dich nicht necken?«

»Auf gar keinen Fall.«

»Okay.« Er küsste sie auf die Schläfe und beugte sich dann nach hinten, damit er ihr ins Gesicht sehen konnte. »Nein, ganz im Ernst. Es tut mir leid, wenn ich dich auf irgendeine Weise verletzt habe. Das war nie meine Absicht, das musst du mir glauben.«

Sie sah zu ihm auf, und ihre blauen Augen waren ganz groß und sanft, während sie die Hände in sein T-Shirt krallte und sich an ihm festhielt. »Warum hast du es dann getan?«

Zumindest rannte sie nicht weg, sagte sich Rowdy. Sie klang sogar viel vernünftiger, als er es gehofft hatte. »Ich wollte sie nicht in meiner neuen Wohnung haben, und zu ihr konnten wir auch nicht gehen.«

Endlich schob ihn Avery wütend von sich weg. Ihre Augen blitzten. »Du Arsch!«

Vorsichtshalber machte Rowdy einen Schritt nach vorn und lehnte sich an den Türrahmen, aber sie versuchte nicht, davonzustürmen.

Sie ging nur auf die andere Seite des Tisches – wo er nicht mehr an sie herankam. »Das habe ich nicht gemeint. Ja, ich bin überrascht, dass du so was hier in der Bar machst. Aber ich wollte wissen …« Sie schüttelte den Kopf. »Ach, vergiss es.«

Nein, so einfach kam sie nicht davon. »Warum ich überhaupt mit ihr zusammen war?«

Nach langem Zögern nickte sie einmal kurz.

Er wollte nicht ins Detail gehen und seine Fehler auflisten, aber sie sollte auch nicht wutentbrannt nach Hause laufen. Kurz erwog er, sich eine Geschichte auszudenken, die sie ihm abkaufen würde, aber ihm war klar, dass er sie nicht anlügen konnte.

Was er in ihren wunderschönen Augen sah, berührte ihn tief.

Sie wünschte sich, dass er eine gute Entschuldigung hatte, damit sie ihm aus gutem Grund verzeihen konnte.

Um die Dämonen zu vertreiben, die ihn heimsuchten, hatte er jede Nacht wilden Sex. Er musste immer völlig ausgelaugt sein, und im Allgemeinen war er das auch.

Zumindest bevor er Avery kennengelernt hatte.

Aber als sie ihm jetzt so nah war, sie alleine waren und er diesen Blick in ihren Augen sah, hatte er das Gefühl, dass er einen ganzen Monat enthaltsam gelebt hatte.

Er würde ihr einen Teil erzählen, das musste reichen. »Die Frauen sind schon immer auf mich geflogen.«

»Das ist mir bereits aufgefallen.«

Schon an dem Tag, an dem sie sich kennengelernt hatten, lange bevor er die Bar gekauft hatte, war Avery Zeuge geworden, wie er Frauen aufgerissen hatte. Das war nichts, worauf er besonders stolz war, aber er versuchte auch nicht, es zu verbergen. Er war ein erwachsener Mann und schlief gern mit Frauen.

Um nicht vom Thema abzukommen, ignorierte Rowdy ihre Bemerkung. »Wenn ich eine Abfuhr erhalte, macht mir das nichts aus.«

»Warum auch?« Das klang wie eine Anschuldigung. »Die nächste Frau ist ja nicht weit.«

Er zuckte mit den Achseln und widersprach der Behauptung nicht, obwohl sie nicht stimmte. »Darum geht es doch gar nicht.« Wieder ging er auf sie zu. Er konnte einfach nicht anders. Vom ersten Tag an hatte Avery ihn magisch angezogen, nicht nur körperlich, sondern auch auf andere, verwirrende Weise – die er eigentlich nicht genauer analysieren wollte. »Ich werde versuchen, es dir zu erklären, wenn du mich lässt.«

Sie verschränkte die Arme. »Ich bin ganz Ohr.«

Nein, sie war eher ganz Rückgrat und voller Stolz – und voller heißer Sinnlichkeit, auch wenn sie versuchte, das zu verbergen. »Wenn ich einen Korb kriege – und du kannst mir glauben, dass das öfter passiert –, dann macht mir das nichts aus, weil es mir im Grunde genommen nichts bedeutet.«

Sie wandte sich halb von ihm ab. »Das sollte ich mir wohl hinter die Ohren schreiben, was?«

Rowdy drehte sie wieder zurück und gestand ihr die Wahrheit, obwohl er das eigentlich gar nicht vorgehabt hatte. »Bei dir macht es mir etwas aus.«

Sie sah ihm ins Gesicht, schien aber noch nicht überzeugt zu sein. »Es würde mir leichter fallen, dir das zu glauben, wenn ich dich heute Morgen nicht erwischt hätte.«

Er musste versuchen, sie das vergessen zu lassen. »Ich musste mich ablenken, das war alles.«

»Mit Sex?«, fragte sie skeptisch.

»Das ist die beste Ablenkung, die ich je gefunden habe.« Er war noch sehr jung gewesen, als er herausgefunden hatte, dass Mädchen die dunkelsten Schatten heller machen konnten. Er war immer sehr groß für sein Alter gewesen und hatte älter gewirkt, und die Mädchen hatten seine ruhige, vorsichtige Art für Reife gehalten.

Während andere Jungs Ball spielten … oder mit Actionfiguren oder was auch immer, war er damit beschäftigt gewesen, seiner kleinen Schwester den Rücken freizuhalten. Er hatte sie verbal verteidigt, und wenn das nicht funktionierte, dann hatte er sie eben auch unter Einsatz seiner Körperkraft beschützt. Seitdem er denken konnte, hatte er sich alle Mühe gegeben, Pepper vor der grausamen Realität ihres Lebens zu beschützen, was häufig dazu führte, dass er die Prügel einsteckte. Das war der Grund dafür, dass seine aufgestauten Gefühle manchmal in ihm tobten.

Dank einer Highschool-Cheerleaderin hatte er mit fünfzehn seine Unschuld verloren. Das war wie eine Erleuchtung gewesen. Er hatte gelernt, dass diese Befriedigung seinen Geist und seinen Körper von aller aufgestauten Anspannung befreien konnte. Solange er seinen Stress durch Sex abbauen konnte, wurde er mit allem fertig, was ihm das Leben so abverlangte.

Aber nichts davon hatte etwas mit Avery zu tun.

»Rowdy?«

Ihr sanfter Tonfall machte ihn nervös. Sie hatte beobachtet, wie er sich in seinen Gedanken verloren hatte, und das passierte ihm doch sonst nie. Auf jeden Fall nicht in Gegenwart einer Frau. »Was ist?«

»Gibt es Probleme mit der Bar?« Ihre Miene war vor Sorge sanfter geworden. Sie berührte seinen Arm. »Oder hast du welche?«

»Nein.« Glaubte sie ernsthaft, er würde jammernd zu einer Frau laufen, wenn er ein Problem hatte?

»Warum hast du dann eine Ablenkung gebraucht?«

Verdammt. Er hatte schon zu viel gesagt. »Es wird langsam spät.« Er sah auf die Uhr. »Du wirst noch deinen Bus verpassen, wenn wir nicht langsam losgehen.«

»Oh Mann!« Sie machte einen Satz, zog ihre leichte Jacke über und sammelte ihre neuen T-Shirts und Schürzen ein. Dann warf sie sich den Riemen ihrer Handtasche über die Schulter, stürzte zur Tür des Pausenraums und … zögerte. »Gehst du jetzt auch?«

Rowdy stand direkt hinter ihr und nahm ihr die Shirts wieder ab. »Ich bringe dich zur Bushaltestelle.«

Sie schien sich ein wenig zu entspannen. »Super. Danke.«

Da er eher mit einem Streit als mit Zustimmung gerechnet hatte, fragte Rowdy misstrauisch: »Wir oft fährst du mit dem Bus?«

»Immer.«

Dann machte sie sich jede Nacht ganz allein auf den Heimweg? *Um zwei Uhr früh?* Und er hatte sie immer für einen vernünftigen Menschen gehalten. Wenn er das gewusst hätte, dann hätte er sie jeden Abend begleitet.

Die Bar lag nicht gerade in der besten Gegend, und auch wenn immer irgendwelche Passanten auf der Straße waren, konnte es für eine Frau, die allein unterwegs war, gefährlich werden. Es gab hier jede Menge Seitengassen, geparkte Autos und verlassene Gebäude, in denen eine Frau verschwinden konnte.

Da er zuvor schon die Eingangstür abgeschlossen hatte, schaltete Rowdy noch die letzten Lampen aus und ging dann mit Avery zur Hintertür. Er konnte nicht verhindern, dass seine Stimme leicht verärgert klang, als er fragte: »Gibt es einen guten Grund dafür, dass du mit dem Bus fährst?«

»Ja.«

Während er darauf wartete, dass sie das weiter ausführte, öffnete er die Tür, ging zusammen mit ihr nach draußen und schloss dann wieder ab. »Verrätst du ihn mir auch?«, hakte er nach, als sie nichts weiter sagte.

»Klar.« Sie war bereits einige Schritte vorausgelaufen und sah ihn jetzt über die Schulter hinweg an. »Sobald du mir verraten hast, warum du eine Ablenkung brauchst.«

Dann hatte er sie wohl doch nicht vom Thema abgelenkt? Avery war nicht wie andere Frauen. Sie versuchte nicht, es ihm recht zu machen.

Mit mehreren großen Schritten war er an ihrer Seite, als sie auf die Bushaltestelle vor der Bar zueilte. Dummerweise – zumindest von ihrem Standpunkt aus gesehen – bog der Bus gerade um die Ecke und verschwand.

»Na toll.« Sie sah sich scheinbar besorgt um, ließ sich auf eine Bank fallen, machte ihre Handtasche auf und kramte darin herum.

Rowdy baute sich vor ihr auf. »Was treibst du da?«

»Ich suche mein Handy, damit ich mir ein Taxi rufen kann.«

Auf gar keinen Fall. »Warum bist du nicht lieber vernünftig und lässt dich von mir nach Hause fahren?«

Sie hatte ihr Handy gefunden und nahm es aus der Tasche.

»Avery.« Rowdy hockte sich vor sie hin und nahm ihre schmalen Hände. Sie war so klein, so zart und feminin.

»Was ist?« Da war irgendetwas in ihren Augen, vielleicht Nervosität. Vielleicht sogar Angst.

Sein Beschützerinstinkt war sofort geweckt. »Vertraust du mir nicht?«

»Das ist es nicht.«

»Was ist es dann?«

Sie rückte von ihm ab und sah ihn mit zusammengekniffenen Augen an. »Wenn du es unbedingt wissen willst: Ich weiß nicht, ob ich mir selbst trauen kann.«

Aha, das war interessant. »Du meinst, wenn ich bei dir bin?«

Widerstrebend murmelte sie: »Du führst mich in Versuchung.«

Auch jetzt noch? Nachdem sie ihn bei einem One-Night-Stand erwischt hatte? Das überraschte Rowdy und ließ seine Lust gleich wieder auflodern. »Dann …«

»Wach auf, Rowdy!«, fauchte sie verärgert. »Jede Frau will mit dir ins Bett.«

Ihr Bild von ihm war ein bisschen weltfremd, aber warum sollte er sie aufklären? »Nicht *jede*.«

Sie reckte das Kinn in die Höhe. »Ich habe keine Lust, nur ein Eintrag auf deiner langen Liste von One-Night-Stands zu sein.«

Als ob eine Nacht ausreichen würde, um sein Verlangen nach ihr zu befriedigen. Und ja, das war ungewöhnlich für ihn. Normalerweise war eine Nacht mehr als genug … bei anderen Frauen.

Offensichtlich nicht bei Avery.

Seine kleine Barkeeperin mochte noch so unabhängig wirken, aber bei manchen Dingen schien sie sehr altmodische Ansichten zu haben. »Warum betrachten wir es nicht einfach als Spaß?« Er lächelte sie schelmisch an. »Wir wissen doch beide, dass wir irgendwann in meinem Bett landen werden.«

»Ach, wirklich?« Wie immer hatte Avery auch jetzt eine passende Antwort parat. »Warum hältst du nicht einfach die Luft an und wartest, bis es passiert?«

Er lachte, küsste ihre Fingerknöchel und erwiderte: »Nur

damit du es weißt: Ich werde dich dazu bringen, mich darum anzuflehen.«

»Das wird nie passieren«, fauchte sie. »Das andere … Tja, ich besitze genug gesunden Menschenverstand, um zu wissen, dass das ziemlich unklug wäre.« Ihr Blick wanderte zu seinem Mund, und sie seufzte. »Dafür ist es noch zu früh.«

Zu früh? Was hatte das denn zu bedeuten? »Vielleicht ja bald?«

Sie zuckte mit den Achseln.

Tja, das war doch schon mal was. In gewisser Hinsicht war ein Achselzucken fast ebenso gut wie eine eindeutige Zusage. Er musste sich so sehr zügeln, dass er sich am ganzen Körper verkrampfte, aber er stieß ein: »Okay« hervor, das zum Glück nicht zu zufrieden klang.

Es würde ihm schon gelingen, ihre Gründe dafür herauszufinden, dass sie noch warten wollte und sie zu umgehen. Aber bis dahin wollte er sie nicht verschrecken. »Dann sollten wir uns wenigstens darauf einigen, dass es keinen Grund dafür gibt, unnötig Geld für ein Taxi auszugeben. Wegen mir hast du den Bus verpasst, also bringe ich dich auch nach Hause.«

Sie betrachtete die Schatten, die das Mondlicht zwischen den Häusern entstehen ließ, und die geparkten Autos am Straßenrand und runzelte die Stirn. Ein Fremder kam mit gesenktem Kopf die Straße entlang, die Hände in den Taschen vergraben.

Avery holte tief Luft, sah auf die Uhr und biss sich auf die Unterlippe.

Rowdy sah das als Zeichen der Zustimmung und stand wieder auf. »Es ist schon spät, und ich lasse dich auf keinen Fall alleine hier sitzen. Wenn du mich zu meiner Wohnung begleitest, hole ich die Autoschlüssel, okay?« Er wollte schon die Straße überqueren, als er bemerkte, dass sich Avery nicht gerührt hatte. Also drehte er sich wieder zu ihr um. »Kommst du?«

Sie umklammerte ihre Handtasche und sah ihn verwirrt an. »Ich kann dir nicht folgen.«

»Inwiefern?«

»In vielerlei Hinsicht …« Sie ließ ihren Blick noch einmal die Straße hinauf- und hinabschweifen. An der Ecke neben der Bar standen noch einige Leute. Nach einigem Zögern stand sie von der Bank auf und ging auf ihn zu.

»Zum Beispiel?« Er sah ihr in die Augen und erkannte, dass sie ein Dutzend Probleme durchging, bevor sie sich für eins entschied.

»Wo genau wohnst du eigentlich?«

»Gleich da vorne.« Rowdy deutete auf das große Backsteingebäude, das auf der anderen Straßenseite gegenüber der Bar lag. »Ich bin erst letzte Woche eingezogen.«

3

Avery hatte einen langen Tag hinter sich, aber sie war nicht müde. Zumindest jetzt nicht mehr. Während sie dem Bus nachsah, den sie verpasst hatte, verspürte sie eine merkwürdige Unruhe.

Das lag jedoch nicht an Rowdy. Obwohl er versuchte, sie zu etwas zu überreden, empfand sie seine Gegenwart eher als beruhigend. Er würde ihr nicht wehtun und auch nicht zulassen, dass ihr jemand anderes etwas antat.

Aber irgendjemand war in der Nähe gewesen, hatte sie beobachtet und gewartet. Sie erschauderte vor Furcht. Am liebsten hätte sie dieses Gefühl auf ihre schlimmen Erinnerungen und die Angst, die der Telefonanruf hervorgerufen hatte, geschoben, aber sie wusste es besser. Sie hatte gelernt, ihren Instinkten zu trauen.

Und die sagten ihr gerade, dass sie in dieser Nacht nicht sicher war.

Als sie jetzt hinter Rowdy herging, der ihre Hand genommen hatte, war sie besorgt, dass sie ihn in ihre Schwierigkeiten hineinziehen könnte. Auch wenn er damit fertigwerden würde, daran bestand überhaupt kein Zweifel.

Doch ihre Probleme gingen ihn nichts an, und sie wollte auch gar nicht, dass er sich damit beschäftigen musste.

Sie drehte sich noch einmal um, konnte jedoch niemanden sehen.

»Hast du Angst, dass dich jemand mit mir sehen könnte?« Er legte ihr eine Hand auf den Rücken und schob sie ins Haus.

Er traf den Nagel auf den Kopf, aber nicht aus den Gründen, die er annahm. »Ich hab was gehört«, log sie, auch wenn es eigentlich nur der Tumult in ihrem Inneren gewesen war.

Er nahm sie ernst, sah sich um und suchte die Umgebung ab. Ein Stück weiter die Straße hinunter stieg gerade ein Paar in einen Wagen und fuhr los. Auf der anderen Straßenseite liefen drei angetrunkene Männer lachend den Bürgersteig hinunter. In der Ferne jaulte eine Sirene. Ein Hund bellte.

Leicht abgelenkt murmelte er: »Nachts tragen Geräusche besser und erscheinen näher, als sie eigentlich sind.« Nachdem er sich noch einmal umgesehen hatte, drehte er sich wieder zu ihr um. »In meiner Gegenwart musst du nicht nervös sein.«

»Wenn du das sagst.«

Das Gebäude, das sie betraten, war früher ein Lagerhaus gewesen und zu vier Wohnungen umgebaut worden. Es wirkte noch immer sehr industriell mit den nackten Betonwänden, den Metalltreppen und den hohen Decken. Im Großen und Ganzen passte es aber zu Rowdy: Genauso wie er wirkte es stark und robust, aber auch angenehm schick.

»Ich wohne im zweiten Stock.«

Avery sah zu dem Dachfenster in der sehr hohen Decke hinauf. »Wow.« Mit einer Hand am metallenen Geländer ging sie vor Rowdy die breite Treppe hinauf. Überall, wo sie hinsah, entdeckte sie coole Details wie die frei liegenden Rohre und Leitungen.

»Da lang.« Rowdy führte sie zu einer dicken Stahltür, schloss mehrere Schlösser auf, drückte die schwere Tür auf und schaltete das Deckenlicht ein.

Sie betraten einen kleinen Treppenabsatz, der in das Wohnzimmer führte. Sie folgte ihm die vier Metallstufen hinunter zu dem karg möblierten Sitzbereich, der nur aus einer abgenutzten Couch, einem Sessel, einem Tisch mit einer Lampe und einem mittelgroßen Flachbildfernseher auf einem Sockel bestand.

Der Fernseher war das Einzige, was neu aussah.

Auf der anderen Seite des Raumes bildeten einige frei stehende L-förmige Bücherregale eine Wand, die die Küche auf der linken und das Bett mit dem Kleiderschrank und dem Nachttisch auf der rechten Seite voneinander trennte. Avery ging davon aus, dass die einzige Tür, die sie sehen konnte, ins Bad führte.

Sie betrachtete die hohen Bogenfenster, durch die man auf seine Bar herabsehen konnte, und den Boden aus polierten Holzbohlen.

»Es war nahe«, sagte Rowdy, als müsse er seine Wahl verteidigen.

»Ich finde die Wohnung echt beeindruckend.« Vor allem im Vergleich zu dem Apartment, in dem sie gerade lebte. Sie berührte einen dicken Metallbalken, der mitten im Raum stand. »Tanzt du hier auch gern mal an der Stange?«

Er verschränkte die Arme vor der Brust. »Nein, aber wenn du es mal versuchen möchtest, hätte ich nichts dagegen.«

Sie unterdrückte ein Grinsen. »Nein, danke.«

»Spielverderber.« Er ging in den Küchenbereich.

»Weißt du, was ich nicht verstehe«, sagte Avery, die noch immer sein einzigartiges Apartment bestaunte.

»Ich kann's mir denken.« Seine Stiefel machten auf den dicken Böden fast kein Geräusch. »Du fragst dich, warum ich die Frau nicht einfach hierhergebracht habe, anstatt in mein Büro zu gehen.«

Das beschäftigte sie in der Tat. »Wäre das nicht sehr viel … praktischer gewesen?« Hier hätte er auch ein Bett und müsste sich nicht mit dem Schreibtisch begnügen. Nicht, dass ihn das irgendwie eingeschränkt hätte – sie hatte zumindest nicht den Eindruck gehabt.

»Vermutlich schon«, gab er zu. »Aber ich wollte sie nicht hier haben.« Er drückte einen Schalter, und das Licht in der Küche ging an.

Avery erkannte in diesem Moment, dass er von hier aus nicht nur die Bar sehen konnte, sondern auch von jedem auf der Straße gesehen wurde. Daher achtete sie darauf, immer so zu stehen, dass sie nicht im Blickfeld war. »Warum nicht?«

Er nahm seinen Schlüsselbund von der Arbeitsplatte. »Ich achte eben auf meine Privatsphäre.«

Das war ja unglaublich. »Aber hier hättest du doch viel mehr Privatsphäre als in deinem Büro!« Avery fand seine Wohnung zwar umwerfend, aber sie war auch sehr karg, da nirgendwo etwas Privates zu sehen war. Keine Fotos, nicht mal welche von seiner Schwester. Das enttäuschte sie. Sie hatte Pepper nie kennengelernt und war neugierig auf sie.

Immerhin hatte er einige Bücher in den Regalen stehen.

»Wie gesagt hatte ich nicht damit gerechnet, dass jemand vorbeikommt.« Er kam zu ihr zurück, den Schlüsselbund in der Hand. »Das hier ist meine erste richtige Wohnung. Früher habe ich meist in Motelzimmern gewohnt. Wenn ich eine Frau dahin mitgenommen habe, war das keine große Sachen, weil ich am nächsten Tag sowieso wieder umgezogen bin.«

Dann sollten die Frauen also nicht wissen, wo er wohnte? Diese Einstellung irritierte sie, aber sie fragte sich auch, warum er so oft das Zimmer gewechselt und derart vorsichtig gewesen war. »Wohin?«

»Das ist eine lange Geschichte.« Er versuchte, sie wieder in Richtung Treppe zu schieben.

Doch Avery hielt sich an dem Metallbalken fest und widersetzte sich ihm.

Er knirschte mit den Zähnen. »Du wirst nicht locker lassen, was?«

Das war vermutlich ihre beste Chance, mehr über ihn zu erfahren. Wie konnte sie sich die entgehen lassen? »Ist es denn ein so großes Geheimnis?«, neckte sie ihn. »Warst du auf der Flucht vor dem Gesetz? Wolltest du keine Alimente zahlen? Bist du illegal eingereist?«

Rowdy kniff die Augen zusammen und kam auf sie zu. »Ja, ich war auf der Flucht, aber nicht vor dem Gesetz.«

»Im Ernst?« Das überraschte sie derart, dass sie einen Augenblick brauchte, bis sie diesen ganz besonderen Ausdruck in seinen Augen bemerkte. Sie hatte ihn erst wenige Male gesehen – kurz bevor er sie geküsst hatte. Einmal hatten sie sich sogar in einem Abstellraum in der Bar geküsst, als er sich vor ein paar Raufbolden verstecken musste, die ihn verprügeln wollten.

Seit damals hatte er sich noch ein- oder zweimal einen Kuss von ihr geraubt – und jedes Mal sehnte sie sich nach mehr. *Gefährlich.*

Vielleicht war dieser Zwischenfall ja typisch für sein Leben. »Ist denn ständig jemand hinter dir her?«

»Ziemlich häufig zumindest.«

Und das sagte er auch noch todernst! Avery machte einen Schritt hinter die Säule und überlegte, noch weiter von ihm abzurücken, aber wo sollte sie nur hin? Die Couch stand vor der Wand, der Sessel war viel zu weit weg …

Er nahm ihr Handgelenk und drehte sie zu sich herum. »Lauf nicht vor mir weg«, sagte er sanft.

»Tu ich doch gar nicht.« Doch ihr Herz klopfte so schnell, als wäre sie gerade fünf Minuten lang gerannt.

Er strich mit einem Finger über die pulsierende Ader an ihrer Kehle. »Lügnerin.«

»Ich habe keine Angst vor dir.« Welche Geheimnisse Rowdy auch immer hatte, sie war sich sicher, dass er keine Gefahr für sie darstellte. Sie hatte schon einige ehrlose Männer kennengelernt und wusste, dass Rowdy ganz anders war. »Vielleicht bist du ja derjenige, der aufhören sollte, wegzulaufen.«

»Vor dir?«

Jagte sie ihn etwa? Hmmm … Im Grunde genommen schon. Es war ihr nur eben erst klar geworden. »Ja.«

Sein Blick wurde zärtlicher. »Ich laufe vor niemandem davon.«

Obwohl sie wusste, dass ihn das nur weiter ermutigen würde, flüsterte sie: »Gut.«

Als er sie jedoch an sich zog, stemmte sie beide Handflächen gegen seine Brust.

Er sog die Luft ein. »Nicht?«

Man konnte ihr die Enttäuschung anhören. »Du warst erst heute Morgen mit einer anderen Frau zusammen.«

Er schien getroffen, fast als hätte er es längst vergessen. »Ja. Tut mir leid.« Er ließ sie los und machte einen Schritt nach hinten. »Für eine Frau wie dich ist das wohl ein ziemlicher Dämpfer, oder?«

Für welche andere Frau wäre das kein Dämpfer? Sie schürzte die Lippen. »Allerdings.« Auch wenn sie sich wünschte, dass es anders wäre. »Warum warst du auf der Flucht?«

»Es hatte nichts damit zu tun, dass ich irgendwelchen Pflichten aus dem Weg gegangen wäre«, antwortete er resigniert, »also vergiss es einfach.«

»Dann gibt es also keine kleinen Rowdys irgendwo?«

»Nein, verdammt. Ich bin immer vorsichtig. Aber selbst wenn das passieren sollte, kannst du dich darauf verlassen, dass ich mich um sie kümmern würde.«

Sie glaubte ihm. Nach allem, was sie bisher über Rowdy

wusste, ging er seiner Verantwortung nicht aus dem Weg, wie auch immer sie aussehen mochte. »Okay.«

Er schien ihr nicht ganz abzukaufen, dass sie ihm glaubte, da er sie noch einen Moment musterte, bevor er sich zufriedengab. »So was würde ich einem Kind niemals antun.«

Sie legte die Hände hinter den Rücken und lehnte sich gegen die Säule. »Warum warst du dann ständig woanders?«

»Größtenteils weil mich der Gedanke, mich irgendwo sesshaft zu machen, nicht wirklich gereizt hat.«

»Warst du viel unterwegs?« Bevor ihr Leben eine derart drastische Wendung genommen hatte, war sie gern in den Vereinigten Staaten und auch auf der Welt herumgereist. Schon vor ihrem zwanzigsten Lebensjahr hatte sie mehr als zwei Dutzend der beliebtesten Urlaubsziele besucht.

»Kann man nicht behaupten. Ich bin in der Gegend geblieben.«

»Damit meinst du Ohio?«

Er zuckte mit den Achseln. »Meine Schwester war hier. Das ist sie noch immer, aber jetzt hat sie Logan und braucht …« Er hielt inne, fluchte leise und stieß dann die Luft aus. »Wenn wir das hier wirklich durchziehen, dann können wir uns auch setzen, oder?«, schlug er vor und deutete auf die Couch.

»Damit meinst du, dass wir miteinander reden, oder?«

Seine Mundwinkel zuckten nach oben. »Es sei denn, du hast was anderes im Sinn.«

Ihr schossen zwar diverse Dinge durch den Kopf, die jedoch alle nicht angemessen waren. »Reden klingt gut.«

»Dann werde ich dir eine Kurzversion meiner Lebensgeschichte erzählen.«

Voller Vorfreude ließ sich Avery auf die Couch fallen. »Warum nur die Kurzversion?«

Rowdy setzte sich dicht neben sie und legte einen Arm auf

die Rückenlehne. »Es ist eine lange Geschichte, und es wird bald hell, außerdem will ich nicht alles wieder aufwärmen.«

»Du bist bestimmt müde.« Sie vermutete, dass er die ganze Nacht auf gewesen war. Falls er überhaupt geschlafen hatte, dann nur ein paar Stunden, bevor er zur Arbeit gekommen war. Eigentlich sollte sie sich jetzt schuldig fühlen, da sie ihn wach hielt, aber sie wusste auch ganz genau, was ihn wach gehalten hatte, und das ärgerte sie.

Als hätte er ihre Gedanken gelesen, lächelte Rowdy. »Wir können reden, bis die Sonne aufgeht, wenn du das wirklich tun möchtest.«

Das wäre nicht die schlechteste Art, die Nacht zu verbringen. »Brauchst du denn keinen Schlaf?«

Sein Blick wanderte über ihr Gesicht, ihren Hals und ihre Schultern. »Ich habe noch nie besonders viel Schlaf gebraucht.«

Unter seiner intensiven Musterung fühlte sie sich fast nackt. »Bist du dir sicher?«

Er strich mit den Fingern über ihren Pferdeschwanz. »Frag, was du willst, Süße, bevor ich mein Versprechen vergesse.«

Avery versuchte, sich zu entspannen. Das war nicht ganz einfach, da ihr Oberschenkel gegen seinen stieß, seine Wärme sie umgab und seine Nähe derart … überwältigend war, so wie immer.

Zunächst stellte sie eine Frage zu einer Begebenheit, die noch nicht so lange her war. »Als ich dich in der Abstellkammer der Bar versteckt habe, habe ich dich gefragt, ob du in Schwierigkeiten steckst, und du hast gesagt, dass du das fast immer tust.«

»Es fällt mir nie schwer, mir im Notfall was auszudenken, aber aus irgendeinem Grund wollte ich dich nicht anlügen.«

Hatte er nie ein ehrliches Leben geführt? Wie war er denn aufgewachsen, dass er derart klaglos solche Schwierigkeiten annahm? »In der Bar haben fünf Männer nach dir gesucht. Warum?«

Völlig bewegungslos saß er da. »Weil ich zu viele Fragen gestellt hatte und einer Sache auf die Spur gekommen war.«

»Was für einer Sache?«

»Es hatte mit dem Schwarzhandel zu tun.« Als sie den Mund aufmachen wollte, schüttelte er den Kopf. »Nein, keine Drogen. Frauen.«

Auf einmal war ihre Kehle wie zugeschnürt. »Das ist …«

Er nickte. »Das ist widerlich, ich weiß. Ich musste mich verstecken, weil es zu viele waren. Mit drei oder vier Gegnern wäre ich fertiggeworden.« Er hielt ihr eine seiner Hände hin. »Ich habe große Fäuste. Wenn ich jemanden schlage, dann spürt er das auch.« Er legte die Hand auf ihren Oberschenkel. »Ich weiß, wie man unfair kämpft, und ich weiß auch, wie man dabei gewinnt. Aber fünf Männer gegen einen? Das wäre doch etwas hoch gepokert.«

Sie erinnerte sich auch an ein anderes Mal, als er Ganoven auseinandergenommen hatte, die Frauen dazu zwangen, Drogen zu transportieren. Das war in der Bar passiert, kurz bevor Rowdy sie gekauft hatte. Er hatte mühelos gekämpft und die Männer mit Leichtigkeit fertiggemacht. »Ich habe dich kämpfen gesehen. Du bist wirklich gefährlich.«

»Das lernt man, wenn es notwendig ist.«

Sie war fast an seine Seite gekuschelt und atmete den warmen Moschusgeruch seiner Haut ein. In Kombination mit der Vorstellung, dass er so viele Frauen in Not beschützt hatte, fachte das ihr Verlangen nach ihm nur noch weiter an. Rowdy setzte seine Größe und seine Kraft ein, um andere zu beschützen.

Das war eine bewundernswerte Eigenschaft.

So anders als all das, was sie bisher erlebt hatte.

Ohne sich besondere Mühe zu geben, sondern nur dadurch,

dass er er selbst war, riss Rowdy sie aus ihrem selbst auferlegten Exil. »Du bist wirklich ein edler Ritter, was?«

Er rückte etwas näher an sie heran. »Willst du mein Schwert sehen?«

Ein Held und ein Witzbold. »Du bist unmöglich.« Avery strich mit einer Hand über seine Schulter und genoss es, wie sich der weiche T-Shirt-Stoff über seine harten Muskeln spannte. »Warum war es notwendig, das zu lernen?«

Als sie ihn berührte, erstarrte er kurz und verkrampfte seine Muskeln. »Was?«

»Das Kämpfen.« Sie kannte nur wenige Menschen, die je in eine körperliche Auseinandersetzung verwickelt gewesen waren. In ihrer Jugend waren die einzigen Kämpfe, die sie gesehen hatte, bei Sportwettkämpfen ausgetragen worden. In ihrer Welt hatten die Männer mit Geld und Prestige statt mit grober Gewalt geherrscht.

Ihre einzige Erfahrung mit Wut, die sich körperlich manifestierte, hatte dafür gesorgt, dass sie weggelaufen war und sich versteckt hatte. »Du bist so gut, dass es bei dir fast schon … mühelos aussieht.«

Er musterte sie, und seine Aufmerksamkeit machte sie ganz unruhig. »Du weißt doch, dass ich eine kleine Schwester habe.«

Und das sollte die Notwendigkeit zu kämpfen erklären? Avery würde Pepper wirklich gerne mal kennenlernen. »Steht ihr beide euch nahe?«

Sein Blick wanderte von ihrem Mund über ihr Schlüsselbein zu ihren Haaren. »Unsere Eltern sind vor langer Zeit bei einem Autounfall gestorben, daher gab es immer nur uns beide.«

Oh Gott, das war ja tragisch. Mitfühlend nahm Avery seine Hand. »Das tut mir leid.«

»Das muss es nicht.« Fast schon beiläufig verschränkte er seine Finger mit ihren und sagte: »Sie waren es nicht wert.«

Die harten Worte schockierten sie, und sie starrte ihn mit aufgerissenen Augen sprachlos an. Sie trauerte noch immer um ihren Vater, der vor Jahren gestorben war.

Sie vermisste die Dinge, die sie nie wieder haben konnte, und bedauerte es, dass sich alles unwiderruflich verändert hatte – und zwar nicht zum Besseren.

Rowdy drehte ihre Hand herum und strich mit dem Daumen über ihre Handfläche. »Meine Eltern waren beide Alkoholiker.« Er berührte die pulsierende Ader an ihrem Handgelenk. »Darum habe ich auch diesen Namen.«

Sie wurde immer unruhiger, als er einen feuchten, warmen Kuss auf ihr Handgelenk drückte und danach sanft mit der Zunge über ihre Haut strich.

Jetzt musste sie ihn unbedingt wieder auf andere Gedanken bringen, und zwar schnell, bevor sie noch vergaß, warum sie warten wollte. »Hast du mir nicht mal erzählt, deine Mutter wäre Clint-Eastwood-Fan gewesen? Ich dachte, sie hätte dich nach einer Rolle benannt, die er mal gespielt hat.«

Er verzog verbittert die Lippen. »Sie hat behauptet, die Wehen hätten nach einer dreitägigen Sauftour eingesetzt, und ihr wären keine anderen Namen mehr eingefallen. Dad und sie lachten oft über die guten alten Zeiten, was meist dazu führte, dass sie sich wieder betranken und darüber schimpften, dass man sich nicht mehr so gut amüsieren kann, wenn man erstmal Kinder hat.«

Die Gefühlskälte seiner Eltern machte Avery gleichzeitig wütend und traurig. »Das haben sie wirklich zu dir gesagt?«

In seinem sanften Blick spiegelte sich die Grausamkeit seiner Worte nicht wider. »In der Nacht, in der sie ums Leben gekommen sind, haben sie sechs andere Wagen mit in den Unfall verwickelt. Zum Glück ist sonst niemand gestorben, aber einige Leute sind schwer verletzt worden.«

Vor Mitgefühl bekam sie kaum noch Luft und ihre Brust schmerzte. »Du warst nicht bei ihnen?«

Er schüttelte den Kopf. »Ich habe schon sehr früh gelernt, die Zeichen zu erkennen. Mom wurde immer sehr fröhlich und Dad hatte so ein komisches Grinsen drauf, und dann wusste ich, dass sie wieder auf Sauftour gehen wollten. Ich habe mich immer mit Pepper versteckt, damit sie uns nicht mitnehmen konnten.« Er sah an ihr vorbei und holte zweimal tief Luft. »Als ich groß genug war, ungefähr mit zwölf, habe ich mich schlicht und einfach geweigert, sie zu begleiten. Sie haben schnell gemerkt, dass es deutlich einfacher war, mich zu Hause zu lassen, als sich mit mir zu streiten und mich mitzunehmen.«

Wie jung er damals gewesen war! Avery stiegen die Tränen in die Augen, als sie sich vorstellte, wie seine Jugend ausgesehen haben musste. »Pepper …«

»Ich habe immer auf sie aufgepasst.«

Sie war erleichtert, als er das sagte, fragte sich aber auch, wie viel Kraft es einen zwölfjährigen Jungen gekostet haben musste, gegen seine alkoholkranken Eltern aufzubegehren.

Rowdy fuhr die Linien auf ihrer Handfläche nach. »Ich war mit Pepper zu Hause, als wir erfuhren, dass sie tot waren.« Er schloss seine Hand um ihre. »Sie hat zwei Tage lang nur geweint.«

Das arme Mädchen. »Wie alt war sie damals?«

»Fünfzehn. Alt genug, um zu begreifen, dass das Jugendamt uns seit Jahren im Auge gehabt haben musste. Sie glaubte, dass man sie nun in eine Pflegefamilie stecken würde, da unsere Eltern gestorben waren.«

Die Trauer schien sich wie ein Schraubstock um Averys Herz zu legen. Jetzt verstand sie, warum Rowdy so geworden war – er hatte um sein Überleben kämpfen müssen. »Wie alt warst du?«

»Ich war gerade achtzehn geworden.«

Auf der Flucht. Avery wusste es bereits, fragte aber trotzdem. »Du bist mit deiner Schwester abgehauen?«

»Das war besser, als getrennt zu werden. Und ein paar Jahre lang ging es uns gar nicht so schlecht. Manchmal hat es sogar fast Spaß gemacht.«

Weil er nicht länger missbraucht wurde? Sie kämpfte gegen den starken Drang an, ihn fest in den Arm zu nehmen, doch sie wusste, dass ihm das nicht gefallen würde.

Nicht wenn sie es aus den Gründen tat, aus denen sie es im Moment tun wollte.

Gedankenverloren löste Rowdy das Stoffband aus ihrem Haar.

»Rowdy …« Sie griff nach hinten, um ihre Haare zu bändigen, aber er hatte bereits die Finger hineingeschoben, breitete es aus und zog es nach vorn über ihre Schulter.

Als wäre er fasziniert von ihrem Haar, starrte er seine Hand an, anstatt Avery in die Augen zu sehen. »Pepper war in einfachen Verhältnissen aufgewachsen, daher hatte sie nie das Gefühl, dass ihr viel fehlte. Solange wir ein Dach über dem Kopf und genug zu essen hatten, war sie zufrieden.«

»Ich schätze, das hatte eher was damit zu tun, dass sie ihren großen Bruder bei sich hatte«, meinte Avery sanft.

»Kann schon sein.« Er lachte schroff und angewidert auf. »Ich habe ziemlich viel Mist gebaut, aber das Schlimmste kam erst noch, als ich uns beiden einen Job in einem schicken Klub besorgt habe. Die Bezahlung war super. Ich konnte sogar ein bisschen Geld zur Seite legen und hatte Pepper immer in meiner Nähe.«

Er hatte Pepper sein ganzes Leben lang beschützt? Zuerst vor seinen Eltern und dann vor den Behörden, die es vermeintlich gut meinten?

Aber was war dann mit Rowdy selbst?

Wer hatte auf ihn aufgepasst?

Avery versuchte, ihn sich als kleinen Jungen vorzustellen, der in einer Bar hockte, während sich seine Eltern betranken. Wie er sich mit dreizehn mit seiner Schwester versteckte. Wie er mit achtzehn auf der Flucht gewesen war.

»Du hast getan, was du konntest.« Immer.

Da veränderte sich etwas an seiner Haltung, die Traurigkeit wich einem eisernen Willen – doch seine Berührung blieb weiterhin zärtlich, als er mit einer Locke ihres langen, roten Haars spielte. »Als mir klar wurde, dass der Klubbesitzer ein mörderisches Arschloch war, war es zu spät.«

Oh nein. Vor ihrem inneren Auge spielten sich Schreckensszenarien ab. »Wurdest du verletzt?«

»Das wäre nicht so schlimm gewesen.«

Bedeutete das, dass er schon früher verletzt worden war? Dieser Gedanke betrübte sie und machte es ihr noch schwerer, ihm zu widerstehen.

Vor Sorge war ihre Stimme kaum noch zu hören. »Deine Schwester?«

Er nickte. »Es ist eine komplizierte Geschichte, aber die Kurzform ist, dass Pepper mit angesehen hat, wie ein City Commissioner eine Kugel in den Kopf bekommen hat.«

Avery war so schockiert, dass sie ihr Haar ganz vergaß und es kaum mitbekam, wie Rowdy sich die Strähnen ans Gesicht hielt.

»Sie hatte sich im Schatten versteckt, daher hatte zunächst niemand bemerkt, dass sie etwas gesehen hatte. Ich arbeitete gerade als Rausschmeißer, und deshalb konnte mir Pepper nicht sofort sagen, was passiert war. Bevor ich überhaupt Bescheid wusste, hatte sie schon mit einem Reporter gesprochen.«

Es dauerte einen Moment, bis Avery die Sprache wiedergefunden hatte. »Warum ist sie nicht zur Polizei gegangen?«

Als wäre es das Selbstverständlichste der Welt, erwiderte er: »Mächtige Männer haben gute Kontakte.«

Traurigerweise wusste sie selbst so einiges über mächtige Männer. »Bei der Polizei?«

»Ja. Im Klub hingen häufiger Polizisten rum. Da so viele geschmiert worden waren, wusste Pepper nicht, wer von ihnen noch ehrlich war und wer nicht.«

Das erklärte auch Rowdys Misstrauen gegenüber der Polizei. »Was für eine schreckliche Situation.«

Er strich ihr mit den Fingerknöcheln über eine Wange und am Hals entlang. »Dummerweise hatte der Boss auch ein paar Leute bei der Zeitung geschmiert. Als der Reporter versuchte, seine ›große Story von Yates‹ an den Mann zu bringen, hat man ihm die Kehle aufgeschlitzt. Das einzig Positive daran war, dass alle dachten, ich hätte mit ihm geredet.«

Avery schlug die Hände vor den Mund und wartete gespannt auf den Rest der Geschichte. Sie wusste, dass es noch schlimmer kommen würde.

Er legte ihr eine Hand unter das Kinn und hob ihr Gesicht ein wenig an. »Wir hatten nur wenige Optionen und konnten niemandem trauen.«

Weil sie ganz allein auf der Welt waren. *Wie unfassbar traurig.* »Sie haben dich gejagt?«

Er zuckte mit den Achseln, als wäre das belanglos. »Zur Abwechslung war es mal ganz praktisch, untertauchen zu können. Ich hatte meine Kontakte, konnte Pepper eine neue Identität besorgen und sie in einem Apartmenthaus verstecken, das ich beim Kartenspielen gewonnen hatte. Ich war immer unterwegs, damit mich keiner erwischen konnte. Aber die ganze Zeit war ich derjenige, an den sie sich erinnerten und den sie in die

Finger kriegen wollten. Ich dachte, dass sie sie niemals finden würden, solange ich untergetaucht blieb.«

Dann hatten sie sich letzten Endes doch trennen müssen? Ihr Herz drohte zu zerbrechen. »Das tut mir so leid.«

»Ich habe unsere Spuren verwischt, so gut es ging …« Er biss die Zähne zusammen und wandte sich ab. »Aber nicht gut genug, da uns Logan Riske trotzdem gefunden hat.«

Logan, der Detective, in den sich seine Schwester verliebt hatte, ebenso wie er sich in sie. »Ich dachte, das wäre was Gutes?«

»Sie lieben sich. Aber es hätte auch schiefgehen können, ohne Happy End.«

Avery versuchte, das alles zu verdauen, aber das fiel ihr nicht leicht. »Du hast gesagt, du hättest das Gebäude bei einem Kartenspiel gewonnen?«

»Ich habe viele Talente.« Er schob einen Finger unter den Halsausschnitt ihres T-Shirts und versuchte fast schon aus Gewohnheit, sie zu verführen. »Soll ich dir ein paar davon zeigen?«

Sein Einfallsreichtum und sein Beschützerinstinkt seiner Schwester gegenüber erstaunten sie. Sie sah ihn mit schief gelegtem Kopf an. »Wurdest du schon mal verhaftet?«

Er stieß die Luft aus und gab seinen Verführungsversuch vorerst auf. »Ein paarmal, als ich noch minderjährig war. Wegen Ladendiebstahl und solcher Delikte.«

Sie wollte ihn erst fragen, was er gestohlen hatte, beschloss dann jedoch, dass das eigentlich keine Rolle spielte. Es war ums Überleben gegangen. Irgendwie wusste sie, dass er aus der Not heraus und nicht aus Gier gestohlen hatte. »Und seitdem?«

Sein Lächeln wurde härter. »Ich wurde besser – bei allem, was ich tue.«

Da er sie mit diesem Kommentar nur ablenken wollte,

schnaubte Avery. Sie hatte das Gefühl, dass Rowdy ehrlicher war als viele andere Menschen. »Was für illegale Sachen machst du heute so?«

Er legte ihr die Hand an den Hals und beugte sich vor, um Avery auf die Schläfe zu küssen. »Was immer ich tun muss.«

»Um die Menschen zu beschützen, die du liebst?«

»Was zum Teufel soll das, Avery?« Er rückte ein Stück von ihr ab. »Mach mich bloß nicht zum Heiligen, hörst du?«

»Diesen Fehler würde ich niemals machen.« Rowdy war besser als ein Heiliger, bodenständiger und realer. Ein grundehrlicher Mann, der in Fleisch und Blut vor ihr saß. Das war ihr weitaus lieber als jeder Heiliger.

Da ihr inzwischen egal war, was Rowdy dachte, legte Avery die Arme um ihn und drückte sich an ihn.

»Verdammt.« Er versteifte sich und erwiderte ihre Umarmung nicht. »Ich werde hier von Sekunde zu Sekunde heißer auf dich, und du willst mir einen Heiligenschein aufsetzen.«

Sie drückte ihre Nase an seinen Hals, atmete tief ein und genoss seinen männlichen Geruch. Er duftete so gut und fühlte sich sogar noch viel besser an, und sie bewunderte ihn über alle Maße. »Ein Heiligenschein würde nie auf dein Riesenego passen.«

Es wäre so einfach, sich in ihn zu verlieben – und genau das war das Problem. Rowdy war kein emotionaler Mann, der sich nach einer Beziehung sehnte. Er war vor allem ein Einzelgänger mit einem überaktiven Geschlechtstrieb und einem Mangel an Respekt für jede Art von Grenzen.

»Das stimmt, also tu nicht so, als wäre ich ein guter Mensch oder so was.« Er packte ihre Schultern und wollte sie von sich wegdrücken, aber Avery hielt ihn fest, bis er schließlich aufgab. Er schob eine Hand in ihr Haar und zog ihren Kopf sanft nach hinten. »Ich habe eine Menge Mist gebaut, musst du wissen.

Pepper und ich haben über zwei Jahre im Untergrund gelebt. Das war schwer für sie …«

Avery berührte seine Lippen mit ihren und murmelte: »Sie ist am Leben.«

Er atmete schneller. »Gott sei Dank.«

»*Rowdy* sei Dank.« Lächelnd strich sie noch einmal mit den Lippen über seine. Sie legte ihre Fingerspitzen an sein inzwischen stoppeliges Kinn, ließ sie seinen Hals hinabgleiten und schob sie schließlich unter sein Shirt auf seine muskulöse Schulter. Ihr Verlangen wuchs, aber sie rückte von ihm ab, bevor sie die Kontrolle verlieren konnte.

Rowdy sah sie erstaunt an.

Und interessiert.

Sie wollte mehr. So viel mehr.

Wagte sie es, mit dem Feuer zu spielen?

Sie hatte das Gefühl, dass Rowdy dieses Risiko durchaus wert war. Was konnte schon Schlimmes passieren, solange sie auf ihr Herz aufpasste?

Nein, sie wollte nicht an das Schlimmste denken. Nicht jetzt.

Während Rowdy sie abwartend beobachtete, zwang sie sich, wieder zum Thema zurückzukehren. »Da sich deine Schwester jetzt hier niedergelassen hat und glücklich ist, willst du nicht auch sesshaft werden?«

Diese Vorstellung schien ihm nicht besonders zu behagen, und er ließ die Schultern kreisen und sah sich in seiner Wohnung um. »Im Augenblick auf jeden Fall.«

Er schien sich mit der Idee nicht so richtig anfreunden zu können. Aber er hatte die Bar gekauft, und sie wusste, dass er gerne dort arbeitete. Er konnte nicht einfach seine Sachen packen und verschwinden, ohne dass sie es mitbekam. »Kann ich dir noch eine Frage stellen, bevor wir aufbrechen?«

»Ich kann es wohl kaum verhindern, oder?«

Trotz seines neckenden Tonfalls hörte sie die Nervosität in seiner Stimme. Er war besorgt, dass sie zu tief graben könnte und er etwas sagen würde, das sie vertrieb.

Er hatte keine Ahnung, wie sehr sie ihn begehrte, da sie sich immer große Mühe gab, es vor ihm zu verbergen. Vielleicht war es an der Zeit, damit aufzuhören.

»Ich möchte alles über dich wissen.« Die meiste Zeit seines Lebens hatte man ihm die Entscheidungen abgenommen, aber das würde sie ihm niemals antun. »Ich werde aber nicht weiter fragen, wenn es dich stört.«

Das überraschte ihn ebenfalls. Er sah sie mit finsterer Miene an. »Jetzt spuck's schon aus.«

Da es ihr gefiel, wenn er so mürrisch war, kuschelte sie sich wieder an seine Brust. »Du hast gesagt, dass du keine flüchtige Frauenbekanntschaft hierher bringen möchtest.«

»Es ist schon schlimm genug, dass mich die Damen, die hier wohnen, belästigen. Manche Frauen wissen einfach nicht, wann es genug ist.«

Die meisten Männer hätten gern mit ihm getauscht. »Aber … warum ist es dann okay, dass ich hier bin?«

Avery spürte, wie er erneut erstarrte, und hörte das laute Pochen seines Herzens und den leise geflüsterten Fluch.

Sie lehnte sich weiterhin an ihn und wartete.

Er stieß die Luft aus. »Weil ich bei dir einfach nicht mehr weiß, was ich eigentlich tue, Avery.«

Die nächtliche Kälte drang ihm langsam bis in die Knochen. Um ihn herum waren lauter beunruhigende Geräusche zu hören, die ihn nervös machten. Es hätte ihn nicht überrascht, wenn Mord und Totschlag in dieser heruntergekommenen Gegend an der Tagesordnung gewesen wären. Es war Zeit, nach Hause zu gehen. Er hatte ja, was er brauchte.

Er wusste, wo sie arbeitete, und er wusste, mit wem sie schlief.

Nun war es ein Kinderspiel, sich einen Plan zurechtzulegen.

Schon bald, Avery, versprach er ihr innerlich. Sehr, sehr bald.

4

Der Mond und die Lämpchen am Armaturenbrett ließen Averys Profil sanft erstrahlen, als er sie nach Hause fuhr. Er war sich der Nähe dieser Frau überaus bewusst, und das machte ihn immer nervöser. Noch ein heißer Blick von ihr und er würde eine Erektion bekommen.

Schon wieder.

Diese verdammte Folter auf seiner Couch hatte ihm ziemlich zugesetzt. Er konnte einfach nicht damit aufhören, sie zu berühren, auch wenn er der Einzige zu sein schien, der vor Lust verbrannte.

Noch nie zuvor hatte ihn jemand so zärtlich berührt. Dieser Kuss war nicht erotisch gewesen. Sie hatte ihm damit nicht sagen wollen: »Fick mich, Rowdy.« Eigentlich wusste er gar nicht mal genau, was dieser Kuss aussagen sollte, und er war sich auch nicht wirklich sicher, ob ihm das gefiel.

Die Unsicherheit hatte ihn jedoch nicht davon abgehalten, immer erregter zu werden.

Warum ist es dann okay, dass ich hier bin?, hatte sie ihn gefragt. Dafür gab es so viele Gründe …

Anstatt so zu reagieren, wie es die meisten Frauen getan hätten, hatte Avery ihn einfach nur voller Mitgefühl, Traurigkeit und vielleicht sogar Verständnis angesehen. Weil er ihr sein Herz ausgeschüttet hatte. Er legte die Hände fester um das Lenkrad und versuchte, dieses unangenehme Gefühl der Verletzlichkeit abzuschütteln.

Es ärgerte ihn ungemein, dass er so viel erzählt hatte. Verdammt noch mal, er vertraute sich doch sonst niemandem an. Nicht einmal seiner Schwester. Und ganz bestimmt keiner Frau, die er unter sich spüren wollte, sobald es nur irgendwie möglich war.

Warum ist es dann okay, dass ich hier bin?

Avery war anders als andere Frauen. Er begehrte sie, daran bestand überhaupt kein Zweifel, aber selbst wenn er wusste, dass er sie nicht haben konnte, genoss er es, sich mit ihr zu unterhalten und einfach … in ihrer Nähe zu sein. Bei ihr empfand er Dinge, die er noch nie zuvor gespürt hatte.

Und das hatte einiges zu bedeuten, schließlich hatte er eine ganze Menge erlebt.

»Du bist so ruhig«, sagte sie, und ihre Stimme klang beunruhigend verständnisvoll. »Ist alles okay?«

»Klar, warum auch nicht?« Nur weil sie ihm Fragen gestellt hatte, die er nicht beantworten konnte.

»Keine Ahnung«, erwiderte sie. »Du wirkst irgendwie besorgt.«

»Ich denke nur nach, das ist alles.« Er hatte keine Ahnung, was Avery für eine Vergangenheit hatte. Er wusste allerdings genug über falsche Eindrücke, um keine Rückschlüsse daraus zu ziehen, dass sie in einer schäbigen Bar arbeitete und mit dem Bus anstatt mit dem Auto fuhr.

»Liegt es an meiner Frage?« Sie ging in die Defensive. »Entspann dich, Rowdy. Ich stelle keine Mutmaßungen an, nur weil du mir den Zutritt zu deinem privaten Reich gewährt hast.«

Sie begann, ein Drama aus der Sache zu machen. Wusste sie wirklich nicht, dass er für sie etwas ganz anderes empfand? »Ein kluger Mensch stellt niemals Mutmaßungen an.«

Sie verschränkte die Arme und kuschelte sich noch weiter in die Ecke des Beifahrersitzes. »Wenn das so ein Problem für dich ist, dann vergiss, dass ich gefragt habe.«

Er warf ihr einen Blick zu, aber sie hatte den Kopf weggedreht und sah aus dem Fenster. Ihr wunderschönes rotes Haar, das sie dank ihm jetzt offen trug, fiel ihr über die Schultern und half ihr, sich vor ihm zu verbergen.

»Ich habe nie behauptet, dass es ein Problem ist.« Er hatte nur keine einfache Antwort auf ihre Frage.

»Aber trotzdem denkst du zehn Minuten später noch immer darüber nach.«

Ihre zickige Haltung amüsierte ihn, und vielleicht war es auch das, was er am meisten an ihr mochte. In welcher Stimmung er auch war, sie schaffte es immer, ihn aufzuheitern, indem sie einfach nur in seiner Nähe und so wie immer war: frech, ehrlich und verdammt einzigartig. »Ich musste es erst herausfinden.«

Damit hatte er wieder ihre Aufmerksamkeit. Wie eine warme Berührung strich ihr Blick über ihn hinweg. »Und, ist es dir gelungen?«

»Ich glaube schon.« Er befolgte ihre Anweisung und bog nach rechts in eine ruhige Seitenstraße ab. »Ich mag es nicht, wenn Frauen hinter mir her sind.«

Sie schnaubte. »Und aus diesem Grund entmutigst du sie *so sehr*?«

»Ich meine, nachdem ich mit ihnen geschlafen habe«, erläuterte er. »Auch wenn ich im Vorfeld immer deutlich sage, dass es eine einmalige Sache bleiben wird, wollen viele von ihnen eine Wiederholung.«

Sie grinste verdrossen. »Einmal und nie wieder, was?«

Da er spürte, dass sie ihn musterte, zog er als Antwort nur seine Schulter hoch. Bei Avery würde er auch nach ein Dutzend Mal noch nicht genug haben, da war er sich sicher. »Im Auto wohnen, in Motels schlafen …«

»Oder Sex haben.«

Er nickte. »Das sind nicht die richtigen Umstände für eine Beziehung. Ich bin nie mit Mädchen ausgegangen. Ich hatte keine Romanzen. Ich war nur lange genug mit ihnen zusammen, um das Wesentliche zu erledigen …«

»Sie ins Bett zu kriegen?«

Es ärgerte ihn, dass sie es so ausdrückte. »Willst du alles, was ich sage, noch mal in andere Worte fassen? Ich kann auch offener sein, wenn es das ist, was du willst.«

Sie strich sich das Haar auf den Rücken und reckte das Kinn in die Luft. »Ich bin ganz Ohr.«

»Okay, schön. Ich weiß, was ich will. Ich vögele gern und ziehe dann weiter. Es gibt keinen Grund, mehr aus der Sache zu machen.«

Die Stille im Wagen wurde so undurchdringlich, dass er sich wie ein Arschloch fühlte. Hatte er ihr das wirklich so sagen müssen? Avery war einzigartig, und das Übliche traf einfach nicht auf sie zu.

Er hatte ihre Frage noch immer nicht beantwortet, aber sie hakte nicht weiter nach, sondern räusperte sich stattdessen.

»Das hat dir wohl geholfen, die Zeit totzuschlagen?«

Rowdy lachte. Er sah sie an und lachte noch einmal. »So könnte man es auch ausdrücken.« Er hatte bereits zu viel gesagt und würde ihr auf keinen Fall gestehen, dass schneller, oberflächlicher Sex das war, was ihm half, die Nacht durchzustehen.

»Was ist mit dir?«

»Was soll mit mir sein?«

»Hattest du schon mal einen One-Night-Stand?«

Sie rümpfte die Nase. »Das ist nichts für mich.«

»Nur ernsthafte Monogamie, was?« Das könnte ein großes Problem für ihn werden, aber irgendwie würde er schon eine Lösung finden.

»Ich hatte schon lockere Verabredungen, nur um mich zu amüsieren.«

»Bei denen ihr euch zum Abschied die Hände geschüttelt habt?«

Sie gab ihm einen Klaps auf die Schulter. »So gemein bin ich nun auch wieder nicht.« Dann drehte sie den Kopf zur Seite und wurde nachdenklich. »Aber ich musste den Mann immer kennen und ihn zumindest sehr mögen, um mich mit ihm einzulassen«, fügte sie hinzu.

Die Vorstellung, dass sie sich »mit einem Mann einließ« störte ihn mehr, als er erwartet hatte. »Warst du schon mal verlobt? Oder verheiratet?«

Er spürte, wie sie sich zurückzog. Verdammt, es wurde so ruhig im Wagen, dass er sie atmen und beinahe ihren Herzschlag hören konnte.

»Avery?« Was zum Teufel war los? War sie etwa noch in jemanden verliebt? Hatte man ihr das Herz gebrochen?

»Mein Leben ist völlig anders verlaufen als deins.«

»Freut mich zu hören.« Aber was hatte das mit seiner Frage zu tun?

»Ich fühle mich jetzt beinahe schuldig. Während du dich um so viel kümmern musstest, wurde ich verwöhnt.«

»Gut.« Im Rückspiegel tauchten Scheinwerfer auf und lenkten Rowdy ab. »Ich wünsche keinem anderen Kind solche Eltern, wie ich sie hatte.« Und ganz bestimmt nicht Avery.

Sie holte langsam Luft, stieß sie wieder aus und atmete erneut ein. »Meine Eltern waren wohlhabend. Ich kann mich nicht daran erinnern, dass ich als Kind etwas nicht bekommen hätte, was ich haben wollte.«

»Sie waren wohlhabend? Sind sie das jetzt nicht mehr?« Der Wagen fuhr dichter an sie heran. Zu dicht für seinen Geschmack.

Dicht genug, dass er das Nummernschild lesen und es sich merken konnte.

Avery hatte anscheinend noch nicht mitbekommen, dass jemand hinter ihnen fuhr, und rang aus ganz anderen Gründen die Hände. Als sie merkte, was sie da tat, legte sie sie auf ihre Oberschenkel. »Ich gehe sogar davon aus, dass Mom jetzt noch reicher ist als früher. Nachdem mein Dad vor ein paar Jahren gestorben ist, hat sie einen der Partner in seiner Firma geheiratet.«

Sie hatte ihren Dad verloren? Wie traurig. Irgendwie hatte er den Eindruck, dass der Verlust für sie völlig anders gewesen war als für ihn. »Das tut mir leid.«

»Mir auch. Mein Dad war alles, was deiner nicht gewesen ist. Ich habe zwar ab und zu gesehen, dass er ein Glas Wein getrunken hat, aber ich kann mich nicht daran erinnern, ihn je betrunken erlebt zu haben. Mom auch nicht. So etwas tut man einfach nicht. Obwohl Dad mehrmals im Monat verreisen musste, haben wir sehr viel Zeit miteinander verbracht. Wir haben Urlaub zusammen gemacht, und er hat seinen Zeitplan mit meinen Terminen abgestimmt, damit er bei allen wichtigen Sachen dabei sein konnte.«

Rowdy behielt den Wagen hinter ihnen weiterhin im Auge und bog wieder ab, dieses Mal aber nicht so, wie Avery es ihm beschrieben hatte. Sie bemerkte es nicht. »Aber so gehört sich das auch, oder nicht? In einer richtigen Familie, meine ich.« Was wusste er denn schon von einer richtigen Familie? Nicht das Geringste.

»Ich finde schon.« Die Melancholie ließ ihren Tonfall noch sanfter werden. »Ich war noch nie verliebt.«

»Ist das ein Problem für dich?« Für ihn war es jedenfalls keins. Es gefiel ihm sogar, dass sie sich noch nie in einen anderen verliebt hatte.

Avery schüttelte den Kopf. »Dad hätte gern gesehen, dass ich eine Familie gründe. Aber das ist nie passiert. Ich bin nach dem College viel gereist. Ich wollte die Welt sehen, und meine Eltern haben es finanziert. Einen Job suchen, heiraten und all das … Das schien nicht so wichtig zu sein.«

Warum zum Henker arbeitete sie dann jetzt für ihn? Warum war sie nicht mehr auf Reisen? Wollte sie mal die andere Seite der Medaille sehen?

Er hatte schon Frauen kennengelernt, die sich unter das gemeine Volk mischen wollten. Das machte ihm nichts aus. In seinem Bett schrien sie alle gleich, wenn sie heftig kamen, die Armen ebenso wie die Reichen.

Wenn Avery mal die andere Seite sehen wollte, dann würde er ihr schon zeigen, wie wild es da zuging.

Ihre Motive interessierten ihn zwar, aber jetzt hatte er keine Zeit dafür, sich weiter mit ihrer Psyche zu beschäftigen. »Wir haben Gesellschaft.«

Sie starrte ihn verwirrt an. »Was?«

»Jemand folgt uns.«

»Großer Gott!« Sie drehte sich zur Seite und sah in den Rückspiegel. »Wer ist das?«

»Keine Ahnung.« Ihre Reaktion verwirrte ihn. Er hatte fast damit gerechnet, dass sie ihn auslachen und als paranoid bezeichnen würde, doch stattdessen bekam sie Panik. »Bleib locker, Süße. Den schüttel ich schon ab.«

Sie sagte: »Wa…«, aber dann beschleunigte er schon und bog um eine Ecke, sodass sie nur noch aufkeuchen konnte.

Schnell hielt sie sich an der Tür fest, während er gleich wieder rechts und danach links abbog. Die Reifen quietschten schrecklich laut zu dieser Uhrzeit, wo alles dunkel und leise war.

Er trat aufs Gaspedal und raste bei Gelb über eine leere Straße, um in die nächste schmale Seitenstraße einzubiegen.

Dort schaltete er sofort die Scheinwerfer aus, fuhr auf einen Parkplatz und blieb stehen, ließ den Wagen aber im Leerlauf, falls sie gleich wieder losfahren mussten.

Rowdy legte einen Arm auf die Rückenlehne, sah über die Schulter und wartete.

»Worauf warten wir?«, fragte Avery mit zitternder Stimme.

Doch Rowdy war konzentriert und antwortete nicht. Eine halbe Minute später raste der Wagen auf der Hauptstraße an ihnen vorbei. Es war ein schickes neues Modell in Silber, ein viertüriger Hybrid. Rowdy sah wieder nach vorn, legte den Gang ein und fuhr mit ausgeschalteten Scheinwerfern los.

Wer in aller Welt folgte ihm und warum? Es war schon schlimm genug, dass so etwas überhaupt passierte, aber musste es ausgerechnet dann sein, wenn Avery in seinem Wagen saß? Dafür würden Köpfe rollen.

Stinksauer fragte er: »Ist bei dir alles in Ordnung?«

Sie starrte ihn etwas zu lange an, bevor sie antwortete: »Ja. Und bei dir?«

»Mir geht's gut.« Warum auch nicht? Über Seitenstraßen fuhr er wieder in die Richtung, in der ihre Wohnung lag. Avery sah noch immer mitgenommen aus, hatte die Augen etwas zu weit aufgerissen und saß ganz steif da. Ihm fiel wieder ein, wie nervös sie vor der Bar gewesen war und dass sie in die Dunkelheit geblickt hatte, als würde sie der schwarze Mann gleich aus den Schatten heraus anspringen.

Er hatte sie eigentlich nicht für eine scheue Frau gehalten, die sich leicht aus der Ruhe bringen ließ. Hier war doch irgendetwas faul.

Als er die Hand ausstreckte und auf ihr Knie legte, wehrte sie sich nicht dagegen. »Das eben tut mir sehr leid.«

Sie schlang die Arme um ihren Oberkörper. »Bist du dir sicher, dass uns der Wagen gefolgt ist?«

»Leider ja.« Er bekam es immer mit, wenn er verfolgt wurde. Es war fast so, als würden dann alle seine Sinne einen Gang hochschalten und ihn alarmieren. »Das ist eine Nebenwirkung meines Lebens. Wenn man so lebt wie ich, macht man sich irgendwann ein paar Feinde. Natürlich hätte es auch nur jemand sein können, der den Wagen erkannt hat. Der ist hier in der Stadt nicht gerade unbekannt.«

Avery sah sich in dem relativ neuen Ford um. Er lief gut, aber der Innenraum hatte schon bessere Zeiten erlebt. »Was willst du damit sagen? Hast du den Wagen auch bei einem Kartenspiel gewonnen?«

»Nein, aber ich habe ihn für wenig Geld einem Kerl abgekauft, der bei einem Kartenspiel verloren hat und schnell Bares brauchte, um mit dem Leben davonzukommen.«

Sie starrte ihn verblüfft an. »Das ist wirklich dein Ernst?«

»Ja.« Am Himmel waren jetzt unzählige Sterne zu sehen, und einige andere Autos fuhren auf derselben Straße, aber niemand folgte ihnen. »Wer weiß schon, was der Kerl sonst für Dreck am Stecken hatte?«

Nicht, dass es von Bedeutung war. Wer immer da gerade hinter ihnen hergefahren war, hatte ja keine Ahnung, was er angezettelt hatte. Rowdy würde den Kerl aufspüren und dieses Katz-und-Maus-Spiel beenden, bevor Avery noch unruhiger wurde.

»Faszinierend.«

»Du klingst nicht so, als ob du Angst hättest.« Nicht mehr. Er drückte noch einmal ihr Knie und legte dann wieder beide Hände ans Steuer. Avery war keine dieser schwachen Frauen, die beim ersten Anzeichen von Gefahr in Ohnmacht fielen. Sie war aber auch keine abgehärtete Gangsterbraut, der das Leid anderer egal war.

Sie überraschte ihn immer wieder.

»Ich hatte Angst.«

»Ich weiß.« Trotzdem war sie gut damit fertiggeworden, ohne hysterisch zu werden. Sie war weder ausgeflippt, noch hatte sie ihn abgelenkt. Auch Beschwerden über seine Fahrweise waren nicht gekommen.

»So große Angst hatte ich nun auch wieder nicht«, entgegnete sie und klang ein wenig beleidigt. »Ich bin vor allem neugierig.«

»Warum überrascht mich das nicht?« Bisher hatte sie alles über ihn wissen wollen. Das war mal etwas ganz Neues. Normalerweise wollten die Frauen nur wissen, wie sie ihn ins Bett kriegen konnten, gelegentlich interessierte sich eine dafür, wie sie ihn danach bei der Stange halten konnte. Seine Vergangenheit, seine Wünsche und seine Ziele interessierten sie ebenso wenig, wie er mehr über sie wissen wollte.

Mit noch immer zitternden Fingern schob sich Avery das Haar hinter die Ohren. »Ich hab zwar gesagt, ich würde dich nicht mehr mit Fragen löchern …«

»Wir sind in fünf Minuten bei dir.« Er hätte es auch in zwei Minuten schaffen können, aber da er nicht riskieren wollte, dass ihnen jemand aus seiner Vergangenheit dorthin folgte, schlug er vorsichtshalber nicht den direkten Weg ein. »So lange kannst du fragen, was immer du willst.«

»Bist du sicher?«

Rowdy wollte auch weiterhin ehrlich zu ihr sein. »Wenn ich nicht antworten will, dann kriegst du auch keine Antwort.«

Seine Ehrlichkeit ließ sie die Stirn runzeln. »Du wirst mich nicht anlügen?«

»Nein.« Zumindest nicht dieses Mal. Falls es je nötig werden sollte, dann …

»Was ist mit der Bar?« Sie zog ein Knie an und drehte sich zu ihm um. »Wie ist das gelaufen? Du hast den Kauf ziemlich schnell abgewickelt.«

Dabei hatte es sich für ihn wie eine Ewigkeit angefühlt, während er darauf wartete, ob er eine Lizenz für den Ausschank von Alkohol bekommen und die Leumundsprüfung bestehen würde. Ihm war klar, dass er Glück gehabt hatte, weil sein Schwager Polizist war, was die Sache vereinfachte. »Ich habe dem Besitzer eine Summe in bar angeboten, die er nicht ablehnen konnte.«

Sie legte den Kopf schief. »In bar?«

»Ich habe das, was ich verdiene, schließlich nicht mit vollen Händen ausgegeben.« In der Vergangenheit hatte er dafür gesorgt, dass Pepper es so bequem wie möglich hatte, sich selbst die notwendigsten Dinge besorgt und alles andere bezahlt, wenn etwas anfiel. »Wenn man wenig besitzt, hat man auch kaum laufende Kosten.«

Ihr Tonfall und ihr Gesichtsausdruck wurden sanfter. »Jetzt, da du Wurzeln geschlagen hast, musst du Versicherungen und alle möglichen Nebenkosten bezahlen, die Unterhaltskosten, den Lohn deiner Angestellten, die Einkäufe …«

»Ich habe Wurzeln geschlagen?« Himmel, allein die Vorstellung machte ihn ganz nervös. »Erinnere mich bloß nicht daran.«

»Warum nicht? Du hast das doch richtig gut gemacht. Schon jetzt läuft alles viel besser als zuvor. Die Bar kommt gut an, und deine Angestellten arbeiten gerne für dich.«

Sie übertrieb seiner Meinung nach ein bisschen. *Arbeitete Avery gerne für ihn?*

»Du hast Ella mit der Lohnerhöhung sehr glücklich gemacht.«

»Sie hat sie sich verdient.« Er musste zugeben, dass die Buchhaltung ihm Spaß machte und er das Wirtschaften spannend fand. Er hatte auch mit seinen Angestellten großes Glück gehabt. Avery war eine großartige Barkeeperin, auch wenn es ihn jedes Mal beinahe in den Wahnsinn trieb, wenn irgendein Kerl sie anbaggerte. Jetzt musste er nur noch jemanden einstellen, der Jones in der Küche half. »In gewisser Hinsicht ist es fast wie ein Kartenspiel mit hohen Einsätzen. Ich war schon immer ein vorsichtiger Spieler, aber ich spiele, um zu gewinnen.«

»Vorsichtig?« Sie lachte ungläubig auf. »Du vergisst, dass ich weiß, in was für Schwierigkeiten die Bar steckte, als du sie übernommen hast.«

Er grinste. »Ja, aber ich musste nicht viel dafür bezahlen.« Man hätte es sogar als Schnäppchen bezeichnen können. »Als legales Geschäft brachte sie nichts ein. Nur der Drogenhandel war kein Verlustgeschäft, und selbst der Idiot, der ihn betrieb, wusste, dass das nicht mehr lange gut gehen würde.«

»Du hast ihm erzählt, dass die Polizei hinter ihm her wäre?«

Rowdy schüttelte den Kopf. »Ich habe ihm eingeredet, dass ihm die Konkurrenz auf die Pelle rückt.«

»Du?«

»Ich habe schon viele Gauner kennengelernt und weiß, wie sie arbeiten. Das reicht aus, um glaubhaft rüberzukommen.« Verdammt, er hatte sich als Kind selbst auf der Straße durchgeschlagen.

Anstatt angewidert zu sein, starrte Avery ihn beeindruckt an. »Das ist ja gerissen.«

Bis jetzt schien sie nur die Tatsache, dass ihm die Frau einen geblasen hatte, aus der Fassung gebracht zu haben. Er hielt es allerdings für klug, diesen Gedanken lieber nicht laut auszusprechen. »Der Idiot war dann nur noch auf Schadensbegrenzung aus und ist abgehauen. War ja auch nicht schade um ihn.«

»Wenn ich daran denke, wie viele Frauen er missbraucht hat, dann hast du ihn noch glimpflich davonkommen lassen.«

Wenn Avery ihn so ansah, als wäre er nicht nur ein lästiges Ärgernis … dann machte ihn das gleichzeitig wahnsinnig wütend und unglaublich stolz.

Und sie hatte ihn gefährlich genannt.

»Ich habe ihn benutzt, Avery.« Sie hatte es verdient, die nackte Wahrheit zu erfahren. »Ich habe die ganze gruselige Situation benutzt, um zu bekommen, was ich haben wollte.«

Sie nickte, als wären die Umstände völlig unwichtig. »Und du hast die Polizei unterstützt.«

»Na und?« Das war nur ein Nebeneffekt gewesen, denn er hatte letzten Endes das getan, was *er* wollte.

»Und jetzt, da deine Schwester verheiratet ist, hast du einen Gesetzeshüter in der Familie.«

Musste sie ihn mit dieser Tatsache auf die Palme bringen? Er zuckte zusammen, da er sich noch immer nicht ganz daran gewöhnt hatte. »Logan ist okay. Er ist nicht so wie die meisten anderen Polizisten.«

Sie legte ihre kleine, kühle Hand auf seinen Unterarm. »Vielleicht ist er es ja doch, und du hast die normalen Polizisten nur noch nicht kennengelernt.«

Es brachte nichts, ihr in dieser Hinsicht zu widersprechen. »Kann schon sein.« Er bog in ihre Straße ein – und war sofort wieder besorgt, als er zerbrochene Straßenlaternen, einige leer stehende Gebäude und überall Graffitis sah. Die Muskeln an seinem Hals spannten sich an, und er murmelte sarkastisch: »Home, Sweet Home.«

»Du solltest nicht zu früh urteilen.«

Oh doch, das musste er sogar. Hier stimmte doch was nicht. Er wusste, wie es war, wenn man bettelarm war, und wie es war, wenn man untertauchen wollte. Wenn Avery bloß eine preiswerte Wohnung gewollt hätte, dann hätte sie die auch in einer sichereren Gegend finden können.

Seine kleine Barkeeperin wollte untertauchen, vermutlich an einem Ort, an dem niemand nach ihr suchen würde.

Er hatte seine Instinkte in einer mörderischen Gesellschaft geschärft, die die Schwachen einfach auffraß, und konnte die Anzeichen instinktiv erkennen.

Jetzt musste er nur noch entscheiden, wie er darauf reagieren würde.

Avery, die seine finstere Stimmung nicht bemerkt hatte, streckte die Hand aus. »Das letzte Apartment auf der linken Seite.« Sie hob ihre Handtasche vom Boden auf und kramte auf der Suche nach dem Hausschlüssel darin herum. »Du kannst in die zweite Auffahrt fahren, dann kommst du hinten wieder raus.«

Das wurde ja immer schlimmer. Die Rückseite des zweistöckigen Gebäudes grenzte an den Parkplatz eines kleinen Supermarkts, der die ganze Nacht geöffnet hatte. Davor hingen drei verwahrloste Männer herum, tranken, rauchten und redeten zu laut. Aus einer solchen Situation konnte sich nichts Gutes entwickeln. Schon als Rowdy parkte, hörte er Glas zerbrechen, gefolgt von lautem Gelächter und ein paar derben Flüchen.

Die Verspanntheit, die er im Nacken spürte, kroch durch seinen ganzen Körper bis hinunter in seine Zehen. »Ich bringe dich rein.« Das war eine Aussage, kein Angebot.

Avery widersprach ihm nicht. »Danke. Das ist sehr lieb von dir.« Sie umklammerte die Schlüssel fest mit einer Hand.

Er bemerkte, dass eine kleine Dose Tränengas am Schlüsselbund baumelte. *Glaubt sie wirklich, dass ihr das etwas bringen würde?*

Er ging um die Motorhaube herum und kam auf der Beifahrerseite an, als sie gerade ausstieg. Er nahm ihr die Tasche mit den T-Shirts und den Schürzen ab.

»Normalerweise sind die Fastfoodrestaurants und der Schnapsladen noch offen, wenn ich nach Hause komme«, erklärte sie, »dann sieht es hier nicht so finster aus. Aber so spät bin ich noch nie nach Hause gekommen.«

Das würde auch nie mehr passieren, wenn er es verhindern konnte. »Wo ist die Bushaltestelle?« Er sah sich um, doch es gab hier nichts, was ihn beruhigen konnte.

»Einen Block weiter. Nicht weit. Es ist nur nervig, wenn es regnet.«

Großer Gott … Er hatte in seinem Leben schon viele schlimme Dinge gesehen, aber als ihm jetzt bewusst wurde, wie Avery lebte, wurde ihm ganz anders. »Na, dann komm.«

Sie hängte sich den Riemen ihrer Handtasche über die Schulter und sah sich aufmerksam um – aber nicht zu den Männern, die für Rowdy die offensichtlichste Gefahr darstellten, sondern wieder in Richtung der Schatten. »Vielleicht sollte ich mir mal eine Taschenlampe besorgen.«

Oder eine Waffe. Vielleicht auch einen Bodyguard oder zwei.

Aber wenn er bei ihr war, brauchte sie das nicht. Er würde sie beschützen.

»Das ist nicht so wichtig.« Die Dunkelheit war schon häufiger Rowdys Rettung gewesen. In mancher Hinsicht fühlte er sich im Dunkeln auch jetzt noch wohler als im Licht. Während er mit ihr zum Hintereingang des hohen, schmalen Ziegelsteingebäudes ging, beäugte er weiter das seltsame Trio, das dort herumlungerte. Er bemerkte, wie die drei Avery anstarrten, und überlegte, ob er mit ihnen reden sollte, um sicherzustellen, dass sie begriffen …

»Benimm dich, Rowdy.«

Ja, sie konnte ihn ebenso leicht durchschauen wie er sie. »Ich benehme mich ja.« Ich gehe nur meine Möglichkeiten durch.

»Ich will keinen Ärger, also ignorier sie bitte.«

Er hatte das Gefühl, dass es dennoch Ärger geben würde, auch wenn sie das nicht wollte. »Sind die immer da?«

Sie wandte ihren Blick nicht von dem Gebäude ab. »Die oder ihresgleichen. Ich kenne sie nicht näher, daher bin ich mir nie sicher, ob es dieselben Männer sind.« Sie ging ihre Schlüssel durch. »Bisher ist nichts passiert. Es hat keine größeren Probleme gegeben.«

Er wusste jedoch, dass kleinere Probleme rasch zu einem gefährlichen Tsunami werden konnten. Während Rowdy ungeduldig wartete, mühte sich Avery damit ab, den Schlüssel in das alte, verrostete Schloss zu stecken.

Einer der Männer schien sich besonders mutig zu fühlen, da er ein paar Schritte näher kam und ihnen betrunken lallend zurief: »Eine mit Pferdeschwanz hatte ich schon lange nicht mehr. Darf ich als Nächster rauf?«

Die anderen beiden schnaubten, ermutigten den betrunkenen Penner und drängten ihn weiterzumachen. Ihre Kommentare gingen von Averys Haaren zu ihrem Hintern über und wurden von Sekunde zu Sekunde gröber.

Eine weitere Flasche zerbrach – zu dicht neben ihnen, als dass es Zufall sein konnte – und Avery ließ beinahe die Schlüssel fallen.

»Lass mich das machen.« Rowdy nahm ihr die Schlüssel ab, schloss beide Schlösser auf und drückte dann die verzogene Tür auf.

Der Kerl kam näher und war jetzt nur noch drei oder vier Meter hinter ihnen. »Was kriege ich für fünf Mäuse?«

Die anderen jubelten und lachten wieder. »Vielleicht macht sie's dir ja mit der Hand«, rief einer seiner Kumpel.

»Oder du kannst sie wenigstens mal kurz nackt sehen.«

»Ja«, verlangte der Mann, der ihnen am nächsten stand.

»Fünf Mäuse für eine Peepshow! Beweis mir mal, dass du von Natur aus eine Rothaarige bist!«

»Verpiss dich!«, sagte Rowdy laut.

Manchmal war es besser, ein Problem direkt anzugehen, als es vermeiden zu wollen. Das war seiner Meinung nach einer dieser Fälle.

Als er Avery die Tüte mit den Klamotten in die Hand drückte, sagte sie: »Wag es nicht!«

Er sah sie ernst an. »Geh rein, und verschließ die Tür hinter dir.«

»Verflucht noch mal, Rowdy Yates …«

Er schüttelte ihre zitternden Händen ab und entfernte sich ein Stück, während er die Männer musterte.

Was er sah, stellte keine Herausforderung dar, solange Avery ins Haus ging und die Tür abschloss, damit er wusste, dass sie in Sicherheit war.

Die Männer sahen aus, als wären sie Ende dreißig oder Anfang vierzig.

Sie waren betrunken und dumm.

Beides kannte Rowdy nur zu gut.

Er starrte den Anführer ausdruckslos an, während er auf ihn zuging. »Willst du was sagen?«

Da der Kerl zu betrunken war, um seine gefährliche Lage zu erkennen, lachte er nur laut auf. »Wenn die Süße Kunden annimmt, dann hab ich noch ein paar Münzen übrig.«

Mit schmalen Augen kam Rowdy langsam, aber stetig näher, bis der Mann stutzte, die Hände sinken ließ und sich zu seinen Freunden umdrehte. Die rückten näher zusammen, um sich gegenseitig zu unterstützen, reckten das Kinn vor, richteten sich auf, verzogen spöttisch die Lippen – und schwankten ein wenig.

Rowdy setzte ein gemeines, provokantes Grinsen auf. »Ich

weiß, dass euch der Alkohol mutig macht, aber ihr solltet lieber noch mal über die ganze Sache nachdenken. Welchen Mist ihr auch gerade ausheckt, ich habe das bereits erlebt und weitaus besser gemacht als ihr.«

»Ich würde eher sagen, es steht drei gegen einen.«

»Schlechte Aussichten für euch.« Rowdy blieb nur wenige Zentimeter vor dem Mann stehen. »Du hast das Maul aufgerissen und deinen Spaß gehabt, aber mehr passiert hier heute nicht mehr. Und mit ihr schon gar nicht. Niemals.«

Einer der Männer, der einen dichten Bart hatte, sodass er wie ein verdammter Yeti aussah, kam auf Rowdy zu, überlegte es sich jedoch anders, als er sich einen wütenden Blick einfing. »Das würde ich an deiner Stelle lieber nicht machen.«

Der mutigste der drei lachte. »Du willst es im Ernst mit uns dreien aufnehmen?«

»Das wäre nicht mal ein richtiger Kampf.« In ihm brannte bereits das Verlangen, gewalttätig zu werden. »Ich kann es euch beweisen, wenn es sein muss, aber es wäre besser für uns alle, wenn ihr einfach Leine zieht.« Auf jeden Fall wäre es einfacher für Avery. Er wusste, dass sie ihm die Hölle heiß machen würde, wenn er gleich zu ihr zurückkehrte.

Als der Mann an ihn herantrat, umwehte ihn eine Fahne aus schalem Bier. »Wir haben das Recht, hier zu sein.«

Rowdy wich keinen Zentimeter zurück. Manchmal mussten Männer einfach Dampf ablassen. Das konnte er nachvollziehen.

Verdammt, in diesem Augenblick war ihm selbst danach.

»Hier auf dem Parkplatz vielleicht.« Er beugte sich vor, sodass sich der kleinere Mann nach hinten lehnen musste. »Aber ihr habt nicht das Recht, sie respektlos zu behandeln oder zu belästigen, und ihr seid auf gar keinen Fall dazu berechtigt, auch nur in ihre Nähe zu kommen.«

Mit einiger Verspätung versuchte der Mann, sich zu wehren und hob beide Hände, um Rowdy wegzustoßen.

Eine dämliche Entscheidung.

Rowdy setzte die Bewegung des Kerls gegen ihn ein, zog ihn weiter nach vorn, sodass er das Gleichgewicht verlor, und rammte ihm den Ellbogen ins Gesicht. Der Betrunkene fiel zu Boden und landete fluchend auf dem groben Schotter.

Der Yeti schlug zu, aber Rowdy wich dem ersten Schlag aus und landete dann einen direkten Haken in seinen aufgeblähten Bierbauch. Der Bigfoot stieß die Luft aus und stürzte auf seinen bereits am Boden liegenden Kumpel.

»Dummes Arschloch«, knurrte der dritte Mann und stürzte nach vorn.

Rowdy lehnte sich nach links und hob das Knie, sodass er den kleineren Mann direkt am Kinn traf. Der taumelte nach hinten, stand einige Sekunden lang wie erstarrt da und brach dann zusammen.

Der erste Mann kam derweil wieder zu sich und lag stöhnend unter dem Yeti. Rowdy stand mit geballten Fäusten da und wartete nur darauf, dass der Kerl wieder aufstand. Er war noch immer zum Zerreißen angespannt und kampfbereit.

Er wollte, nein, er brauchte einen richtigen Kampf.

Doch das, was dann geschah, war wenig befriedigend.

Der dritte Kerl rutschte auf dem Schotter herum, bis er wieder Halt fand, und rannte dann weg, eine Hand an die Nase gepresst, um den Blutfluss zu stoppen. Er floh im wahrsten Sinne des Wortes Hals über Kopf, ohne sich auch nur umzudrehen.

Ach, verdammt.

Der zweite setzte sich knurrend auf und hielt sich den dicken Bauch. Während er Rowdy leise verfluchte, rappelte er sich auf, legte seine fleischigen Arme um seine Körpermitte und lief seinem Kumpel stolpernd hinterher.

Der erste lag noch immer auf dem Rücken.

Rowdy hockte sich neben ihn. »Du bist echt eine Enttäuschung. Ich hätte dich so gern auseinandergenommen, aber du bist viel betrunkener, als mir vorher klar war.«

»Fick dich«, knurrte der andere lallend. Dann drehte er sich unglaublicherweise auf die Seite und bewegte sich nicht mehr.

Rowdy verengte die Augen und wartete – und dann hörte er, wie der Betrunkene immer gleichmäßiger atmete. »Das kann doch nicht wahr sein.« Er stieß den Mann an, bekam aber nur noch ein Schniefen und Stöhnen zu hören, das sofort wieder in ein Schnarchen überging. Rowdy stand wieder auf. »Verdammt noch mal.«

»Mehr Gegenwehr wäre dir wohl lieber gewesen?«

Rowdy wirbelte herum und sah sich drei anderen Männern gegenüber. Sie waren deutlich jünger als die ersten, körperlich fitter und schienen nüchtern zu sein.

Langsam verzog er die Lippen zu einem Lächeln.

Vielleicht bekam er ja doch noch den Kampf, nach dem er sich gesehnt hatte.

5

Der junge Mann, der ihn angesprochen hatte, grinste zurück. Während er den Betrunkenen nachsah, die sich davonmachten, sagte er: »Entspann dich, Mann. Wir sind nur unbeteiligte Passanten, die neugierig waren.« Seine Haltung war entspannt, und er zuckte mit den Achseln. »Nicht, dass es besonders aufregend gewesen wäre.«

»Leider nicht.« Rowdy musterte die drei kurz. Sein Gegenüber musste Anfang zwanzig und ungefähr einen Meter achtundachtzig groß sein. Er trug eine Jeans, Turnschuhe und ein Flanellhemd, außerdem hatte er eine Wollmütze auf.

Die abgetragene Kleidung konnte nicht verstecken, dass er ziemlich muskulös war.

Sein Lächeln strahlte Selbstsicherheit aus, vielleicht sogar Belustigung, was bedeutete, dass er sich keine Sorgen um sein Wohlergehen machte.

Die beiden hinter ihm wirkten etwas abgerissener und waren ebenfalls fit, aber eher durchschnittlich. Einer der beiden hatte eine Coladose in der Hand und sah ihn gelangweilt an. Der andere verschränkte die Arme vor der Brust, als wollte er den Coolen spielen.

Sie waren nicht beeindruckt von der armseligen Prügelei, die sie gerade mit angesehen hatten, und das war auch kein Wunder.

Rowdy hoffte inständig, dass Avery nicht aus dem Haus kam. »Macht ihr einen Abendspaziergang?«

Der Dreiste grinste ihn noch breiter an. »So ähnlich.« Er

schob die Hände in die Hosentaschen und kickte eine zerbrochene Flasche mit der Schuhspitze zur Seite. »Großmäuler und Umweltverschmutzer. Was ist nur aus der Welt geworden?«

Die Armut hatte so manchen übertrieben mutig werden lassen, und auch Rowdy konnte sich davon nicht freisprechen. Er wollte die jungen Männer lieber gleich davon abbringen, auf dumme Gedanken zu kommen. »Sie können so laut sein, wie sie wollen, und von mir aus überall ihren Müll rumliegen lassen, solange sie …«

»Die Lady nicht belästigen? Ja, das hab ich begriffen.« Der Junge sah seine Kumpels über die Schulter hinweg an. »Hättet ihr was dagegen, die Flaschen aufzuheben? Sonst verletzt sich womöglich noch ein Kind daran.«

Zu Rowdys Überraschung kamen die beiden nach vorn und begannen, die Glasscherben aufzuheben.

»Ich bin Cannon Colter.« Der Sprecher deutete auf das Apartmenthaus. »Wohnst du hier?«

Die Tür quietschte wie in einem Horrorfilm, als Avery versuchte, sie leise aufzumachen. Verdammt! Sollte er lügen? Sollte er behaupten, er wäre jede Nacht bei Avery, damit die Typen sie nicht belästigten?

Cannon beugte sich vor. »So was machen wir nicht, also entspann dich.«

Rowdy kam sich langsam vor wie ein Nebendarsteller, der nicht wusste, was er zu tun hatte. »Was macht ihr nicht?«

»Frauen belästigen.« Cannon schüttelte den Kopf. »Das ist nicht unser Ding.«

»Was ist dann euer Ding?«

Er machte einen Schritt nach hinten und sah zuerst zum heller werdenden Himmel hinauf und dann zum Supermarkt hinüber, bevor er Rowdy direkt ins Gesicht blickte. »Wir sind hier aufgewachsen. Ich hasse es, wenn diese Arschlöcher die Gegend noch mieser machen, als sie ohnehin schon ist.«

»Ach ja?«

»Ich habe eine kleine Schwester.« Er zog die Augenbrauen hoch, als würde das alles erklären.

Da er selbst ein großer Bruder war, fand Rowdy diese Erklärung durchaus nachvollziehbar. Cannon – *und er hatte gedacht, Rowdy wäre ein blöder Name* – wollte nicht, dass seine kleine Schwester von diesem Abschaum belästigt wurde. Rowdy warf schnell einen Blick nach hinten, aber Avery hatte zwar den Kopf aus der Tür gesteckt, blieb jedoch im Haus, wie er … sie gebeten hatte. Okay, es war eher ein Befehl gewesen. Dafür musste er sich entschuldigen, sobald er mit diesen Typen fertig war.

Cannon sah ebenfalls zu Avery hinüber. »Tut mir leid, wenn ich das so sage, Mann, aber sie fällt hier auf wie ein bunter Hund.«

»Ja, ich weiß.«

»Sie zieht die Besoffenen an wie ein Misthaufen die Fliegen.«

Rowdy war froh, dass Avery diesen Kommentar nicht gehört hatte, und unterdrückte ein Grinsen. Er wollte gar nicht wissen, was sie zu dieser Bemerkung gesagt hätte. »Das stimmt.«

»Du bist der erste Mann, den sie mit herbringt.«

Das war ja interessant, auch wenn ihn das eigentlich nichts anging. »Das ist dir aufgefallen?«

»Ich passe auf.« Er zog die Augenbrauen hoch. »Und sie ist sehr auffällig.«

Jetzt war Rowdy neugierig geworden. »Wie lange wohnt sie schon hier?«

»Etwa seit einem Jahr. Mehr oder weniger.«

»Und sie ist immer wachsam«, fuhr der andere fort.

»Ja, das ist sie«, stimmte ihm der Kleinste der drei zu, auch wenn er eigentlich nicht direkt klein war. »Sie ist sehr vorsichtig.«

Rowdy hielt das in dieser Gegend für überaus klug. »Habt ihr schon mal gesehen, dass sie belästigt wurde?«

»Nein, aber wenn du willst, können wir sie im Auge behalten.«

Cannon grinste. »Sie umklammert ihre kleine Dose Pfefferspray immer ganz fest und starrt jeden böse an, der auch nur in ihre Richtung guckt.«

»Dich auch?«

Cannon hob beide Hände hoch. »Mich nicht. Wir haben das doch schon geklärt, oder? Aber ich habe andere Kerle gesehen, die sie gemustert haben.«

Rowdy runzelte die Stirn. Er brauchte keine drei Sekunden, um eine Entscheidung zu treffen. Dann zog er sein Portemonnaie aus der Tasche, nahm drei Zwanziger raus, einen für jeden der drei, und drei Visitenkarten seiner Bar. Unter den Telefonnummern der Bar stand auch seine Handynummer.

Er reichte ihnen die Geldscheine und die Visitenkarten und sagte: »Seht das als Anzahlung an. Falls ihr je mitbekommt, dass sie belästigt wird, ruft eine dieser Nummern an und fragt nach Rowdy. Ich werde euch für eure Mühe bezahlen.«

Cannons Gesichtsausdruck wurde auf einmal deutlich eisiger. »Behalt dein Geld.« Er nahm die drei Visitenkarten. »Ich muss nicht dafür bezahlt werden, kein Arschloch zu sein.«

Langsam steckte Rowdy die abgelehnten Geldscheine wieder ein. »Okay.« Er wollte auf gar keinen Fall den Stolz eines ehrlichen Mannes verletzen. »Entschuldige das Missverständnis.«

»Schon vergessen.« Cannon sah sich die Visitenkarte an. »Du bist Rowdy? Der Besitzer der Bar?«

»Kennst du sie?«

»Ich habe gehört, dass du ein paar Drogendealer rausgeworfen hast, als du den Laden übernommen hast.« Er sah Rowdy in die Augen. »Das gefällt mir.«

»War mir ein Vergnügen.« Rowdy bekam das Gefühl, dass Cannon das Säubern der Bar fast als persönlichen Gefallen betrachtete. Für einen so jungen Kerl kannte er sich erstaunlich gut aus. Das war interessant. »Falls ihr je in der Gegend seid, kommt ruhig vorbei, dann gebe ich euch einen aus.«

»Darauf kommen wir vielleicht zurück.« Cannon steckte sich eine Karte in die Gesäßtasche und reichte die anderen beiden seinen Freunden. »Man sieht sich, Rowdy.«

Als er den drei Männern nachsah, die in einer Seitenstraße verschwanden, beschloss Rowdy, Informationen über Cannon einzuholen – und über den Wagen, der sie verfolgt hatte.

Es war schon komisch, dass ein kleiner Fortschritt bei Avery dazu geführt hatte, dass er jetzt weitere Fragen anstatt mehr Antworten hatte.

Während Rowdy sich umdrehte, überlegte er, ob Avery ihn ausgesperrt hatte oder ob sie ihm noch gute Nacht sagen würde. Überraschenderweise machte sie die Tür wieder auf, bevor er sie überhaupt erreicht hatte.

»Bist du eigentlich völlig verrückt geworden?«, begrüßte sie ihn mit hochgezogenen Augenbrauen.

Das war durchaus möglich. Sie hatte diese Wirkung auf ihn. »Beruhige dich, Süße, es ist alles in Ordnung.«

»*In Ordnung?* Die Typen hätten dich umbringen können!«

Er schnaubte, doch das schien sie nur noch wütender zu machen.

»Diese Kerle konnten doch kaum noch aufrecht stehen.« Er betrat das Haus und verschloss die Tür hinter ihnen, wobei ihm wieder auffiel, was für ein armseliges Schloss eingebaut war.

»Und wenn einer von denen eine Waffe gehabt hätte?«

Ein Achselzucken war offenbar nicht die richtige Antwort.

»Oh mein Gott«, sagte sie dramatisch. »Du bist wirklich verrückt. Und diese zweite Gruppe war nicht mal betrunken.«

»Die waren aber auch nicht feindselig.«

»Das wusstest du aber erst, nachdem du mit ihnen geredet hattest.« Sie reckte ihr Kinn in die Luft. »Worüber hast du denn so lange mit dem heißen Typen gesprochen?«

Verdammt noch mal, nein! Rowdy gab die Inspektion des Türschlosses auf und drehte sich langsam zu ihr um. »Mit dem heißen Typen?«, flüsterte er.

Sein wütender Blick erzielte durchaus Wirkung. »Du weißt genau, wen ich meine. Den gut aussehenden Jungen, der verdammt athletisch gebaut war.«

Er wurde tatsächlich eifersüchtig, und das konnte man ihm auch anhören. »Er ist nur wenige Jahre jünger als du und somit auch kein Junge mehr.«

Jetzt war es an ihr, mit den Achseln zu zucken, und das ärgerte ihn ebenso sehr, wie es sie zuvor geärgert hatte. Aber als sie seine Brust tätschelte – vermutlich, um ihn zu beruhigen –, beschloss Rowdy, es auf sich beruhen zu lassen.

»Ich habe ihm meine Visitenkarte gegeben und ihm gesagt, er könne ja mal in der Bar vorbeikommen.« Bevor sie anfingen, sich zu streiten, legte er ihr einen Arm um die Taille und steuerte sie von der Haustür weg. »Wenn er auftaucht, sag mir bitte sofort Bescheid.« Rowdy hatte keinen Grund dafür, Cannon zu misstrauen, aber er ging auch nie unnötige Risiken ein.

Und nachdem Avery ihn so positiv beschrieben hatte, wollte er sie erst recht nicht mit ihm allein lassen.

»Okay.«

»Übrigens«, er küsste sie auf die Schläfe, »danke, dass du im Haus geblieben bist.«

»Ich bin doch keine Idiotin.« Sie hob die Hand, und er sah,

dass sie das Handy festhielt. »Ich hätte beinahe die Polizei gerufen.«

Das hätte ihm gerade noch gefehlt. »Bitte tu das niemals.«

Sie verzog trotzig das Gesicht. »Ich werde es tun, wenn es nötig ist.«

Verdammt. Wieder versuchte Rowdy, sie durch einen langen Blick zu beeindrucken, aber es klappte nicht. Er stieß die Luft aus und nahm ihr das Handy aus der Hand. »Falls du je die Polizei rufen musst, dann tu es halt, aber wenn es um mich geht, dann ruf Logan oder Reese an.« Er drückte mehrere Tasten. »Ich habe dir ihre Nummern eingespeichert.« Dann steckte er das Handy wieder in ihre Handtasche.

»Wirklich?«

»Ja. Warum nicht?«

Aus irgendeinem Grund lächelte Avery ihn zufrieden an. »Danke.«

Ihr Lächeln konnte Wunder bewirken. Rowdy wandte schnell den Blick ab und sah sich um. Jetzt begriff er, warum sie durch die Hintertür und nicht die besser beleuchtete Vorderseite des Hauses reingegangen war. Man hatte das Haus einfach in der Mitte geteilt und eine Wand eingezogen.

Eine Tür zu seiner Rechten führte in die erste Wohnung, und über die Treppe gelangte man nach oben. Er ging davon aus, dass es vorne genauso aussah. »Kennst du deine Nachbarn?« *Bitte sag Nein.*

Sie schüttelte den Kopf. »Ich bin eher ein Einzelgänger.«

Genau wie Cannon gesagt hatte. »Freut mich zu hören.« Selbst hier im Eingangsbereich sah das Gebäude heruntergekommen aus. Die Farbe blätterte überall ab, und der Teppich sah so eklig aus, dass er ihn selbst mit Schuhen nur ungern betrat. »Erdgeschoss oder erster Stock?«, fragte er und hoffte auf Letzteres.

»Ich wohne oben.« Sie ging mit den Schlüsseln in der Hand voraus. »Das erste Gespräch konnte ich ja noch hören, aber du hast der zweiten Gruppe nicht nur deine Visitenkarte gegeben, oder?«

Rowdy beschloss, die Wahrheit ein wenig zu verschleiern. »Ich habe ihnen gesagt, dass sie die Finger von dir lassen sollen.« Als sie oben angekommen waren, nahm er ihren Arm. »Du sagst mir doch Bescheid, wenn dich irgendjemand belästigt, ja?«

»Das wird zwar nicht passieren, aber trotzdem vielen Dank.«

Obwohl es fast Morgen war und sie ihn ziemlich müde ansah, fand er sie unglaublich sexy. Ihr üppiges rotes Haar fiel ihr über die Schultern und die Brüste.

Er strich es nach hinten. »Gib mir die Schlüssel.«

Auf einmal wirkte sie schüchtern und wandte den Blick ab. »Was hast du vor?«

»Ich will nur mal nachsehen, ob du Besuch hast.«

Daraufhin starrte sie ihn entsetzt an. »Glaubst du etwa, bei mir hätte jemand eingebrochen?«

Er drückte kurz ihre Schultern. »Vermutlich nicht, aber ich möchte mich trotzdem vergewissern, wie sicher deine Wohnung ist.«

Die Pulsader an ihrer Kehle pulsierte, als sie seinen Mund ansah. »Ich bin mir nicht sicher …«

Verdammt, sie würde einen Heiligen in Versuchung führen, welche Chance hatte da schon ein Sünder wie er? »Ich sehe mich nur mal kurz um und gehe dann wieder.«

»Du bist wahrscheinlich gut darin, die Sicherheit einzuschätzen.« Sie sah wieder zur Tür und schien dann eine Entscheidung zu treffen. »Okay. Danke. Ich weiß das wirklich zu schätzen.« Sie reichte ihm die Schlüssel.

Rowdy war derart an ihre Dickköpfigkeit gewöhnt, dass er

es kaum glauben konnte, dass sie so einfach nachgab. Sie hatte doch was zu verbergen … aber was?

Die Einteilung des Gebäudes war schrecklich. Hier auf dem Treppenabsatz saß sie in der Falle. Es gab kein Fenster, und die einzige Tür führte in ihre Wohnung. Er schloss die Tür auf, öffnete sie, griff um die Ecke und fand den Lichtschalter. Anders als in seiner Wohnung gingen hier Lampen an, die hinter der Couch standen.

Rowdy zog sie mit hinein, ließ die Tür offen und sagte: »Warte hier.« Bevor sie protestieren konnte, ging er durch das Apartment und sah sich in der kleinen, offenen Küche um. Er entdeckte eine Schachtel Schokocornflakes. Irgendwie passte das zu ihr.

Die erste Tür führte in ein winziges Badezimmer mit einer völlig überfüllten Ablage, auf der sie Make-up, einen Fön und einen Korb voller mädchenhaft aussehender Haarbänder und -spangen aufbewahrte. Als er den Duschvorhang zur Seite schob, sah er zahlreiche Flaschen auf dem Rand der schmalen Badewanne stehen: Shampoo, Duschgel, Lotion, Badeschaum.

Diese Frau schien sich offenbar gern in der Wanne aufzuhalten.

Er verließ das Bad und öffnete einen Schrank im Flur, in dem sie ihre Handtücher, Bettwäsche und weitere Toilettenartikel aufbewahrte. Avery sagte kein Wort, als er weiter ins Schlafzimmer ging.

Zuerst warf er einen Blick in ihren Kleiderschrank und schob die Kleidungsstücke zur Seite, um bis an die Rückwand sehen zu können. Sie hatte vor allem T-Shirts, Sweatshirts, Pullover und Jeans im Schrank, kaum Kleider und Röcke. Auf dem Boden lagen einige Schuhe und Stiefel. Er hätte nie gedacht, dass Avery so unordentlich war, fand das aber eigentlich sehr sympathisch.

Es war auch nicht schmutzig, bloß chaotisch.

Durch ihr Schlafzimmerfenster sah man auf den Supermarkt und den jetzt fast leeren Parkplatz herab. Nachdem er das Schloss am Fenster überprüft hatte, zog er die Vorhänge zu und beugte sich nach unten, um unter ihr ungemachtes Bett zu sehen. Darunter befanden sich nur ein paar Wollmäuse, eine einzelne Socke und ein Koffer. Rowdys Neugier war geweckt, und er zog ein wenig am Koffergriff.

Der Koffer war nicht leer.

Avery hatte also einen gepackten Koffer unter dem Bett. Damit sie schnell verschwinden konnte?

Er richtete sich wieder auf und sah sich im Zimmer um. Es war nicht so zweckmäßig eingerichtet wie seins, vielmehr war hier überall Kleinkram verteilt. Auf der Kommode lagen ein paar Kleidungs- und Schmuckstücke und auf dem Nachttisch ein Buch. Er befühlte die flauschige Tagesdecke und die weichen Laken. Sie hatte drei Kissen im Bett.

»Rowdy?«

»Ich bin gleich da.« Er versuchte, das Bild, wie sie warm und verschlafen in diesem Bett lag, aus seinem Kopf zu verbannen, ging wieder hinaus und fühlte sich seltsam … erleichtert.

Seine Barkeeperin lebte nicht wie eine Frau, die in Wohlstand aufgewachsen war. Ihre unordentliche Wohnung sah vielmehr fast genauso aus wie die, in der sich seine Schwester versteckt hatte.

Ebenso wie Pepper damals hatte auch Avery eine Menge Geheimnisse. Ob es ihm wohl gelingen würde, sie zu lüften?

Unruhig sah Avery mit an, wie Rowdy durch ihr Apartment tigerte. Sie hätte vielleicht aufräumen sollen, aber irgendwie hatte sie einfach nie genug Zeit, um alles zu erledigen, was anfiel.

Sonntags hatte sie zwar immer frei, doch da schlief sie lange und verbrachte den restlichen Tag damit, Erledigungen zu machen und die Wäsche zu waschen. Wer hatte da noch Zeit zum Putzen und Aufräumen?

Als Rowdy aus ihrem Schlafzimmer kam, klopfte ihr Herz noch schneller. »Bist du jetzt fertig?«

»Fast.« Er sah durch das Fenster im Wohnzimmer und das kleinere hinter dem Spülbecken in der Küche.

Sie beobachtete, wie sich die Muskeln in seinen Schultern anspannten und betrachtete seinen Hintern in der abgetragenen Jeans. Er hatte kräftige Oberschenkel und muskulöse Pobacken.

»Alle verschlossen«, stellte er fest und sah ihr in die Augen.

Das war ihr ohnehin klar gewesen, da sie die Fenster immer verriegelte. Wenn es im Sommer richtig heiß wurde, schaltete sie ein tragbares Klimagerät ein, das die Feuchtigkeit zwar nicht vertreiben konnte, die Hitze jedoch etwas erträglicher machte. »Ist alles okay?«

»So gut, wie es hier eben sein kann, aber wenn es dir nichts ausmacht, würde ich gern mit deinem Vermieter reden, damit er das Schloss an der Haustür austauschen lässt.«

»Das habe ich schon getan.« Sie bekam zunehmend das Gefühl, die Kontrolle zu verlieren. Sie war doch keine dieser Frauen, die Gewalt anmachte? Nicht, dass es gerade sehr gewalttätig geworden wäre, schließlich war der erfahrene Rowdy mit den drei Schlägertypen recht schnell fertiggeworden. »Er sagte, das könnte ich selbst machen.«

Rowdy stand auf der anderen Seite des Zimmers und sah zuerst ihren Mund, dann ihren Hals und schließlich ihre Brüste an. »Ich werde das vor der Arbeit erledigen«, meinte er, wirkte dabei jedoch etwas abgelenkt.

Sie holte tief Luft. »Das musst du nicht tun.«

Er hielt die Hände hoch, als wollte er ihr beweisen, dass er sein Versprechen halten würde, und kam auf sie zu. »Ich möchte es aber.«

Oh Mann, die Art, wie er das sagte. Ihr schossen alle möglichen anderen Dinge durch den Kopf, die absolut nichts mit dem Austausch des Schlosses zu tun hatten. »Okay.«

Lässig lehnte er sich neben sie an den Türrahmen. »So.«

Sie wollte ihm schon erneut danken, aber er kam ihr zuvor.

»Es gefällt dir also nicht, mich mit einer anderen Frau zu sehen.«

Sie machte einen Schritt weg von der offenen Tür – und weg von der Versuchung. »Ach, Rowdy, das sehe ich doch jeden Abend. Das ist keine große Sache«, fügte sie hinzu, auch wenn es eine Lüge war.

Er dachte darüber nach und nickte. »Dann gefällt es dir also nicht, wenn eine Frau mit ihrem Mund …«

»Nein!« Avery wirbelte herum und vergaß ihre guten Vorsätze. Sie legte ihm zwei Finger auf die Lippen. »Wag es nicht, das auszusprechen.«

Langsam legte Rowdy seine viel größeren Finger um ihr Handgelenk und schob ihre Hand hinunter auf seine Brust.

Großer Gott, das war auch nicht viel besser, als seinen Mund zu berühren. Er fühlte sich so heiß an.

Er strich mit dem Daumen über ihren Handrücken. »Ich kann dir versprechen, dass das nie wieder passieren wird.

Sie krümmte ihre Finger und schämte sich ein bisschen dafür, dass ihre Fingernägel so kurz geschnitten und ihre Haut vom vielen Gläserspülen bei der Arbeit so rau war. Vermutlich roch sie auch immer noch nach der Bar.

Dann wurde ihr bewusst, dass das völlig egal war – sie wollte nie wieder diese Frau mit den manikürten Fingernägeln sein, die sie früher gewesen war. »In der Bar, meinst du?«

Er presste die Lippen aufeinander. »Ich werde dich nicht anlügen, Avery. Ich werde nicht wie ein Mönch leben.«

Gott sei Dank. Das wäre wirklich eine Vergeudung gewesen. Aber Avery wusste noch immer nicht, worauf er hinauswollte. »Das hatte ich auch nicht erwartet.«

»Gut, denn jetzt möchte ich dir eine Frage stellen.« Er ließ sie los und machte einen Schritt nach hinten. »Wie lange muss ich warten, Süße?«

Averys Herz machte einen Satz. Sie hätte so tun können, als würde sie ihn nicht verstehen, aber sie wusste genau, was er meinte.

Rowdy würde sie nicht drängen, und er machte auch keine Witze. Das zeigte ihr nur, wie ernst er es meinte, daher gab sie ihm eine ehrliche Antwort.

»Ich will nicht bloß jemand sein, der praktischerweise gerade zur Hand ist. Ich will keine austauschbare Bettgefährtin sein.«

Sein Blick wurde dunkler und intensiver.

»Daher …« Sie nahm all ihren Mut zusammen. Nicht, um es auszusprechen, sondern um es wirklich ernst zu meinen und sich dann auch daran zu halten. »Ich schätze, dass du lange genug warten musst, bis ich weiß, dass du mich willst und nicht bloß schnellen Sex.«

Er berührte ihren Unterkiefer, ihren Hals und legte seine Hand dann in ihren Nacken. »Ich glaube, damit werde ich fertig.«

Ich glaube? Mehr konnte er ihr nicht versprechen? Sie wollte schon protestieren, doch dann drückte er seine Lippen auf ihre und küsste sie so innig und sanft, dass sie alles andere vergaß. Seine warme Zunge neckte sie, und sein fester Körper raubte ihr den Atem.

Als er sich von ihr löste, hing sie fast kraftlos in seinen Armen. Sie standen vor ihrer Wohnungstür. »Verdammt, du weißt wirklich, wie man es spannend macht«, murmelte er, gab ihr noch einen schnellen, festen Kuss und hob sie wieder über die Türschwelle in ihre Wohnung. »Schließ hinter mir ab. Wir sehen uns morgen. Und vergiss nicht, mir Bescheid zu sagen, wenn irgendwas nicht in Ordnung ist, ganz egal, wie spät es ist. Ruf mich sofort an.«

Sie nickte. Was in aller Welt sollte seiner Meinung nach passieren? »Danke für … Na ja, für alles.«

Er hatte ein umwerfendes Lächeln. »Es war mir ein Vergnügen, Avery. Jederzeit wieder.«

Jederzeit wieder … bis er hatte, was er wollte, und danach interessierte er sich vermutlich nicht mehr für sie.

Sie schloss die Tür, verriegelte sie und musste dann grinsen. Du liebe Güte! Rowdy Yates hatte echt eine Menge in diesen Kuss gelegt.

Es war ganz egal, wie lange es dauern würde, denn Avery wusste, dass ihre Welt nie mehr dieselbe sein würde.

Sie würde einen Termin beim Arzt machen müssen, da sie die Pille offenbar doch brauchen würde.

Zum ersten Mal, seitdem er die Bar gekauft hatte, konnte sich Rowdy nicht auf das Geschäftliche konzentrieren. Vor drei Tagen hatte er Avery auf ihrer Türschwelle geküsst. Als er am nächsten Tag zurückgekehrt war, um das Schloss auszutauschen, hatte sie ihm einen Schlüssel gegeben und darauf bestanden, ihm das Geld zurückzuerstatten, das er für das Schloss ausgegeben hatte. Da sie derart darauf bestand, hatte er schließlich zugestimmt.

Doch seitdem hatte sie auch besonders hart gearbeitet, fast als ob sie beweisen wollte, dass sie keine Sonderbehandlung bekam, nur weil sie ihr Interesse an ihm gestanden hatte.

Doch das wäre ohnehin nicht möglich gewesen. Sie war seine einzige Barkeeperin – daran musste er ohnehin etwas ändern, wenn er in Zukunft mehr Zeit mit ihr verbringen wollte. Wenn sie eine Pause machen wollte, löste er sie ab. Wenn sie einen Tag freinahm, arbeitete er stattdessen hinter der Theke. Sonntags war die Bar geschlossen, aber er nutzte diesen Tag meist, um die Renovierung der ungenutzten Bereiche weiter voranzutreiben. Er wäre erst zufrieden, wenn jede Ecke der Bar richtig genutzt werden konnte.

Er bot Avery jeden Abend an, sie nach Hause zu fahren, aber sie weigerte sich immer. Also stand er stattdessen nur da und beobachtete, wie sie in den Bus stieg.

Avery wusste nicht, dass er ihr in seinem Wagen folgte, um sicherzugehen, dass sie heil und unbelästigt zu Hause ankam. Eines Nachts entdeckte er auch Cannon und seine Freunde, die sich wieder vor dem Haus herumtrieben, aber Cannon sah Avery nur nach, wie sie das Gebäude betrat, und näherte sich ihr nicht.

Da sie immer sehr lange arbeiteten, fiel es Rowdy schwer, sich eine Verführungstaktik auszudenken. Doch mit jeder Stunde, die verstrich, begehrte er sie mehr.

Als er gerade einen Tisch abräumte, um Ella ein wenig unter die Arme zu greifen, lehnte sich eine heiße Blondine zu ihm herüber. »Hi, Rowdy.«

Natürlich zog ihr Dekolleté seine Aufmerksamkeit auf sich. »Hey …« Er zermarterte sich das Gehirn … Irgendwas mit »S«, wenn er sich richtig erinnerte. »Sheila, nicht wahr?«

»Du erinnerst dich an mich!«

Eher hatte er gut geraten. Sie kam mehrmals pro Woche in die Bar und schmiss sich jedes Mal an ihn ran. Er hatte eigentlich vorgehabt, ihr mal sein übliches ziemlich direktes Angebot zu machen – bis Avery ihm ihre Bedingungen genannt hatte.

Da er jetzt wusste, dass Avery irgendwann ihm gehören würde, interessierte ihn Sheila nicht mehr. »Natürlich tue ich das. Du gehörst doch schon zu den Stammgästen.« Er wischte den Tisch ab.

»Weißt du«, sagte sie vielsagend, »ich wohne ganz in der Nähe.« Dabei strich sie mit einer Hand über seinen Arm und seine Schulter. Dann beugte sie sich vor und flüsterte: »Wir könnten in nicht mal zwanzig Minuten da sein.«

Er musste unwillkürlich grinsen. Es war schön, begehrt zu werden, vor allem, da Avery ihm aus dem Weg ging. Wo er gerade an Avery dachte, richtete er sich auf und sah zu ihr hinüber.

Selbst von der anderen Seite des Raumes schien ihn ihr feuriger Blick zu durchbohren. Sie sah aus, als würde sie damit rechnen, dass er Sheila im nächsten Moment in sein Büro schleifen würde. Seine kleine Barkeeperin begriff anscheinend noch immer nicht, dass er sie wollte, nicht irgendeine willige Bettgefährtin.

Rowdy winkte Avery zu und meinte dann zu Sheila: »Ich weiß das Angebot zu schätzen, Süße, wirklich. Aber ich bin k. o.«

»Dann vielleicht morgen.« Sie fuhr mit ihrem lackierten Fingernagel über ihr Schlüsselbein und tauchte ihn dann in ihr Dekolleté.

Natürlich blieb sein Blick daran haften.

Schöne Brüste. Groß, schwer und blass. Sie war bestimmt eine Granate.

Aber er war nicht im Geringsten in Versuchung. »Ich kann nicht. Ich stehe nicht zur Verfügung, bis …« Bis wann eigentlich, verdammt? Wie lange würde es dauern, bis Avery begriffen hatte, wie gut sie zueinander passten? Er war sich nicht sicher, ob sie dieselbe Anziehungskraft spürte, wusste jedoch genau, dass sie im Bett ein heißes Vergnügen erwartete.

Rowdy beschloss, dass es keine Rolle spielte, weil ihm Sheila ohnehin nichts bedeutete. »Bis auf Weiteres. Die Bar läuft immer besser, und ich kriege ohnehin schon viel zu wenig Schlaf.«

»Ich würde schon dafür sorgen, dass es sich für dich lohnt.«

»Das bezweifle ich nicht.« Er deutete mit dem Kinn auf einen Tisch voller junger Männer hinter ihnen. »Sie wissen das auch und können schon den ganzen Abend nicht den Blick von dir abwenden.«

Aber Sheila ließ sich nicht für dumm verkaufen. Sie spürte, dass er ihr eine Abfuhr erteilte, auch wenn er es gut verpackte. »Du weißt nicht, was du verpasst.« Lächelnd ging sie weiter, um sich ein willigeres Opfer zu suchen.

Rowdy schüttelte den Kopf, wie immer belustigt von den Frauen und ihren Marotten. Er fand es fast schade, dass Avery nicht so berechenbar war.

Aber es war ja auch ihre Einzigartigkeit, die er lie…

Hey! Auf gar keinen Fall. Er verbannte diesen Gedanken sofort wieder aus seinem Kopf und versuchte, sich auf die Bar zu konzentrieren, auf die vielen Dinge, die noch erledigt werden mussten. Als er mit dem schmutzigen Geschirr in Richtung Küche ging, wanderte sein Blick jedoch erneut zu Avery. Sie war an der Bar beschäftigt, kümmerte sich um die Getränkebestellungen oder lächelte die – größtenteils männlichen – Kunden an. Manchmal hatte er das Gefühl, in ihrer Nähe zu einem besitzergreifenden Neandertaler zu mutieren, daher ging er schnell weiter. Er kannte sie gut genug, um zu wissen, dass sie nicht mit Kunden flirtete, und außerdem machte sie sich sowieso nichts aus Männern, die viel tranken.

Er wollte gerade in die Küche gehen, als das Telefon klingelte. Avery ging ran. Da es nur hinter der Bar und in seinem Büro ein Telefon gab, nahm sie die Gespräche öfter entgegen als er.

In der Küche stellte er das schmutzige Geschirr ins Waschbecken. Obwohl die Essenszeit schon seit einer Stunde vorbei war, hatte Jones noch immer nicht Feierabend gemacht. Rowdy wusste, dass er bald eine Küchenhilfe einstellen musste, wenn er nicht riskieren wollte, dass Jones kündigte.

»Lass den Rest einfach stehen, wenn du willst«, forderte Rowdy den Koch auf.

»Du bezahlst mich doch für die Zeit, die ich hier bin, oder?«

»Mache ich das nicht immer?«

»Ja, und ich brauche nur noch eine Stunde, daher bleibe ich.« Er deutete mit der Spülbürste auf Rowdy. »Aber hör endlich auf, so wählerisch zu sein, und stell jemanden ein, ja?«

»Ich bin schon dabei.« Er hatte bereits Vorstellungsgespräche mit einem Dutzend Leuten geführt. »Das ist nicht so leicht, wie du glaubst.« Was vor allem am schlechten Ruf der Bar lag. Er hatte mit ein paar Drogensüchtigen, einer Prostituierten, einem Betrunkenen und einem Jungen gesprochen, der gerade mal volljährig war und bei der Vorstellung, acht Stunden am Stück zu arbeiten, zusammengezuckt war.

Auf einmal streckte Ella den Kopf in die Küche. »Rowdy?« Sie lächelte nicht wie sonst, und ihr Tonfall war ernst. »Avery hat Ärger.«

Anstatt Fragen zu stellen, ließ Rowdy sofort das Geschirrtuch fallen und ging zurück in den Schankraum. Er spürte, dass ihm Jones und Ella direkt auf den Fersen waren.

Sofort wanderte sein Blick zu Avery. Sie sah eher genervt als verletzt oder ängstlich aus. Ein riesiger Kerl hatte ihr Handgelenk gepackt und sie halb über die Theke gezerrt. Rowdy wusste hinterher nicht mehr, wie er so schnell dorthin gekommen war, aber im nächsten Moment hatte er den Typen schon am T-Shirt gepackt. »Lass sie los.«

Der Mann schubste Avery, sodass sie nach hinten stolperte und gegen die Eistruhe prallte.

Rowdy sah rot. Damals in der guten alten Zeit, als er noch kein Barbesitzer gewesen war, hätte er den Kerl einfach auseinandergenommen. Aber jetzt … Tja, jetzt durfte er nicht zu weit gehen und musste versuchen, die Angelegenheit auf die »nette Art« zu regeln, während er darauf hoffte, dass ihm der Mann doch einen guten Grund dafür gab, ihn zu verprügeln. »Verschwinde und komm nie wieder.«

»Wer zum Teufel bist du?«, wollte der Mann wissen.

Avery richtete sich auf und flehte: »Tu es nicht, Rowdy.«

Rowdy zitterte fast vor Wut und hielt das T-Shirt des Mannes weiterhin mit einer Faust gepackt, während er die andere an der Seite ballte.

Als der Kerl versuchte, sich loszureißen, zerriss sein T-Shirt.

Rowdy hätte ihm am liebsten auch das Herz rausgerissen. Es fiel ihm zwar nicht leicht, aber er schaffte es, seine Wut im Zaum zu halten und presste hervor: »Fass nie wieder einen meiner Angestellten an.«

Als ihm klar wurde, dass er den Besitzer der Bar vor sich hatte, lehnte der Mann sich noch weiter zu Rowdy vor. »Ich bin schon seit Stunden hier, und sie hat es geschafft, dass ich die Beherrschung verliere.«

Rowdy zuckte nicht einmal mit der Wimper, und er musste sich sehr konzentrieren, um gegen seinen Instinkt anzukämpfen, der ihm riet, das zu beschützen, was ihm gehörte – und damit war nicht die Bar gemeint.

»Wenn du sie noch einmal anfasst, dann verlierst du noch viel mehr. Und jetzt zieh Leine!«

Frustriert strich sich der Mann mit beiden Händen durch sein dunkles, fettiges Haar. Dann holte er tief Luft. »Ich habe keine Zeit für diesen Scheiß.« Erst jetzt sah er sich um und bemerkte, dass ihn alle anstarrten, daher beugte er sich vor, um etwas mehr Privatsphäre zu haben.

Der widerliche Gestank nach Schweiß und Verzweiflung ließ Rowdy beinahe zusammenzucken.

»Ich habe einen Deal gemacht«, flüsterte der Kerl mit feuchten Lippen, »und wurde nie bezahlt. Der Besitzer hat mir einen Teil der Ausstattung versprochen, um mich zu entschädigen und zu verhindern, dass ich Vergeltung übe.«

»Ich bin der Besitzer«, klärte ihn Rowdy nur zu gerne auf. »Und ich mache keinen Handel mit Drogendealern.«

»Der vor dir!«

»Dann geht mich die Sache nichts mehr an.«

Der Mann ballte seine felsbrockengroßen Fäuste. »Hör mal, Kumpel, ich hab schon einen beschissenen Tag hinter mir, okay? Ich muss Schulden abzahlen, der Scheißtruck, den ich mir geliehen habe, fährt kaum noch, und jetzt hat mir meine alte Lady auch noch das Kind angehängt.«

Rowdy lief es eiskalt den Rücken herunter … *das Kind angehängt* … In seinem Kopf ging alles drunter und drüber, und er wollte gar nicht genau wissen, wie das gemeint war.

»Ich habe die Schnauze voll davon, den netten Kerl zu spielen.« Der Mann knirschte mit den Zähnen, und seine Stimme wurde zu einem Schnauben. »Entweder gibst du mir die Einrichtung oder meine Kohle.«

Rowdy war weiterhin speiübel. Er hatte das Gefühl, als würde seine Brust in einem Schraubstock stecken, sodass er kaum atmen konnte. Hässliche Erinnerungen bestimmten sein Gedanken und Gefühle. »Wo hast du geparkt?«

Da der Kerl offenbar glaubte, gewonnen zu haben, rieb er sich die Hände. »Hinter dem Haus. Ich nehme die Jukebox und die …«

»Das besprechen wir noch.« Rowdy legte dem Mann eine Hand auf den Arm und schob ihn vor sich her. »Lass uns irgendwohin gehen, wo wir etwas mehr Ruhe haben.«

Auf einmal war eine sanfte Frauenstimme hinter ihm zu hören. »Rowdy?«

Er sah Avery nicht an. Er wagte es einfach nicht. Es hätte ihm gerade noch gefehlt, wenn sie sich jetzt eingemischt hätte. »Ich bin gleich wieder da«, sagte er zu Jones, der ihn mit zusammengekniffenen Augen ansah, und der blassen Ella. »Geht wieder an die Arbeit.«

Avery sagte nichts mehr, und das hätte ihn misstrauisch machen sollen, aber er war zu sehr damit beschäftigt, den Mann vor sich im Auge zu behalten. Er war groß und dreckig, sah aus wie ein Schläger, der es gewohnt war, zu bekommen, was er wollte. Abschaum, dem es egal war, ob er eine Szene machte oder seine Stärke gegen Kleinere oder Schwächere einsetzte. Auch wenn Rowdy dem Arschloch noch nie zuvor begegnet war, kannte er Kerle wie ihn.

Viel zu gut sogar.

Rowdy war weder klein noch schwach, das würde er auch nie wieder sein. Mit jedem Schritt zog sich sein Blickfeld zusammen, bis es nur noch einem schmalen, entschlossenen Laserstrahl glich.

Die anderen Gäste gingen ihnen aus dem Weg, als die beiden Männer durch die Bar und zur Tür hinausgingen. Draußen atmete Rowdy die kühle Abendluft ein, was die in ihm tobende Wut ein wenig milderte. Eine leichte Brise wehte über seine angespannten Muskeln, und er erinnerte sich daran, dass er sich entspannen musste.

Kämpfe ließen sich am besten mit einem kühlen Kopf und geschmeidigen Muskeln austragen.

»Ich nehme die Jukebox«, wiederholte der Kerl, »und ein paar Kisten Whiskey. Damit kommst du noch gut weg.«

Rowdy behielt seine Gefühle weiterhin unter Kontrolle und ging mit zwei Schritten Abstand hinter dem Mann her. »Darüber reden wir, wenn wir bei deinem Wagen sind.« Und wenn er dort das sah, womit er rechnete, dann konnte dem Mann nur noch Gott helfen.

Sie bogen in die Gasse neben der Bar ein und gingen zur Rückseite des Gebäudes. Hier hatte Rowdy einige Lampen anbringen lassen, damit es nicht mehr so dunkel war und die Nutten, Drogensüchtigen und Gangs sich einen anderen Treffpunkt suchten.

Der Weg zum hinteren Parkplatz, auf dem eigentlich nur die Angestellten parken durften, war frei.

Rowdy betrat den Parkplatz und stand einem Albtraum gegenüber, als sich seine schlimmsten Befürchtungen bewahrheiteten.

Der Scheißkerl hatte soeben sein Schicksal besiegelt.

Er hatte ein Kind dabei.

6

Der Junge saß vor der offenen Wagentür auf dem Boden, hatte die Knie an die dünne Brust gezogen und lehnte, nur mit einem T-Shirt und einer zu kurzen Jeans bekleidet, am Hinterreifen. Rowdy schätzte ihn auf etwa acht, vielleicht neun Jahre. Als der Junge sie sah, sprang er auf, atmete schneller und sah sie ängstlich an.

»Wer ist das?«, wollte Rowdy wissen.

»Niemand. Ignorier ihn einfach.«

Niemand. Rowdy zwang sich, weiterhin ruhig zu atmen. »Ist das dein Sohn?«

»Das behauptet zumindest die Schlampe.« Der Kerl begriff nicht, in welcher schlimmen Lage er steckte, und lachte. »Der Winzling sieht aber gar nicht aus wie ich, oder?«

Plötzlich wurde Rowdy ganz ruhig. Er wusste, was das für eine Stimmung war, da er sie bereits kannte. Es war ein Abwehrmechanismus. Emotionen wurden beiseitegeschoben, sodass nur noch die kalte, tödliche Entschlossenheit übrig blieb. So hatte er damals reagiert, und so wurde er auch heute mit derartigen Situationen fertig. »Wo ist seine Jacke?«

»Woher zum Henker soll ich das wissen?«

Der Junge fror so sehr, dass er zitterte. Und, verdammt noch mal, Rowdy zitterte ebenfalls. »Wie heißt du, Junge?«

Der Kleine sah auf, schwieg und sah einfach nur jämmerlich aus. Er hatte viel zu große Angst, um zu antworten.

»Steig wieder in den Wagen, Marcus«, blaffte der Kerl ihn ungeduldig an. Dann, an Rowdy gewandt: »Ich sagte doch, dass seine Mom anderweitig beschäftigt ist, darum musste ich ihn mitnehmen. Er wird keine Probleme machen und weiß, dass er mir nicht in die Quere kommen darf. Also vergiss ihn endlich, okay?«

»Nein, das werde ich nicht.«

Marcus bewegte sich nicht vom Fleck, obwohl der Mann es ihm befohlen hatte, und Rowdy wünschte sich, dass der Junge begriff, worum es hier ging. Er sah ihm fest in die Augen. »Tut mir leid, Marcus.« *Ich werde deine Welt gleich aus den Angeln heben.*

Vielleicht hatte Marcus es doch begriffen, denn er riss die Augen auf – und plötzlich öffnete Avery die Hintertür der Bar. Sie wirkte, als ob … Er konnte es nicht einordnen. So hatte er sie noch nie gesehen.

Sie setzte ein unsicheres Lächeln auf. »Entschuldigt, wenn ich störe. Ich dachte, der junge Mann sollte vielleicht zu mir reinkommen, während ihr beide … verhandelt.«

War das ihre Art, auf nette Weise zu sagen: *Während du das Arschloch zu Brei schlägst?*

Die blutunterlaufenen Augen des Kerls sahen jetzt richtig wütend aus. »Der Junge bleibt bei mir.«

Bevor Rowdy dem Mann seine Faust ins Gesicht schlagen konnte, machte Avery einen Schritt nach draußen. Nicht so weit, dass sie sich in Gefahr brachte, aber weit genug, um zu stören, damit sich der Kerl nur noch wünschte, dass sie wieder verschwand. »Man sagt doch immer, dass Kinder immer mehr mitbekommen, als sie sollten, oder? Dabei soll diese Unterhaltung doch bestimmt privat bleiben.«

Der Mann sah den Jungen mit zusammengekniffenen Augen an. »Er weiß, dass er die Klappe halten soll.«

Rowdy explodierte beinahe vor Wut. Er drängte sich an dem Mann vorbei und legte Marcus eine Hand auf die schmächtige Schulter. »Geh einfach rein, ja? Sie wird dir was zu trinken geben.«

Der Junge schien immer kleiner zu werden. »Ich habe keinen Durst.«

Rowdy hatte bereits mit dieser Antwort gerechnet, denn vor sehr, sehr langer Zeit hätte er ebenso reagiert. Um die Sache zu beschleunigen, bevor ihm endgültig der Geduldsfaden riss, legte er mehr Schärfe in seinen Tonfall. »Rein mit dir.«

»Tu, was man dir sagt!« Der Mann holte aus und schien kurz davor, den Jungen zu schlagen.

Schnell legte Rowdy dem Mistkerl eine Hand auf die Brust, stieß ihn fest nach hinten. Ein einziges, im Befehlston gebrülltes Wort hallte durch die Nacht: »*Nein!*«

Überrascht starrte ihn der Mann an. »Was zum Teufel soll das?«

»Ach, Rowdy?« Avery zog den Jungen ins Gebäude und steckte den Kopf noch einmal raus. »Für den Fall, dass du Hilfe mit der Jukebox brauchst, habe ich schon mal Logan angerufen.« Mit diesen Abschiedsworten zog sie die Tür hinter sich zu.

Rowdy kniff die Augen zusammen. Endlich war er mit dem Mann allein hier draußen, aber jetzt hatte ihm Avery die Möglichkeit genommen, ihm die Meinung zu sagen, indem sie die Polizei gerufen hatte.

Hatte sie die ganze Zeit geahnt, was er vorhatte? Vermutlich schon. Avery war verdammt clever. Ihr entging so gut wie nichts.

Der Mann starrte Rowdy wütend an. »Für all meine Mühe verlange ich mehr als nur die Jukebox. Ein paar Kisten Whiskey wären wie gesagt ein Anfang, aber …«

Vor lauter Wut wurde es Rowdy schwarz vor Augen. »Alles, was du von mir kriegst, ist die Tracht Prügel, die du verdient hast.«

»Was redest du für einen Scheiß?«

Rowdy ging langsam auf ihn zu. »Du bist ein Feigling und ein Säufer, und ich werde dich nur zu gern in Stücke reißen.« Er schlug nur selten als Erster zu. Schließlich wusste er, dass vor dem Gesetz Worte erlaubt waren, der erste Körperkontakt hingegen meist eine Grenze überschritt.

Wie erwartet erzürnten seine Worte den Mann derart, dass er mit seiner fleischigen Faust zuschlug. Rowdy duckte sich, war aber zu langsam. Der Schlag traf seine Schulter, und er verlor das Gleichgewicht. Er ging auf ein Knie und machte sich auf den nächsten Angriff gefasst.

Zusammen fielen sie auf den harten Schotter, der in Rowdys Rücken und Schultern schnitt, bevor er sich abrollte und den schwereren Mann zur Seite schleuderte. Während sich der Kies jetzt in seine Knie bohrte, landete Rowdy einige harte Treffer bei seinem Gegner und erwischte ihn in seinem dicken Bauch, am Solarplexus und am Kinn.

Der Geruch nach Blut blendete alles andere aus. Er schlug fester zu und hörte, wie die Nase des Mannes brach. Seine Fingerknöchel taten weh, aber das war ein geringer Preis, den er für die Freude, es dem Kerl endlich zeigen zu können, nur zu gern zahlte.

Als Rowdy sich aufrappelte, drehte sich der Mann um und versuchte, seine Beine zu packen. Rowdy trat zu und traf ihn direkt im Schritt.

Das ließ den Kampfgeist seines Gegners erlöschen.

Aus dem Schatten sagte eine Männerstimme: »Großer Gott, Darrell, du verdammter Idiot. Wenn du es nicht draufhast, dann fang diesen Scheiß doch gar nicht erst an.«

Rowdy atmete schwer, während er sich umdrehte und ein anderer Mann vor ihm auftauchte. Der Kerl grinste ihn an – und hielt ein großes Messer mit gezackter Klinge in der Hand.

»Du hättest mir mein Geld geben sollen«, knurrte Darrell, der sich mühevoll auf die Knie erhob.

»Halt die Klappe.« Rowdy kannte den anderen Mann nicht, aber über das Arschloch Darrell wusste er mehr als genug.

Er trat ihm gegen das Kinn, sodass der Kerl flach auf den Rücken flog und sich nicht mehr rührte.

Im nächsten Augenblick drehte sich Rowdy zu dem Mann mit dem Messer um, aber der war bereits schnell näher gekommen. Während Rowdy zur Seite auswich, spürte er, wie die Klinge seine Schulter berührte und über seinen Rücken fuhr. Seine Nervenenden schienen in Flammen zu stehen.

Das ließ ihn nicht langsamer werden. Der Hass, den er sein ganzes Leben lang aufgestaut hatte, hielt den Schmerz im Zaum. Jeder Mann, der sein Kind schlug, hatte eine Tracht Prügel verdient – und noch sehr viel mehr.

Dem nächsten Messerstoß wich Rowdy aus, um dem Mann einen so heftigen Schlag zu verpassen, dass dieser ins Taumeln geriet. Doch er stürzte nicht zu Boden, sondern wurde nur noch wütender. Sein Grinsen verschwand.

Er hielt das Messer weiter kampfbereit vor sich und spuckte Blut auf den Boden. »Du bist tot, du Arschloch.«

Rowdy war angespannt, kampfbereit. Grinsend bedeutete er dem Mann, ruhig näher zu kommen. »Na, dann los.«

In der Ferne waren Sirenen zu hören. Das kam nicht gerade selten vor, aber Rowdy vermutete, dass es sich hierbei um Logan handelte, der seine Polizeinase in Angelegenheiten steckte, die ihn nichts angingen.

Es wurde Zeit, die Sache zu Ende zu bringen.

Der Mann ging etwas zur Seite, aber Rowdy blieb auf seiner Höhe und verringerte den Abstand zwischen ihnen. »Du hast das Messer«, verspottete ihn Rowdy. »Worauf wartest du noch?«

Der Narr griff in dem Moment an, in dem Rowdy Schwung holte, um zuzutreten – und er brach dem Kerl den Ellbogen. Der ließ das Messer auf den Schotter fallen. Rowdy kam näher und trat dem Kerl ins Gesicht, einmal, zweimal, ein drittes Mal.

Sein Gegner ging schwankend auf die Knie.

Mit einem letzten Tritt gegen das Kinn schickte Rowdy ihn rücklings zu Boden.

Hinter Rowdy applaudierte jemand.

Er wirbelte herum und stellte fest, dass Cannon an der Ziegelsteinmauer des Gebäudes lehnte. »Das war schon besser.«

Verwirrt sagte Rowdy: »Ich hab dich gar nicht gehört.« Was nur bedeuten konnte, dass der junge Mann gut war, denn Rowdy wurde auf keinen Fall nachlässig.

»Ich bin gerade erst gekommen«, erwiderte Cannon. »Ich hätte dir ja geholfen, aber es sah so aus, als hättest du alles im Griff. Größtenteils zumindest.«

Rowdy öffnete und schloss seine Fäuste. Er war noch nicht zufrieden mit dem Schaden, den er angerichtet hatte.

Menschen, die Kindern wehtaten, konnte er gar nicht genug Schaden zufügen.

Mühsam riss sich Rowdy zusammen und holte tief Luft. »Was machst du hier?«

»Ich war neugierig.« Cannon verpasste Darrell *versehentlich* einen Tritt, als er an ihm vorbeiging. »Außerdem hast du gesagt, du würdest einen ausgeben.«

Rowdy sah erst Cannon an, dann Darrell, der auf dem Boden lag und sich mit einer Hand die gebrochene Nase hielt. In seinem Gesicht und am Kopf zeichneten sich langsam die Quetschungen ab. Darrells Begleiter stieß ein leises Stöhnen aus und schien langsam zu sich zu kommen.

Die schwarze Wolke aus Zerstörungswut und Zorn schwebte weiterhin vor Rowdys Augen. Er blinzelte mehrmals, um wieder klarer sehen zu könnten, ließ den Kopf kreisen und versuchte, die aufgebaute Spannung loszuwerden.

Die Sirenen wurden lauter und waren dann auf einmal nicht mehr zu hören. Na super. Das war genau die Art von Werbung, die seine Bar gebraucht hatte. Er ballte wieder die Fäuste. »Der Drink wird leider noch warten müssen.«

»Ach ja?« Cannon schüttelte warnend den Kopf in Darrells Richtung, als dieser sich aufsetzen wollte. »Warum das?«

Logan kam mit gezogener Waffe auf den Parkplatz. Als er Rowdy sah, der sich alle Mühe gab, entspannt auszusehen, wurde er ebenfalls lockerer. »Ist alles okay bei dir?«

»Ja, sicher.« Aber er wusste, dass dem nicht so war.

Reese, der auf der anderen Seite um das Gebäude kam, fluchte. »Du dämlicher Idiot. Wie kann alles okay sein, wenn dein Rücken voller Blut ist?«

»Das war ein Messer«, schaltete sich Cannon ein, den weder das Blutvergießen noch das Auftauchen der Polizei aus der Ruhe zu bringen schien. Er nickte in die Richtung von Darrells Verstärkung. »Wenn Rowdy nicht so nachlässig gewesen wäre, hätte er eine perfekte Show hingelegt.«

»Du bist wer?«, fragte Reese, während er Rowdys Shirt hochhob und die Verletzung in Augenschein nahm.

Rowdy stellte die Männer einander vor. »Cannon Colter, das sind die Detectives Logan Riske und Reese Bareden.«

»Aha.« Cannon sah sich jetzt ebenfalls Rowdys Rücken an. »Ich hätte dich nicht für jemanden gehalten, der gern mit Cops rumhängt.«

»Das tue ich auch nicht.« Rowdy versuchte, Reese zu verscheuchen. »Meine Schwester ist mit Logan verheiratet.« Er starrte Reese an. »Und dieser Riesenaffe gehörte offenbar mit zum Deal dazu.«

»Sind wir nicht eine große, glückliche Familie?« Mit seinen

ein Meter achtundneunzig überragte Reese so gut wie jeden. Er starrte Cannon an. »Dann hast du hier nicht mitgemischt?«

»Hat er nicht.« Rowdys Knie wurden langsam weich, was bedeuten musste, dass er zu viel Blut verloren hatte. Verdammt. »Sie haben mich angegriffen.«

»Ja«, meinte Logan. »Das hat Avery am Telefon auch gesagt.«

Zwei uniformierte Beamte kamen auf den Parkplatz geeilt. Nach einer knappen Anweisung von Logan legten sie den beiden Gaunern Handschellen an und lasen ihnen ihre Rechte vor.

Logan sah Rowdy fragend an. »Willst du mir auch den Grund dafür verraten?«

Warum nicht? Er hatte viel zu erzählen, und die Zeit reichte möglicherweise nicht aus, bevor er ohnmächtig wurde. »Die beiden wollten mich aufmischen. Das hatte wohl etwas mit einem Drogendeal zu tun, den sie mit dem Vorbesitzer gemacht hatten.«

»So was musste ja mal passieren.« Reese holsterte seine Waffe und nahm Rowdys Arm. »Setz dich.«

»Das ist eine gute Idee.« Rowdys Beine gaben fast unter ihm nach. Der grobe Schotter bohrte sich durch den Stoff seiner Jeans, aber er beschwerte sich nicht.

»Ich rufe einen Krankenwagen«, erklärte Logan, und obwohl er seinen Befehlston aufgesetzt hatte, hörte Rowdy, dass er sich Sorgen machte.

»Vergiss es.« Rowdy deutete mit dem Kinn auf die Bar. »Da drin bei Avery ist ein Junge. Darrell hat ihn mitgebracht, und ich bin mir ziemlich sicher, dass es sein Sohn ist.«

Logan schien zu spüren, dass das noch nicht alles war, und wartete.

»Lass ihn nicht weg. Das ist mein Ernst, Logan. Er ist …« *Er ist wie ich, als ich noch ein Kind war, und ich weiß, wie Scheiße das sein kann.* Rowdy stieß die Luft aus. »Ich werde mich darum kümmern. Um ihn, meine ich.« Irgendwie.

»Dafür haben wir unsere Leute«, erwiderte Reese und riss Rowdys Shirt entzwei. Zum Glück war Rowdys Rücken größtenteils taub, sodass er es kaum spürte, als Reese ihm mit den Stofffetzen das Blut abtupfte, um den Schnitt besser sehen zu können. »Großer Gott, wollte er dich filetieren?«

Auch Cannon schaute sich die Verletzung an. Er berührte die Stelle, fingerte an Rowdys Rücken herum und meinte dann recht zufrieden: »Du weißt, wie man sich bewegt, daher ist die Wunde nicht tief, aber du blutest wie ein angestochenes Schwein.«

»Er wird's überleben.« Reese zog Rowdy wieder auf die Beine.

Rowdy fragte sich, aus welchem Grund er das tat. Aber er konnte an nichts anderes denken als daran, dass Marcus nicht im System landen sollte. »Hör mal, Logan. Ich werde dem Jungen selbst helfen. Ich lass mich kurz nähen und bin sofort wieder da …«

»In der Notaufnahme wird das ewig dauern«, warf Cannon ein. »Du wirst vermutlich nur ein paar Stiche brauchen. Es sieht so aus, als wären keine Muskeln verletzt worden. Trotzdem kannst du von Glück reden, wenn es nur vier oder fünf Stunden dauert.«

Reese zog die Augenbrauen hoch. »Du siehst gar nicht aus wie ein Arzt.«

»Ich bin ein Kämpfer.« Cannon zuckte mit den Achseln. »Bei uns gibt es regelmäßig Verletzungen.«

Die drei Männer starrten ihn an. Rowdy bekam als Erster den Mund wieder auf. »Profi?«

»Ich arbeite daran.« Cannon nahm seine Wollmütze ab, strich sich mit einer Hand über das schwarze Haar und setzte sie wieder auf. »Aber ich verdiene noch nicht genug, um über die Runden zu kommen.«

»Bist du deshalb hergekommen?« Trotz des Blutverlusts konnte Rowdy eins und eins zusammenzählen. »Weil du einen Job suchst?«

»Falls du jemanden brauchst.«

Das war perfektes Timing. Rowdy wandte sich an Logan und hielt ihn davon ab, den Anruf zu machen. »Tu es nicht, Logan.«

»Tut mir leid, aber in diesem Fall musst du mir einfach vertrauen.« Logan hatte eine Nummer gewählt. »Du kennst mich. Ich würde nie ein Kind im Stich lassen.«

Aber es gab viele Arten, wie man jemanden im Stich lassen konnte.

Die Tür ging auf, und Avery kam heraus. Ihr ernster Gesichtsausdruck ließ vermuten, dass in ihr die verschiedensten Emotionen tobten, aber sie wirkte entschlossen. Als hätte sie sofort begriffen, wem Rowdys Sorge galt, sagte sie: »Ella kümmert sich Marcus. Er macht sich Sorgen und ist viel zu still, aber wir haben ihm etwas zu essen hingestellt und er hört er gar nicht mehr auf zu futtern.« Sie hatte ein paar saubere Geschirrhandtücher und eine ihrer neuen schwarzen Schürzen in der Hand.

Rowdy versuchte, ihr in die Augen zu sehen. Da sie sich hinter ihn stellte, betrachtete er sie über die Schulter. »Hast du etwa zugeguckt?«

»Ich habe das meiste durchs Fenster gesehen. Zum Glück hatte ich Logan schon angerufen, bevor die Sache aus dem Ruder gelaufen ist.« Sie musterte seinen Rücken und schüttelte den Kopf.

Das war nicht gerade die Hysterie, mit der er gerechnet hatte.

»Ich bringe Rowdy ins Krankenhaus«, erklärte sie.

»Mit dem Bus?«, fragte Rowdy frech.

Sie schob Reese zur Seite und drückte vorsichtig die sauberen Tücher auf die Wunde. »Ich bin heute mit dem Wagen hergekommen.« Sie band den provisorischen Verband mit der Schürze fest, um die Blutung zu stoppen.

»Du hast einen Wagen?« Er stieß einen Schmerzenslaut aus, als sie die Bänder fester zuzog.

»Entschuldige.«

»Pepper würde mich umbringen.« Logan hatte den Anruf beendet, klappte das Handy zu und steckte es in die Tasche. »Reese kann hier mit dem Jungen warten, bis der Sozialarbeiter kommt, und dafür sorgen, dass es keinen Ärger mehr gibt. Ich fahre dich ins Krankenhaus, aber Avery kann gern mitkommen, wenn sie möchte.«

»Mann, wenn du in den Polizistenmodus umgeschaltet hast, bist du echt herrisch.« Rowdy sah Avery mit gerunzelter Stirn an. »Falls du es vergessen hast, du hast hier einen Job …«

Sie schnitt ihm das Wort ab. »Ich werde dich begleiten, Rowdy Yates, Ende der Diskussion.«

Okay, dieses Mal hörte er, dass sie kurz davor war, hysterisch zu werden. Sie hatte sich also nur wegen ihm zusammengerissen? Bemerkenswert.

Was sollte er jetzt tun? Er musterte Cannon. »Hast du schon mal in einer Bar gearbeitet?«

»Mein Dad hatte mal eine.«

Das war ja perfekt. »Kannst du sofort anfangen?«

»Lass mich mal in meinen Kalender sehen …« Cannon streckte die leeren Hände aus und grinste. »Du hast Glück, ich habe sonst nichts vor.«

»Gut. Du bist eingestellt.« Dann sah er Reese mit zusammengekniffenen Augen an. »Tut mir leid, Kumpel, aber du müsstest für mich den Barkeeper spielen. Die Bar schließt erst in zwei Stunden.«

Reese strahlte ihn an. »Geh und lass dich nähen.« Er zog seine Jacke aus und krempelte die Ärmel hoch. »Ich kümmere mich schon darum.«

Avery hätte Rowdy am liebsten in den Arm genommen. Sie wollte ihm über das Haar streichen, ihn umarmen und sein Leben auf jede nur denkbare Weise schöner machen.

Doch stattdessen saß sie schweigend neben ihm auf dem Rücksitz, während Logan den Wagen lenkte – und Rowdy ihre Hand hielt, als müsse er sie trösten.

Er war wirklich ein erstaunlicher Mann.

Darrell hatte an der Bar vier Whiskey getrunken, bevor er seine Forderungen gestellt hatte. Zuerst hatte sie überhaupt nicht begriffen, worauf er hinauswollte, und als sie es dann verstand, hatte sie versucht, ihn davon abzubringen. Sie wusste, dass Rowdy ihm nichts geben würde, und sie wollte eine unangenehme Konfrontation verhindern.

Doch je mehr der Mann trank, desto gemeiner wurde er, und dann hatte auch noch der Typ wieder angerufen und ins Telefon geatmet. Kurz war sie in Gedanken gewesen, und Darrell hatte ihre Unaufmerksamkeit ausgenutzt und ihr Handgelenk gepackt.

Sie presste die Zähne aufeinander und erinnerte sich an das Unbehagen, die Angst, die … Erinnerungen.

»Hey.« Rowdy hob ihre Hand an seinen Mund. »Geht es dir gut?«

Logan schnaubte.

Zu Recht, wie sie fand. Rowdy hatte eine fast sechzig Zentimeter lange Schnittwunde, die sich von seiner rechten Schulter bis unter sein linkes Schulterblatt zog. Er beugte sich ein wenig vor und stützte seinen linken Unterarm auf den Oberschenkel, damit sein Rücken nicht die Lehne berührte.

Abgesehen davon merkte man ihm nicht an, dass er verletzt war.

Sie war sich nicht einmal sicher, ob Rowdy es wirklich realisiert hatte, da er augenscheinlich immun gegen den Schmerz war.

Ja, sie hatte sich den Großteil des Kampfes ängstlich durch das Küchenfenster angesehen. Als der Kerl mit dem Messer aufgetaucht war, wäre sie am liebsten nach draußen gerannt, um Rowdy zu helfen. Sie hatte schon eine gusseiserne Pfanne in der Hand gehabt, war jedoch nicht sicher gewesen, ob sie ihm helfen oder ihn behindern würde, wenn sie zu ihm eilte – und dann hatte der Mistkerl ihn verletzt.

Sie sog die Luft ein und erschauderte.

»Avery? Komm schon, Süße. Ignorier Logan, und sag mir, dass es dir gut geht.«

»Es geht mir gut.« Sie zog ihre Hand aus seiner und zupfte die Jacke auf seinen Schultern zurecht. Da Reese sein Shirt zerrissen hatte, saß er mit nacktem Oberkörper im Wagen, abgesehen von den Geschirrtüchern auf der Wunde und Logans Jacke, die er zuerst hatte ablehnen wollen.

Sein Körper … Trotz der schweren Verletzung schmolz sie beinahe dahin. Wie magnetisch angezogen, wanderte ihre Hand zu seiner Brust und strich über sein flaumiges, dunkelblondes Brusthaar. Sie wollte sich an ihn drücken, ihre Wange an seine Brust legen, seine Wärme spüren und seinen Duft einatmen.

Erst dann wäre sie wirklich davon überzeugt, dass es ihm gut ging.

Aber wenn sie sich zu besorgt zeigte und Rowdy erkannte, wie viel ihr wirklich an ihm lag, würde er sie dann wegstoßen? Sie hatte schon so oft gesehen, wie er sich mit einer Frau eingelassen hatte, nur um sie am nächsten Tag mit seinem freundlichen, aber distanzierten Lächeln zu begrüßen, das ihr zu verstehen gab: »Wir sind fertig miteinander.«

Sie konnte den Gedanken nicht ertragen, dass er sie auch einmal so anlächeln würde. Aber es war ihr auch nicht möglich, die Worte zurückzuhalten. Avery lehnte sich an seine Schulter und flüsterte: »Ich hatte solche Angst um dich, Rowdy.«

»Tut mir leid.« Er sah aus dem Fenster in die dunkle Nacht hinaus. »Du hättest das nicht sehen sollen.«

Wenn sie nicht gewesen wäre, wenn Cannon nicht aufgetaucht und das Messer ihn wie beabsichtigt getroffen hätte, dann wäre er hinter der Bar gestorben, ohne dass es irgendjemand mitbekommen hätte. Diese beiden Mistkerle hätten seine Leiche möglicherweise weggeschafft und …

Avery stockte der Atem. Die Hände an seinen harten Bizeps gepresst, wandte sie sich ihm zu. Er war hier, saß lebendig neben ihr, wenn auch ein wenig angeschlagen. Wie viele Kämpfe würde sie noch mit ansehen müssen?

Warum wollte er überhaupt ständig kämpfen? Sie sollte ihn vielleicht mal mit der guten alten Methode der Unterhaltung bekannt machen.

Rowdy legte einen Arm um sie. »Entspann dich.« Dann schien er seinen morbiden Humor wiedergefunden zu haben, denn er fügte hinzu: »So schnell wirst du mich nicht los.«

Logan musterte sie im Rückspiegel. »Es geht ihm wirklich gut, also mach dir keine Sorgen. Ich will sein Ego ja nicht noch weiter aufblasen, aber er ist schon ein recht guter Kämpfer.«

Dieses Mal war es an Rowdy zu schnauben, da Logan seine Fähigkeiten derart herunterspielte.

»Ich weiß.« Unwillkürlich fragte sich Avery, was Rowdy für ein Leben geführt hatte, um so etwas zu lernen. Sie musste an seine Reaktion bei Marcus' Anblick denken, und ihr Herz wollte fast zerspringen. Rasch drückte sie sich an ihn, damit er ihr Gesicht nicht sehen konnte.

Mit einer zärtlichen Bewegung strich Rowdy seine Fingerspitzen über ihre Schläfe. »Da, wo ich aufgewachsen bin, hat man mehr als nur sein Pausenbrot verloren, wenn man sich nicht wehren konnte. Daher ist das Kämpfen auch keine große Sache für mich und du musst dir keine Sorgen machen, okay?«

Es war keine große Sache für ihn, und dennoch hatte er so anders ausgesehen, nachdem er den Jungen erblickt hatte – so verzweifelt, wie kein Mann jemals sein sollte.

Sie musste unbedingt wissen, warum das so war.

Selbst ohne T-Shirt fühlte sich Rowdy herrlich warm an. Sie rückte so nah an ihn heran, wie sie nur konnte, um sich an ihm zu wärmen. »Als Darrell sagte, dass er seinen Sohn bei sich hatte, wusste ich Bescheid.«

»Das ist mir klar, und ich bin froh darüber.«

Er war froh darüber? Sie setzte sich auf und runzelte die Stirn. »Was hat das denn zu bedeuten?«

»Du hast das großartig gemacht. Es war richtig, Logan anzurufen und Marcus ins Haus zu holen.«

»Man musste ja kein Genie sein, um die Hinweise richtig zu deuten«, erwiderte Avery skeptisch.

»Man nennt das Situationsbewusstsein, und das hat nicht jeder.« Er rutschte ein wenig auf dem Sitz herum. »Es hätte auch nicht jeder so reagiert wie du.«

Avery konnte das nicht glauben. »Nur ein Idiot hätte etwas derart Offensichtliches übersehen.«

Er lachte sarkastisch auf. »Wenn du das so sagst.« Dann wurde er wieder ernst. »Ruf doch bitte Ella an und frag sie, was mit dem Jungen los ist.«

Logan schaltete sich ein, bevor Avery der Bitte nachkommen konnte. »Der Sozialarbeiter, den ich angerufen habe, wird mich auf dem Laufenden halten. Ich kenne ihn. Er ist ein guter Mann, dem etwas an Kindern liegt.«

Avery konnte Rowdy ansehen, dass ihm das nicht gefiel, aber er schien zu akzeptieren, dass ihm die Sache aus der Hand genommen worden war. Den Rest der zwanzigminütigen Fahrt herrschte Schweigen im Wagen.

Als Logan vor der Notaufnahme hielt, piepte sein Handy und er erhielt eine Nachricht. Er parkte und las die SMS vor.

Haben eine Einheit zu Darrells Wohnung geschickt. Keine anderen Kinder.

Rowdy hatte vorgeschlagen, dass sie das überprüften, nur um von Logan zu hören zu bekommen, dass das ohnehin Routine wäre. Da Avery wusste, dass Rowdy eine jüngere Schwester hatte – die jetzt mit Logan verheiratet war –, konnte sie seine Gedankengänge nun viel besser nachvollziehen.

»Sie haben die Mutter gefunden«, fügte Logan hinzu. »Sie war bis obenhin zugekokst und hat nicht reagiert. Vielleicht sogar eine Überdosis. Sie wurde ins Krankenhaus gebracht.«

Rowdy öffnete die Wagentür und stieg aus. Avery rutschte über den Sitz und folgte ihm. Da sein Oberkörper blutverschmiert war, zog er sofort alle Blicke auf sich, doch das schien ihm gleichgültig zu sein.

Sie wusste, dass die Verletzung nicht das war, was ihn in diesem Augenblick am meisten belastete, und hätte ihn gern getröstet. »Rowdy?«

Er blieb mit dem Rücken zu ihr stehen.

»Warte bitte auf mich.« Sie holte ihn ein und stellte sich vor ihn auf die Zehenspitzen, um ihm die Jacke wieder über die breiten Schultern zu ziehen. Er hielt sie an der Taille fest und wartete geduldig, bis sie fertig war.

Logan hatte den Wagen geparkt und kam zu ihnen herüber. »Sie werden mir einige Fragen darüber stellen, wie du verletzt wurdest, also versuch bitte, ein bisschen mehr wie das Opfer und weniger wie der stinkwütende Angreifer auszusehen, ja?«

Nach diesen Worten sah Rowdys Miene nur noch grimmiger aus. Er wirkte derart bedrohlich, dass alle einen großen Bogen um ihn machten.

Er betrat das Krankenhaus zwar äußerst energisch, aber Avery hatte trotzdem nicht vor, ihn das allein durchstehen zu lassen.

Wenn er wollte, dass sie ging, dann musste er es ihr schon ins Gesicht sagen. Bis dahin würde sie an seiner Seite bleiben, ob er ihre Sorge nun zu schätzen wusste oder nicht.

Dummerweise erwies sich Cannons Prognose als zutreffend. Rowdy gab seine Versicherungsinformationen an, Logan erklärte die Situation, damit ein Bericht erstellt werden konnte, und eine Stunde später saßen sie nach einer ersten flüchtigen Untersuchung – mit der man vermutlich nur feststellen wollte, ob akute Lebensgefahr bestand – noch immer im Wartezimmer.

Als Logan sein Handy aus der Tasche zog, musterte Rowdy ihn. »Willst du dich erkundigen, wie es dem Jungen geht?«

»Ich rufe deine Schwester an.«

Rowdy senkte den Blick. »Weiß sie …?«

Logan schüttelte den Kopf. »Sie hat schon geschlafen, als Avery angerufen hat, und wurde nur kurz wach, als ich losmusste, aber sie weiß nicht, dass es um dich ging. Sie ging davon aus, dass es ein ganz normaler Fall ist.«

»Gut.« Rowdy stand auf, zog sich die Jacke aus und faltete sie zusammen, bevor er sie Logan reichte. Sie musste dringend in die Reinigung, aber das schien Logan nichts auszumachen. »Sag es ihr nicht.«

Logan riss die Augen auf. »Wenn sie es doch erfährt, wird sie uns beide umbringen.«

»Da hast du auch wieder recht.« Rowdy strich sich mit einer Hand übers Gesicht, zuckte dann jedoch zusammen, als sein Rücken schmerzte, und ließ den Arm vorsichtig wieder sinken. »Warum fährst du nicht nach Hause und erklärst ihr alles, damit sie nicht herkommt? Könntest du das für mich tun?«

Logan musterte Rowdy kurz und stand dann auf. »Ich werde mir Mühe geben, kann dir aber nichts versprechen.«

Offenbar gab er sich genug Mühe, denn Pepper rief nur zweimal an, um mit Rowdy zu sprechen, kam aber nicht zum Krankenhaus. Avery war ein wenig enttäuscht. Sie wollte die Frau endlich kennenlernen, die Logan und Rowdy so gut im Griff hatte.

Während der Telefonate kam sich Avery vor wie ein Eindringling, lauschte aber dennoch. Sie war fast eifersüchtig, als sie hörte, wie Rowdy mit seiner Schwester sprach.

Rowdy war irgendwie derselbe, nur ein bisschen zärtlicher, und man konnte ihm die aufrichtige Zuneigung anhören. Beim zweiten Gespräch beharrte Rowdy darauf, dass Pepper nicht ins Krankenhaus kommen musste. »Kümmere dich lieber um deinen Mann.« Peppers Antwort, die Avery nicht verstehen konnte, bewirkte, dass Rowdy aufstöhnte. »Vergiss es, ich will gar keine Einzelheiten wissen.«

Avery unterdrückte ein Grinsen und konnte sich vorstellen, was sie gesagt hatte.

Nach kurzer Zeit beendete Rowdy das Gespräch, indem er barsch sagte: »Hab dich auch lieb, Kleines.«

Avery hatte vor lauter Emotionen einen Kloß im Hals, und sie war unglaublich dankbar, dass Rowdy jemanden in seinem Leben hatte, der ihm derart wichtig war.

Das hatte er mehr als verdient, und noch sehr viel mehr dazu.

Danach steckte er das Handy wieder in seine Tasche und lief in dem kleinen Zimmer auf und ab. Er wirkte wie ein eingesperrter Löwe und zog die Aufmerksamkeit aller anderen Patienten auf sich, die darauf warteten, aufgerufen zu werden. Er ging zu einem Fenster und sah auf den Parkplatz hinaus, der von Straßenlaternen beleuchtet wurde.

Avery wusste, dass er erschöpft war, Schmerzen hatte und sich Sorgen um Marcus machte. Irgendwie musste sie ihm helfen.

Sie stellte sich hinter ihn und betrachtete seinen breiten Rücken. Dank des Verbands hatte die Wunde aufgehört zu bluten, aber sie verfärbte sich bereits dunkel.

Als sie ihn leicht mit dem Finger antippte, schien er zu erstarren.

Da sie nicht wusste, ob es am Schmerz lag oder ob er nicht getröstet werden wollte, stellte sie sich neben ihn. »Möchtest du was trinken?« Er gab keine Antwort. »Vielleicht finde ich auch in einem der Automaten was zu essen für dich.«

Seine hellbraunen Augen schienen sie zu durchbohren. »Mir wäre es lieber, wenn du gar nicht hier wärst.«

Sie zuckte zusammen. Die Worte schmerzten mehr, als sie erwartet hatte. Da sie nicht wusste, was sie darauf erwidern sollte, sah sie ihn nur hilflos und verletzt an.

»Verdammt.« Rowdy strich ihr übers Haar. »Sieh mich nicht so an. Ich wollte nicht … Ich ärgere mich nur darüber, dass du hier mit mir rumsitzen musst. Ich würde dich am liebsten bitten, dass du nach Hause fährst, aber es ist schon spät und ich möchte nicht, dass du alleine zu deiner Wohnung gehen musst.«

In der Hoffnung, dass er es verstand, sagte Avery: »Mir geht es mit dir genauso.«

Er lächelte sie schief an. »Da gibt es einen himmelweiten Unterschied, Süße.«

»Du bist verletzt, ob du es nun zugeben willst oder nicht.« Avery hatte nicht vor, in dieser Sache nachzugeben. »Du wirst Hilfe brauchen.«

»Ach ja? Über welche Art von Hilfe reden wir denn?« Seine Hand wanderte von ihrem Haar zu ihrer Wange, und er strich ihr mit dem Daumen über die Unterlippe. »Wirst du mir beim Ausziehen helfen? Vielleicht sogar mit mir duschen? Mich ins Bett bringen?«

Selbst jetzt konnte er einfach nicht lockerlassen. Sie schüttelte den Kopf und gab sich Mühe, um sich nicht anmerken zu lassen, was in ihr vorging. »Jetzt hör mir mal gut zu, Rowdy: Du bist verletzt.«

»Das ist keine große Sache.« Sein gieriger Blick wanderte zu ihren Brüsten. »Das wird mich in keiner Weise behindern.«

Er sah sie so sinnlich an, dass sie das Bedürfnis hatte, sich zu bedecken. »Mich aber schon!«

»Schsch, entspann dich.« Sein freches Grinsen wurde etwas nachsichtiger. »Die Leute gucken schon.«

Erschrocken schloss Avery die Augen und zählte bis zehn.

Sein warmer Atem strich über ihr Ohr. »Du musst nur ein Wort sagen, Avery, und wir machen es so langsam, wie du willst.«

Himmel, er klang, als wäre es sein Ernst. Drang denn überhaupt nichts zu ihm durch?

Sie sah ihm in die Augen und stellte fest, dass sie damit wohl recht hatte. Aber ihr blieb es erspart, etwas zu entgegnen, da eine Krankenschwester erschien, um ihn in ein Behandlungszimmer zu bringen.

Es überraschte sie, als Rowdy ihre Hand nahm und sie mit sich zog. Die nächsten Minuten verstrichen quälend langsam. Die beiden Krankenschwestern kümmerten sich hingebungsvoll um ihn, während sie ihr verächtliche Blicke zuwarfen.

Gab es denn heutzutage keine professionellen Krankenschwestern mehr?

»Es sieht aus, als wären Sie bei ausgesprochen guter Gesundheit«, säuselte eine der Krankenschwestern.

Avery starrte sie wütend an.

Rowdy schenkte ihr sein ebenso charmantes wie teuflisches Grinsen. »Danke.«

Himmel noch mal … Avery verschränkte die Finger. »Wenn Sie sich seinen Rücken statt seiner Brust ansehen, dann werden Sie vermutlich auch die Verletzung entdecken.«

Rowdys Grinsen wurde noch breiter, und er zog Avery etwas näher an sich heran.

Beide Krankenschwestern erkundigten sich, was passiert war, wogegen nichts einzuwenden war, aber sie gaben auch völlig unpassende Kommentare ab.

»Das ist also hinter Ihrer Bar passiert? Wie heißt sie denn?«

»Und wo liegt sie?«

Blöde Kuh, dachte Avery. »Warum ist das von Bedeutung?«

Anstatt darauf einzugehen, neckte die Krankenschwester Rowdy, indem sie fragte: »Wie sieht denn der andere Kerl aus?«

»Haben Sie sich wegen einer Frau gestritten?«, wollte die andere wissen. »Wie süß.«

Süß? »Kämpfen ist immer der falsche Weg.«

Rowdy tätschelte ihre Hand. »Entschuldigen Sie, sie hat eine anstrengende Nacht hinter sich.«

Avery war kurz davor zu explodieren, und als sie den Mund aufmachte, um die beiden Krankenschwestern zurechtzuweisen, brachte sie nur ein »Ich …« heraus, bevor Rowdy sie küsste.

Vor den Augen der beiden Krankenschwestern.

Es war kein harmloser, flüchtiger Kuss. Oh nein. Es war ein heißer, feuchter, inniger, neckender Besitzanspruch. Wow. Sie glaubte zu schmelzen, und ihr Ärger war augenblicklich verflogen.

Endlich ließ Rowdy sie Luft holen und küsste dann noch einmal ihre Lippen, ihre Nasenspitze und ihre Stirn.

Avery hatte ganz weiche Knie. Als würde das sein Verhalten erklären, sagte sie überflüssigerweise: »Ich bin, äh, die Barkeeperin.«

Der verdammte Rowdy grinste breit. »Ja, das bist du.«

Amüsiert säuberten die Krankenschwestern seine Wunde, stellten ihre Fragen und verließen den Raum, als die Ärztin hereinkam.

Avery hätte sich gern hingesetzt, aber Rowdy hielt weiterhin ihre Hand. Für den Fall, dass er sie tatsächlich brauchte, wappnete sie sich, atmete mehrmals tief ein, um ihren verwirrten Verstand mit Sauerstoff zu versorgen, und rief sich immer wieder ins Gedächtnis, dass Rowdy verletzt war. Was immer er auch tat oder sagte, er musste sein Verlangen unter Kontrolle behalten.

Ebenso wie sie ihres.

7

Die Ärztin war ungefähr Anfang vierzig, äußerst dünn und attraktiv und schien nicht erfreut darüber zu sein, dass Rowdy Avery so dicht in seiner Nähe behielt. Doch Avery wurde bald klar, dass er sie gar nicht als Unterstützung brauchte, sondern sie bloß ständig küssen und sich auf andere Art albern benehmen wollte.

War das ein Abwehrmechanismus? Hatte er doch größere Schmerzen, als er sich anmerken ließ?

Die Ärztin zog sich Latexhandschuhe über und setzte sich hinter ihn. Dann schwieg sie sehr lange, um schließlich zu murmeln: »Waren Sie schon in viele Kämpfe verwickelt?«

Rowdy spielte mit Averys Haaren und wickelte sich eine lange Strähne um den Finger. »In ein paar.«

Irgendwie lenkten Rowdys Verletzungen Avery nicht von seinem umwerfend guten Aussehen oder seinen Verführungskünsten ab. Sie hatte schon viele Männer mit nacktem Oberkörper gesehen, aber keiner von ihnen hatte ausgesehen wie er. Seine Brust, seine Schultern, diese unglaublichen Muskeln …

Glücklicherweise schien die Ärztin das weder zu bemerken noch zu interessieren. Sie blieb sachlich. Nachdem sie die Wunde untersucht hatte, betrachtete sie seinen Rücken und runzelte die Stirn. »Einige der Narben sind ziemlich alt.«

Narben? Avery wollte schon um ihn herumgehen, um sie sich selbst anzusehen.

Rowdy hielt sie davon ab. »Alt und unwichtig.« Er sah die Ärztin an. »Wie schnell lassen Sie mich wieder gehen?«

Die Ärztin schien sich nicht über diese Frage zu wundern. »Die Wunde muss genäht werden. Wenn Sie Glück haben, dann bleibt keine weitere Narbe zurück.«

»Das wäre mir auch egal.«

»Mir nicht«, entgegnete die Ärztin.

Dann gab sie ihm eine Tetanusspritze und etwas, um die Stelle zu betäuben.

Während die Ärztin die Wunde nähte, sah Avery Rowdy ins Gesicht.

»Falls du darauf wartest, dass ich ohnmächtig werde, kannst du lange warten«, meinte er. »Ich spüre überhaupt nichts.« Er versuchte, sie an sich zu ziehen, um sie erneut zu küssen.

Sie widersetzte sich, aber er machte es ihr nicht leicht.

Die Ärztin warf Avery einen Blick zu, als wäre das alles ihre Schuld und sagte dann: »Wenn Sie still sitzen würden, wäre die ganze Sache viel einfacher.«

Avery machte sich von ihm los und sagte bestimmt: »Benimm dich.«

Das wirkte Wunder, denn er ließ von ihr ab.

Als die Ärztin fertig war, schrieb sie ihm einige Anweisungen auf und las sie auch laut vor. »Sie sollten die nächsten vierundzwanzig Stunden nicht duschen. Wenn Sie doch duschen, dann beeilen Sie sich, damit die Fäden nicht nass werden. Sie können den Verband abnehmen und jemanden …«, sie starrte erneut Avery an, »bitten, die antibiotische Wundsalbe aufzutragen.«

Rowdy grinste Avery schelmisch an.

Die Ärztin tat so, als würde sie es nicht sehen. »Lassen Sie den Verband noch drei Tage auf der Wunde. Wenn Sie danach keine Probleme haben, können Sie ihn abnehmen.« Sie blickte auf. »Gehe ich recht in der Annahme, dass Sie keinen Schreibtischjob haben?«

»Ihm gehört eine Bar«, informierte sie Avery, die nur zu gern über ihn sprach. »Und er arbeitet dort in allen Bereichen. Das beinhaltet auch sehr viel körperliche Arbeit.«

Die Ärztin seufzte. »Tja, ich würde Ihnen ja raten, es wenigstens eine Woche lang ruhig angehen zu lassen, aber irgendwie habe ich das Gefühl, dass Sie sowieso nicht auf mich hören würden.« Sie stand auf, stemmte die Hände in die Hüften und sagte im Befehlston: »Drei Tage.«

»Drei Tage was?«, hakte Rowdy nach.

»Sie gönnen sich drei Tage Ruhe. Nicht rennen, nichts Schweres heben.« Sie sah ihn eindringlich an. »Tun Sie nichts, das Ihre Verletzung belasten würde. Haben Sie mich verstanden?«

Rowdy gab ihr keine Antwort, daher sprang Avery ein. »Ich werde darauf achten, dass er vorsichtig ist.«

»Gut, aber ich vermute, dass er versuchen wird, Sie zu überreden.« Die Ärztin zog eine Augenbraue hoch. »Lassen Sie es nicht zu.«

Großer Gott, sprach sie etwa von Sex? Avery wurde ganz rot. »In der Hinsicht habe ich nicht viel zu bestimmen.«

Rowdy schnaufte und zog sie enger an sich. »Ganz im Gegenteil.«

Die nicht ausgesprochene Ergänzung »vorerst zumindest« hallte durch ihren Kopf.

Die Ärztin ersparte es Avery, darauf etwas zu erwidern. »Es wird kein Zuckerschlecken für Sie. Ich schreibe Ihnen ein Schmerzmittel auf, aber das wird Sie müde machen. Sie dürfen nicht Auto fahren, keinen Alkohol trinken und keine schweren Maschinen bedienen, wenn Sie es genommen haben.«

»Kein Problem.«

»Wenn Sie den Tag mit Aspirin überstehen können, würde ich Ihnen raten, das härtere Mittel erst einzunehmen, wenn Sie ins Bett gehen.« Sie wandte sich an Avery. »Werden Sie sich um ihn kümmern?«

Rowdy beobachtete sie, sagte aber nichts, daher nickte Avery nur und murmelte: »Ja.« *Und ich werde mir alle Mühe geben, seinen geschwächten Zustand nicht auszunutzen.*

»Der Verband muss bis Freitag täglich gewechselt werden, und Sie müssen die Wundsalbe auftragen. In etwa vierzehn Tagen können die Fäden gezogen werden. Das können Sie entweder hier oder bei Ihrem Hausarzt machen lassen.« Sie warf Rowdy einen finsteren Blick zu. »Versuchen Sie nicht, das selbst zu machen.«

»Keine Sorge, dafür komme ich viel zu schlecht an die Stelle ran«, entgegnete Rowdy trocken.

Wieder wandte sich die Ärztin an Avery. »Melden Sie sich, falls es in der Nähe der Stiche rot wird oder die Haut anschwillt.«

»Danke.« Avery nahm ihre Hand und war ihr wirklich dankbar. »Ich werde schon auf ihn aufpassen.«

»Viel Glück dabei.« Die Ärztin warf Rowdy noch einen letzten Blick zu und grinste. »Und Sie benehmen sich.«

Eine der Krankenschwestern kam wieder ins Behandlungszimmer und reichte Rowdy ein sauberes T-Shirt. »Wir haben leider keine Jacke, die wir Ihnen leihen können, aber das hier müsste passen.«

»Danke sehr.«

Die Krankenschwester wollte ihm helfen, das T-Shirt anzuziehen, aber Avery drängte sich dazwischen. »Ich mach das schon.«

Rowdy grinste, und die Krankenschwester zog sich enttäuscht zurück. Als sie weg war, streifte Avery Rowdy das T-Shirt vorsichtig über den Kopf. Ohne ihre Hilfe schob er die Arme in die Ärmel.

Da sie wusste, dass er schnellstmöglich wissen wollte, was mit Marcus passiert war, sagte sie: »Ich rufe uns ein Taxi.«

Als sie das Krankenhaus verließen, war er so still und in sich gekehrt, dass sie unsicher war, was sie mit ihm machen sollte. Na ja, eigentlich wusste niemand genau, wie er mit Rowdy Yates umzugehen hatte, aber sie wollte es wenigstens versuchen.

»Sollen wir unterwegs anhalten und das Rezept abholen?«

»Das kann ich auch morgen noch erledigen.« Er hielt ihr die Wagentür auf und nannte dem Taxifahrer zu ihrer Überraschung seine statt ihre Adresse.

Sie war irgendwie davon ausgegangen, dass er sie zuerst nach Hause bringen würde. Mit langsam und nervös klopfendem Herzen sah Avery ihn an, als er sich neben sie auf den Rücksitz setzte. Nach dem Arztbesuch schien er sich viel wohler zu fühlen.

»Es macht dir doch nichts aus, oder?« Er legte einen Arm um sie.

Sein Zustand erstaunte sie. »Dass wir zuerst zu deiner Wohnung fahren? Natürlich nicht. Wenn dich das nicht in Panik versetzt, komme ich sogar noch mit hoch und sorge dafür, dass du alles hast, was du brauchst.«

»Super.« Er sah aus dem Fenster.

Dabei wirkte er ganz ruhig. Machte er sich so große Sorgen? Was konnte sie ihm sagen, um ihn zu beruhigen? Dass es Marcus bald richtig gut gehen würde? Da war sie sich selbst nicht so sicher. Sie wusste nichts darüber, wie man ein Kind vor seinen eigenen Eltern beschützen konnte.

Aber sie hatte das Gefühl, dass Rowdy mehr als genug über dieses Thema wusste.

Er hatte ewig in der kalten, dunklen Nacht gewartet, aber weder Avery noch der blonde Kerl hatten die Bar verlassen. Wo zum Teufel steckten sie? Inzwischen glaubte er, Averys Tagesablauf zu kennen, aber damit hatte er nicht gerechnet.

Als er gerade aufgeben wollte, hielt ein Taxi auf der anderen Straßenseite. Die Scheinwerfer blendeten ihn kurz, und er rutschte in seinem Sitz weiter nach unten, während sein Herz schneller schlug. Er wartete. Kurz darauf stiegen tatsächlich Avery und ihr Liebhaber aus dem Wagen.

Obwohl es ziemlich kalt war, trug der Mann nicht mal eine Jacke. Wollte er Avery mit dieser Machotour beeindrucken? Dieser Idiot. Wenn viel Geld und gesellschaftlicher Einfluss das nicht vermochten, dann war alles andere erst recht aussichtslos. Aber vielleicht irrte er sich ja auch und sie stand auf solche brutalen Typen.

Doch in diesem Fall wäre sie nicht weggelaufen, oder?

Was immer das Mädchen auch wollte, es war jetzt völlig unwichtig. Die Entscheidung, zurückzukehren oder hierzubleiben, lag nicht länger bei ihr. Er hatte genug davon, den netten Kerl zu spielen.

Sie hatten Rowdys Wohnung gerade betreten, als sein Handy klingelte. Zuerst vermutete er, dass es wieder Pepper wäre, und wollte sie schon damit aufziehen, dass sie sich langsam in eine Glucke verwandelte. Als er auf dem Display dann Logans Nummer entdeckte, war er sofort voller Sorge.

»Wo ist er?«, wollte er sofort wissen.

»Wenn du Marcus meinst, so habe ich eine gute Nachricht.«

Ihm wurde ganz übel. Schon viel zu oft hatte eine derartige »gute Nachricht« bedeutet, dass das Kind vom Regen in die Traufe kam. »Erzähl schon.« Er schob Avery die Stufen hinunter und in Richtung Couch, damit sie sich setzte.

»Tja, nachdem ich ein paar Strippen gezogen habe, ist er jetzt bei Reese und Alice.«

Zum Glück stand Rowdy direkt neben der Couch, sodass er sich darauf fallen lassen konnte. »Er ist bei Reese?« Damit hatte er nicht gerechnet. Seine Gedanken wirbelten durcheinander, aber seine Anspannung ließ etwas nach. »Aber … warum?« *Und wie?*

»Falls seine Mutter überlebt, wird sie noch eine Zeit lang im Krankenhaus bleiben müssen. Sein Vater war nicht nur in den Angriff auf dich verwickelt, wir haben außerdem eine beachtliche Menge an Drogen in seinem Truck gefunden sowie ein kleines Arsenal nicht registrierter Waffen.«

»Im Ernst?«

»Die Wagentür stand offen«, meinte Logan leichthin. »Einer der Beamten hat ein Sturmgewehr und noch einige andere Waffen entdeckt, die offen herumlagen. Sie hatten anscheinend vor, dich auszunehmen und dann zu verschwinden.«

»Das lief wohl nicht ganz nach Plan, was?« *Nehmt das, ihr widerlichen Schweine.* »Wie kam es dazu, dass Marcus bei Reese gelandet ist?«

»In Ausnahmefällen können wir – die Polizei – ein Kind über Nacht in Schutzgewahrsam nehmen. Nachdem du ins Krankenhaus gefahren warst, hat Reese Alice angerufen und ihr erzählt, was passiert ist. Sie kam sofort zur Bar, um zu helfen, und …«

Rowdy konnte sich den Rest ausmalen. »Und Marcus hat sich auf Anhieb gut mit ihr verstanden.« Alice war schon eine ganz besondere Frau. Ihr und ihrer sanften, aber seltsamen Art konnte sich niemand entziehen.

Vielleicht erkannten verletzte Seelen einander ja. Schließlich hatte er selbst auch sofort auf einer Wellenlänge mit Alice gelegen.

»Sie hat ihn dazu gebracht, mit ihr zu reden«, berichtete Logan. »Er hat zwar nicht viel erzählt, sich ihr jedoch mehr geöffnet als jedem anderen. Als der Sozialarbeiter ihn mitnehmen wollte …«

Rowdy hielt die Luft an, als Logan eine fünfsekündige Pause machte, um seine Gefühle in den Griff zu bekommen.

»… Reese sagte, es wäre unglaublich gewesen. In der kurzen Zeit hatte Marcus bereits eine Bindung zu ihr aufgebaut. Er hat einen solchen Aufstand gemacht, dass Alice sich hinknien und ihn festhalten musste und alle anderen bat, Abstand zu halten.«

Das klang ganz nach Alice. Rowdy stiegen die Tränen in die Augen und er hatte einen Kloß im Hals. Er wich Averys Blick aus. »Ich würde in so einem Fall eigentlich immer auf Alice setzen.«

»Und nicht nur in so einem Fall, oder?«

»Ja.« Endlich schaffte es Rowdy, wieder zu lächeln. Dabei wurde sein Bedürfnis, Avery zu berühren, derart überwältigend, dass er einen Arm um sie legte und sie an sich drückte. »Was wolltest du mir noch erzählen?«

»Nachdem Reese die Bar abgeschlossen hatte, ist er mit Alice und Marcus nach Hause gefahren. Reese lässt dir ausrichten, dass du dir keine Sorgen machen musst. Er schläft auf der Couch, um sicherzustellen, dass der Junge nicht ausbüxt, und Cash bleibt immer in seiner Nähe.«

Cash war der durchgedrehte Hund, der Reese zugelaufen war und schon einiges durchgemacht hatte, bevor er bei Alice und Reese ein schönes Leben gefunden hatte.

Fürs Erste war Rowdy mit der Situation mehr als zufrieden. »Weiß der Junge, was mit seinem Dad passiert ist?«

»Dass er dich zusammen mit seinem Kumpan angegriffen hat und dann verhaftet wurde? Nein. Ich kann mir auch gut vorstellen, dass der Mistkerl öfter mal für eine Zeit lang untergetaucht ist.«

Aber es war bestimmt nicht an der Tagesordnung gewesen, dass ein Sozialarbeiter aufgetaucht war. Marcus ahnte bestimmt irgendwas, aber Rowdy war dankbar dafür, dass man es ihm nicht explizit gesagt hatte. »Danke.«

»Irgendwann wirst auch du endlich einsehen, dass ein paar schlechte Polizisten nicht den ganzen Berufsstand widerspiegeln«, meinte Logan.

Rowdy ignorierte diese Bemerkung. »Und was passiert jetzt?«

»Der Sozialarbeiter wird mit dem Familienrichter sprechen. Wenn alles gut läuft, kann der Richter vielleicht erwirken, dass Marcus bei Reese bleiben darf, bis alles Weitere geregelt ist.«

Bei diesen Worten rang Rowdy nach Luft. »Damit ist Reese einverstanden?«

»Ja, du kennst doch Reese. Er ist zwar ein Muskelpaket, aber er hat ein weiches Herz.«

Das wusste Rowdy nur zu gut. Bis vor Kurzem hätte er nie geglaubt, dass so etwas überhaupt möglich wäre, aber jetzt … Reese und Logan hatten sich beide als wirklich gute Männer herausgestellt.

Als Nächstes würden sie ihn vielleicht noch dazu bringen, wieder an den Weihnachtsmann zu glauben.

Logan schien es für keine große Sache zu halten, dass Reese den Jungen bei sich aufnahm. »Es wird eine Anhörung geben, in der über das Sorgerecht entschieden wird. Wenn kein passendes Familienmitglied auftaucht …«

Rowdy erstarrte. »Nein.« Ein Angehöriger hätte gewusst, was in dieser Familie vor sich ging, und die Tatsache, dass sich niemand eingemischt hatte, bewies nur, dass es allen völlig egal gewesen war.

Das machte diese Leute in Rowdys Augen zu ungeeigneten Erziehungsberechtigten für Marcus.

»Dann bekommt Reese vermutlich vorübergehend das Sorgerecht.«

Wie lange das so bleiben würde, wusste Rowdy nicht, aber er wollte sich auch keine Blöße geben, indem er zu viele Fragen stellte. Denn er würde auf jeden Fall dafür sorgen, dass Marcus nicht zu seinen Eltern zurückmusste. Das würde Rowdy nicht zulassen, unabhängig davon, welchen Entschluss der Richter letzten Endes traf.

Als die Taubheit in seinem Rücken nachließ, begann die Wunde zu schmerzen, und er spürte ein Pochen in seinen Schläfen. »Kann ich ihn morgen besuchen?«

»Aber klar. Alice würde sich freuen. Reese nimmt sich den Tag frei, damit er sich um ihn kümmern kann.«

Rowdy wusste, dass er Logan und Reese mehr schuldete, als er ihnen je zurückzahlen konnte. Aber er würde es dennoch versuchen.

Normalerweise würde es ihn innerlich zerfressen, in jemandes Schuld zu stehen, aber in diesem Fall machte es ihm nichts aus. Seltsamerweise empfand er es sogar fast als beruhigend.

Avery lächelte, als könnte sie seine Erleichterung spüren, und lehnte sich an ihn. Ihr seidiges Haar kitzelte seine Haut, eine ihrer Brüste drückte gegen seine Rippen.

Wenn er geahnt hätte, dass sie ihn so oft berühren würde, wenn er eine Verletzung hatte, hätte er sich schon viel früher eine Wunde verpassen lassen. Vielleicht glaubte sie ja, er wäre zu geschwächt, um ihre Zuneigung auszunutzen.

Doch so schlecht konnte es Rowdy gar nicht gehen, dass er ihr wunderschönes rotes Haar nicht berühren wollte. Er schob seine Finger hinein und küsste sie auf die Schläfe.

»Ja, Logan …« Was konnte er schon sagen? Wie dankte man einem Mann dafür, dass er etwas getan hatte, was man selbst nicht tun konnte? »Ich … Verdammt, Mann …«

»Leg dich schlafen«, riet ihm Logan. »Wir reden morgen weiter. Heute Nacht musst du dir weder um deine Bar noch um Marcus Sorgen machen.« Dann legte er auf.

Mit zitternder Hand legte Rowdy das Telefon auf den Tisch und drehte sich langsam zu Avery um.

»Geht es Marcus gut?«

Er hatte das Gefühl, als ob sie ihm mit ihren wunderschönen blauen Augen direkt in die Seele schauen konnte. »Er ist bei Reese.« Sie kannte Reese und Logan, da die Männer beim Renovieren der Bar mitgeholfen hatten, aber sie konnte nicht ahnen, was die beiden alles tun würden, um ihren Mitmenschen zu helfen.

Verdammt, bis vor Kurzem war das selbst Rowdy nicht klar gewesen. Vor diesem Ereignis war er trotz all der sichtbaren Beweise der Meinung gewesen, dass die meisten Menschen Hintergedanken hatten und nur an sich selbst dachten.

Aber jetzt … Jetzt war er davon überzeugt, dass es Menschen mit einer tadellosen Moral gab, die über ein ausgeprägtes Verantwortungsbewusstsein verfügten.

»Wie geht's jetzt weiter?«, wollte Avery wissen.

Rowdy schüttelte den Kopf, sagte dann aber: »Ich werde dafür sorgen, dass er in Sicherheit ist.«

Ihre Miene wurde sanfter. »Rowdy …«

Angetrieben von seinem Verlangen und seiner Verzweiflung zog er sie an sich, um sie zu küssen.

Sie wich ihm leise lachend aus. »Nicht schon wieder. Du brauchst Ruhe …«

Ich brauche dich. Er sprach es nicht laut aus und ließ auch nicht zu, dass sie von ihm wegrückte. »Ich bin nicht müde.«

»Ich aber schon.« Sie legte ihm eine Hand an die Wange. »Was meinst du? Es ist schon sehr spät. Würde es dir etwas ausmachen, wenn ich den Rest der Nacht bei dir bleibe?«

Vor seinem inneren Auge wirbelten auf einmal Bilder ihrer ineinander verschlungenen Körper umher, und seine Muskeln spannten sich an. Dabei hatte er eben noch geglaubt, er würde sie überreden müssen. Obwohl sein Rücken bei jedem Atemzug mehr schmerzte, stieg bei ihren Worten seine Lust ins Unermessliche.

Avery sprach schnell weiter. »Um zu schlafen, meine ich.«

Ach, verdammt. Er zog sie an sich und sah ihre Lippen an. »Wir können doch danach schlafen.«

»Das habe ich nicht gemeint.« Sie bekam rote Wangen. »Ich will für den Fall hierbleiben, dass du was brauchst.«

Dieses Mal konnte er die Worte nicht zurückhalten. »Ich brauche dich.«

Sie sprach weiter, als hätte sie ihn nicht gehört. »Ich verspreche dir, dass ich nicht klammern werde. Ich komme nicht uneingeladen vorbei und werde dir auch nicht hinterherschnüffeln.«

Das sollte sie aber, dachte Rowdy, *denn sie hätte vermutlich recht.* Er küsste sie auf die Stirn, den Nasenrücken und den weichen, süßen Mund. »Du kannst hierbleiben«, flüsterte er. »Aber unter einer Bedingung.«

Sie kniff die Augen zusammen und sah ihn gespielt drohend an. »Das ist mein Ernst, Rowdy. Nur schlafen, nichts weiter.«

Das war in Ordnung, solange er eine Gegenleistung bekam. »Okay. Aber du schläfst bei mir in meinem Bett.«

Sie riss die Augen wieder auf. »Du musst dich schonen«, erklärte sie im Lehrerinnentonfall. »Da irrst du dich.« Sein Puls beschleunigte sich, wenn er ihr nur zuhörte.

Sie warf einen Blick in seinen Schoß und rutschte dann so schnell von der Couch hinunter, dass sich seine Finger in ihren Haaren verhakten. »Rowdy Yates, du bist … Wir können nicht …«

»Wir könnten schon, aber du hast schon recht, es wäre nicht

einfach.« Außerdem wollte er nicht durch eine frisch genähte Wunde behindert werden, wenn er sie endlich unter sich hatte, und sie sollte auch nicht eine so anstrengende Nacht hinter sich haben.

Avery starrte weiterhin in seinen Schritt.

»Das ist nicht gerade hilfreich, Süße.« Er stand auf und zog seine Jeans zurecht, um es bequemer zu haben. »Das ist keine Schlange, und er beißt auch nicht.«

Sie wurde noch röter, bis sie fast aussah, als hätte sie einen Sonnenbrand.

Er amüsierte sich über die Mischung aus Unschuld und Sex-Appeal, die sie ausstrahlte, hob ihr Kinn und brachte sie dazu, ihm wieder in die Augen zu sehen. »Was meinst du, Süße? Sollen wir ins Bett gehen und schlafen?«

»Hm.« Sie kaute auf ihrer Unterlippe herum und musste sich sehr konzentrieren, um seine Erektion nicht anzustarren, die sich deutlich unter dem Jeansstoff abzeichnete. »Ich könnte auf dem Sofa schlafen …«

»Mir wäre es lieber, wenn du in der Nähe bist.« Er kuschelte sich gern an einen warmen Frauenkörper. Das geschah normalerweise nur, wenn er mit einer Frau Sex hatte, aber heute Nacht würde er bei Avery eine Ausnahme machen.

Sie verzog den Mund und sah ihn skeptisch an. »Versprichst du mir, dass wir wirklich nur schlafen?«

»Es sei denn, du willst mehr.« Er beugte sich vor und knabberte an ihrem Ohr. »Ich bin ziemlich angeschlagen. Das könntest du eiskalt ausnutzen.«

Sie lachte – und schlug dann eine Hand vor den Mund.

»Was ist denn so witzig?« Er legte seine Hände um ihre Schultern und zog sie an sich. Sie war so klein, und trotzdem passten sie perfekt zusammen. »Irgendwie habe ich das Gefühl, dass ich einen Witz nicht mitbekommen habe.«

Seufzend lehnte sie sich an ihn und stützte die Hände auf seiner Brust ab. »Ich sollte dir das lieber nicht verraten.«

»Ich will es aber wissen.« Verdammt, jetzt war er neugierig.

Sie legte den Kopf in den Nacken und grinste ihn breit an. »Ich habe im Krankenhaus genau das gedacht.« Sie strich ihm mit den Fingerspitzen über das Schlüsselbein. »Ich dachte, dass ich über dich herfallen könnte, ohne dass du dich in deinem geschwächten Zustand wehren kannst.«

Himmel, er sehnte sich danach, dass sie es versuchte. »Vielleicht kannst du es ja morgen mal ausprobieren.« Für die Zwischenzeit hatte er eine andere Idee. »Hilfst du mir beim Ausziehen?«

Ihr Blick wurde unsicher.

Rowdy hielt seine Belustigung im Zaum und fuhr fort: »Mir die Schuhe und die Socken ausziehen ...« Er bewegte die Schulter und zuckte dann übertrieben zusammen. »Meine Jeans runterschieben. Ich bin mir nicht sicher, ob ich das alleine hinkriege.«

»Oh.« Sie machte einen Schritt nach hinten und musterte ihn von oben bis unten.

Ja, seine Erektion war noch da. Aber schließlich war er sich mit jeder Faser seines Körpers der Tatsache bewusst, dass er mit Avery Mullins allein in seiner Wohnung war. Dass er sich jetzt auch noch vorstellte, wie sie ihm die Jeans auszog, machte die Sache nicht besser.

Sie schluckte schwer. »Na klar.« Und dann sah sie ihn mit großen Augen an. »Sollen wir zum Bett rübergehen?«

»Ich muss zuerst noch ins Bad.«

»Brauchst du ... Äh, soll ich dir irgendwie helfen?«

Als ob er sich nicht allein die Zähne putzen konnte! Rowdy spielte nicht gern den Schwachen, auch wenn er zugeben musste, dass ihm immer mehr Stellen am Körper wehtaten. Schon bald würde Avery merken, wie es um seine Kraft bestellt war. »Ich komme schon klar.«

Daraufhin entspannte sie sich ein wenig.

»Warum schlägst du nicht schon mal das Bett auf?«

»Okay.« Sie ging neben ihm durch den Raum. »Hast du was, worin ich schlafen kann?«

Meine Arme. Aber das sollte er ihr lieber jetzt noch nicht sagen. »Warum schläfst du nicht einfach nackt?« Dann würde er zwar definitiv nicht schlafen können, aber ein nackter Frauenkörper war ihm tausendmal lieber.

Avery sah ihn schockiert an. »Nackt kann ich nicht schlafen.«

»Wieso nicht?«

»Es geht einfach nicht.« Sie blieb neben seinen Fitnessgeräten stehen und beäugte sie neugierig. »Ich habe noch nie nackt geschlafen, und ich fange ganz bestimmt nicht heute Nacht damit an.«

Noch nie? War seine kleine Barkeeperin derart schüchtern? Das würde er ihr schon noch abgewöhnen, aber offensichtlich nicht sofort. Rowdy ging zum Kleiderschrank und nahm ein schlichtes weißes T-Shirt heraus. Wenn sie nur ihr Höschen darunter trug, dann war das fast so gut, als würde sie nackt schlafen. »Reicht dir das?«

Sie sah ihn entrüstet an. »Hast du nichts Dunkleres?«

»Du gönnst mir auch gar keinen Spaß.« Er fand ein schwarzes T-Shirt und reichte es ihr. »Besser?«

Sie hielt es vor sich, sah, dass es ihr bis zu den Knien reichte, und nickte. »Ja. Danke.« Dann wies sie auf die Hanteln, die am Boden lagen, und deutete auf die Klimmstange und den Boxsack, der von der Decke hing. »Trainierst du hier?«

»Ja.« Er hoffte, dass die Aspirin wirkten, und zwar möglichst schnell. »Wenn ich nicht schlafen kann und keine Frau in der

Nähe ist, die mir helfen kann, Dampf abzulassen, dann trainiere ich.«

Sie legte das T-Shirt aufs Bett und beugte sich vor, um eine Hantel aufzuheben, bekam sie jedoch gerade mal knappe zwanzig Zentimeter hoch. »Hilft dir das?«

Nicht so gut wie Sex. »Manchmal schon.«

Nachdem sie die Hantel wieder abgelegt hatte, ging sie zum Boxsack und schlug leicht dagegen, sodass er hin- und herschwang. »Du leidest unter Schlafstörungen?«

»Tut das nicht jeder?«

»Manchmal schon.«

Er litt schon fast sein ganzes Leben lang unter Schlaflosigkeit. Als Kind hatte er wach gelegen und gelauscht, ob es Ärger gab – wenn seine Eltern wieder tranken. Später, nach ihrem Tod, hatte er auf Pepper aufpassen müssen.

Die Vorstellung, dass Avery nicht schlafen konnte, störte ihn. »Was hält dich wach?«

»Zu viel Koffein, gruselige Filme und wenn ich mir Sorgen mache. Vermutlich dasselbe wie bei anderen Menschen.« Sie ließ sich lächelnd auf die Bettkante sinken. »Du hast nur ein Einzelbett.«

»Na und?« Wenn er geahnt hätte, dass sie hier übernachten würde, dann hätte er vorher noch eine größere Matratze besorgt.

»Ich will dich heute Nacht nicht aufwecken.«

Er hatte nichts dagegen, aufgeweckt zu werden, weil er normalerweise Albträume bekam, sobald er eingeschlafen war.

Falls man Erinnerungen denn als Albträume bezeichnen konnte.

»Ich leide wie gesagt unter Schlaflosigkeit, daher musst du dir deswegen keine Sorgen machen.« Er ging zum Bad. »Du hast etwa zwei Minuten, um dich ungestört umzuziehen.«

Wie sie mit zusammengepressten Beinen auf seiner Bettkante saß und ihr das feuerrote Haar über die Schultern fiel, sah sie aus wie die verkörperte Versuchung. »Okay, alles klar.«

Rowdy schloss die Badezimmertür hinter sich und gestattete sich erst danach, vor Unbehagen das Gesicht zu verziehen. Bei jeder Bewegung schmerzten die Stiche, aber auch sonst tat ihm alles weh. Seine Knöchel waren aufgeschürft, und ein Knie war steif und vermutlich auch angeschwollen, da er damit auf dem verdammten Schotter gelandet war.

Er putzte sich die Zähne, wusch sich das Gesicht und überlegte dann, ob er sich rasieren sollte. Wenn Avery Ja gesagt hätte, wäre das angebracht, aber da sie darauf bestand, dass sie nur schlafen würden, war es der Mühe nicht wert.

Er ging ins Zimmer zurück, und da stand sie neben seinem aufgeschlagenen Bett, hatte sich die Haare gebürstet und trug sein weiches Baumwoll-T-Shirt anstelle ihrer eigenen Kleidung. Er hatte geahnt, dass es ihr viel zu groß sein würde, aber er hatte nicht erwartet, dass es ihre Rundungen derart perfekt zur Geltung bringen oder so weit ausgeschnitten sein würde, dass es ihr über eine Schulter rutschte.

Als er sie so sah, erwachte aufs Neue das Bedürfnis in ihm, sie zu besitzen.

Beinahe hasste er dieses Shirt, weil es das Einzige war, das sich zwischen ihm und der Frau befand, die langsam zu einer Besessenheit wurde.

Avery wartete nervös darauf, dass er etwas sagte, aber alles, was ihm in diesem Moment durch den Kopf ging, hätte nur dafür gesorgt, dass sie die Flucht ergriff. Ganz langsam kam er näher und war sich dabei bewusst, dass sie ihm ansehen konnte, was er empfand.

»Rowdy?«

Sie hatte wunderschöne Beine, schlank, aber wohlgeformt,

seidig und glatt. Bewundernd starrte er sie an. Sie verschränkte die Arme, veränderte ein wenig ihre Haltung und sorgte dabei unbewusst dafür, dass sich der Stoff über ihren Brüsten spannte.

Er hatte schon Frauen zum Orgasmus gebracht und war dabei nicht so erregt gewesen wie beim Anblick von Averys Körper unter dem schwarzen Baumwollstoff.

»Wenn du mich so anstarrst, fühle ich mich ganz nackt.«

Inzwischen war er ihr so nahe, dass er sie küssen könnte, und er senkte den Kopf und schnupperte an der duftenden Haut an ihrem Hals und an ihrem wundervollen sexy Rotschopf. »Eine Berührung, okay?«

»Ich … Was?« Doch während sie das sagte, drehte sie den Kopf auf die Seite, damit er weitermachen konnte.

Er legte ihr die Hände an die Taille und genoss es, ihren Körper unter dem dünnen Stoff zu spüren. »Nur eine Berührung, Süße«, murmelte er. »Sag mir, dass das in Ordnung ist.« Er spreizte die Finger und spürte ihre schmale Taille und die leichte Wölbung an der Stelle, wo ihre Oberschenkel begannen. »Nur eine. Danach gehen wir ins Bett.«

Sie holte zitternd Luft … und nickte.

Um es ganz auszukosten, strich Rowdy mit beiden Händen über ihre Hüften und hinunter zu ihren prallen Pobacken. Fast hätte er hörbar gestöhnt. Er genoss einen Augenblick lang das Gefühl, wie seine großen Hände ihre Pobacken komplett bedeckten, und hob sie ein wenig an, sodass sie auf den Zehenspitzen stand und sich ihre Hüften gegeneinanderdrückten.

Während seine Lust immer größer wurde, keuchte sie besorgt auf und legte die Hände an seine Schultern. »Rowdy, dein Rücken.«

Doch er spürte in diesem Moment nichts anderes als das Pochen in seinem Penis. Noch nie zuvor hatte er eine Frau derart begehrt. Der Sex war immer gut, aber Avery zu berühren war noch besser, es war so schön, dass es fast wie eine Droge auf ihn wirkte.

Er hob sie noch höher, damit er ihre zarte Haut an der Stelle küssen konnte, an der der Halsausschnitt des T-Shirts ihre Schulter freigab.

»Rowdy, *bitte*.« Sie drückte ihr Gesicht an seine Schulter und klang immer besorgter. »Du wirst dir noch wehtun.«

Es fiel ihm nicht leicht, aber Rowdy schaffte es, sich zusammenzureißen. Er wollte, dass Avery ihn ebenso begehrte wie er sie, und nicht, dass sie sich Sorgen um ihn machte.

Vorsichtig stellte er sie wieder auf dem Boden ab. »Du hast einen tollen Hintern«, stellte er liebevoll fest.

Sie drückte die Stirn gegen sein Brustbein und lachte heiser auf. Ihr langes Haar hing ihr ins Gesicht, sodass er ihre Miene nicht erkennen konnte. Er strich es wieder über ihre Schulter.

Verdammt, er liebte ihr Haar so sehr. Eines Tages würde es sich auf seinem Kissen ausbreiten, während er in sie eindrang.

Bei dem Gedanken erschauderte er.

»Geht es dir gut?« Avery strich mit den Fingern über den Bund seiner Jeans.

»Besser als gut«, versicherte er ihr und küsste sie auf den Scheitel.

Ohne ihn anzusehen, flüsterte sie: »Soll ich dir jetzt beim Ausziehen helfen?«

Er unterdrückte ein Stöhnen. »Es wäre vielleicht besser, wenn du mir vorher noch eine Minute zum Runterkommen gibst.«

»Okay.« Sie rückte von ihm weg. »Ich muss sowieso noch ins Bad.«

»Fühl dich ganz wie zu Hause.« Als er die Worte ausgesprochen hatte, erstarrte er. Er konnte es nicht fassen, dass er das gerade tatsächlich gesagt hatte. Oder dass er wirklich wollte, dass sie sich hier wohlfühlen sollte.

Sie verzog die Lippen. »Du siehst aus, als wäre das gerade schmerzhafter gewesen als deine Verletzung.«

Gefühle waren immer schmerzhaft, und in Bezug auf Avery empfand er einfach viel zu viel.

Rowdy machte sich auf eine qualvolle Nacht gefasst. »Nimm dir einfach, was du brauchst.«

»Bist du dir sicher?« Jetzt kam ihre freche Art wieder zum Vorschein. »Angeschlagen, wie du ohnehin bist, will ich dir nicht noch mehr zumuten, indem ich es mir zu bequem mache.«

»Ich bin nicht angeschlagen, du Frechdachs. Der Idiot hat bloß einen Glückstreffer gelandet.« Er küsste sie, um ihr zu beweisen, dass es ihm gut ging, dann drehte er sie um und gab ihr einen Klaps auf ihren spektakulären Hintern. »Und jetzt hör auf, mich zu ärgern, und mach dich bettfertig.«

Rowdy ignorierte ihr Kichern und sah ihr nach, völlig fasziniert von der Art, wie sich ihr Körper unter seinem T-Shirt bewegte. *Wer hätte gedacht, dass ein viel zu großes T-Shirt derart heiß aussehen könnte?* In der Sekunde, in der Avery die Badezimmertür schloss, setzte sein Selbsterhaltungstrieb ein. Rasch überprüfte er, ob die Wohnungstür abgeschlossen war, um dann alle Lampen auszuschalten und nur noch die auf dem Nachttisch brennen zu lassen.

Er setzte sich auf die Bettkante. Er hatte stärkere Schmerzen, als er zugeben wollte. Mühsam zog er sich die Schuhe und die Socken aus. Unabhängig von der Tatsache, dass Avery in seiner Nähe war und sein Verlangen nach ihr ihn wachhalten würde, war es klar, dass der immer heftigere Schmerz ihn keinen Schlaf finden lassen würde.

Als er hörte, wie sie im Bad den Wasserhahn zudrehte, stand

er auf, öffnete den Knopf seiner Jeans und zog den Reißverschluss über seiner Erektion herunter.

Avery kam aus dem Bad. Feuchte Haarsträhnen hingen ihr in die Stirn und auf die geröteten Wangen.

Sie sah so taufrisch und sexy aus, dass er vor Begierde brannte, als sie barfuß quer durch den Raum auf ihn zukam. »Was machst du denn?« Ihr Atem roch nach Pfefferminz, und er glaubte, auch den Duft seiner Seife an ihrer Haut zu riechen. »Du wirst dir noch wehtun.«

»Indem ich meine Jeans ausziehe? Das ist nicht dein Ernst!« Schon sehr bald würde er ihr zeigen, wie stark er wirklich war. »Hast du meine Zahnbürste benutzt?«

Sie schob seine Hände zur Seite. »Ich habe die Ecke eines Waschlappens genommen.«

Rowdy starrte ihren schiefen Scheitel an. »Das hätte mir nichts ausgemacht.« Ihr etwa?

»Vielleicht morgen früh. Danke.«

Offenbar nicht. Warum zum Teufel kam ihm das auf einmal wie etwas unglaublich Intimes vor?

»So.« Sie starrte den Bund seiner Jeans an. »Dann ziehen wir dich mal aus.«

Ach, verdammt, wenn sich doch der Rest seines Körpers noch ebenso energiegeladen anfühlen würde wie sein Glied! »Das ist keine so gute Idee …«

Sie sah zu ihm auf. Ihr Gesicht war jetzt vom Make-up befreit, und das Blau ihrer Augen sah in dem schwachen Licht noch dunkler aus, während ihre Wimpern Schatten auf ihre glatten Wangen warfen. »Ich werde ganz vorsichtig sein, Rowdy. Versprochen.«

Das war es nicht, was ihm Sorgen bereitete.

»Entspann dich.« Bei diesen Worten schob sie beide Hände unter seinen Hosenbund und zog seine Jeans nach unten –

wobei sie ihr Gesicht so dicht vor seinen Schritt brachte, dass er glaubte, ihren Atem durch seine Boxershorts hindurch zu spüren.

Sie tat so, als würde sie seine Erektion nicht bemerken, kauerte sich neben ein Knie und schob den Jeansstoff bis zum Fußknöchel. »Fuß hoch.«

Nun gut. Wenn sie das aushalten konnte, dann schaffte er das auch. Er legte ihr eine Hand auf den Kopf und tat, was sie verlangt hatte.

Avery legte die Jeans zusammen. »Du kannst dich jetzt aufs Bett setzen, damit ich dir das T-Shirt ausziehen kann.«

Ihm wäre es lieber gewesen, wenn sie ganz andere Dinge mit ihm angestellt hätte. Dazu hätte sie sich nicht mal groß anstrengen müssen. Als sie vor ihm gekniet hatte, wäre es beinahe um ihn geschehen gewesen.

Nur mit seinen engen Boxershorts und einem geborgten T-Shirt bekleidet, setzte sich Rowdy auf die Bettkante.

Nachdem sie seine Jeans auf die Kommode gelegt hatte, kletterte Avery hinter ihm aufs Bett. Er konnte spüren, wie sie reglos dicht hinter ihm saß.

Ohne Vorwarnung schob sie die Finger in sein Haar. »Ist deine Schwester genauso blond wie du?«

Die Art, wie sie ihn berührte, war nicht erotisch, aber vielleicht war das auch genau der Grund, warum er so intensiv darauf reagierte. Es fühlte sich an wie … Zuneigung.

So etwas war er nicht gewöhnt.

Er ballte die Fäuste im Laken. »Peppers Haare sind heller und viel länger.«

»Ist ihr Haar so dick und wellig wie deins?«

Er konnte ihren Atem im Nacken spüren. »Was weiß denn ich?« Er versuchte, sie über die Schulter anzusehen. »Was machst du da?«

Als sie mit den Achseln zuckte, rutschte ihr Shirt noch weiter herunter. Er konnte zwar noch nicht ihre Brust sehen, aber es fehlte so wenig, dass sein Herz zu rasen begann.

So reagierte er doch sonst nicht auf Frauen. Verdammt!

Avery strich sein Haar glatt und sagte seufzend: »Du bist einfach ziemlich unwiderstehlich.« Sie beugte sich vor und griff nach seinem T-Shirt. »Ich bin ganz vorsichtig. Lass mich das Shirt erstmal hochheben, dann kannst du die Arme nacheinander rausziehen, okay?«

Es dauerte quälend lange, bis Avery das getan hatte, wofür er sonst fünf Sekunden brauchte. Nie zuvor in seinem Leben hatte er sich von einer Frau so ausziehen lassen, aber so, wie Avery es tat, gefiel es ihm sogar. Danach warf sie das T-Shirt auf die Kommode zu seiner Jeans.

»Oh, Rowdy«, hauchte sie einen Augenblick später.

Er vermutete, dass die Wunde blau und rot angelaufen war. »Das ist schon okay, Süße.«

Sie strich mit den Fingerspitzen leicht über seine Haut. »Nein, das ist es nicht.« Federleicht wanderten ihre Lippen von einer Stelle zur anderen.

Rowdy spürte, wie jeder Kuss etwas in seinem Schritt auslöste. »Das ist bald alles verheilt und vergessen«, versprach er ihr mit rauer Stimme.

Die Stille hielt an, während sie ihn erneut berührte und seine Schultern und seinen Rücken untersuchte. »Wie all die anderen?«

Er verspannte sich und saß stocksteif da.

»Jetzt weiß ich, was die Ärztin gemeint hat«, murmelte Avery niedergeschlagen.

Verdammt. Die Narben. Rowdy rückte von ihr und ihrem unangenehmen Mitleid weg, stand auf und drehte sich um, sodass sie nur noch seine Brust sehen konnte.

Und die Erektion in seinen Boxershorts. Die durfte sie sehen, aber er konnte es nicht länger ertragen, dass sie seine alten Wunden anstarrte.

»Sollen wir ins Bett gehen?« Er schlug die Decke weiter zurück und legte sich auf die Seite. Es war ihm fast schon peinlich, dass er sich nur langsam bewegen konnte, aber selbst wenn er mit den Zehen wackelte, tat es in seinem Rücken weh.

»Ja.« Sie kniete noch immer auf dem Bett und holte tief Luft. »Von mir aus.« Es war wie eine einzigartige, aber unschuldige Folterung, als sie sich über ihn lehnte und sich halb auf ihn legte, um die Lampe auszumachen. Dann stützte sie sich auf einen Ellenbogen und sah ihn an.

Das Mondlicht schien durch die hohen Fenster, umrahmte ihren Körper mit seinem sanften Licht und ließ ihr Haar wie ein schwaches Feuer schimmern.

Konnte es eine attraktivere Frau als sie geben?

»Wie ist es am bequemsten für dich?« Bevor er antworten konnte, drehte sich Avery um, sodass sie ihm ihren Po zuwandte, und rutschte näher an ihn heran. »Ist das okay so?«

Oh ja. Das war großartig. Er legte einen Arm um sie und drückte sie an sich. Seine gespreizten Finger lagen auf ihrem Bauch, und seine Hüfte drückte sich gegen ihren Hintern. »Das ist perfekt.«

»Rowdy.« Er hörte, dass sie lächelte, obwohl sie ihn schalt. »Du kannst doch nicht schlafen, wenn ich so dicht neben dir liege.«

»Ich habe dir doch schon gesagt, dass ich unter Schlaflosigkeit leide und es daher gewöhnt bin, nicht zu schlafen. Aber heute macht es mir zur Abwechslung mal nichts aus, wach zu liegen.«

Sie zögerte kurz. »Na gut«, murmelte sie dann und wackelte ein wenig mit dem Hintern, um es sich bequemer zu machen.

Eine Folter

Sie legte eine Hand auf seine, gähnte laut und flüsterte: »Gute Nacht, Rowdy.«

Er hatte eine lange Nacht vor sich, aber es störte ihn nicht, dass er keinen Schlaf finden würde. Er wollte keine einzige Sekunde davon verpassen, sie so zu umarmen, sie neben sich zu haben, in seiner Wohnung, in seinem Bett, in seinen Armen.

Möglicherweise lag es nur daran, dass er einen so turbulenten Tag hinter sich hatte und dass ihn alle Verletzungen und verdrehte Erinnerungen heimsuchten, aber er dachte tatsächlich darüber nach, dass er sich daran gewöhnen könnte … dass er sie vielleicht länger als nur eine Nacht in seinem Leben haben wollte.

Als das Licht ausging, beschloss er, seinen Wachposten für diese Nacht aufzugeben. Durch die großen Fenster hatte er einen guten Blick, und er hatte schon überlegt, Voyeur zu spielen, auch wenn er so etwas sonst nicht tat. Doch das Bett stand nicht richtig, und er konnte zwar hin und wieder einen Blick erhaschen, aber das Risiko war es nicht wert.

Jetzt fühlte er sich tatsächlich ein wenig betrogen.

Vielleicht würde er seinen alten Voyeur-Fetisch wieder aufnehmen, wenn Avery wieder dort war, wo sie hingehörte. Für all seine Mühe hatte er das – und noch viel mehr – verdient.

8

Avery war sehr müde, aber sie schlief nicht sofort ein. Ohne sich dessen bewusst zu sein, streichelte sie mit den Fingerspitzen Rowdys Handrücken. Er hatte die Finger gespreizt, sodass seine Hand fast über ihren ganzen Bauch reichte.

So ein großer Mann, so kräftig, so stark und so unglaublich.

Was er heute getan hatte, das Mitgefühl, das er Marcus entgegengebracht hatte, die Wut über den Missbrauch …

Sie schloss die Augen und sah wieder diese furchtbaren Narben auf seinem Rücken vor sich. Eine kleine runde Narbe sah aus wie von einer Zigarette. Eine eckige Wunde schien von einer Gürtelschnalle verursacht worden zu sein.

Ihr wurde vor Zorn ganz schwindelig. Tränen stiegen ihr in die Augen und schnürten ihr die Kehle zu. Wenn es möglich gewesen wäre, hätte sie seine Eltern aufgesucht und sie für all das büßen lassen. Dummerweise hatten sie sich der gerechten Strafe entzogen, indem sie in einem Autowrack einen schnellen, gnädigen Tod gestorben waren.

Angst breitete sich in ihr aus, und sie kämpfte gegen den Drang an, sich umzudrehen, Rowdy in den Arm zu schließen und um ihn zu weinen, so wie er nie selbst um sich weinen würde.

Allmählich verstand sie ihn besser. Er sagte selbst, dass der Sex nur ein schneller und einfacher Trost für ihn war.

Sie wollte so viel mehr für ihn sein. Sie wollte sein Leben besser machen, auch wenn Rowdy ganz gut allein zurechtkam. Er hatte seine Schwester beschützt, für sie beide ein sicheres

Leben aufgebaut, und als Peppers Zukunft gesichert gewesen war, hatte er eine heruntergekommene Bar gekauft, und aus ihr nicht nur ein anständiges, sondern auch ein profitables und beliebtes Restaurant gemacht.

Sie musste daran denken, wie er es geschickt geschafft hatte, Ellas viel zu freizügigen Kleidungsstil einzuschränken, und wie oft er Jones, dem Koch, zur Hand ging.

Und daran, wie er sein Verlangen nach ihr ständig in Worte fasste, ohne sie dabei zu bedrängen. Er war nur aufdringlich, wenn er versuchte, sie zu beschützen. Selbst als seine Atmung ruhiger wurde und er einzuschlafen schien, drückte er sie weiterhin an sich.

Langsam drehte sie sich auf den Rücken. Rowdys Hand rutschte auf ihre Hüfte. Er gab ein leises Geräusch von sich, bewegte sich kurz und schlief ruhig weiter.

Anscheinend hatte ihn die Erschöpfung letzten Endes doch übermannt. Sie war sehr froh darüber. Sein warmer Atem und das Gewicht seines muskulösen Arms auf ihrem Körper lullten sie ebenfalls ein, aber in ihrem Kopf herrschte noch lange keine Ruhe. Bei allem, was passiert war, hatte sie den Anruf beinahe vergessen.

Nun drangen seine möglichen Auswirkungen mit aller Gewalt auf sie ein. Sie hatte guten Grund, sich Sorgen zu machen.

Aber sie würde Rowdy auf keinen Fall mit ihren Problemen belasten, da er in seinem Leben schon genug durchgemacht hatte. Vielleicht konnte sie ja mit Logan oder Reese darüber reden, ohne dass Rowdy etwas davon mitbekam.

Sie drehte den Kopf und sah ihn an. Er war so unglaublich attraktiv, dass es ihr den Atem raubte. Selbst im Tiefschlaf sah er nicht wirklich entspannt aus.

War Fisher Holloway hinter ihr her? Schon wieder?

Das war die wahrscheinlichste Erklärung, vor allem, wenn

man bedachte, wie ihre letzte Auseinandersetzung geendet hatte – daraufhin hatte sie überstürzt das Weite gesucht. Seitdem war sie nicht mehr zu Hause gewesen. Anfangs hatte sie ihre Mutter vermisst, ihr altes Leben, die finanzielle Sicherheit.

Mittlerweile … Gut, ihre Mutter fehlte ihr manchmal noch immer, aber sie hatte sich damit abgefunden, dass sich ihre Beziehung verändert hatte. Sie hatte sich auch an alles andere gewöhnt und wollte nicht mehr zurückkehren. Nie mehr.

Eine Stunde später stieß Rowdy ein Geräusch aus, das wie eine Mischung aus Zorn und Schmerz klang. Alarmiert berührte Avery seine Schulter, um ihn zu beruhigen. Er atmete schneller und bewegte sich erneut. Hatte er Schmerzen? Sollte sie ihn wecken und ihm noch eine Tablette geben?

Sie wollte sich gerade aufsetzen, als er sich auf einmal an sie klammerte und sie eng an seine Brust drückte. Er wirkte verzweifelt.

Avery versuchte leise, ihn zu beruhigen, und küsste seinen Hals, seine Brust und seine Schulter.

Da entspannte er sich wieder, und sein Griff lockerte sich, als er erneut einschlief.

»Ich bin hier«, flüsterte sie und konnte sich nicht zurückhalten, ihm noch einmal auf den Hals zu küssen. Seine Schwäche, die er im wachen Zustand niemals zeigen würde, zog sie magisch an. Unterschiedliche Empfindungen stürmten auf sie ein, sie wollte den Jungen beschützen, der er einmal gewesen war, war verzweifelt, dass er noch immer von Albträumen geplagt wurde, staunte über seine Charakterstärke und bewunderte aufs Neue den Mann, zu dem er herangewachsen war.

Außerdem war sie ein bisschen erregt.

Welche Frau wäre das nicht? Rowdy hatte im Moment keine Erektion, aber sie lagen einander zugewandt im Bett, so dicht nebeneinander, wie es zwei Menschen, die nicht miteinander schliefen, nur sein konnten. Daher war sie sich seiner Nähe und seines Körpers überaus bewusst. Er hielt sie an seine leicht behaarte Brust gedrückt, sodass sein wunderbarer Körpergeruch sie umhüllte. Einen Oberschenkel hatte er zwischen ihre Beine geschoben und hielt sie fest, aber sie fühlte sich eigentlich eher beschützt als gefangen.

Fisher hätte sie niemals so berührt, und auf ihn hatte sie nicht so reagiert.

Sie war auch nicht freiwillig bei ihm gewesen.

Dabei war Fisher Holloway durchaus ein attraktiver Mann mit seinen eins zweiundachtzig, dem dichten braunen Haar, den klugen blauen Augen und dem athletischen Körperbau … Als sie sich an seinen schweren Körper und seine unerbittliche Kraft erinnerte, erschauderte sie.

Schnell drückte sie das Gesicht an Rowdys Brust.

Diejenigen, die Fisher kannten, hielten ihn für einen erfolgreichen Mann, der mit vierunddreißig bereits Geschäftsführer einer sehr erfolgreichen Firma war. Ein Philanthrop, der zahlreiche Wohltätigkeitsorganisationen unterstützte. Ein Finanzguru, der seine Untergebenen großzügig entlohnte. Ihr Stiefvater respektierte ihn, ihre Mutter bewunderte ihn. Sie verkehrten in denselben Kreisen und trafen häufig aufeinander.

Jeder war der Ansicht, dass er der perfekte Ehemann für Avery wäre.

Abgesehen von ihr selbst. Sobald sie allein waren, behandelte Fisher sie herablassend: Er bestellte ihr Essen für sie, kritisierte ihren Kleidungsstil und machte ihre Freunde schlecht.

Ihr Stiefvater behauptete, er wäre besorgt um ihr Wohlergehen.

Ihre Mutter sagte, er würde ihr jeden Wunsch von den Augen ablesen.

Doch das gefiel Avery nicht. Bei einer Wohltätigkeitsveranstaltung, als Fisher sie erneut umwarb, hatte sie ihm klar und deutlich zu verstehen gegeben, dass sie nicht interessiert war.

Himmel, er war so gerissen gewesen und hatte ihr den größten Schock ihres Lebens beschert …

Sie zuckte zusammen, als Rowdys Hand zu ihrem Hintern wanderte und kurz ihre Pobacke drückte. Wow, selbst im Schlaf war er noch lüstern. Oder spielte er nur den Schlafenden?

Noch während Avery dieser Gedanke durch den Kopf schoss, schnarchte Rowdy leise. Sie grinste, ebenso sehr über sich selbst wie über das Geräusch.

Offenbar würde sie in dieser Nacht diejenige sein, die nicht schlafen konnte. Aber das machte ihr nichts aus. So hatte sie mehr Zeit, um Rowdys Nähe zu genießen, ohne zu riskieren, dass er die Wahrheit erkannte – dass sie längst total verschossen in ihn war.

Was würde er wohl tun, wenn er wüsste, dass sie sich vom ersten Augenblick an in ihn verliebt hatte?

Angesichts der vielen Frauen, mit denen er schon geschlafen hatte, wollte sie das lieber gar nicht erst wissen.

Als Rowdy aufwachte, hatte er keine Ahnung, wo er sich befand. Er war durcheinander, und sein Körper fühlte sich völlig schlaff an. Das Sonnenlicht schien durch die hohen Fenster, sodass er die Augen zukneifen musste. Es dauerte eine Sekunde, bis er begriff, dass er tief und fest geschlafen hatte.

Himmel, das war ihm ja noch nie passiert. In dieser Zeit hätte alles Mögliche geschehen können, ohne dass er es mitbekommen hätte. Leicht alarmiert stützte er sich auf einen Ellbogen. Der Schmerz in seinem Rücken wäre fast übermächtig gewesen, hätte er nicht Avery direkt vor sich gesehen, die ihren

Kopf auf eine Faust stützte. Ihr rotes Haar ergoss sich über das Kissen, und sie sah ihn mit ihren blauen Augen schläfrig, aber interessiert an.

»Guten Morgen«, sagte sie mit heißer heiserer Stimme.

Ihr Gesichtsausdruck wirkte weich, fast schon träumerisch. »Warum lächelst du so?«

Ihr Blick wanderte zu seinem Mund und dann zurück zu seinen Augen. »Weil mir letzte Nacht klar geworden ist, dass ich pervers bin.«

Wow. Demonstrativ hob Rowdy die Bettdecke hoch und sah an sich herunter.

»Was machst du da?«

»Ich sehe nach, ob ich meine Boxershorts noch anhabe.«

Ihr neckendes Lachen schien durch seinen ganzen Körper zu gehen.

»Glaubst du etwa, ich hätte dich ausgenutzt, ohne dich aufzuwecken?«

»Ich hatte schon fast darauf gehofft.« Irgendetwas war an diesem Morgen anders. Während er geschlafen hatte, musste sie Entscheidungen getroffen haben. Jetzt musste er nur noch dafür sorgen, dass es so weiterging, während sie wach waren. »Da du mich offensichtlich nicht angerührt hast, wüsste ich gern, was für perverse Dinge du sonst getan hast.«

»Ich habe deinen Körper angesehen.«

»Das hast du schon früher getan, Süße. Das weiß ich genau, weil ich dich dabei beobachtet habe.«

»Dieses Mal musste ich mich dabei aber nicht beeilen oder verstecken. Ich habe deinen atemberaubenden Anblick einfach genossen.«

Atemberaubend? Er versuchte, sich dieses Kompliment nicht zu Kopf steigen zu lassen. »Wenn du das wiederholen möchtest, sag mir einfach Bescheid.«

»Ich habe es auch genossen, dir beim Schnarchen zuzuhören.«

Er schnaubte. »Ich schnarche nicht.«

Sie beugte sich vor. »Tust du doch.« Dann küsste sie sein Kinn. »Und es war sexy.«

War er in einer anderen Dimension wieder aufgewacht? Oder träumte er etwa noch? Was immer es auch war, es gefiel ihm, daher nickte er und stimmte ihr zu: »Das ist allerdings ein bisschen pervers.«

So hatte er sie noch nie zuvor lächeln gesehen. »Ich sehe dir gern beim Schlafen zu.« Sie strich ihm das Haar aus der Stirn, allerdings war ihm diese Berührung etwas zu mütterlich. »Schön, dass du schlafen konntest.«

Er runzelte die Stirn. »Ich schlafe nie.«

»Tja, letzte Nacht schon.«

Glaubte sie etwa, das wäre ihr Verdienst? Vielleicht hatte sie sogar recht. Erst jetzt fiel ihm auf, dass er ein Bein zwischen ihre weichen, schlanken Oberschenkel geschoben hatte und sich ihre Becken berührten.

Er musste einen klaren Kopf kriegen, und zwar schnell.

Während er eine Hand an ihre Hüfte legte, damit sie nicht aufstand, fragte er misstrauisch: »Du bist hiergeblieben?« Er erinnerte sich daran, dass sie es sich bequem gemacht hatten, dass er erregt gewesen war … und dann an nichts mehr. »Die ganze Nacht?«

»Ja.« Ihre Hand wanderte von seinem Haar zu seinem Hals und auf seine Brust. »An dich gekuschelt.«

Und er hatte es verschlafen. *Verdammt.*

»Du siehst unzufrieden aus.« Sie senkte die Augenlider und sah schüchtern zur Seite. »Bin ich vielleicht zu lange geblieben für das erste Mal?«

»Nein.« *Ich bin froh, dass du da bist.* Er sah an ihr vorbei auf die Uhr. Es war zum Glück noch sehr früh. »Wir müssen heute über vieles reden.«

»Über Marcus.«

Rowdy nickte, ging aber noch nicht auf das Thema ein. Er fühlte sich zur Abwechslung herrlich entspannt und wollte dieses Gefühl noch eine Weile genießen. »Und über Cannon, deinen Wagen und diesen Anruf.«

Sie sah ihn erschrocken an und zog ihre Hand zurück, sagte aber nur: »Was ist mit Cannon?«

Wich sie ihm aus? Was hatte das zu bedeuten? Rowdy beschloss, erst einmal mitzuspielen. »Je nachdem, wie es letzte Nacht gelaufen ist, wird er vielleicht länger für mich arbeiten.«

»Als was?«

»Das müssen wir dann gemeinsam entscheiden.« Er bezog sie absichtlich in die Entscheidung mit ein.

Wie er gehofft hatte, entspannte sie sich wieder. »Und, was stellst du dir vor?«

Es war irgendwie schön, morgens im Bett zu liegen und sich mit Avery zu unterhalten. Es wäre noch viel schöner, wenn sie das T-Shirt und das Höschen ausgezogen hätte und er wüsste, dass sie gleich miteinander schlafen würden, aber trotzdem genoss er es.

Dieses morgendliche Wortgeplänkel war genauso wenig die Norm wie erholsamer Nachtschlaf. »Er könnte unter anderem dafür sorgen, dass du öfter Pause machen kannst.«

»Du löst mich doch ab.«

Sie sah auch ohne Make-up im grellen Sonnenlicht so wunderschön aus, dass er sie am liebsten in den Arm genommen hätte. »Ich würde gern mehr Zeit mit dir verbringen, wenn wir beide nicht bei der Arbeit sind.«

»Oh.« Ihr Lächeln hätte jeden Mann zum Schmelzen bringen können. »Das fände ich auch schön.«

Keine Frau hatte das Recht, so früh am Morgen schon so anziehend zu sein. Selbst ihr zerzaustes Haar sah unglaublich sexy aus. »Wenn du arbeitest, kann Cannon an anderen Stellen aushelfen.«

»Du weißt, dass ich keine Hilfe an der Bar brauche.«

Er musste wohl noch Überzeugungsarbeit leisten. »Erst gestern habe ich gesehen, wie du von diesem Kerl …«

»Er hat mir nicht wehgetan«, unterbrach sie ihn.

Rowdy nahm ihr Handgelenk und musterte die leichte Schwellung, die zurückgeblieben war. Er küsste die Stelle und hielt ihre Hand. »Zum Glück war Ella so schlau, mich sofort zu rufen.« Selbst wenn er nicht an ihr interessiert gewesen wäre, war Rowdy für die Sicherheit seiner Angestellten verantwortlich. »Mir wäre es lieber, wenn wir einen Rausschmeißer hätten. Jemanden, dem ich vertraue und der dich verteidigen kann, falls ich nicht in der Nähe sein sollte.«

»Ich will nicht, dass du dich auch noch für mich verantwortlich fühlen musst.«

Sie hatte ohnehin schon das Gefühl, dass er sie als seine Hauptverantwortung ansah. »Ich bin der Boss, daher mache ich auch die Regeln.« Um seine Worte etwas abzuschwächen, fügte er hinzu: »Sieh es doch mal so: Wenn Cannon da ist, kann er die schweren Sachen tragen, dir Dinge bringen, die du brauchst, und sogar ans Telefon gehen, damit du das nicht machen musst.«

Als er das Telefon erwähnte, schweifte ihr Blick wieder fort. »Ja, das wäre nicht schlecht.«

Aha, dann hatte der Telefonanruf sie also doch nervös gemacht. Rowdy war ja nicht blöd. Er musterte ihr abgewandtes Gesicht, bemerkte ihre Anspannung und beschloss, die Sache vorsichtig anzugehen. »Du hast gestern gesagt, du wärst mit dem Auto zur Arbeit gekommen.«

»Ja.«

»Wo hattest du geparkt?«

»An der Seite.« Sie legte den Kopf schief. »Willst du vielleicht eine Aspirin? Oder soll ich dir einen Kaffee machen?«

»Gleich.« Wenn sie ihn ablenken wollte, dann würde sie schon ihr T-Shirt ausziehen müssen. »Was fährst du für einen Wagen?«

Sie rümpfte die Nase. »Müssen wir wirklich darüber sprechen?«

»Gibt es einen Grund, warum wir das nicht tun sollten?«

»Ich schätze nicht.« Dann murmelte sie: »Einen Infiniti.«

»Ach ja?« Ein schöner Wagen. Rowdy sah ihr ins Gesicht. »Welches Modell?«

»Ein G37 Cabrio«, sagte sie noch leiser. »Er ist zwei Jahre alt«, fügte sie hinzu.

Er musste ein Lachen unterdrücken. »So alt schon?« Für ihn war das fast schon ein Neuwagen. Sie hatte ihm ja gesagt, dass sie Wohlstand gewohnt war. Jetzt wollte Rowdy aber auch wissen, wieso sie sich deswegen schämte. »Welche Farbe?«

Sie ließ sich auf den Rücken fallen und seufzte. »Kirschrot.«

»Klingt schick.«

»Ja.« Endlich sah sie ihn wieder an. »Ich bin eine Zeit lang nicht damit gefahren, aber nachdem du gesagt hast, dass es unklug wäre, von der Bushaltestelle nach Hause zu gehen … Na ja, du hast ja recht.«

Irgendwie wusste er, dass das alles miteinander zusammenhing. »Du kannst ihn mir nachher zeigen, wenn wir zur Bar rübergehen. Und wo wir gerade dabei sind … Ich wollte dich noch nach dem Telefonanruf fragen, den du gestern Abend gekriegt hast.« Er sagte das ganz beiläufig, während er sie genau beobachtete. »War das nur ein Gast?«

Wenn sie Ja sagte, dann wüsste er, dass sie log. Und dann? Er wollte, dass sie ihm vertraute – und er wollte ihr ebenfalls vertrauen können.

Es war offensichtlich, dass sie nicht darüber reden wollte. »Es war niemand.«

»Niemand Wichtiges, meinst du?«

»Ich meine, dass sich niemand gemeldet hat, als ich dranging.« Sie wickelte sich die Bettdecke um die nackten Beine und setzte sich auf. »Was macht dein Rücken? Brauchst du Hilfe im Bad?«

Er hatte nicht vor, sich von ihr bemuttern zu lassen.

In Bezug auf den Anruf mochte sie ihm die Wahrheit gesagt haben, aber sie schien eine Vermutung zu haben, wer angerufen hatte. Er wollte alles wissen.

Rowdy streckte den Arm nach ihr aus … da klopfte es an der Tür.

Sie erstarrten beide.

»Kriegst du Besuch?«, flüsterte sie.

»Was weiß denn ich?« Nur sehr wenige Leute wussten, dass er hier wohnte. »Ein paar Frauen aus der Nachbarschaft kommen ab und zu vorbei, um sich was auszuborgen. Vielleicht ist das wieder eine von ihnen.«

Avery sackte in sich zusammen. »Ist das dein Ernst?«

Mühsam setzte er sich ebenfalls auf und stellte fest, dass die Haut an seinem Rücken spannte und schmerzte. Seine Muskeln verkrampften sich sofort. Er rieb sich über das stoppelige Kinn und dachte, dass eine Dusche ihm jetzt gut tun würde – erst recht, wenn Avery mit ihm duschen würde.

Es klopfte wieder.

»Hattest du nicht gesagt, dass noch keine andere Frau hier gewesen wäre?«

»Das stimmt auch.« Er sah ihr nach, als sie aus dem Bett

stieg, und trauerte der verlorenen Stimmung nach. »Ich lasse sie auch nicht rein.«

Während sie ihre Jeans anzog, schlug sie in drohendem Tonfall vor: »Soll ich aufmachen?«

Wenn sie seine Nachbarinnen vertreiben wollte, dann war ihm das nur recht, außerdem würde sie ihn dann wenigstens nicht mehr bemuttern. »Klar, danke. Sag demjenigen einfach, er soll verschwinden.«

»Und was ist, wenn es was Wichtiges ist?« Sie zog den Saum des T-Shirts gerade lange genug hoch, um ihre Jeans zuzuknöpfen.

Bei dem kurzen Blick auf ihren Bauch erwog er, ob er sich nicht doch von ihr bemuttern lassen sollte. Er könnte ja behaupten, dass er Hilfe unter der Dusche brauchte, was angesichts seines Zustands durchaus passieren konnte. »Falls es Reese oder Logan ist, dann lass ihn rein.« Vielleicht gab es ja Neuigkeiten über Marcus.

»Und wenn es eine deiner aufdringlichen Nachbarinnen ist?«

Er grinste sie an. »Dann sag ihr, was immer du willst.«

»Gut, das werde ich tun.« Barfuß und in dem riesigen T-Shirt, in dem sie fast versank, marschierte Avery durch den Raum und die Stufen hinauf zur Tür. Sie schloss auf und zog die Tür gerade so weit auf, dass sie Hallo sagen konnte.

Rowdy saß auf dem Bett und bewegte vorsichtig die Schultern. Ja, er brauchte ein Schmerzmittel, aber er wollte nicht diese betäubenden Tabletten nehmen, die ihm die Ärztin aufgeschrieben hatte. Jetzt, wo Avery bei ihm war, musste er hellwach bleiben.

Er hörte nicht, wer vor der Tür stand, ging aber davon aus, dass es eine Frau war, als Avery sagte: »Ja, der wohnt hier, aber er möchte nicht gestört werden.«

Rowdy stand auf und versuchte, leise zu sein, bis Avery den ungebetenen Gast vertrieben hatte. Er wickelte sich das Laken um die Taille und schob sich die Haare mit den Fingern aus dem Gesicht.

»Ich bin seine Barkeeperin«, sagte Avery gerade.

Ihr herrischer Tonfall bewirkte, dass er grinsen musste. Süß. Bei jeder anderen Frau hätte er das nicht gefunden, aber an Avery gefiel ihm diese Eigenschaft und dass sie das Ruder in die Hand nehmen konnte.

Verdammt, eigentlich gefiel ihm alles an ihr.

Avery stand weiterhin in der Tür und sprach mit der Person, die er nicht verstehen konnte. »Doch, ich spreche in seinem Namen, und er hat ausdrücklich gesagt, dass er …«

Sie keuchte, als die Tür mit Gewalt aufgerissen wurde und Pepper hereinstürmte.

Oh Scheiße!

»Rowdy!«

Avery war so klug, seiner Schwester aus dem Weg zu gehen, als sie die Stufen herunterstürzte und durch das Wohnzimmer eilte.

Rowdy musste ihr nur kurz ins Gesicht sehen und die Schmerzen waren vergessen. Er ging ihr entgegen. »Was ist los? Stimmt was nicht?«

Pepper trug ihr langes, blondes Haar offen und hatte ganz rote Augen. Sie stürmte auf ihn zu. »Du wurdest verletzt, das ist los!« Sie breitete die Arme aus.

Er machte sich auf den Zusammenprall gefasst, aber Avery rief: »Sein Rücken!«

Pepper blieb wie angewurzelt stehen.

Anstatt ihn in die Arme zu nehmen, ging sie um ihn herum und keuchte so laut auf, dass er ihren Atem auf dem Rücken spürte.

»Großer Gott!« Sie hatte die Hände vor den Mund geschlagen, was ihre Stimme dämpfte.

»So schlimm ist es gar nicht.«

Sie hielt ihn davon ab, sich umzudrehen. »Rowdy?« Vorsichtig berührte sie mit den Fingern eine sehr alte Narbe an seiner Schulter, und sein Herz blieb beinahe stehen.

Er sah Avery an und schlang sich das Laken um die Schultern, damit Pepper ihn nicht länger anstarren konnte. Es war ihm den Großteil seines Lebens gelungen, seiner Schwester die Auswirkungen der Wut ihrer Eltern zu verschweigen. Sie wusste nicht einmal die Hälfte von dem, was sie getan hatten – und es war ihm lieber, wenn das auch so blieb.

Avery öffnete den Mund, als hätte sie es auf einmal verstanden. Dann kam sie näher. »Es tut mir so leid. Ich wusste nicht, dass du seine Schwester bist.«

Pepper ignorierte sie und zerrte an dem Laken. »Ich habe mich zusammengerissen, um nicht eher herzukommen, aber das war wirklich nicht leicht, Rowdy.«

»Lass das.« Rowdy zog das Laken wieder zurecht, machte einen Schritt zur Seite und drehte sich um. »Es ist alles okay, Kleines. Hör auf, einen Aufstand zu machen.«

Avery verdrehte übertrieben die Augen zum Himmel, was offensichtlich Pepper galt. »Er wehrt sich mit Händen und Füßen gegen jeden Versuch, ihn zu bemuttern.« Sie beugte sich zu ihr, als würde sie ihr ein Geheimnis anvertrauen. »Er hat sich sogar gestern Abend geweigert, in der Apotheke die Schmerzmittel abzuholen, die ihm die Ärztin verschrieben hat. Stattdessen sind wir direkt hierhergefahren.«

Pepper sah ebenso verzweifelt wie verwirrt aus. »Wer bist du noch gleich?«

In dem Moment kam Logan durch die Tür. »Das habe ich

dir doch schon erzählt. Sie ist die Barkeeperin.« Er hatte eine große Tüte mit Donuts in der einen und einen Becherhalter mit vier großen Kaffeebechern in der anderen Hand und stieß die Tür mit dem Fuß zu. »Wir haben angehalten, um was zum Frühstücken zu holen, aber Pepper wollte nicht so lange warten.« Er musterte Avery. »Hast du gut geschlafen?«

»Halt die Klappe, Logan.« Rowdy wollte duschen, was essen und Avery – und das nicht unbedingt in dieser Reihenfolge. Dieser Höflichkeitsbesuch passte ihm überhaupt nicht. Aber er hätte nie etwas getan, was seine Schwester verletzen würde, zumindest nicht mit Absicht.

Pepper stemmte die Hände in die Hüften und starrte Avery an. »Ich habe dich noch nie in der Bar gesehen.«

»Du warst auch nie während der Öffnungszeiten da«, rief ihr Rowdy ins Gedächtnis.

»Du wolltest nicht, dass ich hinkomme!«

»Pepper.« Logan kam näher. »Die Bar ist schön, aber kein Ort, wo du alleine hingehen solltest. Wenn du willst, gehen wir dort demnächst mal was trinken.«

»Ich war da, als die Bar renoviert wurde.«

»Ich auch«, erwiderte Avery. »Ich bin vorbeigekommen, wann immer ich konnte, aber wir müssen uns wohl verpasst haben.«

»Kann schon sein«, gab Pepper zu, deren Stimme noch immer misstrauisch klang.

Rowdy hielt das Laken mit einer Hand fest und rieb sich mit der anderen den Nacken. Die Bewegung dehnte die Haut an seinem Rücken und rief ihm ins Gedächtnis, dass der gestrige Tag ziemlich heftig gewesen war. »Wir sind gerade erst aufgewacht. Setzt euch doch schon mal, wir sind gleich bei euch.«

Pepper machte den Mund schon wieder auf, aber Logan trat vor sie. »Lasst euch Zeit.« Er schob Pepper in den Küchenbereich und raunte ihr zu: »Lass ihn doch mal kurz in Ruhe, Schatz.«

Von Tag zu Tag fand Rowdy seinen Schwager sympathischer.

»Komm mit.« Er nahm Averys Hand und zog sie mit sich in Richtung Badezimmer.

»Was machst du denn?«, stieß sie empört hervor.

»Das.« Er schloss die Tür hinter ihnen, drückte Avery mit dem Rücken dagegen und küsste sie, bevor sie protestieren konnte. Verdammt, schmeckte sie gut – viel besser, als der Kaffee oder die Brötchen schmecken konnten.

Nach einiger Ermutigung öffnete sie die Lippen. Als er vorsichtig seine Zunge vorstieß, erwiderte sie seinen Kuss, und innerhalb von Augenblicken wurde die Sache heißer.

Sie legte die Hände auf seine Schultern, drückte sich an ihn und überließ ihm die Führung – für etwa dreißig Sekunden.

Dann machte sie sich von ihm los und leckte sich die Lippen. »Hmm. Danke.«

»Gern geschehen.«

Sie sah zu ihm auf. »Deine Schwester und dein Schwager sind ganz in der Nähe.«

»Das ist mir durchaus bewusst.« Er küsste ihren Hals. »Möchtest du trotzdem mit mir duschen?«

»Auf gar keinen Fall.« Sie holte tief Luft, entwand sich dann seinen Armen und ging zu seinem Arzneischrank, um die Aspirin herauszuholen. »Nimm die.« Ihre Hand zitterte, als sie ihm die Tabletten reichte.

Er nahm eine in den Mund und beugte sich über das Waschbecken, um direkt aus dem Hahn zu trinken.

»Jetzt geh bitte raus und gib mir zwei Minuten. Danach nehme ich dir den Verband ab, damit du kurz unter die Dusche kannst, wobei die Betonung auf kurz liegt.«

Es war verrückt, aber er genoss es beinahe, sie so zu sehen.

Sie zitterte fast vor Verlangen, verweigerte sich ihm aber dennoch. »Hast du Angst, dass ich dich mit Pepper und Logan alleine lasse?«

»Nein. Die beiden scheinen sehr nett zu sein.« Sie strich mit einer Hand über seine Brust, ließ sie über seine Rippen und seine Bauchmuskeln gleiten. Dann ließ sie sie leise stöhnend sinken. »Aber die Ärztin hat gesagt, dass du nicht lange duschen darfst.«

Er ließ das Laken auf den Boden fallen. »Ich mach dir einen Vorschlag, Süße: Ich dusche in Lichtgeschwindigkeit, wenn du mir was versprichst.«

Sie versuchte nicht einmal, ihm ins Gesicht zu sehen. »Nämlich was?«

»Sobald es mir die Ärztin erlaubt, wirst du zusammen mit mir duschen, und wir werden uns alle Zeit der Welt nehmen.«

Sie erschreckte ihn zu Tode, als sie daraufhin seine Hoden mit einer Hand umfing und ihn einmal kurz streichelte, um danach mit den Fingern an seiner plötzlich wachsenden Erektion entlangzustreichen.

Während er schweigend und höllisch erregt dastand, drehte sie den Türknauf und zog die Tür auf.

Rowdy machte einen Schritt auf sie zu und überlegte krampfhaft, was er jetzt sagen sollte, aber ihm fiel nichts Intelligentes ein.

»Ich brauche zwei Minuten, verstanden?«

Na, egal. Er hoffte nur, dass seine Schwester und Logan in der Küche waren, da er eine gewaltige Erektion hatte.

Als er rausging, reichte ihm Avery das Laken, lächelte ihn an und flüsterte: »Versprochen.«

Im nächsten Augenblick starrte Rowdy auch schon die verschlossene Tür an, während sich ein Grinsen auf seinem Gesicht ausbreitete. Sie hatte im Grunde genommen gesagt, dass sie miteinander schlafen würden, und zwar schon bald. Dieser kleine Teufel. Das machte ihn nur noch heißer.

Er konnte die zwei Minuten auch nutzen, um sich ein paar Klamotten rauszusuchen – und zu versuchen, seinen Penis unter Kontrolle zu bekommen. Als er mit sauberen Boxershorts und einer Jeans wieder vor der Badezimmertür stand, kam Avery auch schon heraus.

Sie vergewisserte sich, dass sie allein waren. »Da du meintest, dass es okay ist, habe ich deine Zahnbürste benutzt. Danke.«

Er fand es lustig, dass sie flüsterte, und drückte seine Stirn an ihre. »Mir ist es egal, ob sie uns hören können.«

»Mir nicht.« Sie küsste ihn kurz, schob ihn dann ins Bad, drehte ihn um und nahm ihm vorsichtig den Verband ab. Sie brauchte eine gefühlte Ewigkeit und sagte ständig: »Entschuldige, wenn ich dir wehtue.«

Woraufhin er ihr jedes Mal versicherte: »Nein, das tust du nicht.«

Als sie fertig war, strich sie mit ihren kühlen Fingerspitzen über seine Haut. Er hörte sie schlucken, und dann flüsterte sie kaum hörbar: »Das hätte dich umbringen können.«

»Ach, Quatsch. Das hätten diese beiden Spinner doch nie geschafft.«

»Deine Dreistigkeit macht dich nicht unverwundbar.« Sie baute sich mit Tränen in den Augen vor ihm auf.

»Tu das nicht, Süße. Du hast dich so lange zusammengerissen. Wenn du jetzt anfängst zu weinen, dreht Pepper total durch und springt auf ihr weißes Ross, um mich zu rächen.«

Wie er gehofft hatte, grinste sie und wischte sich über die Augen. »Ich verspreche, dass ich nicht weinen werde. Es ist schon merkwürdig genug, dass ich weiß, was sie über mich denken, ohne dass ich in Tränen ausbreche.«

Er schnaubte. »Glaub mir, du hast nicht die geringste Ahnung, was sie denken, also mach dir deswegen keine Sorgen.« Er hob ihr Kinn an und küsste sie. »Maximal zehn Minuten. Jetzt unterhalte dich nett mit meiner Schwester. Wenn sie dich anknurrt, dann denk bitte daran, dass sie sich Sorgen macht und ein bisschen neben der Spur ist.«

Avery nickte. »Und sie liebt dich sehr.«

»Das kommt noch dazu.« Als sie erwähnte, dass Pepper ihn liebte, fiel ihm noch etwas ein. »Und sag ihr bitte nichts über …« Wie sollte er etwas ansprechen, über das er mit Avery auch nicht reden wollte?

Wieder stiegen ihr die Tränen in die Augen, aber sie nickte ernst. »Deine alten Narben, ich weiß. Du hast Pepper so lange geschützt, dass ich sie jetzt natürlich auch nicht erwähnen werde.« Sie strich ihr Haar glatt und zog das schwarze T-Shirt zurecht, das sie noch immer anhatte. »Wie sehe ich aus?«

Sie sah aus, als wäre sie sein, als gehörte sie zu ihm. Nicht nur heute, sondern vielleicht … Rowdy schüttelte den Kopf, verwirrt, dass er auf einmal an eine derart langfristige Bindung dachte. Aber er musste sich ehrlich eingestehen, dass er momentan auch nicht in Bestform war. Ganz im Gegenteil.

Am liebsten hätte er die Stimmung mit einem Witz aufgelockert und gesagt: *Du siehst zum Ficken gut aus*, denn das war nun mal die Wahrheit.

Aber das konnte er nicht zu Avery sagen.

»Du siehst großartig aus, Süße.« *Wie aus meinem Traum entsprungen.* Endlich gab er die Wahrheit zu und gestand ihr: »Ich bin froh, dass du da bist.«

Bevor ihm noch kitschigere Dinge herausrutschten, schloss Rowdy die Tür. Avery Mullins war wirklich etwas ganz Besonderes.

Und zum ersten Mal in seinem Leben wollte er mehr.

9

»So, so.« Als erwartete sie, dass ihr gleich Hörner wuchsen, behielt Pepper Avery ständig im Auge. »Er hat dich also behalten?«

Avery verschluckte sich an ihrem Kaffee.

Logan verdrehte die Augen. »Sie ist kein streunender Hund, Pepper. Ich sagte doch, dass sie für ihn arbeitet.«

»Sie arbeitet hier, in Rowdys neuer Wohnung und in Rowdys Shirt? Über Nacht?«

Averys Lächeln wurde langsam immer angespannter. »Es war schon spät, als wir aus dem Krankenhaus gekommen sind.«

Pepper kniff die Augen zusammen. »Und du bist die Barkeeperin?«

»Ja.« Nachdem sie sich den Mund mit einer Serviette abgewischt hatte, beschloss Avery, offen zu Rowdys Schwester zu sein. »Und ich bin ebenso erstaunt wie du, dass ich noch immer hier bin. Rowdy hat erzählt, ich wäre die erste Frau, der er seine Wohnung gezeigt hat.« Sie wedelte so nonchalant wie möglich mit der Hand in der Luft herum. »Und irgendwas von Horden williger Frauen, die mit ihm schlafen wollten, wenn sie nur wüssten, wo sie ihn finden konnten.«

Logan verschluckte sich beinahe.

Pepper war nicht amüsiert.

»Das ist vermutlich nicht weit von der Wahrheit entfernt.« Avery trank noch einen Schluck Kaffee. Sie brauchte das Koffein, um Peppers Misstrauen zu überstehen. Was glaubte die Frau von ihr? Dass Avery irgendwelche Spielchen mit Rowdy spielen wollte? Wohl kaum. So etwas würde Avery nie tun. »Er hat einfach Erfolg bei den Frauen. Ich glaube fast, er hat in jeder freien Minute Sex.«

Logan sah sich um, als wünschte er sich, dass Rowdy endlich wieder auftauchen würde.

Pepper lehnte sich auf ihrem Stuhl zurück. »Wenn du das weißt und meinen Bruder so gut durchschaust …«

Großer Gott, selbst seine Schwester wusste darüber Bescheid!

»… dann kann ich wohl davon ausgehen, dass du ebenfalls …«

»Keine voreiligen Schlüsse. Das ist immer ratsam.« Wenn Pepper Rowdy ebenso beschützen wollte, wie er sie schützte, dann würde sie jede Frau verjagen, die ihn nur benutzte. »Die Wunde auf seinem Rücken ist zwar nicht lebensbedrohend, aber er musste immerhin genäht werden.« Mit nicht gerade wenigen Stichen. »Rowdy würde es zwar nicht zugeben, aber Sex kommt für ihn momentan nicht infrage.«

Logan begann zu pfeifen.

Die beiden Frauen ignorierten ihn. »Der Verband muss jeden Tag gewechselt werden.« Avery zuckte mit den Achseln. »Rowdy kann das ja wohl kaum alleine machen, oder?«

»Dann spielst du hier also Florence Nightingale?«

Avery rümpfte die Nase, beugte sich vor und flüsterte: »Ich bin hier, weil mir etwas an ihm liegt, aber wenn du ihm das sagst, schmeißt er mich vermutlich raus. Ich muss dir wohl nichts darüber erzählen, dass er ein unglaublicher Boss, aber ein noch unglaublicherer Mann ist.«

»Hmm.« Pepper zog eine Augenbraue hoch. »Du bist ehrlicher, als ich erwartet hatte.«

»Dein Bruder lässt sich nicht anlügen. Ich schätze, dass es bei dir genauso schwierig wäre.«

Logan lachte. »Ich muss dich warnen: Sie sind sich ähnlicher, als du dir vorstellen kannst.«

»Willst du damit sagen, dass sie auch unglaublich ist?«

»Tja ...« Jetzt saß Logan in der Klemme. Er entschied sich für die einfachste Lösung und stimmte ihr zu. »Ja, allerdings.«

Avery grinste. »Was Rowdy für Marcus getan hat ...« Es erstaunte sie noch immer, dass Rowdy keine Sekunde gezögert und sich selbst in eine knifflige Lage gebracht hatte, um Marcus zu helfen. »Ich habe noch nie einen Mann gesehen, der derart entschlossen ist, einem anderen zu helfen. Als wäre es noch nicht genug, dass Rowdy so gut aussieht und so grundsolide ist.«

Logan stieß ein zweifelndes Geräusch aus. Als Pepper ihn wütend anstarrte, biss er schnell in einen Donut.

»Aber er ist auch ein sehr guter Mensch. Er bewegt sich gern in der Grauzone, und er kokettiert mit seinem Ruf, ein böser Junge zu sein. Jeder, der ihn kennt, weiß jedoch, dass er im Grunde genommen ein Engel ist.«

Hinter ihnen murmelte Rowdy: »Großer Gott, schreibst du schon meinen Nachruf? Bin ich gestorben und habe es noch nicht mitbekommen?«

Pepper sprang auf. »Warum hat das so lange gedauert? Geht es dir wirklich gut?«

»Mir geht's gut.« Er sah Avery an. »Sie ist eine ganz passable Krankenschwester.«

Avery bemerkte, dass er ein weites Flanellhemd trug. Eigentlich musste sie die Wundsalbe auftragen und den Verband wieder anbringen, aber das wollte er vor Pepper offenbar nicht erwähnen.

»Setz dich«, forderte sie ihn auf. »Logan hat Kaffee und Donuts mitgebracht. Wir haben dir was aufgehoben.«

Logan und Pepper starrten sie mit aufgerissenen Augen an.

Rowdy setzte sich. »Danke.« Er kostete den Kaffee und seufzte. »Perfekt. Genau das, was ich jetzt gebraucht habe.« Er passte auf, die Rückenlehne nicht zu berühren, aber Logan sagte dazu nichts und Pepper war zu beschäftigt damit, ihren Stuhl neben seinen zu stellen, um es zu bemerken.

»Du musst mir alles erzählen«, verlangte sie. »Wer ist dieser Kerl? Und wo steckt er jetzt?«

Hochzufrieden antwortete Rowdy: »Logan hat ihn und seinen Kumpel eingesperrt, sodass du ihnen nichts antun kannst.«

»Verräter«, murmelte Logan. Dann, an Pepper gewandt: »Die gehen nirgendwohin. Und nein, du kannst nicht mit ihnen reden, also komm nicht auf irgendwelche dummen Ideen, wie du deinen Bruder rächen kannst. Er kann sich selbst verteidigen.«

»Da hat er recht, Pepper.« Rowdy stützte beide Unterarme auf die Tischplatte. »Ich möchte, dass du dich da raushältst.«

Das konnte doch nicht ihr Ernst sein? Avery sah Pepper an und begriff, dass es durchaus so war. Was glaubten sie denn, was seine Schwester tun würde?

Pepper gab ihr einen Hinweis darauf, als sie fragte: »Haben die Kumpane, die auf Rache aus sein könnten?«

Oh nein. Avery wurde bei diesem Gedanken ganz blass. »Daran habe ich noch gar nicht gedacht.« Wahrscheinlich gab es Kumpane. Solche Typen traten immer im Rudel auf, genau wie wilde Tiere. »Was ist, wenn noch mehr solcher Typen auftauchen?«

Rowdy tat das mit einer Handbewegung ab. »Mach dir deswegen keine Sorgen.«

Logan stimmte ihm zu. »Wir kümmern uns darum.«

»Wie denn?« Es war schlimm genug, dass jemand hinter ihr her war. Avery könnte es nicht ertragen, wenn Rowdy ein weiteres Mal verletzt würde.

»Ich kann mich auf der Straße umhören und ein paar Namen und Adressen besorgen«, meinte Rowdy. »Die Tatsache, dass mein Schwager Polizist ist, muss doch für irgendwas gut sein.«

»Er ist für vieles zu gebrauchen«, warf Pepper ein.

»Danke, Schatz.« Logans breites Grinsen brachte ihm einen Ellbogenstoß von Pepper ein.

»Unter anderem bin ich verdammt gut darin, Verdächtige zu verhören.« Logan nahm sich noch einen Donut. »Wir werden schon rausfinden, was wir wissen wollen.«

Pepper musterte ihn mit finsterer Miene. »Wag es ja nicht, einen Deal zu machen mit diesem Arsch…«

»Pepper.« Logan zog sie auf seinen Schoß. »Das wäre dann immer noch meine Angelegenheit, aber ich bezweifle, dass sie hoch genug in der Hierarchie stehen, um das überhaupt zu rechtfertigen.«

»Erzähl mir von Marcus«, bat ihn Rowdy, um das Thema zu wechseln.

»Du weißt bereits, dass der Sozialarbeiter letzte Nacht in der Bar gewesen ist. Er hat sofort gesehen, wie gut sich Marcus mit Alice verstanden hat. Vorerst haben sie ein vorübergehendes Sorgerecht. Innerhalb von zweiundsiebzig Stunden findet eine Anhörung vor dem Familiengericht statt. Marcus bekommt einen Prozesspfleger an die Seite gestellt. Das ist so etwas wie ein Anwalt für Kinder und er kann Entscheidungen zum Wohle des Jungen treffen.«

Avery beobachtete Rowdy. Sie konnte ihm seine Gedanken nur zu deutlich ansehen: Er bezweifelte, dass irgendjemand zum Wohle des Jungen handeln würde, weil ihn seine Erfahrung etwas anderes gelehrt hatte.

Logan fuhr fort. »Ich wüsste nicht, warum der Sozialarbeiter und der Prozesspfleger etwas dagegen haben sollten, dass er weiterhin bei Reese und Alice bleibt. Normalerweise entscheiden sie zugunsten einer starken Bindung, damit sich das Kind sicher fühlt.« Er schwieg und starrte in seine Kaffeetasse. Dann zog er seine Frau enger an sich. »Es ist durchaus möglich, dass Marcus etwas weiß. Vermutlich hat er Dinge gesehen … Das Gericht wird wollen, dass er in Sicherheit ist, und was wäre sicherer als die Unterbringung bei einem guten Polizisten?«

Avery ging davon aus, dass Logan wusste, wie Pepper und Rowdy aufgewachsen waren, und dass es ihn genauso tief traf wie sie.

»Es ist nicht leicht, das Vertrauen eines missbrauchten Kindes zu gewinnen.« Logan sah Rowdy in die Augen. »Aber er vertraut Alice. Wenn du ihn nachher besuchst, wirst du verstehen, was ich meine.«

»Wie wird es auf lange Sicht laufen?« Rowdy rutschte auf seinem Stuhl herum. Avery wusste, dass ihm Marcus' Zukunft ebenso zusetzte wie die vielen Stiche auf seinem Rücken. »Was ist, wenn sein Vater aus dem Knast kommt? Bei euch läuft doch ständig irgendwas schief.«

»Dieses Mal nicht. Aber selbst wenn es so wäre: Jetzt, wo wir von dem Missbrauch wissen, würde der Richter beschließen, dass es für Marcus' Wohlergehen am besten ist, wenn er auf Dauer in einer Pflegefamilie untergebracht wird. Um das Gericht auf seine Seite zu bringen, müsste Marcus' Dad schon einen Plan mit dem Sozialdienst ausarbeiten. Das würde bedeuten, dass er dem Jungen ein stabiles Umfeld bieten, sich einen festen Job suchen und vor allem ein Drogenberatungsprogramm unter Beobachtung durchziehen müsste. Inklusive der nachfolgenden Drogentests.«

»Das wird nie geschehen.«

»Da hast du allerdings recht. Ein Arschloch wie Darrell würde durch den Drogentest fallen, wenn er sich denn überhaupt dazu herabließe hinzugehen, und er würde nie eine Beratungsstelle aufsuchen – daher können wir auch davon ausgehen, dass Marcus nie mehr nach Hause zurückkehren wird.«

Rowdy schien ein wenig Hoffnung zu schöpfen.

»So, wie die Dinge stehen – der Vater im Gefängnis und die Mutter noch nicht außer Lebensgefahr –, kann der Richter die Unterbringung in der Pflegefamilie gutheißen, aber Reese und Alice müssen die erforderlichen Schulungen machen.« Er sah Rowdy schon an, welche Frage er als Nächstes stellen wollte. »Sie haben sich schon angemeldet. Nach sechs Monaten können sie den Antrag auf Adoption stellen.«

»Adoption?« Rowdy richtete sich erstaunt auf. »Das wollen sie wirklich tun?«

Logan schnaufte. »Ich möchte denjenigen sehen, der versucht, Alice den Jungen wegzunehmen.« Er ließ seinen Kaffeebecher in der Hand kreisen. »Reese ist kein Faulpelz und hat etwas Geld gespart. Aber der Rechtsstreit kann teuer werden … Na ja, Pepper und ich haben darüber gesprochen. Ich habe da noch diesen Treuhandfonds, den ich ohnehin nicht nutze, und den würden wir ihnen zur Verfügung stellen.«

Alice war gerührt von so viel Großzügigkeit. Rowdy hingegen … Er sah aus, als hätte er einen Schlag in die Magengrube bekommen. Mit leiser Stimme sagte er: »Sie werden ihn tatsächlich behalten.«

Avery liebte die Art, wie er das sagte, weil man ihm anmerkte, dass er Marcus als wundervolles Geschenk, nicht als Last ansah.

»Vor uns liegt noch ein harter Weg«, erklärte Logan. »Und es gibt keine magischen Abkürzungen.«

Endlich sah Avery Rowdys hinreißendes Lächeln. »Ich werde nachher mal zu ihnen fahren und sie fragen, ob ich irgendwie helfen kann.«

Es war nicht leicht gewesen, Avery dazu zu überreden, in ihre Wohnung zu fahren, während er Marcus besuchte. Sie wollte ihn unbedingt begleiten, aber als er vorgab, er könne es nicht ertragen, so lange zu warten, bis sie geduscht und sich umgezogen hatte, gab sie nach.

Dabei musste er sich eingestehen, dass er sie bereits vermisste. Doch wenn er bei Marcus war und sich anhörte, was der Junge dachte und empfand, kam sich Rowdy wie ein offenes Buch vor, und er wollte nicht, dass Avery das mitbekam.

Alice hingegen … Tja, er hatte das Gefühl, dass Alice ihn längst durchschaut hatte. Vom ersten Tag an war es ihm nicht möglich gewesen, irgendetwas vor ihr zu verstecken.

Als sie Marcus Rowdy offiziell vorstellte, hatte Alice einen Arm um den Jungen gelegt. Er wirkte, als könne er Rowdy nicht leiden, und brachte Alice beinahe aus dem Gleichgewicht, als er sich noch stärker an sie drückte. Cash saß winselnd auf der anderen Seite des Jungen.

Rowdy kniete sich hin und sagte: »Komm her, alter Junge.« Sofort sprang Cash an ihm hoch, leckte ihm das Gesicht ab und versuchte, auf seinen Schoß zu krabbeln. Lachend setzte sich Rowdy auf den Boden und streichelte den Hund.

»Tut dir der Rücken nicht zu sehr weh?« Alice verzog das Gesicht.

»Mir geht's gut.« Nachdem Rowdy Cash beruhigt hatte, kraulte er ihn hinter den langen, schwarzen Ohren. »Magst du Hunde, Marcus?«

Die Unterlippe des Jungen zitterte, doch dann riss er sich zusammen. »Ich glaube schon.«

So viel Trotz. »Hattest du schon mal ein Haustier?«

Marcus schüttelte den Kopf.

»Ich hatte auch nie eins. Meine Eltern haben es mir nicht erlaubt, und als sie gestorben waren …« Er schüttelte den Kopf. »Ich habe mich nirgendwo lange genug niedergelassen, um mir ein Haustier zuzulegen.«

»Das hat sich ja inzwischen geändert«, meinte Alice.

»Wenn ich vorbeikomme, ist Cash so aufgeregt, dass er mir ständig auf meine Schuhe pinkelt.«

Marcus sah aus, als fände er die Vorstellung fürchterlich, aber Alice lachte nur. »Ach, Rowdy, das hat er doch schon ewig nicht mehr gemacht … schon einen Monat nicht mehr.«

Das stimmte, der Hund lernte dazu, und es gab fast keine Unfälle mehr. »Wenn er mich sieht, dreht er aus irgendeinem Grund beinahe durch.« Vielleicht hatte Cashs Zuneigung einen positiven Einfluss auf Marcus' Einstellung ihm gegenüber. »Aber das macht mir nichts aus, nicht wahr, Kumpel?«

Als er so mit dem Hund sprach, legte der erst richtig los und warf Rowdy beinahe um.

Marcus versteckte sich hinter Alices Beinen.

Rowdy verstand. Erwachsene konnten unberechenbar sein. In einem Augenblick wirkten sie offen und freundlich, im nächsten waren sie gemein und brutal. Das hatte er selbst auch erlebt.

Lachend fragte er den Jungen: »Hat er dich auch schon angepinkelt?«

Marcus schüttelte den Kopf.

»Warte es nur ab. Ich sehe schon, dass er dich sehr mag. Hat dir Alice erzählt, wie Reese den Hund gefunden hat?«

Alice strich dem Jungen über den Kopf. »Schon ein paarmal«, antwortete sie.

»Das ist typisch für Reese«, erklärte Rowdy. »Mein Schwager Logan ist ihm sehr ähnlich. Sie sind beide Polizisten, aber das weißt du schon, nicht wahr?«

Marcus starrte seine Füße an und murmelte: »Ja.«

Dieses eine Wort enthielt so viel Misstrauen, dass Rowdy eine zentnerschwere Last auf der Brust spürte. »Sie sind gute Männer, Marcus. Gute Freunde.«

»Die besten«, bestätigte Alice.

Marcus schien nicht überzeugt zu sein.

»Reese hat Cash gerettet, nicht wahr?« Er kraulte den Hund unter dem Kinn. »Und Alice, nun ja, sie möchte eigentlich jeden retten, mich eingeschlossen.«

Marcus sah zu ihr auf.

Alice lachte. »Das stimmt doch gar nicht, Rowdy, und das weißt du auch. Du hattest dich schon lange selbst gerettet, bevor wir uns kennengelernt haben.«

Jetzt zeichnete sich Neugier auf Marcus' Gesicht ab.

Als er da auf dem Boden saß, einen Hund über den Beinen und die lächelnde Alice und den eingeschüchterten Marcus vor Augen, wusste Rowdy nicht, wie er weitermachen sollte.

Vielleicht war es doch keine so gute Idee gewesen, den Jungen zu besuchen. Was sollte er nur sagen?

Etwa die Wahrheit? Er bezweifelte, dass irgendjemand ehrlich zu dem Jungen gewesen war. Gut, Marcus war erst etwa acht Jahre alt, aber er hatte in seinem kurzen Leben bereits mehr gesehen, als die meisten anderen in ihrem ganzen Leben.

Als er sich an seine eigene Jugend erinnerte und die Unsicherheit, die die Unwissenheit mit sich brachte, versuchte Rowdy, eine Möglichkeit zu finden, den Jungen zu beruhigen.

Vielleicht bewirkte er mit der Wahrheit ja mehr als mit Plattitüden.

Er sah Marcus in die Augen. »Ich war dir sehr ähnlich, aber ich habe noch eine Schwester. Und ich habe alles dafür getan, dass meine Eltern ihr nie wehtun konnten.«

Die Zeit schien wie in Zeitlupe zu vergehen. Die einzige wahrnehmbare Bewegung war Alices Hand, die immer wieder durch die Haare des Jungen strich.

»Haben sie es trotzdem getan?«

Die leise Stimme ließ Hoffnung in Rowdy aufkeimen. »Sie haben dafür gesorgt, dass sie sich schlecht fühlte, ihre Gefühle verletzt und so was. Das kann manchmal genauso schlimm sein.«

»Stimmt.«

»Aber sie haben sie nie angerührt, weil ich sie beschützt habe. Ich bin ziemlich gut darin, andere zu beschützen.« Er konnte Alice nicht mehr ansehen, da ihr Blick auf einmal so sanft und mitfühlend geworden war. Es schnürte ihm die Kehle zu, und seine Stimme klang ganz heiser. »Du kennst mich nicht gut genug, um mir zu glauben, aber ich verspreche dir, ich werde nicht zulassen, dass dir irgendjemand wehtut.«

Auf einmal kam Marcus hinter Alices Beinen hervor. Sie wischte sich über die Augen und ließ ihn los.

»Wahrscheinlich darf ich mit dir gar nicht über so was sprechen«, flüsterte Rowdy.

»Ach, Unsinn«, erwiderte Alice und schniefte laut. »Ich vertraue dir vollkommen, Rowdy, insbesondere in dieser Sache. Wenn du mit Marcus reden willst, dann gehe ich davon aus, dass es sich um etwas Wichtiges handelt.«

Marcus sah ihn an, als wartete er begierig darauf, dass er weitersprach, und Rowdy wollte ihn nicht enttäuschen. »Ich habe anderen Menschen nicht vertraut … bis ich Reese, Alice und Logan kennengelernt habe. Jetzt habe ich Freunde, obwohl ich dachte, dass ich nie welche haben würde.«

Es war gar nicht so schlimm, mit Marcus zu reden, aber er kam sich komisch vor, da Alice wie eine stolze Mutter auf ihn herabsah.

Er warf ihr einen Blick zu. »Könntest du Marcus und mir vielleicht ein paar Kekse und was zu trinken bringen?«

»Natürlich.« Sie berührte Marcus an der Schulter. »Warum setzt du dich nicht zu Rowdy und Cash, während ich in die Küche gehe?«

Rowdy klopfte neben sich auf den Boden und sagte: »Ich habe dir auch was mitgebracht.« Er griff hinter sich nach seiner Tasche. »Aber zuerst ist Cash dran, damit er beschäftigt ist.«

Marcus rückte etwas näher.

Cash bekam ein neues Kauspielzeug, das Rowdy zuvor in der Tierhandlung gekauft hatte. Der Hund sprang von Rowdys Schoß herunter, schnappte sich sein Geschenk und lief damit zu der sonnenbeschienenen Stelle vor den Verandatüren.

Als Rowdy erneut die Hand in die Tasche steckte, beschleunigte sich Marcus' Atem. Er holte ein kleines Spielzeugauto heraus. »Ich hoffe, du magst grün. Was meinst du?«

Marcus rührte sich nicht.

»Es ist für dich.« Rowdy legte es ein Stück vor sich auf den Boden. »Für ein Auto braucht man natürlich auch eine Straße, daher habe ich auch ein Stück mitgebracht.«

Die Plastikstrecke ließ sich mit weiteren Stücken zusammenstecken, sodass man irgendwann einen ganzen Highway hatte.

Eins nach dem anderen, dachte Rowdy.

Da Marcus auf Abstand blieb, stellte Rowdy den Wagen an ein Ende der Strecke und stieß ihn leicht an. Er rollte vorwärts und am anderen Ende herunter. Rowdy sah Marcus an. »Du bist dran.«

Marcus schluckte schwer, kam dann näher und setzte sich im Schneidersitz hin. Vorsichtig hob er den Wagen hoch und sah ihn an.

»Was ist deine Lieblingsfarbe?«, wollte Rowdy wissen.

»Ich weiß nicht.«

»Dann denk doch mal darüber nach. Wenn ich dich das nächste Mal besuchen komme, bringe ich wieder ein Auto mit, und du kannst dir die Farbe aussuchen.«

Marcus schob das Auto wieder zu ihm hinüber. »Wann ist das nächste Mal?«

Gute Frage, dachte Rowdy. »Wie wäre es mit morgen? Um dieselbe Zeit?« Er schob das Auto zurück.

»Ich mag lila.« Alice kam wieder ins Wohnzimmer, ein Tablett in der Hand. Anstatt vorzuschlagen, dass sie zum Tisch kommen sollten, setzte sie sich zu ihnen, sodass sie im Halbkreis dasaßen. »Morgen müssen wir Schulkleidung einkaufen gehen. Das wird Spaß machen, meinst du nicht?«

Rowdy zuckte vor Mitleid mit dem Jungen zusammen. »Wenn du meinst.«

Marcus grinste ihn an – und das hätte ihm fast das Herz gebrochen. Der Junge hatte einen abgebrochenen Schneidezahn, einen blauen Fleck am Kinn, und seine Haare waren seit einer Ewigkeit nicht mehr geschnitten worden. Aber er war ein niedlicher kleiner Junge.

Rowdy schwieg einen Moment und musste mehrmals tief Luft holen. »Wie alt bist du eigentlich, Marcus?«, erkundigte er sich dann.

»Fast neun.«

»Wirklich? Wann hast du Geburtstag?«

Marcus zuckte mit den Achseln. »Bald.«

Verdammt. Wenn der Junge das nicht mal wusste, dann bedeutete das, dass seine Eltern seinen Geburtstag nicht groß gefeiert hatten. Das überraschte ihn nicht.

Alice berührte Rowdy am Arm. »Wusstest du, dass Reese und ich ein Haus gekauft haben?«

»Ja, das habe ich schon gehört.«

»Wir ziehen bald um. Dann hat Marcus ein eigenes Zimmer,

neben unserem Schlafzimmer, und einen schönen Garten, in dem er spielen kann. Aber da wir alle zusammen umziehen, müssen wir den Papierkram zusammensuchen, um ihn dort in der Schule anzumelden.«

Sie mussten also herausfinden, wann sein Geburtstag war – vielleicht konnten sie dann ja eine Feier organisieren. »Ich gehe nicht gern einkaufen. Und du, Marcus?«

»Ich weiß nicht.«

»Das wird Spaß machen«, versicherte ihm Alice. »Wir können unterwegs was essen, und vielleicht lässt sich Marcus ja die Haare schneiden, wenn er Lust dazu hat.«

»Gute Idee.« Rowdy streckte die Hand aus und zerzauste dem Jungen das Haar. »Ich kann ja kaum deine Augen sehen.«

Marcus saß ganz still, als Rowdy ihn berührte, und wirkte fast wie erstarrt, aber Rowdy tat so, als würde er es nicht bemerken. »Besorgst du ihm auch neue Schuhe, Alice? Ich finde, dass ihm solche Stiefel, wie ich sie trage, auch gut stehen würden.«

Rowdy hob einen seiner großen Füße hoch, um seine schwarzen Schnürstiefel mit Stahlkappen zu zeigen, die schon bessere Tage gesehen hatten.

Alice kicherte und legte Marcus eine Hand auf den Kopf, als er näher an sie heranrückte.

»Ach, Mist«, meinte Rowdy. »Anscheinend könnte ich ebenfalls neue Schuhe gebrauchen.«

»Sag mir, welche Größe du hast, dann bringe ich dir welche mit, wenn ich Marcus Schuhe kaufe.« Ihr Blick gab ihm zu verstehen, dass sie die List durchschaut hatte, mit der er Marcus das Ganze erleichtern wollte.

»Das ist nett von dir, danke. Größe elf.« Er würde ihr das Geld dafür später geben. Schließlich sollten Alice und Reese nicht seine Schuhe bezahlen. Er schob das Spielzeugauto wieder zu Marcus hinüber und nahm sich einen Keks. »Wenn ihr morgen einkaufen gehen wollt, wann kann ich euch dann besuchen?«

»Wir fahren erst los, nachdem du hier gewesen bist, also schlag was vor.«

Rowdy machte eine Zeit mit ihnen aus. Als er seinen Saft ausgetrunken hatte, der ihm viel zu süß war, und zwei Kekse gegessen hatte, beobachtete er, wie Marcus einen Keks in seiner Tasche versteckte.

Der emotionale Tumult, den der Junge in ihm auslöste, war kaum zu ertragen.

Marcus redete noch ein bisschen und spielte mit dem Auto, und dann war es Zeit für Rowdy, zur Arbeit zu fahren. »Und, hast du dich schon entschieden? Alice möchte einen lilafarbenen Wagen, und welche Farbe hätte Marcus gerne?«

Marcus dachte einen Augenblick darüber nach, bevor er Rowdy mit seinen hellblauen Augen ansah. »Ich mag grün.«

In diesem Moment hatte Rowdy das Gefühl, einen entscheidenden Sieg errungen zu haben. Seine Augen brannten, und seine Zunge schien auf einmal ganz dick zu sein. »Tja, da du aber schon einen grünen hast, wäre es doch gut, wenn ich morgen einen roten mitbringe, oder?«

Marcus nickte hoffnungsvoll. »Okay.«

Cash sprang auf, um sich von Rowdy zu verabschieden. Zum Glück lenkte ihn der Hund ab, sodass er seine Fassung wiedergewinnen konnte. Rowdy nahm sich Zeit für Cash, weil ihm klar wurde, dass der Hund ihm ebenfalls wichtig war. Dann kauerte er sich vor Marcus hin und reichte ihm eine Hand.

»Marcus. Das war ein schöner Besuch. Ich freue mich schon darauf, dich morgen wiederzusehen.«

Marcus klammerte sich an Alice' Bein und hatte das Gesicht abgewandt, streckte jedoch den Arm aus und nahm Rowdys Hand.

Alles in allem war das doch ein guter Anfang.

Der Druck auf seiner Brust war immer noch da, doch als er durch die Tür ging, fiel ihm ein, dass er gleich Avery sehen würde, und da schlich sich ein freudiges Lächeln auf seine Lippen.

10

Obwohl es nicht mehr nagelneu war, war Averys kleines Cabrio viel zu wertvoll, um es auf dem Parkplatz stehen zu lassen. Rowdy rieb sich den Nacken und wusste nicht, was er tun sollte. Ihm gefiel die Vorstellung nicht, sie allein nach Hause fahren zu lassen, ebenso wenig wollte er aber, dass sie von der Bushaltestelle laufen musste.

Die Lampen leuchteten den Parkplatz gut aus. Aber helle Lampen warfen auch dunkle Schatten, und als er weiterging, glaubte er, ein unheilvolles Starren zu spüren. Es war noch hell genug, dass er sich umsehen konnte, doch er konnte niemanden entdecken. Was wiederum bedeutete, dass sich jemand versteckte.

Idiot.

Er ließ den Blick schweifen und musterte jede Kleinigkeit um sich herum … schon hatte er ihn entdeckt. In der Seitenstraße stand halb versteckt derselbe verdammte BMW, der ihn vor Kurzem verfolgt hatte. Dieser neue, schnittige, silberne viertürige Hybrid fiel hier noch mehr auf als Averys kleines rotes Cabrio.

Rowdy war bereit für eine Konfrontation und machte einen Schritt in die Richtung, doch da fuhr der Wagen auch schon davon.

Ja, hau nur ab, du Arschloch.

»Ärger?«

Als sich Rowdy umdrehte, stand Cannon hinter ihm. »Mann, du kannst dich echt gut anschleichen.« Schon zum zweiten Mal war Cannon hinter ihm aufgetaucht, ohne dass er es mitbekommen hatte. Das ärgerte ihn und machte ihn auch nervös. »Gibt es einen Grund dafür, dass du hier rumschleichst?«

»Ich gehe nur zur Arbeit.« Cannon grinste. »Du warst so damit beschäftigt, den Wagen anzustarren, dass du mich nicht gehört hast.«

Rowdy fiel auf, dass Cannon sich nicht erkundigte, warum er den Wagen beobachtet hatte. »Hast du den BMW schon mal hier gesehen?«

»Zum Glück hat der Kerl mich nicht bemerkt, aber der Wagen stand letzte Nacht auch hier, nachdem du zum Krankenhaus gefahren warst, und hat dasselbe gemacht.« Cannon zuckte mit den Achseln. »Er stand einfach nur da und sah verdächtig aus. Die Fenster sind getönt, daher kann man nicht ins Wageninnere sehen. Aber ich hab mir das Nummernschild gemerkt, falls du es brauchen solltest.«

Dieser Kerl … »Das hab ich schon.« Rowdy stemmte die Hände in die Hüften und musterte seinen neuen Angestellten, während der kalte Wind durch seine Kleidung drang. »Gibt es einen Grund dafür, dass dir der Wagen aufgefallen ist?«

»Es ist eine Angewohnheit von mir, auf solche Sachen zu achten.« Cannon schien Rowdys Blick nichts auszumachen. »Du weißt, was ich meine.«

»Ja, das weiß ich.« Er ging in Richtung Bar, und Cannon folgte ihm. »Und, wie ist es letzte Nacht gelaufen?«

»Super.« Cannon grinste. »Dein Kumpel Reese ist ein verdammt guter Barkeeper.«

»Hast du Alice kennengelernt?«

Cannon nickte. »Der Junge hat sie auf Anhieb gemocht.«

»Das habe ich auch gehört.« Rowdy schloss die Hintertür auf und ließ Cannon zuerst eintreten. »Alice hat so eine Art an sich …«

»Das ist schwer zu übersehen.« Cannon nahm seine Mütze ab und ging neben Rowdy auf dessen Büro zu. »Wenn ich irgendwas für den Jungen tun kann, sag einfach Bescheid.«

»Das weiß ich zu schätzen.« Bis jetzt wusste Rowdy ja selbst noch nicht, was er tun konnte. Er verstand, was in Marcus vorging, aber er hatte Angst, einen Fehler zu machen und dafür zu sorgen, dass Marcus noch trauriger wurde. Sie hatten zwar Ähnliches erlebt, aber nicht jeder Mensch empfand dasselbe, insbesondere, wenn es um Missbrauch und Vernachlässigung ging.

»Du hast echt eine schöne Bar«, stellte Cannon fest.

»Wir haben einiges aus dem Laden rausgeholt.« Rowdy kramte in einer Schreibtischschublade herum und fand ein Einstellungsformular. »Gibt es irgendwelche Zeiten, zu denen du nicht arbeiten kannst?«

»Nein.«

»Hast du ein Problem damit, den Boden zu wischen oder abzuwaschen?«

»Ganz im Gegenteil.«

»Du wirst keinen festen Arbeitsplatz haben, sondern da aushelfen, wo du gebraucht wirst.«

»Dann wird es wenigstens nicht langweilig.«

Sie wussten beide, dass Cannon als Springer unterfordert sein würde. »Denkst du, du könntest auch als Rausschmeißer einspringen?«

Cannon zögerte keine Sekunde. »Solange ich nur dafür sorgen soll, dass es ruhig bleibt, und nicht sinnlos Köpfe einschlagen muss.«

»Wollte man dich etwa mal als Schläger missbrauchen?«

Cannon sah ihm die Augen. »Das haben schon einige versucht.«

Cannon hatte selbst zugegeben, dass er aus einer üblen Gegend kam, in der noch üblere Verbrecher rumliefen. Entweder schloss man sich ihnen an oder man sah zu, dass man von dort verschwand.

Rowdy hatte jedoch das Gefühl, dass Cannon keins von beidem getan hatte. »Finde ich was Schlimmes raus, wenn ich deine Vergangenheit überprüfe?«

»Da gibt es nichts rauszufinden.«

Rowdy lehnte sich gegen den Schreibtisch. »Wieso überrascht mich das jetzt?«

»Ich verstehe, wie die Gauner denken, da ich in den Slums lebe. Sie können mich nicht einschüchtern.« Er grinste verschmitzt. »Und übrigens kannst du mich aus genau diesem Grund auch nicht einschüchtern.«

»Hältst du mich für einen Gauner?«

»Nein. Aber wie du siehst, erkenne ich den Unterschied, auch wenn es dir lieber wäre, dass das keiner merken würde.«

»Ein kleiner Tipp: Spar dir das Psychogebrabbel, wenn du hierbleiben willst.« Rowdy reichte ihm die Papiere. »Ich kann dir das Geld für die letzte Nacht bar geben, aber du musst die Formulare ausfüllen und mir zurückbringen, bevor du heute anfangen kannst.«

Cannon warf einen kurzen Blick darauf. »Hast du einen Stift für mich?«

Zwanzig Minuten später hatte Rowdy ihn herumgeführt und ihm gesagt, was er von ihm erwartete – auch wenn Cannon sich bereits gut zurechtfand. Da entdeckte Rowdy Avery an der Bar.

Für eine so kleine Frau, die überdies die ganze Nacht wach gewesen war, besaß sie unglaublich viel Energie. Es war, als stünden ihre fünfzig Kilo Körpergewicht ständig unter Strom. Sie beschwerte sich nie über zu viel Arbeit, aber jetzt, wo er Cannon eingestellt hatte, würde sie wenigstens Hilfe bekommen.

Außerdem hatte er jetzt die Gelegenheit, sie öfter mal allein zu sehen.

Sie hatten noch eine halbe Stunde, bevor die Bar öffnete, also ging er zu ihr, nahm ihre Hand und zog sie in sein Büro.

»Rowdy! Ich muss hier noch alles fertig machen!«

»Du bist fertig.«

Nicht gerade leise und nur ein bisschen genervt fügte sie hinzu: »Du machst eine Szene.«

»Wenn du damit meinst, dass Ella übers ganze Gesicht grinst und Jones sie mit dem Ellbogen anstößt, dann stört mich das nicht. Sie wissen bereits, dass ich auf dich stehe.« Und wie. Dieses Gefühl war dermaßen neu für ihn, dass er nicht so recht wusste, wie er damit umgehen sollte.

»Auf Sex mit mir«, entgegnete Avery. »Ja, ich bin mir ziemlich sicher, dass das jeder hier mitbekommen hat.«

»Es ist eher ein Verlangen, da wir ja noch nicht miteinander geschlafen haben.« Er zog sie in sein Büro und schloss die Tür. »Aber ich zähle schon die Minuten. Schließlich hast du mir versprochen, dass wir es bald tun werden.«

Sie überraschte ihn erneut, als sie sich an ihn lehnte und die Nase an seinen Hals drückte. »Du riechst nach kühler, frischer Luft. Das ist sexy.«

Verdammt, mit dieser Reaktion hatte er nicht gerechnet. Hatte sie ihn ebenso vermisst wie er sie? Seit wann vermisste er Frauen überhaupt?

Um diese beunruhigenden Gedanken abzublocken, schob Rowdy eine Hand in ihr Haar und drehte ihr Gesicht so, dass er sie wild und gierig küssen konnte. Er wollte sie an sich ziehen und mit ihrer Hilfe das ungute Gefühl vertreiben, das sich in ihm breitgemacht hatte, sobald er Alices Wohnung verlassen und sich von Marcus entfernt hatte.

Die Anzeichen waren alle da: Dies würde wieder eine dieser

Nächte werden, in denen er Sex brauchte, um all die Schrecken vergessen zu können.

Aber Avery wollte immer noch warten. *Verdammt*. Er löste seinen Mund von ihrem und drückte sie fest an sich.

Sie schien seine Stimmung richtig einzuschätzen und fragte: »Was macht dein Rücken?«

»Vergiss meinen Rücken.« Wenn sie das vergaß, konnte er sie vielleicht davon überzeugen …

»Darf ich mal sehen?«

»Da gibt es nichts zu sehen.« Er schob sie ein Stück von sich weg, um auf Distanz zu ihrem verdammten Mutterinstinkt zu gehen, der gleichzeitig lästig und auf ärgerliche Weise nett war. »Nach meinem Besuch bei Marcus habe ich die Schmerztabletten aus der Apotheke geholt. Wenn ich heute Nacht eine brauche, werde ich sie nehmen.« Stattdessen hätte er viel lieber erneut Avery neben sich liegen. Sie war eine bessere Medizin für ihn, als es eine Tablette je sein konnte.

Avery berührte ihre Lippen, die von seinem Kuss leicht geschwollen waren. »Wie ist es mit Marcus gelaufen?«

Er sah, wie sich ihre Fingerspitzen auf ihren Lippen bewegten, und hätte eigentlich Reue spüren müssen, doch stattdessen wollte er sie nur noch einmal schmecken, noch tiefer mit seiner Zunge in sie eindringen, den Kuss heißer und länger werden lassen und … »Ihm geht's gut.«

»Wie ist das möglich?«, fragte sie sanft. »Seine Welt muss doch völlig aus den Fugen geraten sein.«

»Seine Welt war noch nie in Ordnung, nicht bei diesen Eltern und …« Er brach ab, und er hasste sich beinahe selbst für diesen Ausbruch. »Vergiss, dass ich das gesagt habe«, stieß er zwischen zusammengebissenen Zähnen hervor.

»Mir wäre es lieber, wenn du mit mir reden würdest.«

Er warf ihr einen schneidenden Blick zu. Sie zu küssen kam

ihm viel sinnvoller vor, als seinen emotionalen Mist bei ihr abzuladen. »Ich würde lieber das Thema wechseln.«

»Aber das ist wichtig …«

Nein, es war deprimierend und machte ihn wütend. »Ich habe dir doch gesagt, dass es ihm gut geht.«

Sie schnaufte. »Sag einfach, dass ich mich da raushalten soll!« Sie kam erbost näher. »Aber erzähl mir nicht, dass alles ›gut‹ ist, wenn wir beide wissen, dass du mich anlügst.«

Rowdy machte einen Schritt nach hinten. »Was ist dir denn über die Leber gelaufen?«

»Deinem Rücken geht es nicht *gut*. Marcus geht es nicht *gut*.« Sie packte sein Hemd, stellte sich auf die Zehenspitzen und reichte trotzdem gerade mal bis zu seiner Schulter. »Diese ganze Scheißsituation ist nicht *gut*.«

»Okay.« Verdammt, so wütend hatte er sie ja noch nie gesehen. »Ganz ruhig.«

»Eines sollte dir klar sein, Rowdy Yates: Wenn du mit mir redest und mir Dinge erzählst, heißt das noch lange nicht, dass ich nicht weiß, was wirklich los ist.«

Jedes Mal, wenn sie wütend auf ihn war, sprach sie ihn mit seinem Vor- und Nachnamen an. Dann kam er sich immer vor wie ein Kind, das ausgeschimpft wurde. »Wie meinst du das? Ich kann dir nicht folgen.«

Sie schlug ihm mit der Hand, mit der sie sein Hemd festhielt, gegen die Brust. »Ich meine dich. Ich weiß, was mit dir los ist und was du willst. Ich kann dein Interesse schon richtig einordnen und … und sehe eine einfache Unterhaltung nicht gleich als Heiratsantrag an.«

»Heiratsantrag!« Himmel, beinahe wäre ihm das Herz stehen geblieben, als sie dieses Wort aussprach. Keine andere Frau hatte es je gewagt …

»Hast du deine Zunge verschluckt, Rowdy? Du kannst eine

Beziehung haben, die nicht zu ernst ist, aber trotzdem nicht allein auf Sex basiert, weißt du?«

»Sie kann auch nicht allein auf Sex basieren, weil wir schließlich noch gar keinen hatten, verdammt!«

Cannon klopfte an die Tür. »Das Zimmer ist nicht so schalldicht, wie ihr vielleicht gehofft habt. Soll ich später mit dem Papierkram wiederkommen?«

Verdammt noch mal! »Ja!«

Cannon lachte. »In Ordnung.«

Avery, die jetzt richtig wütend war, hielt weiter sein Hemd mit der Faust gepackt. Er legte eine Hand auf ihre. »Würdest du dich bitte beruhigen?«

Sie sah ihn erschrocken an. »Oh Gott, habe ich dir etwa wehgetan?«

»Nein.« Warum musste sie ihn gleich für so schwach halten? »Du kannst mir nicht wehtun. Aber ich möchte auch nicht von deinem Temperament zugrunde gerichtet werden.«

Sie warf die Hände in die Luft. »In Ordnung. Dann erzähl mir eben nichts. Aber ich komme trotzdem heute Abend vorbei, um deinen Verband zu wechseln.«

»Freut mich, das zu hören. Wenn Cannon recht hat, dann haben es alle anderen vermutlich auch gehört.« Er hielt sie an der Schürze fest, als sie aus dem Raum stürzen wollte.

Sie versuchte, sich loszureißen und wäre beinahe hingefallen. Da zog er sie nach hinten, hob sie hoch und setzte sie auf seinen Schreibtisch. Bevor sie wieder runterrutschen konnte, stellte er sich zwischen ihre Oberschenkel und hielt sie dort fest.

Nun wehrte sie sich nicht mehr.

Rowdy nutzte ihr Schweigen aus und schlug ruhig vor: »Lass uns noch mal von vorn anfangen, ja?«

Die Schlagader an ihrem Hals pulsierte. Sie nickte langsam.

»Hallo.« Nur mit größter Willensanstrengung schaffte er es,

seinen Körper daran zu hindern, auf die Nähe ihres Beckens zu reagieren.

Sie holte tief Luft und lächelte dann. »Hi.«

Es wäre so unglaublich einfach, sie nach hinten auf den Tisch zu drücken und sich auf sie zu legen. Er spielte mit einer langen Haarlocke. »Du bist heute ziemlich reizbar.«

»Ich habe zu wenig geschlafen.«

Wenn er ihr die Jeans ausziehen würde, dann könnte er sie einfach so nehmen und würde nicht einmal seine Rückenverletzung belasten. »Weil du wach geblieben bist wie … was hast du noch mal gesagt? Wie eine Perverse?« Es gefiel ihm, wie sie rot wurde. »Weil du mir beim Schlafen zugesehen hast, nicht wahr?«

»Ja, aber es war die Sache wert.«

»Ich kann das zwar nicht nachvollziehen, aber ich habe deutlich besser geschlafen als sonst.«

Sie legte den Kopf schief und nestelte an seinem mittlerweile völlig zerknitterten Hemd herum. »Das freut mich.«

Ihr Haar schien ihn magisch anzuziehen. Er drückte seinen Mund darauf und atmete den Duft ihres Shampoos … nein, *ihren* Duft ein. »Es tut mir leid, dass ich ausgerastet bin.«

»Mir tut es auch leid.«

»Es ist … schwierig.« Das war eine Untertreibung. Wenn er über seine Vergangenheit reden sollte, wurde er immer so wütend, dass es sein Herz und seine Innereien zu zerreißen drohte.

Averys Finger bewegten sich neugierig über sein Hemd, strichen über seine Brust, sein Schlüsselbein und seine Schulter. »Ich weiß.«

Rowdy musste sie einfach küssen. Er bedeckte ihre Schläfe und ihr Kinn mit kleinen Küsschen. Danach wollte er ihren Mund erobern, seine Zunge hineinstoßen und sich in ihrem Geschmack verlieren.

Stattdessen hörte er sich sagen: »Marcus ist so unglaublich klein.«

Als hätte sie gar nicht gemerkt, wie schwer ihm diese Worte gefallen waren, nickte sie und legte vorsichtig die Arme um seinen Hals. »Er ist ein schmächtiger kleiner Kerl, aber Alice wird schon dafür sorgen, dass er bald etwas mehr Fleisch auf den Rippen hat.«

Da stürmte die grausame Realität wieder auf ihn ein, und er drückte sein Gesicht in Averys Haare. »Ich habe gesehen, wie er einen Keks in seiner Tasche versteckt hat.

»Oh, Rowdy.« Sie wusste sofort, was er sagen wollte. »Er hat ihn sich für später aufgehoben.«

»Weil er Angst hatte, dass es dann keine mehr geben würde.«

Sie rückte traurig näher an ihn heran. »Ich bin so froh, dass du etwas unternommen hast.« Dann legte sie ihm ihre kleinen, weichen Hände an die Wangen. »Alice und Reese werden sich gut um ihn kümmern. Aber ich denke, dass du auch für ihn da sein solltest, Rowdy. Du kannst dich mit ihm identifizieren und nachvollziehen, was er macht – und was er tun wird.« Sie küsste ihn zärtlich, und ihr Atem strich über seine Lippen, als sie flüsterte: »Wie er sich fühlt.«

Nein, er wollte eigentlich nicht in seine eigene furchtbare Vergangenheit zurückkehren. Es konnte nichts Gutes daraus entstehen, dass er in diese schwarze Leere zurückkehrte. Sie war zu düster.

Er legte die Hände auf Averys wundervollen kleinen Hintern, drückte die Lippen auf ihre und zog sie so eng an sich, wie er nur konnte, während er die Zunge tief in ihren Mund stieß und ihre Brüste und ihr Becken an seinen Körper presste.

Die gierigen, leisen Töne, die sie von sich gab, spornten ihn nur weiter an. Sie öffnete die Lippen, erwiderte seinen Kuss und streichelte seine Brust – und irgendwie, auf unfaire Weise, besänftigte sie ihn, sodass er sie bald nur noch sanft küsste und liebkoste.

Die Zärtlichkeit, die er fühlte, wurde übermächtig und steigerte seine Begierde nur noch weiter. »Ich möchte in dir sein, Avery.«

Stöhnend stieß sie hervor: »Das möchte ich auch.« Ein weiterer Kuss. »So sehr.«

Er kniff die Augen zu. »Dann …«

»Schsch.« Sie streichelte sein Kinn. »Erst muss deine Verletzung verheilt sein.«

»Vergiss sie. Es gibt Positionen, in denen sie nichts ausmacht.«

»Wie diese hier?« Sie hatte bereits die Beine gespreizt und sie um seine Hüften gelegt. Jetzt sah sie auf seine Erektion herab, die seine Jeans ausbeulte. »Ich habe auch schon darüber nachgedacht.«

»Das ist gut, denn ich kann an fast nichts anderes mehr denken.«

»Aber was ist, wenn ich mich vergesse und die Beine um deinen Rücken lege? Ich könnte es nicht ertragen, dir wehzutun oder deine Verletzung noch schlimmer zu machen.«

Es wäre die reinste Folter, und das eher für ihn als für sie, aber dennoch schlug Rowdy vor: »Ich werde es dir zeigen, okay?«

»Mir zeigen?« Sie sah sich schockiert in seinem Büro um. »Hier?«

»Keine Sorge, Süße, so weit gehen wir noch nicht.« Er wollte, dass sie bereit war und keine Vorbehalte hatte. »Ich will es dir nur demonstrieren. Okay?«

Sie biss sich auf die Unterlippe und nickte. »Okay.«

Er nahm ihre Schultern und drückte sie sanft nach hinten

auf den Schreibtisch. Sobald sie lag und sich ihr wunderschönes Haar ausgebreitete hatte, nahm er ihre Knie und schob sie zurück, wobei er sie nicht aus den Augen ließ.

Avery keuchte. »Rowdy …«

Er sah ihr in die Augen und presste sich gegen sie.

»Genau so, Baby.« Großer Gott, er konnte beinahe spüren, wie heiß und feucht sie sich anfühlen würde, wenn er jetzt in sie eindrang. »Kein Schmerz, keine Probleme. Ich würde einfach zustoßen und uns beide zum Höhepunkt bringen.«

Sie wurde knallrot, wandte den Blick aber nicht ab. Er beobachtete, wie sich ihre Brüste hoben und senkten, während er langsam immer wieder gegen sie stieß.

Eigentlich war es nur als Demonstration gedacht gewesen, aber dann atmete sie immer schneller, ballte die Fäuste, und er spürte, wie sich die Muskeln in ihren Oberschenkeln verspannten. »Verdammt.«

Sie öffnete den Mund und sog die Luft ein. In ihren dunklen Augen glitzerte es, und ihre Wangen wurden noch röter.

Ungläubig sah Rowdy die eindeutigen Hinweise auf ihre zunehmende Lust und musterte sie angespannt. Sie konnte doch unmöglich …

»Rowdy.«

Vielleicht doch. Sein Herz schlug schneller, und sein Penis wurde noch steifer. Sie drückte den Rücken durch, und er bereute es, ihr nicht das T-Shirt ausgezogen zu haben, damit er ihre Brüste sehen konnte.

Beim nächsten Mal würde er das als Erstes machen.

Er verlagerte sein Gewicht ein wenig, hakte seine Arme unter ihre Knie und beugte sich vor, um sie zu küssen. In dieser neuen Position hatte er die Hände frei, sodass er ihre Brüste umfangen konnte.

Sie stöhnte vor Genuss.

Ihre Brustwarzen waren so steif, dass sie sich durch den Stoff ihres T-Shirts und ihres BHs drückten.

»Wenn du nur nackt wärst.« Noch immer stieß er rhythmisch gegen ihren mit Jeansstoff bedeckten Schritt, knetete ihre Brüste und küsste sie besitzergreifend. Als sie aufkeuchte und sich versteifte, hätte sie ihn beinahe ebenfalls zum Höhepunkt gebracht.

Obwohl er selbst von dem Moment gefangen war, achtete er darauf, ihre Schreie zu dämpfen und sie festzuhalten, damit sie sich nicht zu sehr aufbäumen konnte.

Sie warf den Kopf zurück, verkrampfte die Hände in seinem Haar und stöhnte an seinem Mund.

Es war so unfassbar großartig, dass er schließlich aufgab und das Undenkbare tat.

Er kam auch.

Komplett bekleidet, auf einem harten Schreibtisch, in der Bar … *aber mit Avery.*

Es fühlte sich viel zu perfekt an.

Sämtliche dunklen Gedanken waren aus seinem Kopf verschwunden, seine Muskeln entspannten sich, und all seine Sorgen und sein Schmerz verblassten. Als die Wogen nachließen, nahm er immer stärker Averys weichen Körper unter sich war, den Duft ihres Körpers, und wie ihr Finger träge durch sein Haar fuhren.

Rowdy brauchte einige Minuten, bis er sein Gehirn wieder dazu gebracht hatte, richtig zu arbeiten. Dann hätte er sich am liebsten selbst in den Hintern getreten.

Gut gemacht, Romeo.

Sein erstes Mal mit ihr … und er hatte ihr nicht mal das T-Shirt ausgezogen. Noch schlimmer war, dass gleich nebenan jede Menge Leute waren, und ihre Schicht begann in … Er sah auf die Uhr. Verdammt. Vor drei Minuten.

Er hatte Angst davor, wie sie ihn ansehen würde, und senkte langsam die Arme.

Avery machte die Augen nicht auf.

Irgendwie fand er das lustig. »Feigling.«

»Pst.« Sie runzelte die Stirn, als müsse sie sich konzentrieren. »Ich muss mich noch erholen.«

Verdammt, er … Was? Er wollte sie einfach. Das war alles. Er begehrte sie, und bis er sie gehabt hatte, würde sein Verstand nicht mehr richtig arbeiten. »Siehst du?« Er küsste ihre leicht geöffneten Lippen. »Es ist ohne Probleme möglich.«

»Sei still, damit ich meine Gehirnzellen zusammensuchen kann.« Wieder runzelte sie die Stirn. »Außerdem scheinen meine Beine nicht mehr zu funktionieren.«

Er strich mit beiden Händen über ihre glatten, weit geöffneten Oberschenkel. »Sie sind ganz schwach, oder?«

»Als hätte ich keine Kraft mehr, wenn du die Wahrheit wissen willst.« Sie legte eine Hand vor den Mund und gähnte. »Ich könnte auf der Stelle hier einschlafen.«

»Während ich dich zerquetsche?«

»Hmmm.« Sie bewegte sich ein wenig und legte ihm die Arme um den Hals. »Du bist eine warme, schwere Decke, und du riechst unglaublich gut.«

Rowdy hatte gerade den größten sexuellen Fauxpas seines Lebens begangen, und dennoch stellte er fest, dass er lächelte. »Ich mach dir einen Vorschlag, Süße.« Er berührte ihre Wange und wusste, dass er den Anblick, wie sie ermattet und verdammt sexy auf seinem Schreibtisch lag, sein Leben lang nicht mehr vergessen würde, auch wenn er hundert Jahre alt würde. »Ich werde Cannon bitten, erst mal hinter der Bar anzufangen. Lass dir so viel Zeit, wie du brauchst.«

Sie schaffte es, ein Auge zu öffnen. »Du wirst mich nicht durch Cannon ersetzen.«

Niemand konnte sie je ersetzen … *Verdammt!* Da waren schon wieder diese erschreckenden, alarmierenden Gedanken. Er zog ihre Arme an ihre Seiten, stützte sich auf dem Tisch ab und richtete sich auf.

Avery bewegte sich nicht und hatte beide Augen wieder geschlossen.

»Ich sagte doch, dass er dich in den Pausen ablösen soll.«

»Und einspringen, wenn ich damit beschäftigt bin, im Büro des Bosses versaute Sachen zu machen?«

»Das klingt doch gut.« Er ging um seinen Schreibtisch herum zum Schrank und holte eine Ersatzjeans und frische Boxershorts heraus.

Avery drehte sich um und sah ihm ins Gesicht, bis sie die Kleidungsstücke in seiner Hand bemerkte. »Das ist nicht wahr.«

Er war so verstört, dass er erwiderte: »Du kennst mich doch, Süße. Hattest du etwa gedacht, ich wäre auf so was nicht vorbereitet?« Eigentlich hatte er hier Ersatzkleidung, weil in der Bar öfter mal was verschüttet wurde, doch das musste er ihr ja nicht erzählen.

Sollte sie doch denken, was sie wollte. Vielleicht half ihm das ja dabei, einen klaren Kopf zu behalten, falls sie wieder wütend auf ihn wurde.

Sie setzte sich hastig auf, strich sich die zerzausten Haare aus dem Gesicht und beobachtete ihn, während er die Schuhe auszog und den Reißverschluss seiner Hose öffnete.

Dann drehte sie sich plötzlich weg. »Ich bin wieder fit.«

Sein Blick wanderte wieder zu ihr. »Hattest du erwartet, dass wir noch auf dem Schreibtisch kuscheln?«, fragte er, während er die Hose runterzog und mit nacktem Hintern vor ihr stand.

»Nein.« Sie rutschte nach vorn, sodass sie auf der Kante saß, ließ die Beine baumeln, stützte die Hände neben die Hüften und drückte den Rücken durch. »Bei dir geht es schließlich nur um Sex, da habe ich keine anderen Erwartungen, als dass er gut ist … und das war er.«

Hm. Warum hatte er jetzt das Gefühl, sie hätte ihn beleidigt? Glaubte sie etwa, er hätte nicht noch mehr drauf?

Hör auf, ein Arschloch zu sein.

Rowdy zog sich die saubere Jeans an und setzte sich hin, um die Füße wieder in die Stiefel zu stecken. »Wenn das für dich schon gut war, dann wird es dich umhauen, wenn wir es richtig machen.«

»Gibst du jetzt auch noch an?« Sie warf einen Blick über die Schulter, sah, dass er wieder angezogen war, und hüpfte vom Schreibtisch.

Ihre Beine waren ganz wacklig, und er musste grinsen. »Das war nur eine Vorwarnung.«

»Dann muss ich dich ebenfalls vorwarnen.« Sie reckte das Kinn in die Luft. »Ich habe selbst auch einige Vorbereitungen getroffen.«

»Und die wären? Hast du etwa einen Ersatzslip in der Handtasche?«

»Nein!« Sie holte zur Beruhigung tief Luft, verschränkte die Finger, verlagerte das Gewicht auf die Hacken und sagte schließlich: »Aber ich habe einen Arzttermin gemacht, um mir die Pille verschreiben zu lassen.«

Rowdy, der sich gerade die Stiefel zubinden wollte, erstarrte. »Wann?«

Sie zog eine Schulter hoch. »Neulich, als ich früher in die Bar gekommen bin, um mein Handy zu holen … Aus diesem Grund habe ich es gebraucht.«

Dann hatte sie ihn also schon die ganze Zeit begehrt, es ihm nur nicht verraten? Gerissen. Aber auch sehr erfreulich.

»Nachdem ich dich in deinem Büro überrascht hatte, war ich erst drauf und dran, es nicht zu tun, aber … Ich kenne mich doch, und du bist einfach eine viel zu große Versuchung, Rowdy. Daher …« Sie zuckte mit den Achseln. »… habe ich nächste Woche einen Termin.«

War das der Grund, warum sie warten wollte? Damit sie auf ihre Weise dafür sorgen konnte, dass nichts schiefging? »Verantwortungsbewusste, intelligente Frauen sind so sexy.«

»Wenn man sich deine letzten Beziehungen ansieht, dann würde man nie auf den Gedanken kommen, dass du das so siehst.«

»Du solltest da nichts durcheinanderbringen, Süße. Ich habe dir bereits gesagt, dass es Beziehungen bei mir nicht gibt.« Nur jetzt, mit Avery. Er schüttelte den Kopf, als ihm noch etwas anderes einfiel. »Warum nimmst du nicht schon längst die Pille?«

»Ich ging ja mit niemandem ins Bett, warum hätte ich sie dann nehmen sollen?« Sie warf ihr Haar auf den Rücken und kämmte mit den Fingern hindurch. »Ich habe auch eine Zahnbürste und einen Schlafanzug im Wagen. Du weißt schon, für den Fall, dass ich nach dem Verbandswechsel, nun ja …« Sie hörte auf, an ihren Haaren herumzuspielen, und sah ihn unsicher an. »Ich möchte aber wirklich den Rat der Ärztin befolgen und noch ein paar Tage warten.«

»Du weißt, dass das nicht nötig ist.« Er stand auf. »Ich dachte, das hätte ich dir gerade bewiesen.«

Sie sah ihm nicht in die Augen und ging auch nicht auf seine Worte ein. »Da ich mit dem Wagen hier bin, kann ich dir helfen und danach noch nach Hause fahren …«

»Nein.«

»Nein?« Sie schaute ihm in die Augen. »Wäre es dir lieber, wenn ich nicht vorbeikomme?«

»Ich möchte auf jeden Fall, dass du kommst.« Die Art, wie er es sagte, ließen keinen Zweifel daran, wie er es meinte. »Noch einmal.«

»Rowdy!«

Er genoss ihren Anblick. In diesem Augenblick wirkte sie gleichzeitig schüchtern und sehr verlockend, während sie mit ihm schimpfte. »Du willst es doch auch.«

»Das stimmt.« Sie seufzte. »Aber wir müssen warten, daher wäre es auch in Ordnung, wenn du nicht willst, dass ich über Nacht bleibe.«

»Ich will es aber. Nein, ich bestehe sogar darauf.« Wenn sie über Nacht blieb, hatte er das doppelte Vergnügen, einerseits zu wissen, dass sie in Sicherheit war, und andererseits ihren süßen, kleinen Körper zu genießen.

Ein wenig unsicher sah sie erst zur Bürotür und dann zu dem kleinen Badezimmer, in dem sich eine Toilette und ein Waschbecken befanden. »Ich bin sehr froh, dass du hier ein Bad hast.«

»Möchtest du dich kurz frisch machen?« Er bedauerte es, dass sie nicht mehr Zeit und Privatsphäre hatten. So erhitzt und feucht hätte er sie nur zu gern gespürt.

Und, ja, verdammt, er wollte auch kuscheln.

Sie kräuselte die Nase. »Ja, das wäre gut.«

Wenn er sie endlich nackt in seinem Bett hatte, würde er sich selbst um sie kümmern, aber vorerst wollte er die Situation für sie nicht noch peinlicher machen. »Lass dir Zeit.« Er blieb vor ihr stehen, legte ihr die Hände auf die Schultern und gab ihr einen Kuss auf die Nasenspitze. »Wir sollten nicht zusammen rausgehen und so aussehen, als hätten wir es gerade getrieben.«

»Cannon weiß Bescheid.«

»Vergiss Cannon.« Seitdem er wusste, dass sie Cannon attraktiv fand, ärgerte es ihn noch viel mehr, seinen Namen aus ihrem Mund zu hören. Rowdy küsste sie noch einmal kurz auf die Lippen. Sie sah zu ihm auf, ihr zerzaustes rotes Haar umrahmte ihr Gesicht, und sie wirkte unsicher, auch wenn sie versuchte, es zu verbergen. »Du bist so wunderschön.«

Das Kompliment brachte ihm ein süßes Lächeln ein.

Rowdy spürte, dass er gleich die Beherrschung verlieren würde, daher strich er ihr noch kurz über die Wange und ging dann schnell hinaus und schloss die Tür hinter sich.

Seine Stimmung hatte sich gebessert, sein Verlangen war vorerst gestillt worden, aber sein verdammtes Herz klopfte so wild in seiner Brust, als wollte es ihn warnen … und fühlte sich gleichzeitig an, als würde es triumphieren.

Was zum Henker hatte Avery Mullins nur mit ihm gemacht?

11

Avery ließ sich auf Rowdys Stuhl sinken und starrte schockiert und wie betäubt die Decke an.

Wow. Das war einfach nur … wow. Wer hätte das für möglich gehalten?

Der verdammte Rowdy tat gerade so, als würde er jeden Tag vollständig bekleidete Frauen auf seinem Schreibtisch zum Orgasmus bringen.

Vielleicht tat er das ja auch.

Sie legte beide Hände auf die Augen und stöhnte auf. Und dann lächelte sie.

Er war in jeglicher Hinsicht etwas ganz Besonderes.

Und sie wollte mehr. Viel mehr.

Der Trick war, dass sie sich nehmen musste, so viel sie kriegen konnte, ohne dass er merkte, was sie wirklich für ihn empfand. Ihr Stolz war viel zu groß, als dass sie sich von ihm abservieren lassen wollte, daher sollte Rowdy, wenn es zu Ende ging – was es zweifellos tun würde – denken, dass es eine Entscheidung war, die von beiden Seiten ausging.

Irgendwie musste sie einen Weg finden, ihn davon zu überzeugen.

Er war es gewöhnt, die Regeln festzulegen, daher rechnete er vermutlich damit, dass sie noch eine Weile in seinem Büro blieb. Sie weigerte sich jedoch, eine weitere jener Frauen zu sein, die taten, was er verlangte. Daher stieß sie sich aus seinem Stuhl hoch, ignorierte ihre erschöpften und noch leicht wackligen Gliedmaßen, ging in sein winziges Bad und machte sich frisch.

Zehn Minuten später war sie wieder draußen. Auf dem Weg zur Bar schnappte sie sich eine schwere Kiste mit Schnapsflaschen aus dem Lager und trug sie mit nach vorn.

Cannon sah sie, entschuldigte sich kurz an der Bar und eilte nach hinten, um ihr die Kiste abzunehmen. »Wo soll ich sie hinstellen?«

»Hinter die Bar, neben die Eistruhe.« Sie ging neben ihm her. »Du arbeitest also gerade hinter der Bar?«

Er nickte. »Bis du mich ablösen kannst.«

»Was machst du danach?«

»Was gerade anfällt.«

Was würde er genau tun, wenn sie jetzt übernahm? Geschirr spülen? Die Tische abräumen?

Cannon grinste sie an. »Mach dir deswegen keine Sorgen. Mir ist egal, was ich mache.«

Avery bemerkte wieder einmal, wie gut er aussah. Die Lampen ließen sein schwarzes Haar bläulich schimmern, was zu seinen verträumten blauen Augen passte. Und diese dicken Wimpern, sein warmes Lächeln, dieses kleine Grübchen …

Wie frech er grinste! Avery schüttelte den Kopf und riss sich zusammen. »Dann spiele ich mal wieder die Barkeeperin.«

»Wie du willst.« Er wollte sich gerade umdrehen und gehen, als Ella näher kam. Er nickte ihr zu und sagte: »Ma'am.«

Ella kicherte und wurde rot.

Wow. Avery konnte es nicht fassen. »Ich hätte nie gedacht, dass ich das mal erlebe.«

»Wie bitte?«, hakte Cannon nach.

»Ach, vergiss es.« Avery lächelte Ella an. »Ist alles in Ordnung?«

Ella schob ihr eine Bestellung zu, ohne den Blick von Cannon abzuwenden. »Ich wollte nur mal vorbeischauen, um unseren neuen Mitarbeiter zu begrüßen.«

»Nett von dir.« Ohne mit der Wimper zu zucken, nahm Cannon den Zettel und machte sich daran, die Getränke einzuschenken. »Aber wir haben uns doch gestern Abend schon kennengelernt, oder?«

»Ja, aber nur kurz«, erwiderte Ella. »Und bei der ganzen Aufregung bin ich gar nicht dazu gekommen, dich richtig zu begrüßen.«

»Das ist nett.«

Sie drehte einen Finger in ihr braunes Haar und flirtete schamlos mit ihm. »Und, bleibst du länger?«

»Sieht ganz so aus.« Er belud ihr Tablett und sah dann Avery an. »Rowdy sagte, dass du mir Anweisungen geben würdest. Also, was soll ich machen? Kann ich dir hier noch irgendwie helfen, oder soll ich mal bei Jones in der Küche nachfragen?«

Ella starrte ihn bewundernd an.

Dann hatte Rowdy ihr die Leitung übertragen? Nach dem, was gerade in seinem Büro passiert war, sollte ihr das eigentlich peinlich sein, aber weder Ella noch Cannon schienen etwas daran auszusetzen zu haben.

Sie sah sich in der vollen Bar um, stellte fest, dass minütlich mehr Gäste hereinkamen, und meinte: »Anscheinend haben wir gerade einen Ansturm.«

»Das sind die beiden Football-Mannschaften«, sagte Cannon. »Die an der Bar sind die Sieger, und die an den Tischen an der hinteren Wand sind …«

»Nicht zufrieden«, ergänzte Ella und zwinkerte. »Aber ich werde sie schon wieder aufheitern.«

Cannon zog eine Augenbraue hoch. »Die haben bestimmt in Null Komma nichts wieder gute Laune.«

Es war schön, dass sich Cannon so nahtlos einfügte. Sie durfte nicht vergessen, Rowdy zu sagen, dass er eine gute Entscheidung getroffen hatte. »Warum hilfst du nicht erst mal Ella dabei, die Bestellungen aufzunehmen, und fragst Jones danach, ob er Hilfe braucht? Vielleicht könntest du ja vorne und hinten einspringen.«

»Klingt gut.« Er nahm sich einen Bestellblock und einen Stift und marschierte los.

In dem Moment, in dem er verschwunden war, tat Ella so, als würde sie zusammenbrechen. Avery brach in schallendes Gelächter aus.

»Großer Gott«, murmelte Ella, »dieser junge Mann ist ja der Hammer.«

»Er ist wirklich ein hübsches Kerlchen«, stimmte ihr Avery zu.

»Die Schürze sieht an ihm besser aus, als sie an mir je aussehen wird. Wenn er allerdings nichts drunter tragen würde …« Sie sah ihm nach, als er sich von der Bar entfernte. »Dann würde ich diesen Anblick noch viel mehr genießen.«

Lachend gab Avery ihr einen spielerischen Klaps. »Benimm dich.«

»Ha! Da redet ja die Richtige!« Während sich Avery Mühe gab, nicht rot anzulaufen, zwinkerte Ella ihr zu. »Rowdy ist zweifellos ein Leckerbissen. Aber du hast möglicherweise einen Tiger am Schwanz gepackt. Ich hoffe du weißt, wann du ihn wieder loslassen musst.«

Da sie darauf nicht antworten wollte, fragte Avery: »Wie viel hast du gehört?«

»Gehört?« Ella zog die Augenbrauen hoch. »Ich habe gesehen, wie Rowdy dich weggeschleift hat, und es war für jedermann offensichtlich, was er vorhatte.«

Avery schluckte schwer. »Was denn?«, brachte sie gerade noch hervor.

»Dich.« Ella drückte ihre Hand. »Ich finde es süß, dass er

es kaum abwarten konnte, mit dir alleine zu sein, um dich zu küssen.«

Sie zu küssen? Glaubte Ella wirklich, dass nicht mehr passiert war? Während sich ihr Rückgrat in eine zu weich gekochte Nudel zu verwandeln schien, murmelte Avery: »Er ist … ziemlich ungestüm.«

»Ich würde eher sagen, dass er unverschämt ist und verdammt sündig.« Sie hob ihr voll beladenes Tablett hoch. »Alle Frauen hier beneiden dich. Genieß es, solange es andauert.«

Solange es andauert. Puh. Das war ein deprimierender Gedanke – der sie in den nächsten Stunden nicht mehr verlassen wollte, in denen sie damit beschäftigt war, Getränke einzuschenken.

Die Footballspieler tranken jede Menge. Avery hatte kaum Zeit zum Luftholen, geschweige denn zum Ausruhen.

An einem der Tische geriet ein Trinkspiel beinahe außer Kontrolle. Rowdy schickte zwei Männer nach Hause, die zum Glück einen Fahrer dabeihatten. Danach drehte er die Jukebox lauter und einige Paare fingen an zu tanzen. Aus dem Hintergrund drangen Lachen und das Klackern der Billardkugeln herüber.

Alles in allem war es ein lustiger Abend.

Als Avery glaubte, vor Erschöpfung gleich umzufallen, kam Rowdy mit Cannon herüber. »Mach mal Pause. Cannon löst dich so lange ab.«

»Perfektes Timing.« Heilfroh nahm sie die Schürze ab und wusch sich die Hände. Nach dem chaotischen Vortag, der schlaflosen Nacht und dem heutigen Ansturm war sie so müde, dass sie sich am liebsten in einer Ecke zusammengerollt und geschlafen hätte.

Da Rowdy offenbar egal war, was alle dachten, nahm er ihre Hand und meinte zu Cannon: »Wir sind die nächsten fünfzehn Minuten im Pausenraum, falls was sein sollte.«

Cannon, der sich bereits um die nächsten Getränkebestellungen kümmerte, erwiderte nur: »Lasst euch Zeit.«

»Kaffee oder Cola?«, fragte Rowdy, als sie alleine waren.

»Kaffee. Und ein Plunderstück dazu.« Sie ging zu ihrem Spind, um ihre Handtasche zu holen, aber Rowdy bedeutete ihr, dass sie sich setzen sollte.

»Ich mach das schon.« Er steckte Münzen in den Verkaufsautomaten, um ihr Getränk und den Snack zu ziehen, stellte dann alles vor ihr auf den Tisch, nahm den Stuhl zu ihrer Rechten und drehte ihn herum. Dann setzte er sich hin und stützte die Arme auf die Rückenlehne.

»Danke«, murmelte sie und gähnte herzhaft.

»Möchtest du noch was anderes essen?«

Sie schüttelte den Kopf. »Jones hat mir in der letzten Pause eine Suppe und einen Sandwich gemacht.«

»Du kannst auch gern zu mir rübergehen und dir was Richtiges zu essen holen, wenn du möchtest.«

Wieder musste sie gähnen, doch so konnte sie ihr Erstaunen über sein Angebot gut kaschieren. »Nein, das reicht schon.« Sie wollte es weder übertreiben noch die Tatsache ausnutzen, dass seine Wohnung ganz in der Nähe lag. »Trotzdem danke.«

Er schob ihr mit dem kleinen Finger eine Locke aus dem Gesicht. »Du solltest dich mal hinlegen.«

Damit hatte er allerdings recht. »Im Gegensatz zu dir bin ich sterblich und muss hin und wieder schlafen.« Sie schüttete noch mehr Zucker in ihren Kaffee. »Aber ich befürchte, dass ich erst nach acht Stunden wieder aufwache, wenn ich jetzt ein Nickerchen mache.«

Grinsend streichelte ihr Rowdy über die Wange. »Du hast schon dunkle Augenringe.«

»Na super. Gut zu wissen.« Mit vollem Mund fügte sie hinzu:

»Du wirst damit leben müssen, da ich gerade keine Lust habe, sie zu überschminken.«

»Du bist trotzdem verdammt sexy.«

Sie schüttelte den Kopf. »Deine Vorstellung von ›sexy‹ ist auch nicht ganz normal.«

Er zögerte mit der Antwort und meinte dann mit leicht amüsierter Miene: »Wenn du heute früher Feierabend machen möchtest, wäre das auch kein Problem.«

Sie verbrannte sich die Lippe an dem heißen Kaffee und ließ dann beinahe die Tasse fallen.

Gut, sie hatte zu wenig geschlafen, aber in der Bar war mehr los als sonst, und trotzdem wollte Rowdy sie nach Hause schicken?

»Ist alles okay?«, fragte er und reichte ihr ein paar Servietten.

Die kleine Einlage in seinem Büro hatte ihre Lust nur noch gesteigert, und jetzt wollte sie mehr, aber war er etwa schon befriedigt und hatte genug von ihr? Tja, zu schade. Sie hatte nämlich nicht vor, die Sache schon zu beenden, und starrte ihn mit zusammengekniffenen Augen an.

Rowdy lehnte sich auf seinem Stuhl zurück. »Was hab ich jetzt wieder falsch gemacht?«

Sie schluckte den Bissen hinunter. »Wenn es dir lieber wäre, dass ich heute nicht bei dir übernachte, dann sag es ruhig. Du musst mir keine Besorgnis vorspielen, bloß weil ich ein paarmal gegähnt habe.«

Er biss die Zähne zusammen. »Damit wollte ich nicht andeuten, dass du nicht vorbeikommen sollst.«

»Du dachtest also, ich fahre nach Hause, schlafe ein bisschen, stehe dann mitten in der Nacht wieder auf und komme zu dir, wenn du Feierabend gemacht hast?« Wie in aller Welt sollte das denn Erholung sein?

»Ganz im Gegenteil. Ich dachte, du gehst rüber zu mir und schläfst ein paar Stunden, bis ich nach Hause komme.«

Machte er Witze? Nein, er sah völlig ernst aus und wirkte sogar ein bisschen entrüstet, dass sie ihn falsch verstanden hatte. Nach ihrem Gespräch mit Ella hatte Avery darüber nachgegrübelt, dass Rowdy grundsätzlich nur One-Night-Stands hatte. Daher hätte sie nie im Leben geglaubt, er würde sie in seine Wohnung lassen, wenn er selbst gar nicht da war.

Das Misstrauen ließ sie nicht los. »Also lässt du plötzlich deine frühere Devise, keine Frauen in deine Wohnung zu lassen, fallen und gestattest mir sogar, ganz allein dort zu sein?«

»Ich vertraue darauf, dass du nicht zu viel herumschnüffelst.«

Es schien tatsächlich sein Ernst zu sein, und das besänftigte sie sofort wieder. »Ich werde dich nie verstehen.«

»Was gibt es daran nicht zu verstehen? Ich will mit dir schlafen, aber du siehst aus, als würdest du gleich aus den Latschen kippen. Das wirft meine Abendplanung ziemlich über den Haufen.«

Sie hätte sich beinahe wieder an ihrem Kaffee verschluckt. Er hatte also noch nicht genug von ihr. *Ein Glück!* Sie gestand sich nur ungern ein, wie erleichtert sie war, und riss sich zusammen. »Wir haben das doch schon besprochen. Die Ärztin hat dir drei Tage Ruhe verordnet, bevor wir …« Was? Den ›großen Schritt‹ machen? Für ihn war das ganz und gar kein großer Schritt.

Er nahm ihre Hand. »Bevor wir uns ausziehen und das wiederholen, was wir vorhin im Büro geprobt haben?«

Sie wusste nicht, was sie darauf erwidern sollte. »Es wäre was anderes, und das weißt du auch.«

»Ja.« Seine Stimme wurde ganz rau und tief. »Dann wäre ich in dir.«

Averys Herz machte einen Satz.

»Und du wärst ganz wundervoll und feucht.« Er drückte einen feuchten Kuss auf ihre Fingerknöchel. »Du würdest mich zusammenpressen …«

»Rowdy«, flehte sie ihn an. Wenn er nicht aufhörte, würde sie ihn wirklich um eine Zugabe anbetteln und die Anweisungen der Ärztin einfach ignorieren.

Er sah ihr lange ins Gesicht. »Mache ich dir etwa Angst?«

Sie musste zugeben, dass er ihr durchaus Angst machte, aber nicht aus den Gründen, von denen er auszugehen schien. »Ich habe seit über einem Jahr mit keinem Mann mehr geschlafen.« *Und bei dir fühlt sich jede Minute, die ich warten muss, unendlich an.* Sie biss von ihrem süßen Stückchen ab.

Rowdys Augen wurden noch dunkler, während er sie weiterhin ansah. »Das ist eine verdammt lange Zeit, um sich so etwas Schönes zu versagen.«

Schmerzhaft lange … aber das war ihr erst klar geworden, als sie Rowdy kennengelernt hatte.

Er beugte sich ein wenig vor, um ihr in die Augen zu sehen, da sie den Kopf leicht abgewandt hatte. »Willst du mir den Grund dafür verraten?«

Sie zuckte mit den Achseln. *Weil es notwendig war und weil du mich nicht in Versuchung geführt hast.* »Es hatte keine Priorität.«

»Jetzt aber schon?«

Der Sex im Allgemeinen nicht, aber der Sex mit Rowdy? Sie wurde schon ganz kribbelig, wenn sie es sich nur vorstellte. »Du weißt, dass ich dich will, Rowdy.« Darin unterschied sie sich nicht von all den anderen Frauen. »Aber ich werde es nicht riskieren, deine Heilung zu verzögern, das ist alles.«

»In Ordnung.« Rowdy stand auf. »Dann plane bitte ein, dass du heute bei mir schläfst.«

Sie hob ihre Kaffeetasse und prostete ihm zu. »Ich versuche ja schon, mich wach zu halten.«

»Wir werden nur schlafen.«

Avery wollte ihren Ohren nicht trauen. »Das ist ja mal eine interessante Wendung.«

»Stimmt, aber ich stehe dummerweise nicht darauf, es mit komatösen Frauen zu treiben«, erwiderte er todernst.

So müde war sie nun auch wieder nicht … aber ihr war jede gute Ausrede recht, damit Rowdy genug Zeit hatte, um sich von dem Messerangriff zu erholen. »Wenn du das möchtest …«

Er grinste, um ihr zu verstehen zu geben, dass er sie durchschaut hatte. »Wenn es passiert – und es wird passieren –, dann sollst du alles spüren, Avery, und nicht völlig erschöpft und halb betäubt sein.«

Wow. Sie spürte schon jetzt jede Menge.

Ella warf einen Blick in den Pausenraum, blickte von einem zum anderen und grinste. »Entschuldigt, wenn ich störe, Leute, aber da ist ein Anruf für Avery.«

»Wer ist es denn?«, wollte Rowdy wissen.

»Irgendein Kerl.« Sie zwinkerte Avery zu. »Ich habe ihn nicht nach seinem Namen gefragt.«

»Frag ihn beim nächsten Mal danach«, entgegnete Rowdy und zog Averys Stuhl zurück. »Du kannst den Anruf in meinem Büro entgegennehmen, wenn du möchtest.«

Ella verkniff sich ihr Lachen, winkte und verschwand wieder.

»Das ist schon okay.« Avery hatte ihr Gebäck aufgegessen und ging mit der Kaffeetasse in der Hand zur Tür. »Ich war sowieso fertig. Und nein, ich muss nicht früher gehen, aber danke für das Angebot.«

»Bist du sicher?«

»Ja«, antwortete sie, während sie in den lauten Schankraum

zurückgingen. Sie würde schon durchhalten. »Heute Abend ist einfach zu viel los.«

»Ich bin heilfroh, dass ich Cannon eingestellt habe.« Rowdy legte ihr eine Hand in die Taille und schob sie durch die Menge.

Sie freute sich sehr, dass die Bar so großen Erfolg hatte, bedauerte Rowdy aber auch ein wenig, weil er so gut wie nie zur Ruhe kam. Während ihrer Arbeitszeit hatte sie regelmäßig Pausen gemacht und eine einstündige Essenspause eingelegt, aber er ruhte sich so gut wie gar nicht aus.

Als sie um eine größere Gruppe herumgegangen waren, blieben sie beide abrupt stehen, da sich ihnen ein seltsamer Anblick bot.

Anstelle der Footballspieler, die sonst dort standen, saßen jetzt Frauen unterschiedlichsten Alters auf den Barhockern, quetschten sich dazwischen, lehnten sich an den Tresen oder beugten sich darüber – und alle starrten Cannon an.

Avery stieß ein äußerst undamenhaftes Lachen aus und schlug sich dann eine Hand auf den Mund.

Rowdy verdrehte die Augen. »Die prügeln sich ja gleich um ihn.«

»Ich habe dir doch gesagt, dass er ein heißer Typ ist.« Sie sah Rowdy an. »Wenn ihr beide hier rumlauft und die Damen anzieht, wird bald kein Platz mehr für Männer sein.«

»Dann kündigt Ella ganz bestimmt.« Er gab Avery einen Kuss. »Nimm du erst mal den Anruf an und sag Cannon dann, dass er Ella bei den Tischen helfen soll. Auf diese Weise löst sich der Pulk vor der Bar vielleicht auf.«

Als er den Anruf erwähnte, wurde Avery schlagartig wieder ernst. Trotzdem salutierte sie vor Rowdy und eilte zur Bar. *Es ist nur ein Kunde*, sagte sie sich. *Keine große Sache.*

Als sie den Hörer aufnahm, sagte sie mit fröhlicher Stimme: »*Getting Rowdy*. Wie kann ich Ihnen helfen?«

Bei der Stille, die aus dem Hörer drang, wurde ihr übel.

»Hallo?« Sie wartete, bekam aber keine Antwort. Rowdy, der noch auf der anderen Seite des Raums stand, beobachtete sie mit besorgtem Gesichtsausdruck.

In der Hoffnung, dass er sie später nicht nach dem Anruf fragen würde, zuckte sie mit den Achseln und wollte den Hörer wieder auflegen.

Auf einmal drang ein lautes Krachen aus dem Hörer, das wie ein Schuss klang, sodass sie zusammenzuckte und das Telefon beinahe fallen gelassen hätte. Sie starrte es erschrocken an.

War das eine Warnung? Oder war gerade jemand erschossen worden?

Dann konnte sie jemanden lachen hören.

Einen Mann.

Schnell legte sie den Hörer auf und erinnerte sich erst jetzt wieder daran, dass Rowdy sie die ganze Zeit beobachtet hatte.

Was soll ich jetzt nur machen? Sie zwang sich, die Panik aus ihrer Miene zu verbannen, sah Rowdy an und versuchte zu lachen. Er wirkte nicht amüsiert, und sein entschlossener Blick sagte ihr, dass er sie durchschaut hatte.

Aber eigentlich wusste Avery ja selbst nicht genau, was hier eigentlich vor sich ging.

Ihr Herz schlug immer noch rasend schnell, als sie Cannon ablöste und ihn zum Bedienen schickte. Wie Rowdy vorhergesagt hatte, folgten ihm die Frauen und die Männer nahmen rasch wieder ihre Plätze an der Bar ein.

Den restlichen Abend war Avery so durcheinander, dass sie Getränke verschüttete, sich die Hüfte an der Eistruhe stieß und versehentlich eine Tüte Salzbrezeln auskippte.

Immer wieder hörte sie den schrecklichen Schuss.

Die Bar würde erst in zwei Stunden schließen, aber sie konnte es kaum erwarten, Feierabend zu machen. Nur die Vorfreude darauf, dass sie mit Rowdy nach Hause gehen würde, anstatt die Nacht allein zu verbringen, hielt sie noch aufrecht.

Trotz ihrer Erschöpfung machte sie die Vorstellung, erneut mit ihm in einem Bett zu schlafen, nervös. Sicher an Rowdy gekuschelt dazuliegen, seinen Geruch einzuatmen, seine Wärme zu spüren … Das reichte fast schon aus, um ihr neue Energie einzuhauchen.

Sie wischte gerade die Bar mit einem Lappen ab, als sie sah, wie eine Frau auf Rowdy zuging. Es war fast so, als wüsste Avery immer genau, wo er sich gerade aufhielt, und sah alle paar Minuten zu ihm hinüber.

Es kam häufig vor, dass Frauen ihn ansprachen. Dann lachte, flirtete und plauderte er mit ihnen, doch er behandelte sie nie besonders herzlich.

Dieses Mal war das anders.

Rowdy begrüßte die Frau mit einer Umarmung.

Avery vergaß, was sie gerade tun wollte, und hielt den mit Whiskey getränkten Lappen in der Hand. Die fröhliche kleine Brünette war sehr vorsichtig, um seine Wunde am Rücken nicht zu berühren, legte ihm sogar eine Hand an die Wange und unterhielt sich angeregt mit ihm.

Durch Averys Adern schien erst Eis und dann Lava zu fließen. Ohne sich dessen überhaupt bewusst zu sein, wrang sie den Lappen aus, sodass der Whiskey, den sie gerade erst aufgewischt hatte, wieder herausspritzte. Der Mann, der vor ihr saß, rief laut: »Hey!«

Gereizt murmelte Avery: »Tschuldigung« und wischte die Bar ein weiteres Mal ab. Dabei versuchte sie angestrengt, den Blick abzuwenden. Sie gab sich wirklich Mühe. Aber sie musste doch wieder hinsehen.

Rowdy lächelte, neckte die Frau und strich ihr sogar eine Haarsträhne auf dieselbe zärtliche Weise hinter das Ohr, von der Avery dummerweise immer geglaubt hatte, sie wäre speziell für sie reserviert.

Speziell für sie! *Ha!* Das Einzige, was an ihr speziell war, war die Tatsache, dass sie noch nicht mit ihm geschlafen hatte. Danach würde Rowdy sich eine andere suchen. Das war ihr klar, und vielleicht bestand sie auch deshalb darauf, noch zu warten.

Sie starrte die beiden so grimmig an, dass Rowdy aufsah und sich ihre Blicke kreuzten.

Sofort reckte Avery das Kinn in die Luft und wandte sich ab. Dann musste sie aber doch wieder hinsehen. Jetzt hatte Rowdy der Frau einen Arm um die Schultern gelegt, aber er lächelte nicht mehr.

Doch das spielte keine Rolle. Avery hatte bereits akzeptiert, dass sie keinen Anspruch auf ihn hatte. Natürlich flirtete er mit anderen Frauen. Das war Teil seiner Natur, ein wichtiger Teil dessen, was ihn ausmachte. Wenn man dann noch bedachte, welche Anziehungskraft auf Frauen er besaß …

Ihre mörderischen Gedanken kamen abrupt zum Stillstand, als Rowdy die Frau auf sie zuführte.

Er wollte sie einander vorstellen? Nein, nein, nein. Das war zu viel verlangt.

Aber was konnte sie schon tun? Sie sah sich panisch um. Die Bar verlassen? Ihm zeigen, dass sie das nicht wollte?

Den Teufel würde sie tun.

Wenn er wollte, dass sie seine Bewunderinnen kennenlernte, dann würde sie so tun, als hätte sie nicht das geringste Problem damit.

Bevor er bei ihr ankam, setzte Avery ein so gekünsteltes Lächeln auf, dass ihr die Wangen wehtaten.

Rowdy führte die Frau bis vor die Bar. »Avery, das ist eine Freundin von mir.«

Die Frau lächelte sie freundlich an. »Hallo.«

Eine Freundin? Avery konnte ein sarkastisches Schnauben gerade noch unterdrücken. Warum in aller Welt war Rowdys »Freundin« so fröhlich?

»Freut mich, dich kennenzulernen«, erwiderte Avery bemüht und versuchte dann weiterzuarbeiten, auch wenn sie auf einmal einen Tunnelblick zu haben schien.

»Avery.« Ohne auch nur einen Deut leiser zu sprechen, erklärte Rowdy: »Ich schlafe nicht mit ihr.«

Keuchend wirbelte Avery herum. »Rowdy!«

Die Frau schenkte ihm einen gleichzeitig irritierten, nachsichtigen und liebevollen Blick. »Natürlich nicht.« Sie machte eine abwehrende Handbewegung. »Er ist schon sehr verlockend, aber wir haben das recht schnell geklärt. Ich musste wissen, was er von mir erwartet, und er …«

»Das reicht jetzt«, mischte sich Rowdy ein.

Sie beugte sich zu ihm, sagte aber an Avery gewandt: »Rowdy hat dich bestimmt auch schon verwirrt, was?« Sie legte den Kopf in den Nacken und sah ihn an. »Das machst du mit jeder Frau.«

Sie sahen so verdammt vertraut im Umgang miteinander aus, dass Avery mit den Zähnen knirschte. »Ich weiß genau, was er mit *jeder* Frau macht.«

»Woher willst du das wissen, Avery, wo wir beide doch noch nicht …«

Avery warf mit dem whiskeydurchtränkten Lappen nach ihm.

Beinahe hätte er die Frau getroffen, die kreischte und sich schnell duckte.

Der Lappen traf sein Ziel, klatschte Rowdy mitten auf die Brust, um dann mit einem feuchten Platschen zu Boden zu fallen.

Er starrte sie ungläubig an.

Sie erwiderte seinen Blick, wobei sie es selbst nicht fassen konnte, dass sie das gerade getan hatte. Gleichzeitig genoss sie Rowdys erschrockene Miene. Meist sah er sie auf einschüchternde Weise an, aber diesen lächerlich leeren Gesichtsausdruck hatte sie bei ihm noch nie gesehen.

Rowdy kniff die Augen zusammen.

Die Geräusche der trinkenden Gäste rings um sie herum schienen zu verstummen. Avery schlug sich eine Hand vor den Mund und machte vorsichtig einen Schritt nach hinten.

Daraufhin wurde Rowdys Gesichtsausdruck noch finsterer, und seine breiten Schultern verspannten sich.

Grinsend nahm sich seine *Freundin* – Avery konnte dieses Wort nicht denken, ohne innerlich dabei zu schnauben – ein paar Servietten von der Theke und tupfte damit Rowdys Brust ab. »Oh, das war wirklich witzig! Auch wenn ich froh bin, dass sie mich verfehlt hat.«

»Ich hatte auch nicht auf dich gezielt«, erklärte Avery.

Die Frau kicherte. »Rowdy hatte das bestimmt verdient.« Sie beugte sich vor und flüsterte vielsagend: »Er ist schließlich mit Leib und Seele ein böser Junge.«

Rowdy starrte Avery weiter an. »Hey! Ich bin derjenige, der gerade angegriffen wurde.«

»Und er ist ein Halunke«, fügte sie hinzu und tupfte ihm mit noch mehr Servietten das Hemd ab – wobei sie seinen ganzen Oberkörper zu berühren schien.

Avery versuchte, das zu ignorieren, aber es machte ihr dennoch etwas aus. Sehr viel sogar.

»Er genießt es förmlich, sich schändlich zu verhalten und den Rowdy zu spielen.« Die nervige Frau lehnte sich wieder an ihn und murmelte zuckersüß: »Aber er ist auch so liebenswert.«

»Das reicht jetzt, Alice.«

Ein Eimer eiskaltes Wasser über den Kopf hätte nicht ernüchternder sein können. Averys Herz schien kurz auszusetzen. Ach, verdammt. Das war also Alice?

Alice grinste vielsagend. »Rowdy kann was ab, und auch ein nasser Lappen macht ihm nicht viel aus, aber versuch bloß nicht, ihm ein Kompliment zu machen. Dann wird er richtig sauer.«

Avery hätte sich am liebsten in ein dunkles Loch verkrochen. Sie hatte sich vor der Frau, die eine derart starke Bindung zu Marcus aufgebaut hatte, zum Narren gemacht. »Es tut mir leid«, murmelte sie geknickt.

»Das muss es nicht«, erwiderte Alice. »Ich kann das nachvollziehen. Rowdy ist ein ganz besonderer Mensch und kann andere schon mal verwirren.«

»Ich bin kein …«, setzte Rowdy an, als wolle er beweisen, dass er tatsächlich keine Komplimente vertragen konnte.

Aber Alice gab ihm nicht die Gelegenheit, ihre Lobeshymne zu unterbrechen. »Ich glaube, er kultiviert dieses ›Bad Boy‹-Image sogar. Aber im Herzen ist er echt ein netter Kerl.«

Rowdy trat vor Alice. »Sie ist wirklich nur eine Freundin.«

Alice beugte sich an ihm vorbei. »Mehr als eine Freundin«, protestierte sie. »Aber wir haben nie …«, sie sah sich um und wackelte mit den Augenbrauen, »… *bestimmte Sachen* gemacht.«

Da Alice offenbar eine Antwort erwartete, sagte Avery: »Okay.«

»Ich habe meinen eigenen heißen Kerl«, prahlte Alice. »Er ist Polizist.«

Auf einmal tauchte Reese hinter den beiden auf. »Wenn du dich an jemanden klammern willst, dann nimm doch meinen Arm, Schatz.«

Rowdy schloss langsam die Augen und löste dann Alices Finger von sich.

Sie drehte sich sofort zu Reese um. »Und da ist er auch schon!« Alice umarmte Reese und sagte: »Reese, hast du Rowdys Herzensdame schon kennengelernt?«

Herzensdame? »Ich bin bloß die Barkeeperin«, stieß Avery hervor.

Rowdy sagte nichts. Er verschränkte nur die Arme und schien völlig entrüstet zu sein.

»Ja, wir kennen uns schon«, erwiderte Reese. »Weißt du nicht mehr, dass ich Rowdy beim Renovieren der Bar geholfen habe? Avery war auch öfter hier und hat geholfen, sooft sie konnte. Gestern Abend hat sie Rowdy zusammen mit Logan ins Krankenhaus gebracht. Aus diesem Grund war sie auch nicht hier, als du Marcus geholt hast.«

Alice sah das als Bestätigung. »Hab ich's nicht gesagt? Dann ist sie also doch seine Herzensdame.«

Oh, wie gern hätte er Averys Gesicht gesehen, als er die Waffe abgefeuert hatte. Zwar hatte sie seine Stimme nie hören sollen, da er Angst hatte, sie würde sie erkennen, aber er hatte sich das Lachen nicht verkneifen können, als er sich ihren Schreck und ihre Angst ausmalte.

Angst war gut, dann würde sie seinen Plänen nicht so viel entgegenzusetzen haben.

Wenn sie sich in der Bar und in der Gesellschaft dieser Gauner nicht sicher fühlte, dann hätte er keine so großen Schwierigkeiten dabei, sie dorthin zurückzubringen, wo sie hingehörte.

Schon jetzt hatte er viel zu viel Energie auf dieses kleine Unterfangen vergeudet. Es wurde Zeit, die verwöhnte Göre nach Hause zu bringen.

Und dann würde er schon dafür sorgen, dass sie nie wieder durchbrannte.

12

Alices Worte störten Rowdy nicht besonders. Avery war auf jeden Fall etwas ganz Besonderes für ihn. Glaubte Alice etwa, er merkte das nicht selbst? Er war ja nicht bescheuert, daher war er längst selbst zu dieser Erkenntnis gekommen. Noch wusste er zwar nicht, was er deswegen unternehmen sollte oder wie wichtig es ihm war, aber er wusste genug über Frauen, um zu begreifen, dass Avery ein ganz besonderer Mensch war.

Da er nicht wusste, was er sonst sagen sollte, fragte er: »Wo ist Marcus?«

Alices Lächeln verblasste. »Zu Hause, im Bett. Pepper und Logan sind bei ihm.«

Rowdy gefiel es, wie sie die Worte »zu Hause« betonte. Dabei wurde ihm ganz warm ums Herz, vor allem, da er selbst nie ein richtiges Zuhause gekannt hatte. »Ist alles in Ordnung?«

Reese hatte seinen muskulösen Arm um Alice gelegt. »Sie musste mal rauskommen, wollte Marcus jedoch nicht alleine lassen, solange er wach war. Daher haben wir gewartet, bis er schlief.«

»Schläft er denn die Nacht durch?« Rowdy folgte Reeses Beispiel, ging zu Avery und legte ihr einen Arm um die Schultern. Sie versteifte sich am ganzen Körper, entwand sich ihm jedoch nicht.

Vielleicht wollte sie auch nur keine Szene machen.

Das hatte sie jedoch nicht davon abgehalten, ihn mit dem nassen Lappen zu bewerfen.

Reese zog eine Augenbraue hoch, als er Rowdys besitzergreifende Geste sah, kommentierte sie jedoch nicht. »Wir hatten uns deswegen Sorgen gemacht, aber er schläft wirklich wie ein Murmeltier.«

»Vielleicht fühlt er sich endlich sicher«, schlug Avery vor.

Rowdys Hemd klebte ihm am Körper und stank nach kaltem Alkohol. Er würde sich schon etwas Kreatives einfallen lassen, um sich dafür zu rächen, aber nicht heute.

Heute war das Wichtigste für ihn, dass Avery endlich schlafen konnte.

»Das ist durchaus möglich.« Er wusste, wie schwer es war, sich zu entspannen, wenn man ständig wachsam sein musste. Für ihn war es zu einer lebenslangen Angewohnheit geworden.

Außer, er schlief neben Avery.

»Kinder sind widerstandsfähig«, sagte Alice sanft. »Er wird drüber hinwegkommen.«

Reese drückte sie an sich. »Dafür werden wir schon sorgen.«

Da Kunden an die Bar kamen, entschuldigte sich Avery und bereitete die Getränke zu. Alice flüsterte Rowdy zu: »Guter Fang« und zog sich dann einen Barhocker heran, damit sie sich weiter mit Avery unterhalten konnte.

Da Reese und er jetzt allein waren, fragte Rowdy: »Was ist los?« Er wusste, dass sie so spät nicht nur hergekommen waren, weil Alice mal frische Luft brauchte.

Reese strich sich mit einer Hand über das müde Gesicht. »Die Mutter des Jungen ist gestorben.«

Wenn Reese erwartet hatte, dass Rowdy das betrüben würde, musste er ihn enttäuschen. »Ein Hindernis weniger.«

»Ja, ich weiß.« Reese sah zu seiner Frau hinüber. »Ich habe Alice noch nie so zerrissen gesehen. Normalerweise würde sie keinem Menschen etwas Böses wünschen, aber sie war doch erleichtert. Der Junge hat viel Schlimmes durchgemacht …«

»Ich weiß.« Rowdys Magen schmerzte jedes Mal, wenn er

daran dachte. »Was hat es mit eurem Besuch zu so später Stunde auf sich?«

Reese lehnte sich an die Wand. Er sah aus, als wäre er emotional völlig ausgelaugt. »Man hat uns darüber informiert, dass sie gestorben ist.« Er ballte seine großen Fäuste. »Und Alice wollte unbedingt zum Krankenhaus fahren, um sie zu sehen.«

Rowdy ging hinter die Theke und gab Eiswürfel und Cola in ein Glas, das er Reese reichte. »Ist sie auf einmal morbide geworden?«

»Das ist nicht lustig.« Reese leerte mit einem Schluck das halbe Glas. »Alice wollte ihr sagen, dass sie sich um Marcus kümmern wird. Ich schätze … nur für den Fall, dass sie doch noch einen verkümmerten Mutterinstinkt besaß, verstehst du?«

»Wenigstens geben Tote keine Widerworte.«

»Ja.« Reese trank die Cola aus und drückte sich das kalte Glas an die Stirn. »Sie ist schon was ganz Besonderes, weißt du?«

Ja, das wusste er nur zu gut. »Alice hat einfach zu viel Mitgefühl.«

»In diesem Punkt ist Marcus vermutlich anderer Meinung.« Reese senkte den Arm und sah Rowdy ernst an. »Sie sagt übrigens dasselbe über dich.«

Rowdy wollte nicht über Alices verzerrtes Bild seines Charakters reden. »Was wird aus seinem Dad?«

»Der sitzt quasi schon im Knast. Die Waffen, die wir in seinem Truck gefunden haben, waren gestohlen und wurden bereits bei anderen Raubüberfällen benutzt. Er hatte genug Drogen dabei, dass von einer Verkaufsabsicht auszugehen ist. Und angesichts seiner Vorgeschichte kannst du sicher sein, dass er so bald nirgendwo mehr hingehen wird.«

»Wird er angeklagt?«

»Ja.« Reese reichte ihm das leere Glas. »Danke.«

»Noch was?«, erkundigte sich Rowdy. »Vielleicht was Stärkeres?«

Reese schüttelte den Kopf und sah sich um, wobei er vor allem darauf achtete, dass niemand seiner Frau zu nahe kam.

Aufgrund von Reeses Größe nahmen einige Gäste sogar Abstand davon, sich der Bar überhaupt zu nähern, anstatt ein Risiko einzugehen. »Du verschreckst meine Kunden.«

Das war Reese egal. »Die Gauner werden nicht auf Kaution rausgelassen, was bedeutet, dass sie im Gefängnis bleiben, bis der Prozess beendet ist.«

»Wie lange wird das dauern?«

»Vermutlich einige Monate, vielleicht auch länger, bis die Sache vor dem Geschworenengericht landet, wo sie angeklagt werden. Es könnte sogar ein oder zwei Jahre dauern, bis es tatsächlich zum Prozess kommt.«

»Gut. Sollen sie im Knast verrotten.« Rowdy war es völlig egal, was aus den Männern wurde, solange sie nicht wieder freikamen.

»Es liegen genug Beweise gegen sie vor, dass Lieutenant Peterson überlegt, sie dem FBI zu übergeben. Wenn das passiert, werden sie versuchen, einen Deal zu machen.«

Auf gar keinen Fall. Wenn das geschah, dann würde sich Rowdy höchstpersönlich um die Schweine kümmern …

Reese richtete sich auf und trat näher an Rowdy heran. »Setz auf der Stelle einen anderen Gesichtsausdruck auf.«

»Ich hab nicht die geringste Ahnung, wovon du redest.

»Und ob du die hast.« Reese sah sich in der Bar um und sprach dann noch leiser weiter. »Es läuft alles nach Plan. Als wir sie verhaftet haben, haben sie uns zum Teufel gewünscht.«

»Darf ich sie auch dorthin befördern?«

»Wenn du das tust, verrat ich es Alice.«

Rowdy biss die Zähne zusammen, bis es in seinen Schläfen pochte.

»Reiß dich zusammen, Rowdy, und lass dir von mir erzählen, wie die Sache ablaufen wird.«

»Dann spuck's schon aus.«

Aus irgendeinem verrückten Grund schien Reese das lustig zu finden. »Jetzt wird dem guten alten Darrell ebenso wie seinem Freund langsam klar, in was für einer Scheiße sie sitzen. Da so viele Beweise gegen sie vorliegen, würden es nur Idioten auf einen Prozess ankommen lassen.«

»Sie *sind* Idioten.«

»Ja, das stimmt, aber sie sind auch Berufsverbrecher und wissen, dass sie für sehr lange Zeit ins Gefängnis wandern, wenn sie es darauf ankommen lassen. Wenn wir ihnen erzählen, dass wir sie dem FBI übergeben, gestehen sie vielleicht ihre Schuld ein, was die ganze Sache vereinfacht. Dann kriegen sie aber trotzdem fünfzehn bis zwanzig Jahre.«

Das war nicht lange genug, andererseits war sich Rowdy nicht mal sicher, ob »lebenslang« ihm als Urteil ausgereicht hätte.

Reese schlug ihm auf die Schulter. »Jetzt mach nicht so ein Gesicht, Mann. Sie werden weder dir noch dem Jungen jemals wieder zu nahe kommen, und das ist doch das Wichtigste, oder nicht?«

Das Klingeln des Telefons lenkte Rowdy ab. Als er sich umdrehte, sah er, wie Avery den Apparat drei Sekunden lang anstarrte, bevor sie vorsichtig den Hörer abnahm.

Dann entspannte sie sich, und ihre erleichterte Miene sagte ihm, dass es nur ein Kunde war. *Dieses* Mal.

»Was hat das denn zu bedeuten?«, erkundigte sich Reese.

»Was denn?«

Er deutete mit dem Kinn auf Avery. »Sie hat das Telefon

angefasst, als wäre es eine Giftschlange, und du hast sie angestarrt, als würdest du auf einen Hinweis warten.«

Manchmal waren Detectives einfach nur lästig. »Irgendwas ist mit ihr los, aber ich weiß nicht, was es ist.«

»Vielleicht ihr Exfreund?«

»Könnte sein.« Da Rowdy Averys Vertrauen nicht missbrauchen wollte, erzählte er Reese nicht, dass sie seit über einem Jahr Single war. Vermutlich handelte es sich bei dem Anrufer um jemanden, den sie erst kürzlich kennengelernt hatte und der kein Nein als Antwort akzeptieren wollte. Vorsichtshalber wollte er Reese doch etwas anvertrauen. »Wir wurden neulich verfolgt.«

»Von wem?«

»Wenn ich das wüsste, müsste ich es dir ja nicht mehr erzählen, oder?«

Verärgert knurrte Reese: »Vergiss nicht, dass ich das Gesetz vertrete und du nicht.«

Davon hatte Rowdy sich noch nie aufhalten lassen. »Ich habe den Wagen auch schon hier vor der Bar gesehen.« Während er Reese von dem Zwischenfall berichtete, nahm er eine Serviette und einen Stift und schrieb das Kennzeichen auf. »Kannst du das mal für mich überprüfen?«

Reese nahm die Serviette, warf einen kurzen Blick darauf und steckte sie in die Tasche. »Klar, aber pass bitte auf dich auf.«

»Das tu ich doch immer.« Und in absehbarer Zukunft würde er auch auf Avery aufpassen.

Zwanzig Minuten, bevor sie die Bar schlossen, sah Avery ihren Stiefvater hereinkommen, und dieser Anblick war derart irritierend, dass sie beinahe ohnmächtig geworden wäre. *Wie zum Teufel hatte er sie gefunden?*

Rowdy hatte gerade die letzte Runde ausgerufen, und die Bar leerte sich langsam.

Avery sah sich um, konnte Fisher aber zum Glück nirgendwo entdecken. Normalerweise war Fisher immer in der Nähe, wenn Meyer Sinclair irgendwo auftauchte. Sie waren Freunde, aber vor allem waren sie Geschäftspartner. Meyer brachte die jahrzehntelange Stabilität und die gesammelten Ressourcen in das Bündnis mit ein, Fisher den frischen Erfolg und eine strahlende Zukunft.

Ihr war sofort klar, dass Meyer sie nach Hause holen wollte, doch sie hatte nicht vor, mit ihm zu gehen.

Ihre Erschöpfung war bei Weitem nicht so groß wie ihre Wut. Als sie ihre Familie am meisten gebraucht hatte, hatte sie sich stattdessen auf Fishers Seite gestellt, statt ihr zu glauben und sie zu unterstützen.

Warum in aller Welt war Meyer Sinclair jetzt hier – vor allem in Anbetracht der Tatsache, dass es fast zwei Uhr früh war? Er sah fast genau so aus wie beim letzten Mal, als sie ihn vor über einem Jahr gesehen hatte. Heute trug er einen langen schwarzen Wollmantel über einer maßgeschneiderten Hose und einem Designerpullover, und er strich sich das vom Wind zerzauste, dünner werdende braune Haar glatt. Seine Wangen waren durch die Kälte leicht gerötet. Er nahm die Brille ab, um sie zu putzen.

Avery stand einfach nur da, beobachtete ihn und wusste nicht, was sie tun sollte.

Nachdem er sich die Brille wieder aufgesetzt hatte, sah er sich um. Zuerst bemerkte er sie nicht einmal, doch dann zuckte sein Blick zurück zu ihr. Als könnte er seinen Augen nicht trauen, sah er sie an und musterte die Umgebung. Man konnte ihm die Missbilligung deutlich ansehen. Mit hochgezogenen Augenbrauen kam er auf sie zu.

Glücklicherweise stand niemand mehr an der Bar, daher ging Avery ihm entgegen. Wenn sie dafür sorgen konnte, dass er in der Nähe der Tür blieb, wurde sie ihn vielleicht leichter wieder los. Im Grunde genommen hatte sie nichts gegen Meyer. Eigentlich mochte sie ihn sogar, sie empfand Respekt für ihn. Außerdem wusste sie, dass er ihre Mutter vergötterte, was ebenfalls für ihn sprach.

Aber wie alle anderen hatte er Fishers Lügen geglaubt, und das bedeutete, dass sie ihn so weit wie möglich auf Abstand zu Rowdy halten musste …

Rowdy fing ihn gerade ab. »Kann ich Ihnen helfen?«

Ach, verdammt, verdammt, verdammt.

Meyer würdigte ihn kaum eines Blickes. »Nein, vielen Dank.« Er wollte einen Schritt nach vorn machen, prallte jedoch gegen Rowdy.

Avery ging schneller und hatte die Männer fünf Sekunden später erreicht. Während sie noch immer hoffte, Meyer wieder loszuwerden, legte sie ihre Arme um Rowdy wie ein albernes, verliebtes Mädchen. »Rowdy, das ist mein Stiefvater.« Sie lehnte sich an ihn und lächelte, als wäre sie nicht noch immer stinksauer, weil Meyer sie als Lügnerin bezeichnet hatte. »Meyer, das ist Rowdy Yates.«

Es war fast schon lächerlich, wie groß Rowdy im Vergleich zu Meyer aussah, der deutlich kleiner und schmächtiger war.

Sie hatte keine Ahnung, was ihre Mutter an dem Mann fand, abgesehen von seinem offensichtlichen Reichtum und seinen Schmeicheleien.

Meyer versuchte, Rowdy loszuwerden: »Wenn Sie uns jetzt entschuldigen würden …«

Oh nein, so läuft das nicht. Avery klammerte sich an Rowdy fest, und der machte keine Anstalten, weggehen zu wollen.

Sie lächelte Meyer selbstgefällig an. Ihr Stiefvater hatte

eigentlich überall was zu sagen, und die meisten Menschen erkannten seine Dominanz an – doch das galt offensichtlich nicht, wenn er in den falschen Stadtteil oder, genauer gesagt, in Rowdys Reich kam.

Mit etwas Glück würde Meyer sie als Paar ansehen und nicht länger versuchen, Avery nach Hause in ihr altes Leben zurückzuholen. Natürlich musste Rowdy mitspielen. Um ihn davon zu überzeugen, hörte sie auf, seinen Arm zu umklammern, und legte ihm stattdessen einen Arm um die Taille, allerdings so tief, dass sie seine Wunde nicht berührte. Mit dem Resultat, dass sie fast seinen muskulösen Hintern begrapschte.

Mit zusammengezogenen Augenbrauen und unerbittlicher Miene sah Rowdy auf sie herab … aber er ließ ihren Bluff nicht auffliegen. Stattdessen spielte er mit, drückte sie an sich und legte seine Hand auf ihre Hüfte.

Avery war so überrascht, dass sie nachgab. »Meyer.« Ihr Lachen war etwas zu laut und viel zu falsch. »Was für eine Überraschung, dich hier zu sehen.«

Er musterte ihre Umarmung und schien sich sichtlich unwohl zu fühlen. »Können wir uns irgendwo ungestört unterhalten?«

»Keine Ahnung. Bist du alleine hier?«

»Du hast doch nicht wirklich geglaubt, ich würde deine Mutter hierher mitbringen, oder?«

Nein, an ihre Mutter hatte sie nicht gedacht, aber sie wollte Fishers Namen auch nicht aussprechen. Rowdy sah schon jetzt aus wie ein Hund, der nur auf einen Knochen wartete, den er zernagen konnte. Er sollte ihre Tarnung sein, aber nicht das Bedürfnis verspüren, sie beschützen zu müssen.

War das nicht schön? Sie war sich vollkommen sicher, dass Rowdy ihr – im Gegensatz zu ihrer Mutter, ihrem Stiefvater und all ihren sogenannten Freunden aus ihrem früheren Leben – zu einhundert Prozent glauben würde, wenn sie ihm erzählte, was damals passiert war. Sie seufzte, weil sich das wunderbar anfühlte.

Meyer schien ihr Schweigen als Dickköpfigkeit auszulegen – was er ihr schon häufig vorgeworfen hatte – und schürzte vor Verdruss die Lippen. »Ja«, stieß er hervor. »Ich bin alleine hier.«

»Dann können wir uns natürlich unterhalten.« Doch als sie sich von Rowdy entfernen wollte, hielt der sie fest.

Sie hatte eindeutig ein Problem.

»Rowdy«, säuselte sie, »könnten wir wohl in dein Büro gehen?«

»Gute Idee.« Er hob eine Hand und rief Cannon heran. »Kannst du den Laden bitte dichtmachen?«

»Aber klar.« Cannon stellte keine Fragen, sondern machte sich einfach an die Arbeit.

»Na, dann los.« Rowdy ging voraus zum Büro, während Avery verzweifelt versuchte, eine Möglichkeit zu finden, ihn daran zu hindern, zu viel zu erfahren.

Ihr Stiefvater folgte ihnen.

»Wir machen gerade Feierabend«, sagte Rowdy im Gehen. »In ein paar Minuten werden nur noch die Angestellten hier sein.« Er öffnete die Bürotür. »Kann ich Ihnen was zu trinken bringen? Ich glaube, im Pausenraum steht noch Kaffee.«

»Das ist nicht nötig. Ich werde nicht lange bleiben.« Wieder musterte Meyer seine Umgebung. Man konnte seiner scheinheiligen Miene ansehen, dass ihm das alles nicht wirklich behagte.

Das ärgerte Avery noch mehr. Sie hatte vorgehabt, unter vier Augen mit ihrem Stiefvater zu reden, damit Rowdy nicht in ihre Probleme hereingezogen wurde, aber sie würde auf keinen Fall zulassen, dass Meyer ihn in irgendeiner Weise herablassend behandelte.

»Danke, Rowdy«, sagte sie und strahlte ihn an.

Ihr Stiefvater begriff, worauf sie hinauswollte, und zog eine Augenbraue hoch. »Ja, vielen Dank.«

Rowdy deutete auf einen Stuhl. »Setzen Sie sich doch.« Er behielt Avery neben sich und lehnte sich an seinen Schreibtisch.

Sie hatte sich so oft ausgemalt, wie das Wiedersehen mit ihrer Familie aussehen würde, aber nicht einmal im Traum hätte sie vermutet, dass es in der Bar stattfinden würde. Nach allem, was passiert war, ging sie automatisch in die Defensive.

»Warum bist du hier, Meyer?«

Meyer betrachtete den Stuhl, entschied sich dann jedoch, daneben stehen zu bleiben, und stützte die Hände locker auf die Rückenlehne. »Du solltest nach Hause kommen.«

»Nein. War das alles?«

»Wie ich sehe, bist du noch immer dickköpfig.«

»Ganz und gar nicht. Ich habe mir hier ein Leben aufgebaut. Bei euch gibt es nichts mehr für mich.«

»Was ist mit deiner Mutter?«

Die Schuldgefühle ließen sie nur noch abweisender werden. »Ich habe mit ihr telefoniert.« Vielmehr hatte sie sich am Telefon mit ihrer Mutter gestritten, die darauf bestand, dass sie Fisher die eingebildeten Vorfälle vergeben sollte. Himmel, allein bei dem Gedanken daran wurde sie schon wieder wütend.

Meyer runzelte die Stirn, allerdings nicht aus Wut, sondern vor Sorge. »Dann hat sie es dir also nicht gesagt?«

Die Art, wie er diese Worte aussprach, ließen ihren Zorn beinahe verrauchen. »Was meinst du?«

»Sie wollte nicht, dass du dir Sorgen machst, aber ich finde, du solltest es wissen.«

Jetzt war sie alarmiert. »*Was* sollte ich wissen?«

»Sonya hat Brustkrebs.«

Die Angst traf Avery so heftig wie ein Faustschlag in den Magen.

»Die Prognose ist gut«, fügte Meyer hastig hinzu. »Sie wurde operiert, man hat einen kleinen Knoten entfernt, und jetzt durchläuft sie die Therapie. Sie haben es früh entdeckt, und der Arzt geht davon aus, dass sie sich wieder vollständig erholen wird.«

»Sie hat es mit keinem Wort erwähnt.« Auch wenn Avery ständig dagegen ankämpfte, kehrten ihre Unterhaltungen letzten Endes immer dahin zurück, dass ihre Mutter sie anflehte, nach Hause zu kommen, und Avery sich weigerte.

»Wir wissen es noch nicht sehr lange.« Er rückte seine Brille zurecht. »Wenn du zu Hause wärst, wo du hingehörst, dann würde sie sich vielleicht …«

Oh Gott. Als Rowdy ihr über den Rücken strich, rief sie sich ins Gedächtnis, dass sie jetzt ein anderer Mensch war. Sie würde sich von Meyer nicht tyrannisieren lassen, nicht einmal in dieser Angelegenheit. »Du willst jetzt wirklich darüber sprechen?«

Meyer hielt eine Hand hoch. »Nein. Ich bin nicht hier, um über die Vergangenheit zu reden. Ich möchte dich nur überreden, uns wenigstens mal zu besuchen. Ich denke, es würde deine Mutter trösten, wenn sie dich vor ihrer nächsten Behandlung sehen könnte.«

»Wann ist der Termin?«

»Am Dienstag.«

Avery legte eine Hand an die Stirn. »Das ist ja schon in ein paar Tagen.«

»Nach den Behandlungen ist sie immer ganz schwach und fühlt sich krank. Ihr fallen sogar die Haare aus.« Meyer zog einen Mundwinkel hoch. »Aber du kennst ja deine Mutter. Sie sieht es als Herausforderung und hat bereits eine Wohltätigkeitsorganisation gegründet, um benachteiligten Frauen zu ermöglichen, eine Vorsorgeuntersuchung zu machen.«

Ja, das klang ganz nach ihrer Mom.

Rowdy schwieg, blieb aber an ihrer Seite, stark und unerschütterlich. Wenn sie sich freinehmen wollte, dann würde er ihr Urlaub geben. Eine Million Fragen schossen ihr durch den Kopf. »Was für Behandlungen bekommt sie?«

»Chemo und Bestrahlung. Sie macht sich Sorgen, dass sie keine passende Perücke finden wird, aber ich habe ihr versichert, dass sie auch so hinreißend aussehen wird.«

Avery war schon immer der Meinung gewesen, dass Meyers bester Charakterzug seine große Liebe zu ihrer Mutter war. »Ich bin sehr froh, dass sie dich hat, Meyer.«

»Sie braucht dich auch.« Wie eine hängende Schallplatte spielte er immer wieder dasselbe Lied ab. »Du solltest wieder nach Hause ziehen.«

Zurück zu Fisher? Sie schüttelte den Kopf. »Ich kann in einer halben Stunde bei euch sein und euch so oft besuchen, wie sie mich braucht.«

Meyer entfernte sich ein paar Schritte von dem Stuhl.

Rowdy sah Avery fragend an, aber da ihr Stiefvater mit im Zimmer war, konnte sie es ihm unmöglich erklären.

Dann drehte sich Meyer ruckartig zu ihr um. »Es reicht jetzt, Avery! Du hast lange genug das egoistische kleine Mädchen gespielt!«

Der plötzliche Angriff ließ Avery zusammenzucken.

»Vorsicht«, sagte Rowdy warnend.

Aber Meyer achtete nicht auf ihn. »Wir sollten diese Unterhaltung eigentlich ungestört führen! Du solltest mit deiner Mutter reden!«

Rowdy richtete sich vor dem Schreibtisch auf, und Avery

wusste, dass sie etwas unternehmen musste, und zwar schnell. »Ich arbeite immer sehr lange.«

»Jeden Tag?«, wollte Meyer wissen.

»Jeden Tag außer sonntags.«

»Das ist doch absurd!« Er schlug mit einer Hand in die Luft. »Du arbeitest doch nur an so einem Ort, um uns zu kränken!«

»Da irrst du dich.« Das lag ihr völlig fern. »Mir gefällt es hier.« Avery machte einen Schritt nach vorn, sodass sie vor Rowdy stand. Dieses Geständnis hätte sie lieber nicht vor ihm gemacht, aber so musste sie seine Reaktion zumindest nicht sehen. »Außerdem macht es mir Spaß, jetzt mein eigenes Geld zu verdienen.«

Meyer strich sich mit einer Hand über den Nacken und deutete dann auf Rowdy. »Auf dieselbe Weise, wie du mit ihm Spaß hast?«

Diese Anschuldigung konnte sie nicht ignorieren. Sie schoss auf Meyer zu und knurrte: »Ja, ich habe Spaß mit ihm!«

»Dann bring ihn mit.«

Oh, oh. In ihrem Kopf ging alles durcheinander. Sie musste einen taktischen Rückzug antreten …

»Wann?«, fragte Rowdy.

Oh, nein, nein, nein. Sie starrte Meyer an. »Du kannst ihn nicht in unsere Familienstreitigkeiten reinziehen.«

»Wenn er dein Freund ist, dann möchte deine Mutter ihn bestimmt kennenlernen.«

Rowdy schien tatsächlich der Atem zu stocken.

Avery erstarrte und vermied, ihn anzusehen. Sie wusste nicht, ob ihn das Wort »Freund« – eine Beschreibung, die für Rowdy viel zu langweilig klang – oder die Vorstellung, dass sie ein Paar wären, so schockiert hatte.

»Hör auf damit, Meyer.« Sie begriff, worauf Meyer hinauswollte. Ihre Mutter würde ihn mit Fisher vergleichen, und obwohl Fisher bei Avery den Kürzeren zog, hielt ihr Stiefvater Rowdy für unter ihrer Würde.

Arschloch.

»Warum willst du ihn nicht mitbringen?«, wollte Meyer wissen.

Die Geräusche hinter ihr verstummten, und sie spürte stattdessen, wie sich Rowdys Blick in ihren Rücken bohrte.

Verdammt noch mal. Sie musste einfach darauf hoffen, dass Fisher nicht in der Nähe war, und wenn doch, dann … Sie sah Rowdy über die Schulter hinweg an. Fisher war kein Idiot. Er würde keinen Mann wie Rowdy Yates provozieren, der ihn trotz seiner großen Klappe und seiner Tyrannei problemlos in Stücke reißen konnte. Sie wäre in Sicherheit, wenn Rowdy sie begleitete, und Rowdy ebenfalls … wenn sie die Sache richtig anfing.

»Ich bringe ihn gern mit. Danke für das Angebot.«

»Würde euch morgen passen?«

Wow, so bald schon. Meyer ließ ihr nur wenig Zeit, um sich über einige Dinge klarzuwerden und sich eine gute Ausrede dafür einfallen zu lassen, warum Rowdy sie begleiten sollte.

Da sie keine andere Wahl hatte, drehte sie sich zu Rowdy um.

Etwas … Bedrohliches glomm in Rowdys hellbraunen Augen. »Ich richte mich ganz nach Avery.«

Wow, bei ihm klang das wie eine Herausforderung. Glaubte er Meyers Unsinn wirklich, dass sie sich für ihn schämen würde? Sie drehte sich wieder zu ihrem Stiefvater um. »Ist elf Uhr in Ordnung?«

»Klingt gut.«

Rowdy stieß sich vom Schreibtisch ab, und jetzt sah er mehr denn je groß, hart und beeindruckend aus. »Ich möchte zuerst noch etwas wissen.«

Avery wäre beinahe zusammengezuckt. Sie wollte nicht, dass Rowdy anfing, in ihrer Vergangenheit herumzugraben und Fragen über die Situation zu stellen, die sie zum Weglaufen bewegt hatte. Sie wollte weder als Feigling dastehen noch Rowdys angeborenen Beschützerinstinkt ausnutzen.

Doch sie hatte sich umsonst Sorgen gemacht, denn Rowdys Frage ging in eine völlig andere Richtung. »Warum haben Sie nicht einfach angerufen?«

»Ich habe ja nicht mal ihre Nummer.« Meyer musterte sie abschätzig. »Als sie weggelaufen ist, hat sie ihre Nummer geändert.«

»Das habe ich nicht getan, um dir oder Mom aus dem Weg zu gehen.« Wieder warf sie Rowdy einen Blick zu. »Wir hatten damals einen Familienvertrag bei unserem Telefonanbieter, aber ich habe mir einen neuen zugelegt.«

»Sie hat ihre Mutter angerufen, mich jedoch nie«, berichtete Meyer. »Und da Sonya Avery nicht mit dieser Sache belasten wollte, konnte ich sie auch nicht nach der Nummer fragen.«

Rowdy verschränkte die Arme vor der Brust. »Wie haben Sie sie dann gefunden?«

Oh mein Gott. Daran hatte Avery ja noch gar nicht gedacht. Wütend starrte sie ihren Stiefvater an. »Warst du das am Telefon?«

»Was?« Meyer sah zwischen ihnen hin und her. »Wovon redest du da?«

»Hast du angerufen und dann nur ins Telefon geatmet?« *Hast du einen Schuss abgegeben, um mir Angst einzujagen?* Avery wollte losstürmen, aber Rowdy hielt sie zurück. Sie war zu aufgeregt, um nachzudenken, bevor sie den Mund aufmachte. »Hast du mich beobachtet?«

Meyer sah sie beleidigt an. »Mach dich nicht lächerlich.«

Rowdy blieb weitaus entspannter als sie. »Was für einen Wagen fahren Sie?«

»Ich wüsste nicht, was das zur Sache tut, aber ich fahre einen BMW.«

Avery wusste auch nicht, warum Rowdy das wissen wollte, aber sie war froh, dass er dieses Thema angeschnitten hatte. »Wie hast du mich gefunden?«

»Ach, bitte, glaubst du wirklich, deine Mutter hätte dich gehen lassen, ohne zu wissen, wo du dich aufhältst? Sie hat sofort verlangt, dass ich einen Privatdetektiv engagiere, um dich aufzuspüren.«

»Im Ernst?« Rowdy musterte ihn von oben bis unten. »Das muss teuer gewesen sein.«

»War es auch.«

In Averys Schläfen begann es zu pochen. »Hat der Privatdetektiv mich vielleicht angerufen?«

»Ich habe keine Ahnung, wie er herausgefunden hat, wo du steckst, aber ich kann ihn fragen, wenn es wichtig ist.«

War es das? Es schien ein verdammt großer Zufall zu sein, dass sie seltsame Anrufe bekam und dann aus heiterem Himmel ihr Stiefvater auftauchte. Aber sie konnte sich beim besten Willen nicht vorstellen, dass Meyer oder ein angesehener Privatdetektiv für diese merkwürdigen Anrufe verantwortlich war.

Meyer rückte seine Brille zurecht. »Ich weiß nur, dass die Leute, die ich beauftragt habe, mir vor einigen Monaten diese Adresse gegeben haben. Ich wusste, dass es eine Bar war, aber der Name wurde offenbar geändert …«

»Ich habe ihn geändert, nachdem ich die Bar gekauft habe«, erklärte Rowdy.

»Ist sie jetzt nach Ihnen benannt?«

Rowdy zuckte mit den Achseln. »Der Name war Averys Idee.«

»Na, jedenfalls war ich mir nicht sicher, ob ich sie wirklich hier antreffen würde, daher bin ich persönlich hergekommen, um es herauszufinden.«

»Und hier bin ich«, bestätigte Avery. »Mission erfüllt.«

Meyer war gereizt und gab sich keine Mühe, das zu verbergen. »Es ist spät, und ich habe noch eine dreißigminütige Heimfahrt vor mir. Wie wäre es, wenn wir diese Unterhaltung morgen fortsetzen, wenn du deine Mutter besuchst?«

Und sie hoffentlich auch die Gelegenheit dazu bekam, allein mit Meyer zu sprechen, ohne dass Rowdy zuhörte. »In Ordnung.«

Meyer warf Rowdy einen schnellen Blick zu. »Dann bis morgen.« Er ging zur Tür. »Ich finde alleine nach draußen.«

Kaum hatte Meyer den Raum verlassen, sah Rowdy Avery mit seinem finstersten Blick an.

Sie wollte ihm alles erklären, auch wenn sie selbst nicht wusste, was sie sagen sollte, aber Rowdy schüttelte den Kopf. »Lass uns den Laden dichtmachen. Wir können in meiner Wohnung weiterreden.«

Avery hoffte, dass sie bis dahin wusste, was sie ihm erzählen sollte.

Als sie sich eine Stunde später bettfertig machte, hoffte Avery inständig, dass Rowdy beschlossen hatte, das Thema auf sich beruhen zu lassen.

Sie hatte sich geirrt.

Rowdy hatte mit dem Verhör gewartet, da er Avery erst einmal ins Bett bekommen wollte. Er wusste nicht, was eigentlich los war, aber da man ihr die Müdigkeit deutlich ansehen konnte, war das vorerst wichtiger.

Warum hatte sie ihn für den Besuch bei ihren Eltern eingespannt?

Sie hätte ihrem Stiefvater doch nur sagen müssen, dass er nicht ihr »Freund« war – das war ohnehin ein bescheuerter Begriff. Stattdessen hatte sie so getan, als wäre sie in ihn verliebt.

Um Meyer zu täuschen? Oder empfand sie tatsächlich so viel für ihn? Er war sich nicht sicher.

Keine Frau hatte ihn je ihren Eltern vorgestellt. Verdammt, die Frauen, mit denen er normalerweise schlief, wollten das Erlebnis höchstens wiederholen. Bei Avery lief irgendwie alles anders.

Im Normalfall hätte er Reißaus genommen, sobald eine Frau vorschlug, sie zu einer Familienfeier zu begleiten. Aber Avery war nicht irgendeine Frau. Wenn sie wollte, dass er sie begleitete, dann musste sie einen guten Grund dafür haben.

Den sie ihm allem Anschein nach jedoch nicht verraten wollte.

Er hatte ihr genug Zeit gegeben, um das Thema selbst anzuschneiden. Stattdessen hatte sie in seiner Küche eine Schüssel Cornflakes mit kalter Milch gegessen und ihn angesehen, als rechnete sie damit, dass er jeden Moment auf sie losging.

Doch er hatte schon genug Verhöre hinter sich, um zu wissen, dass man dabei geschickter vorgehen musste.

Avery würde er mit Samthandschuhen anfassen …

Sie hatte sich bereits gewaschen und sich die Zähne geputzt. Ihr Schlafanzug war nicht gerade aufreizend, aber damit konnte er leben. Vor allem, da sie jetzt hinter ihm kniete und seinen Verband wechselte.

»Die Wunde sieht schon viel besser aus«, sagte sie.

Rowdy spürte, wie ihre zarten Fingerspitzen über seine Haut strichen. »Die Stiche jucken höllisch.«

»Das tut mir leid.« Sie pustete sanft auf seine Haut, nachdem sie die Wundsalbe aufgetragen hatte. »Ist es jetzt besser?«

Er hatte eine Erektion, was überhaupt nicht besser war. »Verbind mich wieder, damit wir schlafen gehen können.«

Sie schien zu glauben, dass sie dann nicht weiterreden würden, da sie sich beeilte und die Gaze schnell wieder befestigte, bevor sie ins Bett kroch und sich zudeckte. Sie hatte die Bettdecke bis zum Kinn hochgezogen, ihr rotes Haar war auf dem Kissen ausgebreitet, und sie sah Rowdy mit ihren blauen Augen hoffnungsvoll an, als er sich zu ihr umdrehte.

Verdammt, sie sah so … verlockend aus.

Und seit wann dachte er so über Frauen, die in seinem Bett lagen? Das tat er doch sonst nie!

Rowdy stand auf und zog seine Jeans aus.

Avery stieß ein Geräusch aus, aber er wollte sie erst wieder ansehen, wenn er einen klaren Kopf hatte. »Ich bin in fünf Minuten wieder da«, sagte er und ging ins Bad. Er putzte sich die Zähne und versuchte, nicht mehr auf so melodramatische Weise an Avery zu denken. Er war ein Mann, der in der Realität verwurzelt war, und Realität war nun mal, dass er sie begehrte. Punkt.

Alles andere … Tja, er wollte nicht darüber nachdenken. Er verdrängte diese Gedanken, da er sich auf wichtigere Dinge konzentrieren musste.

Beispielsweise auf das, was Avery derart angestrengt vor ihm verbergen wollte.

13

Rowdy schaltete das Licht aus, schlug die Bettdecke zurück und legte sich neben Avery ins Bett. Dann drückte er sie mit einem Arm an sich und legte den anderen unter ihren Kopf.

Sie lag steif wie ein Brett da und klammerte sich noch immer an die Bettdecke, unter der nur ihr Gesicht hervorlugte. Diese törichte Frau.

»Entspann dich«, murmelte er und drückte einen Kuss auf ihr Ohr.

»Hast du die Schmerztablette genommen?«

»Das ist nicht nötig. Mir geht es heute schon viel besser.«

Selbst in der Dunkelheit wusste er, dass sie ihn ansah. »Rowdy Yates, du musst hier nicht den Helden spielen …«

Er gab ihr einen Kuss, um diese absurde Vorstellung zu ersticken. Den Helden spielen? Wohl kaum. Das passte einfach nicht zu ihm.

Sie blieb weiterhin angespannt, aber Rowdy ließ sich davon nicht irritieren. Er küsste sie und strich mit seinen Lippen über ihre, bis ihr Atem sich beschleunigte. Als sie die Lippen öffnete, berührte er mit der Zunge ihre Unterlippe und hörte, wie sie nach Luft schnappte. Die Berührung war leicht, spielerisch und neckend – bis er seine Zunge schließlich langsam immer tiefer in ihren Mund stieß, von ihm Besitz ergriff. Er rollte sich auf sie, sodass er sie mit seiner Brust auf die Matratze presste, und das fühlte sich wirklich unglaublich an.

Endlich holte sie ihre Hände unter der Decke hervor, strich mit den Fingern durch sein Haar und zog ihn enger an sich.

Aus reinem Selbsterhaltungstrieb hob er den Kopf. »Das ist schon besser.«

»Besser als was?«, fragte sie atemlos.

Er strich mit den Fingern durch ihr seidiges Haar und küsste sie noch einmal. »Als wenn du dich vor mir versteckst.«

Als er sie wieder küssen wollte, stemmte sie die Hände gegen seine Brust und schob ihn von sich weg.

Grinsend rollte sich Rowdy auf die Seite. »Hast du genug vom Küssen?«

»Ich habe mich nicht versteckt!«

»Du kannst mich nicht reinlegen.«

Sie drehte sich zu ihm um, sodass sich ihre Nasenspitzen beinahe berührten. »Ich bin *müde*, hast du das schon vergessen? Einer von uns hat letzte Nacht nicht geschlafen.«

»Ach, Süße, fauch mich doch nicht so an.« Es gelang Rowdy nicht, die Belustigung in seiner Stimme zu überspielen, dafür grinste er viel zu breit. »Du klingst ja ganz schön erbost.«

»Fick dich, Rowdy Yates!«

»Irgendwann wirst du das übernehmen.« Er hielt sie fest, bevor sie aus dem Bett rutschen konnte, und musste dann vorsichtig mit ihr ringen, um sich wieder über sie zu rollen, ohne ihr wehzutun. »Für eine schwache Frau besitzt du einen erstaunlichen Kampfgeist.«

Sie bäumte sich auf und hätte ihn damit beinahe überrumpelt. Lachend legte er ein Bein über sie. »Hat diese Feindseligkeit etwas damit zu tun, dass du nicht mit mir reden willst?«

Sie erstarrte und setzte sich dann noch heftiger zur Wehr.

Er hielt sie einfach fest und gab ihr einen Kuss auf die Stirn. »Beruhige dich.«

»Okay«, schnaufte sie, zappelte aber noch immer unter ihm herum. »Aber nur, weil du am Rücken verletzt bist.«

»Du denkst also nur an mich, ja? Denn ich bin auch müde,

und wenn wir morgen früh zu deinen Eltern fahren wollen, sollten wir uns langsam mal ausruhen.«

Sie drehte den Kopf zur Seite.

Rowdy küsste ihren Hals. »Was ist los, Avery?«

»Ich war seit einem Jahr nicht mehr zu Hause.«

Derselbe Zeitraum, in dem sie keinen Sex gehabt hatte? Seltsam. »Aus persönlichen Gründen?« Er hatte die Dynamik dieser Familie noch nicht durchschaut. Alles, was er über Familien wusste, war, dass die meisten nicht funktionierten und es nur in wenigen wahre Loyalität gab – die Art von Loyalität, wie er und Pepper sie hatten.

»Sehr persönlich«, flüsterte sie.

Er strich ihr mit den Daumen über die Wangen und versuchte, sich auf diesem ungewohnten Territorium zu bewegen. »Kannst du deinen Stiefvater nicht leiden?«

»Wie kommst du denn auf die Idee?«

Wie wohl? Weil sie ihn verdächtigt hatte, für die seltsamen Anrufe verantwortlich zu sein? »Du hast dich nicht gerade gefreut, ihn zu sehen.«

»Ich war überrascht, mehr nicht.« Sie nestelte an seinen Brusthaaren, was ihn ganz verrückt machte. »Und ich dachte mir, dass irgendwas nicht in Ordnung ist, wenn er auf einmal aufkreuzt.«

War sie besorgt gewesen, weil sie entdeckt worden war? »Da liegst du ja auch richtig, wenn das, was er über deine Mutter gesagt hat, stimmt.«

»Es stimmt. So etwas würde er sich nie ausdenken. Dafür liebt er sie viel zu sehr.«

Das klang alles eher danach, als wäre er ein anständiger Kerl. »Warum hast du ihn dann gefragt, ob er dich angerufen hat?«

»Ach, ich weiß es doch auch nicht.« Sie drückte den Kopf

ins Kissen und stöhnte. »Das war dumm. Mir hätte klar sein müssen, dass Meyer Sinclair so etwas Würdeloses niemals tun würde.«

»Einfach nur ins Telefon zu atmen?« Er hoffte, dass sie noch immer über dasselbe sprachen.

»Ja. Er würde sich nie dazu herablassen, so etwas Lächerliches zu tun. Das ist einfach nicht seine Art.«

»Dann ist die große Frage, wer deiner Meinung nach für diese Anrufe verantwortlich ist. Weich mir jetzt bloß nicht wieder aus.« Er hielt ihren Kopf fest und gab ihr einen schnellen, festen Kuss. »Ich kriege eine Menge mit, Avery. Ich erinnere mich noch genau an den ersten Anruf, als dieser Mann nach dir gefragt hat. Dann habe ich dich heute am Telefon gesehen und gehört, was du zu deinem Stiefvater gesagt hast. Jemand belästigt dich, stimmt's?«

Sie nickte. »Es ist erst ein paarmal passiert.« Dann fügte sie schnell hinzu: »Vielleicht ist es auch nur ein Streich. Du weißt schon, jemand hat meinen Namen gesehen, als er in der Bar war, und will mir jetzt auf die Nerven gehen.«

»Das kann schon sein.« Aber da sie offensichtlich dachte, es würde mehr dahinterstecken, ging er ebenfalls davon aus. »Kennst du irgendjemanden, der dich auf diese Art belästigen würde?«

»Eigentlich nicht«, antwortete sie nach langem Zögern.

»Avery.«

»Sprich meinen Namen nicht so aus. Nein, ich kenne niemanden, der so dämlich wäre, alberne Telefonstreiche zu machen. Es ist nur so, dass … Ich weiß es nicht. Es macht mich nervös.« In anschuldigendem Tonfall fügte sie hinzu: »Das liegt vermutlich daran, dass du mich dazu gebracht hast, überall den schwarzen Mann zu sehen.«

»Wieso ist das meine Schuld?«

»Du hast mir doch eingeredet, dass meine Wohnung nicht sicher ist.«

Verdammt, sie war richtig gut darin, die Sache so zu drehen, dass er der Dumme war. »Dort sollte keine alleinstehende Frau wohnen, und das ist eine Tatsache, nicht nur ein Vorschlag.«

»Rowdy?«

Die Art, wie sie seinen Namen aussprach, machte es ihm unmöglich, ihren kleinen, weichen Körper unter sich noch länger zu ignorieren. »Hmm?«

Sie verschränkte die Finger in seinem Nacken. »Weißt du noch, was die Ärztin gesagt hat?«

Irgendeinen Blödsinn, dass er mit dem Sex warten sollte. »Ja, sie sagte, dass du dich um mich kümmern sollst.«

Avery lachte, und der raue Klang ihrer Stimme ließ sein Verlangen beinahe übermächtig werden.

»Sie hat was von drei Tagen gesagt, und das weißt du ganz genau. Aber du machst es mir so schwer …«

»Das ist mein Spruch, Süße.« Er presste seine Erektion gegen ihre Hüfte.

Wieder stieß sie dieses Geräusch aus, das zur Hälfte Lachen und zur Hälfte Stöhnen war. »Dann ist morgen der große Tag, oder?«

Was auch bedeutete, dass er sich an sein Versprechen halten und sie schlafen lassen musste. Vor ein paar Stunden hatte dieser Plan noch deutlich besser geklungen als jetzt.

Er stöhnte auf und gab sich nicht die geringste Mühe, sich weiter zurückzuhalten.

»Rowdy, hör auf damit. Du weißt, dass es das Vernünftigste ist.«

Ja, das wusste er, trotzdem erwiderte er: »Am liebsten würde ich dir diese niedliche Schlafanzughose ausziehen und …«

Sie legte ihm die Finger an den Mund. »Ich verspreche dir,

dass ich morgen keinen Schlafanzug anhaben werde.« Danach gähnte sie, was ihm wieder ins Gedächtnis rief, dass sie innerhalb der letzten vierundzwanzig Stunden so gut wie keine Ruhe gefunden hatte. Das war vor allem seine Schuld.

»Schlaf jetzt, Süße.« Er legte sich neben sie, wobei er darauf achtete, seinen Rücken nicht zu stark zu belasten, der noch immer sehr empfindlich war, auch wenn er ihr das Gegenteil erzählt hatte. Dann drückte er sie an sich, küsste sie noch einmal und murmelte: »Du weißt, dass morgen Samstag ist?«

»Na und?«

»Sonntag ist die Bar geschlossen. Das bedeutet, dass ich dich morgen nach Feierabend und den ganzen Sonntag für mich haben werde.«

Sie erschauderte. »Ich kann es ja selbst kaum erwarten, Rowdy.«

Er lächelte noch immer, als er spürte, wie sie langsam einschlief. Unwillkürlich legte er einen Arm um sie und drückte die Nase in ihr Haar, um ihren jetzt schon so vertrauten Geruch einzuatmen.

Es war wirklich sehr seltsam – vor allem angesichts der Tatsache, dass er noch immer erregt war –, aber es gefiel ihm, sie einfach im Arm zu halten. Bei ihr zu sein. Es tröstete ihn irgendwie, dass seine kleine Barkeeperin ganz nah bei ihm war.

Auch wenn er noch immer nicht wusste, wer sie angerufen hatte oder warum sie ihrem Stiefvater gegenüber so abweisend gewesen war. Doch das würde er schon noch rausfinden. In der Zwischenzeit war sie bei ihm in Sicherheit.

Er musste sich keine Sorgen machen.

Höchstens wegen des überwältigenden Besitzanspruchs, den er empfand, was sie betraf. Rowdy legte das Kinn auf ihren Kopf, schloss die Augen, drückte sie eng an sein Herz und gestattete sich einzuschlafen.

Während der Fahrt zum Haus ihres Stiefvaters war Rowdy in einer seltsamen Stimmung. Avery hatte schon viele verschiedene Regungen bei ihm gesehen, aber noch nie hatte er sich derart vor ihr abgeschottet. Sie hatte versucht, ihn in eine harmlose Unterhaltung zu verwickeln, hatte jedoch nur einsilbige Antworten erhalten, die keiner Erwiderung bedurften.

»Ist alles okay?«

Er sah sie an. »Klar, wieso nicht?«

»Keine Ahnung. Du bist so ruhig.« Avery bewunderte sein markantes Profil. Sie hatten lange geschlafen – was für sie beide ungewöhnlich war – und dann hastig aufbrechen müssen. Rowdy hatte rasch geduscht, sich jedoch nicht rasiert. Mit den Bartstoppeln auf seinem Kinn und den nur mit den Fingern gekämmten blonden Haaren sah er auf leicht abgerissene Weise großartig aus. »Tut dir der Rücken weh?«

»Nein.«

»Es kann doch nicht bequem für dich sein, so im Wagen zu sitzen.«

Sie hatte angeboten zu fahren, aber er hatte sich nicht nur geweigert, ihren Wagen zu nehmen, sondern auch, sie hinter das Lenkrad seines Autos zu lassen. Männer! »Du hättest mich fahren lassen sollen.«

»Ich war mir nicht sicher, ob man uns wieder folgen würde, und da ich weiß, wie ich jemanden abschütteln kann, hielt ich es für das Klügste, selbst zu fahren.«

Oh. Es hatte also nichts mit dieser Männer-Frauen-Geschichte zu tun? »Das hättest du mir auch sagen können.«

»Hab ich doch gerade.«

So langsam fing sie an zu verzweifeln, und das brachte ihre ausgeglichene Stimmung in Gefahr. »Und, ist uns jemand gefolgt?«

»Habe ich irgendwelche wilden Fahrmanöver gemacht?«

Sie vermutete, dass sie von ihm keine bessere Antwort bekommen würde. »Ich glaube, da zieht ein Sturm auf.«

Er beugte sich vor und betrachtete die Sturmwolken, die sich über ihnen zusammenballten. »Sieht ganz danach aus.« Dann warf er ihr einen schnellen Blick zu. »Hast du keine wärmere Jacke?«

Sie trugen beide lässige Kleidung, Rowdy eine Jeans und ein schwarzes T-Shirt, unter dem sich jeder Muskel an seinem Oberkörper abzeichnete, Avery eine Jeans und einen beigefarbenen Pullover. Er hatte noch ein Flanellhemd dabei, sie eine dünne Jacke.

»Ich habe einen Wintermantel, aber ich hatte nicht damit gerechnet, dass ich ihn jetzt schon brauchen würde.« Es war für Oktober ungewöhnlich kalt und stürmisch.

»Wie ist es in deiner Wohnung? Hast du es auch warm genug?«

Avery wusste, worauf er hinauswollte, und legte ihm eine Hand auf den harten Bizeps. Wie immer erschauderte sie, als sie seine Kraft spürte. »Du musst dir um mich keine Sorgen machen, Rowdy. Ich kann auf mich aufpassen.« Seine Haut war warm und spannte sich über den festen Muskeln.

Heute nach der Arbeit würden sie miteinander schlafen. Sie hatte einen langen Tag vor sich, der mit dem Familientreffen begann.

Er spannte den Arm unter ihrer Hand an. »Ich habe mir keine Sorgen gemacht.«

»Dann machst du dir eben Gedanken. Das brauchst du nicht. Ich versichere dir, dass ich vernünftig genug bin, um oft genug zu essen und mich dem Wetter gemäß zu kleiden.«

Aus irgendeinem Grund runzelte er die Stirn. »Wir sind gleich da.«

Ihr fiel wieder ein, dass Alice gesagt hatte, Rowdy könne

einiges einstecken, aber keine Komplimente annehmen. Anscheinend sah er jegliche Art von menschlicher Emotion als Schwäche an und behandelte sie genauso wie Komplimente.

Sie wusste, warum das so war, und ihr Herz wurde schwer. Daher rutschte sie näher an ihn heran, drückte sich an seinen Arm und legte den Kopf auf seine Schulter. »Danke, dass du gefragt hast.«

Er drehte sich ein wenig, legte ihr eine Hand auf den Oberschenkel und meinte: »Du sagst mir Bescheid, wenn du was brauchst, ja?«

Nein, das würde sie ihm nicht antun. Seine Eltern hatten ihn schlecht behandelt. Seine Schwester hatte seinen Schutz gebraucht. Die Gesellschaft hatte ihn im Stich gelassen. Und die Frauen wollten nichts als Sex mit ihm.

Zumindest in einer Hinsicht war sie anders. Anstatt dass Rowdy auf sie aufpasste, wollte sie sich um ihn kümmern – soweit er es zuließ. »Danke, dass du heute mitkommst. Es tut mir echt leid, dass du da mit reingezogen wurdest.«

Er streichelte ihr Bein. »Kein Problem, Süße. Aber verrätst du mir auch noch den Grund, bevor wir ankommen?«

»Den Grund wofür?«

»Warum du wolltest, dass ich mitkomme.«

»Meyer hat es vorgeschlagen.«

»Und du hättest ihm sagen können, dass ich nicht dein Freund bin.«

Da hatte er recht, aber sie konnte Rowdy kaum gestehen, dass sie ihn auf diese Weise verteidigt hatte. Wenn er schon keine Komplimente mochte, dann war er erst recht dagegen, dass sie ihn beschützte.

»Wegen der guten Gesellschaft?«, schlug sie als Ausrede vor. Sein Blick gab ihr zu verstehen, dass er ihr das nicht abkaufte. »Doch, das stimmt. Du musst nicht gleich in Panik geraten,

Rowdy, aber ich bin gern in deiner Nähe. Und nein, das bedeutet nicht, dass ich immer erwarte, dass du …«

»Hast du Angst davor, deine Mutter wiederzusehen?«

Das wollte er also auch nicht hören? Gut. Okay. Sie musste es ihm ja nicht sagen, sondern konnte es ihm zeigen. »Nein. Es ist natürlich schon ein bisschen komisch. Ich war so lange weg und bin nicht gerade unter den besten Umständen abgehauen.«

»Welche Umstände waren das denn?«

Darüber musste sie erst nachdenken. Wie sollte sie es ihm erklären, ohne zu sehr ins Detail zu gehen? »Wir hatten uns gestritten. Ich habe dir doch erzählt, dass sie wollten, dass ich sesshaft werde, erinnerst du dich? Mein Stiefvater war auch dieser Meinung. Er glaubte, er könnte mich mit dem perfekten Mann verkuppeln. Dummerweise war der in meinen Augen gar nicht so perfekt.« Das war alles nicht gelogen, auch wenn es der Wahrheit nicht einmal nahekam. Sie erzählte ihm nicht, wie sehr Meyer sie gedrängt und wie Fisher sie behandelt hatte.

Sie erwähnte auch nicht, dass alle Fishers Lügen statt ihren Worten geglaubt hatten.

»Meine Mutter will mich verwöhnen, und Meyer möchte, dass sie glücklich ist, daher … Sie waren der Ansicht, dass ich einem bestimmten Muster folgen sollte.«

»Du meinst, Hochzeit, Heim und Herd und all das?«

»Im Prinzip schon. Sie fanden, dass die Hochzeit mit dem richtigen Mann die Grundlage für eine sichere Zukunft wäre, und für sie ist das gleichbedeutend mit Glück.« Sie schob ihre Finger unter den Ärmel seines T-Shirts, um seine muskulöse Schulter besser spüren zu können. Sie liebte es, ihn zu berühren, den Duft seiner Haut einzuatmen und seine wundervolle Wärme zu spüren. »Ich wollte noch mehr von der Welt sehen.«

»Indem du in einer Absteige in einer miesen Gegend arbeitest?«

Sie protestierte. »Es ist keine Absteige mehr!« Das hatte sich geändert, als Rowdy die Bar gekauft hatte.

»Aber sie liegt immer noch in einer miesen Gegend.« Während er abbog, murmelte er leise: »Und das ist deinem Stiefvater garantiert aufgefallen.«

Sie zuckte mit den Achseln. »Ich mag meinen Job.« Und sie liebte … *Nein. Daran wollte sie nicht einmal denken.* »Du bist ein toller Chef, und Ella und Jones sind für mich fast schon so was wie eine Familie.«

»Was ist mit Cannon?«

»Ich glaube, er wird sich ganz gut einfügen.« Sie sah die Straße entlang, die von beeindruckenden Häusern auf großen Grundstücken gesäumt war, und wurde auf einmal fast melancholisch. »Da, am Ende der Straße. Das graue, zweistöckige Steinhaus.«

»Heilige Scheiße.« Rowdy wurde langsamer. »Willst du mich verarschen?«

Mit dieser Reaktion hatte sie nicht gerechnet. »Was ist denn?«

»Das ist ja ein gottverdammtes Schloss.«

Sie sah sich das Haus im Tudorstil noch einmal genauer an. Die Steinsäulen und die gewaltigen Bögen erinnerten durchaus an ein Schloss, doch dieses Haus verfügte über alle modernen Annehmlichkeiten, die man sich nur vorstellen konnte. »Ich habe dir doch erzählt, dass Meyer wohlhabend ist.« Eigentlich hatte sie nicht wirklich darüber nachgedacht. Ihre Familie war ebenso gut betucht gewesen, daher war es in ihren Augen einfach ein nettes Haus. Wieder wurde sie wehmütig, als sie daran dachte, wie unterschiedlich ihr und Rowdys Leben verlaufen war und dass er so vieles nie kennengelernt hatte. »Es ist doch nichts Besonderes.«

Er hielt am Straßenrand, saß dann einfach nur da und starrte das Haus an.

»Du kannst auch in die Auffahrt fahren.«

»Nein, das kann ich nicht. Nicht mit dieser Rostlaube.«

»Rowdy.« Für sie war ein Auto einfach nur ein Auto. Gut, sein fahrbarer Untersatz hatte schon bessere Tage gesehen, aber er kam damit, wohin er wollte, und das war alles, was zählte. »Das ist doch unwichtig.«

»Er verliert Öl. Und auf dieser Auffahrt liegt noch nicht einmal ein abgefallenes Blatt.«

»Oh.« Beschwichtigend meinte Avery: »Dann machen wir eben einen Spaziergang an der frischen Luft zum Haus.« Sie zog ihre Jacke über. »Na, dann los.« Jetzt, wo sie da waren, wollte sie endlich ihre Mutter sehen.

Mit versteinertem Gesicht zog Rowdy die Handbremse und schaltete den Motor aus. Er steckte die Schlüssel in die Tasche und stieg aus. Dann stand er da und starrte Meyers Haus an, während ein Windstoß sein Haar zerzauste und das schwarze T-Shirt an seinen Rücken presste.

Avery konnte durch den dünnen Stoff den Umriss des Verbands erkennen. Sie beugte sich zur Fahrerseite hinüber und fragte: »Ist mit deinem Rücken auch alles in Ordnung?«

Nur mit Mühe konnte er den Blick vom Haus abwenden. »Was? Ja, alles gut. Mach dir deswegen keine Sorgen.«

Er klang leicht verärgert. Sie musste daran denken, dass sie ihn nicht so bemuttern durfte.

Rowdy zog sein Flanellhemd über. »Warum habe ich auf einmal das Gefühl, zu schlecht angezogen zu sein?«

»Ich verspreche dir, dass sie nicht so hochnäsig sind.« Sie stieg ebenfalls aus und machte ihre Jacke zu. »Wow, der Wind ist wirklich kalt.«

Rowdy ging um den Wagen herum und legte Avery einen

Arm um die Schultern. Sein Unbehagen schien immer größer zu werden. »Dann bringen wir es besser hinter uns.«

Bedeutete ihm das wirklich so viel? Sie hatte diesem Reichtum nie besondere Beachtung geschenkt und deshalb auch nicht weiter darüber nachgedacht, wie er sich fühlen würde, wenn er damit direkt konfrontiert wurde. Seine Reaktion machte ihr bewusst, dass sie in der Hinsicht viel zu unsensibel gewesen war.

Sie war nicht besser als andere Frauen, wenn sie ihn in Situationen brachte, die er noch nie erlebt hatte und in denen er sich unwohl fühlte.

Sie blieb stehen und sah zu ihm auf. »Wir müssen da nicht reingehen.«

Er sah sie fragend an. »Willst du etwa draußen in der Kälte bleiben?«

»Nein, ich meinte damit, dass wir auch umkehren und zurückfahren können.« Sie griff mit beiden Händen nach seinem offenen Flanellhemd, und er legte automatisch die Hände an ihre Taille. »Meyer wird es verstehen, wenn ich den Besuch verschieben muss. Ich könnte vielleicht morgen wiederkommen …«

»Das bezweifle ich.« Rowdy beugte sich vor, biss ihr sanft in die Unterlippe und strich dann mit seiner warmen Zunge darüber. »Morgen wirst du nackt unter mir liegen.«

Diese suggestiven und eindeutigen Worte bewirkten, dass das Kribbeln in ihrem Bauch gleich noch viel stärker wurde. »Das klingt perfekt, aber ich komme …«

»Mehrmals.« Er küsste sie, strich mit der Zunge sanft über ihre Lippen, drang kurz in ihren Mund ein und zog sich dann zurück. »Garantiert.«

Es fiel ihr schwer, klar zu denken, wenn er so etwas sagte. »Ich wollte sagen, dass ich auch morgens oder am frühen

Abend herkommen könnte, dann hätten wir fast den ganzen Tag zusammen.«

»Du hörst mir nicht zu, Süße. Du gehörst morgen den ganzen Tag lang mir.« Er legte eine Hand in ihre Taille. »Es wird eine Weile dauern, bis ich genug habe.«

War es für ihn wirklich so einfach? Würde er nach dem Sex genug von ihr haben, egal, wie oft sie an diesem Tag miteinander schliefen, und wäre er fertig mit ihr?

Vermutlich schon, und das machte sie traurig, aber sie wollte ihn nicht mit ihren Gefühlen belasten. Er war die ganze Zeit ehrlich zu ihr gewesen, sie hatte gewusst, dass ihre Beziehung nicht von Dauer sein würde, und ihr war immer klar gewesen, dass er nur eines von ihr wollte: Sex.

Irgendwie würde sie einen Weg finden, damit klarzukommen, wenn es zu Ende ging, was unausweichlich passieren würde. »Na gut. Wenn du dir sicher bist, dass ich hierbleiben soll, dann können wir auch reingehen, anstatt den Nachbarn was zum Gucken zu geben.«

Er sah sich mit zusammengekniffenen Augen um und grinste dann. »Die Häuser stehen so weit auseinander, dass uns vermutlich niemand sehen kann.« Trotzdem ließ er sie los, nahm ihre Hand, und sie gingen die Auffahrt hinauf.

Lächelnd ließ sich Avery von ihm mitziehen. Es gefiel ihr, wie seine große Hand ihre viel kleinere umfing und wie zielsicher er mit seinen langen Beinen dahinmarschierte.

Und wie sich seine abgetragene Jeans so heiß an seinen Hintern schmiegte …

Dieser Mann war ein Kunstwerk, und heute Nacht würde sie ihn erkunden – von Kopf bis Fuß. Es gab so viele kreative Positionen, die sie ausprobieren konnten.

Sie hatte vor, nicht eine einzige auszulassen.

Am Ende der Auffahrt blieb Rowdy mitten zwischen den

sorgfältig beschnittenen Pflanzen stehen und starrte den silbernen BMW an, der dort parkte. Averys Innerstes gefror zu Eis. Sie kannte diesen verdammten Wagen und …

»Hallo, ihr zwei.«

Mit zornigem Blick drehte sie sich zur Haustür um … da stand Fisher Holloway. Angst stieg in ihr auf, aber sie kämpfte dagegen an. Heute hatte sie nichts zu befürchten.

Schließlich war Rowdy Yates bei ihr.

Und das bedeutete, dass sie die Oberhand hatte.

Es hatte sehr lange gedauert, bis sie ihre Unabhängigkeit zurückgewonnen, Mauern gegen den Schmerz aufgebaut und die Vergangenheit hinter sich gelassen hatte.

Daher würde sie sich ihre Unsicherheit jetzt auf gar keinen Fall anmerken lassen, erst recht nicht vor diesem Mann.

Sie kniff die Augen zusammen und sagte mit beißendem Sarkasmus in der Stimme: »Fisher. Was für eine Überraschung, dich hier zu sehen.«

Rowdy hatte nicht mehr die Absicht zu gehen. Ganz im Gegenteil. Er wollte bleiben, und er wollte Antworten.

Er wollte beispielsweise wissen, warum der Wagen, der ihnen gefolgt war, mitten auf der Auffahrt ihres Stiefvaters parkte. Hatte Meyer gelogen? War er ihnen gefolgt? Und wenn ja, warum?

Als Rowdy sich umdrehte, um zu sehen, wer sie da begrüßte, dankte er Mutter Natur, dass sie ihn so groß und stark gemacht hatte. Der Clown, der Avery wie ein lange verschollener Liebhaber angrinste, war nicht ohne. Vielmehr sah er aus wie ein verdammter Footballspieler und war deutlich über eins achtzig groß.

Aber Rowdy war größer und breiter, sodass er auf den anderen Mann herabsehen konnte.

Natürlich trug der Kerl keine Jeans, sondern eine dunkelgraue Stoffhose, dazu Lederschuhe und ein Designer-Poloshirt. Rowdy entdeckte außerdem einen dicken Goldring an seiner Hand und eine Goldkette an seinem Hals.

Nur mit Mühe konnte er seine Gesichtszüge unter Kontrolle halten.

Avery rückte näher an ihn heran, und diese kleine vielsagende Geste ließ ihn noch misstrauischer werden.

Der Mann hörte auf, Avery anzugrinsen, und kam mit ausgestreckter Hand auf Rowdy zu.

»Hallo. Sie müssen Averys … *Freund* sein, von dem uns Meyer erzählt hat.«

Rowdy schüttelte die Hand und stellte amüsiert fest, dass der andere Mann versuchte, fest zuzupacken. »Rowdy Yates. Avery arbeitet für mich.« Er drückte ebenfalls zu, und Fishers Grinsen sah leicht gequält aus.

»Fisher Holloway«, sagte der Mann mit einer Grimasse. »Ich bin ein enger Freund der Familie und ein Geschäftspartner.«

Rowdy ließ ihn vom Haken und deutete auf den silbernen BMW. »Ist das Ihr Wagen?«

Fisher steckte die Hände in die Hosentaschen. »Ja, das ist einer meiner Wagen. Aber ich werde ihn bald austauschen. Warum fragen Sie, wollen Sie sich einen neuen kaufen?«

»Nein, den könnte ich mir auch gar nicht leisten. Aber er ist nett.«

Fisher beugte leicht die Knie und lachte. »Und ›nett‹ können Sie sich nicht leisten?«

»Diese Art von nett jedenfalls nicht.«

Da stellte sich Avery vor Rowdy. Die Bewegung war so lächerlich, da sie offensichtlich eine beschützende Haltung einnehmen wollte, dass sich Rowdy darüber ärgerte.

»Das hat er nicht gemeint, Fisher, das weißt du ganz genau.«

Diesen aggressiven Tonfall kannte er noch gar nicht von Avery. Und das wegen ihm? Hatte er ihre Nervosität vielleicht falsch verstanden?

»Nichts für ungut, Schätzchen.« Fisher grinste Rowdy vielsagend an. »Das war doch nur Spaß.«

Rowdy biss die Zähne zusammen, packte Averys Oberarme, hob sie hoch und setzte sie auf seiner Seite wieder ab. »Es trifft aber trotzdem den Punkt. Ich kann mir so einen Wagen nicht leisten.« Warum zum Teufel nannte der Kerl Avery »Schätzchen«? Hatten sie etwa eine gemeinsame Vergangenheit?

Oder war es überhaupt vorüber?

Avery war noch immer wütend. »Rowdy hat ein eigenes Unternehmen, und er steckt sein ganzes Vermögen hinein.«

Vermögen? Welches Vermögen? Selbst wenn er alles verkaufte, was er besaß, würde er sich so einen Wagen nicht leisten können.

»Eine Bar, nicht wahr?« Fisher grinste gemein. »Meyer sagte, sie wäre recht … einfach.«

»Dann wollte er offenbar höflich sein.« Rowdy nahm Averys Hand, um ihre absurden Schutzmaßnahmen besser unter Kontrolle zu haben. »Sie sind noch nie da gewesen, oder, Fisher?«

»Ich hatte leider noch nicht das Vergnügen.«

So ein Blödsinn. Er hatte sich dort umgesehen, warum log er jetzt? »Sind Sie sicher? Ich hätte schwören können, dass ich diesen Wagen vor Kurzem dort gesehen habe.«

Avery hörte die Anschuldigung nicht, aber bei Fisher kam sie an. »Ich bezweifle, dass das der einzige silberne BMW in der Gegend ist.«

Wohl kaum, aber es war der einzige mit diesem Kennzeichen. Rowdy zuckte mit den Achseln. »Ein solcher Wagen fällt in meiner Gegend nun mal auf.«

»Hmm. In meiner Gegend sehen alle Autos so aus.«

Ein Punkt für das Arschloch. Rowdy ließ die Sache ruhen, bevor Avery noch misstrauisch wurde. Er wollte ihr auf gar keinen Fall das Wiedersehen mit ihrer Mutter verderben. »Sollen wir reingehen? Avery kann es bestimmt kaum erwarten, ihre Mutter zu sehen.«

»Das beruht auf Gegenseitigkeit«, meinte Fisher und bedeutete ihnen, vorauszugehen. »Ich habe Meyer gesagt, dass ich euch reinlasse. Im Sonnenzimmer gibt es ein leichtes Mittagessen.«

Was zum Henker war ein Sonnenzimmer? Als Rowdy an Fisher vorbeiging, prickelte seine Haut als Warnung. Es gefiel ihm nicht, diesen Kerl im Rücken zu haben. Seine Instinkte täuschten ihn nie, allerdings konnte seine Unruhe in diesem Fall auch einen anderen Grund haben …

Eifersucht.

Hässliche, gemeine Eifersucht.

Seit dem Augenblick, in dem Fisher Avery derart vertraut angegrinst hatte, wollte Rowdy ihn in die Mangel nehmen.

Aber Fisher war entweder nicht bewusst, in welcher Gefahr er schwebte, oder er war zu selbstsicher, um sie zu beachten, denn er ging auf Averys andere Seite, kam ihr viel zu nahe und sagte mit vertraulicher Stimme: »Es ist schön, dich wiederzusehen, Ave.«

Ave? Was war das denn bitteschön für ein Spitzname?

Averys Finger legten sich fester um Rowdys, und ihre Stimme klang ein wenig schrill. »Warum bist du überhaupt hier, Fisher?«

»Meyer hat mich eingeladen. Und ich habe natürlich sofort zugesagt. Du hast mir gefehlt.«

War er auf einmal unsichtbar? Rowdy hatte kein Problem damit, ignoriert zu werden, aber Fisher ging entschieden zu weit.

»So nennst du das also?«, fragte Avery.

»Wenn es um dich geht, sage ich immer die Wahrheit, Avery.«

Sie knurrte etwas Unverständliches.

Rowdy hatte keine Ahnung, was diese ganzen unterschwelligen Kommentare zu bedeuten hatten, aber sie flogen so pfeilschnell durch die Luft, dass sie förmlich auf ihn einprasselten. Avery und Fisher hatten auf jeden Fall eine gemeinsame Vergangenheit.

Hatten sie miteinander geschlafen?

Oder schlimmer noch, sich geliebt?

Vielleicht war Fisher aus diesem Grund hinter ihr her gewesen und hatte sie heimlich beobachtet. An seiner Stelle hätte Rowdy womöglich dasselbe getan. Wenn sie diese Gegend verließ, um sich in Rowdys niederzulassen, musste sich jeder vernünftige Mensch Sorgen um sie machen. Fisher mochte ja ein Arschloch sein, aber dumm war er vermutlich nicht. Er konnte sich denken, dass Avery Ärger bekommen würde.

Beispielsweise in Gestalt von … Rowdy Yates.

»Wenn du schon mal hier bist«, murmelte Fisher, »würde ich mich gern mit dir unter vier Augen unterhalten.«

Auf gar keinen Fall!

Rowdy wollte gerade den Mund aufmachen, als Avery sagte: »Nein.«

Gut. Sie war also auch nicht darauf erpicht, mit dem Mann allein zu sein. Das war Rowdy nur recht.

Bevor sie durch die offene Haustür gingen, schob er Avery vor sich, sodass Fisher erneut hinter ihm lief. Wenn er seinen Körper einsetzen musste, um sie voneinander zu trennen, dann würde er das eben tun.

Die Rolle des eifersüchtigen Freundes passte ihm zwar überhaupt nicht, aber er würde sich damit abfinden.

»Ich bin ein enger Vertrauter von Meyer und Sonya«, berichtete Fisher. »Ich habe sie getröstet, während du weg warst.«

Avery zitterte. Vor Zorn? Vor Aufregung?

Als sie in den gewaltigen Eingangsbereich traten, sah sich Rowdy um und wäre am liebsten wieder gegangen – er hätte sich Avery notfalls sogar über die Schulter geworfen.

14

Das ganze Haus strahlte nichts als Reichtum aus. Die Einrichtung war sündhaft teuer.

»Nett hier.« Rowdy versuchte, sein Erstaunen zu verbergen, aber es war einfach unfassbar. Allein der Flur war schon groß genug, dass man ein Hotel darin hätte unterbringen können.

»Das Sonnenzimmer liegt da vorne«, sagte Avery. Sie nahm Rowdys Hand, ging zielstrebig durch das Haus und würdigte die museumsartigen Möbelstücke keines Blickes.

Floh sie vor Fisher oder wollte sie nur ihre Mutter sehen?

Zusammen mit Avery in dieser Umgebung zu sein, verwirrte ihn, aber er war sich ziemlich sicher, dass es Ersteres war.

Da ihre Mutter ein zweites Mal geheiratet hatte, wusste Rowdy, dass Avery nicht hier aufgewachsen war. Doch unterschied sich dieses Haus so sehr von ihrem früheren Zuhause? Sie schien hier nichts Beachtung zu schenken und marschierte an der breiten Treppe, den Säulen und Kerzenleuchtern, dem Marmor und dem geschliffenen Glas sowie … all dem anderen teuren Kram einfach vorbei.

Endlich betraten sie ein achteckiges Zimmer im hinteren Teil des Hauses. Große Fenster reichten bis zur drei Meter fünfzig hohen gewölbten Decke. Von hier aus blickte man auf einen parkartigen Garten voller gewaltiger Bäume und einen riesigen Swimmingpool, der seinen Blick anzog und aussah, als würde er in die Landschaft hineingehören.

Rowdy war derart fasziniert von diesem Anblick, dass er die kleine Frau beinahe übersah, die schnell aufstand.

Dann sah er Averys Mutter.

Als die Frau herbeigeeilt kam und Avery fest in die Arme nahm, wurde ihm auf einmal mulmig. Sie war ebenso zierlich wie ihre Tochter und sah in dem figurbetonten Kleid und den Schuhen mit kleinem Absatz sehr weiblich aus. Ihre Gesichtszüge ähnelten Averys, aber wo diese wundervolles rotes Haar hatte, waren die sehr dünnen Haare ihrer Mutter unter einem Seidenschal fast verborgen. Sie musste an die sechzig sein, sah aber noch immer sehr glatt, elegant und fit aus.

Es war auf den ersten Blick erkennbar, woher Avery ihr Aussehen und ihren tollen Körper hatte.

Rowdy kam sich wie ein Idiot vor, als er einfach nur dastand, wie ein Eindringling, der nicht einmal das Recht hatte, wie Meyer und Fisher zu lächeln.

Daher machte er einen Schritt nach hinten, um etwas Abstand zwischen sich und diese sehr persönliche Szene zu bringen.

Averys Mutter hatte Tränen in den Augen, aber sie umfing Averys Gesicht mit den Händen und lachte. »Ich habe dich so vermisst.«

Avery nahm sie erneut in die Arme. Sie drückten die Köpfe gegeneinander und wiegten sich leicht hin und her.

Was für ein wundervoller und rührender Anblick.

So sollten Mutter und Kind miteinander umgehen, wenngleich er nicht aus persönlicher Erfahrung sprechen konnte.

Rowdy steckte die Hände in die Gesäßtaschen und versuchte, den Blick abzuwenden.

Er konnte es nicht.

Die beiden Frauen schienen sich nicht nur zu umarmen, sie drückten sich ganz fest. Es lagen so viele Gefühle in der Luft, dass er beinahe daran erstickte. Er konnte nicht mehr schlucken, bekam kaum noch Luft.

Dann stand Avery auf einmal wieder neben ihm, lehnte sich auf diese vertraute Art an seine Schulter und umklammerte einen Arm. Lächelnd und mit geröteten Augen schniefte sie und sagte: »Rowdy, das ist meine Mutter Sonya. Mom, das ist Rowdy, mein Boss.«

Sonyas Lächeln verblasste. »Ich weiß nicht, ob du deinen Boss so anfassen solltest, Liebes.«

Rowdy kam sich vor wie auf dem Präsentierteller. Er sah an Sonya vorbei zu Meyer und Fisher, die nebeneinanderstanden und Feindseligkeit und Vorsicht ausstrahlten.

Sonya streckte ihre kleine, zarte Hand aus. »Danke, dass Sie meine Tochter nach Hause gebracht haben, Rowdy.«

Und Rowdy begriff, dass es wirklich ein Zuhause war. Ein Heim voller Liebe, Schutz und jener wundervollen Dinge, die man sonst damit in Verbindung brachte. All der Dinge, die Avery verdient hatte.

Warum war sie von hier weggegangen?

Und was zum Henker hatte er hier zu suchen?

Sonyas Hand war so klein, und er hielt sie vorsichtig fest. »Das hat sie ganz alleine geschafft, Ma'am. Ich habe sie nur begleitet.«

»Bleiben Sie zum Essen?« Sie deutete auf einen Tisch, auf dem mehr Gerichte standen, als er je auf einmal gesehen hatte.

»Gern, danke.« Er sah Früchte, winzige Sandwiches, eingelegtes Gemüse und irgendwelche komischen Chips auf dem Tisch stehen.

Fisher zog einen Stuhl heran. »Setz dich, Ave.«

Aber sie warf ihm nur einen finsteren Blick zu und blieb an Rowdys Seite. Rowdy legte einen Arm um sie und schob sie nach vorn. Als er einen Stuhl für sie zurechtrückte, sagte Sonya auf einmal: »Vielen Dank, Rowdy« und setzte sich.

Dann klopfte sie auf den Stuhl neben sich. »Bitte. Ich würde mich gern noch mit Ihnen unterhalten.« Sie drehte sich um. »Und du kommst auf meine andere Seite, Avery. Wir haben so viel aufzuholen.«

Verdammt. Sonya hatte ihn überrumpelt, erkannte Rowdy, als Fisher auf Averys anderer Seite Platz nahm, während er selbst zwischen Sonya und Meyer festsaß.

Wie unangenehm ... Er zupfte an seinem Ohr, sagte jedoch nichts, sondern setzte sich einfach.

Das leichte Mittagessen wurde serviert, und Sonya und Avery unterhielten sich leise. Ausgehend von dem, was Rowdy verstehen konnte, waren sie sich wegen irgendwas uneinig. Es war nicht direkt ein Streit, aber ganz offenkundig eine Meinungsverschiedenheit.

Eine Sekunde später sagte Sonya: »Bitte wartet nicht auf uns« und stand auf, gefolgt von Avery.

Rowdy sah ihnen nach, als sie zu den Fenstern auf der anderen Seite des Raumes gingen, wo sie beide gestikulierend flüsterten und sich hin und wieder erneut umarmten.

»So, Rowdy.« Fisher zerschnitt eine Erdbeere, als hätte er ein Steak auf dem Teller liegen.

Widerstrebend biss er in eines der winzigen Sandwiches. »Was?«

»Hat Ave Ihnen erzählt, warum sie weggegangen ist?«

Wie aufs Stichwort meinte Meyer: »Entschuldigt mich« und verschwand ebenfalls.

Allein mit Fisher. Interessant. Rowdy hatte das unangenehme Gefühl, dass das alles so geplant gewesen war.

»Sie ist nicht ins Detail gegangen«, antwortete Rowdy.

»Was hat sie denn über mich erzählt?«

»Nichts.« Erstick daran, du großkotziges Arschloch. »Sie hat Sie mit keinem Wort erwähnt.« Aus diesem Grund war Rowdy auch noch viel neugieriger, schließlich schien Fisher fast zur Familie zu gehören.

Fisher sah zu Avery hinüber, und sein Blick wurde zärtlich. »Wir haben uns gestritten. Als ich sie bat, mich zu heiraten und eine Familie zu gründen, hat sie mich als Kontrollfreak bezeichnet.«

Rowdy musterte Avery. Ihr Gesicht war voller Sorge, sie umfasste die Hände ihrer Mutter mit einer Hand und rückte mit der anderen deren Schal zurecht. Ihre Mutter schien sie zu beruhigen.

Sie hatte erwähnt, dass ihre Eltern sich gewünscht hatten, dass sie heiratete. Offensichtlich war Fisher in ihren Augen der richtigen Mann für Avery, sonst wäre er jetzt nicht hier.

»Manchmal gewinnt man und manchmal verliert man, Fish«, entgegnete Rowdy, um zu demonstrieren, dass auch er Namen gut abkürzen konnte.

»Ich liebe sie noch immer«, erklärte Fisher, der seine guten Manieren vergessen zu haben schien. »Ich will sie zurück.«

Das machte Rowdy wütend, obwohl er nicht wusste, ob Fisher das gelingen würde. Eines war ihm jedoch klar: »Das wird heute auf keinen Fall passieren, also halten Sie sich lieber zurück.«

Fisher tat amüsiert und grinste ihn feist an. »Rechnen Sie sich etwa Chancen bei ihr aus?«

Die Chance darauf, mit ihr zu schlafen, auf jeden Fall. Aber darüber hinaus? Er war ehrlich genug zu sich selbst, um sich einzugestehen, dass es nicht besonders gut für ihn aussah. Aber das hieß noch lange nicht, dass Avery auf ein Arschloch wie Fisher reinfallen würde. Sie war viel zu aufrichtig, offenherzig und *echt*, um sich mit einem Kerl mit Goldkettchen abzugeben.

»Ich weiß nur, dass sie mit mir hergekommen ist und mit mir

zurückfahren wird, und das reicht mir.« Was für eine Lüge. Das kam der Wahrheit nicht einmal nahe.

»Da wäre ich mir an Ihrer Stelle nicht so sicher. Wie ich vorhin schon sagte, stehe ich Averys Familie sehr nahe, ich habe sie getröstet, als sie wegen ihres Verhaltens traurig waren und weil sie … sie verlassen hat. Aber jetzt ist sie wieder da, und wenn ihre Mutter sie bittet, hierzubleiben …« Er ließ die Worte in der Luft hängen, ohne den Satz zu beenden.

Verdammt! So weit hatte Rowdy gar nicht gedacht. Er sah wieder zu Avery hinüber und bemerkte, dass die beiden Frauen jetzt lächelten. Vermutlich würden sie ihr Gespräch bald beenden und an den Tisch zurückkehren, daher musste er sich beeilen. »Ich habe das Kennzeichen wiedererkannt, Fisher. Sie waren vor meiner Bar und haben Avery ausspioniert.«

Fisher sah einen Augenblick lang überrascht aus, doch dann zuckte er mit den Achseln. »Ich habe eher auf sie aufgepasst.«

Rowdy stellte diese Möglichkeit nicht infrage, da sie durchaus Sinn ergab, wenngleich er sich das nur widerstrebend eingestand.

»Ave ist nicht für das raue Leben geschaffen. Im Moment ist sie rebellisch und will ihrer Familie irgendwas beweisen.« Fisher spießte eine weitere Erdbeere auf seine Gabel. »Als ihr Vater gestorben ist, hat sie das sehr mitgenommen. Dann hat Sonya wieder geheiratet, sodass sich ihr Leben weiter verändert hat. Seitdem ist Avery nicht mehr dieselbe.«

»Inwiefern?«

Fisher grinste. »Sie ist ausgezogen und hat angefangen, in einer schäbigen Bar zu arbeiten.« Er deutete mit der aufgespießten Erdbeere auf Rowdy. »Sie bringt Sie mit hierher, um ihnen ihre Rebellion unter die Nase zu reiben.«

Hatte ihn Avery deshalb dabei haben wollen? Ihm wollte jedenfalls kein anderer Grund einfallen.

»Entschuldigt bitte«, sagte Sonya, als sie wieder an den Tisch kam. Rowdy und Fisher standen auf, aber Meyer kehrte gerade rechtzeitig zurück, um seiner Frau den Stuhl zurechtzuschieben.

»Ich war viel zu lange von Avery getrennt«, sagte Sonya an Rowdy gewandt, »und wir mussten einiges besprechen. Ich hoffe, Sie können dieses unhöfliche Verhalten entschuldigen.«

Rowdy sah an ihr vorbei zu Avery, die sehr ernst wirkte. »Das kann ich gut verstehen.« Es fiel ihm schwer, aber trotzdem meinte er: »Wenn du heute freinehmen willst, dann lässt sich das arrangieren, Avery.«

»Nein.« Sie schnitt ihr winziges Sandwich in noch kleinere Stücke. »Nein, das ist nicht nötig. Ich habe es schon mit Mom besprochen. Ich werde sie bald wieder besuchen.«

»Falls du deine Meinung änderst …«, setzte Sonya vielsagend an.

»Tut mir leid, Mom, aber ich kann nicht. Ich werde dich oft besuchen kommen, aber Rowdy braucht mich bei der Arbeit. Seitdem er die Bar gekauft hat, kommen viermal so viele Gäste wie früher.«

»Um wie viel Uhr öffnet die Bar heute?«, erkundigte sich Meyer.

Rowdy hatte dummerweise den Mund voll. Er schluckte den Bissen hinunter und wischte sich mit der blütenweißen Serviette den Mund ab. »Wir machen um fünfzehn Uhr dreißig auf. Die Küche schließt um elf, um eins läuten wir die letzte Runde ein, und um zwei schließen wir. So geht das sechs Tage die Woche, nur sonntags ist geschlossen.«

Fisher lehnte sich auf seinem Stuhl zurück. »Ich habe gehört, dass dort früher ein Treffpunkt für Drogendealer und Prostituierte gewesen ist.«

»Ach ja?« Rowdy war sich nicht sicher, wie viel er Averys

Mutter und ihrem Stiefvater erzählen durfte. »Wo haben Sie das denn gehört?«

»Entspannen Sie sich, Rowdy«, warf Meyer ein. »Niemand wirft Ihnen etwas vor.«

Sie nahmen ihn also gemeinsam in die Mangel? Rowdy nickte und warf Fisher einen langen Blick zu, der dem Wurm klarmachen sollte, was er von ihm dachte. »Ich bin völlig entspannt.«

Sonya berührte seinen Unterarm. »Sie sitzen so verkrampft da wie eine Nonne in der Kirche.«

Er konnte sich aufgrund seiner Verletzung nicht anlehnen, und er wusste genug über Etikette, um sich nicht mit den Ellbogen aufzustützen.

»Rowdy ist immer entspannt und selbstsicher.« Avery beugte sich vor, damit sie um ihre Mutter herumsehen konnte. »Er wurde bei einem Kampf am Rücken verletzt«, sagte sie und starrte Fisher wütend an. »Hier hat niemand einen Grund, Rowdy irgendetwas vorzuwerfen.«

Fisher hielt grinsend in einer Unschuldsgeste die Hände hoch. »Haben wir das nicht gerade gesagt?«

»Wie wurden Sie verletzt?«, wollte Sonya wissen.

Offenbar würde er nicht mehr zum Essen kommen. Rowdy schob seinen Teller von sich. »Ach, das ist nicht der Rede wert.«

»Er wurde mit einem großen Messer verwundet.«

Verdammt. Rowdy fragte sich, was Sonya davon halten würde, wenn er Avery eine der feinen Stoffservietten in den Mund stopfte.

Sonya legte eine Hand an die Kehle und starrte ihn an. »Eine Messerstecherei?«

»Es war nicht so dramatisch, und ein richtiger Kampf war es auch nicht.«

»Ist das in der Bar passiert?«, fragte Meyer.

Rowdy schüttelte den Kopf. »Das war hinter der Bar …«

»Aber nur, weil Rowdy ihn rausbugsiert hat«, fiel Avery ein. »Und selbst nachdem er verletzt wurde, hat er sie noch vermöbelt.«

»Großer Gott«, murmelte Sonya.

»Er hat einen kleinen Jungen beschützt!«

»Sie lassen Kinder in die Bar?«, wollte Fisher wissen.

Bombardiert von anschuldigenden Blicken und durch Averys enthusiastische Erzählung in die Enge getrieben, geriet Rowdy immer mehr unter Druck. »Nein.« Wenn Avery alles preisgeben wollte, dann war ihm das nur recht. »Sie haben ja selbst gesagt, dass die Bar früher ein Umschlagplatz für Drogen war, und ja, es gab auch eine Verbindung zu Menschenhändlern, die ebenfalls unterbrochen wurde.«

Sonya sah aus, als ob sie gleich in Ohnmacht fallen würde.

Avery erklärte zufrieden: »Es war ziemlich schlimm, bevor Rowdy aufgeräumt hat.«

Ihre Mutter wandte sich ruckartig zu ihr um. »Du hast dort gearbeitet, als diese schlimmen Dinge passiert sind?«

Sie zuckte mit den Achseln. »Ja, als Kellnerin.«

Stachelte sie sie noch weiter auf? Rowdy hatte keine Ahnung, was Avery vorhatte, aber es gefiel ihm nicht. »Ich habe die Bar gekauft, Avery ist geblieben, und den Großteil der …«, *Arschlöcher*, »… Kriminellen haben wir vertrieben.«

»Aber dann tauchten diese Kerle auf und wollten einen Deal zu Ende bringen, den sie mit dem Vorbesitzer gemacht hatten«, erklärte Avery. »Einer der Gauner hatte seinen kleinen Sohn dabei.«

Sonya und Meyer sahen sich erschrocken an. Fisher konnte seine Selbstzufriedenheit kaum noch für sich behalten.

»Dank Rowdy«, fuhr Avery strahlend fort, »sitzt der Mann jetzt im Gefängnis und der Junge ist bei einem von Rowdys Freunden untergebracht, der zufälligerweise Detective ist.«

Sonya schluckte hörbar. »Sie haben eine Messerstecherei erwähnt.«

Rowdy machte den Mund auf, aber Avery kam ihm zuvor.

»Der Mann, den Rowdy verprügelt hat, war nicht alleine zur Bar gekommen. Der andere Kerl hat ein Messer gezogen und Rowdy verwundet. Aber Rowdy hat ihn trotzdem noch besiegt.«

Super! Sehr diskret, Avery. Rowdy kratzte sich am Kinn und wartete auf die Fragen, die nun kommen mussten.

Fisher legte natürlich sofort los. »Haben Sie viel Erfahrung mit Straßenkämpfen?«

»Ich gehe ihnen nach Möglichkeit aus dem Weg.« Das stimmte nicht ganz, schließlich hatte er manchmal sehr große Freude daran, die richtigen Leute zu verprügeln. »Hin und wieder gelingt mir das allerdings nicht.«

»Weil Sie in dieser Gegend arbeiten und wohnen?«

Rowdy zuckte mit den Achseln. »Kann schon sein.«

Avery schnappte nach Luft. »Das stimmt doch gar nicht. Es liegt daran, dass er Menschen verteidigt, wenn es erforderlich ist.« Sie starrte Fisher wütend an. »Meist, wenn kein anderer es wagt.«

Sonya rutschte unruhig auf ihrem Stuhl herum, und Fisher kniff die Augen zusammen. Meyer gab ein angewidertes Geräusch von sich.

»Und wenn es dazu kommt, dann sind Sie … fähig dazu?«, wollte Meyer wissen.

»Ich kann ganz gut mithalten.«

»Er ist unglaublich!«, rief Avery. »Blitzschnell und stark. Ich war erstaunt, wie gut er ist.«

Meyer warf seine Serviette auf den Tisch. »Du warst *dabei*?«

»Ja, ich habe durch ein Fenster zugesehen, da Rowdy darauf bestanden hat, dass ich ins Haus gehe.«

»Wenigstens etwas«, murmelte Fisher.

»Oh, Avery«, flüsterte ihre Mutter. »Ich möchte nicht, dass du dorthin zurückgehst.«

Na super, dachte Rowdy. Wenn Avery so weitermachte, würden sie sie noch anbinden, damit sie nicht wieder mit ihm zurückfuhr.

»Es war schon ein bisschen unheimlich«, gestand Avery, »vor allem, als der Kerl Rowdys Rücken aufgeschlitzt hat.«

Aufgeschlitzt? Es war nur ein Kratzer! Rowdy hob seine Teetasse hoch. »Du solltest nicht so übertreiben, Süße.«

»Das tue ich doch gar nicht! Du weißt selbst, dass du problemlos mit beiden fertiggeworden bist. Diese Gauner hatten keine Chance.«

»Tja.« Fisher starrte sie provozierend an. »Offensichtlich nicht schnell genug, um dem Messer auszuweichen, nicht wahr?«

Avery wurde blass und wollte etwas erwidern, bekam jedoch nicht die Gelegenheit dazu.

»Was wäre gewesen, wenn er dabei umgekommen wäre?«, fragte Meyer. »Was hätte diese Kerle davon abgehalten, danach auf dich loszugehen?«

Sonya keuchte bei der Vorstellung.

Avery winkte jedoch ab. »Ach, Meyer, ich bin doch nicht blöd. Ich hatte die Tür abgeschlossen und längst die Polizei gerufen. Sie kam an, als Rowdy die beiden gerade ausgeschaltet hatte.«

Rowdy konnte spüren, dass Fisher, Meyer und Sonya ihn schockiert anstarrten. Verdammt, er glaubte sogar, ihre Gedanken lesen zu können.

Sie fragten sich, was jemand wie er bei Avery zu suchen hatte, und gaben ihm die Schuld an Averys neuen blutrünstigen Tendenzen.

Sie wollten, dass er sie schnellstmöglich in Ruhe ließ. Ehrlich gesagt konnte er es ihnen nicht einmal verdenken. Wäre Pepper in einer ähnlichen Lage gewesen, hätte er genauso gedacht.

Das konnte Avery unmöglich entgangen sein. Dafür war sie viel zu scharfsinnig.

Was hatte sie dann damit beabsichtigt? Sollten sie wissen, wozu er fähig war? Aber warum?

Um es ihnen unter die Nase zu reiben, wie Fisher es ausgedrückt hatte? Um ihnen zu beweisen, wie weit sie sich in ihrer Rebellion von ihnen entfernt hatte? Dieser Gedanke schmerzte ihn, aber eine andere Erklärung wollte ihm nicht einfallen.

Als hätte sie noch nicht genug Schaden angerichtet, fügte Avery hinzu: »Ich habe Rowdy schon einige Male kämpfen sehen. Er kann wirklich tödlich sein.«

Gut, wenn es das war, was sie wollte, dann würde er eben alles auspacken. Er vergaß seinen Rücken und lehnte sich entspannt auf seinem Stuhl zurück. »Ich musste nun mal früh lernen, mich zu verteidigen.«

»Was soll das heißen?«, verlangte Meyer zu erfahren.

»Meine Schwester und ich sind in einem verrosteten Wohnwagen am Flussufer aufgewachsen. Schon mit fünf musste ich hungrige Ratten abwehren, und das hat nie mehr aufgehört.« Er sah Avery nicht an, als er seine Tasse zu einem Toast erhob. »Wenn man nicht lernt zu kämpfen, wird man verprügelt, daher kann ich mich verteidigen, wenn ein Idiot mit einem Messer auf mich losgeht.«

Alle Anwesenden schwiegen.

Scheiß auf sie alle, dachte Rowdy, streckte den Arm aus und nahm sich noch eins der winzigen Sandwiches. Er stopfte es sich in den Mund und schob seinen Stuhl zurück. »Es wird Zeit aufzubrechen.« Er stand da, spürte, dass alle Augen auf ihn gerichtet waren, und trank seine Teetasse leer.

Dann ging er zur Tür, ohne auf Avery zu warten. Er hörte Fisher lachen und überlegte schon, ob er umdrehen und ihn zu Brei schlagen sollte, aber er hatte seine schlechte Laune noch nie an jemandem ausgelassen, der es nicht provoziert hatte.

Fisher mochte eine Nervensäge sein, aber damit hatte er sich noch lange keine Tracht Prügel verdient.

Im Moment war Rowdy der Einzige, dem man mal den Hintern versohlen sollte. Er war ein blinder Idiot und ein Volltrottel gewesen.

Als Meyer und Sonya versuchten, Avery zum Bleiben zu überreden, wurden die Stimmen hinter ihm lauter. *Soll sie doch machen, was sie will*, dachte Rowdy.

Aber tief in seinem Inneren wusste er, dass er nicht ohne sie gehen würde.

Stinksauer – vor allem auf sich selbst – blieb Rowdy vor dem Sonnenraum stehen, stemmte die Hände in die Hüften und wartete.

Eine Sekunde später kam Avery heraus, dicht gefolgt von Fisher. Sie schüttelte den Kerl ab, entdeckte Rowdy, blieb stehen und sah … erleichtert aus.

Verdammt. Er würde sich von ihr nicht noch einmal in diesen Mist reinziehen lassen.

»Entschuldige«, sagte sie fröhlich, als wäre der Besuch nicht komplett aus dem Ruder gelaufen. »Ich musste mich noch verabschieden.«

Sonya und Meyer tauchten hinter ihr auf und riefen ihr weiterhin Argumente nach, warum sie bleiben sollte. Als sie Rowdy sahen, verstummten sie.

Eine gute Erziehung konnte manchmal ziemlich hinderlich sein, was? Rowdy hätte beinahe laut losgelacht.

»Wenn du noch eine Minute brauchst, um den nächsten Besuch auszumachen, dann warte ich draußen«, schlug Rowdy vor.

»Nein, das ist …«

Fisher unterbrach sie. »Meyer und ich können ihm Gesellschaft leisten, Ave. Lass dir Zeit.«

»Nein!« Sie machte noch einen Schritt. »Ich …«

»Ja, *Ave*«, machte Rowdy Fisher nach, woraufhin sie abrupt stehen blieb. »Lass dir Zeit. Ich kann nicht behaupten, dass ich ein Gentleman wäre, aber ich bin auch nicht so unhöflich, dich hierzulassen.« Seine schlechte Laune trieb ihn nach draußen und bis zur Auffahrt. Fisher hinter sich zu haben, war ebenso unangenehm wie zuvor, aber dieses Mal hoffte Rowdy, dass der Kerl irgendwas tun würde, damit er ihm eine reinhauen konnte.

Stattdessen kam Fisher mit den Händen in den Hosentaschen angeschlendert und meinte nonchalant: »Tut mir leid, Mann. Mir ist klar, dass es Ihnen nicht leichtgefallen ist, hierherzukommen.«

»Ach ja?« Rowdy verschränkte die Arme vor der Brust und lehnte sich an den Kotflügel des silbernen BMW. »Wieso das?«

Meyer schüttelte den Kopf. »Sie müssen wissen, dass Avery … Nun ja, sie ist sehr verwirrt. Aber sie muss wieder nach Hause kommen. Ihre Mutter braucht sie.«

»Das hat nichts mit mir zu tun.«

Fisher warf Meyer einen Blick zu. »Sie könnten sie feuern.«

Den Teufel würde er tun. Rowdy bleckte in gespielter Belustigung die Zähne. »Ich werde ihr ausrichten, dass Sie das vorgeschlagen haben, Fisher.«

Fisher seufzte. »Wenn Sie die Sache noch komplizierter machen wollen, kann ich Sie nicht daran hindern. Aber ich hoffe um ihretwillen, dass Sie noch mal darüber nachdenken.«

Um ihretwillen. Ja, für Avery würde Rowdy so gut wie alles tun.

Was für ein Pech, dass ihm das jetzt erst klar geworden war.

Sie streckte den Kopf aus der Tür, entdeckte ihn und warf ihm einen zärtlichen Blick zu, bevor sie zusammen mit ihrer Mutter herauskam.

Sonya sah verzweifelt aus, aber Avery meinte: »Ich komme dich bald wieder besuchen, Mom, versprochen. Wenn du mich brauchst, dann ruf einfach an.«

»Ich möchte dir nicht zur Last fallen.«

Avery lächelte. »Das wird nie passieren.«

Sonya erschauderte in der kalten Brise, und Meyer ging sofort zu ihr und legte ihr einen Arm um die Schultern.

»Geht wieder rein«, meinte Avery, während sie ihre Jacke enger um sich schlang. »Es ist zu kalt hier draußen.«

Rowdy hätte sie am liebsten auch an sich gedrückt, um sie zu wärmen, aber er tat es nicht. Er ignorierte Fisher und sagte zu Averys Eltern: »Danke für das Essen.«

»Fahren Sie vorsichtig«, erwiderte Meyer.

Sonya wirkte kurz unentschlossen, ging dann jedoch auf Rowdy zu. »Danke, Rowdy. Ich hoffe, Sie hier wiederzusehen.«

Wohl kaum. Er zog einen Mundwinkel hoch, nickte und wandte sich zum Gehen. Avery eilte ihm hinterher.

Fisher rief ihnen selbstsicher nach: »Bis bald, Ave.«

Sie ignorierte ihn, presste die Lippen zusammen und starrte einfach nur geradeaus. Rowdy fiel das schon schwerer, da er dem Arsch am liebsten eine Tracht Prügel verpasst hätte.

Am Ende der Auffahrt lief Avery dichter neben ihm, sodass ihre Schulter gegen seinen Arm stieß, aber er entfernte sich von ihr und ging auf die Fahrerseite hinüber.

Sie blieb stehen und starrte ihn einen Moment lang mit offenem Mund an, bevor sie selbst die Wagentür öffnete.

Wenn sie geglaubt hatte, er wäre ein Gentleman, dann wurde es langsam Zeit, dass Avery Mullins die Wahrheit akzeptierte. Sie hatte es ihrer Familie selbst erklärt, und er war nur zu gern bereit, auch ihr die Augen zu öffnen.

Er war eine Straßenratte. Unmoralisch, wenn es ihm passte. Er lebte nach seinen eigenen Regeln und pfiff auf das, was die Gesellschaft davon hielt. Er und seine kleine Barkeeperin hatten nichts gemeinsam außer der sexuellen Anziehungskraft.

Obwohl er sich wünschte, dass es anders wäre, wusste Rowdy doch, dass das nicht ausreichen würde.

Avery ertrug das Schweigen, solange sie konnte, aber mit jeder Minute, die verstrich, wurde sie nervöser. Schließlich befürchtete sie, aus der Haut fahren zu müssen, wenn sie nicht den Mund aufmachte.

»Meine Mom sagt, sie wäre sehr optimistisch. Sie haben den Tumor entfernt, und die Prognose ist gut. Sie erholt sich schnell.«

Keine Reaktion.

»Krebs ist natürlich immer eine ernste Sache. Aber Mom hat mir versichert, dass sie wieder gesund wird und dass der Großteil der Behandlung eine reine Vorsichtsmaßnahme ist. Sie sagte, Meyer hätte übertrieben.«

»Er wollte, dass du nach Hause kommst, wo du hingehörst.«

Aber sie gehörte dort nicht hin. Nicht mehr. Das musste Rowdy endlich verstehen. »Mom hat sich dafür entschuldigt, dass Fisher da war. Ich vermute, dass Meyer ihn eingeladen hat und er erst in der letzten Minute aufgetaucht ist.«

Es erschütterte sie noch immer, dass ihre Mutter nicht erkannte, was für ein widerlicher Kerl Fisher war. Sie behauptete, er hätte ihnen sehr geholfen und dass Fisher ebenso traurig über ihre lange Abwesenheit gewesen wäre wie sie.

Wenn ihre Mutter nicht so krank gewesen wäre, hätte Avery sofort wieder kehrtgemacht.

»Sie wollte, dass ich ein paar meiner alten Sachen mitnehme. Sie mag meine Jeans nicht, aber ich genieße es einfach, so bequeme Sachen zu tragen.«

Rowdy verzog das Gesicht, sagte jedoch nichts.

»Ich glaube, sie akzeptiert, dass ich meinen eigenen Weg gefunden habe. Insbesondere jetzt, wo wir uns beinahe ausgesöhnt haben. Ich habe ihr versprochen, dass ich sie bald wieder besuche.« Wenn Fisher nicht da war – das war ihre Voraussetzung, und ihre Mutter hatte es ihr zugesichert. »Sie wird mich anrufen und auf dem Laufenden halten.«

Keine Reaktion.

»Sie sagte auch, dass sie dich sehr gerne besser kennenlernen würde.«

Rowdy kniff nur die Augen zusammen, ließ sich ansonsten aber nichts anmerken.

Avery wusste, dass er wütend wegen ihrer Prahlerei war. Er konnte unmöglich wissen, warum sie es getan hatte, und sie konnte es ihm nicht erzählen.

Aber sie wusste besser als viele andere, was für ein Betrüger Fisher war. Auch wenn er bodenständig aussah, war er kein prinzipientreuer Mann, und er kämpfte auch nicht fair. Solange Fisher glaubte, dass Rowdy ein knallharter Typ war – was ja durchaus nicht übertrieben war –, würde er ihn in Ruhe lassen.

Aber wenn Rowdy die Wahrheit kannte, dann würde er mit Fisher abrechnen wollen. Er hielt sich selbst für unbesiegbar, und das mochte unter gewissen Umständen auch stimmen. Im fairen Kampf, eins gegen eins, Mann gegen Mann, würde Rowdy Fisher vernichtend schlagen.

Aber Fisher war kein Dummkopf, sondern vor allem ein riesengroßer Feigling. Wenn er Rowdy angriff, dann nicht auf ehrenhafte Weise. Er würde Rowdy nicht die Gelegenheit geben, sich zu verteidigen.

Wenn sie doch nur gewusst hätte, dass Fisher auch da sein würde. Meyer hatte sich mal wieder in ihre Angelegenheiten einmischen müssen.

Da Rowdy sie weiterhin ignorierte, wurde ihr das Herz schwer. »Rowdy?«

»Was ist, *Ave*?«

Sie zuckte bei seinem Tonfall zusammen. »Bitte nenn mich nicht so. Das ist eine lächerliche Angewohnheit von Fisher, und ich mag das nicht.«

Er war in die Straße eingebogen, die zur Bar führte.

Sie hatten nur noch ein paar Minuten zu fahren. »Es tut mir leid, dass es so unangenehm für dich gewesen ist.«

Er lachte trocken auf. »Lustig, Fisher hat dasselbe gesagt.«

»Fisher ist ein Arschloch.« Was hatte er Rowdy noch alles gesagt? Allein bei der Vorstellung schlug ihr Herz schneller.

»Ich weise dich nur ungern auf das Offensichtliche hin, Süße, aber er teilt deine Meinung.«

»Nein. Fisher und ich teilen überhaupt nichts.« Sie streckte den Arm aus, um ihn zu berühren, aber Rowdy machte ihr ohne eine Bewegung klar, dass er das nicht wollte. Niedergeschlagen zog sie die Hand wieder zurück. »Ich meinte, dass Fisher so feindselig war … Ich wusste nicht, dass er da sein würde.«

»Er war überhaupt nicht feindselig«, widersprach ihr Rowdy. »Ihm liegt sehr viel an dir.«

Sie hätte am liebsten laut losgeschrien: *Nein, das stimmt nicht!* Stattdessen holte sie tief Luft. »Wir waren nie zusammen. Fisher sieht das rückblickend gern anders.« *Fisher lügt gern.* »Aber ich habe mir nie viel aus ihm gemacht.« *Nicht so viel wie aus dir.* »Du hast vermutlich gemerkt, dass Meyer und meine Mom sich wünschen, wir wären zusammen. Sie mögen ihn …«

Rowdy lachte grimmig auf.

»Lass das!«

Er sah sie nicht einmal an. »Was denn?«

Ihr wurde eiskalt, sein Benehmen tat ihr weh. Sehr sogar. »Sei nicht so herablassend und so … kalt.«

Rowdy wandte den Blick nicht von der Straße ab. »Du hast mich benutzt, Ave.«

Himmel, wie sie diese Verunstaltung ihres Namens hasste. Aber sie konnte es nicht leugnen, denn sie hatte ihn tatsächlich benutzt.

Um Fisher zu zeigen, dass sie Hilfe hatte.

Dass sie nicht allein und verletzlich war.

Um ihm zu demonstrieren, dass Rowdy kein Weichei war und kein leichtes Ziel abgeben würde. Er war kein Mensch, der den Schwanz einziehen und vor der Gefahr davonlaufen würde.

Und genau das jagte ihr so große Angst ein. Fisher verlor nicht. Wenn er Rowdy nicht auf einfache Art loswerden wollte, würde er sich seiner endgültig entledigen.

Rowdy fuhr zur Rückseite der Bar, wo ihr Wagen parkte.

Sie starrte ihn verwirrt an. »Was machst du denn? Wir müssen doch erst in zwei Stunden bei der Arbeit sein.«

»Ich dachte, du möchtest vielleicht noch nach Hause, um zu duschen und dich umzuziehen oder so.«

»Aber …« Sie wollte mit ihm reden, an ihn herankommen, den entstandenen Schaden wiedergutmachen …

»Ich will noch bei Marcus vorbeifahren.« Er griff an ihr vorbei und drückte die Beifahrertür auf, damit sie ausstieg. »Ich muss mich beeilen, wenn ich rechtzeitig wieder hier sein will.«

Wow, das war eine deutliche Abfuhr. Sie war erschüttert und verletzt. »Rowdy, lass mich dir doch wenigstens erklären …«

Er sah ihr in die Augen, und der emotionale Tumult, in dem er sich befand, erstaunte sie. »Nur zu, Süße. Lüg mich an. Erzähl mir, dass du mich nicht benutzt hast.«

Doch sie brachte kein Wort über die Lippen. Sie schüttelte den Kopf und fühlte sich schrecklich hilflos. »Ich lüge nicht.« Zumindest das musste Rowdy ihr glauben – denn das hatte sonst niemand getan, nicht einmal ihre Mutter.

Rowdy verzog das Gesicht. »Da hast du deiner Mom und deinem Stiefvater aber eine schöne Lektion erteilt, als du mich ihnen vorgeführt hast, was? Zu schade, dass du mich nicht vorgewarnt hast, dann hätte ich nämlich noch ein paar meiner besten Geschichten erzählt. Beispielsweise, wie ich einen Menschenhändler in den Kofferraum gesteckt habe, mit ihm in ein leeres Lagerhaus gefahren bin und ihm mit den Fäusten gezeigt habe, was ich von ihm halte.«

Ihr stockte der Atem.

»Oder wie ich einen Gangsterboss aufgefordert habe, mich zu erschießen, damit sich Logan hinter ihm anschleichen und ihn überwältigen konnte.«

Sie schlug eine Hand vor den Mund und konnte es nicht länger ertragen. »Hör auf damit«, flüsterte sie.

»Warum? Du wolltest doch, dass deine Familie die traurige Wahrheit erfährt. Ich kenne noch ein paar schlimme Geschichten, die ich beim schicken Fingerfood hätte erzählen können. Aber dann hättest du vermutlich nicht genug Zeit gehabt, um mit deiner Mutter über ihre Krebserkrankung zu reden.« Er legte einen Arm auf ihre Rückenlehne und spielte mit ihren Haaren. »Hattest du wenigstens Zeit, dich etwas besorgt zu zeigen, oder warst du zu sehr damit beschäftigt, die Rebellin zu spielen?«

Verletzt und wütend stürzte Avery aus dem Wagen. Es erschütterte sie, dass er eine so geringe Meinung von ihr hatte, und ihre Hände zitterten, als sie in ihrer Handtasche nach dem Wagenschlüssel suchte und dann versuchte, die Tür mit der Fernbedienung zu öffnen. Ihr stiegen die Tränen in die Augen, sodass sie nicht mehr klar sehen konnte.

Als sie im Auto saß, ließ sie den Motor an, konnte sich aber nicht zurückhalten, sich noch einmal zu Rowdy umzudrehen. Er saß in seinem Wagen, ließ den Motor laufen und drückte ein Handy an sein Ohr.

Sie wusste Bescheid. Er rief jemanden an, der sie im Auge behielt, damit sie sicher nach Hause kam.

Diese Erkenntnis erschütterte sie zutiefst. Sie begriff, dass er ebenfalls verletzt war. Deshalb hatte er sie so grausam behandelt.

Aber das machte die Sache nicht einfacher. Irgendwie musste sie ihn dazu bringen, ihre Motive zu verstehen, ohne ihm dabei zu viel zu verraten. Auch wenn er sie gerade auf äußerst gemeine Weise aus dem Wagen geworfen hatte, wusste Avery genau, was Rowdy tun würde, wenn er die Wahrheit über Fisher erfuhr. Im Moment war er ein erzürnter, verwundeter Bär, aber tief in seinem Inneren war er trotz allem ein Beschützer. Das war nun mal seine Natur, und er würde diese Pflicht jeden Tag seines Lebens erfüllen.

Auch wenn sie eine Fremde auf der Straße wäre, würde er ihr dennoch zu Hilfe eilen. Das war seine Art, das machte ihn aus. Man musste den Mann einfach lieben. Er war ein Held, auch wenn er sich gerade widerlich benommen hatte.

Avery starrte ihn an, bis er den Anruf beendet hatte und das Handy wegsteckte. Er legte den Gang ein, und sie lächelte ihn entschlossen an.

Das haute ihn um. Er hielt inne und starrte sie mit zusammengekniffenen Augen an.

Sie wischte sich über die Augen, reckte das Kinn in die Luft und warf das Haar nach hinten. Um ihn wissen zu lassen, dass er sie nicht abgeschreckt hatte, winkte sie ihm sogar zu.

Seine Miene wurde zu Stein. Avery wartete nicht ab, was er tun würde, sondern fuhr los, während in ihrem Kopf alles drunter und drüber ging. Sie würde zwar in ihre Wohnung fahren, aber sie hatte nicht vor, Rowdy aufzugeben.

Sie würde ihn daran erinnern, dass er ihr die heutige Nacht und den ganzen Sonntag versprochen hatte. Und sie würde dafür sorgen, dass er dieses Versprechen auf jeden Fall einlöste.

Bevor er für immer aus ihrem Leben verschwand, würde er ihr diese verdammte Erinnerung schenken, an der sie sich den Rest ihres Lebens festklammern konnte.

15

Es war nicht so gelaufen, wie er geplant hatte. Keiner hatte seine Rolle richtig gespielt, vor allem Avery nicht. Sie hatte sich verändert, war jetzt offener, selbstsicherer und unabhängiger.

Das Jahr, das sie auf sich allein gestellt gewesen war, hatte sie nicht geschwächt. Nein, es hatte ihr sogar innere Kraft verliehen.

Er grinste. Das würde nicht lange anhalten. Wenn er das nächste Mal alle zusammen hatte – alle bis auf Sonya, die sich in Bezug auf seine Pläne eher als Hindernis denn als Hilfe herausgestellt hatte –, würde er dafür sorgen, dass alle Teile zusammenpassten. Dann wäre Avery auch nicht mehr so hochnäsig.

Er konnte es kaum erwarten.

Rowdy saß wieder auf dem Boden und verbrachte kostbare Minuten damit, den Hund zu begrüßen, während Marcus ihn aus der Distanz aufmerksam beobachtete. Alice, die gute Seele, ging sofort in die Küche und holte Kekse und Saft. Vielleicht würden sie das ja zur Gewohnheit machen und immer ein provisorisches Picknick in der Wohnung abhalten, während er sich bemühte, sich mit Marcus anzufreunden.

»Ich habe dir das rote Auto mitgebracht«, sagte Rowdy und holte das kleine Fahrzeug und ein weiteres Streckenstück hervor. »Wollen wir die Teile zusammenstecken?«

Marcus blieb auf Abstand und sah zur Küche hinüber, wo Alice leise summend ihren Snack vorbereitete. Als er Rowdy erneut ansah, kaute er auf seiner Lippe herum und fragte dann: »Bist du wütend?«

Verdammt. Hatte der Junge Antennen für seine Stimmung? Er hatte geglaubt, sich gut zu verstellen, aber er wusste auch alles über das Überleben und dass man schon in jungen Jahren lernen musste, solche Dinge einzuschätzen.

Rowdy hatte längst beschlossen, Marcus niemals anzulügen, daher antwortete er: »Nicht auf dich.«

Marcus rieb sich mit dem Unterarm über die Nase und zappelte nervös herum.

Also beschloss Rowdy, dem Jungen die Sache zu erklären, damit er sich beruhigte. »Es ist eigentlich nichts. Ich habe mich nur mit … einem Freund gestritten.« Himmel, Avery war so viel mehr als das. Oder zumindest glaubte er das. Jetzt war er sich jedoch nicht mehr so sicher.

»Wer hat dich denn so wütend gemacht?«, wollte Marcus wissen.

Vermutlich hatte der Junge Angst, dass Rowdy seine schlechte Laune an ihm auslassen würde. In der Vergangenheit hatte er von seinen schlechten Eltern bestimmt oft genug Ärger bekommen, wenn ihnen eine Laus über die Leber gelaufen war.

Seine Laune wurde noch übler, aber wenigstens schaffte Rowdy es, Cash zu beruhigen. Er streichelte den Rücken des Hundes. »Weißt du, Marcus, eigentlich bin ich vor allem enttäuscht.« Er umfing Cashs Kopf und kraulte seine langen Ohren. Auch wenn es blöd klang, fügte er hinzu: »Jemand hat meine Gefühle verletzt, und deswegen bin ich ziemlich bedrückt. Aber es würde mich aufheitern, wenn wir mit den Autos spielen. Hast du Lust dazu?«

Alice kam mit einem Tablett in der Hand herein. Sie konnte ihm nichts vormachen. Er wusste genau, dass sie alles gehört hatte, auch wenn sie so tat, als wäre es nicht so.

»Lasst uns was essen!« Sie setzte sich im Schneidersitz auf den Boden, sodass Marcus Rowdy gegenübersitzen konnte, stellte dann vor jeden einen Becher mit Saft und verteilte Kekse auf Servietten. »Ich habe die Kekse heute Morgen gebacken. Marcus hat mir dabei geholfen.«

»Im Ernst?« Rowdy biss ein Stück ab und stöhnte. »Mann, sind die lecker.«

Da Alice jetzt in der Nähe war, kam Marcus nun heran und setzte sich ebenfalls. Sein knochiges Knie stieß gegen den Saftbecher und warf ihn um, sodass der Saft eine Pfütze auf dem Boden bildete.

Marcus erstarrte, wurde ganz blass und riss die Augen auf.

»Ups!«, sagte Alice und rutschte ein Stück zur Seite, damit der Saft nicht ihre Hose erreichte. »Gut, dass ich Servietten mitgebracht habe.«

Rowdy beugte sich vor. »Marcus?«

Der Junge saß mit zusammengekniffenen Lippen und eingezogenen Schultern da und starrte den Boden an.

Rowdy hätte ihn am liebsten auf den Schoß genommen und geknuddelt, so wie er zuvor Cash geknuddelt hatte. Er wollte ihm versichern, dass ihm nichts Böses mehr zustoßen würde, weil er jetzt da war, um es zu verhindern. Aber er wusste, dass er das gar nicht erst zu versuchen brauchte. »Es ist nur Saft, Kumpel. Ich verschütte ständig was, das ist doch nicht schlimm. Man wischt es einfach weg.«

»Schon geschehen«, erklärte Alice, ohne einen von ihnen anzusehen. »Es ist überhaupt nichts passiert.« Sie stand auf. »Ich hole dir was Neues zu trinken.«

Marcus sah noch immer nicht auf. Rowdy hörte, wie er schluckte.

Scheiß drauf. »Weißt du, was ich jetzt gern tun würde, Marcus? Ich würde dich gern in den Arm nehmen und dir sagen, dass du dir keine Sorgen machen musst. Aber ich weiß, dass du noch Zeit brauchst, bis du mir das glaubst. Es tut mir im Herzen weh, Kleiner, sehr sogar. Genau hier …« Er legte eine Hand auf seine Brust. »Es schmerzt mich zu wissen, dass du dir solche Sorgen machst. Das musst du nicht.«

Mit sehr leiser Stimme sagte Marcus: »Du kannst das Auto behalten.«

Himmel, er würde für diesen Jungen Drachen töten, wenn es sein musste.

Stattdessen saß er hier mit diesem billigen Spielzeug und sagte Dinge, die ihm nichts bedeuteten. »Ich möchte es dir aber schenken. Ich möchte, dass wir Freunde sind und zusammen spielen, und ich möchte, dass sich keiner von uns beiden Sorgen machen muss, dass etwas Schlimmes passieren könnte.« Rowdy hielt ihm das Auto hin. »Würdest du es bitte nehmen?«

Marcus sah geknickt und verwirrt aus, nahm das Auto jedoch an. Rowdy ging allerdings davon aus, dass er das eher aus Angst tat und nicht etwa, weil er ihm vertraute.

Großer Gott, was war das nur für ein Scheißtag? Er rieb sich den Nacken und zwang sich zu einem Lächeln. »Danke.« Ganz vorsichtig streckte er die Hand aus und strich Marcus über den Kopf. »Danke, Marcus. Das freut mich sehr.«

Der Junge hielt ganz still, bis Rowdy die Hand wieder wegzog.

Alice kam mit einem Becher Saft und einer Rolle Küchenpapier zurück. »Ich dachte, ich bringe die Rolle gleich mit, falls noch mehr Unfälle passieren. Ich könnte schließlich ebenfalls was umwerfen.« Sie setzte sich und beugte sich zu Marcus. »Als Cash noch nicht stubenrein war, musste ich die Küchentücher immer mit mir rumschleppen. Ich glaube, es gibt im ganzen Haus keinen Fleck, wo er nicht schon hingepinkelt hat.« Sie grinste, als wäre es ein Riesenspaß, einen Hund zu haben, der überall Pfützen hinterließ.

Marcus starrte sie fasziniert an – genauso wie Rowdy es schon oft getan hatte.

Sie tranken den Saft und aßen die Kekse auf. Schließlich entspannte sich Marcus ein wenig und sie konnten die beiden Fahrbahnteile zusammenbauen. Rowdy gab Alice ein lilafarbenes Auto, ein kleines Cabrio, dessen Verdeck man öffnen konnte. Marcus hatte sein grünes und sein rotes Auto und Rowdy einen weißen Truck.

Sie spielten eine Stunde lang, bis Alice sagte: »Ich bin ja nur ungern ein Spielverderber, aber Rowdy muss zur Arbeit.«

Rowdy stöhnte. »Ich würde so gern noch länger bleiben und noch ein paar dieser leckeren Kekse essen. Ihr könnt richtig gut backen.«

Marcus grinste, und das erstaunte Rowdy so sehr, dass er beinahe die Fassung verloren hätte. Seine Augen fingen bereits an zu brennen. »Das hat großen Spaß gemacht, Marcus.«

»Mir auch.«

»Welche Farbe soll ich als Nächstes mitbringen?«

Als er sah, wie Marcus zögerte, auf seiner Unterlippe herumkaute und sich wieder mit dem Unterarm über die Nase strich, wurde ihm klar, dass der Junge dem Angebot nicht traute.

»Du kannst dir eine Farbe aussuchen«, versprach ihm Rowdy. »Wie wär's mit einem schwarzen Sportwagen? Oder einem lilafarbenen Cabrio, so wie das von Alice?«

»Mein Auto ist toll«, erklärte Alice und schob es noch einmal über die Strecke.

Schließlich sah Marcus ihn mit einem erschreckend hoffnungsvollen Blick an und murmelte: »Dein weißer Truck ist cool.«

Vor lauter Optimismus schlug sein Herz schneller. »Großartig, Kleiner. Wir haben denselben Geschmack!« Rowdy hob den Truck hoch. »Ich werde dir einen mitbringen, aber wie wäre es, wenn du bis dahin auf meinen aufpasst?« Um sicherzustellen, dass Marcus sich nicht weigern konnte, stellte Rowdy den Wagen auf den Boden und ließ ihn zu Marcus rollen, sodass er vor dessen Füßen stehen blieb.

Wie üblich dauerte es eine Minute, bis er sich von Cash verabschiedet hatte, und dann ging er vorsichtig auf Marcus zu. »Ich komme bald wieder, okay?«

Marcus sah seine Füße an und nickte.

Rowdy kniete sich vor ihm hin. »Das hat Spaß gemacht. Danke.«

»Bist du nicht mehr wütend?«

»Ich war nicht wütend, hast du das schon vergessen? Aber selbst wenn mich irgendwas wütend macht oder wenn ich stinksauer werde, werde ich noch lange nicht gemein. Nicht so, wie du es dir vorstellst. Und zu dir sowieso niemals. Okay?«

»Dann bist du also nicht mehr wütend?«

Obwohl er sich bewusst war, dass Alice hinter ihm stand, lachte Rowdy über sich selbst. Er zerzauste Marcus die Haare und störte sich nicht daran, dass der Junge dabei wie immer erstarrte. »Nein, ich bin nicht mehr wütend.« Dann richtete er sich wieder auf.

Alice legte ihm die Arme um den Hals und stellte sich auf die Zehenspitzen, damit sie ihn umarmen konnte. »Bitte mach keine Dummheiten, Rowdy«, sagte sie leise.

Was meinte sie damit? Er drückte sie an den Schultern von sich weg. »Nein, keine Sorge.«

»Blödsinn.« Sie machte einen Schritt zur Seite und legte Marcus eine Hand auf die Schulter. »Irgendwas ist zwischen dir und Avery vorgefallen, aber sie ist eine sehr nette Frau.« Dann sagte sie an Marcus gewandt: »Avery ist seine Freundin.«

Freund, Freundin, seit wann mussten diese Begriffe herhalten, wenn man nur mit jemandem ins Bett wollte?

»Und«, meinte sie erneut an Rowdy gewandt, »du magst sie sehr, auch wenn du dir das selber vielleicht nicht eingestehen willst. Ich sehe es. Ich erkenne es. Daher bitte ich dich noch mal, keine Dummheiten zu machen. Tu nichts, was du später bereuen könntest.«

»Ja, Liebes.« Er gab ihr einen Kuss auf die Stirn und beugte sich dann vor, ohne groß darüber nachzudenken, um auch Marcus einen Kuss auf den Kopf zu geben. Als Cash mit dem Schwanz wedelte, lachte er und gab ihm ebenfalls einen Kuss – was Marcus zum Kichern brachte.

Irgendwann würde sich Marcus von allem erholen, dachte Rowdy.

Wieso war es ihm selbst nie gelungen?

Avery war nicht überrascht, als Rowdy sie in der Bar ignorierte. Da er ihr Boss war, würde er irgendwann schon mit ihr reden müssen, und dann hätte sie die Gelegenheit, das Eis zu brechen.

Doch die Zeit verging, und er schaffte es, ihr immer aus dem Weg zu gehen. Er delegierte viele seiner üblichen Aufgaben, darunter auch ihre Ablösung, an Cannon und sprach nicht ein einziges Mal selbst mit ihr.

Um die Sache noch schlimmer zu machen, flirtete er ganz unverhohlen mit anderen.

Als sich eine Blondine mit ihm unterhielt und ihm viel zu nahe kam, starrte ihr Rowdy auf die Brüste, bis sie zu kichern anfing.

Später forderte ihn eine Brünette zum Tanzen auf, und er nahm sich tatsächlich ein paar Minuten Zeit, um sich bei einem langsamen Lied eng an sie zu schmiegen.

Danach standen die Damen Schlange, doch Rowdy winkte lachend ab und ging wieder an die Arbeit.

Dieser Idiot.

Avery kochte innerlich, sowohl vor Wut als auch vor Eifersucht, und dann kam auch noch eine altbekannte Rothaarige herein.

Die Erinnerung daran, wie sie Rowdy mit dieser Frau in seinem Büro ertappt hatte und was die beiden dort getan hatten, bewirkte, dass sie heftig die Luft ausstieß und schon glaubte, ersticken zu müssen.

»Gib mir noch ein Bier, Süße«, rief ein Kunde, aber Avery ignorierte ihn.

Die Frau näherte sich Rowdy von hinten, legte die Arme um ihn, schob eine Hand unter sein T-Shirt und die andere viel zu dicht an seinen Schritt. Er machte ein erschrockenes Gesicht und zuckte zusammen, als sie ihn so begrapschte.

Doch als er sich umdrehte und sie erkannte, entschuldigte er sich nicht.

Stattdessen blickte er auf und sah Avery in die Augen.

Eine gefühlte Ewigkeit starrten sie einander an, bis Rowdy schließlich den Blick abwandte und etwas zu der Frau sagte.

»Hey, gib mir noch ein Bier.«

Fast schon automatisch füllte Avery das Glas, aber als Rowdy die Frau anlächelte, konnte sie den Blick nicht mehr abwenden.

Cannon stieß sie an. »Hey, ist alles okay?«

»Ich bring ihn um.«

»Mit *ihn* meinst du Rowdy? Das ist doch der Kerl, den du gerade mit deinem Laserblick vernichtest, oder?«

Sie nickte kurz.

»Wie wäre es, wenn du mal Pause machst?« Cannon nahm ihr das Bierglas aus der Hand und reichte es dem verstimmten Kunden. »Ich mache so lange für dich weiter.«

»Nein.«

Cannon seufzte übertrieben und schüttelte mitleidig den Kopf. »Du zeigst ihm nur, wie sehr es dich trifft. Ich kenne dich zwar nicht so gut, aber ich dachte immer, dass du verdammt viel Stolz besitzt.«

Ja, wo war ihr Stolz geblieben? Sie musste ihn schnellstmöglich wiederfinden. Avery nahm ihre ganze Kraft zusammen und wandte den Blick von Rowdy und der Frau ab. Sie legte eine Hand an die Stirn und versuchte, ihre widersprüchlichen Gefühle unter Kontrolle zu bekommen.

»Hey.« Cannon hob ihr Kinn an. »Für mich sieht es so aus, als würde Rowdy heute seine Dämonen bekämpfen. Nimm den Scheiß nicht so ernst, ja?«

»Du meinst, ich soll ihn nicht umbringen?«

Seine Finger noch immer unter ihrem Kinn, grinste er. »Ich glaube, dass er schon genug leidet.«

Ja, das wusste sie. Aber wenn er jetzt mit dieser Frau wegging …

Aus dem Nichts tauchte auf einmal Rowdy auf und schob sich zwischen sie. »Avery, mach mal Pause. Cannon, du kannst Jones in der Küche beim Aufräumen helfen.«

Höchst amüsiert erwiderte Cannon: »Aber klar, Boss.« Und weg war er.

Rowdy sah sie nicht an, aber seine Nähe war derart überwältigend, dass sie ihn mit jeder Pore zu spüren glaubte. Sie wollte ihn fragen, wie es seinem Rücken ging. Sie wollte ihn gleichzeitig umarmen und ihm eine Ohrfeige verpassen.

Avery sah sich um und entdeckte die Rothaarige an einem der Tische. Sie war also immer noch da … Wartete sie etwa auf Rowdy?

Nur über ihre Leiche.

»Geh schon«, sagte er.

Anstatt in die Pause zu gehen, starrte sie Rowdy wütend an. »Was will die denn hier?«

»Dies ist ein freies Land, Ave. Sie kann machen, was sie will.«

Schon wieder *Ave*. Mit gesenkter Stimme fuhr sie ihn an: »Gehst du mit ihr in dein Büro?«

»Warum? Willst du wieder zusehen?«

Bei diesen Worten stolperte sie einen Schritt nach hinten. Mit leicht geöffnetem Mund und flach atmend überlegte sie, wie sie am schnellsten hier rauskommen konnte.

Nur, dass sie dieses Mal eigentlich nicht weglaufen wollte. Das war etwas anderes als bei Fisher. Es tat viel mehr weh.

Rowdy sah sie an und fluchte dann leise. »Nein.«

Sie begriff nicht.

Er griff um sie herum nach einem Glas. Als sie sich nicht rührte, erstarrte er, und sie sah, wie ein Muskel an seinem Kiefer zuckte. Die Zeit verging wie in Zeitlupe, während er ihr in die Augen sah. Dann beugte er sich vor, und seine Stimme klang wie zerbrochenes Glas. »Nein, ich gehe nicht mit ihr in mein Büro. Ich will auch keinen Sex mit ihr. Ich will sie nicht mal anfassen.«

Er klang, als wäre er wütend … auf sich selbst.

Ihre Anspannung ließ nach, und sie sackte in sich zusammen. »Okay.« Ihr Herzschlag beruhigte sich. Die unsichtbare Faust, die ihr die Kehle zugedrückt hatte, verschwand. Sie hätte sich beinahe bedankt, verkniff es sich jedoch. Es wäre zu absurd gewesen.

Sie berührte seinen Arm, strich ihm über das Handgelenk und ging dann schnell nach hinten. Sie mussten sich unterhalten, aber zuerst musste sie die Fassung wiedergewinnen. Wenn sie jetzt mit ihm sprach, würde sie Rowdy nur Dinge sagen, die er nicht hören wollte, und die Sache noch schlimmer machen.

Sie stand im Pausenraum und trank Kaffee, als der Sturm

losbrach. Der Regen strömte vom Himmel und prasselte gegen die Fenster. Die Lampen flackerten, und der Donner ließ den Boden unter ihren Füßen beben.

Wow. Sie beendete ihre Pause und ging wieder in den Schankraum. Einige Gäste standen vor den Fenstern und sahen nach draußen. Aber der Sturm hatte bereits die meisten vertrieben – auch die Rothaarige, die Blondine und die Brünette. Der Rest des Abends verlief entspannt, da kaum noch Gäste da waren, aber draußen tobte es so wild und verheerend wie in ihrem Kopf.

Die Lampen flackerten noch ein paarmal, gingen jedoch nicht aus. Rowdy bewahrte ein paar Taschenlampen hinter dem Tresen auf, und es gab natürlich eine Notbeleuchtung. Trotzdem war Avery heilfroh, als sie Feierabend machten.

Nachdem der letzte Gast gegangen war und Rowdy abgeschlossen hatte, wurde ihr klar, dass sie ihn jetzt ansprechen musste. Jetzt oder nie.

Avery hatte schon ihre Jacke an und kaute nervös auf der Innenseite ihrer Lippe herum, als sie ihn in seinem Büro aufsuchte. Sie kam sich lächerlich vor, als sie anklopfte.

Erst nach dem Eintreten bemerkte sie, dass Cannon auch anwesend war, da er auf der anderen Seite des Raumes stand.

Rowdy zog sich gerade seine Jacke an und warf ihr einen kurzen Blick zu. »Könntest du mir einen Gefallen tun und sie zu ihrem Wagen begleiten, Cannon?«

Avery erstarrte.

Cannon wirkte unsicher, während er seine Wollmütze aufsetzte, und zuckte dann mit den Achseln. »Klar kann ich das.«

Reiß dich zusammen, Avery. Sie trat einen Schritt vor. »Rowdy …«

Er warf Cannon die Schlüssel zu. »Schließ doch gleich ab, wenn du rausgehst.«

Avery konnte es nicht fassen, als er an ihr vorbei zur Hintertür marschierte. Sie stand da, starrte die Tür an und hoffte, dass Rowdy seine Meinung änderte, zurückkam und sich entschuldigte. Dass er begriff, dass sie miteinander reden mussten.

Vielleicht sogar streiten.

Aber er kam nicht zurück.

Langsam drehte sie sich zu Cannon um.

Der starrte erst den Boden und dann die Decke an. Er räusperte sich. Zweimal. »Bist du so weit, Süße?«

Ein erfrischender Wutausbruch kochte in ihrem Inneren hoch. Rowdy hatte sie so lange Zeit umgarnt und behauptet, sie zu begehren … Und jetzt wollte er sie aufgrund eines großen Missverständnisses einfach gehen lassen?

Oh nein.

Sie ging nicht einfach so mit einem Mann ins Bett. Nach der Sache mit Fisher hatte sie sogar bezweifelt, ob sie je wieder einem Mann genug vertrauen konnte, um ihn zu begehren. Aber sie begehrte Rowdy, und sie würde ihn bekommen.

Heute Nacht – wie er es versprochen hatte.

»Ja, ich bin so weit. Und wie ich so weit bin. Mehr als das.« Sie ging zur Hintertür, knallte sie zu und verriegelte alle Schlösser.

Cannon rieb sich die Lippen. »Reden wir über dasselbe?«

»Nein, das tun wir nicht.« Sie nahm seinen Arm und zerrte ihn mit nach vorn. »Komm mit. Wenn ich noch länger warte, verliere ich den Mut, aber ich will es tun.«

»Es?«

Sie nickte. »Ich war viel zu lange enthaltsam. Ich brauche es jetzt.«

»Äh, Avery …« Er stieß gegen einen Stuhl, ging um ihn herum und versuchte, ihr seinen Arm zu entziehen.

Sie hielt ihn fest. Für das, was sie geplant hatte, musste sie ihm etwas Kraft rauben. »Ich muss vorne rausgehen.«

»Vielleicht sollten wir uns erst mal unterhalten.«

»Nicht jetzt.«

»Rowdy wird nicht besonders glücklich darüber sein. Ich meine, er hat mich ja gerade erst eingestellt, und er macht auf mich nicht den Eindruck, als würde er gerne teilen …«

Als Avery begriff, was er dachte, warf sie ihm einen vernichtenden Blick zu. »Komm wieder runter, Cannon. Du weißt, dass ich auf Rowdy stehe.«

Noch war er nicht ganz überzeugt. »Ja, das habe ich mir gedacht. Aber wenn eine Frau anfängt, die Türen zu verriegeln, und mich wegschleift, dann …«

»Dieses Mal nicht.« Sie wollte Rowdy Yates. Punkt. Und sie würde ihn kriegen, so oder so.

Cannon grinste. »Weißt du was? Ich bin gleichzeitig erleichtert und enttäuscht.«

Wenn das seine Vorstellung von Flirten war, dann kam er damit bei ihr nicht an. »Du würdest das nicht tun.«

»Ich wäre auf jeden Fall in Versuchung …« Als sie ihn finster ansah, wurde sein Lächeln breiter. »Aber nein, ich würde es nicht tun.«

Sie schüttelte den Kopf und schloss die Vordertür auf. Der Regen trommelte herab, floss in Bächen über die Straße und bog die paar hageren Bäume durch, die in der von Stein und Beton dominierten Gegend standen.

Cannon trat vor die Tür. »Hast du einen Regenschirm?«

»Nein.« Sie sah zu Rowdys Wohnung hinüber, in der gerade das Licht anging. Wenn sie sich Mühe gab, konnte sie sogar ein paar Schatten erkennen, die sich hinter den großen Fenstern bewegten.

»Soll ich deinen Wagen holen?« Obwohl er unter dem Vordach stand, war er schon völlig durchnässt. Der Wind schien von allen Seiten zu kommen.

»Den brauche ich nicht.«

»Nicht?«

»Ich will zu Rowdys Wohnung.«

»Brauchst du da nicht deinen Wagen?«

»Er wohnt auf der anderen Straßenseite.« Sie deutete auf die Wohnung. »Da drüben.« So nah … aber wenn sie daran dachte, wie Rowdy durch sie hindurchgesehen hatte, kam es ihr ewig weit entfernt vor.

Cannon folgte ihrem Blick und nickte. »Ach so. Dann ist alles klar, schätze ich.«

»Was meinst du damit?«

Während er abschloss, erwiderte er: »Ich habe gesehen, wie er in das Gebäude gegangen ist. Ich dachte, er hätte … Ach, vergiss es.«

»Dass er da eine Frau besuchen würde? Wenn man seinen Frauenverschleiß bedenkt, ist das gar nicht so weit hergeholt.« Avery nahm die Schlüssel entgegen, steckte sie in ihre Handtasche und schlug den Kragen hoch, auch wenn das angesichts der Regenmengen eigentlich sinnlos war.

Cannon musterte sie und zog dann seinen Mantel aus. »Warum hältst du dir den nicht über den Kopf und …«

Sie hielt eine Hand hoch, um ihn aufzuhalten. »Ich werde schon nicht zerfließen.«

In diesem Moment ließ der Regen ein wenig nach, und der Sturm schien abzuflauen.

»Jetzt oder nie.«

Cannon nahm ihren Arm und meinte: »Vergiss nicht, dass Rowdy heute eher mit sich selbst als mit dir gehadert hat.«

»Glaubst du das wirklich?«

»Ich bin davon überzeugt.«

Avery starrte ihn erstaunt an. »Wow, du weißt also nicht nur alles darüber, wie man eine Bar führt, sondern bist außerdem noch ein erfahrener Kämpfer und ein Beziehungsexperte?«

Er schenkte ihr einen philosophischen Blick. »Ich bin ein Mann, daher weiß ich, wie Männer ticken. Das war's aber auch schon mit dem Experten.«

»Hast du eine Freundin?«

Diese Frage ließ ihn stutzen. »Wie du richtig erkannt hast, habe ich eine Menge um die Ohren. Da bleibt keine Zeit für eine Freundin.«

Avery war jedoch davon überzeugt, dass er sich über mangelndes Interesse der Frauen nicht beklagen konnte. Männer. In vieler Hinsicht waren sie alle gleich. In Sachen Rücksichtnahme, harte Arbeit und Beschützerinstinkt ähnelten sich Rowdy und Cannon glücklicherweise sehr.

»Danke für alles, Cannon.« Sie ging in den Regen hinaus.

Cannon hielt mit ihr Schritt.

»Du kannst jetzt nach Hause gehen.« Ihre Füße planschten durch die Pfützen auf der Straße.

»Erst, wenn ich mich vergewissert habe, dass du das Gebäude betreten hast.«

Er war eben ein Beschützer. Es war so unglaublich dunkel in der Gegend, dass sie heilfroh über seinen Begleitschutz war. »Okay. Danke.«

Obwohl der Regen nachgelassen hatte, waren sie beide klitschnass, als sie vor der Haustür ankamen. Avery holte tief Luft, öffnete die Tür und drehte sich zu Cannon um. »Jetzt muss mich Rowdy nur noch reinlassen …« Der Wind nahm wieder zu und riss ihre Jacke auf.

Cannon starrte kurz auf ihre Brust und wandte den Blick dann ab. »Er wird dich reinlassen. Vertrau mir.« Dann hielt er ihr die Tür auf. »Geh schon.«

Avery sah an sich herunter. Ups. Der Regen hatte ihre Jacke und ihr T-Shirt durchnässt. Der Stoff klebte an ihrem Körper und man sah … alles. Außerdem trieften auch ihre Hose und ihre Haare vor Nässe.

Langsam breitete sich ein Grinsen auf ihren Lippen aus. Das konnte sie vielleicht zu ihrem Vorteil nutzen. »Wünsch mir Glück.«

»Ich glaube zwar, dass Rowdy das mehr gebrauchen kann als du, aber ich wünsch dir trotzdem viel Glück.« Er gab ihr einen Nasenstüber. »Sei nicht so hart zu ihm.«

Etwas zuversichtlicher drehte sich Avery um und ging die Treppe hinauf. Ihr Herz schlug wie wild – vor Sorge, vor Hoffnung, aber vor allem vor Vorfreude.

Heute Nacht würde sie Sex mit Rowdy Yates haben. In diesem Augenblick war ihr alles andere egal.

Verärgert zog Rowdy seine nasse Kleidung aus und eine trockene Jeans an. Er konnte das Bett nicht mal ansehen. Immer, wenn er in die Richtung schaute, glaubte er, Avery dort zu sehen, wie ihr wunderschönes rotes Haar sich um ihren Kopf ausbreitete, während sie lächelte und ihn neckte. Er dachte an ihren wundervollen Duft und wie schön es gewesen war, sie im Schlaf im Arm zu halten.

Auch wenn sein Verstand beschlossen hatte, sie nicht zu berühren, sehnte sich sein Körper nach der sexuellen Befriedigung.

Aber nur mit Avery. Im Moment wäre keine andere Frau gut genug.

Verdammt, er hatte an diesem Abend so viele Angebote bekommen – sogar eines von zwei Frauen, die jemanden für einen Dreier suchten –, dass er seine Anspannung problemlos auf die bewährte Art hätte loswerden können.

Stattdessen hatte er vor zu lesen. Seitdem er die Bar gekauft hatte, las er viel über die Führung kleiner Unternehmen. Zwar ließ seine Ausbildung einiges zu wünschen übrig, aber er hatte auf der Straße genug gelernt, um zu wissen, dass man neben harter Arbeit auch Fachkenntnisse brauchte, damit ein Geschäft auf Dauer gut lief.

Schließlich wusste er ja bestens, wie man überlebte.

Barfuß ging er in die Küche, holte sich ein Bier und nahm das Buch aus dem Regal. Wenn er viel lesen musste, brauchte er eine Brille. Keine verschreibungspflichtige, sondern eine Lesebrille, die er in der Drogerie gekauft hatte. Mit dem Bier, dem Buch und der Brille in der Hand ging er zum Sofa und machte es sich bequem.

Inzwischen tat es nicht mehr so weh, wenn er sich anlehnte, was vor allem an dem dicken Verband lag. Der musste eigentlich gewechselt werden, aber das konnte er nicht alleine machen. Morgen würde er Pepper bitten, ihm den Verband endgültig abzunehmen.

Er trank einen großen Schluck Bier, schlug das Buch auf und … dachte an Avery. Sosehr er sich auch bemühte, sie ging ihm einfach nicht aus dem Kopf.

Oder aus seinem Herzen.

Er hatte sie bei Cannon gelassen.

Dämonen tanzten durch seinen Verstand und brachten ihn dazu, sich die wildesten Szenarien vorzustellen, die ihn garantiert die ganze Nacht wach halten würden.

Er schloss die Augen, legte den Kopf zurück und zwang sich, an etwas anderes zu denken.

Es war unmöglich.

Als es an seiner Tür klopfte, hob er den Kopf und runzelte die Stirn. Das Letzte, was er jetzt wollte, war, sich mit noch einer aufdringlichen Frau abgeben zu müssen. Die Nachbarinnen waren zwar sehr nett, aber sie passten genau auf, wann er nach Hause kam, um ihn dann aus irgendeinem Grund zu belästigen.

Doch im Moment war er nicht in der Stimmung, um zu irgendjemandem freundlich zu sein.

Er schob sich die Brille auf den Kopf und legte das Buch beiseite. Dann stand er auf, ging die Stufen nach oben und öffnete die Tür.

Averys Anblick war wie ein Schlag in die Magengrube. Völlig durchnässt und zitternd stand sie vor ihm, reckte dickköpfig das Kinn in die Luft und raubte ihm förmlich den Atem.

»Darf ich reinkommen?«

Sein Blick strich über sie hinweg, über ihr langes, nasses Haar, die offene Jacke, ihr Shirt, das an ihren Brüsten klebte, ihre durchnässte Jeans. Schon jetzt bildete sich eine Pfütze zu ihren Füßen.

Er versuchte, den Gefühlsansturm zu unterdrücken. »Du hättest nach Hause fahren sollen.«

Sie reckte ihr Kinn noch etwas höher. »Du hast mir Sex versprochen.«

Großer Gott, damit hatte er nicht gerechnet. Er hätte nie gedacht, dass sie so direkt, so frech und so ... sexy sein könnte. Sein Atem ging sofort schneller, und sein Penis regte sich.

Avery trat ein. »Deswegen bin ich hier.«

Was zum Teufel dachte sie sich dabei? Dass sie ihn mit Sex manipulieren konnte? Er rückte von ihr ab. »Nein.« Dann wandte er ihr den Rücken zu und ging die Stufen wieder nach unten, um etwas Abstand zwischen sich und die Versuchung zu bringen.

Er ging zur Couch zurück, setzte sich, schob die Brille wieder auf die Nase und nahm sein Buch zur Hand, um vorzutäuschen, er wäre nicht völlig verstört und stünde kurz davor, sie hereinzubitten.

Die Sekunden verstrichen, während er vorgab zu lesen. Avery schwieg. Er wollte sie nicht noch einmal ansehen.

»Mir ist kalt, Rowdy.«

Er hörte, wie sie mit den Zähnen klapperte, und musste gegen den Drang ankämpfen, zu ihr zu eilen und sie zu wärmen. Schweigend sah er sie über den Brillenrand hinweg an.

»Meine Jeans ist völlig durchnässt.«

Obwohl er es nicht wollte, sagte er: »Dann zieh sie aus.« Sein Herz schlug schneller und sein Atem beschleunigte sich, während er abwartete, was sie tun würde.

Es kam ihm wie eine Ewigkeit vor, in der sie sich anstarrten, bis Avery sich endlich umdrehte, die Tür schloss und den Schlüssel herumdrehte.

16

Mit einer ausgewachsenen Erektion in der Jeans sah Rowdy zu, wie sie ihre dünne Jacke auszog. Verdammt, sie brauchte unbedingt einen Mantel. Etwas Wärmeres und Wetterfestes … *Das ging ihn nichts an!*

Avery hängte die Jacke an das Geländer neben den Stufen und beugte sich dann vor, um sich die Schuhe und Socken auszuziehen, die sie ebenfalls am Eingang stehen ließ. Barfuß und auf der Unterlippe kauend richtete sie sich wieder auf und drehte sich zu ihm um.

Rowdy konnte nicht anders. Angelockt von einem wortlosen Versprechen und fasziniert von der Vorstellung, was alles passieren konnte, beugte er sich vor. Als sie mit ihren kleinen, zitternden Händen nach dem Bund ihrer Jeans griff, sog er die Luft ein und hielt den Atem an.

Sie öffnete den Knopf, zog den Reißverschluss herunter und streifte den nassen Jeansstoff mühsam von ihren schlanken Beinen. Dann stand sie in ihrem eng anliegenden T-Shirt und dem winzigen beigefarbenen Slip vor ihm.

Rowdy legte die Brille auf den Tisch, stand jedoch nicht auf.

Sie hielt die Jeans vor sich. »Kann ich die in deinen Trockner stecken?«

Er wollte sehen, wie sie durch das Zimmer ging, wie sich ihr Hintern in dem dünnen Stofffetzen bewegte, den sie Unterwäsche nannte. Sein Kiefer mahlte, und er murmelte: »Fühl dich wie zu Hause.«

Sie hielt sich am Geländer fest, ging vorsichtig nach unten, während sie noch immer am ganzen Körper zitterte. Kleine Bäche aus eiskaltem Regenwasser rannen ihr über den Rücken und die Pobacken und tränkten ihren Slip. Ihre nackten Füße erzeugten nicht das geringste Geräusch auf dem Boden. In der Küche öffnete sie den Trockner, beugte sich vor und legte die Jeans hinein.

Rowdy unterdrückte ein Stöhnen und wurde immer erregter. Offenbar konnte man ihn doch mit Sex manipulieren.

»Rowdy?«

Er stand auf, blieb jedoch neben der Couch stehen und hielt einen Sicherheitsabstand zu ihrer gefährlichen Anziehungskraft.

Sie zupfte an ihrem T-Shirt. »Das ist auch ganz nass.«

Da war es um den letzten Rest seiner imaginären Selbstbeherrschung geschehen. Man konnte seiner Stimme das Verlangen anhören, als er flüsterte: »Zieh es aus.«

Nach kurzem Zögern nickte Avery, griff nach dem Saum und streifte sich das T-Shirt über den Kopf.

Er hatte sich durch seine erbärmliche Jugend gevögelt und den Sex benutzt, um die Auswirkungen der Armut und des Missbrauchs zu bekämpfen. Noch heute nutzte er ihn, um sich von den quälenden Erinnerungen zu befreien. Aber in diesem Moment und mit Avery hatte die Lust, die ihn durchströmte, absolut nichts damit zu tun. Hier drehte es sich allein um sie.

Sie drehte sich halb zu ihm um, und in ihren aufgerissenen Augen spiegelten sich gleichzeitig Unsicherheit und Entschlossenheit wider. Abgesehen vom BH und dem Slip war ihr schlanker Körper nackt, sodass nichts seiner Fantasie überlassen blieb.

Seine Jeans schien auf einmal viel zu eng zu sein, und er zog sie zurecht, ohne den Blick von Avery abzuwenden.

Als er nicht näher kam, holte sie zittrig Luft, blinzelte die Tränen weg und drehte sich um, damit sie das Shirt ebenfalls in den Trockner werfen konnte. Danach schlang sie die Arme um sich, zog die Schultern hoch, presste die Knie zusammen und sah ihn trotzig an.

Ja, er war erledigt.

Nur Avery hatte diese Ausstrahlung, während sie nackt und verletzlich, frierend und nass dastand.

Das Raubtier in Rowdy war längst erwacht, als er auf sie zuging, am ganzen Körper angespannt. Er blieb direkt vor ihr stehen, so dicht, dass er den Geruch ihrer nassen Haut und ihrer Haare einatmen konnte, der sich mit dem Duft ihrer Erregung vermischte.

Ihr Haar fiel ihr über die Schultern und verdeckte teilweise ihre Brüste. Betont langsam strich er es nach hinten, sodass er ihre Brustwarzen sehen konnte.

Ihr BH war ebenso durchnässt, wie es ihr T-Shirt gewesen war, und bestand aus demselben Material wie ihr winziges Höschen. Sie erschauderte, bekam eine Gänsehaut, und ihre Brustwarzen wurden noch härter.

Er strich ihr mit den Fingerknöcheln über die rechte Brust.

Ihr stockte der Atem. »Rowdy?«

»Er ist ganz nass.« Er ließ die Hand sinken und sah ihr in die Augen. Dann sagte er ganz leise: »Zieh ihn aus.«

Als sie nach hinten griff, um den Verschluss zu öffnen, umfing er ihre Brüste und strich mit den Daumen über die steifen Brustwarzen. Sie erstarrte.

»Mach weiter«, forderte Rowdy sie auf.

Sie fummelte an ihrem Rücken herum, während ihr Atem schneller ging. Endlich war der BH offen. Rowdy streifte die Träger über ihre Arme und warf den BH in den Trockner, um sich danach erneut ihren Brüsten zu widmen.

»Ich … Ich muss deinen Verband wechseln, solange ich hier bin.«

»Vielleicht später.« Es gefiel ihm, wie erregt ihre Stimme klang, wie empfindlich ihre Brustwarzen waren und wie schnell sie auf seine Berührung reagierte. Er berührte den Saum ihres Slips. »Mal sehen, ob ich den auch feucht bekomme.«

Sie legte die Hände auf seine Brust. »Warte, Rowdy.«

Verdammt! Er machte einen Schritt nach hinten, verschränkte die Arme und versuchte, sich für das zu wappnen, was sie ihm sagen wollte. Natürlich war ihm klar gewesen, dass sie nicht nur hergekommen war, um Sex mit ihm zu haben. So war Avery nicht. Sie hatte genug Stolz für drei und genug Rückgrat, um seine schlechte Laune an sich abprallen zu lassen.

Aber er hatte gehofft, dass sie vielleicht, nur vielleicht, hergekommen war, weil ihr etwas an ihm lag.

Nun baute er einen Schutzwall um sein Herz auf und wartete, ohne etwas zu sagen.

Avery erschauderte wieder und sah ihn mit ihren blauen Augen flehend an. »Ich … Ich muss dir zwei Sachen sagen.«

Er war so bereit, wie er nur sein konnte. Den Blick auf ihre Brüste geheftet, erwiderte er: »Ich bin ganz Ohr.«

Sie schüttelte den Kopf. »Nein, noch nicht.« Ihre Zunge fuhr über ihre Unterlippe, und sie streichelte ihm suggestiv über die Brust. »Danach.«

Er richtete sich auf. Möglicherweise hatte er ihre Absichten doch falsch eingeschätzt. Er machte einen Schritt auf sie zu und legte eine Hand an ihre Taille. Ihre Haut war kühl und feucht, und er wollte sie wärmen. Er wollte sie beschützen. Sie lieben.

Sie verehren.

Aber das konnte er nicht. Noch nicht.

»Willst du Sex?«, fragte er mit zusammengekniffenen Augen.

»Mann, Rowdy, das weißt du doch.« Sie versuchte, sich an ihn zu schmiegen. »Aber ich habe ein paar Bedingungen.«

Sein Verlangen wurde nicht weniger, aber sein Herz wurde zu Eis. »Nein, Süße, Bedingungen darfst du nicht stellen.« Er musterte sie, wie sie klein, aber so verdammt wohlgeformt und sexy vor ihm stand. Dann zwang er sich, die Worte auszusprechen: »Jetzt heißt es: Alles oder nichts.«

Sie nickte. »Es ist nur so, dass ich …« Ihre Stimme erstarb.

»Dass du was? Dass du mich manipulieren willst?« Das würde er nie zulassen, nicht einmal bei Avery. »Du hast doch was vor, oder? Ist es das?«

Traurig ließ sie ihre Schultern sinken, aber diese verdammte Entschlossenheit blieb bestehen. »Ich möchte dich *beschützen.*«

Das war ja lächerlich. »Vor wem? Vor dir?« Bisher stellte sie die größte Gefahr dar, der er je begegnet war.

»Nein.« Wieder leckte sie sich die Lippen, die feucht schimmerten, sodass sein Drang, diesen weichen Mund auf sich, auf seinem Körper zu spüren, nur noch größer wurde. »Du weißt längst nicht alles über mich.«

»Was du nicht sagst.« Die Art, wie sie ihn benutzt hatte, erstaunte ihn noch immer, da er nie geglaubt hätte, dass sie zu so etwas fähig wäre. Eigentlich hatte er sie für offenherzig, mitfühlend und ehrlich gehalten.

»Ich … Ich werde es dir erzählen, aber du musst mir versprechen, dass du deine Meinung nicht änderst.«

Noch mehr Forderungen. »In welcher Hinsicht?«

»Dass du mich willst.« Sie machte eine hilflose Geste. »Dass du mit mir schlafen willst.«

Das war ja wohl der größte Witz schlechthin. »Auf Sex werde ich auf gar keinen Fall verzichten.« Das konnte er auch gar nicht, denn dafür brauchte er sie viel zu sehr. »Wenn du bleibst«, sagte er anstelle einer Antwort auf ihre Frage, »dann wirst du auf jeden Fall unter mir liegen.«

Sie holte tief Luft und sagte dann etwas völlig Unerwartetes. »Ich habe mein altes Leben aufgegeben, weil jemand … jemand mir wehtun wollte.«

Sein Blut schien zu gefrieren. So leise, dass er es selbst kaum hören konnte, fragte er: »Wie?«

Hastig erklärte sie es ihm, während sie sich an ihm festklammerte. »Ich wurde beinahe vergewaltigt.«

Diese Worte trafen ihn wie ein Faustschlag, und der in ihm aufsteigende Zorn war fast schon übermächtig. Er würde jeden umbringen, der es wagte …«

»*Fast*, Rowdy. Es ist nicht passiert.« Sie streichelte ihn, versuchte ihn zu beruhigen und sah ihn besorgt an. »Aber ich musste gehen. Keiner … Keiner wollte mir glauben, als ich es erzählte.«

Ernüchtert sah Rowdy ihr ins Gesicht und wusste sofort, dass sie ihm die Wahrheit sagte. Alles, was er gerade noch gedacht hatte, verblasste, als sich ein roter Schleier der Wut senkte. »Ich glaube dir.« Avery hatte ihn zwar einiges durchmachen lassen, würde ihm aber nie eine derartige Lüge auftischen.

Sie drückte sich an ihn, während ihr Tränen der Dankbarkeit in die Augen stiegen. »Danke.«

Er rieb ihre Oberarme. »Nenn mir den Namen.«

»Ich will nicht, dass du dich da einmischst.« Als er protestieren wollte, sprach sie schnell weiter. »Nein, Rowdy! Das ist mein Ernst. Das ist nicht dein Problem.«

»Ist es wohl!«

Sie fuhr fort, als hätte sie ihn nicht gehört. »Darum wollte ich auch, dass du mich begleitest, als ich nach Hause gefahren bin. Und aus diesem Grund habe ich auch so mit deinen Fähigkeiten geprahlt.«

»Deine Familie hat dir nicht geglaubt?«, fragte er erstaunt. »Hast du sie gemeint?« Das konnte doch nicht wahr sein. Dabei hatte er sie für nette Menschen gehalten. Selbst wenn er Pepper erzählen würde, dass ihn ein Alien angegriffen hätte, würde sie ihm glauben und den Rücken stärken, ohne Fragen zu stellen. So musste es in einer Familie sein.

Und er hatte Avery sogar noch um ihre beneidet …

Sie berührte erst sein Schlüsselbein und dann seine Schulter. »Sie kennen ihn. Er ist ein geachteter Mann und von außen betrachtet ein guter Mensch. Daher glaubten sie, ich würde übertreiben. Außerdem hat er ihnen eine Geschichte aufgetischt, dass wir uns gestritten hätten und ich überreagiert hätte.«

Ihrer Stimme war anzuhören, wie verletzt sie deswegen war, was seine Wut nur weiter steigerte. Mit zusammengebissenen Zähnen und angespannten Muskeln stieß Rowdy hervor: »Fisher?«

Wieder standen ihr Tränen in den Augen. »Ich möchte nicht, dass du irgendetwas unternimmst, Rowdy. Das versuche ich dir die ganze Zeit zu sagen.«

»Du wirst ihn wiedersehen.« Der Zustand ihrer Mutter würde schon dafür sorgen, dass sie in die Nähe dieses Arschlochs kam, denn er ging davon aus, dass Fisher keine Gelegenheit ungenutzt lassen würde, um in Averys Nähe zu sein.

»Ja, aber jetzt weiß ich, dass ich mich vorsehen muss und nicht mit ihm alleine sein darf.«

Er wischte ihr mit dem Daumen eine Träne von der Wange. »Er ist eine Gefahr, Süße, und Gefahren sieht man am besten direkt ins Auge.«

»Ich will dir nicht auch noch zur Last fallen!«

Diese törichte Avery. Sie sollte ein bisschen mehr Vertrauen in ihn haben. »Vertrau mir, Süße, es wird kein großes Problem, mit Fisher fertigzuwerden.« Er freute sich sogar schon darauf.

»Er ist nicht so, wie du denkst. Dieser Mann ist kein dämlicher Gauner wie Darrell. Er hat Macht und Ressourcen, und er …«

»Er ist Abschaum, und mit Männern wie ihm hatte ich schon genug zu tun.« Er hatte gehofft, sie damit zu beruhigen, aber sie legte die Arme um seinen Hals und presste ihren schlanken kleinen Körper an ihn. Ihre Haut war noch immer eiskalt. Er musste sie unbedingt einwickeln und wärmen. »Avery …«

Sie drückte das Gesicht an seine Brust. »Willst du wissen, was ich dir noch sagen wollte?«

Da war noch mehr? Seufzend streichelte er ihren Rücken. »Raus damit.«

Sie atmete schneller. Die Sekunden verstrichen, und Rowdy unterdrückte das Verlangen, ihren Hintern zu berühren und sie zu küssen.

Ganz langsam löste sich Avery von ihm. Sie ließ die Hände auf seinen Schultern liegen, legte jedoch den Kopf in den Nacken, damit sie ihn ansehen konnte. Sie sah verzweifelt, besorgt und reumütig aus, und das machte ihm Sorgen.

Er beschloss, Fisher umzubringen. Er würde den Kerl in Stücke reißen. Er würde ihn …

Avery legte ihre kleine Hand an seine Wange. »Ich liebe dich.«

Um ganz sicher zu gehen, blieb Cannon noch ein paar Minuten in der Nähe. Falls sich Rowdy doch als größerer Dickkopf erwies als gedacht, sollte Avery nicht allein durch diesen Sturm laufen müssen.

Er war bereits völlig durchnässt, daher machte ihm der Regen nichts mehr aus.

Nach zwanzig Minuten beschloss er, dass er jetzt gehen konnte. Ihm wurde bewusst, dass er grinste, aber das war ihm egal. Es war schon lustig, dass ein Kerl wie Rowdy Yates wegen einer so kleinen Frau wie Avery Mullins ins Straucheln geriet. Als Paar fand er die beiden sehr amüsant.

Außerdem war er überaus dankbar dafür, dass er nicht in diese verdammte emotionale Falle getappt war.

Frauen waren ja schön und gut. Ja, er bewunderte sie. Respektierte sie. Aber er hatte jede Menge Pläne, die nichts mit einer Beziehung zu tun hatten.

Jeden Morgen trainierte er hart. Bevor er den Job in der Bar bekommen hatte, hatte er in seiner restlichen Zeit den Wachmann gespielt und einen Teil des Abschaums aus seiner Gegend vertrieben. Es machte ihn stinksauer, dass so viele Viertel vor die Hunde gingen und von widerlichen Menschen und Losern beherrscht wurden, die allen anderen die Schuld dafür gaben, dass sie so ein erbärmliches Leben führten, nur nicht sich selbst.

Nachdem er Rowdy begegnet war, hatte er beschlossen, dass eine Bar einen guten Ort darstellte, um sich einen Überblick über die kriminellen Aktivitäten zu verschaffen. Bis jetzt hatte er recht behalten.

Allerdings hatte er nicht mit Rowdys eigenen kleinen Geheimnissen gerechnet, damit, dass Fremde auftauchten, Avery mysteriöse Anrufe bekam und dass sich einige andere Dramen abspielten.

Natürlich würde er helfen, wo er konnte. Mit etwas Glück brachte Rowdy in dieser Nacht die Sache mit Avery in Ordnung. Aber selbst dann wollte Cannon in der Nähe bleiben und aufpassen, um bei Bedarf einzuspringen.

Avery hielt den Atem an, als Rowdy nur dastand und sie überrascht anstarrte. *Bitte, bitte, bitte sag jetzt nicht, dass ich gehen soll.*

Er sah sie so lange mit seinem finsteren Blick an, dass sie schon kurz davor war, wegzulaufen.

Sie hielt den Atem an und war so voller Hoffnung, dass es schon fast wehtat.

Doch dann hob er sie hoch und küsste sie, während er sie zum Bett trug. Avery klammerte sich an ihn, erleichtert, dass er sie nicht wegschickte, aber auch besorgt wegen seiner Verletzung.

Als er sie aufs Bett legte und sich über sie beugte, löste sie ihren Mund von seinem und sagte: »Rowdy ...«

Er küsste sie erneut, hielt mit den Händen ihren Kopf umfangen und erkundete ihren Mund mit der Zunge, während er mit einem Knie ihre Beine auseinanderdrückte.

Schließlich gab sie auf, erwiderte seinen Kuss und legte ihm vorsichtig die Beine um die Oberschenkel.

Er ließ von ihrem Mund ab und küsste leidenschaftlich ihren Hals und ihre Schulter. Dabei biss er sie leicht, was ein Prickeln über ihren ganzen Körper jagte, leckte dann über die Stelle und wanderte so immer tiefer, bis er ihre Brustwarze erreicht hatte.

Als er sie in seinen Mund saugte, drückte Avery den Rücken durch und genoss die Lust, die durch ihren Körper strömte.

Er stöhnte, ging zur anderen Brust über und liebkoste und leckte sie, biss zärtlich hinein und saugte daran.

Sie wand sich unter seinen Liebkosungen. »Zieh deine Jeans aus, Rowdy.«

Ohne etwas zu erwidern, rutschte er weiter nach unten und bahnte sich mit einer Spur von Küssen den Weg über ihre Rippen, ihren Bauch und ihren Hüftknochen. Er saugte an ihr, atmete tief ein und stöhnte erneut.

Avery lag da, ließ ihm freie Hand und genoss, was er mit ihr machte.

Er setzte sich auf, schob seine Hände in ihren Slip und zog ihn herunter. Seine Brust hob und senkte sich schnell, als er vorsichtig ihre Scheide mit den Fingern berührte. »So schön.« Er sah ihre Brüste an und streckte eine Hand aus, um sie zu streicheln, während er sie mit der anderen weiter erkundete.

Es war so intim, so persönlich, dass sie den Kopf abwenden musste. Aber das hielt sie nicht durch, da sie es zu sehr genoss, Rowdy anzusehen. Er wartete darauf, dass sie sich ihm wieder zuwandte, und sobald sich ihre Blicke trafen, spreizte er ihre Schamlippen und erforschte sie mit den Fingern.

»Schon so feucht und heiß.« Er schob zwei Finger in sie hinein, während sein Blick härter wurde und sich verdunkelte. Sie keuchte. »Und so schön eng.«

Ihr Verlangen wuchs immer weiter, und sie legte den Kopf in den Nacken und bog den Rücken durch.

Rowdy kniete neben ihr und berührte ihre Brüste, während seine Finger sie zwischen den Beinen liebkosten und er sie fasziniert musterte.

»Ich möchte, dass du für mich kommst, Avery, genau so.« Er legte den Daumen auf ihre Klitoris und berührte sie dort in einem fast schon qualvollen Rhythmus. »Sobald ich in dich eindringe, werde ich nicht lange durchhalten.«

Was er sagte und wie er es sagte, erregte sie fast ebenso sehr wie das, was er mit ihr machte.

Sie riss die Augen auf und starrte ihn an. »Bitte küss mich.«

Er sah auf seine Hand hinab, die zwischen ihren Beinen lag. »Hier?«

Oh Gott. Sie schluckte schwer und streckte die Arme nach ihm aus. »Rowdy.«

Mit einem Lächeln beugte er sich vor und ließ seine Lippen über ihre gleiten. »Pass auf«, murmelte er und gab ihr einen heißen, atemlosen Zungenkuss. Als er den Kopf wieder hob, murmelte er: »Da hast du deinen Kuss.«

Ihre Muskeln verspannten sich bereits, da sie dem Höhepunkt immer näher kam, und sie konnte kaum erwarten, was er als Nächstes tun würde.

Er drückte die Lippen an ihre Kehle. »Und noch einen.«

Danach strich sein heißer Atem über ihre Brust, bevor er die Brustwarze in seinen Mund saugte und sie leckte. »Und noch einen.«

Langsam arbeitete er sich nach unten vor, und mit jedem Kuss wurde ihre Lust größer, bis sie nur noch keuchte.

»Und noch einen«, flüsterte Rowdy und küsste sie sanft auf ihre empfindsamste Stelle, bevor er die Lippen um ihre Klitoris schloss und sie mit den Bewegungen seiner Zunge zum Gipfel trieb.

Sie konnte sich nicht bremsen, keine Rücksicht auf seinen verletzten Rücken mehr nehmen. Als sich der Orgasmus in ihr aufbaute, konnte sie nur noch aufschreien. Eine Hand auf ihren Bauch gelegt, um sie festzuhalten, stieß Rowdy seine Finger in sie hinein und bearbeitete sie gleichzeitig mit der Zunge.

Sie griff mit den Fäusten in das Laken, um Halt zu haben, bis die Zuckungen schließlich nachließen.

Rowdy stöhnte und drückte sie einen Augenblick an sich, bevor er aufstand und seine Jeans auszog.

Schwer atmend und mit wild trommelndem Herzen sah Avery ihm dabei zu, wie er in Rekordzeit ein Kondom überstreifte.

Dann kam er wieder zum Bett, hakte seine Arme unter ihre Beine und zog sie an den Rand der Matratze. »Entschuldige«, murmelte er, während sich dunkle Emotionen auf seinem Gesicht abzeichneten. Er positionierte sich vor ihr und rieb seinen Penis über ihre Feuchtigkeit.

Da ihre Nervenenden noch immer kribbelten, war dieses Gefühl viel zu intensiv, und sie versuchte, sich zurückziehen. Doch Rowdy hielt sie fest.

Er sah sie eindringlich an, beugte sich vor und stieß langsam in sie hinein. Sie stöhnte auf und zog sich um ihn zusammen.

»So gut«, murmelte Rowdy, glitt ganz in sie hinein und verharrte dort, was ihm offensichtlich nicht leichtfiel.

»Rowdy«, flüsterte Avery und liebte ihn noch viel mehr. Sie berührte seine Schultern und strich durch sein Brusthaar. Jetzt spannte er seine Muskeln sogar noch mehr an. Sie liebte den Kontrast zwischen seinen harten Muskeln und dem weichen Brusthaar. »Du musst nicht warten«, versicherte sie ihm. »Ich bin bereit, und ich will es. Ich will *dich*.«

Er biss die Zähne zusammen, seine Schultern verkrampften sich, und er sah sie mit brennendem Blick an. Schließlich gab er auf und stieß fest in sie hinein, während er ihre Beine spreizte, sodass er tief in sie eindringen konnte. Schnell spürte Avery, wie sich der nächste Höhepunkt in ihr aufbaute.

Sie sah Rowdy ins Gesicht, da sie wissen wollte, was er fühlte. Er beugte sich vor, um sie zu küssen, und auch das war unfassbar heiß. Als sie dieses Mal kam, war sie selbst überrascht. Der Orgasmus hatte sich nicht langsam aufgebaut, sondern kam über sie wie ein Tsunami, erschütterte ihren ganzen Körper und leerte ihren Geist, bis sie nichts mehr spürte als reine Lust.

Rowdy in sich zu spüren, wie er sie ausfüllte und immer wieder in sie eindrang, war eine fast schon zu intensive Erfahrung. Er legte die Stirn gegen ihre und stöhnte kehlig, als er ebenfalls heftig kam.

Avery umklammerte ihn, während sich sein großer Körper langsam über ihr entspannte. Dieses Mal küsste er sie sehr zärtlich, ließ vorsichtig ihre Beine los und legte sie auf die Matratze. Aber er hatte noch nicht genug, sondern erkundete sie bereits aufs Neue, streichelte und liebkoste sie.

»Rowdy?«, fragte Avery leicht erstaunt.

»Ich brauche etwa zwanzig Minuten.« Er hob den Kopf und sah sie an. Dann wanderte sein Blick zu ihren Haaren, und obwohl er nicht lächelte, konnte sie ein Leuchten in seinen Augen erkennen, das sonst nicht da war.

»Zwanzig Minuten?«

»Ja. Um mich zu erholen.« Er stieß die Luft aus, legte sich neben sie und stützte sich auf einen Ellbogen, damit er sie genau betrachten konnte. »Dein kleiner Körper ist sogar noch heißer, als ich gedacht habe.«

Sie wusste nicht, was sie darauf erwidern sollte, aber sie fühlte sich … eigentlich nicht geschmeichelt. Vielleicht … weniger gehemmt?

Rowdy war einfach so hemmungslos und ungestüm, was seine Sexualität betraf. Er sah sie derart bewundernd an, dass sie wusste, dass sie ihm gefiel.

Er legte eine Hand auf ihren Bauch und tauchte den Daumen in ihren Bauchnabel. Als würde er über das Wetter reden, meinte er beiläufig: »Ich würde dich am liebsten auf den Bauch drehen und von hinten nehmen, sodass ich deinen tollen Hintern dabei sehen kann.«

Sie machte den Mund auf, aber es kam kein Ton heraus.

»Das wäre keine Belastung für meinen Rücken, also mach dir keine Sorgen, okay? Die Wunde tut eigentlich gar nicht mehr weh. Wie wäre es also, wenn wir sie einfach vergessen?«

»Ich …«

»Ich möchte, dass du dich nur noch auf das konzentrierst, was du fühlst, Avery.« Er schob seine Hand zwischen ihre Beine. »Das gefällt mir übrigens.«

Sie zog die Augenbrauen hoch. »Was?«

Er grinste. »Du bist eine echte Rothaarige.« Er beugte sich vor und küsste ihre Brust. »Und diese weichen, rosafarbenen Brustwarzen … Du bist ein echt heißes Gesamtpaket.«

Sie hatte noch nie ein so lächerliches Kompliment bekommen und wusste nicht, was sie sagen sollte. »Danke«, brachte sie schließlich lahm hervor.

Er grinste erneut. »Gern geschehen.«

Sie wollte Fisher nicht erwähnen, aber sie hatte keine Ahnung, ob Rowdys Gesinnungswandel bedeutete, dass er ihr verziehen hatte. Also versuchte sie, es über Umwege herauszufinden. »Darf ich heute hier schlafen?«

»Da ich dich noch stundenlang ficken werde, wirst du das sogar müssen.«

Sie runzelte über seine Wortwahl die Stirn, aber das brachte Rowdy nur zum Lachen.

»Oh nein, meine Liebe. Spiel jetzt bloß nicht die Prüde.« Er legte eine Hand unter ihr Kinn und gab sich nicht die geringste Mühe, seine Belustigung zu verbergen. »Mir ist beinahe das Herz stehen geblieben, als du in diesem durchsichtigen Slip durch das Zimmer stolziert bist.«

»Ich stolziere nicht.« Sie war so nervös gewesen – und hatte so gefroren –, dass sie sich konzentrieren musste, um überhaupt einen Fuß vor den anderen setzen zu können.

»Das hier«, sagte er und strich mit den Fingern durch ihr noch immer feuchtes Haar, »hat die guten Teile fast versteckt.« Dann stieß er ein tiefes, bewunderndes Knurren aus. »Du bist der heißeste kleine Feger, der mir je untergekommen ist.«

»Wirklich?« Es klang so, als würde er es ernst meinen, und ihr wurde vor Freude ganz warm. Niemand hatte sie bisher mit derartigen Komplimenten überhäuft, erst recht nicht in Bezug auf solche intimen Dinge.

Natürlich war sie schon früher mit Männern ausgegangen,

aber sie rannten ihr nicht gerade die Türen ein. Wenn sie daran dachte, wie die Frauen hinter Rowdy her waren, dann spielte sie da in einer ganz anderen Liga.

»Wirklich«, bekräftigte er. »Du hast einen sündigen kleinen Körper, der wie für die Liebe gemacht ist.«

»Du bist der einzige Mann, der das je so gesehen hat.«

Erst nachdem sie die neckenden Worte ausgesprochen hatte, merkte Avery, dass sie das Falsche gesagt hatte, da sie ihn an Fisher und das Geheimnis, das sie ihm anvertraut hatte, erinnerten.

Schon war Rowdys normales, raues Benehmen wieder da, als hätte er es nie abgelegt. Seine Augen verdunkelten sich.

Obwohl er sich nicht von ihr entfernte und sie weiterhin zärtlich streichelte, hatte sich doch alles geändert.

»Damit wären wir wieder bei Fisher, oder?«

Sie schüttelte den Kopf, aber Rowdy setzte sich auf. »Aber zuerst gehe ich unter die Dusche.« Er rollte das Kondom ab, als wäre ihm gar nicht bewusst, wie fasziniert sie ihm dabei zusah. »Ich suche dir ein T-Shirt raus, das du überziehen kannst, während deins im Trockner ist.«

Avery war dankbar für die Gnadenfrist, auch wenn sie noch so kurz sein mochte. Sie setzte sich auf und strich sich das Haar aus dem Gesicht. »Kann ich kurz ins Bad gehen und mich waschen?«

»Tu, was du möchtest.« Er musterte sie noch einmal und schüttelte dann den Kopf. »Fühl dich wie zu Hause.« Er ging zum Schrank, suchte ihr ein T-Shirt heraus, dieses Mal ein weißes, und warf es ihr zu.

Während sie es überzog, fragte er: »Hast du Hunger?«

Jetzt, wo er es erwähnte … »Ein bisschen.«

Sein Blick ruhte auf ihren Beinen. »Kannst du noch eine Stunde warten?«

Sie hatte eigentlich vorgehabt, in einer Stunde schon zu schlafen, aber sie zuckte mit den Achseln. »Ich schätze schon. Warum?«

Er nahm ihre Hand und zog sie hoch. »Weil ich meine Meinung geändert habe. Fisher kann warten.« Seine Hände umfingen ihre Pobacken. »Das hier ist wichtiger.«

»Was …«

Er hob sie hoch und erstickte ihren Protest mit einem Kuss.

Der Mann wusste auf jeden Fall, wie er seinen Mund einsetzen musste … in jeder Hinsicht.

Er schien völlig vernarrt in ihre Haare zu sein, da er seine Hände hineinschob und sie nach vorn über ihre Schultern schob, sodass sie ihre Brüste bedeckten. Dann zog er ihr das T-Shirt wieder aus.

Avery glaubte schon, er wollte sofort wieder in sie eindringen, und sie war sich nicht sicher, ob sie mithalten konnte, da sie schon zweimal gekommen war. Wenn er es jedoch wollte und brauchte, würde sie aber natürlich mitmachen.

Weit gefehlt.

Als er sie über das Bett beugte und langsam in sie eindrang, verzehrte sie sich nach ihm und feuerte ihn sogar an.

Er hielt ihre Hüften fest und murmelte: »Stütz dich auf die Arme, Süße.«

Sie stemmte sich auf ihre Unterarme.

»Gut so.« Er streichelte ihre Taille. »Drück den Rücken ein bisschen durch … Ja, genau so.« Stöhnend knabberte er an ihrem Nacken und verpasste ihr einen Knutschfleck.

»So gefällt mir das«, sagte er dicht an ihrem Ohr mit erregter Stimme. »So komme ich viel besser an dich ran.«

Sie begriff, was er meinte, als er eine Hand zwischen ihre Beine gleiten ließ, während er mit der anderen ihre Brust streichelte.

Seine Finger hatten sie innerhalb weniger Minuten schon wieder kurz vor den Orgasmus gebracht. »Rowdy …«

»Noch nicht, Baby.«

Stöhnend drückte sie sich mit dem Rücken an ihn. Als er sich daraufhin anspannte, wiederholte sie es, bewegte sich unter ihm und zog ihre Muskeln zusammen.

»Avery«, knurrte er warnend.

»Sobald du wieder auf dem Rücken liegen kannst, bin ich dran …«, versprach sie ihm.

»Verdammt.« Er erstarrte und versuchte, seinen Orgasmus hinauszuzögern.

Aber Avery wollte, dass er kam, presste ihre Muskeln um seinen Penis zusammen und bewegte sich weiter.

Er richtete sich auf, umklammerte ihre Taille und kam mit einem lauten Stöhnen.

Dieser Höhepunkt war so unglaublich wie der erste, dauerte noch länger und ebbte langsamer ab. Sie genoss jede Sekunde, erschöpft, da sie sich so verausgabt hatte, und fühlte sich von Kopf bis Fuß beinahe taub. Mit einem Stöhnen ließ sie sich aufs Bett fallen, und Rowdy legte sich auf sie.

Wenn er ihr die Entscheidung überlassen hätte, dann wäre sie einfach so eingeschlafen, umgeben von seiner Wärme und seinem großen Körper. Aber er blieb nur fünf Minuten so liegen, bevor er seufzte und sich aus ihr herauszog.

»Jetzt muss ich erst recht duschen.«

Avery stimmte ihm zu, ohne jedoch die Augen aufzuschlagen oder sich auch nur zu rühren.

Sie spürte, dass Rowdy wegging, hörte, wie er die Dusche aufdrehte, und dann war er auch schon wieder da und hob sie erneut hoch. Er küsste sie zärtlich auf die Stirn und sagte: »Ich wasche dich, wenn du dich auf den Beinen halten kannst.«

Ihr Lächeln war schon sehr schläfrig. »Nein.« Sie drückte die

Nase gegen seinen Hals und seufzte. »Ich werde dir den Verband abnehmen und dir den Rücken waschen.«

»Das wäre nett.«

»Aber wir müssen uns beeilen«, ermahnte sie ihn.

»Kein Problem. Danach sollten wir etwas essen und ein Nickerchen machen, bevor wir weitermachen.«

Ihr Stöhnen ging in ein Lachen über. Dieser Mann war unersättlich.

Wie konnte eine Frau nur so viel Glück haben?

17

Rowdy gab sich große Mühe, so zu tun, als wäre alles in Ordnung, aber ihr Geständnis hatte ihn ganz schön umgehauen. So langsam ergab alles einen Sinn, warum sie in der Nacht so nervös gewesen war, als sie den Bus verpasst hatte, und diese seltsamen Anrufe, die sie bekam.

Fishers Wagen, der sie verfolgte.

Sie glaubte, dass es nicht Meyer gewesen war, aber solche Anrufe waren zwar eine gerissene und effektive Art, um sie zu quälen, aber auch ziemlich lahm für einen Mann, der sie beinahe vergewaltigt hatte. Rowdy wollte alles wissen, aber er würde warten, bis sie ihr Sandwich mit Erdnussbutter und Marmelade aufgegessen hatte.

Er genoss es, sie mit nichts als einem T-Shirt bekleidet an seinem Tisch sitzen zu sehen. Er hatte nur Boxershorts an, und es war … gemütlich.

Wenn sie hierblieb – und das würde sie tun –, dann musste er dringend einkaufen gehen. Als Junggeselle, der bis vor Kurzem noch oft umgezogen war, hatte er es sich noch nicht angewöhnt, immer genug Lebensmittel im Haus zu haben. Nach und nach hatte er sich zwar einiges angeschafft, aber er würde Avery eine Liste schreiben lassen und dann … was? Die glückliche Familie spielen?

Angewidert biss Rowdy in sein Sandwich.

Avery musterte ihn. »Soll ich den Verband wirklich nicht wieder anbringen?«

Er schüttelte den Kopf. »So fühlt es sich besser an.« Dann

lehnte er sich gegen die Stuhllehne, um es zu beweisen. »Es wird vermutlich noch eine Nacht dauern, bis du auf mir rumhüpfen kannst, aber ich kann immerhin schon auf dem Rücken schlafen.«

Sie warf mit ihrer Serviette nach ihm.

Rowdy grinste. »Ich kann es mir schon bildlich vorstellen.« Er starrte ihre Brüste an. »Und das inspiriert mich.«

Sie hielt inne, warf einen Blick auf seine Brust und seine Bauchmuskeln und lächelte. »Irgendwie bin ich auch inspiriert.«

Oh, zurückhaltend war sie nicht. »Wenn du so weitermachst, sind wir wieder im Bett, bevor du deine Milch ausgetrunken hast«, entgegnete er.

»Auf gar keinen Fall.« Sie deutete mit ihrem Sandwich auf ihn. »Ich muss auch mal schlafen, Rowdy, und du ebenfalls. Also wirst du bis morgen früh warten müssen.«

»Das werden wir ja sehen.«

Sie holte mit gerunzelter Stirn tief Luft, aber Rowdy kam ihr zuvor. »Dann wolltest du mit deinem Geprahle, was für ein harter Kerl ich bin, also den guten alten Fish abschrecken? Du hast mich als Warnung benutzt?«

Schuldbewusst stieß sie den Atem aus und wandte den Blick ab. »Kann ich ganz ehrlich zu dir sein, Rowdy?«

»Das wäre mir am liebsten.« Was glaubte sie denn? Dass er wollte, dass sie ihn anlog?

»Mir wäre es lieber, wenn du Fisher in Ruhe lassen würdest.«

»Darüber reden wir noch.« Sie konnte ihm ihre Gründe nennen, warum er den Kerl in Frieden lassen sollte, und er würde ihr seine Gegenargumente aufzählen. Ganz einfach.

Sie war nicht überzeugt, gab aber vorerst nach. »Du bist ein sehr beeindruckender Mann, und das weißt du auch. Ich hatte gehofft, dass Fisher begreift, dass er nicht noch einmal so leicht an mich rankommen kann. Dass er vielleicht sogar erkennt, dass ich der Mühe nicht wert bin.«

Er kannte Männer wie Fisher, die nicht verlieren konnten – nie. Und Fish hatte ihm gegenüber sein ungebrochenes Interesse selbst ausgesprochen. »Glaubst du, er war es, der dich angerufen hat?«

»Das ist die einzige Erklärung, die für mich Sinn ergibt.« Sie zupfte die Kruste von ihrem letzten Sandwichstück. »Ich glaube, er hat bei einem der Anrufe eine Waffe abgefeuert.«

Rowdy wurde schlagartig ernst. »Eine Waffe?«

»So hat es sich zumindest angehört. Zuerst war nichts zu hören, und dann kam der Schuss.« Sie fuchtelte mit den Händen herum. »Danach … hat ein Mann gelacht. Ich kann nicht mit Sicherheit behaupten, dass es Fisher war, da das Geräusch leise war und ich richtiggehend unter Schock stand.«

Verdammt, wenn sie ihm das früher erzählt hätte, dann wäre er Fisher sofort an die Gurgel gegangen. Als er ihm vor dem Haus ihres Stiefvaters begegnet war, hatte er den Bastard sofort zertreten wollen.

Jetzt hatte er einen guten Grund dazu.

»Er ist uns in jener Nacht gefolgt.« Rowdy trank seine Milch aus und ließ ihr Zeit, um diese Information zu verdauen.

Avery starrte ihn mit aufgerissenen Augen an. »Aber … Heißt das, dass er längst wusste, wo ich mich aufhalte?«

»Sieht ganz so aus. Ich habe den Wagen und das Kennzeichen wiedererkannt, als wir bei Meyers Haus waren.«

»Darum hast du ihn danach gefragt.«

Er zuckte mit den Achseln. »Fisher hat es nicht geleugnet. Er sagte, er wollte dafür sorgen, dass du in Sicherheit bist.«

»Er ist doch der Grund dafür, dass ich mich nicht sicher fühle!«

Rowdy schob die Reste seiner Mahlzeit zur Seite, stützte sich mit den Unterarmen auf die Tischplatte und sah Avery ernst an. »Ich muss alles wissen, Süße. Keine Geheimnisse mehr. Du musst mir alles erzählen. Was genau ist zwischen euch beiden vorgefallen?«

Da lehnte sie sich zurück und ihre Miene wurde undurchdringlich.

Rowdy hatte genug von den Spielchen. Er stand auf, hob sie hoch und trug sie zum Bett.

»Rowdy!«

Es gefiel ihm, sie so im Arm zu halten. »Hm?« Eigentlich sollte er nicht schon wieder erregt werden, aber sie hatte nun mal diese Wirkung auf ihn, sogar, wenn er verstimmt war. Er musste es ruhig angehen lassen, damit sie ihn nicht verließ, um sich zu Hause auszuruhen.

»Du kannst mich nicht durch die Gegend tragen wie ein …«

Er legte sie aufs Bett, schlüpfte neben sie unter die Decke und positionierte sie dann so, dass er sich auf den Rücken legen und sie an sich drücken konnte.

Avery zappelte herum und versuchte, sich zu befreien, wehrte sich aber nicht ernsthaft.

»Das würde noch viel mehr Spaß machen«, stellte er fest und zupfte an ihrem T-Shirt, »wenn du wieder nackt wärst.«

Sie gab auf.

Er küsste sie auf die Stirn. »Liegst du gut?«

Seufzend kuschelte sie sich an ihn und nickte. »Ja.« Sie legte ihm eine Hand auf die nackte Brust. »Geht das mit deinem Rücken?«

Er machte sich viel größere Sorgen um seinen Penis. Wenn der nicht endlich Ruhe gab, würden sie dieses Gespräch niemals beenden. »Es ist alles gut. Was ist jetzt mit Fisher?«

Sie drückte die Wange an seine Brust. »Mom und Meyer

wollten, dass ich ihn heirate. Sie haben mich richtig dazu gedrängt, aber ich habe nie viel für Fisher empfunden.«

»Seid ihr miteinander ausgegangen?«

»Ein paarmal. Meist auf Firmenveranstaltungen und ähnliche Partys.«

»Hast du mit ihm geschlafen?«

Sie erschauderte. »Nein.«

Er wurde sofort etwas ruhiger. »Was habt ihr dann gemacht?«

»Wir haben uns nur ein paarmal geküsst, das hat mir schon gereicht.«

»Du musst nicht ins Detail gehen.« Er wollte gar nicht hören, wie Fisher sie auf irgendeine auch nur entfernt sexuelle Art berührt hatte, selbst wenn es sich dabei nur um einen Kuss gehandelt hatte.

»Es gab auch keine nennenswerten Intimitäten. Ich mochte ihn nicht. Er ist nicht der tolle Mann, den Meyer und Mom in ihm sehen, oder der mitfühlende Philanthrop, für den ihn alle anderen halten. Er tut, was von ihm erwartet wird, um seinen guten Namen zu behalten, eine Steuerermäßigung zu bekommen oder eine Verbindung zu einem anderen Unternehmen aufzubauen, aber nicht, weil es ihm wirklich am Herzen liegt. Mir gegenüber war er immer herablassend, herrisch und kritisch.«

»Inwiefern kritisch?«

»Was ich auch anhatte oder sagte, es war nie gut genug für ihn.«

Was für ein Arschloch. Rowdy strich mit den Fingerspitzen über ihren Arm, ihren Bauch und ihre Hüfte. »Mir gefällt es am besten, wenn du gar nichts anhast, aber du siehst auch in Jeans sehr süß aus.«

Er spürte, wie sie lächelte, dann drückte sie einen Kuss auf seine Lippen. »Vielen Dank.«

»Und deine Haare …« Er strich mit den Fingern darüber. »Die machen mich wirklich an.«

»Fisher wollte immer, dass ich sie abschneide und anders frisiere. Er hatte sogar schon einen Termin bei seinem Friseur gemacht.«

»Bei seinem Friseur?«

»Ein sehr teurer und exklusiver Salon, wo er sich immer die Haare schneiden lässt. Er wollte mich da hinschicken, weil ich seiner Meinung nach aussah wie ein Wildfang.«

Rowdy richtete sich ein bisschen auf und starrte sie an. »Willst du mich auf den Arm nehmen?«

Sie blinzelte. »Äh … Nein.«

»Himmel, er ist so ein Idiot.« Er legte sich wieder hin. »Du siehst immer klasse aus und überhaupt nicht wild.« Er drückte sie an sich. »Außer vielleicht im Bett, aber davon hat Fisher ja keine Ahnung.«

»Nein, die hat er nicht.«

»Du hast ihm also gesagt, dass er Leine ziehen soll. Was ist dann passiert?«

»Ich habe es sehr viel höflicher ausgedrückt. Ich habe ihm gesagt, dass wir nicht zusammenpassen, dass ich seine kostbare Zeit nicht länger vergeuden will und dass es besser wäre, wenn wir uns als Freunde trennen. Er hat auf mich eingeredet und gesagt, dass meine Eltern es so wollten und dass ich mich schon daran gewöhnen würde, wenn ich erst einmal sesshaft geworden wäre.«

»Woran gewöhnen?«

»Daran, ihm eine gute Ehefrau zu sein.« Sie ballte auf seinem Bauch die Faust. »Er ließ einfach nicht locker. Wochenlang ist er mir überallhin gefolgt, auf Partys aufgetaucht und hat so getan, als ob wir ein Paar wären.«

Rowdy versuchte, seine innere Unruhe zu verbergen, wartete darauf, dass Avery weitersprach, und sagte nichts. Er streichelte nur ihren Arm, ihr seidiges Haar und ihre Wange.

»Wir waren auf einer Wohltätigkeitsveranstaltung in einem Park.« Sie schluckte schwer. »Ich wollte ihm aus dem Weg gehen, aber er ließ mich einfach nicht in Ruhe. Er benahm sich wirklich widerwärtig und behandelte mich absichtlich grob. Er brachte mich in Verlegenheit, daher wollte ich gehen. Ich dachte, ich wäre seinen Adleraugen entwischt, indem ich den Pavillon durch die Hintertür verließ. Ich dachte, wenn ich es nur bis zu meinem Wagen schaffte, dann könnte ich abhauen und würde nie wieder zu einem dieser Empfänge gehen, selbst wenn es für Meyers Geschäfte wichtig war oder Mom davon ausging, dass ich daran teilnahm.«

Rowdy wusste nur zu gut, wie schwer es war, vor seinen Problemen wegzulaufen. »Er hat dich entdeckt?«

Sie nickte. »Ich habe keine Ahnung, woher er wusste, dass ich gegangen war, aber er war wütend und sagte, ich hätte ihn sitzen lassen. Dabei war ich nicht einmal mit ihm zusammen hingegangen. Wir waren getrennt dort erschienen und hatten auch nicht vereinbart, uns dort zu treffen. Seiner Meinung nach waren wir ein Paar, und ich sollte einfach mitspielen.« Sie rutschte näher an Rowdy heran und fuhr mit gepresster Stimme fort: »Er hat mich gepackt. Er war schon früher … grob geworden und hatte mir absichtlich wehgetan, aber nicht so.«

»Er hat dir wehgetan?«

Sie schwieg einige Zeit und schlang dann die Arme um seine Brust. »Als du mich hochgehoben und zum Bett getragen hast, warst du ganz vorsichtig. Du hast mir nicht wehgetan. Ich wusste, dass du aufhören würdest, wenn ich dich darum bitte.«

»Ich bin sehr froh darüber, dass dir das klar ist.«

»Wir haben nur herumgealbert, und das hat mir Spaß gemacht.« Sie küsste sein Kinn. »Aber jedes Mal, wenn mich Fisher berührt hat … Ich weiß nicht. Immer hat er zu fest zugepackt oder mich zu heftig gestoßen.« Sie atmete jetzt flacher und sprach leiser weiter. »Bei ihm war alles immer ziemlich schmerzhaft. Es war fast so, als würde er es genießen, rote Striemen zurückzulassen. Er hielt meine Handgelenke so fest, dass ich zusammenzuckte, und dann sah er sie an und … Ich weiß nicht. Da war irgendwas in seinen Augen.« Sie schluckte, wandte den Blick ab und flüsterte: »Als würde ihn das anmachen.«

Wie gern hätte Rowdy Fisher jetzt in die Finger bekommen.

»Und in jener Nacht war es noch schlimmer.«

Sie schob sich mit zitternder Hand die Haare aus dem Gesicht. »Er hat meinen Oberarm gepackt und mich ins Schwimmbad gezerrt. Ich hatte solche Angst und habe ihn angeschrien, dass er mich loslassen soll, aber er tat es nicht.«

Es fiel Rowdy nicht leicht, Fragen zu stellen, wenn er eigentlich nichts anderes wollte, als Fisher wehzutun und ihm eine Lektion zu erteilen. »Ins Schwimmbad?«

»Ja. So spät abends, als die Wohltätigkeitsveranstaltung im Pavillon stattfand, hätte es längst abgeschlossen sein müssen, aber das war es nicht.« Sie berührte Rowdys Kinn. »Das ist immer so bei Fisher, weißt du? Er ist so gut angesehen und genießt so viel Vertrauen, da er so viel Geld spendet, dass er überall Zugang hat … und keiner etwas Schlimmes vermutet.«

»Du bist jetzt nicht mehr allein.« Rowdy wollte, dass sie das begriff. Er hatte Fisher vom ersten Augenblick an nicht gemocht, und jetzt gab es gute Gründe dafür, diesen Kerl zu hassen. »Ich vertraue dir, nicht ihm.«

Ihr stiegen die Tränen in die Augen. »Das bedeutet mir so viel.« Sie presste die Lippen zusammen und kämpfte stoisch gegen den Drang zu weinen an. »Mir hat sonst niemand geglaubt, aber ich weiß genau, dass Fisher vorhatte, mich zu vergewaltigen. Er hat mir das Kleid vom Leib gerissen und mich auf eine Art geküsst …« Sie rang nach Luft. »Es tat weh. Ich wollte mich von ihm losreißen, aber es gelang mir nicht.«

»Schsch.« Er streichelte sie und küsste sie und hätte Fisher am liebsten mit bloßen Händen den Hals umgedreht.

»Man konnte seine Fingerabdrücke eine Woche lang auf meinem Arm sehen.« Sie schaute ihm in die Augen. »Und ich habe mehrere Wochen lang kaum geschlafen.«

Er wusste, wie es war, wenn einen die Realität im Traum heimsuchte. Rowdy schluckte seinen Zorn hinunter und versuchte, sie zu beruhigen. »Wie bist du ihm entkommen?«

Sie schüttelte den Kopf, als würde sie sich daran erinnern und im Kopf alles noch einmal durchgehen. »Er hat mich gegen eine Wand gedrückt und versucht, mich … zu befummeln. Da ich nicht stillgehalten habe, hat er mein Kleid gepackt und es zerrissen.«

Ja, Fisher war ein toter Mann.

»Als er mich auf den Boden drücken wollte, habe ich mich von der Wand weggedrückt, und wir sind beide ins Stolpern geraten. Fisher ist über mein Kleid gestolpert und nach hinten getaumelt. Da standen irgendwelche Geräte und … Ich weiß es auch nicht … Irgendwie hat er das Gleichgewicht verloren und ist gestürzt. Ich habe das Wasser aufspritzen hören.«

Rowdy strich ihr mit den Fingerspitzen über den Arm. »Und du bist weggerannt?«

Avery nickte. »Es war dunkel, und ich konnte so gut wie nichts sehen, aber mir war klar, dass er hingefallen war. Ich hatte den Aufprall gehört, dann ein lautes Platschen. Später habe ich erfahren, dass er sich den Kopf angeschlagen hat. Er musste mehrfach genäht werden und hatte ein blaues Auge und eine gebrochene Nase.«

»Er hätte noch was viel Schlimmeres verdient.«

Sie widersprach ihm nicht. »Bevor ich nach Hause kam und

es Mom erzählen konnte, hatte Fisher auf dem Weg ins Krankenhaus bereits angerufen. Er erzählte ihnen seine Lüge, dass ich ihn bezichtigt hätte, mich betrogen zu haben, und wütend auf ihn wäre.«

»So ein Blödsinn. Als du wütend auf mich warst, habe ich einen dreckigen Lappen an die Brust bekommen.«

Sie lachte auf, obwohl ihr eigentlich zum Weinen zumute war, und küsste ihn. »Das tut mir echt leid.«

»Ich habe dir längst verziehen.« Er war froh, dass er sie aufheitern konnte, aber der Sturm, der sich in seinem Inneren zusammenbraute, wurde dadurch nicht gelindert. Missbrauch war in jeglicher Hinsicht verachtenswert, und erst recht, wenn er sich gegen eine Frau richtete. Aber gegen Avery? Das war kaum zu ertragen. »Dann haben deine Eltern also gedacht, dass du für das Problem verantwortlich wärst?«

»Sie haben behauptet, ich hätte etwas missverstanden und überreagiert. Er behauptete, sehr erzürnt zu sein, weil ich ihn so schlecht behandelt hätte, und dass mein Kleid versehentlich zerrissen wäre, als ich mich weigerte, mit ihm zu reden. Er sagte, er hätte die Hand nach mir ausgestreckt und ich hätte ihn weggestoßen. So hatte er sich angeblich auch verletzt. Aber Rowdy, ich schwöre dir, dass mir klar war, was er vorhatte. Er war so … gemein. So brutal und unkontrolliert.«

»Schsch. Ich glaube dir.« Sie zitterte, daher zog Rowdy sie an seine Seite und legte die Arme noch fester um sie. »Und da bist du von zu Hause abgehauen?«

»Erst ein paar Tage später. Fisher hatte seine Lügen bereits überall rumerzählt. Ich war sauer, dass mich meine Freunde und meine Familie für eine Irre hielten, die einen Eifersuchtsanfall bekommen und den armen Fisher angegriffen hatte. Ich war gedemütigt und verletzt und wollte nur noch weg von alldem.«

»Glaubst du, dass du je zurückkehren wirst?«

»Nein«, antwortete sie, ohne zu zögern. Dann stützte sie sich wieder auf und fügte hinzu: »Nicht auf Dauer zumindest. Es war mein Ernst, als ich sagte, dass ich mein jetziges Leben bevorzuge. Ich bin … frei.«

»Und arm.«

»Aber *frei*.« Sie küsste ihn zärtlich. »Ich habe alles, was ich brauche.«

Gehörte er zu den Dingen, die sie brauchte? Sie hatte gesagt, sie würde ihn lieben, aber das hatte sie möglicherweise aus Verzweiflung getan, weil sie eine sichere Zuflucht gesucht hatte. Weil er sie beschützen sollte.

Aber er würde ihr diesen Gefallen nur zu gerne tun. Und vielleicht würde sie später, wenn er das Problem mit Fisher gelöst hatte, noch immer dasselbe empfinden. »Bleib bei mir.«

»Okay«, sagte sie und gähnte dann.

Das war ein großer Schritt für Rowdy. Ein gewaltiger. Ein unvorstellbarer. Aber es war das, was er wollte. Er schob ihr Haar nach hinten und umfasste ihr Gesicht mit den Händen. »Nicht nur heute Nacht, Avery.« Er strich mit den Daumen über ihre weichen Wangen und wiederholte es: »Bleib bei mir. In Sicherheit.«

Sie öffnete überrascht den Mund und riss die Augen auf. Dann sah sie ihn fragend an. »Du wirst nicht auf Fisher losgehen?«

Natürlich würde er das, aber er erwiderte nur: »Das besprechen wir morgen früh. Du musst jetzt schlafen. Du hast schon wieder dunkle Ringe unter den Augen.«

Sie verzog den Mund und murmelte: »Blödmann.« Dann schaltete sie das Licht aus. »Ich werde hierbleiben. Danke«, murmelte sie einige Sekunden später.

Rowdy drückte sie an sich. Er musste über einiges nachdenken. Über seine Gefühle für diese ganz besondere Frau. Über sein Leben.

Und darüber, wie er Fisher von Avery fernhalten konnte.

Aber jetzt, wo ihm der Rücken nicht mehr so wehtat, sein starkes Verlangen vorübergehend gesättigt war und Avery hier bei ihm war, in Sicherheit und so verdammt gut duftend, konnte er schlafen.

Wieder einmal.

Sie war wie eine Droge, eine wunderbare Droge. Sie hatte seine Welt auf den Kopf gestellt, aber zum ersten Mal seit einer Ewigkeit fühlte sich alles richtig an.

Avery wachte auf, als die Sonne durch die hohen Fenster hereinschien. Der Sturm war weitergezogen. Sie kniff die Augen zusammen, streckte die Arme und stieß dabei Rowdy an.

Er regte sich und drehte sich auf die Seite, von ihr weg.

Ganz langsam setzte sie sich auf und musterte seinen breiten Rücken. Die Naht sah noch immer schlimm und schmerzhaft aus, war jedoch nicht mehr gerötet. Die Wunde verheilte erstaunlich schnell.

Dann sah sie sich die anderen, älteren Narben an. Sie liebte ihn so sehr! Wie gern hätte sie ihm diese vor einem Jahrzehnt zugefügten Wunden genommen. Der Drang, ihn zu berühren, seine gezeichnete Schulter zu küssen, war beinahe übermächtig.

Aber sie wollte ihn nicht wecken, sondern versuchte stattdessen, lautlos aufzustehen.

Alarmiert drehte sich Rowdy zu ihr um. Sein Haar war zerzaust, und auf seinem Kinn zeichneten sich Bartstoppeln ab. »Avery.«

Sie grinste ihn schief an. »Wer sonst?«

Sein Blick wanderte zu ihren Brüsten, die sich unter dem

T-Shirt abzeichneten, und er drehte sich auf den Rücken, streckte seine Arme nach ihr aus und zog sie an sich. »Wo willst du hin?«

»Ins Bad.«

»Ach so.« Er küsste ihren Hals, und seine Stoppeln kratzten auf ihrer Haut. »Komm schnell zurück.«

Als sie aus dem Bett krabbelte, griff er nach ihrem Hintern. Unglaublich! Dabei war er noch nicht mal richtig wach.

Sie putzte sich schnell die Zähne und kämmte sich sogar die Haare. Dabei stellte sie fest, dass ihre Haut an interessanten Stellen von seinen Bartstoppeln gerötet war. Einige Muskeln, die sie nur selten benutzte, schmerzten ein wenig. Tief in ihrem Inneren kribbelte es noch immer.

»Beeil dich, Süße.«

Sie drehte sich um und entdeckte, dass Rowdy mit ausgebeulten Boxershorts in der Tür stand und sie anerkennend betrachtete.

»Alles deins.« Als sie an ihm vorbeiging, musterte er sie von oben bis unten.

»Du musst nicht so mit dem Hintern wackeln. Ich bin schon so interessiert, wie es ein Mann nur sein kann.«

»Deine Augen sind doch noch nicht mal richtig auf.«

»Ich kann dich sehr gut erkennen – und mir gefällt, was ich sehe.« Er gab ihr einen Klaps auf den Hintern und ging dann auf die Toilette.

Grinsend lief Avery in die Küche und stellte die Kaffeemaschine an. Es war kühl in seiner Wohnung und der Boden war kalt, daher lief sie zu seinem Kleiderschrank und kramte darin herum, bis sie ein Flanellhemd gefunden hatte, das sie sich ausborgte. Danach setzte sie sich auf die Bettkante und zog sich ein Paar dicke Socken an.

Als Rowdy aus dem Bad kam, stand sie in der Küche und

goss Kaffee in zwei Tassen. Er stellte sich hinter sie, umarmte sie und küsste ihren Nacken. Sein Gesicht war feucht, sein Atem roch nach Pfefferminz, und seine großen Hände waren warm und frech.

»Es ist schön, neben dir aufzuwachen und dich dann so niedlich angezogen in meiner Küche zu sehen.« Er biss ihr zärtlich ins Ohrläppchen. »Das könnte zu meiner neuen Lieblingsfantasie werden.«

»Eine lächerlich gekleidete Frau, die dir Kaffee kocht?« Sie schüttelte den Kopf. »Da fällt dir doch bestimmt was Besseres ein.«

»Ja.« Er drückte sie gegen die Arbeitsplatte und legte seine großen Hände auf ihre Brüste. »Das ist noch besser.«

Eine stattliche Erektion drückte sich gegen ihren Hintern. Seine Daumen strichen über ihre Brustwarzen, und er begann, sie ganz langsam und ruhig zu verführen.

Aber sie musste mit ihm reden, und wenn sie ihn jetzt nicht aufhielt, dann würde sie nicht mehr dazu kommen. »Rowdy?«

»Hmm?« Er strich mit der Zunge über ihren Hals.

Sie hatte bereits zwei Knutschflecken und erschauderte, als er ihr einen dritten verpasste. Jetzt streckte sie die Hände nach hinten aus und legte sie auf seine Oberschenkel. »Ich brauche ein paar Minuten.«

»Lass dir Zeit.« Er ließ eine Hand von ihrer Brust über ihren Bauch in ihren Schritt gleiten und schob sie in ihren Slip. »Ich habe es nicht eilig.«

Die Art, wie er sie berührte … »Und ich will meinen Kaffee trinken.«

»In diesem Fall sollten wir uns beeilen.« Er stützte ihre Hände auf die Arbeitsplatte und schob ihr Höschen herunter. »Du kannst mich später auf den Rücken werfen und reiten, wie du es versprochen hast.«

Ja, das hatte sie auch vor. Aber zuerst … »Wie schnell ist schnell?«

»Glaubst du, ich kann dich in weniger als zehn Minuten zum Orgasmus bringen?«

»Du willst mich dazu *bringen*?« Sie sah gerade noch rechtzeitig über die Schulter, um mitzukriegen, wie er ein Kondom überstreifte. Hatte er es aus dem Bad mitgebracht? Der Mann hatte Selbstvertrauen.

Zu Recht.

»Ja.« Er hatte seine Boxershorts gerade so weit nach unten geschoben, dass er sein Glied herausholen konnte, stellte sich jetzt wieder hinter sie und drückte ihre Beine weiter auseinander. »Spreiz sie, so weit du kannst.«

Das Höschen, das noch auf Höhe ihrer Knie hing, war im Weg, aber das machte die Sache sogar noch erregender, als es der bloße Sex in der Küche schon war.

Rowdy schob ihr T-Shirt mit einer Hand über ihre Brüste und streichelte sie mit der anderen zwischen den Beinen, bis sie sich wand.

»Das gefällt mir«, murmelte er. »Du stehst vor mir, und es duftet nach frischem Kaffee. Die zwei Dinge, die ich am liebsten habe.«

Er war so frech und so spielerisch.

Avery wurde immer feuchter und drückte sich mit dem Rücken an ihn. »Wenn du so weitermachst, wird der Kaffee noch kalt.«

Er lachte und schob langsam zwei Finger in sie hinein. »Besser?«

»Ich will dich, Rowdy.« *Nur dich. Immer.* »Bitte.«

»Und ich dachte schon, es könnte nicht noch heißer werden.« Er spielte an ihrer Brustwarze herum und zog leicht daran. »Es ist großartig, wenn du mich so nett darum bittest.«

Sie schloss die Augen, legte den Kopf auf seine Schulter und murmelte: »Ich werde mich dafür rächen.«

»Du freche kleine Barkeeperin.« Er erstarrte kurz und atmete tief ein, um dann seine Finger aus ihr herauszuziehen und seine Erektion gegen sie zu pressen. Schließlich drang er in sie ein und knurrte in anschuldigendem Tonfall: »Das hast du davon, wenn du mich aus dem Konzept bringst.«

Da das ihre Absicht gewesen war, unterdrückte Avery ihr triumphierendes Stöhnen und schlug stattdessen vor: »Wie wäre es, wenn du jetzt mich aus dem Konzept bringst?«

Er stieß tiefer in sie hinein. »Das ist schon so gut wie erledigt.«

Und Rowdy hielt Wort, indem er sie in nicht einmal zehn Minuten zum Höhepunkt brachte. Um sie bei seinen heftigen Stößen zu schützen, legte er einen Arm um sie und hielt ihn vor die scharfe Kante der Arbeitsplatte.

Kurz darauf verkrampfte sich Rowdys Körper, und unter lautem Stöhnen kam er ebenfalls.

Einige Minuten vergingen, in denen sie beide keuchend und erschöpft vor der Kaffeemaschine standen.

Dann lachte Rowdy auf und drückte sie an sich. »Jetzt bin ich wirklich wach.«

Avery nahm ihn kaum zur Kenntnis. Sie hatte das Gefühl, dass sie auf der Stelle wieder eindösen könnte, zumindest solange ihre Beine nicht unter ihr nachgaben.

Rowdy zog sich zurück, rückte seine Boxershorts zurecht und zog ihren Slip wieder hoch. Dann zog er sie von der Arbeitsplatte weg und zu einem Stuhl. »Ich bringe dir deinen Kaffee.«

Avery setzte sich und beobachtete ihn, als er Zucker in ihren Kaffee tat und danach die Milch aus dem Kühlschrank holte. »Du bist unersättlich.«

»Du warst doch diejenige, die ihre Vorzüge hier in der Küche zur Schau gestellt hat.«

»Ich trage dicke Socken, Rowdy. Und ein Flanellhemd.« Sie strich sich mit einer Hand durch das Haar. »Und ich bin immer noch völlig zerzaust, obwohl ich mir die Haare gekämmt habe. Ich muss sie waschen und föhnen und …«

»Du machst mich schon wieder ganz heiß.« Lächelnd stellte er die Tasse vor ihr ab. »Ist dir klar, dass es schon fast elf ist? Wir haben lange geschlafen.«

Avery kostete ihren Kaffee und nickte zufrieden. Sie trank noch einen Schluck und streckte sich dann. »Das ist doch in Ordnung. Heute ist unser freier Tag.«

Er betrachtete sie. »Ich wollte heute Marcus besuchen und einkaufen gehen. Dann können wir auch gleich alles besorgen, was du haben möchtest.«

Sie ließ die Arme sinken und sah ihn an. »Dann war das dein Ernst, dass ich hierbleiben soll?«

»Ich sage nie Dinge, die ich nicht auch so meine.«

Sie wollte ihn fragen, ob ihm überhaupt etwas an ihr lag. Sie hatte ihm gesagt, dass sie ihn liebte, aber er hatte nichts erwidert, sondern sie nur zum Bett getragen.

Wenigstens hatte er sie nicht wieder weggeschickt.

Noch nicht. Ihr war natürlich klar, dass sie sich irgendwann einen anderen Job suchen musste. Sie konnte die Vorstellung nicht ertragen, Rowdy mit einer anderen Frau zu sehen, aber wenn sie in der Bar blieb, würde sich das wohl kaum vermeiden lassen. Wenn er mit ihr fertig war, würde er nicht zum Mönch werden. Nein, er würde so weitermachen wie bisher und die Aufmerksamkeit jeder Frau, die ihn sah, genießen.

Und was sollte sie dann tun?

Sie liebte ihn so sehr.

Sie konnte das nicht überspielen.

Rowdy stieß sie unter dem Tisch mit dem Fuß an. »Worüber denkst du nach?«

Mann, er war wirklich aufmerksam.

»Machst du dir Sorgen wegen Fisher?« Er schürzte die Lippen. »Denn das musst du nicht. Ich kann …«

»Wirst du mit anderen Frauen schlafen?« In der Sekunde, in der sie die Worte ausgesprochen hatte, hätte sie sie am liebsten zurückgenommen. Sie hatte das ohne irgendeine Vorwarnung von sich gegeben. Peng. Es war ausgesprochen.

Das musste sie natürlich weiter erläutern. »Ich meine, solange du mit mir zusammen bist. Sind wir …« Sie fand kein passendes Wort für die Art, wie Rowdy die Sache sehen könnte. »Zusammen? Im Moment zumindest? Ich rede hier nicht von einer langfristigen Beziehung oder etwas in der Art. Aber wenn ich hierbleibe …«

Da Rowdy sie schief ansah, gab sie schließlich auf und machte den Mund wieder zu.

Die plötzliche Frage schien Rowdy nicht zu irritieren, und er antwortete mit einer einfachen Gegenfrage: »Wenn ich arbeite und du sonst hier bist, wann hätte ich dann noch Zeit dazu?«

Er hatte also vor, vierundzwanzig Stunden am Tag bei ihr zu sein? Avery hatte nichts dagegen.

»Wo wir gerade von Zeit reden.« Geschickt wechselte er das Thema – um ihret- oder um seinetwillen? »Wie lange dauert es, bis du angezogen bist?«

»Warum?« Wenn er noch einmal mit ihr schlafen wollte, dann musste sie ihn um einen kleinen Aufschub bitten.

»Ich habe es doch schon gesagt. Wir gehen heute Marcus besuchen. Hast du was dagegen?«

Erst jetzt begriff Avery, dass sie ihn begleiten sollte. Marcus wohnte bei Alice und Reese. Sie konnte sich nicht vorstellen, dass die beiden sie als ungebetenen Gast willkommen heißen würden. Auch wenn sie gern mitgegangen wäre, erwiderte sie: »Ich möchte mich nicht aufdrängen.«

Rowdy stellte seine Tasse auf den Tisch und sah sie finster an. »Du willst auch nicht, dass ich Fisher umbringe, aber solange das Arschloch da draußen rumläuft, solltest du lieber nicht alleine bleiben.«

Avery stellte ihre Tasse ebenfalls hin und wappnete sich für einen Streit. »Soll das ein Befehl sein? Du solltest inzwischen wissen, dass ich darauf nun mal nicht höre.«

Er grinste sie an. »Es war eine Bitte, Süße … Und es wäre für meinen Seelenfrieden sehr vorteilhaft.«

»Das ist schon besser.« Sie lehnte sich auf ihrem Stuhl zurück. »Glaubst du nicht, dass Alice etwas dagegen hat?«

Alice und er hatten eine ganz besondere Beziehung zueinander, daher wollte Avery sie nur zu gern besser kennenlernen. »Hast du vor, Marcus jetzt jeden Tag zu besuchen?«

»Ich habe durchaus mit dem Gedanken gespielt.« Er drehte seine Tasse hin und her und starrte ins Leere. »Aber ich kann Alice nicht jeden Tag auf die Nerven gehen. Sie will Marcus in der Schule in dem Viertel anmelden, in das sie nächste Woche umziehen. Das bedeutet, dass er erst zu Hause sein wird, wenn ich längst bei der Arbeit bin, und am Wochenende wollen sie bestimmt als Familie was unternehmen.«

»Irgendwie habe ich das Gefühl, dass du für sie auch zur Familie gehörst.«

Rowdy ignorierte ihren Einwand. »Ich muss dem Jungen klarmachen, dass ich für ihn da sein möchte, ihn aber nicht jeden Tag besuchen kann. Er soll nicht denken, dass ich ihn nicht mehr mag, wenn er mich mal ein paar Tage nicht zu sehen bekommt.«

»Du möchtest, dass er dir vertraut.« Alice konnte diesen Wunsch nachvollziehen. »Das braucht Zeit.«

Rowdy schnaubte. »Es wird eine Ewigkeit dauern. Aber wir schaffen das schon.«

Sagte er das, weil er selbst nie gelernt hatte, anderen vollkommen zu vertrauen? Avery befürchtete es zumindest.

Doch sie wollte sich sein Vertrauen verdienen. Rowdy sollte wissen, dass er ihr alles anvertrauen konnte, solange sie zusammen waren.

»Du grübelst schon wieder über irgendwas«, stellte er fest.

»Nein, es ist nur …« Avery betrachtete die Zufriedenheit in seinen goldbraunen Augen, sein zerzaustes blondes Haar und seinen umwerfenden muskulösen Körper. Mit seinen Narben und seinem Äußeren war Rowdy männlicher als jeder andere Mann, den sie je gekannt oder sich erträumt hatte. Aber er war kein Übermensch. Er musste seine Last nicht alleine tragen. Nicht, wenn sie ihm einen Teil abnehmen wollte. »Darf ich dich was fragen?«

»Na klar.« Er trank einen Schluck Kaffee. »Ich verspreche dir zwar keine Antwort, aber versuchen kannst du es auf jeden Fall.«

Das war ja ermutigend … »Wenn du mir nicht antworten willst, warum soll ich dann überhaupt fragen?«

Er stellte seine Tasse auf den Tisch. »Es geht um Fisher, richtig?«

Avery stieß die Luft aus. Er klang nicht gerade froh. Und ja, über ihn wollte sie auch mit ihm reden, aber vorher … »Ich habe dir erzählt, was zwischen Fisher und mir vorgefallen ist. Nachdem mich alle mehr oder weniger direkt als Lügnerin bezeichnet haben, beschloss ich, es niemandem mehr zu erzählen. Aber ich vertraue dir, Rowdy.«

»Ich bin froh, dass du das tust.«

Weil er glaubte, dass er mit allem und jedem fertigwurde und nie unter der Last der Verantwortung zusammenbrechen würde. Aber das musste er nicht mehr. Jetzt hatte er sie. »Es wäre wirklich schön, wenn du mir auch ein bisschen vertrauen würdest.«

»Denkst du etwa, das würde ich nicht?«

»In gewisser Hinsicht vielleicht.« Sonst hätte er sie wohl kaum in seine Wohnung gelassen. Aber sie wollte mehr als das. Während sie nach den richtigen Worten suchte, trank sie noch einen Schluck Kaffee. Sie konnte kaum sagen »Ich will mehr«, weil sie keine Ahnung hatte, was Rowdy wollte. Außer, dass er mehr Sex wollte. Das hatte er ihr klar und deutlich zu verstehen gegeben. »Wirst du … Wirst du mir vielleicht auch mal was aus deinem Leben anvertrauen?«

»Wie privat soll es denn sein?« Er sah sie fragend an. »Du willst bestimmt nichts über vergangene Frauengeschichten wissen, oder?«

»Nein, bloß nicht!« Darüber wollte sie nun wirklich nichts hören. Sie wurde rot, als sie an das dachte, was sie in seinem Büro gesehen hatte. »Blödmann.«

Er grinste. »Dann hör auf, um den heißen Brei herumzureden, und spuck's aus.«

»Okay, in Ordnung.« Sie biss sich auf die Unterlippe, wappnete sich für seine Reaktion und fragte: »Wirst du mir von den anderen Narben erzählen? Nicht von denen, die du dir als Erwachsener zugezogen hast, sondern … denen, die von deinen Eltern stammen, wie ich vermute?«

Sein versteinerter Gesichtsausdruck ließ nichts Gutes erahnen.

Avery beugte sich vor. »Wirst du mir vertrauen, Rowdy, so wie ich dir vertraut habe? Wirst du mir genug vertrauen, um mir etwas über deine Vergangenheit zu erzählen?«

18

Rowdy stand vom Tisch auf und ging ins Schlafzimmer. Er hörte, dass Avery ihm hastig folgte, und eine Sekunde später prallte ihr Körper gegen seinen, sie legte die Arme um ihn und drückte das Gesicht gegen seinen Rücken, direkt unter seine Verletzung.

»Bitte lauf nicht vor mir weg, Rowdy.«

Er schnaubte. Er lief vor niemandem weg, und ganz bestimmt nicht vor einer Frau, die verglichen mit ihm ein Fliegengewicht war. Als er versuchte, ihre Hände zu lösen, klammerte sie sich nur noch erbitterter an ihm fest.

Ihr Kopf reichte ihm kaum bis zur Schulter, und sie war so zart wie eine Löwenzahnblüte im Wind, und trotzdem hielt sie sich an ihm fest, als wollte sie ihn nie mehr loslassen. *Verdammt, fühlte sich das gut an.*

Anstatt zu riskieren, ihr wehzutun, legte Rowdy seine Hände auf ihre. »Das ist keine schöne Geschichte, Süße. Du musst dir das nicht anhören.« *Es ist unwichtig* … aber er wusste nur zu gut, dass das nicht stimmte. Er hatte bisher nur nie einen Menschen gehabt, dem er alles erzählen konnte.

»Da irrst du dich.« Sie hielt ihn fest, stellte sich vor ihn und sah zu ihm auf. »Wenn es meine Vergangenheit wäre, würdest du es dann nicht auch wissen wollen?«

Er wollte sich nicht einmal vorstellen, dass sie so etwas Schlimmes erlebt haben könnte, und schüttelte den Kopf. »Sag so was nicht, Süße.« Er umfing ihr Gesicht. »Das ist nicht dasselbe.«

»Nein, es ist etwas völlig anderes.« Sie atmete schneller. »Weil ich dich *liebe*.«

Großer Gott, sie hatte es noch einmal gesagt. Rowdys Herz schlug schneller, und er wusste nicht, was er tun sollte. Er geriet beinahe in Panik. Als er sich abwandte und eine Hand in den Nacken legte, spürte er, wie er immer mehr unter Druck geriet.

Avery bewegte sich nicht. Sie stand noch immer bei ihm.

Er wollte nicht, dass sie sich schlecht fühlte, niemals, aber das war unvermeidlich, egal, wie er sich in dieser Sache auch entschied. Mit dem Rücken zu ihr sagte er: »Das ist deine letzte Chance, Süße. Wir können uns anziehen und losfahren.«

Sie erwiderte nichts.

»Oder ich erzähle dir ein paar hässliche Geschichten.« Er drehte sich wieder zu ihr um. »Deine Entscheidung.«

Sie stieß die Luft aus, ging zum Bett, setzte sich und wartete.

Verdammt.

Er konnte sich nicht hinsetzen. Das ging einfach nicht. Während er auf und ab ging, um seine verworrenen Gedanken zu ordnen, überlegte er, wo er anfangen sollte. »Ich habe darüber noch nie mit jemandem gesprochen.« Aber Avery war nicht irgendjemand, und das wusste er ganz genau, ob er es nun zugeben wollte oder nicht.

»Du kannst mit mir über alles reden, das verspreche ich dir.«

Sie wollte es sogar. Sie würde ihm vorwerfen, ihr nicht zu vertrauen, wenn er es ihr nicht erzählte. Ohne sie anzusehen, sagte er: »Ich war zwölf, als ich mir die Verbrennung zugezogen habe.«

»Stammt sie von einer Zigarette?«

Ihre sanfte Stimme wirkte beruhigend. »Ja.« Er ging vor ihr auf und ab und versuchte, es ohne großes Tamtam in Worte zu fassen. »Sie wollten ausgehen.« Seine Muskeln verspannten sich und schmerzten. »Sie wollten Pepper mitnehmen. Ich habe Nein gesagt.«

»Du hast ihnen widersprochen, obwohl du noch so jung warst?«

Wenn es um Pepper ging, hätte er alles getan. Er hätte bis aufs Blut gekämpft. Bei der Erinnerung daran zog sich seine Brust so sehr zusammen, dass ihm das Atmen schwerfiel. Doch er erinnerte sich nicht an den Schmerz, denn der körperliche Schmerz war lange vor der schrecklichen, unausweichlichen Last der Hoffnungslosigkeit irrelevant geworden. Er hatte geglaubt, sich sein Leben lang gegen sie zur Wehr setzen zu müssen.

Das war Gott sei Dank nicht notwendig gewesen.

»Ich habe getan, was ich konnte. Ich war ein großer Junge, und Dad war betrunken, daher habe ich mich einfach in die Tür gestellt. Ich weiß es nicht mehr genau, aber ich glaube, ich hatte einen Baseballschläger in der Hand.« Es war so verdammt dumm gewesen. So … hoffnungslos.

»Du hättest ihn geschlagen?«

»Ja, das hätte ich. Ich habe es auch. Mehr als einmal.« Er hatte sich gewehrt, und er hatte Pepper verteidigt. »Normalerweise brachte es mir nichts. Aber während ich sie anschrie, dass sie Pepper in Ruhe lassen sollten, weinte sie und versuchte, sich loszureißen.« Schließlich war ihr das auch gelungen. »Pepper rannte an mir vorbei durch die Tür. Sie wusste, dass sie zum Fluss laufen musste. Da haben wir uns immer versteckt, bis unsere Eltern weg waren. Ich war so auf sie fixiert, dass ich nicht mitbekam, wie meine Mom an meinem Dad vorbeigriff. Sie rauchte wie ein Schlot und hatte eigentlich immer eine Zigarette in der Hand …«

Avery schlug eine Hand vor den Mund und zitterte. »Sie hat dich absichtlich verbrannt.«

»Sie war stinksauer und sagte, ich würde ständig Ärger machen.« Er war Pepper hinterhergerannt, hatte ihr aber nie davon erzählt. Er wollte es eigentlich auch Avery nicht erzählen. Damals hatte er die Verbrennung unter seinem T-Shirt versteckt und war erleichtert gewesen, dass seine Eltern danach einfach verschwunden waren.

»Würdest du dich bitte zu mir setzen?«

Sie sah so zerbrechlich und so besorgt aus, dass Rowdy schon neben ihr saß, bevor ihm einfiel, dass er sich eigentlich bewegen wollte, um die Last der Erinnerung nicht so sehr zu spüren.

Er hob ihr Kinn an und versuchte, sie aufzumuntern. »Fang jetzt nicht an zu weinen.« Der schnelle Kuss auf ihren weichen Mund fühlte sich so gut an, dass er ihr sofort noch einen gab. »Es hat nicht mal besonders wehgetan. Wir sind im Fluss geschwommen, und das Wasser war kalt … Die Wunde ist sehr schnell verheilt.«

Sie krabbelte auf seinen Schoß und drückte ihr Gesicht gegen seinen Hals. »Sind sie die ganze Nacht weggeblieben?«

»Die ganze Nacht und den halben nächsten Tag.« Er stützte das Kinn auf ihren Kopf und streichelte ihren Rücken. »Es war immer einfacher, wenn sie nicht da waren. Ich weiß noch, dass Pepper in jener Nacht in meinem Zimmer geschlafen hat. Sie hat sich am Fußende meines Bettes zusammengerollt, was irgendwie witzig war, da wir beide damals schon sehr groß waren. Ich habe die Tür verriegelt, falls unsere Eltern früher zurückkommen sollten, und wir haben etwas ganz Besonderes daraus gemacht.« Er schüttelte den Kopf und ließ sich sogar zu einem Lächeln hinreißen. »Pepper war schon immer gut darin, sich was auszudenken, damit es ein Abenteuer wurde anstelle von …«

»Etwas Schlimmem.«

Das man nie mehr vergessen konnte. »Genau.«

Sie griff um ihn herum und berührte eine andere Narbe. »Stammt die von einer Gürtelschnalle?«

Er zuckte mit den Achseln. »Ich habe mit meinem Vater gerungen, als ich ungefähr zehn war. Verdammt jung. Ich erinnere mich nicht mehr genau, warum er überhaupt wütend war, aber ich habe praktisch nie was eingesteckt, ohne auch auszuteilen. Er sagte, er hätte genug davon, dass ich nie auf ihn höre. Ich bezweifle, dass er mich mit der Gürtelschnalle treffen wollte, aber er war betrunken und konnte sich kaum auf den Beinen halten, als er nach mir schlug.«

»Schade, dass er jetzt nicht hier ist, dann würde ich dasselbe mit ihm machen.«

Rowdy drückte das Gesicht in ihre Haare und atmete tief ein. Er liebte es so sehr, wie sie duftete, wie sie sich anfühlte und welche Gefühle sie bei ihm auslöste. »Das war nicht das einzige Mal, aber eine der wenigen Gelegenheiten, bei denen er mich richtig erwischt hat. Mom hat ihn angefaucht, dass er nur dafür sorgen würde, dass das Jugendamt ihr wieder auf die Nerven ging, wenn er nicht aufhörte, also hat er es getan.«

Avery legte eine Hand an sein Kinn. »Sie hat dich nicht verteidigt?«

»Sie konnte sich ja selbst kaum verteidigen.«

»War es immer so, Rowdy? Waren sie nie gute Eltern?«

Verdammt, er wollte nicht, dass sie sich aufregte. »Es war nicht immer so schlimm. Aber sie hätten eigentlich nie Kinder kriegen sollen. Manchmal ging es wochenlang gut und ich wurde nicht geschlagen. Dann haben sie uns meist einfach ignoriert.« Während er an die Zeit zurückdachte, ließ er immer wieder die Hand über Averys Rücken und bis hoch in ihr Haar gleiten. »Ich kann mich noch daran erinnern, wie meine Mom Pfannkuchen gemacht hat, als ich noch sehr klein und Pepper noch gar nicht geboren war. Sie war nicht besonders mütterlich, konnte aber ab und zu sehr nett sein.«

»Und dein Dad?«

»Er hatte hin und wieder Gelegenheitsjobs. Nicht oft genug, um wirklich Geld zu verdienen. Wenn er zu Hause war, bin ich ihm meist aus dem Weg gegangen.«

»Du hast recht.« Avery sah zu ihm auf und berührte sanft sein Gesicht. Ihr Lächeln war das Süßeste und Zärtlichste, was er je gesehen hatte. »Das ist wirklich keine schöne Geschichte. Daher erstaunt es mich umso mehr, dass du zu einem so wundervollen Menschen geworden bist.«

Wundervoll. Glaubte sie das wirklich? »Hast du mir zugehört, als ich Fisher und Meyer erzählt habe, wie kaputt ich bin?«

»Ich habe gehört, dass du das Richtige getan hast, auch wenn es nicht gerade einfach gewesen ist.«

Lachend rieb sich Rowdy mit einer Hand über das Gesicht. »Ja, ich kann nicht behaupten, dass es falsch war, einen Menschenhändler zu verprügeln. Dieser Abschaum hatte es verdient, und es hat mir sogar Spaß gemacht.«

»Und du wolltest Informationen von ihm«, fügte sie hinzu.

Möglicherweise wollte sie seinen Mangel an Moral und das Vergnügen, das er beim Verprügeln des Kerls empfunden hatte, irgendwie rechtfertigen. »Ja, das stimmt.«

»Du bist der wundervollste Mensch, den ich kenne, Rowdy. Und du kannst mir nichts erzählen, das meine Meinung über dich ändern würde.«

Was wäre, wenn er sie wegschicken würde? Wenn er ihr sagte, dass er nicht die geringste Ahnung hatte, wie man glückliche Familie spielte oder … oder wie man eine Frau so sehr liebte, dass sie die Einzige für einen war?

Würde sie ihre Meinung dann ändern?

Als hätte sie seine Gedanken gelesen, schüttelte Avery den Kopf. »Danke, dass du mir das anvertraut hast, Rowdy. Und dafür, dass ich eine Weile bei dir bleiben darf.« Ihre Hand wanderte über seine Schulter auf seine Brust. »Aber vergiss nicht, dass du mir nichts schuldest. Du musst dich nicht um meine Probleme kümmern.« Sie schnitt ihm das Wort ab, als er protestieren wollte. »Ich finde es sehr schön, dass du bereit dazu bist, und ich weiß, dass du mir eine große Hilfe sein kannst. Falls ich irgendetwas von dir brauche, dann werde ich es sagen, das verspreche ich dir. Aber bitte unternimm nichts weiter. Ich möchte nicht das Gefühl haben, dir zur Last zu fallen.«

»Das tust du nicht.« Um sein Einverständnis zu demonstrieren, schob er eine Hand unter ihren Hintern. »Habe ich dir nicht gerade bewiesen, wie praktisch es ist, dich hier zu haben?« Er küsste ihren Hals. »Dank dir muss ich mich dafür nicht mal mehr anstrengen.«

Avery schlug spielerisch nach ihm und beugte sich zur Seite. »Dann bin ich also in erster Linie praktisch?«

»Aber auf sehr heiße Art.«

Anstatt beleidigt zu sein, grinste sie. »Ich kann die Vorteile nicht leugnen.«

»Frechdachs.« Froh darüber, das dunkle Thema seiner Kindheit hinter sich zu lassen, wollte er sie gerade aufs Bett drücken, als sein Handy piepte. Stöhnend murmelte er: »Was ist denn jetzt schon wieder?« Er nahm sein Handy vom Nachttisch und las die SMS. Dann stöhnte er noch einmal.

»Was ist denn? Stimmt was nicht?«

»Meine Schwester wird in zehn Minuten hier sein. Sie möchte heute mitkommen, wenn ich Marcus besuche.«

»Oh, okay. Dann kann ich wohl …«

»Begleite uns doch.« Er wollte, dass Pepper Avery besser kennenlernte. Mit etwas Glück würden sich die beiden mögen, aber da er noch nie zuvor länger mit einer Frau zusammen gewesen war, wusste er nicht, was passieren würde. Gut, er hatte sich auch an Logan gewöhnt, daher war es nur fair …

Hey, Moment mal! Pepper hatte Logan geheiratet, aber er wollte an so etwas Verrücktes ganz bestimmt nicht denken.

Avery beugte sich zu ihm hinüber und gab ihm einen Kuss. »Ich sollte schnell duschen und mir was anziehen, bevor sie kommt. Und du musst Alice Bescheid sagen, dass gleich eine Horde bei ihr einfällt, da sie nur mit dir rechnet. Das wäre zumindest höflich.« Sie strich über seine Brust, umfing sanft seine Hoden, rutschte dann vom Bett und eilte ins Bad.

Hm. Als er ihr nachsah und das Verlangen noch immer in ihm toste, stellte Rowdy fest, dass er über einiges nachdenken musste. Er hatte keine Ahnung, wie man sich in einer Beziehung verhielt.

Aber er sollte vermutlich langsam anfangen, das zu lernen. Das wäre auf jeden Fall sehr viel einfacher, als Avery jemals wieder gehen zu lassen.

Avery war überrascht, wie freundlich Pepper dieses Mal war. Mit ihrer dynamischen, sorglosen Art zog sie direkt nach Betreten eines Raumes jeden in ihren Bann.

Als Erstes bestand sie darauf, Rowdys Verletzung zu begutachten. Er gestattete ihr nur einen flüchtigen Blick, indem er sein T-Shirt gerade mal weit genug anhob. Pepper, die ganz und gar nicht zimperlich war, lobte den Fortschritt der Heilung, umarmte ihn und verfluchte die Männer, die ihn angegriffen hatten. »Sei beim nächsten Mal vorsichtiger«, ermahnte sie ihn.

Beim nächsten Mal. Darüber kam Avery einfach nicht hinweg. Pepper und Rowdy hatten sehr viel durchgemacht und betrachteten das Leben durch ihre eigene, einzigartige rosarote Brille. Avery bewunderte die beiden sehr.

Sie waren nicht zusammen mit Pepper zu Alice gefahren, da Pepper später noch eigene Pläne hatte. Aber sobald sie sich auf dem Parkplatz trafen, unterhielt sich Pepper mit Avery, als würden sie sich schon lange kennen. Es erweckte ganz den Anschein, als hätte sich in dieser kurzen Zeit sehr viel verändert.

Die Sonne schien auf sie herab und erwärmte den kühlen Oktoberwind.

»Und«, fragte Pepper unverblümt. »Wohnt ihr beide jetzt zusammen?«

»Nun mal nicht so voreilig, Kleines«, erwiderte Rowdy.

»Ich weiß, dass sie wieder die ganze Nacht bei dir war.« An Avery gewandt meinte sie: »Das ist mal was ganz Neues! Mein Bruder schläft zwei Nächte hintereinander mit derselben Frau?« Sie schüttelte den Kopf. »Hier muss irgendein seltsamer Zauber im Spiel sein.«

»Du weißt eben bei Weitem nicht so viel über mich, wie du denkst, Kleines«, entgegnete Rowdy.

»Ich weiß, dass du nie lange genug stillhalten konntest, um eine Frau überhaupt richtig kennenzulernen.« Als sie ins Haus gingen, wechselte sie auf Averys Seite. »Einmal, als wir auf der Flucht waren … Rowdy hat dir doch davon erzählt, oder? Jedenfalls mussten wir seine Sachen aus einem billigen Hotelzimmer abholen.« Äußerst dramatisch erklärte Pepper: »Da lag noch eine seiner Schnallen im Bett! Ich musste sie rausschmeißen, und ich kann dir versichern, dass sie nicht gerade begeistert darüber war.«

»Pepper.«

Avery hörte fasziniert zu.

Pepper ignorierte ihren Bruder. »Damals, als wir beide in dem Klub gearbeitet haben, ging Rowdy nie mit den weiblichen Gästen aus und hat ihnen dadurch reihenweise das Herz gebrochen.« Sie musterte Avery. »Ich wüsste nicht, dass er es schon mal so lange mit einer Frau ausgehalten hat.«

Rowdy griff um Avery herum nach dem Handgelenk seiner Schwester, zog sie zu sich herüber und trennte sie so von Avery. »Das reicht jetzt«, sagte er.

Zu spät, dachte Avery. Da sie nach Peppers Erzählungen mutiger geworden war, nahm sie Rowdys Hand und drückte sich an seine Seite, während sie die Treppen zur Haustür hinaufstiegen. Rowdy schloss seine große Hand um ihre, und sie konnte ihr Glück kaum fassen.

Er hatte sich ihr geöffnet und ihr Dinge gesagt, die er keinem anderen Menschen je erzählt hatte.

Das musste doch etwas zu bedeuten haben.

Sie gab sich nicht der Illusion hin, dass sie sich mit ihm das perfekte Leben aufbauen konnte. Er hatte so viel durchgemacht, und obwohl er es herunterspielte, war sein Leben die Hölle gewesen. Anstatt das als Vorwand anzusehen, um selbst zu einem Arschloch zu werden, hatte er sich in die entgegengesetzte Richtung entwickelt und war ein wahrer Held und ein bemerkenswerter und mitfühlender Mann geworden.

Dafür brauchte man sehr viel Charakterstärke und einen moralischen Kern, den nur wenige besaßen.

Ihn zu lieben, auch ohne dass sie offiziell ein Paar waren, fiel ihr unglaublich leicht.

Pepper, deren langes Haar im Wind wehte, sah um Rowdy herum zu Avery. »Wenn du weiter so grinst und seufzt, komme ich noch auf die Idee, dass ihr beide euch bald verlobt.«

Avery stolperte über ihre Füße. Sie befürchtete, dass Pepper Rowdy abschrecken würde.

Aber der schubste sie nur spielerisch, sodass sie zwei Schritte zur Seite machte. »Das Leben als Ehefrau bekommt dir wohl nicht«, sagte er amüsiert zu seiner Schwester.

Pepper lachte und stieß ihn mit der Schulter an. »Das Leben als Ehefrau ist *orgastisch*.«

Er stöhnte theatralisch, öffnete die Tür und ließ die Damen eintreten. »Aber auch ein bisschen ekelhaft, wenn ich mir so was von dir anhören muss!«

Sie gingen so entspannt und kameradschaftlich miteinander um, dass Avery beinahe wieder geseufzt hätte.

Reese war bei der Arbeit, aber Alice begrüßte sie, als wären sie offiziell eingeladen gewesen. Cash drehte bei den vielen Besuchern beinahe durch.

»Keine Sorge«, meinte Alice zu ihnen. »Marcus und ich sind mit ihm schon draußen gewesen, daher dürfte kein Malheur passieren. Er wird nicht auf eure Schuhe pinkeln.«

»Tja«, meinte Pepper zu dem Hund, kraulte seine langen Ohren und gab ihm einen Kuss auf den Kopf, »und wenn du es trotzdem nicht einhalten kannst, dann nimm Rowdys. Er hat viel größere Füße als ich.«

Avery staunte darüber, dass Alice und Pepper so verschieden waren, aber offensichtlich gut befreundet zu sein schienen.

Während Rowdy Cash begrüßte, ging Pepper zu Marcus hinüber und ging so mit ihm um, wie sie auch jedes andere Kind behandelt hätte. Marcus starrte sie staunend an, und Avery konnte seine Reaktion verstehen.

Pepper war groß, attraktiv und blond und hatte dieselbe dominierende Präsenz wie ihr Bruder. Wenn sie sich beide in einem Raum aufhielten, war es kein Wunder, dass alle anderen kaum Luft zum Atmen hatten.

»Na, Kleiner«, sagte Pepper, »schön, dich zu sehen. Freust du dich schon auf das neue Haus?«

Marcus warf Rowdy einen kurzen, unsicheren Blick zu. »Schätze schon.«

Nachdem er den Hund noch einmal getätschelt hatte, ging

Rowdy mit Avery näher zu Marcus. Cash blieb ihnen auf den Fersen und wackelte noch immer so aufgeregt mit dem Schwanz, dass sein ganzer Körper bebte. »Erinnerst du dich an Avery?«

Avery hoffte, dass durch ihren Besuch keine schlimmen Erinnerungen an den Abend in der Bar aufgewirbelt wurden. »Hi, Marcus. Freut mich, dich wiederzusehen.«

Marcus sah schüchtern zu Boden und nickte.

Sie trat einen Schritt näher. »Ich habe noch gar keine Fotos von eurem neuen Haus gesehen. Kennst du es schon?«

Wieder nickte er. »Wir haben es uns angesehen.«

»Wirklich? Und, wie ist es?«

»Groß.« Er sah erneut zu Rowdy hinüber. »Und es hat einen Garten.«

»Einen schönen, großen Garten.« Rowdy hockte sich hin, um Cash weiter zu streicheln und gleichzeitig auf einer Höhe mit Marcus zu sein. »Ich hatte überlegt, zusammen mit Marcus eine Schaukel zu bauen. Wir könnten ja einen Reifen an die alte Eiche hängen.«

»Oh, das wäre großartig«, sagte Alice. »Eine gute Idee.«

Cash bellte, als wäre er ebenfalls damit einverstanden. »Du wirst den Garten lieben, nicht wahr, Kumpel? So viel Platz zum Rumrennen, und wenn du mal musst, kannst du dir ganz viele Ecken aussuchen.«

Pepper schaltete sich in das Gespräch ein. »Als wir noch Kinder waren, hat Rowdy mal einen alten Reifen an einen Baum am Flussufer gehängt. Wir haben geschaukelt und sind dann direkt in den Fluss gesprungen. Das war toll und hat einen Riesenspaß gemacht, bis irgendwann der Ast abgebrochen ist.«

Rowdy stöhnte. »Ich bin auf dem Hintern im Schlamm gelandet anstatt im Wasser. Der Boden war zwar nicht besonders hart, aber es hat trotzdem ganz schön wehgetan.«

»Ihr hättet ihn sehen sollen«, meinte Pepper breit grinsend. »Der Matsch ist nur so durch die Gegend gespritzt! Er hatte ihn im Gesicht und in den Haaren. Hinterher fanden wir sogar einen Flusskrebs in seiner Hosentasche! Stellt euch das vor!«

Marcus grinste sie an. »Was ist ein Flusskrebs?«, wollte er dann wissen.

»Das weißt du nicht? Also, das Tier sieht aus wie ein winziger Hummer mit kleinen Scheren. Es ist eigentlich ziemlich niedlich.«

»Pepper ist wahrscheinlich die einzige Frau auf der Welt, die das so sieht.«

Sie ignorierte Rowdy. »Wir haben sie früher oft gefangen, um ein paar Minuten lang mit ihnen zu spielen und sie dann wieder freizulassen. Sie laufen rückwärts.«

Das hatte Avery ja noch nie gehört. Sie musste zugeben, dass sie selbst ziemlich fasziniert war.

»Im Sommer machen wir mal einen Ausflug an den Fluss«, schlug Pepper vor. »Oder wir fahren zu Dashs Haus am See. Dash ist der Bruder meines Mannes, jetzt also mein Schwager. Er ist ein netter Kerl und hat bestimmt nichts dagegen.«

Rowdy kicherte. »Wenn ich mich recht erinnere, nutzt Dash das Haus, um mal seine Ruhe zu haben.«

»Das kann schon sein, aber wir dürfen es nutzen, wann wir wollen. Logan überlegt sogar, ob wir uns nicht ein eigenes Sommerhaus kaufen sollen. Wäre das nicht toll? Dann könnten wir alle zusammen dort ein Wochenende verbringen.«

Da sie bei diesen Worten Avery ansah, fühlte sie sich gleich mit einbezogen und freute sich sehr darüber.

»Die Männer könnten angeln gehen, und ich mache mit Marcus, Alice und Avery einen Spaziergang am Ufer. Ich könnte euch zeigen, wie man Flusskrebse fängt. Oder wir könnten alle schwimmen gehen oder mit einem Ruderboot auf den See fahren.«

»Das hört sich ganz so an, als würdest du das Wasser vermissen«, sagte Alice, die über Peppers Enthusiasmus grinsen musste.

»Es ist so schön da.« Pepper schlang die Arme um ihren Oberkörper und strahlte, als sie sich daran erinnerte. »Die warme Sonne und das kalte Wasser. Das wird dir gefallen, Marcus, davon bin ich überzeugt.«

Marcus sah Alice an, die wiederum nickte. »Das wird bestimmt schön. Aber vorher könnten wir ja schon mal ein Picknick am Fluss machen. Es gibt da viele schöne Plätze.« Sie legte Marcus eine Hand auf die Schulter. »Und einen großen Spielplatz. Wir ziehen nächste Woche um, und dann geht Marcus wieder zur Schule, aber solange es noch nicht kalt ist, können wir an den Wochenenden was unternehmen.«

Marcus schwieg, und Avery fing an, sich Sorgen zu machen. Ihr fiel auf, dass Rowdy es ebenfalls bemerkte, da er wieder aufstand und zu Pepper sagte: »Warum lässt du dir nicht von Alice die neuesten Fotos vom Haus zeigen? Marcus und ich wollen mit den Autos spielen … Das heißt, wenn er seine dabeihat.«

Marcus zog zwei kleine Spielzeugautos aus Metall aus den Hosentaschen.

Avery wollte schon hinter Pepper hergehen, aber Rowdy nahm ihre Hand und zog sie zu sich auf den Boden. »Ich hatte noch keine Gelegenheit, neue Autos zu kaufen, aber das hole ich bald nach«, sagte er zu Marcus. »Kannst du Avery vielleicht so lange eins von deinen leihen?«

Marcus wirkte einen Augenblick lang unsicher und setzte sich auf den Boden. Cash legte sich neben ihn, und Marcus streichelte den Hund.

»Hast du was auf dem Herzen, Marcus?« Rowdy stützte die Hände auf die Knie und wartete einfach. »Du kannst mit mir über alles reden.«

Marcus verzog den Mund, musterte Rowdy abschätzend und fragte dann: »Kommst du uns auch nach dem Umzug noch besuchen?«

»Aber natürlich. Ich kann es kaum abwarten, euer neues Haus zu sehen, wenn ihr erst eingezogen seid. Ich glaube, Alice und Reese wollen viele neue Möbel kaufen. Vermutlich werde ich ihnen auch beim Umzug helfen. Da müssen ja viele Kisten getragen und Möbel aufgebaut werden.«

»Ich helfe auch mit«, bot Avery an. »Falls niemand was dagegen hat.«

Rowdy wandte den Blick nicht von Marcus ab. »Was meinst du, Marcus? Je mehr Helfer, desto besser?«

Marcus zuckte mit den Achseln. »Darf ich auch helfen?«

»Na sicher. Du bist bestimmt kräftig genug, um ein paar Kartons zu tragen. Und jemand muss Cash im Auge behalten, wenn wir ständig rein- und rausgehen.«

Marcus stellte eines der Spielzeugautos auf den Boden und rollte es hin und her. »Okay.« Er hatte die Strecke bereits aufgebaut, zog sie zu sich heran und überraschte Avery, als er ihr eines seiner Autos anbot. »Du kannst damit spielen.«

Oh, wow. Sie war so gerührt, dass ihr die Tränen in die Augen stiegen und sie sich eine Hand auf die Brust legte. »Danke, Marcus.«

Rowdy stieß sie an. Vermutlich wollte er sie damit auffordern, sich zusammenzureißen, und das tat sie auch.

Während Pepper in einem Sessel saß und sich die Fotos ansah, holte Alice Saft und Kekse aus der Küche.

»Wie immer«, meinte Rowdy und dankte ihr.

Er reichte erst Alice, dann Marcus einen Keks. »Wir bleiben

auf jeden Fall Freunde, egal, was passiert, nicht wahr, Marcus?«

Marcus biss in seinen Keks. »Okay.«

»Manchmal ändern sich Dinge eben. Ein anderes Haus, eine andere Schule.«

Er nickte. »Mom ist … weg.«

Avery erstarrte und war erschüttert über die zitternd Stimme des Jungen.

Rowdy nickte. »Ich weiß, und es tut mir leid.«

Marcus rieb sich die Nase. »Ich glaube nicht, dass ich Darrell noch mal sehen werde.«

»Ist das schlimm für dich?«

»Nein.« Er schob das Auto wieder herum und stellte es auf die Strecke. »Eigentlich bin ich froh darüber.«

Avery wusste, dass Alice und Pepper zuhörten, auch wenn sie es sich nicht anmerken ließen. Sie schluckte schwer und wünschte sich, den Schmerz auf magische Weise verschwinden lassen zu können.«

Rowdy streckte die Hand aus und legte sie auf Marcus' knochiges Knie. »Wir werden immer Freunde bleiben.«

Marcus sagte nichts.

»An manchen Tagen komme ich dich besuchen, an anderen werde ich es nicht schaffen. Aber ich werde immer für dich da sein, wenn du mich brauchst. Das verspreche ich dir.«

Ohne von den Fotos aufzusehen, erklärte Pepper: »Er ist ein Mann, der zu seinem Wort steht, Marcus. Ich bin seine Schwester, daher weiß ich das.«

Wieder sah Marcus sie staunend an.

Rowdy beugte sich verschwörerisch vor. »Pepper ist vorlaut und neugierig, aber das ist schon in Ordnung. Du wirst sie mögen.«

»Ich mag sie auf jeden Fall«, meinte Avery.

Marcus sah sie alle an, und dann nahm er sich einen weiteren Keks. Die Krise schien überwunden.

Rowdy lehnte sich mit nachdenklicher Miene zurück und sah sich suchend um. Dann nahm er Averys Hand und drückte sie.

Um sie oder um sich selbst zu trösten? Avery war beides recht.

19

Einige Stunden später luden sie mehrere Tüten mit Einkäufen und einen neuen Schmortopf, den Avery ausgesucht hatte, aus dem Wagen, und Rowdy stellte fest, dass sich das sehr häuslich anfühlte.

Er war schon immer ein Ordnungsfanatiker gewesen, was wahrscheinlich daran lag, dass er einen Kontrast zu dem Chaos brauchte, in dem er aufgewachsen war – auch wenn diese Theorie auf Pepper nicht zutraf. Bevor sie bei Logan eingezogen war, hatte bei ihr immer Unordnung geherrscht. Vielleicht hatte das bei ihr aber auch daran gelegen, dass sie unglücklich gewesen war. In ihrer gemeinsamen Wohnung sah es eigentlich immer richtig ordentlich aus.

Neben den Lebensmitteln hatte Avery auch Shampoo und Bodylotion, eine Topfpflanze und einen Vorhang für eines der großen Fenster besorgt.

Als er sie beobachtete, wie sie in seiner Wohnung umherging – in seine Wohnung einzog –, hatte das eine seltsame Wirkung auf ihn. Ihm war so, als hätte er schon viel zu lange nicht mehr mit ihr geschlafen.

Sie ging zum Spülbecken und begann, das Essen zuzubereiten. Während sie das Rindfleisch klein schnitt, sagte sie: »Da du neben der Bar wohnst, könnten wir auch was Anständiges zum Abendbrot essen.«

Rowdy hielt sie an den Hüften fest, stellte sich ganz dicht vor sie, atmete ihren Duft ein und genoss ihre Nähe. »Hältst du nichts von Jones' Kochkünsten?«

»Ha! Du hast mit ihm einen verdammt guten Fang gemacht. Aber auf Dauer wird es nun mal eintönig.«

»Wenn wir zum Abendessen rüberkommen, können wir gleich einen Quickie einschieben.« Er küsste ihren Hals und ihre Schulter. »Dann stehe ich den Abend bestimmt viel besser durch.«

»Als ob dir das je schwergefallen wäre. Ich staune immer wieder, wie du die ganze Energie aufbringen kannst.« Sie legte das Fleisch in den Topf, würzte es und schaltete den Topf ein. Nachdem sie sich die Hände gewaschen hatte, drehte sie sich in seinen Armen um. »Kochst du auch?«

»Sehe ich so aus, als würde ich hungern?«

»Nein.« Sie strich über seine Schultern. »Aber vielleicht isst du ja jeden Tag Fast Food oder schmierst dir Brote.«

»Ich kann ein paar einfache Gerichte zubereiten. Steaks, Koteletts, was zum Frühstück, manchmal mache ich auch Chili, aber da vermenge ich nur Zeug aus der Dose mit Hackfleisch.«

»Ein Mann mit vielen Talenten.«

»Wo wir gerade bei Talenten sind …« Er legte ihr einen Finger unter das Kinn. »Du bist heute sehr gut mit Marcus umgegangen.«

»Das bricht mir fast das Herz.« Sie umarmte ihn. »Ich bin so froh, dass er dich hat.«

»Ich bin froh, dass sich Alice und Reese um ihn kümmern.« Die beiden hatten sich eine perfekte Partnerschaft aufgebaut. Sie liebten einander, was derart offensichtlich war, dass selbst ein Zyniker wie er es nicht übersehen konnte. Reese war genau der Mensch, den Alice brauchte, und umgekehrt. Genauso war es bei seiner Schwester und Logan.

Rowdy wollte nicht, dass Marcus so wurde wie er. Der Junge konnte viel mehr aus sich machen.

Wenn er ihm irgendwie helfen konnte, dann würde er das

nur zu gern tun. Er war vielleicht nicht der gute Einfluss, den Marcus brauchte, aber er würde auf jeden Fall einspringen, wann immer es nötig wurde.

Der Gedanke an Avery als Mutter tanzte durch seinen Kopf, verstörte ihn und machte ihn auf eine Art und Weise nervös, die neu für ihn war, weil es nicht mit Verlangen, Zorn oder einer der anderen mächtigen Emotionen zu tun hatte, die er normalerweise empfand.

Rowdy schob die Hände über ihren Rücken zu ihrem Hintern und drückte sie an sich. Er wollte sie, aber er genoss es auch, sie einfach im Arm zu halten und sich mit ihr zu unterhalten. Sie nach und nach besser kennenzulernen, auch wenn er das Gefühl hatte, sie schon seit einer Ewigkeit zu kennen.

»Ich würde gern mit dir zu Dashs Haus am See fahren. Ich sehe dich förmlich vor mir, wie du im Bikini in der heißen Sommersonne liegst …«

Sie lehnte sich lachend ein Stück zurück. »Da muss ich dich enttäuschen, ich trage nur Badeanzüge.«

Diese Frau war bescheiden, sexy, klug und süß und damit genau die Richtige, um sich in seinem Herzen festzusetzen, auch wenn viele Menschen behaupteten, er hätte gar keins. »Vielleicht kann ich dich dann ja dazu überreden, den Badeanzug auszuziehen und mit mir dem Ruf der Natur zu folgen.«

»Nacktbaden?«

Sie sah so entsetzt aus, dass Rowdy grinsen musste. »Es wäre doch niemand da, der es sehen könnte.«

»Du wärst da!« Sie lachte und entwand sich ihm, nahm dann seine Hand und zog ihn mit sich.

»Wo gehen wir denn hin?«

»Ins Bett.« Sie warf ihm einen Blick über die Schulter zu. »Ich habe dir noch was versprochen, hast du das schon vergessen? Das gedenke ich jetzt in die Tat umzusetzen.«

Mit einem Blick oder mit wenigen Worten schaffte es Avery immer wieder aufs Neue, ihn sofort zu erregen.

Bisher war der Sex für ihn immer eine Methode gewesen, um Stress abzubauen, die Nacht durchzustehen oder die Zeit mit einfacher, entspannender körperlicher Befriedigung auszufüllen. Aber jetzt mit Avery gab es noch so viel mehr. Es hatte nichts mehr damit zu tun, dass er die Vergangenheit vergessen oder die Gegenwart ertragen musste.

Jetzt ging es nur noch darum, jeden Moment zu genießen.

Im Bett zu liegen, während Avery halb auf seiner Brust ruhte und die Beine zwischen seinen liegen hatte, war ein wundervolles Gefühl. Sein Körper war noch immer verschwitzt, aber entspannt. Er strich ihr mit den Fingern durchs Haar und konnte jeden ihrer Herzschläge hören, bis es sich fast anhörte, als würden ihre Herzen im Einklang schlagen.

Träge drückte sie ihre weichen Lippen an seine Rippen, gab ihm einen warmen Kuss und rieb ihre kleine Nase an ihm. »Ich könnte so liegen bleiben …«, flüsterte sie seufzend. Ihre Stimme brach ab, aber er hörte den Rest in seinem Kopf.

Für immer.

Anscheinend wollte Avery es ebenso wenig laut aussprechen wie er.

Er hob ihre Hand und rieb mit dem Daumen über die Schwielen, die eine Frau wie sie gar nicht haben sollte. Bei diesem Gedanken fiel ihm noch etwas anderes ein. »Was willst du wegen deiner Mutter unternehmen?«

Sie bewegte sich ein wenig auf ihm. »Ich rufe sie nachher an und frage sie, wann ich sie wieder besuchen soll.« Sie legte die Finger um seine und rutschte etwas höher. »Okay?«

Ihm fiel das Denken schwer, wenn sie sich auf ihm bewegte. »Dass du mit deiner Mom redest? Na klar.«

Sie sah ihn spöttisch an. »Du bist ein echter Kerl, Rowdy. Mein ganzer Körper kribbelt noch, aber so gut, dass du mein Gehirn in Brei verwandelt hättest, bist du auch nicht.«

Er hatte keine Ahnung, wie sie das meinte, daher sah er sie nur fragend an und wartete.

»Ich werde dich nicht um Erlaubnis fragen, wenn es um mein Privatleben geht.« Sie küsste ihn zärtlich und zog sich dann zurück. »Ich wollte noch wissen, ob diese Position angenehm für dich ist. Schließlich will ich den Heilungsprozess ja nicht behindern …«

»Ich sag dir was, Süße.« Rowdy zog sie etwas weiter nach oben, sodass sie ganz auf ihm lag. »Wenn du mich nicht mehr nach meinem Rücken fragst, dann werde ich das hier auch nicht mehr machen.« Er schlug ihr auf den Hintern, sodass sie zusammenzuckte.

»Au!« Halb kichernd, halb protestierend wollte sie sich die Stelle reiben, aber Rowdy hielt ihre Hände hinter ihrem Rücken fest.

»Rowdy!«

Mit der anderen Hand umfing er ihre jetzt warme Pobacke. »Hmm?« Er küsste ihr Kinn und ihren Mundwinkel. Dann grinste er, war aber auch schon wieder erregt. Es war verrückt, wie heiß ihn diese Frau machte. »Soll ich mal pusten und die Stelle küssen?«

»Gib mir noch eine Stunde, dann komme ich vielleicht darauf zurück.«

Bevor ihn seine Lust zu sehr ablenken konnte, legte Rowdy ihre Hände auf seine Schultern und nahm sie in den Arm. »Auch auf die Gefahr hin, deinen unabhängigen Geist damit zu beleidigen: Versprichst du mir, dass du nicht ohne mich zu deiner Mutter fahren wirst?«

»Hast du Angst, dass Fisher oder Meyer da sein könnten?«

»Ich gehe lieber kein Risiko ein.« *Insbesondere nicht bei jemandem, der mir so viel bedeutet.* Wenn du mit deiner Mom alleine sein willst, habe ich damit kein Problem. Ich kann auch im Wagen sitzen bleiben, aber ich möchte in der Nähe sein.« *Falls du mich brauchst.*

Avery legte ihm die Hände auf die Wangen und gab ihm eine Reihe von Küssen, als müsste sie ihre lächerlichen Komplimente noch unterstreichen. »Du bist der erstaunlichste …«, Kuss, »großzügigste …«, Kuss, »wunderbarste …«

»Willst du etwa noch einen Klaps auf den Po bekommen?«

Sie kicherte. »Da du verletzt bist, kann ich mich nicht mal wehren.«

Mit einer schnellen Bewegung drehte Rowdy sie herum, sodass sie unter ihm lag. »Versprich mir, dass du nicht alleine dorthin fahren wirst.«

Sie hörte auf zu lachen und nickte ernst. »Ich verspreche es.«

Wenn sie ihn so bewundernd ansah, wollte er sie nur umso mehr. Er wollte in ihr sein, sich in ihr verlieren und diese komplizierten Gedanken aus seinem Kopf verbannen.

»Rowdy?« Sie zog ihn an sich und umarmte ihn fest. Nach einer halben Minute flüsterte sie mit emotionsgeladener Stimme: »Danke, dass du dich so um mich sorgst.«

Er fand Averys Dankbarkeit sehr irritierend.

Und ebenso die Tatsache, dass sie ihn liebte, wenn er ihr denn glauben konnte.

Zum ersten Mal seit einer Ewigkeit sah die Zukunft für ihn nicht mehr so deprimierend aus.

Die heitere Stimmung blieb Rowdy erhalten, bis er am späten Montagmorgen mit Avery zur Bar ging. Sie hatte ihn den ganzen Sonntag über emotional wie körperlich ausgelaugt. Er kannte jeden Zentimeter ihres Körpers, aber sie war genauso entschlossen gewesen, seinen zu erkunden.

Sie hatten über alles gesprochen – nur nicht über eine gemeinsame Zukunft. Er wusste einfach nicht, was er dazu sagen sollte. In ihrer Gegenwart fühlte er sich wie ein neuer Mensch – und diesen Menschen kannte er kaum.

Sehr lange Zeit hatte er geglaubt, dass alles wieder normal werden würde, wenn er erst einmal mit ihr geschlafen hatte. Dass er sie dann aus seinem Kopf kriegen und sich wieder konzentrieren könnte.

Doch stattdessen dachte er nur darüber nach, was sie noch alles miteinander anstellen konnten.

Er wollte ihr das Kartenspielen beibringen.

Sie wollte mit ihm in den Zoo gehen.

Er wollte schwimmen gehen.

Sie wollte sich neben ihn auf die Couch kuscheln und sich mit ihm einen Gruselfilm ansehen.

Sie redeten und redeten … und trotzdem ging ihnen nie der Gesprächsstoff aus.

Wie zum Teufel sollte ein Mann das begreifen?

Er hatte gerade die Tür der Bar aufgeschlossen, als ihr Handy klingelte. Rowdy wartete, bis er merkte, dass sie mit ihrer Mutter telefonierte. Avery hatte Sonya am Vortag angerufen, aber die Frau hatte verdammt viel um die Ohren.

Wenn sie unter ihrer Behandlung litt, dann konnte sie das gut verbergen.

Als er Avery lächeln sah, musste Rowdy ebenfalls grinsen. Ihre Mutter und sie standen sich sehr nahe, und aus irgendeinem Grund freute er sich darüber. Offensichtlich war ihre Mutter nicht perfekt, aber nach seinen Erlebnissen mit seinen Eltern war das unwichtig, solange man sich gegenseitig liebte und unterstützte.

Er wollte ihr gerade in die Bar folgen, als Reese angefahren kam.

Reese parkte am Straßenrand und kam auf Rowdy zu. »Ich hatte gehofft, dass ich dich hier treffe. Es ist alles in Ordnung, aber ich wollte kurz mit dir reden, wenn du Zeit hast.«

»Ich komme immer ein paar Stunden früher her, um alles Notwendige zu erledigen. Dann muss ich mich nicht so beeilen, bevor die ersten Gäste kommen.« Rowdy betrat vor ihm die Bar. »Möchtest du was trinken?«

»Nein, danke. Ich würde mich lieber ein bisschen umsehen, während wir uns unterhalten.«

Nur wenige Männer überragten Rowdy, aber Reese war so verdammt groß, dass er jeden anderen in den Schatten stellte. »Wie du willst.«

Reese ging auf das Hinterzimmer und den Billardtisch zu. Er ließ eine Spielkugel über den Filz rollen, sodass sie an die anderen klackerte, die auseinanderstoben und in die Löcher fielen. »Hier sieht es mit jedem Mal besser aus.«

»Die Tische stehen aber schon eine Weile hier.« Vielleicht konnte er Avery Billard beibringen, überlegte Rowdy. »Die jüngeren Gäste spielen häufiger als die Stammgäste.«

»In der Nacht, in der ich für dich eingesprungen bin, hatte ich so viel um die Ohren, dass ich mich gar nicht richtig umsehen konnte.«

»Wir hatten großes Glück.« Rowdy verschränkte die Arme vor der Brust und lehnte sich mit dem Rücken an die Wand, während er sich fragte, warum Reese hergekommen war. Er wollte ihn jedoch nicht direkt darauf ansprechen.

»Du machst deine Sache gut.« Reese sah sich die Jukebox an. »Alice möchte gern noch mal wiederkommen. Das klappt aber vermutlich erst, wenn wir uns in dem neuen Haus eingerichtet haben.«

»Alice gehört hier nicht her.«

Reese drehte sich zu ihm um. »Aber Avery schon?«

Das war's dann mit seiner guten Laune. »Wenn du was sagen willst, Reese, dann raus damit.«

»Okay.« Reese lehnte sich an einen Pooltisch. »Du weißt noch genau, was das hier für eine Absteige war. Jetzt ist es viel besser. Und schöner. Wenn du mehr Abstand hättest, würdest du das vermutlich ebenfalls erkennen.«

»Bist du hier, um mich zu ärgern oder zu loben?«

»Weder noch.« Reese nahm ein Stück Kreide in die Hand und spielte damit herum. »Die Sache ist die: Du kannst gut mit Marcus umgehen.«

Rowdy richtete sich auf. »Was ist los?«

»Nichts.«

»Verarsch mich nicht.«

Mürrisch legte Reese die Kreide weg und sah Rowdy an. »Alice möchte dich gern zu Marcus' Paten ernennen. Du weißt schon, für den Notfall, falls irgendwas passiert oder so …«

Rowdy war alarmiert. »Was soll denn passieren?«

»Verdammt, Rowdy, ich weiß es nicht. Deine Eltern sind doch auch bei einem Autounfall ums Leben gekommen, oder nicht?«

»Sie waren Säufer.«

»Tja, ich bin Polizist. Ich weiß, wie schnell das Leben vorbei sein kann. Das soll nicht heißen, dass ich damit rechne, aber wenn doch was ist …«

Vor lauter Panik fing es in Rowdys Schläfen an zu pochen. »Du hast noch Logan und Pepper.«

»Ja, das stimmt. Und sie wären auch super geeignet. Aber Marcus …« Reese kniff sich in den Nasenrücken und ließ die Hand dann sinken, um Rowdy anzustarren. »Der Junge bewundert dich sehr. Du bist für ihn sehr schnell zu einem Helden, einem Pseudoonkel und einem Freund geworden. Ich möchte, dass er und auch das Gericht wissen, dass du in jeder Hinsicht zur Familie gehörst. Dazu gehört auch, dass ich dich in mein Testament aufnehme.«

Langsam wurde Rowdy richtig wütend. »Was soll der Scheiß, Reese? Hast du deine Tage?«

Reese sah ihn finster an.

»Was soll dieser morbide Kram?«

»Die Realität ist nicht morbide, verdammt.«

Für Rowdy war sie es seit jeher. Bis er Avery kennengelernt hatte. Und jetzt …

»Ich liebe Alice«, sagte Reese etwas lauter. »Und ich bin entschlossen, bei Marcus alles richtig zu machen. Das bedeutet, dass ich alles in meiner Macht Stehende für die beiden tun würde … und dazu gehört auch, dich an sie zu binden.«

»Das ergibt doch keinen Sinn.«

Reese verzog verärgert das Gesicht und kam näher. »Ich will nicht, dass du dir irgendwelche Flausen in den Kopf setzt, deine Sachen packst und verschwindest. Du hast hier Wurzeln geschlagen. Und du wirst noch stärker verwurzelt sein, wenn du mit für Marcus verantwortlich bist. Ist das zu viel verlangt?«

Rowdy verkrampfte sich am ganzen Körper. Er wollte bleiben, sesshaft werden und … Dinge planen.

Cannon kam mit einer Kiste in den Händen am Eingang des Billardraums vorbei. Rowdy hörte auch Jones, der in der Küche mit Töpfen und Pfannen hantierte. Ella würde ebenfalls bald auftauchen.

Und Avery … Sie stand jetzt bestimmt schon hinter der Bar, bereitete alles vor und hatte aus irgendeinem verrückten Grund auch noch Freude daran.

Er schüttelte den Kopf und sah Reese an. »Nein.«

»Was meinst du damit?«

»Es ist nicht zu viel verlangt.« Verdammt, er hatte jetzt ein Leben hier. Und ein sehr gutes noch dazu. Wieder musste er an Avery denken und hätte beinahe gelächelt. »Ich fühle mich geehrt, dass du an mich gedacht hast.«

»Tja.« Reese schien von der plötzlichen Wendung überrascht zu sein, fragte jedoch nicht weiter nach. »Gut. Du wirst ein paar Papiere unterschreiben müssen.«

»Kein Problem.« Er sah Reese ruhig an. »Aber pass auf, dass ich nicht mehr tun muss, als in der Nähe zu sein und euch zu unterstützen, verstanden?«

»Das ist der Plan.« Reese holte einen Zettel aus der Tasche. »Außerdem habe ich noch einen Namen zu diesem Nummernschild.« Er faltete den Zettel auseinander und warf einen Blick darauf. »Fisher Holloway. Sagt dir das was?«

»Ja, entschuldige, das weiß ich bereits.« Er hatte ganz vergessen, dass Reese das für ihn rausfinden sollte. »Ich weiß, wer das Arschloch ist, und ich werde mich um ihn kümmern.« Rowdy wollte den Raum schon verlassen.

Reese hielt ihn am Arm zurück. »Nein.«

Rowdy starrte die Hand auf seinem Arm fragend an. »Oh doch.« Er schüttelte Reese ab und ging weiter.

»Verdammt, Rowdy.« Reese lief neben ihm her. »Du kannst nicht immer alles selbst in die Hand nehmen. Es gibt Gesetze.«

Rowdy lachte. Was erwartete Reese denn von ihm? Mord und Totschlag?

»Wer ist der Kerl?«, fragte Reese wütend.

»Averys Ex.« Das war eigentlich nicht ganz korrekt, da sie laut Averys Worten nie zusammen gewesen waren. »Mach dir deswegen keine Sorgen.«

»Du hast mich da mit reingezogen«, beharrte Reese. »Ich bin hier. Wenn sie Probleme mit irgendeinem Kerl hat, dann sag es mir. Ich kann …«

»Das geht nicht.« Rowdy ging zur Tafel, um die Tageskarte daraufzuschreiben.

»Gut. Wie du willst.« Reese zog sein Handy aus der Tasche. »Ich rufe Pepper an. Und Logan.«

Rowdy starrte ihn wütend an.

»Dann kann ich Alice auch gleich Bescheid sagen.«

Großer Gott …

»Gehe ich recht in der Annahme, dass Avery weiß, was du vorhast?«

Rowdys Temperament flackere auf, und er stellte die Tafel zur Seite. »Ich weiß nicht, was zum Henker du damit bezwecken willst, aber …«

»Rowdy?« Avery kam auf sie zu und sah die beiden Männer irritiert an. »Ist alles in Ordnung?«

»Alles bestens.«

Reese schnaubte.

Avery lächelte ihn an. »Ich konnte nicht anders, als euren Streit mit anzuhören.«

Das machte Rowdy noch wütender. »Wir haben uns nicht gestritten.«

»Eigentlich habe ich versucht, Rowdy davon zu überzeugen, nicht so dickköpfig zu sein«, meinte Reese.

»Na, dann viel Glück.« Avery lachte, als sie seinen Gesichtsausdruck sah. »War nur Spaß. Ich gehe davon aus, dass du immer sehr umsichtig und vorsichtig vorgehst.«

»Avery«, warnte er sie.

Sie nahm grinsend seine Hand. »Meine Mutter hat die ganze Woche viel zu tun, aber sie möchte uns gern nächsten Sonntag einladen. Passt dir das?«

»Was immer du willst, Süße.«

»Okay, dann sage ich ihr Bescheid.« Sie stellte sich auf die Zehenspitzen und gab ihm einen Kuss. »Danke.«

Nachdem sie wieder an die Bar gegangen war, lehnte sich Reese an die Wand und starrte Rowdy an.

»Was hast du jetzt wieder für ein Problem?«, wollte Rowdy wissen.

»Ich stehe unter Schock.« Reese blinzelte zweimal. »Hast du wirklich gerade gesagt, dass du mit ihr zu ihrer Mutter fährst?«

»Ich habe sie sogar schon kennengelernt.« Rowdy nahm die Stühle von den Tischen. »Sie ist sehr nett. Über ihren Stiefvater muss ich mir erst noch ein Urteil bilden.«

»Das ist nicht dein Ernst.« Reese half ihm mit den Stühlen. »Und den Ex hast du vermutlich auch schon getroffen?«

»Ein Riesenarschloch.« Der nächste Stuhl landete fester auf dem Boden, als er es beabsichtigt hatte. »Aber ihre Familie mag ihn.«

Reese zuckte mit den Achseln. »Mir ist dein Urteil wichtiger als ihres.«

Rowdy musste sich eingestehen, dass ihm das viel bedeutete. »Er sagt, er wäre uns aus Sorge um Avery gefolgt. Angeblich wollte er sich nur vergewissern, dass es ihr gut geht.«

»Aha.« Reese fügte halb im Spaß hinzu: »Er hatte bestimmt nur altruistische Gründe dafür.«

Ohne darüber nachzudenken, sprach Rowdy etwas aus, das ihm auf der Seele lag. »Sie hat eine harte Zeit hinter sich und musste einiges durchmachen.«

Reese schlug ihm auf die Schulter. »Ich habe das Gefühl, dass es dir momentan nicht viel anders geht.«

»Willst du nicht jemand anderem auf die Nerven gehen?«, knurrte Rowdy gereizt.

Grinsend deutete Reese auf ihn. »Mach keine Dummheiten in Bezug auf ihren Ex. Wenn er sie erneut belästigt, sag mir einfach Bescheid. Wenn du ihn umbringst, sitzt du im Gefängnis und Avery ist ganz alleine. Wie wird es ihr da dann wohl gehen?«

Das war durchaus etwas, worüber er nachdenken musste. »Du hast ja recht.«

»Natürlich habe ich recht.« Reese winkte Avery zu. »Melde dich, wenn ich dir irgendwie helfen kann.«

»Dasselbe gilt auch für dich.« Rowdy brachte Reese zur Tür.

Solange Fisher Avery in Ruhe ließ, musste er sich nicht um den Kerl kümmern.

Aber wenn der Bastard ihr je wieder wehtun wollte, dann sah die Sache ganz anders aus.

Cannon ging gern zu Fuß. Das war eine Form des Trainings und gab ihm außerdem die Gelegenheit, sich in der Gegend umzusehen und den Kopf freizubekommen.

Selbst an einem bedeckten Tag war er an der frischen Luft, konnte den Vögeln nachsehen und hören, was im Viertel vor sich ging.

Die Hände in den Taschen vergraben und die Wollmütze über die Ohren gezogen, sah er sich die Gebäude an, die, die bereits dichtgemacht hatten, und die, in denen man noch versuchte, über die Runden zu kommen.

Vor einem kleinen Pfandhaus, das von einer Familie geführt wurde, sah Cannon einen älteren Mann, der Blätter vor der Tür wegfegte. Cannon kannte hier alle zumindest gut genug, um ihnen zuzuwinken oder sie zu grüßen, daher kannte er auch Yvette, die achtzehnjährige Enkelin des Besitzers.

Sie entdeckte ihn und fing sofort an zu flirten. Obwohl sie gerade mal volljährig war, wusste sie schon, wie man einen Mann ansehen musste, damit er sie auch registrierte.

Cannon war amüsiert, nickte ihr aber nur reserviert und höflich zu. Yvette war in einem Alter, in dem sie sich zu sehr nach

Aufmerksamkeit sehnte und ständig mit der Gefahr flirtete. Sie war gut gebaut und sehr niedlich, daher konnte sie vermutlich viele Männer haben, aber anscheinend hatte sie es auf ihn abgesehen.

An der Straßenecke hing eine Jugendgang ab, die sich wahrscheinlich wegen des Mädchens dort aufhielt. Sie hatten noch keinen Ärger gemacht, aber es bestand das Risiko, dass sie von den echten Gaunern angeheuert wurden. Wenn er bald sein Fitnessstudio aufmachen konnte, wäre das eine große Hilfe. Er würde noch etwa sechs Monate brauchen, vielleicht auch länger, je nachdem, wie sein nächster Kampf verlief.

Als die Jungs ihn bemerkten, riefen sie ihm etwas zu. Grinsend hob Cannon die Hand – und da entdeckte er eine Luxuslimousine, die langsam auf die Bar zurollte. Dieses Mal war es nicht der silberne Hybrid, sondern ein neuer Audi.

Er sah aus wie Geld auf Rädern.

Zwar stellten sich seine Nackenhaare auf, aber er konnte aufgrund der getönten Fenster nicht ins Wageninnere sehen.

Die Jungs sahen den Wagen ebenfalls und fingen sofort an zu gestikulieren und zu rufen. Cannon wollte nicht, dass man auf sie aufmerksam wurde, daher winkte er ihnen noch einmal zu und joggte zur Bar. Sie würden erst in fünfundvierzig Minuten aufmachen. Warum fuhr ein so schicker Wagen in dieser Gegend herum?

Anstatt durch die Vordertür nach drinnen zu gehen, ging Cannon ein Haus weiter und dann durch die Seitenstraße zur Hintertür. Er war immer vorsichtig, und er wollte den Fahrer des Wagens nicht wissen lassen, dass er ihn bemerkt hatte.

Er klopfte an und wartete, bis Jones ihn in die Küche ließ.

Cannon nahm die Mütze ab und fragte sofort: »Wo ist Rowdy?«

Jones war wie immer schwer beschäftigt und ging zu dem

großen Suppentopf zurück, der auf dem Herd stand. »Ich habe ihn zuletzt in seinem Büro gesehen, wo er sich um die Buchhaltung gekümmert hat.«

»Danke.« Cannon eilte an Jones vorbei. Er wollte unbedingt zu Rowdy, bevor der Audi wieder verschwand.

Rowdy kam gerade aus seinem Büro, als Cannon ihn erreichte. »Wir haben ein Problem. Komm mit.«

Ohne Fragen zu stellen, folgte Rowdy ihm.

»Ein neuer Wagen«, erklärte Cannon. »Ein Audi. Vermutlich fünfundsiebzig Riesen wert.«

»Hier?«, erwiderte Rowdy misstrauisch.

»Ja, er fährt hier in der Gegend rum und beobachtet die Bar.« Cannon sah ihn an. »Hast du den silbernen BMW verscheucht?«

»Kann schon sein.« Rowdy verzog das Gesicht. »Ich hab das Arschloch zur Rede gestellt.«

»Dann weißt du, wer das war?«

»Ja«, schnaubte Rowdy und wurde immer wütender.

»Das hätte ich zu gern mit angesehen.« Cannon spürte, dass da noch mehr dahintersteckte, aber es war nicht seine Art, weiter nachzubohren. »Und jetzt taucht auf einmal ein neuer Wagen auf. Ein seltsamer Zufall, findest du nicht?«

»Oder man will uns verspotten.«

»Durchaus möglich«, stimmte ihm Cannon zu, während sie zum vorderen Fenster gingen. »Wenn man nicht auffallen will, sollte man einen anderen Wagen nehmen.«

Rowdy runzelte unschlüssig die Stirn und stellte sich so hin, dass man ihn von der Straße aus nicht sehen konnte. »Von wo bist du gekommen?«

»Ich bin die South Street entlanggelaufen, sodass ich hinter ihm rauskam.« Da er wusste, dass irgendwas nicht stimmte, fragte Cannon: »Was soll ich tun?«

»Bleib hier bei Avery, während ich mir die Sache mal ansehe.«

»Okay.«

Rowdy hatte sich gerade umgedreht, als Avery hinter der Bar hervorkam. »Rowdy!«

Ihr Tonfall bewirkte, dass beide Männer stehen blieben.

Sie war blass und hatte den Hörer in der Hand. »Die Polizei hat gerade angerufen.«

Cannon sah, dass Rowdy sein Vorhaben spontan aufgab. Wenn er eines an ihm bewunderte, dann die Fähigkeit, sich schnell auf eine neue Situation einzustellen. Das sprach für Erfahrung und ruhige Distanziertheit, die man in einer Krise dringend brauchte.

Das waren für Cannon bewundernswerte Fähigkeiten, die einem in der Gegend, in der er lebte, zugutekamen.

Rowdy hatte Avery mit wenigen großen Schritten erreicht. »Logan oder Reese?«

»Keiner von beiden.«

»Wer dann?«

Sie schüttelte den Kopf. »Ich habe den Namen nicht verstanden.«

Während er um die Theke herumging, erkundigte sich Rowdy: »Worum geht es denn?«

Avery zog ungläubig die Stirn in Falten und schüttelte erneut den Kopf. »Ich bin mir nicht sicher, aber ich glaube, sie sagten, in meine Wohnung sei eingebrochen worden.«

Als Rowdy ihr das Telefon aus der Hand nahm, fuhr sie fort: »Er hat bereits aufgelegt, aber ich soll so schnell wie möglich kommen, Rowdy.«

Wow. Cannon pfiff, da das verdammt nach einer Falle klang.

Wie ein Preisboxer plusterte Rowdy sich auf. Seine Mordlust war ihm sowohl an seiner Haltung als auch an dem Blick anzusehen, den er dem Audi draußen auf der Straße zuwarf.

Irgendjemand wollte Avery ärgern, und wenn es nach Rowdy ging, dann würde derjenige seinen Fehler bald bereuen.

Cannon wettete grundsätzlich nicht, aber wenn er es diesmal getan hätte, dann hätte er all sein Geld auf Rowdy gesetzt.

20

Da sie Rowdy schon früher im Verteidigungsmodus gesehen hatte, erkannte Avery die Zeichen und wusste, dass gleich die Hölle losbrechen würde.

»Verdammt«, murmelte Rowdy. »Das ist eine Falle.«

»Das glaube ich auch.« Rowdy sah so wütend aus, dass sie eine Hand in den Bund seiner Jeans steckte, um ihn am Losstürmen zu hindern. »Können wir Logan oder Reese anrufen und uns das bestätigen lassen?«

Cannon trat näher. »Das ist nicht nötig. Ich kümmere mich darum.« Er hatte sein Handy schon am Ohr und sprach eine Sekunde später mit jemandem. »Kannst du mal bei der Wohnung der Lady vorbeigucken? Sieh nach, ob da Cops rumlaufen oder ob es so aussieht, als wäre jemand eingebrochen. Danke.« Er legte auf. »In maximal zehn Minuten weiß ich Bescheid.«

»Bleib in der Zwischenzeit hier bei Avery«, bat ihn Rowdy.

Avery griff auch mit der anderen Hand nach Rowdy. »Was hast du vor?« Selbst Rowdy wäre nicht risikofreudig genug, mit offenen Augen in eine Falle zu tappen.

»Ich gehe nur nach draußen.« Er warf Cannon einen dieser typischen Männerblicke zu. »Bin gleich wieder da.«

»Oh nein, das wirst du nicht tun.« Wenn er darauf bestand, sie zu verteidigen, dann wollte sie wenigstens alle Details wissen. »Ich habe ein Recht, das zu erfahren.«

»Ich will mir nur was ansehen. Es wird nicht lange dauern.«

Als er losging, blieb sie an seiner Seite und hielt weiterhin seinen Hosenbund fest. »Ruf Reese oder Logan an«, bat sie ihn noch einmal.

»Warum machst du das nicht für mich?«

Damit sie etwas zu tun hatte und ihm nicht nachlief? »Vergiss es«, fauchte sie.

»Ich kümmere mich darum, Boss«, meinte Cannon. »Warum bleibst du nicht hier bei Avery und ich …«

»Nein.« Rowdy nahm ihre Handgelenke und befreite sich von ihren Händen. »Da draußen steht ein Wagen. Ein Audi. Fährt Fisher so einen?«

Darum wollte er rausgehen? Um jemanden zur Rede zu stellen? Sie schüttelte den Kopf. »Keine Ahnung.«

»Er hat einen BMW. Könnte er sich auch noch einen Audi leisten?«

Avery war sich bewusst, dass Cannon neben ihnen stand und alles hörte, und nickte. »Ja.« Sie versuchte, sich zusammenzureißen. »Er hat auch gesagt, dass er den BMW eintauschen wollte, weißt du noch?«

»Ich erinnere mich.« Ernst hob Rowdy ihr Kinn an. »Ich werde nur nachsehen, ob er in diesem Wagen sitzt, mehr nicht.«

»Blödsinn! Was ist, wenn er es ist? Was machst du dann? Du wirst ihn ansprechen und …« Sie warf Cannon einen Hilfe suchenden Blick zu. »Er ist gefährlich.«

»Das weiß ich, Süße. Ich bin vorsichtig.« An Cannon gewandt sagte er: »Sorg dafür, dass sie die Bar nicht verlässt.«

Das machte Avery noch wütender. »Ich brauche keinen Babysitter! Und nur, damit du es weißt: Ich rufe jetzt Logan an.«

Entweder glaubte Rowdy ihr nicht oder es war ihm egal. Er ging durch den Flur zur Hintertür, und Avery fing vor lauter Hilflosigkeit an zu zittern. Was sollte sie jetzt tun?

Cannon half ihr, sich zu entscheiden, als er fragte: »Wirst du hier drinbleiben?«

Anstelle einer Antwort schob sie ihn in Richtung Tür. »Geh. Mir passiert schon nichts.«

Er winkte ihr zu und lief Rowdy hinterher. Eine armselige Verstärkung, dachte Avery, aber besser als nichts.

Sie lief wieder nach vorn, holte ihr Handy aus der Tasche, ging die Kontakte durch und fand endlich Logans Nummer. Während der Rufton ertönte ging sie zum vorderen Fenster. Sie konnte zwar den Wagen sehen, der auf der anderen Straßenseite parkte, aber weder Rowdy noch Cannon.

Logan meldete sich ganz offiziell: »Hier Riske.«

»Logan, hier ist Avery.« Sie sprach gehetzter, als sie es beabsichtigt hatte.

Alarmiert fragte Logan: »Was ist los?«

Natürlich hatte der Detective ihre Sorge sofort herausgehört. »Rowdy ist nach draußen gegangen, um einen Kerl in einem Auto zur Rede zu stellen, aber das könnte auch eine Falle sein, weil mich eben die Polizei angerufen hat, um mir mitzuteilen, dass bei mir eingebrochen wurde, doch ich bin mir nicht sicher, ob ich das glauben soll, weil einfach zu viel auf einmal passiert.« Sie schnappte nach Luft. »Ich befürchte, dass Rowdy in Gefahr ist.«

Diese komplizierte Erklärung hätte jeden verwirrt, aber Logan wollte bloß wissen: »Bist du in Sicherheit?«

»Ja, ich bin in der Bar.«

»Schließ die Türen ab und bleib, wo du bist. Ich bin ganz in der Nähe.« Er legte auf, und Avery stand einfach nur da und machte sich immer größere Sorgen.

Ella berührte sie an der Schulter, und sie zuckte erschrocken zusammen.

Mit einem irritierten Blick gab Ella ihr einen Klaps. »Was ist denn los? Ist alles okay?«

Avery hätte am liebsten laut losgeschrien. Noch an diesem

Morgen hatte alles so vielversprechend ausgesehen, so neu und sicher und … wunderbar. Sie drehte sich wieder zum Fenster um. Wie sollte sie Ella etwas erklären, das sie selbst nicht begriff?

Jones schloss sich ihnen ebenfalls an. »Was geht denn hier vor sich?«

Avery wusste, dass sie ihnen irgendetwas erzählen musste, und deutete aus dem Fenster. »Seht ihr den Wagen?«

Ella beugte sich vor. »Oooh. Schick.«

Jones sah sie fragend an. »Was hat denn ein solcher Wagen hier zu suchen?« Er zog sofort die falsche Schlussfolgerung. »Rowdy will die Bar doch nicht verkaufen, oder?«

»Nein, bestimmt nicht.« Wo steckte Rowdy?

»Was ist es dann?«, hakte Ella nach. »Du zitterst ja.«

Avery verschränkte die Hände, um nicht nervös herumzuzappeln. »Er könnte jemand Bestimmtem gehören …« *Einem Mann, der mich vergewaltigen wollte.* Nein, das konnte sie nicht sagen. »Es gibt da einen Mann, der mich heiraten wollte, aber …« *Ich habe mein ganzes Leben aufgegeben, nur um ihm aus dem Weg zu gehen.* Sie hielt nach Rowdy Ausschau, konnte ihn aber nicht entdecken. »Die Sache ist die …«

»Da ist Rowdy«, sagte Ella.

Avery wurde ganz schwindelig. Mit aufgerissenen Augen sah sie zu, wie Rowdy hinter dem Wagen auf der Beifahrerseite auftauchte, wo man ihn vermutlich nicht bemerken würde. Mit bestimmten Schritten näherte er sich. Er duckte sich nicht und schlich sich auch nicht an.

Angespannt wartete Avery.

Ella rückte näher an sie heran.

Jones knetete sein Geschirrtuch.

Sie standen da und hielten alle den Atem an. War Cannon in der Nähe? Wenn etwas passierte, was sollte sie dann …

Rowdy ging auf die Fahrerseite hinüber und senkte den Kopf, um durch die getönte Scheibe zu sehen, während er die Hand nach dem Türgriff ausstreckte …

Plötzlich fuhr der Wagen mit quietschenden Reifen los. Rowdy machte einen Satz nach hinten und konnte gerade noch ausweichen. Er stand wachsam da, hatte die Fäuste in die Hüften gestemmt und sah dem Audi nach, der um eine Ecke bog.

Avery war kurz davor zusammenzubrechen. Wenigstens war Rowdy vorerst in Sicherheit.

Jones zog einen Stuhl heran. »Hier, setz dich.«

»Danke, aber mir geht es gut.«

»Du siehst aber nicht so aus«, stellte Ella fest, also setzte Avery sich doch. »Was hatte das alles zu bedeuten?«

»Das war ein Kerl, den ich früher kannte«, fasste Avery die Lage zusammen. »Er ist kein netter Mensch.«

»Hat er dich belästigt?«, wollte Jones wissen.

»Ich bin mir nicht sicher. Könnte durchaus sein.« Sie blieb am Fenster, bis Rowdy zurückkam. Anstatt ihn zur Hintertür gehen zu lassen, schloss sie die Vordertür auf. Sie wäre ihm am liebsten um den Hals gefallen und hätte ihn fest umarmt. Und dann hätte sie ihn gern geschlagen, weil er ihr solche Angst eingejagt hatte und ein unnötiges Risiko eingegangen war.

Da Cannon jedoch aus der Seitenstraße kam, tat Avery nichts von alldem. Irgendwie würde sie Rowdy schon davon überzeugen, dass sie keine Jungfrau in Not war. Er musste sich für sie nicht in Gefahr bringen.

Sobald Rowdy nahe genug war, um sie hören zu können, sagte sie: »Logan ist unterwegs.«

»Danke.« Er ging an ihr vorbei, schloss die Tür, nahm Ella den Bestellblock aus der Hand und schrieb etwas auf.

»Das Kennzeichen?«, vermutete Avery.

»Genau.« Er faltete den Zettel zusammen.

Cannons Handy klingelte. Alle warteten gespannt, als er den Anruf annahm.

Er nickte, bedankte sich und steckte das Handy wieder ein. »Ihre Wohnung sieht aus wie immer. Keine Anzeichen dafür, dass die Polizei da ist oder dass eingebrochen wurde.«

Ella und Jones standen verwirrt da und warteten auf eine Erklärung. Avery hatte nicht die geringste Ahnung, was sie ihnen sagen sollte. Sie wollte nicht, dass alle von ihrer Vergangenheit erfuhren, aber da diese nun auch in ihre Gegenwart vorgedrungen war, konnten sich auch die anderen in Gefahr befinden.

Rowdy hatte längst eine Entscheidung getroffen. »Hört mal alle her. Wir haben es hier mit einem komischen Kerl zu tun, der Telefonstreiche macht und verschleierte Drohungen von sich gibt, an denen möglicherweise sogar was dran ist. Wenn ihr jemanden oder etwas Beunruhigendes seht, dann möchte ich unbedingt darüber informiert werden. Habt ihr verstanden?«

Jones zupfte an seinem Pferdeschwanz herum, in dem bereits graue Strähnen glänzten. »Ich kriege in der Küche zwar nicht viel mit, aber das geht klar. Ich werde es dir sofort sagen.«

Rowdy wandte sich an Ella. »Du auch. Melde dich, wenn dir Kunden auffallen, die hier nicht reinzupassen scheinen.«

Ella tätschelte Averys Arm. »Natürlich.« Dann warf sie Avery einen mitleidigen Blick zu. »Die Sache ist nur die, dass sich ständig Kerle nach ihr erkundigen.«

»Was?« Das war Avery noch nicht aufgefallen. Natürlich sprachen die Männer sie an, sie war ja die Barkeeperin. Das brachte der Job so mit sich. Aber wirkliches Interesse war ihr nur sehr selten aufgefallen.

»Du bekommst das natürlich nicht mit«, meinte Ella. »Du bist viel zu sehr damit beschäftigt, Rowdy anzustarren.«

Oh Mann. Sie wurde knallrot, und das Ganze wurde noch schlimmer, als Cannon sich räusperte und Jones breit grinste.

»Sie fällt vielen auf«, fuhr Ella fort. »Und da niemand über den Status Bescheid weiß …« Sie zuckte mit den Achseln.

In Rowdy fing es an zu brodeln. »Was redest du denn da? Was für ein Status?«

»Zwischen euch beiden.« Ella umarmte Avery. »Ihr beide flirtet die ganze Zeit, aber Avery wirkt immer so unnahbar, während du riesengroß ›Single‹ auf der Stirn stehen hast, daher ist es ein großes Rätsel für die Kerle, ob sie nun noch zu haben ist oder nicht.«

»Ein großes Rätsel?«, murmelte Avery mit erstickter Stimme.

»Das macht die Sache doch nur interessant«, warf Cannon ein und hielt dann beide Hände hoch, als Rowdy sich zu ihm umdrehte. »Nicht für mich. Ich weiß ja, was los ist.«

Großer Gott, dachte Avery.

Rowdy stand da und schien ohne erkennbaren Grund sauer zu sein, bevor er mit eiskalter Stimme sagte: »Falls irgendjemand fragt: Sie ist vergeben.« Dann marschierte er aus der Bar.

Cannon sah ihm nach. »Ich arbeite wirklich gerne hier. Es wird nie langweilig.«

Jones strahlte Avery an, als hätte sie eine schwere Aufgabe bewältigt. Ella zuckte nur mit den Achseln.

Um die Verwirrung komplett zu machen, traf nun auch noch Logan ein.

Nachdem Rowdy ihn begrüßt hatte, als wäre nichts Außergewöhnliches vorgefallen, schickte er Ella und Jones wieder an die Arbeit.

Dasselbe versuchte er auch bei Avery. »Wir machen in zwanzig Minuten auf.«

Doch Avery wollte sich nicht wegschicken lassen und blieb, wo sie war. »Es ist längst alles fertig.«

Cannon entschuldigte sich. »Ich mache mich mal an die Arbeit. Ruf mich, wenn du mich brauchst.«

»Halt die Augen offen«, bat ihn Rowdy.

»Nach ihren Verehrern«, erwiderte Cannon mit unbewegtem Gesicht, »oder nach Gefahren?«

Rowdy ließ sich nicht reizen. »Nach beidem.« Dann drehte er sich zu Logan um. »Danke fürs Kommen.«

Logan, der ein Hemd mit gelockerter Krawatte trug, sah sich müde um. »Dann habe ich die ganze Aufregung wohl verpasst.«

»Es ist nicht viel passiert.« Rowdy führte ihn in sein Büro und erklärte ihm kurz, was vorgefallen war.

»Du hättest nicht zu dem Wagen gehen sollen. Wenn der Kerl verrückt genug ist, um nicht aufzugeben, dann ist er auch verrückt genug, um eine Gefahr darzustellen.«

Avery stimmte ihm in dieser Hinsicht voll und ganz zu. »Kannst du irgendwas unternehmen?«

»Ich werde das Kennzeichen überprüfen.« Logan ging im Zimmer auf und ab, während er telefonierte. »Sie rufen gleich zurück. Normalerweise dauert es keine Minute.«

Er sah so angespannt und erschöpft aus, dass Avery es bedauerte, ihn in die Sache hineingezogen zu haben. »Hättest du gern einen Kaffee, während wir warten?«

Er ließ sich auf einen Stuhl fallen. »Das wäre super. Danke.«

»Kein Problem.« Sie warf Rowdy einen finsteren Blick zu, um ihm mitzuteilen, dass er ihre Abwesenheit auf keinen Fall ausnutzen durfte.

Seine Miene verriet ihr, dass er ihr nichts versprechen wollte. Dieser verdammte, dickköpfige Kerl. »Logan? Das geht mich mehr an als jeden anderen.«

Verwirrt sah Logan zwischen ihnen hin und her. »Okay.«

»Lass nicht zu, dass Rowdy ohne mich Pläne schmiedet.« Anstatt auf seine Antwort zu warten, eilte sie in den Pausenraum und holte drei Tassen Kaffee. In ihrer Hektik hätte sie eine Tasse beinahe verschüttet, aber sie schaffte es gerade rechtzeitig zurück, um Logans Neuigkeiten zu erfahren.

Er legte auf und sage: »Das Kennzeichen gehört nicht zu diesem Wagen.« Er nahm den Kaffee dankend entgegen. »Wer immer da drin saß, wollte nicht identifiziert werden.«

Rowdy nahm das so gelassen auf, als hätte er bereits damit gerechnet. »Alte Nummernschilder?«

»Ja. Vermutlich gestohlen.«

Dann war die Sache also geplant gewesen. Derjenige war nicht nur zufällig vorbeigekommen, um sich hier umzusehen und ihr vielleicht nach Hause zu folgen. Nein, es war ein Plan gewesen, um sie von hier wegzulocken. Ihr wurde leicht übel, und sie bekam es mit der Angst zu tun. »Meine Wohnung?«

»Ich habe einen Streifenwagen hingeschickt. Die Beamten sollen sich dort mal umsehen.« Logan nippte an seinem Kaffee. »Von unserem Revier hat dich niemand angerufen.«

»Du siehst k. o. aus«, stellte Rowdy fest.

»Heute war eine Menge los.« Er warf Avery einen Blick zu. »Ich war sowieso in der Gegend.«

»Dann sollten wir wohl lieber nicht nachfragen?«

»Noch nicht.« Er trank noch einen Schluck Kaffee, als plötzlich sein Handy klingelte.

Avery ging zu Rowdy hinüber, während Logan den Anruf entgegennahm.

Hatte jemand versucht, sie allein zu erwischen? War Fisher dumm genug zu glauben, er könnte sie direkt vor der Bar abfangen? Oder hatte er vorgehabt, ihr bis zu ihrem Apartment zu folgen, wo er problemlos zuschlagen konnte?

Die Erinnerungen stürzten auf sie ein. Sie dachte daran, wie Fisher sie in jener Nacht gepackt hatte, wie gemein er in seinem Zorn geworden war, wie er sie behandelt hatte. Sie erinnerte sich an die furchtbare, erstickende Angst, als ihr klar geworden war, was er vorhatte.

Um sie zu beruhigen, legte Rowdy einen Arm um sie.

Was wäre passiert, wenn sie losgefahren und Rowdy allein rausgegangen wäre?

Vielleicht hatte Fisher ja darauf gehofft. Er konnte so gut lügen und seine Spuren verwischen, dass er eventuell gehofft hatte, einen Weg zu finden, Rowdy loszuwerden und die Sache anderen anzuhängen.

Sie traute ihm alles zu.

Rowdy raunte ihr ins Ohr: »Dir geht es gut, und das wird auch so bleiben.« Seine Lippen strichen über ihre Schläfe. »Ich lasse nicht zu, dass dir jemand wehtut.«

Das jagte ihr noch viel größere Angst ein. Wie weit würde Rowdy gehen, um sie zu beschützen?

»Entschuldigt«, sagte Logan. »Die Beamten haben sich umgesehen, konnten jedoch nichts Ungewöhnliches entdecken. Die Tür ist noch abgeschlossen, und drinnen war alles ruhig.«

Dasselbe hatten auch Cannons Freunde berichtet. Frustriert rieb sich Avery über die Stirn. »Was jetzt?«

»Wenn du mir nicht mehr über deinen Exfreund erzählen kannst, dann sind uns die Hände gebunden.« Logan wartete und sah sie fragend an, aber Avery und Rowdy schwiegen.

Seit Fishers Angriff auf sie war ein Jahr vergangen. Sie hatten keine handfesten Beweise dafür, dass er wirklich hinter ihr her war, aber Avery konnte weder die Erinnerungen noch die Angst abschütteln.

Was mussten sie tun, um Fisher zu entmutigen? Reichte es, wenn sie ihm einfach aus dem Weg ging, bis er aufgab? Und was würde Rowdy tun? Er war kein Mann, der sich tatenlos zurücklehnte, wenn jemand bedroht wurde.

Sie musste einen Weg finden, um ihn zu beschützen und zu verhindern, dass ihm etwas zustieß.

»Tut mir leid, dass ich nicht mehr tun kann.« Logan trank seinen Kaffee aus und drückte den Pappbecher zusammen. »Aber vor einer Bar rumzulungern ist kein Verbrechen.«

»Falsche Nummernschilder schon«, erwiderte Rowdy.

»Das stimmt, aber wie sollen wir der Sache auf den Grund gehen, ohne mehrere Männer darauf anzusetzen? Ohne guten Grund wird der Lieutenant das niemals bewilligen.«

Rowdy verschränkte die Arme. »Falls es Fisher ist …«

»Ich kann mich mal mit ihm unterhalten.« Logan grinste heimtückisch. »Das ist überhaupt kein Problem.«

Avery hatte keine Ahnung, was die richtige Vorgehensweise war, aber es war ihr sehr unangenehm, die Ursache für all die Probleme zu sein. »Wenn wir uns einfach von ihm fernhalten …«

»Er ist Meyers Freund, Süße.« Rowdy rieb ihr die Schulter. »Was ist, wenn er jedes Mal da ist, wenn du deine Mutter besuchen willst? Vielleicht sogar mit ihrem Einverständnis.«

»Ich werde mit Mom reden und ihr die Sache erklären.«

»Ja, das kannst du versuchen«, stimmte ihr Rowdy zu. »Aber in der Zwischenzeit werde ich mich mit Fisher über den Wagen unterhalten.«

Er sah sie an, als wollte er sie dazu überreden, ihm zu vertrauen. Und das tat sie auch. Avery wusste, dass Rowdy trotz seines Rufes nicht dazu neigte, Unschuldige zu verprügeln oder tödliche Vergeltung zu üben, wenn es noch einen anderen Weg gab.

Im Gegensatz zu Fisher war er kein Tyrann.

Und er war definitiv kein Mörder.

Rowdy Yates war ein Verteidiger und ehrenwerter als jeder andere Mann, den sie kannte. »Okay.«

»Augenblick mal«, schaltete sich Logan ein. »Wie und wo willst du mit ihm reden?«

»Das hängt von seinem Terminplan ab«, antwortete Rowdy. »Aber ich hoffe, dass mir Avery in dieser Hinsicht ein paar Informationen geben kann.«

Avery wurde das Herz schwer. »Ich habe ihn seit einem Jahr nicht mehr gesehen!« Sie bemerkte den verzweifelten Unterton in ihrer Stimme. »Das weißt du doch, Rowdy.«

»Ja, aber einige Dinge ändern sich nie. Fish macht auf mich den Eindruck eines Mannes, der Gewohnheiten hat.«

Ein Mann mit Gewohnheiten? Er war ein Kretin! »Ich will nicht, dass du in seiner Nähe bist.«

Als hätte sie kein Wort gesagt, sprach Rowdy einfach weiter. »Du kannst für mich rausfinden, ob er einen bestimmten Tagesablauf hat. Anscheinend geht er ja regelmäßig ins Fitnessstudio.«

Logan nickte. »Du könntest dich an einem öffentlichen Ort mit ihm treffen.«

»Genau. Wenn er so sehr auf seine Außenwirkung bedacht ist, wie Avery sagt, wird er dort keine Szene machen.«

Sie schüttelte den Kopf, aber die beiden Männer schienen es nicht zu bemerken. »Warum rufst du ihn nicht einfach an?«

»Ich will ihm in die Augen sehen, wenn ich ihn nach dem Wagen frage.«

Ihr Herz schlug so schnell, dass sie fast keine Luft mehr bekam. »Er *lügt*.«

»Mich wird er nicht anlügen können.« Er strich ihr über die Wange. »Jedenfalls wird er dann wissen, dass wir hinter ihm her sind.«

»Wenn wir Glück haben, gibt er dann Ruhe«, stimmte ihm Logan zu. »Oder es gibt ihm den Rest und er macht irgendeine Dummheit.«

Da Avery wusste, dass Rowdy fest entschlossen war, umklammerte sie seine Hand. »Ich werde dich begleiten.«

Er lachte auf. »Nein, das wirst du nicht tun.«

Wie konnte er es wagen, sie einfach auszuschließen? Sie rückte langsam von ihm ab. »Wenn es ein sicherer öffentlicher Ort ist, wie ihr sagt, was macht es dann für einen Unterschied, ob ich dabei bin?«

»Ich will nicht, dass du in seiner Nähe bist.«

»Ha!« Sie bohrte ihm einen Finger in die Brust. »Ich will auch nicht, dass *du* in seiner Nähe bist!«

Hinter ihnen räusperte sich Logan.

Rowdy stieß sich vom Schreibtisch ab. »Ich bin nicht du, Süße.«

»Das wusste ich ja noch gar nicht!«, erklärte sie mit sarkastischem Unterton. »Aber das ist mein Problem und nicht deins.«

»Ich mache es zu meinem.«

»Du willst mir helfen, Rowdy? Schön. Ich bin dir dankbar.«

Er sah aus, als hätte sie ihn geschlagen. »Ich will deine verdammte Dankbarkeit nicht!«

Nein, er wollte sich nur in Gefahr bringen, immer und für jeden. Aber sie war entschlossen, dass es zumindest bei ihr anders laufen würde. »Dein Pech! So ist es nun mal.«

»Vielleicht sollte ich …«, setzte Logan an.

Avery packte Rowdys T-Shirt. »Ich habe dir gesagt, dass ich dich liebe. Weißt du, was das bedeutet?«

Logan stieß einen leisen Pfiff aus.

Rowdy blies sich auf wie ein wütender Bulle. »Es bedeutet jedenfalls nicht, dass du mir Vorschriften machen kannst.«

Das brachte sie beinahe zum Lachen. »Als würde ich das auch nur versuchen. Ich bin doch nicht blöd.« Sie stellte sich auf die Zehenspitzen. »Es bedeutet, dass ich am Boden zerstört wäre, wenn dir was zustößt, erst recht dann, wenn du in meinem Namen handelst.«

Rowdy atmete etwas schneller.

»Willst du das?«

»Du übertreibst, Süße.« Er legte eine Hand auf ihr Handgelenk, zog ihre Faust aber nicht weg.

»Nein, natürlich willst du das nicht.« Averys Stimme wurde ein wenig weicher. Aber die Sache war zu wichtig, um jetzt nachzugeben. »Du willst mich beschützen, weil das nun mal deine Art ist. Und ich liebe dich dafür und noch aus vielen anderen Gründen. Aber wenn es wirklich nicht gefährlich ist, dann lass mich mitkommen. Es sind meine Probleme, ob es dir nun gefällt oder nicht. Ich habe das Recht, dabei zu sein.«

Die Spannung zwischen ihnen war unverkennbar, und sie starrten einander an. Keiner war bereit nachzugeben.

In die Stille sagte Logan: »Sie hat recht.«

Rowdys rechtes Auge zuckte. »Misch dich nicht ein, Logan!«

»Es wäre vermutlich sogar klug, sie mitzunehmen – als Zeugin und als Erinnerung daran, dass du nicht die Kontrolle verlieren darfst. Außerdem wird Fisher dann sehen, dass sie trotz allem, was passiert ist, keine Angst hat.«

Rowdy sagte nichts.

»Wenn sie dich begleitet, wird Fisher vermutlich keine Dummheiten machen und du wirst ihn nicht bedrohen.«

»Ich bedrohe niemanden.«

Nein, dachte Avery, Rowdy machte nur Versprechungen, die er auch einhielt. »Du kannst mitkommen, wenn ich meine Mom das nächste Mal besuche.« Sie sah ihm ins Gesicht und hoffte, dass er sie verstand. »Ich kann darauf drängen, dass sie bald Zeit für mich hat. Wenn Fisher da ist, werden wir beide mit ihm reden. Und wenn er nicht da ist, können wir meine Mom oder Meyer nach seinem Tagesablauf fragen.«

»Ist dir das so wichtig?«

»Du bist mir so wichtig.« Sie würde Fisher endgültig zur Rede stellen und ihm beweisen, dass sie sich nicht so leicht einschüchtern ließ.

Wenn er wieder auf sie losging, würde sie sich mit allen Ressourcen, die ihr zur Verfügung standen, zur Wehr setzen.

Rowdy nahm sich Zeit, um darüber nachzudenken, und grübelte so lange, dass sie schon kurz davor war, ihm eine Ohrfeige zu geben.

Endlich nickte er. »In Ordnung.«

Sie musste grinsen und entspannte sich ein wenig. »Super.«

»Aber sorg dafür, dass es bald passiert.« Leise fügte er hinzu: »Ich will, dass die Sache ein für alle Mal vom Tisch ist.«

»Gut, dann wäre das ja geregelt.« Logan sah auf die Uhr und beugte sich vor. »Falls noch etwas passiert, sagt mir Bescheid, egal, was es ist. Und nehmt euch bitte bis dahin besonders in Acht.«

Rowdy brachte ihn zur Tür. »Sie bleibt bei mir.«

»Heute Nacht?«, hakte Logan nach.

»Bis auf Weiteres.«

Obwohl sich Logan schnell wieder zusammenriss, sah Avery, wie überrascht er war. »Ich weiß«, meinte sie trocken. »Ich stehe auch immer noch unter Schock.«

Rowdy fand das überhaupt nicht lustig. »Ich werde ihr die Dinge aus ihrer Wohnung holen, die sie braucht, aber sie wird nicht mehr alleine dorthin zurückfahren.«

Logan sah von einem zum anderen. »Das ist vermutlich das Beste, zumindest bis die Sache ausgestanden ist.« Er ging zu Rowdy, der bereits an der Tür stand. »Du musst ebenfalls vorsichtig sein.«

»Das wird er auch«, versprach ihm Avery. Sie würde schon dafür sorgen.

Mit angedeutetem Grinsen sagte Rowdy zu Logan: »Wenn wir bei Fisher waren, sage ich dir Bescheid, ob wir was Wichtiges erfahren haben.«

»Das wäre nett.«

Avery streckte eine Hand aus. »Danke, Logan, dass du hergekommen bist.«

Er ignorierte ihre Hand und nahm sie in die Arme. »Jederzeit gern.«

Als sie gerade das Büro verlassen wollten, tauchte Cannon auf. »Entschuldigt, wenn ich störe, aber du hast gesagt, dass du alles wissen willst.« Er versuchte vergeblich, ein breites Grinsen zu unterdrücken. »Eine größere Gruppe ist gerade reingekommen. Feuerwehrleute, die Feierabend haben. Nichts Bedrohliches, denke ich, aber sie haben nach Avery gefragt.«

Ach, verdammt. Avery wollte schon losstürmen. »Ich gehe schon.«

Rowdy zog sie zurück, um dann, sehr zu Cannons und Logans Belustigung, mit ihr zusammen in die Bar zu gehen.

Am Tresen angekommen, legte er seine Hand unter ihr Kinn und küsste sie inniger, als es erforderlich war. Erhitzt wollte Avery schon mit ihm schimpfen, aber er küsste sie erneut, bevor er sich mit grimmiger Miene an die Arbeit machte.

Wenn er damit etwas klarstellen wollte, dann war ihm das gelungen. Mit kribbelnden Lippen und frohlockendem Herzen ging sie hinter die Bar.

Rowdy mochte es zwar nicht ausgesprochen haben, aber seine Taten waren klar genug … und zwar für jeden.

In dieser Nacht gab es keine seltsamen Anrufe mehr, und es standen keine verdächtigen Wagen vor der Bar. Der Abend verlief ereignislos, bis gegen zehn eine heiße Brünette die Bar betrat und sofort auf Rowdy zusteuerte.

21

Für einen Montagabend war mehr los als üblich. Rowdy versuchte so gut es ging, Avery im Auge zu behalten. Aber offenbar hatte jeder gottverdammte Kerl irgendeinen Grund, um mit ihr zu reden.

Er hatte gewusst, dass sie beliebt war und einen großen Teil zum Erfolg der Bar beitrug. Aber erst an diesem Abend wurde ihm klar, wie oft sie angebaggert wurde. Er konnte nicht leugnen, dass er ein wenig eifersüchtig war. Aber er war auch stolz.

Denn Avery ermunterte die Männer nicht.

Sie war freundlich, witzig und immer professionell. Sie gab Getränke aus, lachte und gab hin und wieder einen Ratschlag, schien aber keinen der Kerle allzu ernst zu nehmen.

Ohne sich darum zu bemühen, nur, indem sie einfach natürlich blieb, erregte sie Aufmerksamkeit. Die Art, wie sie eine Locke hinter ihr Ohr strich. Wie sie ihren geschmeidigen Körper zwischen der Eistruhe und dem Zapfhahn bewegte.

Dabei achtete sie peinlich genau darauf, dass alles sauber und ordentlich war und ging äußerst methodisch vor.

Noch besser war jedoch, dass sie selbst im Angesicht der Gefahr nicht die Nerven verlor.

Alles in allem gab es nichts an Avery, was nicht liebenswert war. Er hatte von Anfang an keine Chance gegen sie gehabt.

Während er gedankenverloren dastand, Avery anstarrte und versuchte, zu entscheiden, was er als Nächstes tun sollte, bemerkte er, wie sie zur Tür schaute.

Er folgte ihrem Blick und erstarrte.

Ach, verdammt. Das hatte ihm gerade noch gefehlt.

Rowdy konnte nicht anders, als die Frau von oben bis unten zu mustern. Sie trug eine hautenge schwarze Jeans, hochhackige Schuhe und einen Pullover mit V-Ausschnitt, der ihr bemerkenswertes Dekolleté gut zur Geltung brachte.

Reese und Logan mochten ja leugnen, dass ihr Lieutenant eine Frau war, aber kein anderer Mann, der sie so sah, wäre auf diesen Gedanken gekommen – und im Moment starrten sie sehr viele Männer an.

Warum zum Teufel war sie hier?

Rowdy hatte sie erst ein Mal in etwas anderem als ihren Businesskostümen oder ihrer Uniform gesehen, als sie undercover gearbeitet hatte.

Lieutenant Peterson war eine knallharte Frau, die sich gern konservativ und männlich kleidete. Vermutlich konnte sie Männer wie Logan und Reese so besser in Schach halten. Bei Rowdy hatte es nicht wirklich funktioniert.

Bei Dash, Logans Bruder, auch nicht.

Sie sah sich um, und Rowdy dämmerte, dass sie nach ihm Ausschau hielt.

»Scheiße!« Er hatte Peterson nie für eine Frau gehalten, die gern mal über die Stränge schlug, aber ihm fiel kein anderer Grund ein, warum sie in diesem Outfit in seine Bar kommen und nach ihm suchen sollte.

Ein kurzer Blick zu Avery sagte Rowdy, dass die Sache böse enden würde, wenn er nicht einige Vorsichtsmaßnahmen traf.

Er wandte dem Lieutenant den Rücken zu und ging in sein Büro. Nachdem er sich gesetzt hatte, ging er seine Kontakte durch, fand die gesuchte Nummer und wählte.

Was hatte Lieutenant Margaret Peterson an einem Montagabend um diese Uhrzeit hier zu suchen? Das Telefon klingelte fünfmal, bevor Dashiel Riske ranging. »Ja?«

»Hab ich dich geweckt?«

»Rowdy?« Dash gähnte laut. »Was ist los, Mann? Ist alles okay?«

Er konnte auch gleich die Karten auf den Tisch legen. »Es mag dir vielleicht nicht in den Kram passen, aber du musst sofort in meine Bar kommen.«

»Ach ja? Wieso das?«

»Vertrau mir. Du wirst mir noch dafür danken.«

»Heißt das, bei dir tanzen nackte Ladys auf dem Tisch, oder was? Ich wollte wirklich gerade ins Bett gehen.«

Logan leugnete zwar, dass sich sein Bruder zu Peterson hingezogen fühlte, aber Rowdy sah die Sache anders. »Es ist nur eine Lady, und sie ist nicht nackt … Aber in ihrer engen Jeans und dem tief ausgeschnittenen Pulli sieht sie echt scharf aus.«

»Red weiter.«

Rowdy wollte ihm gerade noch mehr erklären, als jemand an die offene Bürotür klopfte. »Warte kurz, Dash.« Er legte eine Hand auf den Hörer. »Was ist?«

Ella sah um die Ecke. »Avery möchte, dass du nach vorne kommst. Du hast Besuch.«

Verdammt, war Peterson tatsächlich zu Avery gegangen und hatte nach ihm gefragt? Dabei hatte Avery heute schon mehr als genug durchgemacht. »Sag ihr, dass ich gleich da bin.« Dann meinte er zu Dash: »Kommst du jetzt oder nicht?«

»Du hast mich neugierig gemacht. Ich bin in ein paar Minuten da.«

Zum Glück wohnte Dash gerade mal fünfzehn Minuten entfernt. Rowdy konnte nur hoffen, dass er sofort losfuhr. Logans kleiner Bruder hatte eine eigene Baufirma und stand immer sehr früh auf. Wenn er in die Bar kam, dann nur gelegentlich am Wochenende.

Als Rowdy nach vorn kam, unterhielt sich Avery mit Margaret und schenkte ihr gerade ein Glas Wein ein. Auch wenn ihr Lächeln leicht gequält wirkte, war Avery sehr freundlich.

Der Lieutenant hatte einen knackigen Hintern, der auf dem Barhocker gut zur Geltung kam. Sie hatte die Beine übergeschlagen und die Ellbogen auf die Bar gestützt. Silberne Kreolen baumelten an ihren Ohrläppchen und glitzerten im Licht. Sie war stärker geschminkt als sonst, sodass ihre rauchblauen Augen geheimnisvoll wirkten. Als sie sich zu Rowdy umdrehte, konnte er ihr beeindruckendes Dekolleté bewundern. Ja, Dash würde ihm auf jeden Fall danken.

Er blieb neben ihr stehen und sagte: »Lieute…«

»Sch.« Sie beugte sich zu ihm und legte eine Fingerspitze auf seine Unterlippe. »Nicht heute Nacht. Im Moment bin ich nur Margaret«, flüsterte sie heiser und sah ihm tief in die Augen.

Ach, verdammt! »Alles klar.« Er setzte sich neben sie. »Haben Sie schon viel getrunken, Margaret?«

»Noch nicht.« Sie lächelte ihn an, und ihr Blick wanderte über seinen Körper. »Wie ist es Ihnen ergangen, Rowdy?«

»Man schlägt sich so durch.« Er stützte einen Unterarm auf die Bar und lächelte Avery an. »Hast du Margaret schon kennengelernt?«

»Ich habe sie bedient.«

Dann hatte der Lieutenant sich ihr noch nicht vorgestellt? »Margaret Peterson, das ist Avery Mullins. Avery, das ist L…«

»Rowdy.« Der Lieutenant rutschte vom Barhocker und drückte sich mit loderndem Blick an ihn. »Können wir uns unter vier Augen unterhalten?«

Rowdy beugte sich nach hinten, aber Margaret ließ nicht locker. »Äh …«

»Entschuldigt mich«, sagte Avery schnippisch und entfernte sich ein Stück.

Peterson drückte die Beine gegen seine, und ihre Brüste berührten beinahe seine Brust. Sie starrte ihn vielsagend an, aber Rowdy wollte die Botschaft gar nicht verstehen.

Sie befeuchtete sich die Lippen mit der Zunge und flüsterte: »Sagen Sie Ja, verdammt.« Aber ihr Lächeln schien nicht zu ihren Worten zu passen.

Beeil dich, Dash.

»Okay.« Rowdy wolle sie auf gar keinen Fall mit in sein Büro nehmen. Ihm war klar, was Avery dann denken würde. »Suchen wir uns eine ruhige Ecke.« Er nahm ihr Weinglas, packte ihren Arm und steuerte auf die hintere Ecke in der Nähe des Billardraums zu.

»Danke.«

Im Schankraum gab es nicht wirklich Privatsphäre, hier war kein Platz für … Intimitäten. Aber an diesem Tisch konnten sie sich beim Geklapper der Billardkugeln im Hintergrund und den Klängen der Jukebox vor ihnen ungestört unterhalten, ohne dass es jemand mitbekam.

Rowdy ließ sie zuerst Platz nehmen und setzte sich dann ihr gegenüber. Peterson saß mit dem Rücken zum Raum, während er alles im Blick behalten konnte – wie beabsichtigt.

Sie beugte sich zu ihm vor, und da er nun mal ein Mann war, wanderte sein Blick ganz automatisch zu ihren Brüsten.

»Rowdy?«

»Hmm?« Er zwang sich, ihr ins Gesicht zu sehen, in dem sich die widersprüchlichsten Gefühle spiegelten, die sie jedoch schnell unterdrückte. Er wurde immer misstrauischer.

Sie sah ihm in die Augen. »Ich möchte, dass Sie mir einen Gefallen tun.«

Er konnte nur hoffen, dass der nichts damit zu tun hatte, dass sie sich auszogen. »Wenn ich kann.«

»Es ist … was Persönliches.«

Die Art, wie sie das sagte, machte ihn ganz unruhig. Verdammt, wie er solche Spielchen hasste.

Zum Glück sah er in diesem Augenblick, wie Dash hereinkam. Er musste sich sehr beeilt haben.

»Einen kleinen Augenblick. Ich muss kurz was erledigen und bin gleich wieder da.« Als Ella an ihm vorbeieilen wollte, hielt Rowdy sie auf. »Ihre Drinks gehen aufs Haus, okay?«

Ella beäugte Margaret, warf Rowdy einen finsteren Blick zu und stemmte die Hand in die Hüfte. »Alles klar, Schätzchen. Wie du willst.«

Na großartig. Jetzt glaubte Ella auch noch, dass er Avery betrügen wollte. Noch vor einer Woche wäre ihm das egal gewesen, aber seit den letzten Tagen mit Avery … ja, jetzt machte es ihm etwas aus.

Sogar eine ganze Menge.

»Sie ist eine Freundin«, sagte Rowdy, kam sich dabei aber wie ein Volltrottel vor, dass er Ella überhaupt eine Erklärung gab. »Ach, vergiss es. Bring ihr einfach, was sie haben will, bis ich zurück bin.«

Mit etwas Glück würde Peterson ihr Spielchen mit Dash spielen und ihn in Ruhe lassen.

Rowdy hoffte, dass Margaret Dash noch nicht entdeckte – nicht, dass sie sich noch querstellte –, und ging schnell auf ihn zu. Irgendwie musste er diese Frau abschütteln.

Die Sache mit Avery war ihm viel zu wichtig, und er würde sie sich nicht von einer überspannten, empfindlichen, nervtötenden Polizistin ruinieren lassen.

Sehr viele Frauen beäugten Dash, als er hereinkam. Rowdy schätzte, dass die Gäste das Frischfleisch zu schätzen wussten. Die meisten, die unter der Woche kamen, hatten Dash noch nie zuvor gesehen.

Nachdem sie sich unter den denkbar schlechtesten Bedingungen kennengelernt hatten – als Pepper in großer Gefahr schwebte –, hatten er und Dash sich angefreundet. Dash war nur ein Jahr älter, und sie waren fast gleich groß. Aber wo Rowdy in jedem und allem nur das Schlimmste sah, ging Dash immer vom Besten aus.

Er war ein lustiger Kerl und viel umgänglicher als sein Bruder Logan. Natürlich konnte Rowdys Meinung auch davon beeinflusst worden sein, dass Logan Polizist und mit Pepper verheiratet war.

Wie Logan war Dash gut situiert und dank ihrer Eltern finanziell abgesichert. Rowdy respektierte es daher umso mehr, dass Dash sehr hart in seiner Baufirma arbeitete.

Die körperliche Arbeit machte sich bemerkbar, was die Aufmerksamkeit der Damenwelt bewies, sobald Dash seine Jacke auszog.

Als er sich darüber Gedanken machte, dass die Frauen Dash anstarrten, drehte sich Rowdy zu Avery um.

Sie beobachtete ihn.

Ihn, nicht Dash. Auch keinen anderen Mann.

Das erfüllte Rowdy mit einer unglaublichen Zufriedenheit.

Dash riss ihn in die Gegenwart zurück, als er ihm auf die Schulter klopfte. »So voll ist es hier am Montagabend? Respekt.« Er sah sich um. »Du hast umgeräumt.«

»Wir haben einiges verändert. Die Stangen sind weg, dafür gibt es einen Billardraum.«

»Sieht gut aus. Viel solider.«

»Das war auch so gedacht.«

Grinsend beäugte er einen Tisch, an dem nur Frauen saßen. »Ich wette, am Wochenende ist hier die Hölle los.«

»Es läuft ziemlich gut. Wir haben sonntags geschlossen, aber ich habe einen neuen Angestellten, daher wird sich das vielleicht bald ändern.« Cannon konnte einspringen, wenn Rowdy nicht da war. Er musste noch mehr Leute einstellen, vor allem jemanden, der Jones in der Küche helfen konnte. Aber darum würde er sich schon noch kümmern.

»Ich kann es mir gut vorstellen«, meinte Dash. »Die Leute werden erst in die Kirche gehen und danach direkt hierherkommen.«

»An den Wochenenden geht es immer recht wild zu. Unter der Woche ist es gesitteter.«

»Ich war offenbar viel zu lange nicht mehr hier.« Er nickte zwei Frauen zu, die mit ihm flirteten. »Tut mir leid. Im Moment muss ich verdammt lange arbeiten.«

»Du hast ein Leben.« Und er war nicht dazu verpflichtet, in die Bar zu kommen.

»Dann hast du mich also nicht vermisst?«

Rowdy sah auf die Uhr. »Ich hatte geglaubt, dass du nach zehn nicht mehr solche Witze reißt.«

Dash grinste ihn an. »Dann mal raus mit der Sprache. Wo ist meine Überraschung?«

»Es ist eher ein Problem als eine Überraschung. Ein weibliches Problem.«

Dash sah zuerst zu Avery hinüber, die hinter der Bar stand, und dann schoss sein Blick trotz der vielen anderen Gäste direkt hinüber zu dem Tisch, an dem Lieutenant Margaret Peterson saß.

Er wandte den Blick nicht mehr ab. »Mehr als eins, würde ich sagen.«

»Tja, sie fing an, aufdringlich zu werden.« Rowdy rieb sich den Nacken. Es war eigentlich nicht seine Art, Frauen an andere Männer weiterzureichen, und es war ihm unangenehm. »Ich weiß, dass es schon spät für dich ist, aber könntest du mir einen Riesengefallen tun und sie mir abnehmen?«

»Klar«, erwiderte Dash, ohne zu zögern, fügte dann aber noch hinzu: »Über welche von beiden reden wir eigentlich?«

Was zum … Würde Dash sich etwa auch an Avery ranmachen? Rowdy überlegte kurz, ob er ihm eine reinhauen sollte. »Peterson.«

Dash starrte den Lieutenant noch immer an und grinste. »Oh ja, kein Problem.«

Als hätte sie Dashs Blick gespürt, drehte sich Margaret um.

Sie starrte Dash an.

Eine fast schon peinlich lange Zeit sahen sie einander an. Dann stieß Rowdy Dash mit der Schulter an. »Hör auf, sie mit den Augen auszuziehen. Das ist ja peinlich.«

Auf einmal wandte Margaret ihnen wieder den Rücken zu. Sie saß immer stocksteif da, aber jetzt wirkte ihre Haltung mit den erstarrten Schultern und der geraden Wirbelsäule fast wie versteinert.

Dash schien Rowdys Kommentar gar nicht gehört zu haben. Er flüsterte leise: »Überraschung, Süße.«

Rowdy nahm Dashs Zufriedenheit kopfschüttelnd zur Kenntnis. »Ich sage dir das ja nur ungern, aber sie scheint sauer zu sein.«

»Sie ringt nur mit sich.« Dash holte tief Luft. »Und sie wird verlieren.«

Na ja, der Lieutenant war eine gut aussehende Frau, aber trotz allem war sie der Lieutenant. Rowdy konnte nicht verstehen, warum Dash derart fasziniert von ihr war, aber jeder sollte tun, was er für richtig hielt.

Plötzlich stand Margaret auf, nahm ihre Handtasche und ging auf die Pooltische zu. Rowdy rechnete damit, dass Dash ihr folgen würde.

Doch das tat er nicht.

»Ich lasse sie noch eine oder zwei Minuten schmoren. Sie ist nicht so zurückhaltend und viel unterhaltsamer, wenn sie sauer ist.« Dash ging auf die Theke zu. »Warum spendierst du mir nicht was zu trinken? Das ist das Mindeste, was du für mich tun kannst, nachdem du mich so spät noch aus dem Haus gelockt hast.«

Blödsinn. Nach den Blicken, die die beiden einander zugeworfen hatten, ging Rowdy eher davon aus, dass Dash ihm jetzt einen Gefallen schuldig war.

Wenigstens konnte er Avery jetzt beruhigen. Sie hatte keinen Grund, wegen des Lieutenants eifersüchtig zu sein, nicht nachdem sie so auf Dash reagiert hatte.

Sie blieben vor der Bar stehen, und Rowdy wartete, bis Avery damit fertig war, einen Gast zu bedienen. Da sagte plötzlich eine weibliche Stimme hinter ihnen: »Hey, Sexy«. Beide drehten sich um.

Ein Tisch voller Damen forderte sie auf, sich zu ihnen zu setzen.

Dash schien interessiert zu sein, Rowdy war es nicht.

Als er sich wieder zu Avery umdrehte, fing sie an zu kichern und konnte nicht mehr aufhören.

Erleichtert, dass sie nicht sauer war, fragte Rowdy: »Was ist?«

Daraufhin legte sie nur noch mehr los, bis sie schließlich aus vollem Hals lachte.

Rowdy stützte die Ellbogen auf die Bar und wartete. »Wirst du jetzt hysterisch?«

»Ihr habt euch beide umgedreht!« Sie presste eine Hand auf ihren Mund und versuchte, sich zusammenzureißen. »Beide!«

Rowdy überließ es Dash, sich um die Ladys zu kümmern, und ging um die Theke herum. Solange Dash Peterson nicht vergaß, konnte er machen, was er wollte.

Als er vor ihr stand, konnte Avery ihr Lachen gerade lange genug unterdrücken, um zu sagen: »Hey, Sexy.«

»Klugscheißer.« Er legte ihr die Hände auf die Hüften, zog sie an sich und küsste sie. Zuerst war es nur ein vorsichtiger Kuss, weil sie noch immer kicherte, aber als er ihn vertiefte, wurde sie ruhiger und erregter, und kurz darauf küssten sie sich sehr innig.

Verdammt, sie schmeckte so gut.

Schnell atmend rückte sie von ihm ab. »Die Leute gucken schon.«

»Lass sie doch.« Von ihm aus konnte jeder wissen, dass Avery vergeben war.

Sie sah sich um, entdeckte Dash und grinste wieder.

»So witzig ist das gar nicht.« Aber er musste ebenfalls lächeln. Er konnte sich nicht daran erinnern, dass er früher, bevor er Avery kennengelernt hatte, so unbesorgt gewesen war.

Sie hatte ihn verändert, vielleicht sogar für immer.

Vermutlich zum Besseren.

»Das ist doch lächerlich.« Sie stützte die Hände gegen seine Brust und sah ihn verstimmt an. »Es sei denn, du hast etwas Unanständiges mit der armen Frau vor.«

Entging ihr denn gar nichts? »Wenn du Lieutenant Margaret Peterson meinst, die ist keine arme Frau, das kannst du mir glauben. Männer wie Dash vernascht sie zum Frühstück. Ich habe ihn gerade den Wölfen vorgeworfen. Es wäre ein Wunder, wenn er das überlebt.«

Avery blickte irritiert zu der Stelle hinüber, wo Dash sich mit den vier Frauen unterhielt, die ihn allesamt anhimmelten. »Ja, der arme Mann. Er sieht aus wie ein Lamm auf dem Weg zur Schlachtbank.«

»Er wärmt sich gerade erst auf. Wart's nur ab.«

Keine Minute später entschuldigte sich Dash bei seinen Verehrerinnen und ging nach hinten.

»Er geht zu ihr?«

»Ja.« Rowdy half Avery mit den Bestellungen. »Sie hat irgendwas vor, aber ich habe keine Ahnung, was das ist.« Er wusste nur, dass er nichts damit zu tun haben wollte.

»Sie ist hergekommen, um dich zu sehen.«

»Kann schon sein.« Er war sich da nicht ganz sicher. Er und Peterson hatten gewissermaßen eine Vereinbarung getroffen, aber zwischen ihnen waren keine Funken geflogen. Vor Avery hätte er den Lieutenant vermutlich nicht von der Bettkante gestoßen. Aber da sie Polizistin war, hätte er auch nicht mit ihr geflirtet.

Polizisten machten ihn grundsätzlich nervös. Polizistinnen, denen man nicht trauen konnte … das war nichts für ihn.

Und jetzt, da er Avery hatte, war er schlicht und einfach an keiner anderen Frau mehr interessiert.

Dash verschwand in dem Hinterzimmer, in das Peterson gegangen war, aber Rowdy hörte keine lauten Stimmen, daher ging sein Plan vielleicht auf.

»Sie ist sehr attraktiv«, stellte Avery fest.

»So wie eiskalter Stahl.« Avery und der Lieutenant waren beide kleine Frauen, aber da hörten die Gemeinsamkeiten auch schon auf. Peterson hatte kurze dunkle Locken und eine fast schon militärische Haltung. Averys langes rotes Haar konnte sogar zu einem Pferdeschwanz gebunden noch die Fantasie anregen, und er zog ihre lockere, gelassene Art vor.

In diesem Augenblick tauchten Peterson und Dash wieder auf. Dash versuchte, sie zurück zum Tisch zu führen, aber sie spielte nicht mit. Die Leute sahen schon zu ihnen herüber, als Dash sie angrinste, während Peterson die Fäuste ballte, als würde sie gleich zum Angriff übergehen.

»Scheiße.« Rowdy reichte ein Bierglas über den Tresen, das er gerade gefüllt hatte, und trocknete sich die Hände ab. »Anscheinend muss ich doch eingreifen.« Er dachte kurz nach und traf dann eine Entscheidung. »Lass dich von Cannon ablösen und komm dann zu uns rüber.«

Avery machte einen Schritt nach hinten. »Oh, ich will mich da nicht …«

»Ich brauche dich an meiner Seite, okay?« Wie konnte er Peterson besser von ihrem Vorhaben abbringen, als wenn er ihr demonstrierte, dass er andere Interessen hatte?

Avery sah aus, als hätte er ihr einen Eimer Eiswasser über den Kopf geschüttet. Sie starrte ihn mit offenem Mund und aufgerissenen Augen an.

Was zum Teufel?

Sie riss sich schließlich zusammen. »Ja, natürlich.« Sie strahlte ihn an. »Geh nur vor. Ich komme gleich nach, wenn ich Cannon geholt habe.«

War sie so verwirrt, weil er sie um einen Gefallen gebeten hatte? »Danke, Süße.«

Als er zu Dash und Lieutenant Peterson hinüberging, hörte er sie gerade noch sagen: »Ich habe kein Interesse an dir, Dash.«

»Tja, Rowdy steht nicht zur Verfügung, also nimmst du entweder mich oder du gehst alleine nach Hause.«

Ach, verdammt. Mussten sie das ausdiskutieren? Rowdy schob Peterson auf den Tisch zu und meinte: »Wie wäre es, wenn wir das im Sitzen besprechen?«

Sie hakte sich bei ihm ein und zog ihn neben sich auf die Bank. Dabei setzte sie sich so dicht neben ihn, dass Rowdy schon dachte, sie würde ihn küssen. »Ich bin undercover, Sie Arsch«, raunte ihm Peterson zu.

Ah ja.

»Sie müssen mir helfen, damit meine Tarnung nicht auffliegt.« Sie legte eine Hand auf seine Brust und streichelte ihn. »Und ich will nicht, dass dieser andere Arsch …«, sie warf Dash einen Blick zu, damit es auch ja kein Missverständnis gab, »mir in die Quere kommt.«

»Tja, ich bin aber nun mal da«, erwiderte Dash.

Als der Lieutenant mit dem Daumen über seine linke Brustwarze strich, wäre Rowdy beinahe aufgesprungen. Er nahm ihr Handgelenk und drehte es zur Seite. »Warum sind Sie hier in meiner Bar, wenn Sie undercover arbeiten?« Das Letzte, was seine Bar brauchte, war noch mehr Ärger.

Sie beugte sich wieder zu ihm herüber, sodass ihre Brüste auf seinem Arm lagen, und hauchte ihm ihren feuchten Atem ins Ohr. »Was wissen Sie über BDSM-Videos?«

Pornos? Er rieb sich das Ohr und hoffte, dass Avery sich beeilte. »Nur dass ich so was nicht sehen will. Warum?«

»Manchmal …« Sie presste die Lippen zusammen. »Manchmal sind die Frauen nicht so willig, wie man glauben würde.«

Während er in Windeseile die Verbindungen herstellte, wurde ihm eiskalt. »Sie glauben, sie werden dazu gezwungen? Frauen aus meiner Bar?«

»Ich glaube, dass diejenigen, die diese Filme produzieren, sich hier aufhalten könnten.«

»Wie kommen Sie auf die Idee?«

Ihre Finger wanderten über seine Brust zu seinem Kinn. »Beweise.«

»Weißt du jetzt, was ich meine?« Dash beugte sich vor und stützte beide Unterarme auf die Tischplatte. »Sie braucht Hilfe bei ihrer Tarnung. Wenn sie hier sitzt und so aussieht, wird sich doch jeder Kerl sofort auf sie stürzen.«

»Sie«, sagte Peterson und befummelte Rowdy noch immer. Dann sah sie Dash mit ihren großen blauen Augen und erklärte nachdrücklich: »Nicht er.«

Nein, nein und noch mal nein. »Tut mir leid, das geht nicht.« Rowdy drückte sie mit Gewalt ein Stück von sich weg. »Vor nicht allzu langer Zeit habe ich allen klargemacht, dass ich mit Avery zusammen bin. Wenn ich mich jetzt mit Ihnen abgebe, werden alle denken, dass sie wieder Freiwild ist.«

Peterson zog die Augenbrauen hoch. »Und das ist sie nicht?«

»Auf gar keinen Fall.«

»Ich hatte den Eindruck, Sie wären keiner, der sich mit einer Frau zufriedengeben würde. Interessant.« Ihr Blick wanderte zu Dash. »Du kommst trotzdem nicht infrage.«

»Du solltest mich erstmal ausprobieren, bevor du ein vorschnelles Urteil fällst.«

Rowdy rechnete schon fast damit, dass Peterson Dash einfach erschießen würde. Er bezweifelte nicht, dass sie bewaffnet war. Der Lieutenant war keine Frau, die ohne Waffe aus dem Haus ging.

Sie überraschte ihn mit einem logischen Argument. »Ich muss einen Grund haben, warum ich mich abends hier aufhalte. Du hast eine Baufirma. Es könnte spät werden …«

»Ich werde mich anpassen.« Dash wusste, dass er sie an der Angel hatte, lehnte sich zurück und grinste. »Vergiss nicht, dass mir die Firma gehört. Ich kann selbst entscheiden, wann ich arbeite.«

Endlich tauchte Avery auf. Sie blieb neben dem Tisch stehen, kaute auf ihrer Unterlippe herum und trocknete sich die Hände an ihrer Schürze ab.

Dash rückte ein Stück zur Seite, um ihr Platz zu machen, und Avery setzte sich neben ihn.

»Was für eine Scheiße«, murmelte Rowdy.

»Rowdy«, schalt ihn Avery und sah Peterson entschuldigend an. »Deine Wortwahl!«

Peterson lachte auf, sah erst Rowdy und dann Avery an und lachte wieder. »Oh, ich mag sie, Rowdy. Wirklich.«

Dash legte einen Arm auf die Lehne der Bank. »Ich auch.«

»Sie hat schon Schlimmeres gehört«, meinte Rowdy. Und wenn Dash Avery auch nur berührte, dann …

»Trotzdem«, beharrte Avery. Dann streckte sie die Hand aus. »Ich bin die Barkeeperin.«

Peterson sah überaus erfreut aus. »Freut mich sehr.«

Dash beugte sich zu Avery hinüber, was vermutlich ein Täuschungsmanöver sein sollte, auch wenn sie keiner beachtete. »Sie ist Logans Lieutenant«, raunte er ihr zu. »Und sie ist undercover hier, um irgendwelche Männer zu fangen, die Frauen dazu zwingen, Bondage-Videos zu drehen.«

Avery riss die Augen auf. »Aus diesem Grund sind Sie hier und flirten mit Rowdy?«

»Aus welchem Grund denn sonst?«

»Aus den üblichen Gründen?« Avery griff über den Tisch und nahm Rowdys Hand. »Darum sind doch die meisten Frauen hinter ihm her.«

Peterson verzog die Lippen. »Nein, hier liegt die Sache anders.« Noch immer amüsiert wandte sie ihre Aufmerksamkeit Dash zu. »Im Allgemeinen habe ich weder die Zeit noch die Geduld, mich mit Männern abzugeben.«

»Aber jetzt brauchst du mich.« Dash streckte die Arme aus. »Und zu deinem Glück bin ich bereit, willig und verfügbar.«

»Du bist besser als irgendein Unbekannter.« Peterson trommelte mit den Fingerspitzen auf dem Tisch herum. »Es gibt gewisse Regeln.«

»Davon kannst du mir erzählen, wenn wir alleine sind.«

Rowdy sah sich um, aber noch immer beachtete sie niemand. »Sie haben Beweise erwähnt, die mit der Bar zusammenhängen?«

Sie musterte Avery, die schon wieder gehen wollte.

Rowdy verschränkte die Finger mit Averys und hielt sie fest. »Sie können vor Avery frei sprechen. Es wäre sogar besser, wenn sie Bescheid weiß. Sie hat schließlich mehr mit den Kunden zu tun als ich.«

Peterson dachte kurz darüber nach und strich sich eine Locke hinter das Ohr. Offenbar hatte sie beschlossen, dass man Avery trauen konnte, da sie ihnen nun leise alles erklärte. »Reese und Logan wissen Bescheid, aber ansonsten so gut wie keiner.«

Dash sah Avery an. »Es fällt ihr schwer, anderen zu vertrauen.«

»Ich gehe keine Risiken ein«, korrigierte ihn Peterson.

Rowdy wusste, dass es auf dem Revier vor nicht allzu langer Zeit Probleme mit korrupten Beamten gegeben hatte. Seines Wissens hatte Peterson gründlich aufgeräumt und alle rausgeworfen, die die Hand aufgehalten hatten. Aber er konnte es ihr nicht verdenken, dass sie weiterhin vorsichtig blieb.

Sie spielte mit ihrem Weinglas herum und sah angespannt aus. »Eine junge Frau behauptet, sie wäre gezwungen worden, in so einem Video mitzuspielen. Sie wurde nicht schwer verletzt – zumindest nicht körperlich. Schließlich haben sie sie ja auch gehen lassen. Aber Sie können sich vorstellen, dass sie sich jetzt schämt und Angst hat.«

Avery saß wie erstarrt da. Dash machte ein angewidertes Gesicht.

Rowdy war der Ansicht, dass jeder Mann, der damit zu tun hatte, den Rest seines Lebens hinter Gittern verbringen oder Schlimmeres erleiden sollte.

»Da man ihr während des Transports die Augen verbunden hatte, brauchte sie ziemlich lange, bis sie uns sagen konnte, in welcher Gegend sie festgehalten wurde. Wir haben dann eine Razzia in dem Gebäude durchgeführt, in dem das Video gedreht wurde, aber als wir dort ankamen, waren sie längst weg.«

Avery schlug eine Hand vor den Mund. »Geht es der Frau gut?«

»Ja.« Peterson wirkte noch angespannter. »Sie hat noch immer Angst, und das wird sich vielleicht auch nicht bessern. Aber abgesehen von ein paar blauen Flecken ist sie nicht schwer verletzt worden.«

»Sie haben Hinweise auf die Bar gefunden?«

»Servietten und ein Streichholzbriefchen mit dem Logo.«

Die hatte er vor Kurzem erst eingeführt. »Das ist nicht gerade viel.«

»Das ist alles, was ich momentan habe. Aber Sie sollten wissen, dass die Frau auf offener Straße entführt wurde, Rowdy, und zwar nicht weit von hier. Vielleicht sollten Sie noch ein paar Sicherheitskameras mehr aufstellen und besonders vorsichtig sein.«

Das hatte er ohnehin vorgehabt, und zwar sowohl hier als auch an seiner und an Averys Wohnung. »Das lasse ich schnellstmöglich erledigen.«

»Wenn Sie in der Zwischenzeit etwas bemerken, was Ihnen verdächtig vorkommt …«

»Dann lasse ich es Sie sofort wissen.« Auf einmal verspürte er das dringende Bedürfnis, Avery an einen sicheren Ort zu bringen – selbst wenn sie dann nicht mehr bei ihm sein konnte. Sie war für dieses Leben nicht geschaffen und sollte sich nicht in einer Gegend aufhalten, in der der schlimmste Abschaum der Gesellschaft herumlief …

Avery nahm seine Hand. »Wir werden besonders wachsam sein.« Dann drückte sie seine Finger, um ihn zu beruhigen, als hätte sie seine Gedanken erraten.

Als er sie jetzt ansah, dachte er an all die Gründe, aus denen er sie nicht an sich und das schmutzige, unsichere Leben, das er sich aufgebaut hatte, binden sollte.

Er rutschte von der Bank und zog Avery mit sich. »Wir müssen wieder an die Arbeit.« An Peterson gewandt fügte er hinzu: »Ich werde den anderen Angestellten nichts sagen, aber Sie können jederzeit zu Avery oder mir kommen, wenn Sie was brauchen.«

»Danke.« Sie lächelte Avery an. »Wir werden uns in nächster Zeit wohl häufiger sehen.«

Avery lehnte sich an Rowdy und legte ihm eine Hand auf den Bizeps. »Jetzt, wo ich weiß, dass Sie gar nicht hinter ihm her sind, freue ich mich sogar darauf.«

Als Rowdy mit Avery wieder zum Tresen ging, um Cannon abzulösen, sah er auf die Uhr. »Nur noch ein paar Stunden, dann habe ich dich wieder für mich alleine.«

»Ich hoffe, wir denken gerade dasselbe«, neckte sie ihn. »Denn ich brauche eine dieser Umarmungen, die direkt zum Sex führen.«

Dagegen hatte er nichts einzuwenden. Vielmehr plante er, sie in jeder freien Minute zu lieben. Und vielleicht würde ihm die Zeit, die ihm blieb, ja reichen.

22

»Hey, Sexy.«

Rowdy lächelte, noch bevor er die Augen aufschlug. Avery lag halb auf seiner Brust und hatte ein Bein über seinen Schoß gelegt – so hatte sie die ganze Nacht geschlafen. Er bewegte seine Hand, merkte, dass sie ihre Pobacke umfing, und sagte: »Willst du noch einen Klaps?«

Sie küsste sein Kinn, seinen Unterkiefer, seinen Wangenknochen und schließlich seine Lippen. »Dash glaubte tatsächlich, die Frauen würden ihn meinen, als sie euch ansprachen.« Ihr Mund wanderte über seine Kehle bis zu seiner Brust. »Dabei bist du bei Weitem der heißeste Kerl, den ich je gekannt habe.«

Er stöhnte und genoss es, wie sie sich an ihm rieb. »Ich kann mir keinen schöneren Start in den Tag vorstellen, als dich nackt auf mir liegen zu haben und deinen Mund auf mir zu spüren.«

»Während meine Hand das hier macht?« Sie legte die Finger um seine Erektion und drückte sanft zu.

»Ja«, stieß Rowdy hervor. »Das auch.«

»Dann wird dir das hier noch viel besser gefallen.« Er hörte ihr an, dass sie dabei lächelte und immer erregter wurde.

Sie küsste sich den Weg an seinem Körper hinunter, und ihr Mund war so heiß und süß, dass er aufhörte zu denken und nur noch fühlte. In der vergangenen Nacht hatte sie ihn sowohl körperlich als auch emotional völlig ausgelaugt.

Nachdem sie zweimal zum Höhepunkt gekommen war, hatte sie ihm erneut ihre Liebe gestanden.

Immer wieder sagte sie es, und er konnte es gar nicht oft genug hören.

Auch jetzt musste er es hören.

»Sag es mir noch einmal.« Rowdy schob eine Hand in ihr Haar und hielt ganz still, als sie ihn leicht in den Bauch biss und dann über die Stelle leckte.

»Ich liebe dich, Rowdy Yates.« Sie strich mit der Wange über seine Eichel. »So sehr.«

Nach der letzten Nacht hätte er eigentlich erschöpft sein müssen, aber sie schaffte es noch immer problemlos, ihn zu erregen.

Nicht ein Mal hatte Avery ihn gefragt, was er für sie empfand. Sie erwartete nicht, dass er ihre Gefühle erwiderte. Sie bestand nicht auf einer Liebeserklärung.

Sie sprach es nur selbst aus. »Noch mal.«

»Ich liebe dich.« Ihre Lippen strichen wie Schmetterlingsflügel über seinen Penis, und er erstarrte.

Wie ein Süchtiger, der den nächsten Schuss brauchte, kniff Rowdy die Augen zu und flehte: »Noch mal.«

Sie leckte vom Ansatz bis zur Eichel … »Ich liebe dich.« Dann nahm sie ihn in den Mund.

Er stöhnte laut und verlor sich in diesem Gefühl. Dann stemmte er das Becken hoch, kam ihr entgegen.

Sie nahm ihn tiefer in sich auf und strich mit der Zunge über sein Glied. Ihr Mund war so heiß und feucht …

»Avery.« Er liebte es, ihren Namen auszusprechen. Er liebte es, ihren Mund zu spüren, wie sie ihm Lust bereitete. Er liebte … sie.

Oh Gott, er war verloren. So verdammt verloren.

Sie hörte nicht auf und saugte und leckte weiter, und er wusste, dass er keine Sekunde länger aushalten konnte.

Er legte eine Hand in ihren Nacken, um sie festzuhalten,

und die andere auf ihre Wange, wobei er mit dem Daumen ihre feuchte Unterlippe berührte. Das war so heiß. So gottverdammt heiß.

»Avery«, sagte er noch einmal, dieses Mal mit tieferer Stimme, die ganz rau wurde, als er spürte, wie sich seine Hoden zusammenzogen und er dem Höhepunkt immer näherkam.

Es war zu viel.

Es würde niemals genug sein.

Er hielt sie fest und ließ los, gab sich der Lust hin und vergaß seine Anspannung.

Danach merkte er nicht einmal, dass Avery wieder zu ihm hochkrabbelte, sich an ihn kuschelte und ihn festhielt.

Aber er hörte, wie sie leise und so süß flüsterte: »Ich liebe dich, Rowdy Yates, und ich werde dich immer lieben.«

Noch immer keuchend versuchte er, sich zusammenzureißen und die Tränen zurückzudrängen, die sich hinter seinen Augenlidern sammelten. Zum Glück erwartete Avery nichts von ihm. Sie blieb einfach nur bei ihm, drückte sich an ihn und legte ihm eine Hand auf sein pochendes Herz.

Die Zeit verstrich, und noch immer bewegte er sich nicht. Er war sich nicht sicher, ob er das überhaupt konnte. Ihm war klar, dass Avery nicht wieder eingeschlafen war, da sie ihn noch immer streichelte, fast so, als spürte sie seinen inneren Tumult. Sie drückte ihm einen zärtlichen Kuss auf die Rippen.

Er hätte stundenlang so liegen bleiben können, um sich zu erholen, in ihrer Liebe zu schwelgen, seine Dämonen niederzuringen und zu versuchen, Entscheidungen zu treffen, aber auf einmal klingelte sein Handy und er musste sich bewegen.

Avery drehte sich auf den Rücken und streckte sich. Da verharrte er noch einen Moment, um zu beobachten, wie sie ihren geschmeidigen Körper anspannte, wie sich ihr Haar auf dem Kissen verteilte. Er konnte ihre kleinen rosafarbenen Brustwarzen und ihre Scheide sehen, die vor Verlangen ganz feucht war.

Sie entspannte sich wieder, lächelte ihn an und sagte: »Das Telefon?« Dabei schwang ein derart wissender und verführerischer Unterton in ihrer Stimme mit, dass er schon wieder heiß wurde.

»Ja.« Rowdy drehte sich um, nahm das Handy und sah auf das Display. Seine Schwester. Verdammt. Er meldete sich mit: »Was gibt's, Kleines?«

»Ich stehe in fünf Minuten vor deiner Tür. Wenn du gerade irgendwas tust, was ich nicht sehen will, dann hör auf damit und zieh dich an.«

Er kannte Pepper gut genug, um sofort zu wissen, dass etwas nicht stimmte. »Was ist der Grund für deinen Besuch?«

»Logan ist bei der Arbeit, und ich bin besorgt und muss mich ablenken. Alice und Marcus sind heute mit dem Umzug beschäftigt, daher musst du dran glauben.«

Avery hatte sich bereits aufgesetzt und zog sich ein T-Shirt über, aber er würde nicht zulassen, dass sie unbefriedigt aufstehen musste. »Kannst du zehn Minuten draus machen?«

»Im Ernst, Rowdy? Es wird gerade erst hell. Ich dachte, ich hätte dich geweckt.«

»Leider nein. Gib mir zehn Minuten, dann sind wir empfangsbereit.«

Sie seufzte dramatisch. »Ich werde noch Kaffee und Donuts holen.«

»Super, danke.« Er legte auf und hielt Avery fest, bevor sie das Bett verlassen konnte. »Nicht so schnell.«

»Das war deine Schwester, oder? Sie wird doch bestimmt gleich hier sein.«

»Ich habe zehn Minuten.« Er drückte sie auf die Matratze. »Und jetzt bin ich dran.«

Sie lachte und versuchte, ihn abzuwehren. »Du warst doch gerade erst dran.«

»Das war auch sehr schön. Aber es macht mir auch Spaß, dich zum Höhepunkt zu bringen.«

Sie legte ihm eine Hand an die Wange. »Ich kann warten.«

»Das mag sein.« Er legte eine Hand zwischen ihre Beine und stellte fest, dass sie mehr als bereit war. Sein Herz schlug schneller. »Ich aber nicht.«

Rowdy stand unter der Dusche, als seine Schwester an die Tür klopfte. Peinlich berührt – *er hatte seiner Schwester gesagt, dass sie später kommen sollte, damit sie noch einmal Sex haben konnten!* – öffnete Avery ihr die Tür. In Peppers Nähe war sie immer ungewöhnlich nervös, was vor allem daran lag, dass sich die Geschwister so nahestanden. Die Liebe der beiden war stärker als alles, was sie bisher gekannt hatte, und daher war Pepper auch so wichtig für Rowdy.

Womit sie wiederum auch für Avery zu einem wichtigen Menschen wurde.

Avery hatte sich eine alte Jeans, ein T-Shirt und eines von Rowdys Flanellhemden gegen die morgendliche Kühle übergeworfen und rannte zur Tür. Sie liebte seine Wohnung, aber der Boden wurde ziemlich kalt, und aufgrund der hohen Decke ließ sie sich nur schwer heizen. Falls sie hier wirklich einzog, würde sie als Erstes ein paar große bunte Teppiche kaufen.

Aber so weit waren Rowdy und sie noch nicht. Ihr Platz in seinem Leben war bestenfalls vorübergehend, und sie würde nichts tun, was ihre Zukunftsaussichten gefährden konnte.

Nach einem tiefen Atemzug öffnete Avery die Tür, und bevor sie ein Wort sagen konnte, war Pepper auch schon in der Wohnung. Sie hatte Kaffee und Donuts dabei und sah wie immer wunderschön aus.

»Wo ist Rowdy?«

So viel zum Thema Begrüßung. »Er ist kurz unter der Dusche.« Avery schloss die Tür wieder ab und folgte Pepper in die Küche. »Es wird nicht lange dauern. Anweisung der Ärztin. Er darf nur kurz duschen, solange die Fäden noch drin sind.«

Pepper grinste sie an. »Hi.«

»Guten Morgen.«

Dann stellte Pepper alles auf den Tisch. »Weißt du, ich hätte nie gedacht, dass ich mal den Tag erlebe, an dem ich mit der besseren Hälfte meines Bruders auskommen muss. One-Night-Stands kannte ich. Groupies, kein Problem. Aber eine feste Freundin?« Pepper schüttelte den Kopf. »Das gab es bisher noch nicht.«

War das Ablehnung oder eine bloße Feststellung? Avery war sich nicht sicher. »Tut mir leid.«

»Hey, ich wollte mich nicht beschweren.« Pepper stellte Zucker und Milch auf den Tisch. »Ich finde das großartig. Rowdy hat jemanden verdient, der sich um ihn kümmert, und er verdient es, glücklich zu sein.«

»Ganz meine Meinung.«

Pepper sah sie fragend an. »Dann liegt dir also etwas an ihm?«

Avery sah keinen Grund, seiner Schwester nicht die Wahrheit zu sagen. Sie zuckte mit einer Schulter. »Ich liebe ihn.«

Pepper stutzte und grinste dann. »Hm.« Sie schaufelte Zucker in einen Kaffeebecher. »Hast du ihm das schon gesagt?«

»Schon oft.« Oft, regelmäßig, insbesondere beim Sex, da Rowdy es da am meisten zu genießen schien.

Pepper verfehlte den Becher und verteilte den Zucker auf dem ganzen Tisch. »Du hast es ihm gesagt?«

»Ja.« Avery zog sich einen Stuhl heran und nahm sich auch einen Kaffee. Ihre Hände zitterten ein wenig, denn Rowdy hatte sie in so kurzer Zeit heißgemacht, dass sie sich von dem wilden Orgasmus noch immer nicht ganz erholt hatte. »Ich fand, er hatte das Recht, es zu erfahren.«

Pepper schien ihren Kaffee vergessen zu haben und setzte sich ebenfalls. »Wow. Und du bist immer noch hier?«

»Mir ist klar, dass das erstaunlich ist.« Avery zog die Zuckerdose heran und süßte ihren Kaffee. »Aber ich habe auch keine Gegenleistung von ihm verlangt. Ich weiß, was er darüber denkt, sesshaft zu werden.« Sie zögerte, aber weil Pepper sie weiterhin staunend anstarrte, beschloss sie, einfach weiterzureden. »Ich weiß auch ein bisschen über seine Vergangenheit. Eure Vergangenheit. Mir ist klar, warum er dem Konzept der Liebe misstraut und warum er so … unsicher ist, sich zu binden.«

Pepper starrte sie noch immer an.

»Einige glauben vielleicht, weil er sich eine Bar gekauft hat und gerne dort arbeitet, hätte er Wurzeln geschlagen. Aber der Schein kann trügen. Wenn er sich entscheidet weiterzuziehen, wird ihn die Bar nicht halten können.« Sie lächelte Pepper an. »Die Tatsache, dass du hier bist, ist vielleicht der einzige Grund, der ihn zum Bleiben bewegen könnte.«

»Wir stehen uns sehr nahe«, gestand Pepper. »Stört dich das nicht?«, fragte sie dann. »Dass er jederzeit wieder verschwinden könnte?«

»Offenbar nicht so sehr.« Avery stützte den Kopf in eine Hand. »Rowdy ist in vielerlei Hinsicht ein erstaunlicher Kerl. Wie könnte ich ihn nicht lieben?«

»Ja.« Pepper schüttelte sich, wischte den Zucker mit einer Hand vom Tisch und schüttete ihn ins Spülbecken. Sie sagte nichts, als sie sich die Hände wusch, wieder zurückkam und einen großen Schluck von ihrem Kaffee nahm.

Die Dusche wurde ausgeschaltet, und ihnen war klar, dass Rowdy bald zu ihnen stoßen würde.

Avery ließ Pepper Zeit. Sie wusste, dass sie ihr möglicherweise misstraute. Schließlich wollte sie nicht, dass Rowdy schon wieder verletzt wurde.

»Was wirst du machen, wenn er dir sagt, dass du gehen sollst?«

»Ich würde gehen, ohne ihm eine Szene zu machen.« Avery lächelte traurig. »Irgendwann wird es passieren, nicht wahr? Aber mein Herz sagt mir, dass es vielleicht doch anders kommt.« Sie stieß die Luft aus und zuckte mit den Achseln. »Also bleibe ich bei ihm, warte, liebe ihn und … hoffe.«

Rowdy kam mit einer Jeans bekleidet aus dem Bad und zog sich gerade ein T-Shirt über den Kopf.

Pepper sprang auf und lief zu ihm. »Was macht dein Rücken?«

»Ich will mir endlich die verdammten Fäden ziehen lassen.« Er umarmte sie, bevor sie hinter ihn gelangen konnte. »Nein, fang du nicht auch noch an, mich zu bemuttern. Meinem Rücken geht es gut, und dadurch, dass du ihn dir ansiehst, wird sich auch nichts ändern. Avery sieht schon so oft nach, dass es für zehn Frauen reicht.«

»Hey!« Avery protestierte demonstrativ. »So schlimm bin ich doch gar nicht.«

»Du bist überhaupt nicht schlimm.« Er zwinkerte ihr zu. »So, Kleines.« Er legte einen Arm um seine Schwester und steuerte sie zurück zum Tisch. »Was hast du denn heute auf dem Herzen?«

»Logan arbeitet an einem großen Fall, daher muss ich mich beschäftigen.« An Avery gewandt fuhr sie fort: »Putzen und die Wäsche machen ist nichts für mich, wenn ich mir Sorgen mache. Und ich hasse es, mir Sorgen machen zu müssen.«

»Das kommt davon, wenn man einen Cop heiratet.«

Pepper verdrehte die Augen. »Cop ist kein dreckiges Wort, egal, wie man es ausspricht.«

Ihre Wortgefechte brachten Avery immer zum Grinsen.

»Ich beschäftige mich dann immer mit Dingen, bei denen man nicht nachdenken muss, aber ich weiß, was du meinst. Wenn ich mich ablenken will, hilft mir die Arbeit am besten. Dann habe ich so viel um die Ohren, dass ich keine Zeit mehr zum Nachdenken habe.«

»Vielleicht sollte ich das auch mal versuchen.« Pepper setzte sich wieder und nahm ihren Kaffeebecher in die Hand. »Ich könnte in der Bar aushelfen und …«

»Nein.« Rowdy fischte sich einen Donut aus der Tüte. »Schlag dir das sofort wieder aus dem Kopf.«

»Warum nicht?«

»Weil ich nicht möchte, dass du dich in der Bar aufhältst.« Er deutete mit dem Donut auf sie. »Und ich kann dir garantieren, dass Logan das genauso sieht.«

Sie setzte sich entrüstet gerade hin. »Wenn es für Avery okay ist, warum dann nicht für mich?«

Rowdy sah Avery nicht an – und sie wusste, warum.

»Für sie ist es auch nicht besonders gut«, knurrte er.

»Fang nicht wieder damit an, Rowdy.« Auch wenn er es noch immer nicht zugeben wollte, wusste sie, dass ihm etwas an ihr lag. Ihre Gefühle waren zwar stärker, aber immerhin sah er die Dinge inzwischen anders. »Ich mag meinen Job, und ich werde ihn behalten.« *Bis du die Sache beendest, und dann werde ich mein gebrochenes Herz woanders pflegen.*

Er setzte sich umgekehrt auf einen Stuhl. »Ich bin noch immer der Boss.«

»Und du bist fair.« Sie würde nicht zulassen, dass er für sie Entscheidungen traf. »Was bedeutet, dass du mich nicht feuern wirst, solange ich es nicht verdient habe, und wir wissen beide, dass es keinen Grund dafür gibt.« *Bitte sag mir, dass ich recht habe und dass du mir das nicht antun würdest.*

»Du arbeitest gut«, stimmte er ihr zu. Er ließ sich Zeit, nippte an seinem Kaffee und biss von seinem Donut ab. »Aber ich hatte mir überlegt, dass du vielleicht eine frühere Schicht übernehmen könntest …«

Sie setzte sich aufrecht hin. »Ich brauche alle Stunden, die ich kriegen kann.« Und sie wollte bei ihm sein. »Alle Stunden, die ich sonst auch hatte.«

»Du wohnst jetzt bei mir.« Er sagte das, als wäre es das Logischste auf der Welt, als hätten sie sich einander in irgendeiner Weise verpflichtet, obwohl sie beide wussten, dass das nicht der Fall war. »Dadurch hast du weniger Ausgaben, oder?«

Aber wie lange? Doch sie hatte nicht vor, ihn das zu fragen. »Ich habe noch immer meine Wohnung und muss die Rechnungen bezahlen.«

»Dann kündigst du sie eben.«

Ihr blieb beinahe das Herz stehen. Was schlug er denn da vor? Sie sah ihm ins Gesicht, wurde daraus aber nicht schlau. Er konnte so verdammt rätselhaft sein, wenn er wollte. »Ich mag meine Unabhängigkeit, Rowdy. Das weißt du.« *Aber wenn du mir sagst, dass dir was an mir liegt und dass ich bleiben soll, dann würde ich alles riskieren.*

Doch stattdessen sagte er: »Du bist dort nicht sicher.«

Ihr wurde das Herz wieder schwer. Sie wollte, dass er sie begehrte und nicht nur den Drang hatte, sie zu beschützen. »Im Moment vielleicht nicht«, stimmte sie zu. »Aber sobald wir mit Fisher gesprochen haben …«

»Dann gibt es keinen Grund mehr, warum du dich weiterhin von deiner Familie fernhalten musst.«

Sie war so verletzt, dass ihr der Atem stockte. »Dann willst du mich also wieder nach Hause schicken?«

»Wow.« Peppers Einwand ersparte Rowdy eine Antwort. Seine Schwester sah von einem zum anderen. »Worum geht es hier gerade? Wer ist Fisher?«

Rowdy erklärte ihr kurz die ganze Angelegenheit. Dabei ließ er es so aussehen, als wäre Fisher vor allem lästig, und erwähnte nicht, was zwischen ihnen vorgefallen war.

»Der Kerl scheint ja ein richtiges Arschloch zu sein.«

»Ein reiches Arschloch«, stimmte Rowdy ihr zu.

»Das sind die schlimmsten.« Sie rümpfte die Nase. »Ich stimme Rowdy zu. Du darfst da nicht alleine hinfahren.«

»Wo wir gerade von Fisher reden ...« Er schob Avery sein Handy zu. »Ruf deine Mom an und frag sie, wann du sie besuchen kannst. Ich möchte lieber nicht warten, bis der Kerl wieder was unternimmt.«

Sie hatte Pepper versprochen, dass sie keine Szene machen und ruhig bleiben würde. Aber das Timing war so falsch, nun kam alles so plötzlich. Irgendwie hatte sie erwartet, dass sie spüren würde, wenn sich Rowdy von ihr distanzierte.

Stattdessen hatte er sie getäuscht.

Pepper schien nicht zu begreifen, dass Rowdy einen Ausweg suchte, aber Avery erkannte die Hinweise klar und deutlich. Sie wusste nur nicht, was sie unternehmen sollte ... außer dass sie ihm gab, was er wollte.

Sie nahm das Telefon und stand auf.

»Ich werde mich so bald wie möglich mit ihr treffen.« Dann ging sie ruhig aus der Küche und setzte sich auf die Couch, um ungestört telefonieren zu können.

Rowdy konnte hören, dass Avery telefonierte, aber er verstand kein Wort. Sie saß mit dem Rücken zu ihnen, hatte den Kopf gesenkt und die Schultern hochgezogen.

Pepper redete auf ihn ein. Sie hatte unzählige Fragen zu Fisher, und er beantwortete sie, so gut er konnte, ohne etwas Wichtiges preiszugeben – beispielsweise, wie sehr er Avery liebte. Wie wichtig sie für ihn geworden war.

Wie sie sein Leben in derart kurzer Zeit beeinflusst hatte.

Avery kam zu ihnen zurück. »Mom ist bis zum nächsten Wochenende beschäftigt. Ist dir das zu spät?«

Es war wie eine aufgeschobene Hinrichtung, und er freute sich über die zusätzliche Zeit mit Avery. »Das geht in Ordnung.« Er stand auf. »Ich laufe schnell zum Security-Laden und besorge ein paar Sachen.« Bevor eine der Frauen eine Frage stellen konnte, erläuterte er ihnen, was er vorhatte. »Ich will noch weitere Sicherheitskameras in der Bar anbringen, aber auch hier in der Wohnung.« Er strich über Averys Haare und ließ eine Korkenzieherlocke durch seine Finger gleiten. »Und in deiner.«

Pepper zog die Augenbrauen hoch. »Ich dachte, du willst, dass sie da auszieht?«

Er wusste, dass er seine Schwester verwirrt hatte, aber er war ja selbst völlig durcheinander … wegen so vieler Dinge. »Das stimmt. Aber solange andere glauben, dass sie noch da wohnt, möchte ich einige Vorsichtsmaßnahmen treffen, damit wir erfahren, falls dort jemand herumschnüffelt.«

Avery meinte ruhig: »Ich kann in zehn Minuten aufbruchbereit sein.«

»Warum bleibt ihr beide nicht noch? Ich bin bald wieder da.« Er steckte seinen Schlüsselbund in die Hosentasche.

Avery wurde misstrauisch und stand auf. »Versprichst du mir, dass du nichts wegen Fisher unternehmen wirst?«

»Ich sagte doch, dass wir zusammen mit ihm reden werden.« Er sah sie nicht an, als er zum Schlafzimmer ging, um seine Schuhe zu holen. »Ich lüge nicht.«

»Ich weiß«, erwiderte Avery zärtlich.

Gleichzeitig schnaubte Pepper. »Seit wann?«

»Ich lüge weder dich noch Avery an«, erklärte er seiner Schwester. »So habe ich das gemeint.« Falls es erforderlich wurde, hatte er allerdings in bestimmten Situationen kein Problem damit, alles zu sagen, was notwendig war.

Aber er hatte Avery gerade auch erzählt, dass sie bei ihm bleiben sollte, ohne ihr zu erklären, dass sie ihre Wohnung nur aufgeben und weniger arbeiten sollte, weil er sie beschützen und vor allen Gefahren, die auf sie lauerten, bewahren wollte.

Das war eine Halbwahrheit, keine direkte Lüge.

Seine Schwester begriff sofort, was er damit sagen wollte: Er hatte ihr gerade zu verstehen gegeben, wie wichtig ihm Avery war.

Wieder sah Pepper zwischen den beiden hin und her. Sie begriff, dass er ein wenig allein sein wollte, Avery aber auch nicht ungeschützt bleiben sollte. Zwischen Pepper und ihm hatte schon immer eine besondere Beziehung bestanden, sodass sie einander oft wortlos verstanden.

Mit einem gekünstelten strahlenden Lächeln sagte Pepper: »Ich würde gern noch etwas bleiben, wenn du nichts dagegen hast, Avery.«

Averys Lächeln sah echt aus. »Ich würde mich freuen. Wenn es dir nichts ausmacht, springe ich nur noch schnell unter die Dusche.«

Rowdy nahm ihre Hand, als sie an ihm vorbeigehen wollte.

Sie zögerte einige Sekunden und legte dann die Arme um ihn.

Himmel, fühlte sich das gut an. Rowdy drückte sie eng an sich und küsste sie auf den Kopf. »Ich werde nicht lange weg sein, Süße. Höchstens ein paar Stunden.«

»Ich weiß.«

Er spürte, dass sie bedrückt war, und das gefiel ihm nicht. »Bitte schmoll nicht.« Er legte ihr einen Finger unter das Kinn, damit er ihr in die Augen sehen konnte. »Ich habe wirklich nur vor, ein paar Sachen zu kaufen und vielleicht noch in deiner

Wohnung alles zu erledigen, bevor ich wieder zu dir zurückkomme.« Als er in ihre Augen sah, hoffte er, dass sie ihn verstand. »Glaubst du mir?«

Ihr Lächeln berührte seine Seele. »Immer.«

Pepper legte eine Hand auf ihr Herz und verkündete bühnenreif: »So romantisch. Ich falle gleich in Ohnmacht.«

Rowdy warf mit einem Kopfkissen nach ihr.

Sie fing es auf und drückte es an sich. »Wenn du auch in der Bar neue Kameras anbringen willst, kann ich dir doch dabei helfen, oder?«

»Klar.« Er hielt Avery an sich gedrückt. »Wie lange wird Logan arbeiten?«

»Das ist schwer zu sagen. Es hängt vermutlich davon ab, was er herausfindet.« Sie warf das Kissen zurück aufs Bett. »Da er den Helden spielt, sollte ich mich vielleicht nicht beschweren.«

Rowdy fiel ein, was ihm Peterson erzählt hatte, und da war ihm klar, warum Logan so lange arbeiten musste. Wie er selbst wollte auch Logan, dass Pepper in Sicherheit war und mit den Grausamkeiten, die im Alltag lauerten, nichts zu tun haben musste.

Damit Pepper beschäftigt war, machte er ihr ein Angebot – das allerdings an eine Bedingung geknüpft war. »Ich möchte nicht, dass du die Bar alleine verlässt, aber wenn Logan nach Feierabend vorbeikommt, dann kannst du bleiben, solange du willst.«

Pepper stimmte zu und rief Logan an, um ihm Bescheid zu sagen, während Rowdy sich bereit zum Aufbruch machte.

Er war froh, dass Avery Gesellschaft hatte, und freute sich auch darauf, in ihre Wohnung zu gehen und einige Vorbereitungen zu treffen. Falls Fisher je dort vorbeikam, würde Rowdy es erfahren.

Er war Experte darin, Sicherheitskameras aufzuhängen, und er wusste, wie man Spuren verwischte. Fisher war so gut wie erledigt – und dann wäre er ein für alle Mal aus Averys Leben verschwunden.

23

Obwohl sie wusste, dass Pepper auf sie wartete, ließ sich Avery beim Duschen Zeit, wusch sich die Haare und schminkte sich. Pepper war so unglaublich schön, dass sie sich neben ihr völlig unscheinbar vorkam.

Ihre einfache Jeans, die flachen Schuhe und das Sweatshirt konnten mit Peppers umwerfendem Stil einfach nicht mithalten. Pepper hatte eine so gute Figur, dass sie in allem, was sie trug, sexy aussah. Heute trug sie eine hautenge Jeans, hohe Stiefel und ein schwarzes, eng anliegendes T-Shirt, das nicht nur ihre Kurven betonte, sondern auch ihr langes blondes Haar noch auffälliger wirken ließ. Außerdem war Pepper meisterhaft geschminkt, auch wenn sie ohne Make-up ebenso gut aussah.

Als sie aus dem Bad kam, hatte es sich Pepper auf der Couch gemütlich gemacht. Sie hatte die Stiefel ausgezogen, die Füße auf den Tisch gelegt und blätterte in einem Buch.

Avery wollte sie gerade fragen, ob sie ihr etwas zu trinken bringen konnte, sah dann jedoch, dass Pepper bereits von Kaffee auf Cola umgestiegen war.

Sie setzte sich Pepper gegenüber in einen Sessel, zog die Füße an und wartete darauf, dass Pepper aufblickte.

»Mein Bruder ist wirklich unglaublich.«

»Ja.«

Pepper hielt das Buch über Management von kleinen Unternehmen hoch. »So was hat er schon immer getan. Er hat sich die Dinge selbst beigebracht, die er wissen musste.« Sie legte das Buch zur Seite und strich mit den Fingern darüber. »Meist bedeutete das, dass er lernen musste, zu kämpfen, zu stehlen oder zu betrügen, ohne erwischt zu werden.«

»Das waren bestimmt alles hilfreiche Kenntnisse.«

Pepper grinste sie an. »Er hat diese Talente eingesetzt, damit wir in Sicherheit waren und etwas zu essen und zum Anziehen hatten. Also kann man wirklich sagen, dass sie hilfreich waren.« Sie wurde nachdenklich und sah sich um, als würde sie die einzigartige Architektur zum ersten Mal richtig wahrnehmen. »Wenn Rowdy einen ehrlichen Job bekommen konnte, hat er ihn immer angenommen. Aber es war nicht immer einfach.«

Was für eine Untertreibung. »Er hat aus dem, was ihm das Leben gegeben hat, mehr gemacht als jeder andere Mensch, den ich kenne.«

»Er hatte sich so sehr daran gewöhnt, dass es nur uns beide gab, dass er sich noch immer an die neuen Umstände anpassen muss. Es fiel ihm schon schwer genug, sich an Logan zu gewöhnen, und dann kamen auch noch Reese und Alice dazu.«

»Und jetzt ist auch noch Marcus in sein Leben getreten.«

»Nach und nach akzeptiert er es. Er geht Bindungen ein und wird sesshaft.« Pepper beugte sich vor. »Die Bar. Diese Wohnung. Freunde.« Sie deutete mit dem Kinn auf Avery. »Du.«

Ich bin nur vorübergehend da. Aber Avery brachte es nicht über sich, das laut auszusprechen. »Dir ist doch klar, dass er mich hauptsächlich gebeten hat, bei ihm zu bleiben, damit er mich beschützen kann?«

Pepper lachte laut auf. »Ja, klar.« Sie stand auf und sah sich in der Wohnung genauer um. »Mein Bruder möchte praktisch jeden beschützen, aber das heißt noch lange nicht, dass er deswegen irgendwelche Frauen bei sich einziehen lässt.«

Das hätte Avery ihr gern geglaubt, aber sie wollte sich nichts vormachen. »Ich bin nicht irgendeine Frau. Ich bin seine Barkeeperin.«

»Ha! Und du denkst, er würde seine Interessen schützen? Du scheinst ihn doch nicht so gut zu kennen, wie du glaubst.«

»Nein, so habe ich das nicht gemeint.« Soweit sie wusste, ließ sich Rowdy nie von derartigen Interessen leiten. »Ich meinte damit, dass wir bereits befreundet waren, bevor wir miteinander intim wurden, weil wir zusammenarbeiten. Ich bin nicht nur irgendeine Frau, mit der er schläft.«

»Arbeiten noch andere Frauen in der Bar?«

»Klar.« Ella war außer ihr die einzige Vollzeitkraft, aber sie hatten noch einige Kellnerinnen, die stundenweise kamen.

»Hat er je mit einer von ihnen geschlafen?« Pepper gab ihr nicht die Gelegenheit zu antworten. »Nein, das hat er nicht. Weil mein Bruder klug genug ist, zu wissen, dass man so etwas nicht macht. Mit einer Frau zu schlafen, mit der man zusammenarbeitet, nur weil man Sex will, ist definitiv eine Dummheit.«

Avery hatte noch nicht wirklich darüber nachgedacht. »Er hat schon mit mir geflirtet, bevor er die Bar gekauft hat.«

»Und sobald sie ihm gehörte, hat er dich zur Barkeeperin gemacht – und so dafür gesorgt, dass du dageblieben bist – und dich weiter umworben?«

Avery nickte.

»Ich vermute, dass er sich damals schon in dich verguckt hatte, sonst wäre er dir aus dem Weg gegangen oder hätte dich bei der erstbesten Gelegenheit gefeuert.« Pepper zuckte mit den Achseln. »Also solltest du das, was er will, nicht danach beurteilen, was er sagt oder nicht sagt.«

Avery ging auf, dass Peppers Rat möglicherweise auf eigenen Erkenntnissen beruhte. »Ist es bei dir und Logan so gewesen?«

»Schlimmer. Logan hat mich benutzt, um an Rowdy ranzukommen. Er hat meinen Bruder verhaftet und ihn in Gefahr gebracht …« Sie hielt sich an der Säule fest und drehte sich langsam einmal im Kreis. »Damals dachte ich, dass ich ihm niemals verzeihen könnte. Aber ihn zu verlassen wäre noch schwerer gewesen. Erst recht, nachdem er verletzt worden war.«

»Ich bin froh, dass es bei euch gut ausgegangen ist«, meinte Avery mit sanfter Stimme.

»Ja, das ist es wirklich.« Sie stieß sich von der Säule ab und ging zum Bücherregal, um sich die anderen Titel anzusehen. »Und jetzt wünsche ich mir, dass Rowdy genauso glücklich wird, wie ich es bin.«

Konnte sie ihn glücklich machen? Avery wünschte es sich so sehr.

Als es an der Tür klopfte, sahen die beiden Frauen einander an.

Pepper zog eine Augenbraue hoch. »Erwartest du jemanden?«

»Nein.« Avery stand auf. »Rowdy sagte, seine Nachbarinnen würden ihn manchmal belästigen.«

Pepper wandte sich wieder den Büchern zu. »Wenn das eine von denen ist, dann sag ihr, dass sie verschwinden soll. Er ist vergeben.«

Mit genau diesem Ansinnen ging Avery zur Tür.

»Aber frag nach, wer da ist, bevor du die Tür aufmachst.«

»Natürlich.« Sie ging die Stufen hinauf. Da kein Spion in der Tür war, rief sie: »Wer ist da?«

»Avery?«, erwiderte Meyer. »Deine Mutter hat darauf bestanden, dass ich sie herfahre, damit sie dich besuchen kann.«

Oh, wow. Ihre Mutter war hier? In dem Glauben, dass etwas passiert war und ihre Mutter nach der Untersuchung möglicherweise schlechte Nachrichten hatte, öffnete Avery die Schlösser und riss die Tür auf.

Und da stand Meyer. Aber anstelle ihrer Mutter hatte er Fisher mitgebracht.

Dieser unglaubliche Verrat traf Avery wie ein Schlag in die Magengrube. Sie sog die Luft ein und war überrascht, wütend … und auch ein bisschen ängstlich.

Bevor eine der Emotionen die Oberhand gewinnen konnte, drängelte sich Meyer an ihr vorbei in die Wohnung – wodurch sie einen Schritt nach hinten machen musste. Aufgrund ihrer Nervosität wäre sie beinahe die Stufen hinuntergestürzt.

Fisher streckte eine Hand aus und hielt sie am Arm fest. Er sah sie finster und leicht verwirrt an.

»Was zum Henker soll das, Meyer?« Er ließ Avery bei diesen Worten nicht los, drückte aber die Tür hinter sich zu.

Avery bemerkte, dass er sie nicht verriegelte. Mit etwas Glück würde sie sich losreißen und nach draußen rennen können – falls Pepper ihr folgen konnte. Sie würde Rowdys Schwester auf gar keinen Fall alleine hier zurücklassen. Vielleicht sollte sie auch Hilfe holen. Wenn sie es bis auf die Straße schaffte …

»Komm.« Meyer bedeutete, dass sie nach unten gehen sollten. »Machen wir es uns bequem.«

Ihren Oberarm noch immer fest umklammert, sah Fisher Meyer an und wandte sich dann erzürnt an Avery. »Du hast gehört, was er gesagt hat.« Er zerrte sie mit sich, als er Rowdys Wohnung betrat. »Hier hältst du dich also versteckt?«

Avery konnte Pepper nirgendwo sehen. Fisher und Meyer schauten sich beide um, entdeckten sie aber auch nicht. War sie hinter dem Bücherregal in Deckung gegangen? Oder lag sie unter dem Bett?

Gott, bitte mach, dass sie ebenso furchtlos ist wie Rowdy. Sie würde es sich nie verzeihen, wenn Rowdys Schwester etwas zustieß.

Vor Nervosität hatte sie einen ganz trockenen Mund, und ihr Herz raste. »Was macht ihr denn hier?« Sie hatte gehofft, selbstsicher und mutig zu klingen, aber die Worte kamen eher gehaucht und zitternd aus ihrem Mund.

Amüsiert antwortete Fisher: »Das kann ich dir nicht sagen.«

Obwohl er ihren Arm viel zu fest hielt, streichelte er mit dem Daumen über ihre Haut, wodurch ihre Angst noch viel größer wurde. Ihr war es lieber, wenn Fisher gemein zu ihr war anstatt liebevoll.

»Was meinst du damit? Schließlich seid ihr hierhergekommen.«

Er zuckte mit den Achseln. »Meyer sagte, wir würden uns mit einem Kerl treffen, der deinen Liebhaber schon zu Verstand bringen würde. Ich bin ebenso überrascht über seine Pläne wie du.«

»Du bist vor dem Gedanken zurückgeschreckt, sie zu verfolgen«, erklärte Meyer. »Da musste ich die Sache eben selbst in die Hand nehmen.«

»Das macht keinen Unterschied.« Fisher hielt Avery fest, als sie versuchte, sich ihm zu entziehen. Mit Gewalt drückte er sie auf einen Küchenstuhl. »Ich habe nichts dagegen, mich zu rächen, aber jetzt ist sie beschmutzt und hat keinen Reiz mehr für mich.«

»Beschmutzt?«

»Du hast einen kaputten, niederen Rohling gefickt. Hast du auch nur die geringste Ahnung, wie mich das anwidert?«

»Gut so!«

»Nein, Avery, sei nicht so. Er wird seine Meinung schon ändern.« Meyer ging zum Fenster und sah nach draußen. »Sobald dein Bodyguard nicht mehr da ist, wird Fisher begreifen, dass ihr füreinander geschaffen seid.«

»Du bist ja verrückt«, flüsterte Avery. »Ich werde mir das nicht länger anhören.« Sie wollte aufstehen.

Fisher drückte sie wieder zurück auf den Stuhl. »Sei still.«

Er trat hinter sie und legte ihr beide Hände auf die Schultern, in der Nähe ihres Halses. Dann drückte er ein wenig zu, sodass sie vor Angst erstarrte. »Aber in diesem Fall frage ich mich schon, ob sie nicht recht hat, Meyer.«

»Sie irrt sich!« Meyer wirbelte zu ihnen herum – und hatte auf einmal eine Waffe in der Hand.

Großer Gott! Selbst wenn sie Fisher entwischen konnte, würde sie es nie rechtzeitig zur Tür schaffen, ohne vorher erschossen zu werden. Das Wissen, dass sich Pepper hier irgendwo im Raum aufhielt, steigerte ihre Angst nur noch. Wenn sie nur halb so wagemutig war wie Rowdy, würde sie vielleicht versuchen, Meyer zu überwältigen. Und dann brachte er sie vielleicht um.

»Meyer.« Fishers Tonfall klang angespannt. »Was machst du denn?«

»Ich bringe die Dinge wieder in Ordnung. Sonya will, dass sie nach Hause kommt, also werde ich dafür sorgen. Und jetzt erledige deinen Teil, verdammt.«

Aus dem Augenwinkel sah Avery einen Schatten, der sich bewegte. Pepper. Nein, nein, nein.

»Meinen Teil?«, fragte Fisher und lenkte Meyer glücklicherweise ab.

»Du bist ein brutaler Mistkerl, Fisher.« Meyer zog sich einen Stuhl heran und setzte sich völlig lässig ihnen gegenüber. Er schlug die Beine übereinander und legte die Hand mit der Waffe so auf den Tisch, dass sie weiterhin auf sie gerichtet war.

Avery hatte den furchtbaren Verdacht, dass Fisher hinter ihr stand, um sie als Deckung zu benutzen. Dieser erbärmliche Feigling.

»Ich weiß nicht, wovon du redest«, behauptete Fisher. Aber Avery hörte die Lüge in seiner Stimme – ebenso wie Meyer.

»Ich weiß es schon seit Jahren. Die Frauen, die du bezahlst, damit sie nicht zur Polizei gehen. Die Frauen, denen du wehtust.«

Vor lauter Überraschung drückte Fisher nicht mehr so fest zu. »Ich weiß nicht, wo du diese Lügen gehört hast, aber ich versichere dir ...«

»Ach, komm schon. Wenn es um Frauen geht, bist du ein sadistisches Arschloch.« Meyer zuckte unbeteiligt mit den Achseln. »Ich habe Sonya natürlich vom Gegenteil überzeugt. Ich habe deine guten Taten nicht nur hochgespielt, sondern die Spuren deiner Missetaten penibel verwischt.«

»Warum?«, flüsterte Avery. Dieser Mann wusste, dass Fisher versucht hatte, sie zu vergewaltigen. Er sagte, dass Fisher das auch mit anderen Frauen gemacht hatte. Ihre Wut wurde immer größer und drohte, ihren Schmerz und ihre Angst auszulöschen. »Warum hast du das getan?«

Als würde das alles erklären, antwortete Meyer: »Er kommt aus einer guten Familie. Er besitzt den Respekt der Gemeinde und ist bei der Presse gut angesehen. Er produziert hervorragende Geschäftsergebnisse. Meine Kollegen lieben ihn. Und deine Mutter mag ihn sehr.«

Fisher schüttelte den Kopf, leugnete es aber nicht. »Verdammt, Meyer. Ich weiß nicht, was ich sagen soll.«

Meyer winkte ab. »Du solltest wissen, dass ich meine eigenen Privatdetektive habe. Sie haben dafür gesorgt, dass hinter dir aufgeräumt wurde. Dieser Schlamassel mit Avery ... Das war eine knappe Geschichte, insbesondere was ihre Mutter angeht. Aber es ist mir gelungen, Sonya davon zu überzeugen, dass du ein Unschuldslamm bist und Avery verstört war, weil sie ihren Vater verloren hatte und ihre Mutter mich geheiratet hat. Ich war sehr ernst und sehr verletzt, weil mich Avery derart brüskiert hat. Ich habe den liebevollen Stiefvater perfekt gespielt.« Er grinste. »Ich habe ihr versichert, dass Avery nach Hause zurückkehren würde, dorthin, wo sie hingehört, nachdem sie ihre Wildheit ausgelebt hat. Aber es hat einfach zu lange gedauert, und Sonya musste schon viel zu viel leiden. Daher wirst du jetzt tun, was getan werden muss.«

»Und das wäre?«

»Sonya will ihre Tochter zurückhaben. Solange du Avery dazu bringst, nicht aus der Reihe zu tanzen, ist mir völlig egal, wie du das anstellst.« Er sah Avery in die Augen. »Vielleicht solltest du sie einfach schwängern.«

»Fahr zum Teufel!« Avery versuchte, sich loszureißen, doch er konnte sie gerade noch festhalten. Er drückte sie mit dem Rücken an seine Brust und legte seine muskulösen Arme um sie. »Fass mich nicht an!«, fauchte sie und wehrte sich weiter gegen ihn.

Fisher lachte. »Das tue ich sehr wohl.«

Sie konnte spüren, wie er eine Erektion bekam. Ihr drehte sich vor lauter Ekel der Magen um, und sie musste würgen.

»Wag es nicht«, sagte Fisher ihr direkt ins Ohr. »Du wirst es bereuen, wenn du mich vollkotzt.«

Mit zusammengebissenen Zähnen stieß Avery hervor: »Und du wirst es noch viel mehr bereuen, wenn du das machst, das schwöre ich dir.«

»Eine Herausforderung«, sagte Meyer freudig. »Na, dann los.«

Fisher starrte ihn an. »Hier?«

»Ja.« Meyer lehnte sich auf seinem Stuhl zurück. »Ich werde zusehen.«

Fisher lachte ungläubig auf. »Das bezweifle ich, Meyer. Ich treibe es nicht vor Publikum.«

»Das ist Pech, denn ich werde auf jeden Fall hierbleiben.« Meyer richtete die Waffe auf ihn. »Und du wirst es entweder tun oder alles verlieren.«

Sie konnte Fishers Atem an ihrer Schläfe spüren, der jetzt schneller ging. Anstatt sich zu weigern, fragte er: »Was ist, wenn ihr Dreckskerl zurückkommt?«

»Um den Bastard kümmere ich mich schon. Mach dir deswegen keine Sorgen.« Meyer bleckte die Zähne und grinste auf widerliche Weise. »Der ist so gut wie tot.«

Die Angst ließ Avery neuen Mut fassen. Rowdy konnte jeden Moment zurückkehren, daher musste sie jetzt etwas unternehmen, selbst wenn sie dabei erschossen wurde. Dann hatte wenigstens Pepper die Chance zur Flucht. Und irgendjemand würde die Polizei und vielleicht sogar Logan und Reese holen.

Rowdy wäre in Sicherheit – und das war für sie in diesem Moment alles, was zählte.

Cannon hasste Unentschlossenheit. Bei seinem alltäglichen Dauerlauf kam er gerade an der Bar vorbei, als ihm die Männer auffielen, die in Rowdys Apartmenthaus gingen. Einen von ihnen erkannte er wieder, da er ein paar Tage zuvor in der Bar gewesen war.

Und bei dem anderen hatte er ein ganz komisches Gefühl …

Da er beim Laufen nur seine Jogginghose, ein langärmliges T-Shirt und Laufschuhe trug, hatte er weder seine Brieftasche noch sein Handy dabei. Er konnte Rowdy nicht anrufen und sich vergewissern, dass hier alles mit rechten Dingen zuging.

Sollte er ins Haus gehen und nachsehen, auch wenn es lächerlich und übertrieben war, sich wegen zwei gut gekleideten Besuchern die Mühe zu machen? Rowdy kam bestimmt gut allein mit ihnen klar.

Aber trotzdem …

»Scheiß drauf«, murmelte Cannon, und da ihm nicht viel anderes übrig blieb, lief er zu dem kleinen Restaurant, das nur einen Block entfernt war. Er würde Rowdy von dort aus anrufen und danach entscheiden, wie er weiter vorgehen wollte.

Mit seinen Einkäufen neben sich auf dem Sitz fuhr Rowdy zu Averys Wohnung. Er hatte vorgehabt, sich Zeit zu lassen und die Stunden zu nutzen, um über einiges nachzudenken.

Stattdessen beeilte er sich und packte schnell alles ein, was er brauchte, da er Avery vermisste. Er musste immer wieder daran denken, wie trotzig sie ausgesehen hatte, als er vorschlug, sie solle weniger arbeiten.

Sie durchschaute ihn so leicht und wusste, dass sie in ihr sicheres, bequemes Leben zurückkehren sollte, ohne dass er es aussprechen musste.

Nur … dass er das eigentlich gar nicht wollte. Nicht wirklich. Er wollte sie in seiner Nähe haben.

Sie sollte für immer bei ihm bleiben.

Aber wäre das ihr gegenüber fair? Sie hatte gesagt, sie würde ihn lieben. Konnte sie als Barkeeperin in einer solchen Gegend wirklich zufrieden sein, wenn sie mit wenig Geld auskommen musste und mit einem Mann wie ihm verheiratet war?

Verheiratet …

Er dachte zum ersten Mal in seinem Leben darüber nach …

Als sein Handy klingelte, war er tatsächlich froh darüber, da er sich so auf etwas anderes konzentrieren konnte. Er sah, dass es Pepper war, und meldete sich mit: »Was gibt's, Kleines?«

Anstatt einer Antwort hörte er Hintergrundgeräusche wie durch einen Lautsprecher. Zuerst war die Unterhaltung nicht zu verstehen, aber dann erkannte er Averys Stimme.

»Das wird nicht passieren, also könnt ihr es beide gleich wieder vergessen.«

Ein Mann sagte: »Kannst du sie nicht zum Schweigen bringen?«

Meyer.

Dann Fishers Stimme, die angespannt klang: »Das kann ich, aber ich finde noch immer, dass wir woanders hingehen sollten.«

»Kannst du dir vorstellen, was sie für ein Theater macht, wenn wir versuchen, sie hier rauszutragen? Und wie sollen wir uns ihren Freund schnappen, wenn wir nicht hier sind, wenn er kommt?«

Unterschiedlichste Emotionen tobten durch Rowdy, aber die mächtigste war der Drang, Avery zu beschützen.

Ohne auch nur einen Blick in den Rückspiegel zu werfen, wendete er so scharf, dass der Wagen erst heftig zur Seite ausbrach, bevor er ihn ausrichten konnte, um zu seiner Wohnung zurückzufahren. Bremsen quietschten und andere Fahrer hupten. Er trat das Gaspedal durch. »Bin unterwegs«, flüsterte er und hoffte, dass Pepper ihn hören konnte.

Er stellte das Handy auf Lautsprecher und legte es auf den Sitz, damit er das Lenkrad mit beiden Händen festhalten konnte.

Seine Augen waren trocken und brannten, und es schnürte ihm die Kehle zu, sodass er kaum schlucken konnte. Er hatte jeden Muskel in seinem Körper angespannt, als er an einem Van vorbeiraste, jede Lücke im Verkehr ausnutzte und die Geschwindigkeitsbegrenzung deutlich übertrat.

Er hörte, wie Avery keuchte, Fisher verfluchte und beschimpfte. Meyer verlangte, dass sie endlich den Mund hielt.

Ein Schlag.

Er umklammerte das Lenkrad. Im Moment ging es ihr gut, sie wehrte sich und war eher wütend als verängstigt. Das musste er sich immer wieder einreden, damit er nicht durch die Türen seines Apartmenthauses raste.

Nach nicht einmal zehn Minuten, die sich wie eine Stunde

anfühlten, sah er das Gebäude. Er wurde langsamer und fuhr in eine Seitenstraße, bevor er zu nahe kam.

Er wollte hinter der Bar parken und zu Fuß weitergehen, falls Meyer oder Fisher die Straße im Auge behielten. Und er musste jemanden anrufen … aber nicht Logan. Er war zwar ein guter Polizist, doch würde er auch noch einen kühlen Kopf bewahren, wenn Pepper in die Sache verwickelt war?

Also Reese. Aber dafür musste er zuerst auflegen. Er parkte hinter der Bar, betete, dass er nicht zu spät kam, und nahm sein Handy in die Hand.

Auf einmal trat Cannon wie aus dem Nichts auf ihn zu. Der Junge war schweißbedeckt und sah aus, als hätte er auf ihn gewartet.

»Ich habe versucht, dich zu erreichen«, rief Cannon. »Sobald ich dich gesehen habe, bin ich hinter dem Auto hergerannt.« Er holte tief Luft. »Zwei Männer …«

»Sprich leiser.« Rowdy öffnete die Wagentür und hob sein Handy hoch. »Meine Schwester ist am Apparat.« Damit Cannon es richtig verstand, fügte er hinzu: »Sie ist in meiner Wohnung. Zusammen mit Avery. Ich glaube, sie hat sich versteckt. Sie hat angerufen, damit ich alles höre und weiß, was vor sich geht.«

Cannon biss die Zähne zusammen. »Die beiden Männer?«

»Averys Stiefvater und ihr fieser Ex.« Rowdy öffnete das Handschuhfach und nahm ein Kampfmesser heraus, das in einer Scheide steckte. Er schob es in den Hosenbund. »Noch jemand?«

»Ich habe nur die beiden reingehen sehen.« Cannon sah zu, wie Rowdy sein Shirt über das Messer zog. »Hast du eine Pistole?«

»Ja.« Rowdy stieg aus und ging durch die Seitenstraße, die nicht direkt zu seinem Apartmenthaus führte. »In meiner Wohnung.«

»Scheiße.« Cannon hielt mit ihm mit. »Jetzt weiß ich wenigstens, warum ich dich nicht erreichen konnte.«

Rowdy hielt sich das Telefon ans Ohr und lauschte. Sie stritten sich noch immer, und von Pepper war nichts zu hören. »Wenn ich mithöre, kann ich besser abschätzen, wann ich am besten reingehen kann.«

»Ich habe deinen Kumpel angerufen, den Cop.«

»Reese?«

»Ja.«

Rowdy nickte. »Wenn er herkommt, dann sag ihm, was los ist.«

»Großer Gott, Rowdy. Willst du nicht lieber warten?«

»Sie wollen Avery vergewaltigen.«

Cannon strich sich mit einer Hand durchs Haar. »Heilige Scheiße …«

Rowdy sah zu den Fenstern seiner Wohnung hinauf. Aus diesem Winkel konnte man ihn nur schwer entdecken. Er zog seine Jacke aus und warf sie Cannon zu. »Aber vor allem wollen sie mich umbringen.« Er merkte, dass Cannon ihn entsetzt anstarrte. »Wenn ich reingehe, verschaffe ich Avery etwas Zeit.«

»Lass mich mitkommen.«

»Nein. Du bleibst hier und wartest auf Reese.« Da er keine Lust auf eine Diskussion hatte, lief Rowdy über die Straße und betete, dass er noch rechtzeitig kommen würde. Er betrat das Gebäude und rannte die Treppe hinauf.

Die Tür war nicht abgeschlossen, sodass er leise hineinschlüpfen konnte, wenn die Zeit gekommen war. Den Rücken an die Wand direkt neben der Tür gedrückt, lauschte er und bereitete sich vor.

Irgendwie würde er die beiden Frauen da rausholen. Wenn er Fisher und Meyer dafür umbringen musste, war ihm das auch recht.

Und wenn er selbst dabei draufging, würde er diesen Preis nur zu gern bezahlen.

Bitte, Gott, mach, dass es Avery und Pepper gut geht.

Avery weigerte sich, Fisher die Befriedigung zu verschaffen, vor ihm zu kauern oder vor Schmerz zusammenzuzucken, obwohl sie befürchtete, dass er ihr den Arm brechen würde. Sie starrte ihn einfach nur hasserfüllt an, was ihn nur noch wütender machte.

»Du hältst dich wohl für ziemlich zäh, was?«

»Nein. Ich bin immer noch ich, Fisher. Ich bin noch immer eine Frau, die äußerst angewidert von dir ist.«

»Ja, du bist eine Frau.« Er legte eine Hand unter ihr Kinn und zwang sie, ihn anzusehen. »Und ich bin der Mann, der dich zähmen wird.«

Sie schenkte ihm ein schiefes Grinsen. »Armer, erbärmlicher Fisher. Ich hatte einen richtigen Mann und kenne daher den Unterschied. Du bist ein Nichts.«

Er wollte sie schon erneut schlagen, als ein Geräusch unter Rowdys Bett zu hören war.

»Warte«, sagte Meyer. Er stand mit gezückter Waffe auf und kam näher.

Versteck dich, Pepper. Avery hielt den Atem an. *Bitte, bitte, versteck dich.*

Fisher packte ihre Haare und drehte sie zu sich um, wobei sich ihre Gesichter beinahe berührten. »Er ist verrückt, du dämliche Schlampe«, zischte er.

»Das seid ihr beide«, entgegnete Avery ihm ruhig, »wenn ihr glaubt, dass ihr damit durchkommen würdet.«

»Natürlich werden wir das nicht, also hör auf, mich anzustacheln, damit ich einen Weg finden kann, uns hier rauszubringen.«

Ja, klar. Sie sollte ihm glauben, dass er ihr helfen würde? Avery wusste, dass Fisher kein Held war. Meyer würde sie nicht gehen lassen, und es war ihr völlig egal, ob Fisher hier lebend rauskam. Sie interessierte sich nur für Pepper und für Rowdy.

Irgendwie musste sie die beiden retten.

Fisher zog ihren Kopf noch weiter nach hinten und sah dann zu Meyer hinüber. Während er abgelenkt war, spannte sie sich an – und stieß ihm dann das Knie in den Schritt.

Einen Sekundenbruchteil sah er einfach nur erstaunt aus, dass sie so etwas tun konnte. Dann riss er die Augen auf, verzog den Mund und ließ ihre Haare los.

Er keuchte. »Gottverdammt, Avery …« Er sackte auf die Knie.

Avery wollte auf Meyer losstürmen, aber der sagte nur in aller Seelenruhe: »Wenn du das machst, bring ich sie um.«

Er richtete die Waffe auf Pepper, die auf der anderen Seite des Bettes hockte. Avery erstarrte.

»Komm schon raus«, verlangte Meyer und gestikulierte mit der Waffe. »Und beeil dich, bevor ich die Geduld verliere.«

Avery ballte die Fäuste. »Wage es nicht, ihr wehzutun, du Schwein.«

Pepper schürzte die Lippen, warf das Haar nach hinten und stellte sich so stolz und aufrecht hin, als hätte sie sich nicht gerade vor einem Irren und einem Perversen versteckt. Sie ging an Meyer vorbei, ohne die auf sie gerichtete Waffe überhaupt anzusehen.

Meyer lachte humorlos und folgte Pepper zum Tisch. »Wer bist du?«

»Ich bin Rowdys Schwester.«

»Der Teufel hat Familie? Interessant.« Er rückte ihr einen Stuhl zurecht. »Hinsetzen. Alle beide.«

»Damit Sie uns erschießen können?« Pepper kniff die Augen

zusammen und ging auf die andere Seite des Tisches. »Nein, danke.«

Sie stand mit dem Rücken zur Küche da und sah in Richtung Schlafzimmer. Die Wohnungstür befand sich zu ihrer Rechten.

Fisher, der auf dem Boden lag und ihr den Weg versperrte, begann langsam wieder, sich zu regen.

Meyer verlor die Geduld. »Steh auf, Fisher. Ich habe genug von deiner Hinhaltetaktik. Wenn du deinen Teil nicht erfüllen kannst, bist du keine Hilfe für mich.«

Fisher rappelte sich mühsam auf und hielt sich den Schritt.

»Hier sind zu viele Leute«, beschloss Meyer, nachdem er sie alle in die Küche gescheucht hatte. »Es ist unmöglich, sie alle im Auge zu behalten. Wer soll verschwinden?«

»Sie«, sagte Pepper.

Ganz langsam, um Meyer nicht zu einer voreiligen Bewegung zu verleiten, stellte sich Avery vor Pepper. Sie warf ihr einen warnenden Blick zu, und zu ihrer Überraschung spielte Pepper mit.

Mit kalter Entschlossenheit sah Avery Meyer an. »Du wirst ihr nichts tun«, erklärte sie. Dabei schob sie Pepper nach hinten und weiter in die Küche hinein. Falls jemand schoss, konnte sie möglicherweise hinter dem Kühlschrank oder dem Herd in Deckung gehen. Oder sie konnte sich ein Küchenmesser nehmen … irgendwas … Alles war besser, als einfach nur als Zielscheibe herumzustehen.

»Ach nein?«

»Wenn du es auch nur versuchst, musst du mich auch umbringen«, versprach ihm Avery. »Und was willst du Mom dann erzählen?«

»Dass du endgültig durchgebrannt bist.«

Avery schüttelte den Kopf. »Sie hat dir ja viel abgekauft, aber das wird sie dir nicht glauben. Sie weiß, dass ich sie liebe und dass ich sie niemals im Stich lassen würde, vor allem nicht jetzt, wo sie wegen ihrer Krebserkrankung in Behandlung ist.«

»Das hat dich doch vorher auch nicht interessiert.«

»Ich wusste doch überhaupt nicht, dass sie krank ist. Aber jetzt weiß ich es. Wir haben uns unterhalten und uns ausgesprochen.« Avery verschränkte die Arme und sah Fisher an, den sie als das schwächere Glied ansah, auch wenn sich das völlig verrückt anhörte. Wenn sie die beiden einfach dazu brachte, weiterzureden, würde ihr vielleicht ein Ausweg einfallen. »Warum bist du zur Bar zurückgekommen?«

»Bin ich doch gar nicht. Wie ich Meyer bereits sagte, du hattest deinen Reiz verloren, als du anfingst, mit Abschaum wie Rowdy Yates zu schlafen.«

Avery legte eine Hand auf ihren Rücken, um Pepper zu signalisieren, dass sie darauf nicht reagieren sollte. »Rowdy weiß, dass du es warst, Fish.« Ihre Taktik, Rowdys Spitznamen für ihn zu übernehmen, funktionierte; Fisher ging vor Zorn beinahe in die Luft. »Er hat es seinen Freunden bei der Polizei erzählt, und in diesem Moment überprüfen sie dich gerade. Falls einem von uns was passiert, dann seid ihr die Ersten, hinter denen sie her sind.«

»Dieser niederträchtige Schläger hat Freunde bei der Polizei?« Meyer schnaubte ungläubig. »Das kann ich mir nicht vorstellen.«

»Es ist sowieso egal«, warf Fisher ein. »Wenn du mir wieder in den Schoß gefallen wärst, hätte ich das ausgenutzt und mit dir geschlafen.«

»Du meinst wohl, du hättest mich vergewaltigt.«

Er starrte sie mit leerem Blick an. »Hast du ernsthaft gedacht, ich würde dich noch heiraten, nachdem du mit einem Barbesitzer geschlafen hast?« Fisher schüttelte den Kopf. »Wohl kaum.«

Fisher schien Meyers Wut über diese Äußerung nicht bemerkt zu haben, aber Avery sah es und war besorgt, dass er gleich ausrasten könnte. »Warum warst du dann da?«

»Ich habe doch gesagt, dass ich das nicht war.« Er sah Meyer missmutig an. »Warst du das?«

»Ja, aber das ist jetzt unwichtig.« Meyer schwenkte die Waffe in der Luft. »Ich bin mit dem Bürgermeister befreundet und mit dem Polizeichef. Ich kann die beiden einfachen Detectives ganz schnell in Misskredit bringen, ohne mir große Mühe zu geben.«

»Dieses Mal vermutlich nicht.« Avery schob Pepper weiter in die Küche. »Rowdys Schwester ist mit einem dieser Detectives verheiratet.«

Fisher wurde kreidebleich.

»Er ist ein guter Polizist«, warf Pepper ein. »Der beste.«

Avery nickte. »Er wird nie lockerlassen, falls ihr irgendwas passiert.«

»Meyer«, sagte Fisher und rückte näher an den anderen Mann heran. »Lass uns darüber nachdenken. Es gibt doch keinen Grund, die Sache noch schlimmer zu machen.« Unauffällig kam er noch ein Stück näher. »Ich bin mir sicher, dass Avery mit sich reden lässt.«

»Aber natürlich«, entgegnete sie.

Fisher war jetzt nicht mehr weit von Meyer entfernt. »Und die Polizisten lassen sich bestimmt kaufen«, schlug er vor. »Wir beide haben genug Ressourcen, um diesen … kleinen Fehltritt zu verschleiern.«

Zum Glück sagte Pepper nichts mehr. Weder Reese noch Logan würden sich kaufen lassen, aber wenn Fisher Meyer vom Gegenteil überzeugte, würde er sie vielleicht gehen lassen.

Meyer kniff die Augen zusammen. »Ich denke, es ist am besten, wenn sie alle verschwinden.«

Fisher sah ihn schockiert an. »Das kann nicht dein Ernst sein.«

»Das Mädchen, die Cops.« Meyer zuckte mit den Achseln. »Was macht das schon, wenn du Avery sowieso nicht mehr willst?«

»Ts, ts, ts«, murmelte Avery. »Das sind aber verdammt viele Leichen. Die kannst du nur schwer verstecken.«

»Das wäre unmöglich.« Mit diesen Worten warf sich Fisher auf Meyer.

Es war eigentlich lächerlich, da Fisher deutlich größer, jünger und schneller war, aber dafür hatte Meyer den Wahnsinn auf seiner Seite.

Er schrie auf – und schoss Fisher ins Bein.

Der Lärm war ohrenbetäubend, und Avery blieb beinahe das Herz stehen. Dann nutzte Pepper die Verwirrung auch noch aus, um sich von ihr loszumachen.

Fisher ging schreiend zu Boden. Das Blut quoll aus der Wunde und bildete rasch eine rote Lache auf dem Boden.

Keuchend und mit weit aufgerissenen Augen schrie Meyer: »Verdammt! Sieh nur, wozu du mich getrieben hast!« Dann streckte er den Arm aus und zielte mit zitternder Hand auf Avery. Sie hatte das Gefühl, als ob sich alles in ihr zusammenzog.

»Nein!«, schrie Pepper.

Und inmitten von diesem Chaos wurde die Wohnungstür aufgerissen.

Rowdy sprang mit einem Satz die Stufen herunter. Er wirkte riesenhaft, selbstsicher und kontrolliert.

Er sah nichts als Meyer, und sein Blick war so konzentriert und tödlich, dass Averys Knie beinahe nachgaben.

24

»Du hast die Tür nicht abgeschlossen!«, warf Meyer Fisher verwirrt vor.

»Ich habe einen Schlüssel«, rief ihm Rowdy ins Gedächtnis. Er war ruhig, fast schon gelassen. »Ich wäre so oder so reingekommen.«

»Du wusstest, dass wir hier sind?«

»Ich habe euch beide beschatten lassen.« Das stimmte zwar nicht, aber die Lüge störte Rowdy nicht weiter, wenn er damit das gewünschte Resultat erzielte – und in diesem Fall die Oberhand gewann. »Ihr könnt noch immer gehen.«

Meyer schüttelte den Kopf. »Nein, dafür ist es zu spät.«

»Es ist nur zu spät, wenn ihr noch jemandem wehtut.« Rowdy ging auf Meyer zu. »Wenn du gehen willst, werde ich dich nicht anrühren, versprochen.«

Meyer lachte. Er sah die Frauen an, dann wieder Rowdy und lachte noch lauter. »Glaubst du, es ist so einfach?«

Rowdy wagte es nicht, seine Schwester oder Avery anzusehen. Wenn er das tat, würde seine Wut die Oberhand gewinnen und er würde sich auf Meyer stürzen, obwohl er eine Waffe hatte. »Ich dachte, du schätzt das Leben. Und ich weiß, dass du Sonya liebst.«

»Meine Sonya.«

»Denk an sie, Meyer.« Rowdy verließ sich darauf, dass Averys Mutter Meyers größte Schwäche war. »Was wird aus ihr, wenn du heute stirbst oder wenn du lebenslänglich ins Gefängnis gehst?«

»Ich habe immer nur an sie gedacht!«

»Gut. Das ist gut.« Die geistige Gesundheit konnte leicht beeinträchtigt werden. War Meyer schon immer verrückt gewesen? »Du weißt, dass sie dich auch liebt.«

»Sie wollte ihre verdammte Tochter wiederhaben!«, fauchte Meyer. »Aber Avery war zu egoistisch …«

Das Adrenalin toste durch Rowdys Körper. »Sieh mich an, Meyer.« Ruhig kam er näher. »Das ist jetzt vorbei. Avery begreift, dass Sonya sie braucht. Aber sie braucht dich ebenfalls.«

»Nein.« Meyer ertappte Pepper dabei, wie sie sich an ihn anschleichen wollte, und verzog vor Zorn das Gesicht. »Geh sofort wieder zurück, du blöde Schlampe.«

Pepper erstarrte.

»Sie wird dir nichts tun, Meyer. Du hast die Waffe. Und jetzt sieh mich an.«

»Das mache ich, wenn sie wieder zurückgeht.«

Doch anstatt das Vernünftigste zu tun, blieb Pepper stehen. Und Avery war natürlich direkt neben ihr.

Rowdy hatte in seinem Leben schon viel zu viel verloren. Er würde nicht auch noch Avery oder Pepper verlieren. »Meyer, weiß Sonya, wo du gerade bist?«

»Sie hat keine Ahnung.« Er beäugte die Frauen. »Sie ist damit beschäftigt, stoisch zu sein, zu lächeln und sich durchzubeißen. Sie ist wunderschön.«

»Ja, das ist sie.« Rowdy war keine zwei Meter mehr von ihm entfernt. Gleich konnte er sich auf Meyer stürzen. »Wunderschön, klug und gütig. Du bist ein Glückspilz.«

»Du nicht.« Meyer richtete die Waffe erst auf Avery, dann auf Pepper und wieder auf Avery. »Welche soll es sein, Rowdy? Deine Schwester oder deine Geliebte?«

»Großer Gott, Meyer«, murmelte Fisher, der mit schmerzverzerrtem Gesicht sein Bein umklammerte. »Lass es gut sein.«

»Du bist eine Enttäuschung.«

Voller Angst sah Fisher zu Rowdy, doch der ließ Meyer nicht aus den Augen. »Ich möchte, dass du die Waffe runternimmst.« *Nimm sie runter, bevor ich sie in deinen gottverdammten Hals stopfe!*

»Nicht, bevor du dich entschieden hast.«

Fisher hielt sich an der Säule fest und versuchte aufzustehen. »Wir kommen hier nicht raus, wenn du nicht aufhörst. Lass uns jetzt gehen.«

»Wir können nirgendwohin«, konterte Meyer.

»Ich muss ins Krankenhaus!« Fisher stand schon beinahe und stützte sich an der Säule ab. »Sei doch vernünftig.«

»Du bist nicht so clever, wie ich gedacht habe, Fisher. Man kann das nicht mehr ungeschehen machen. Mir ist das klar, aber dir offensichtlich nicht. Also lass mich wenigstens meinen Spaß haben. Ich werde nicht sterben, ohne eine von ihnen mit in den Tod zu nehmen.« Er grinste. »Ich bin großzügig, Rowdy. Eine darfst du behalten. Wer soll es sein?«

Bevor Rowdy antworten konnte, trat Avery einen Schritt vor. »Lass Pepper gehen.«

Rowdy blieb beinahe das Herz stehen. In seinem Kopf flüsterte eine leise Stimme: »Nein.«

Dann baute sich seine Schwester neben Avery auf. »Vergiss es. Ich gehe nirgendwohin. Lass Avery gehen.«

Leise fluchend gab Rowdy das Täuschungsmanöver auf und ging auf Meyer zu. »Du wirst keiner der beiden wehtun, du widerlicher Schweinehund. Bevor du auch nur einen Schuss abgibst, reiß ich dir das Herz raus, das kannst du mir glauben.«

Nur noch ein paar Schritte, dachte Rowdy. Dann bin ich nah genug, um mich auf den Bastard zu stürzen.

Meyer schien das ebenfalls begriffen zu haben. Voller Panik drehte er sich um und richtete die Waffe auf Rowdy. »Halt!«

Erleichtert darüber, dass er wieder im Fokus stand, machte Rowdy noch einen Schritt. »Vergiss es.« Falls Meyer ihn nicht mit dem ersten Schuss umbrachte, würde Rowdy ihm die Waffe abnehmen. Und Pepper wusste, wie sie reagieren musste. Sie würde zusammen mit Avery einen Weg finden und sich in Sicherheit bringen.

Meyer zielte, den Finger am Abzug.

Rowdy wappnete sich und wollte sich schon nach vorn stürzen – da traf eine Kugel Meyer in die Brust. Einen Sekundenbruchteil starrte Rowdy die Wunde verblüfft an, bevor Meyer durch die Kraft des Einschlags nach hinten fiel. Er stürzte über einen der Küchenstühle und landete auf dem Boden, während sich ein purpurroter Fleck auf seinem Hemd ausbreitete.

Instinktiv stürzte sich Rowdy auf Avery und Pepper und zog die beiden zu Boden. Er hatte keine Ahnung, wer den Schuss abgefeuert hatte und ob Fisher nun auch bewaffnet war. Schnell drehte er sich um, um die Gefahr einzuschätzen.

Reese betrat mit gezückter Waffe die Wohnung und sah sich um. »Rowdy? Bist du verletzt?«

Rowdy holte tief Luft, während er Avery und Pepper weiterhin festhielt. »Nein.« Seine Stimme war heiser, und er musste erst mal durchatmen. Er strich mit einer Hand über Averys Haare und mit der anderen über Peppers Rücken. »Fish blutet wie ein angestochenes Schwein, aber uns geht es gut.«

Logan, der Schütze, kam als Nächster in die Wohnung, seine Waffe noch in der Hand. Er ging direkt zu Meyer, entwaffnete ihn und sagte dann: »Pepper?«

Cannon stand im Türrahmen und betrachtete das Chaos.

Sie waren alle in Sicherheit.

Rowdy war noch immer von Avery und Pepper eingerahmt, doch dann riss sich Pepper los und eilte zu Logan.

Logan drückte sie mit einem Arm fest an sich und schloss einen Moment erleichtert die Augen.

Er hatte ihn falsch eingeschätzt, stellte Rowdy fest. Logan war durch und durch Polizist, und selbst wenn die Sache persönlich wurde, behielt er einen kühlen Kopf und tat, was getan werden musste.

Pepper drückte das Gesicht an Logans Hals, und, verdammt, so, wie sich ihre Schultern bewegten, glaubte Rowdy fast, dass sie weinte.

Seine Brust schien auf einmal in einem Schraubstock zu stecken, und er bekam keine Luft mehr. So etwas hatte er noch nie zuvor gespürt, aber er wusste, dass es gleich wieder verschwinden würde, da es Avery und Pepper gut ging.

Doch das tat es nicht. Es wurde immer schlimmer, schmerzhafter und erschreckender.

Bis Avery nach Luft schnappte, einmal, dann ein zweites Mal. Sie schluchzte leise. Sein Inneres schmolz dahin. Er zog sie auf seinen Schoß und drückte sie an sich. »Bist du verletzt?«

Sie schüttelte den Kopf und legte die Hände auf seine Schläfen, während ihr dicke Tränen über die Wangen liefen. Auf ihrer linken Gesichtshälfte war bereits eine Schwellung zu sehen.

»Wer war das?«, fragte Rowdy und strich zärtlich mit dem Daumen darüber.

Sie schüttelte den Kopf und bedeutete ihm, dass das unwichtig war. Zumindest in diesem Moment. »Du hast mir solche Angst eingejagt.«

»Oh Süße.« Er drückte sie an sich und gab ihr einen Kuss auf die Stirn. »Angst ist nicht mal ansatzweise ein Ausdruck dafür.«

Eben war sie noch sanft und erschüttert gewesen, nun schlug sie wütend auf ihn ein. Fest. Auf die Schulter. »Warum zum Teufel hast du, Rowdy Yates, diesen Irren aufgefordert, dich zu erschießen?«

»Das hab ich doch gar nicht.« Nicht wirklich. Er hatte nur dafür sorgen wollen, dass Avery und Pepper in Sicherheit waren.

Auf einmal war Pepper wieder da und sah ihn grimmig an. Sie kauerte sich hin und gab ihm einen Schubs.

Rowdy wäre beinahe nach hinten gestürzt. »Was soll das denn, Pepper?«

»Du Arschloch!«

Rowdy starrte sie an. Noch nie zuvor hatte seine Schwester ihn beschimpft.

Sie griff an Avery vorbei, die noch immer auf seinem Schoß saß, und packe sein Ohr. »Du hättest sterben können!«

»Mann.« Er griff sanft nach ihrem Handgelenk und befreite sein Ohr. Er liebte sie mehr als sein Leben. »Er wollte dich erschießen.«

»Das hätte ich nicht zugelassen«, sagte Avery schluchzend.

»Und du!« Er zog Pepper wieder neben sich, damit er sich Avery widmen konnte. »Ich hatte alles unter Kontrolle, Süße. Du hättest dich einfach zurückhalten sollen, anstatt …«

»Das zu tun, was *du* getan hast?« Sie rappelte sich auf und rückte von ihm ab. *»Ich liebe dich, verdammt noch mal!«*

Rowdy starrte zu ihr hoch. Die halbe Nachbarschaft musste sie gehört haben.

»Er wird's überleben«, erklärte Reese, der nach Fisher gesehen hatte. »Aber es wird eine Weile dauern, bis er wieder laufen kann.«

Cannon trat neben Avery. »Der Krankenwagen wird gleich hier sein. Ich kann die Sirene schon hören.«

Rowdy hätte sich am liebsten rücklings auf den kalten Boden gelegt und sich eine Minute lang gesammelt, um seine Gefühle wieder unter Kontrolle zu bekommen. Avery stand schwer atmend da, Cannon sah ihn erwartungsvoll an, seine Schwester weinte nur noch und klammerte sich an seinen Arm, und Reese und Logan regelten derweil alles.

Aber da es seine Wohnung war, riss er sich zusammen, stand auf und zog zwei Stühle heran. »Setz dich«, forderte er Pepper auf.

»Wir werden noch darüber reden«, beharrte sie. »Über die kranke Art, in der du dich in …«

»Ja, klar, Kleines.« Er drückte sie auf den Stuhl und zerzauste ihr das Haar. »Was du willst.«

»Und behandle mich nicht so von oben herab!«

»Das würde ich doch nie tun.« Er sah zu Logan hinüber, aber sein Schwager wirkte wie versteinert – das war vermutlich seine Methode, sich zusammenzureißen, wenn er seinen Job machen musste. Rowdy beugte sich zu Pepper hinunter. »Ich glaube, er muss getröstet werden, Kleines.«

»Er muss erst mal seine Arbeit machen«, erwiderte Logan. »Sie kann mich später trösten.

Darüber wollte Rowdy eigentlich gar nichts wissen. Noch wagte er es nicht, Avery anzusehen, aber er war sich bewusst, dass sie dastand, zitternd und aufgeregt. »Braucht ihr mich noch?«, fragte er Logan.

Reese sah erst ihn und dann Avery an. »Im Moment nicht. Aber geht nicht weg.«

Wo zum Teufel sollte er auch hingehen?

Da Cannon aussah, als wollte er helfen, schlug Rowdy vor: »Holst du ihr was zu trinken? Bleib bei ihr, bis Logan fertig ist.«

»Klar.« Cannon rieb sich den Nacken. »Mann, was für eine Sauerei. Wenn ich heute Abend in der Bar aushelfen soll, sag einfach Bescheid.«

»Danke.« Rowdy drückte noch einen letzten Kuss auf Peppers Kopf. »Du warst sehr tapfer, Kleines.«

»Mein Handy liegt noch unter deinem Bett.« Sie stellte die

Füße auf die Sitzfläche des Stuhls, zog die Knie an und schlang die Arme um ihre Schienbeine. »Das war die einzige Möglichkeit, die mir einfiel, dir mitzuteilen, was hier gerade passiert.«

»Das war perfekt.«

»*Sie* ist perfekt«, korrigierte ihn Logan. Dann verkündete er: »Der hier ist tot.«

Rowdy sah zu Meyer hinüber und musste an Sonya denken. Avery würde ihr dabei helfen, über den Verlust hinwegzukommen, und das war seiner Ansicht nach schon mehr, als die Frau überhaupt verdient hatte.

Unter Aufwendung all seiner Willensstärke wandte er sich Avery zu und wusste, dass es nicht leicht werden würde. Sie weinte noch immer. Mascara lief ihr über das angeschlagene Gesicht, und ihre Nase hatte schon ein tieferes Rot angenommen als ihre Haare. Ihre Haut sah aufgequollen aus, und ihre Augen waren geschwollen.

Himmel, er liebte sie so sehr!

Er stand da und starrte sie an. Gleichzeitig akzeptierte er, dass er sie liebte und brauchte, was immer auch geschah. Er wollte sie in seinem Leben haben. Als Teil von sich.

Tag ein, Tag aus, was auch passierte.

Sie wischte sich die Tränen ab, schniefte und wartete.

Sie hatte so lange auf ihn gewartet, dass er sich jetzt wie ein riesengroßes Arschloch fühlte. Wie ein Feigling.

Mit zwei großen Schritten war er bei ihr und nahm sie in die Arme. Wieder begann sie zu schluchzen. Sie umklammerte ihn, vergaß seine dumme Verletzung und drückte sich an seine Brust.«

»Das war nicht deine Schuld«, stieß sie schluchzend hervor. »Das ist nur wegen mir passiert. Nur wegen mir.«

»Ja, ich weiß.« Er hatte sich solche Sorgen gemacht, dass

Avery mehr verdiente, als er ihr geben konnte. Er hatte sie keinem Risiko aussetzen wollen, weil er in dieser Gegend wohnte, eine Bar führte und nicht immer die besten Leute kennenlernte.

»Es war meine Vergangenheit … dadurch habe ich dich und deine Schwester in Gefahr gebracht.«

»Schsch.«

»Avery?«, fragte Pepper, die noch immer am Küchentisch saß.

Avery schluckte, holte tief Luft und erwiderte dann: »Ja?«

»Mach eine Szene.«

Trotz ihrer Tränen halb lachend drückte Avery ihn wieder an sich.

Rowdy hatte keine Ahnung, was dieser Wortwechsel zu bedeuten hatte, aber er hob sie hoch und trug sie zur Couch. Auf dem Weg dorthin verpasste er Fisher einen Tritt, und er stöhnte leise auf.

Dieses Arschloch.

Avery lachte erneut schniefend. »Hast du das mit Absicht gemacht?«

Die erstaunliche, einzigartige, wundervolle Avery. Er kannte keine andere Frau, die in einer solchen Situation gelacht hätte. »Ich würde ihn ja in Stücke reißen, weil er dich geschlagen hat, aber dann verteilt er nur noch mehr Blut in meiner Wohnung.«

»Ich helfe dir.«

»Vielleicht bekommen wir dazu ja noch eine Gelegenheit.«

»Ich hatte solche Angst«, sagte sie mit dünner Stimme. »Aber … aber ich habe versucht, es vor ihm zu verbergen. Er sollte merken, was für ein krankes, schwaches … Nichts er ist.«

»Das hab ich gehört.« Rowdy drückte das Gesicht in ihre Haare, und sein Herz war so voll, dass es beinahe überquoll.

»Pepper hat mich angerufen. Ich habe alles mit angehört. Du warst unglaublich.« Er umarmte sie noch fester. »Ich bin so stolz auf dich.«

»Stolz.« Sie wischte sich die Augen mit seinem Hemd ab. »Na super. Jetzt geht es mir gleich viel besser.«

Sarkasmus war in dieser Situation ebenso ungewöhnlich wie Humor. Rowdy konnte es keine Sekunde länger aushalten. »Und ich liebe dich.«

Sie erstarrte und zuckte dann zurück, um ihn anzusehen.

Rowdy berührte ihr Gesicht, das vom Weinen aufgequollen war. »Ich liebe dich so sehr, Avery, dass es mir Angst macht. Aber ich habe noch größere Angst davor, dich zu verlieren.«

»Habe ich es nicht gesagt?«, kommentierte Pepper vom Küchentisch. »Mein Bruder ist ein sehr kluger Mann.«

»Das weiß ich«, bestätigte Cannon.

Die Rettungssanitäter trafen zusammen mit einigen uniformierten Beamten ein. Da Reese und Logan alles im Griff hatten, musste Rowdy nichts weiter machen, als Avery im Arm zu halten.

Als sie dasaß und ihn anstarrte, wollte er wissen: »Was hat meine Schwester damit gemeint, dass du eine Szene machen sollst?«

Sie sah ihn mit großen, wachsamen Augen an, als könnte sie es noch immer nicht glauben. »Ich habe ihr gesagt, dass ich das nicht tun würde, wenn du mich wegschickst. Eine Szene machen, meine ich.«

»Aber Pepper mag dich so sehr, dass sie wollte, dass du es trotzdem tust?«

Da schaltete sich Pepper wieder ein. »Ich liebe dich viel zu sehr, Bruderherz, und daher wollte ich, dass sie tut, was das Richtige für dich ist.« Dann überlegte sie kurz und fügte hinzu: »Aber ja, ich mag Avery sehr.«

Rowdy grinste und schob Avery das zerzauste Haar aus der Stirn. »Möchtest du ins Bad gehen?« Er küsste ihren Mundwinkel. »Du siehst schlimm aus.«

Erneut schlug sie ihn spielerisch, grinste aber dabei. »Ja, bitte.«

Wieder hob er sie hoch.

Einer der Rettungssanitäter fragte: »Geht es ihr gut?«

Rowdy wartete, aber als Avery nicht antwortete, sagte er an ihrer Stelle: »Sie ist nur aufgeregt, weil ich sie liebe.«

»Rowdy!« Sie drückte ihr Gesicht an ihn, als wollte sie sich verstecken.

Er grinste, trug sie ins Bad und setzte sie auf den Wannenrand. Dann tauchte er einen Waschlappen in kaltes Wasser, reichte ihn ihr und wusch sich ebenfalls.

Seine Hände zitterten.

»Du liebst mich wirklich?«

Wie leise und unsicher ihre Stimme klang. »Ja.« Er trocknete sich das Gesicht ab und setzte sich neben sie auf die Wanne. Sie hatte noch lange nicht alles beseitigt, daher nahm er den Waschlappen und wischte ihr das verschmierte Make-up ab. »Ich liebe dich wirklich.«

Sie holte tief Luft.

»Willst du mich heiraten, Avery?«

Wieder zitterten ihre Lippen, und er küsste sie. Zuerst war es nur ein zärtlicher Kuss, aber das hier war Avery, und schon bald hatte er eine Hand in ihrem Haar vergraben und hielt sie fest, um sich zu vergewissern, dass sie in Sicherheit war und ihm gehörte.

Logan klopfte an die Tür und drückte sie dann auf. »Geht es euch beiden gut?«

»Er liebt mich«, sagte Avery. »Wir werden heiraten.«

Logan grinste schief. »Herzlichen Glückwunsch.«

»Danke.«

Ihre Förmlichkeit war ebenso einzigartig wie alles andere an ihr. Rowdy konnte nicht aufhören, sie zu berühren, und er wusste, dass er nie aufhören würde, sie zu lieben.

»Ich störe nur ungern, aber wir müssen mit jedem von euch reden. Und zwar unter vier Augen.« Logan hatte den Türknauf in der Hand und sah sie mitfühlend an. »Außerdem müssen wir deiner Mutter als Angehöriger mitteilen, dass Meyer tot ist.«

Sie nickte.

»Das können wir zusammen machen«, meinte Rowdy.

Avery richtete sich auf. »Kann ich mir vorher noch das Gesicht waschen?«

»Klar, kein Problem«, erwiderte Logan und verließ das Bad wieder.

Rowdy stand auf. »Wir nehmen uns heute frei. Cannon kann sich in der Bar um alles kümmern. Morgen …«

»Morgen«, unterbrach ihn Avery, »kehre ich zu meinem Job als Vollzeit-Barkeeperin zurück.«

»Darüber habe ich schon nachgedacht«, entgegnete Rowdy. »Wir können das später noch besprechen, aber ich möchte dich gern an der Bar beteiligen.« Er hielt abwehrend eine Hand hoch, um ihre Proteste sofort abzublocken. »So kannst du weiterhin an der Bar arbeiten, wenn du das möchtest. Aber du unterstützt mich auch bei allen Entscheidungen.«

»Ich habe kein Geld, um mich einzukaufen.«

Seine Mundwinkel zuckten. »Aber du investierst sehr viel Zeit und hast tolle Ideen. Wir schauen uns die Finanzen gemeinsam an.«

»Gemeinsam.« Sie seufzte glücklich. »Okay.«

Rowdy küsste ihre rote Nase, ihr keckes Kinn und ihre weichen Lippen. »Ich liebe dich so sehr, Süße.«

»Dabei hat dieser Tag so mies angefangen.«

Er musste lachen. »Dein Gesicht ist angeschlagen, da liegt ein Toter in meiner Wohnung sowie ein Kerl, der mit etwas Glück nicht nur ruiniert ist, sondern für lange Zeit ins Gefängnis wandert.«

»Aber du liebst mich«, sagte sie. »Deshalb ist es ein guter Tag.«

Marcus umklammerte Rowdys Knie und lief dann durch den Garten, während Cash hinter ihm herjagte. Ende der Woche sollte es schneien, aber heute schien die Sonne noch so warm auf sie herab, dass das kälteste Herz zu schmelzen begann.

Rowdy stand im Türrahmen und sah dem Jungen zu, der in die Reifenschaukel kletterte. Averys Mutter, die ein weißes Kapuzensweatshirt trug, stieß den Reifen an, damit Marcus schaukeln konnte, und sah dann lachend Cash zu, der aufgeregt darunter hin und her lief. Avery hatte einen Arm unter den ihrer Mutter gelegt.

Es fiel ihm schwer zu glauben, wie sich alles entwickelt hatte. Dank Sonyas Beharrlichkeit hatte Meyer Avery in sein Testament aufgenommen. Rowdy schüttelte den Kopf. Er wollte Meyers Geld nicht, aber Sonya hatte darauf bestanden. Es bedeutete ihr sehr viel und sie wollte dadurch einen Teil ihrer Schuld wiedergutmachen, da sie so leichtgläubig gewesen war und Avery so unfair behandelt hatte.

Daher hatten sie das Geld angenommen – das sie in ein Gemeindeprojekt investieren würden, mit dem Cannon gefährdete Kinder unterstützen wollte.

Das fühlte sich gut an. Sein ganzes Leben war auf einmal wundervoll, jetzt, wo er Avery hatte.

Nun schien alles möglich zu sein.

Hinter ihm murmelte Pepper: »Er ist verdammt niedlich, was?«

»Marcus?« Rowdy zog sie an sich und gab ihr einen Kuss auf den Scheitel. »Ja, das ist er.« Der Monat bei Alice und Reese hatte ihn schon sehr verändert. Marcus trug Kleidung, die ihm passte, und obwohl er noch immer ein dürrer kleiner Kerl war, sah er gesünder und glücklicher aus. Viel sicherer. Er hatte zwar noch Albträume und wollte seinem Glück noch nicht so recht trauen, aber es wurde immer besser. »Er kriegt wirklich die Kurve.«

»So etwas kann man mit Liebe bewirken.«

Amen. »Hast du mit Logan mal übers Kinderkriegen gesprochen?« Irgendwie gefiel ihm die Vorstellung, Onkel zu werden.

Pepper verblüffte ihn, als sie antwortete: »Ja, wir haben darüber geredet.«

»Im Ernst?« Er blickte auf seine kleine Schwester herab, die er sein Leben lang beschützt hatte. All die Jahre hatte er geglaubt, dass sich seine Welt nur um sie drehen würde. Er liebte sie noch immer von ganzem Herzen und würde sein Leben für sie riskieren.

Aber seine Liebe zu ihr war nicht mehr so … verzweifelt.

»Im Ernst«, bestätigte sie grinsend. »Kannst du dir mich mit Babybauch vorstellen?«

»Ja, sehr gut.« Sie würde immer wunderschön aussehen. »Du wärst eine gute Mutter, Kleines.« Sehr fürsorglich und liebevoll, und sie würde das Kind so aufziehen, dass es genauso stark wurde wie sie.

»Wir wollen noch ein oder zwei Jahre warten«, erklärte Pepper und kuschelte sich an ihn. »Aber danach … Wir werden sehen.«

Als Avery zum Haus kam und ihr langes rotes Haar im Wind wehte, meinte Pepper: »Sie ist etwas ganz Besonderes. Ich weiß jetzt, warum du sie liebst.«

»Ja.« Er entdeckte jeden Tag neue Gründe dafür.

Grinsend drückte Pepper ihn an sich. »Das Essen ist in ein paar Minuten fertig.«

»Super.« Er öffnete die Terrassentür, um seine Verlobte zu begrüßen. »Wie geht es deiner Mom?«

»Schon besser.« Sie hielt ihm das Gesicht hin, damit er sie küssen konnte.

Das tat Rowdy nur zu gern. Er drückte seine Lippen auf ihre und flüsterte dann: »Ich liebe dich.« Die Worte, die er einst nie im Leben ausgesprochen hätte, drängten nun ständig über seine Lippen.

»Ich liebe dich auch.« Seufzend drückte sie sich an ihn. »Marcus und meine Mutter verstehen sich gut. Sie möchte ihn ein bisschen verwöhnen.« Avery zuckte zusammen. »Hoffentlich haben Reese und Alice nichts dagegen.«

»Wir werden mit ihnen darüber reden. Aber ich denke, es ist gut, wenn Sonya sich auf etwas anderes konzentrieren kann, jetzt wo Meyer nicht mehr bei ihr ist.«

»Sie möchte uns eine richtig große Hochzeitsfeier spendieren.«

Rowdy wurde bleich, wenngleich nur für einen Augenblick. »Willst du das denn auch?« Wenn eine große Hochzeitsgesellschaft sie glücklich machen würde, dann zog er sich mit Freude einen albernen Anzug an und spielte mit.

»Nein.« Sie grinste ihn an. »Ich möchte, dass unsere Freunde und unsere Familie da sind, und ich hätte gern ein schönes weißes Kleid, aber vor allem will ich dich.« Sie strich mit einer Hand über seine Bauchmuskeln, was sie häufiger tat. »Wenn du in Jeans heiraten möchtest, habe ich kein Problem damit.«

Rowdy musste lachen. »Wieso habe ich nur so ein Glück?«

»Du hast eben die richtige Barkeeperin für das *Getting Rowdy* eingestellt. Das ist alles.« Sie umarmte ihn fest.

»Ich habe überlegt, dass wir die Bar vielleicht umbenennen sollten.«

»Der Name ist doch schon eingeführt. Du kannst ihn jetzt nicht mehr ändern«, warnte sie ihn.

»Schon passiert. Ich habe das Schild längst beschriften lassen.«

»Ohne mit mir darüber zu reden?«

Ihre Entrüstung amüsierte ihn. »Die Bar heißt immer noch *Getting Rowdy*, aber darunter steht in etwas kleinerer Schrift: *With Avery*. Denn ohne dich wäre die Bar wirklich nicht das, was sie ist.«

Langsam breitete sich ein Lächeln auf ihren Lippen aus. »Tja, da ich jetzt die einzige Frau in deinem Leben bin, passt das ja auch.«

Danksagung

Beim Schreiben frage ich oft auf Facebook oder Twitter nach, wenn ich kurz eine Information brauche, und hiermit möchte ich all meinen Lesern und Freunden danken, die mir dort so schnell und großzügig weiterhelfen. Ihr seid meine Lieblingsform der Recherche!

Für all die besonderen Freunde, die über sich hinausgewachsen sind und mich mit Feedback versorgt haben:

Für Jenna Scott.

Danke, dass Du meine vielen Fragen in Bezug auf die Polizeiarbeit an deinen Vater weitergeleitet hast. Bitte danke ihm auch dafür, dass er sich die Zeit genommen hat, um mir zu antworten. Das schönste Feedback deines Dads in Bezug auf eine Situation, in der meine fiktionalen Verbrecher steckten, war der treffende Kommentar deines Vaters:

»Die sitzen richtig in der Scheiße.«

Für Rhonda Copley.

Ein wesentliches Element dieser Geschichte war es, zu begreifen, was mit einem Kind passiert, das in der unhaltbaren Situation ist, schlechte Eltern zu haben, die außerdem noch Verbrecher sind. Ich habe Dir erzählt, was passieren *muss*, und Du hast mir gesagt, wie es funktionieren kann. Ich kann Dir gar nicht genug für Deine Geduld danken und dafür, dass Du mir bei so vielen Details geholfen hast.

Und zu guter Letzt Amy Miles-Bowman.

Wenn Du nicht gewesen wärst, hätte ich mich zu Recherchezwecken in Bars rumtreiben müssen. Als Antialkoholikerin. Das wäre mir echt unangenehm gewesen *grins*. Deine Kenntnisse über den Besitz und das Führen einer Bar haben mir und meiner Muse bei einigen entscheidenden Stellen geholfen, und dafür werde ich Dir ewig dankbar sein.

Stefanie Ross

Luc

Fesseln der Vergangenheit

Roman

Der Navy SEAL Luc DeGrasse gerät in Afghanistan in einen Hinterhalt und fällt schwer verletzt den Taliban in die Hände. Die amerikanische Ärztin Jasmin, die seit Jahren auf der Flucht vor der amerikanischen Regierung ist, rettet ihm das Leben. Bei dem Versuch, die dubiosen Ereignisse aus Jasmins Vergangenheit aufzuklären, kommen die beiden einer Verschwörung auf die Spur, die weitere Kreise zieht, als sie je erwartet hatten ...

Band 1: Luc – Fesseln der Vergangenheit
480 Seiten, kartoniert mit Klappe
€ 9,99 [D]
ISBN 978-3-8025-9107-5

Band 2: Jay – Explosive Wahrheit
528 Seiten, kartoniert mit Klappe
€ 9,99 [D]
ISBN 978-3-8025-8860-0

Band 3: Rob – Tödliche Wildnis
ca. 544 Seiten, kartoniert mit Klappe
€ 9,99 [D]
ISBN 978-3-8025-9074-0

www.egmont-lyx.de

LYX
EGMONT